Auf Neuanfänge –
in jedem Alter, in jeder Lebensphase –
und auf all die Hoffnungen und Versprechen,
die sie verheißen.

ANDREA
KANE

Dunkelziffer

Thriller

Aus dem Amerikanischen
von Barbara Ritterbach

Weltbild

Die amerikanische Originalausgabe erschien
2001 unter dem Titel *No way out*.

Besuchen Sie uns im Internet:
www.weltbild.de

Genehmigte Lizenzausgabe für Verlagsgruppe Weltbild GmbH,
Steinerne Furt, 86167 Augsburg

Übersetzung: Barbara Ritterbach
Umschlaggestaltung: *zeichenpool Design und
Kommunikation, München
Umschlagmotiv: Shutterstock © Chen Ping Hung,
© Korionov
Gesamtherstellung: CPI Moravia Books s.r.o., Pohorelice
Printed in the EU
ISBN 978-3-86800-368-0

2013 2012 2011 2010
Die letzte Jahreszahl gibt die aktuelle Lizenzausgabe an.

DANKSAGUNGEN

Mein Dank gilt:
Der *American Professional Society on the Abuse of Children (APSAC)* (Amerikanische Vereinigung zur Unterstützung von Angehörigen bestimmter Berufsgruppen, die häufig mit Kindesmisshandlung konfrontiert werden; d. Übers.) für ihre vielfältigen Bemühungen bei der Erforschung, Verhütung und Bekämpfung jeglicher Form von Kindesmisshandlung. Mit Hilfe ihres Netzwerks aus Medizinern, Juristen, Lehrern, Angehörigen sozialer Berufe und Wissenschaftlern sorgt sie dafür, dass denjenigen, die von Kindesmisshandlung betroffen sind, die Hilfe zuteil wird, die sie benötigen. Ihre Veröffentlichungen, ihre juristischen Recherchen und ihre Aufklärungsarbeit sind von unschätzbarem Wert, wenn es darum geht, die Aufmerksamkeit der Öffentlichkeit auf die vielfältigen Formen von Kindesmisshandlung zu lenken.

Den Lehrern überall – sowohl jenen, die ich interviewt habe, als auch den Tausenden, mit denen ich nicht sprechen konnte – dafür, dass sie das größte Geschenk, das wir besitzen, erziehen, ausbilden und behüten: unsere Kinder.

Dr. Hillel Ben-Asher für die medizinische Beratung, die sie mir mit unendlicher Geduld und unvergleichlicher Weisheit zukommen ließ.

Und den tollsten Brainstorming-Partnern überhaupt – meiner Familie. Ihr demonstriert, was Teamwork bedeutet, und ich liebe euch.

1

14. April, Leaf Brook Mall
Westchester County, New York

Falscher Ort. Falsche Zeit.

Sie musste hier raus.

Julia biss die Zähne zusammen und kämpfte sich durch die Menschenmasse, die durch die Einkaufs-Mall wogte. Sie schob sich mühsam Richtung Ausgang, der in das zwölfstöckige Parkhaus führte. Überall herrschte dichtes Gedränge. Eigentlich wurde die Neueröffnung eines neuen Einkaufszentrums gefeiert, aber es war eher wie Karneval in Rio.

Es war naiv gewesen, heute hierher zu kommen. Die Stratfords waren dicht umlagert, bedrängt von Presseleuten. Und der Bürgermeister stand ununterbrochen zwischen seinem Vater und seinem Bruder, um zu demonstrieren, dass die Familie Stratford eine feste Einheit bildete. So verzweifelt sie auch war, Julia hatte keine Chance, zu ihnen zu gelangen. Sie würde einen anderen Weg finden müssen.

Mit einem der Aufzüge zu fahren war ausgeschlossen. Eine lange Warteschlange hatte sich gebildet, und jedes Mal wenn sich eine Aufzugtür öffnete, sah Julia, dass die Kabinen völlig überfüllt waren. Ihr blieb nur das Treppenhaus. So schnell sie konnte, rannte sie hinauf, Stockwerk für Stockwerk. Die ohrenbetäubende Musik drang sogar bis hierher und vibrierte in ihrem Kopf.

Ganz allmählich, je weiter sie sich von dem Fest entfernte, begannen sich die Menschenmassen zu lichten. Julia war schlecht vor Angst und Verzweiflung. Wenn ihr Verdacht richtig war, dann lief die Zeit. Sie musste dringend etwas unternehmen, ehe es zu spät war.

Sie verließ das Treppenhaus im elften Stock, wo sie ihr Auto in die einzig verfügbare Parklücke gequetscht hatte. Hier war sie weit entfernt vom Tumult der Eröffnungsfeier. Schon im Gehen begann sie, nach ihrem Schlüssel zu suchen.

Das Quietschen von Reifen ließ sie aufschrecken.

Sie hob den Kopf genau in dem Moment, als der silberne Mercedes um die Ecke schoss und mit halsbrecherischer Geschwindigkeit auf sie zu gerast kam.

Sie wusste sofort, dass er es auf sie abgesehen hatte. Und sie wusste auch, warum.

Ihr Verdacht war richtig. Und sie sollte zum Schweigen gebracht werden.

Für den Bruchteil einer Sekunde war sie vor Angst wie gelähmt. Dann schoss Adrenalin durch ihren Körper. Instinktiv versuchte sie zur Seite zu springen.

Sie schaffte es nicht.

Sie spürte den Zusammenstoß und registrierte im Unterbewusstsein, dass sie durch die Luft geschleudert wurde. Der Betonboden kam auf sie zu gerast.

Brian, dachte sie, als ein scharfer Schmerz durch ihren Kopf fuhr. *Wer wird nun Brian retten?*

2

30. März
Poughkeepsie, New York

»Darling, bist du sicher, dass du nicht doch über Nacht bleiben willst?« Meredith Talbot sah ihre Tochter fragend an. Sie saßen am späten Abend in dem hübschen Bistro des kleinen Ortes und tranken einen Kaffee. »Du musst über eine Stunde fahren, bis du zu Hause in deiner Wohnung bist. Morgen ist Samstag. Dein Vater hat keinen Unterricht, und deine Grundschule ist ebenfalls geschlossen. Du könntest das Wochenende bei uns verbringen.«

»Danke, Mom, aber ich muss wirklich zurück.« Julia Talbot warf ihrer Mutter einen dankbaren Blick zu. Sie wusste, dass hinter dieser Einladung mehr steckte als die Hoffnung auf ein nettes Familienwochenende. Dafür brauchte Julia keine Einladung. Sie fuhr gern nach Hause, tauschte Klassenzimmer-Anekdoten mit ihrem Vater aus und führte mit ihren Eltern leidenschaftliche Diskussionen. Sie unterhielten sich über alles – über Bücher, Politik und die Probleme der modernen Gesellschaft. Aber mit ihrer Einladung heute Abend beabsichtigte ihre Mutter keine Unterhaltung. Sie beabsichtigte, Julia ein wenig aufzumuntern.

Leider würden ihre Bemühungen nicht fruchten.

»Dieser Workshop war anstrengender als die meisten anderen«, meinte Meredith leise.

»Das ist untertrieben.« Julia seufzte. »Jede Woche, wenn ich dieses Krankenhaus betrete und neben dir stehe, rede ich mir ein, dass unsere Workshops wichtig sind. Aber dann höre ich Berichte wie den von Dr. Garber und frage mich, ob das alles einen Sinn macht oder ob unsere ganzen Anstrengungen völlig nutzlos sind.«

»So darfst du nicht denken. Unsere Anstrengungen sind nicht nutzlos. Wir bekommen zunehmend mehr Aufmerksamkeit. Das ist doch ein Anfang.«

»Du hast einfach viel mehr Geduld als ich. Diese Statistiken anzuhören – das tut so weh.«

Julia schob ihre leere Kaffeetasse zur Seite und dachte an die Frustration, mit der Dr. Garber einer Hand voll Workshop-Teilnehmern die Ergebnisse seiner jüngsten Studie vorgetragen hatte. Dr. Garber war Psychologe und hatte kürzlich eine Untersuchung über emotionale Kindesmisshandlung und Vernachlässigung durchgeführt. Das Ergebnis war erschreckend. Emotionale Kindesmisshandlung beschränkte sich nicht auf bestimmte kulturelle, demographische oder sozioökonomische Gruppen. So wie es alle möglichen Formen der Misshandlung gab, so gab es alle möglichen Typen von Menschen, die sie verantworteten. Zwei Pädagogen hatten Dr. Garbers Fallstudien bestätigt, ein Vorschullehrer und ein Beratungslehrer einer Mittelschule. Ihre Berichte über die beschädigten Persönlichkeitsstrukturen psychisch misshandelter Kinder hatten Julia zutiefst berührt.

Es war unvorstellbar, dass es Eltern gab, die ihren Kindern körperliche Gewalt antaten. Fast ebenso unvorstellbar war es, dass viele von ihnen ihren Kindern psychisch Gewalt antaten und ungeschoren davonkamen, weil sie keine sichtbaren Narben verursachten, die als Beweis herhalten konnten. Ganz abgesehen davon, dass viele von ihnen ihr Verhalten gar nicht als Misshandlung betrachteten.

Wie konnte jemand nicht erkennen, dass Vernachlässigung und Missachtung ebenso zerstörerisch sein konnten wie körperliche Gewalt? Vor allem wenn es um kleine Kinder ging, die leicht zu beeindrucken waren und die sich nichts sehnlicher wünschten, als ihren Eltern zu gefallen?

Allein der Gedanke zerriss Julia das Herz. Manchmal war es so schlimm, dass sie sich ernstlich fragte, ob sie auf Dauer stark genug sein würde, diese Workshops mit ihrer Mutter fortsetzen zu können. Ihre Mutter kam mit den emotionalen Belastungen viel besser zurecht – vielleicht weil sie Krankenschwester war und vielleicht weil sie älter und reifer war. Dabei war auch Julia durchaus nicht unerfahren. Sie hatte die Auswirkungen kindlicher Misshandlungen aus nächster Nähe miterlebt, und das schon in sehr jungen Jahren. Das Erlebnis hatte einen unauslöschlichen Eindruck in ihrem Kopf und in ihrer Seele hinterlassen und ihr Leben sehr geprägt. Aber es bedeutete nicht, dass sie den Horrorgeschichten gegenüber je immun werden würde.

Wie auch immer, diese Workshops waren dringend notwendig. Irgendwer musste schließlich bei den unmittelbar betroffenen Berufsgruppen, zum Beispiel bei Erziehern und Erzieherinnen sowie bei Angehörigen medizinischer Berufe, Aufklärungsarbeit leisten und ihnen die Sinne schärfen, vor allem für die subtilere und daher leichter zu übersehende Form der seelischen Misshandlung von Kindern. Meredith kümmerte sich nun seit fünf Jahren ehrenamtlich darum und bot in Zusammenarbeit mit der *American Professional Society on the Abuse of Children* diese wöchentlichen Kurse an. Julia unterstützte sie dabei, seit sie ihre Ausbildung beendet hatte. Mit ihren Hauptfächern Kinderpsychologie und Pädagogik war sie dazu in idealer Weise geeignet. Sie konnte sich ihrer Karriere als Lehrerin widmen und zugleich etwas tun auf einem Gebiet, das ihr sehr am Herzen lag.

Wenn der Weg bloß nicht so endlos wäre ...

»Ich habe keine Geduld. Ich bin pragmatisch«, sagte Meredith jetzt. »Und das bist du auf deine Art auch. Du bist einfach nur viel emotionaler als ich – zumindest nach außen.« Sie drückte die Hand ihrer Tochter. »Warum kommst du nicht mit nach Hause? Wenigstens für die eine Nacht, wenn du schon nicht das ganze Wochenende bleiben willst?«

»Ich kann wirklich nicht, Mom.« Julia bemühte sich, die Sorgen ihrer Mutter zu zerstreuen. »Ich erwarte heute Abend noch einen Anruf von Greg. Er wollte uns Karten für ein Musical besorgen. Und dann möchte ich unbedingt morgen früh zu Brians Baseballspiel. Es ist das Saisoneröffnungsspiel, und er ist der Pitcher. Das darf ich einfach nicht versäumen.«

»Nein, natürlich nicht.« Ihre Mutter lächelte liebevoll. »Ich darf gar nicht daran denken, was passiert, wenn Brian Stratford irgendwann die Grundschule verlässt. Aber wenn ich es mir so recht überlege, weiß ich, was passieren wird. Er wird einmal in der Woche bei dir in der Schule auftauchen, um dir seine neuen Freunde vorzustellen, und du wirst während der Frühjahrssaison jeden Samstag auf den Sportplatz fahren, um ihn anzufeuern.«

Zum ersten Mal an diesem Abend lächelte Julia. »Wahrscheinlich. Deshalb bin ich auch gar nicht so begeistert davon, dass Brians Vater für den Senat kandidiert. Zumal ich mir sicher bin, dass er die Wahl gewinnen wird. Er ist ein großartiger Bürgermeister, und er wäre ein ebenso guter Senator. Ich hoffe nur, dass er nicht vorhat, anschließend nach Albany zu ziehen. Ich würde Brian schrecklich vermissen – auch wenn er bis dahin längst nicht mehr in meiner Klasse sein wird. Er wird dann schon im dritten Schuljahr sein.«

»Glaubst du ernsthaft, die Tatsache, dass er nicht in deiner Klasse ist, würde ihn von dir fern halten?«, fragte Meredith und lächelte erneut. »Er ist nicht von deiner Seite gewichen, seit du ihm an einem seiner ersten Schultage in der Pause beigebracht hast, einen Effetball zu werfen. Seither ist er dir ein treuer Freund.«

»Brian ist ein ganz besonderes Kind. Er ist so offen und sensibel, und er ist intelligent und reif. Eines Tages wird er auf dieser Welt etwas bewegen, da bin ich ganz sicher. Wirklich, ich wünschte, es gäbe mehr Menschen wie ihn.« Julia bemühte sich um einen unbeschwerteren Ton. »Und was seine Treue angeht, kenne ich tatsächlich kaum Männer, die mit ihm vergleichbar wären. Außer Dad natürlich.«

»Was ist denn mit Greg?«, erkundigte Meredith sich vorsichtig. Auch wenn sie und Julia ein sehr enges Verhältnis hatten, versuchte sie, die Privatsphäre ihrer siebenundzwanzigjährigen Tochter zu respektieren. Dennoch sorgte sie sich, ob begründet oder nicht, um diesen Aspekt in Julias Leben. »Fällt er auch in diese Kategorie, oder hast du ihm noch gar keine Chance gegeben, seine Treue zu beweisen?«

Julia zuckte mit den Schultern, und ihr seidiges, kastanienbraunes Haar flog auf und ab. »Keine Ahnung«, meinte sie. »Ich kenne Greg noch nicht sehr gut. Wir treffen uns erst seit einem Monat regelmäßig. Und das bedeutet in unserem Fall, dass wir uns genau sechs Mal verabredet haben. Er hat noch mehr zu tun als ich. Ich manage eine Klasse – er managt eine Stadt. Nicht politisch, sondern organisatorisch und finanziell. Er versinkt total in Arbeit.«

»Also stimmt die Chemie zwischen euch nicht.«

Julia sah ihre Mutter erstaunt an. »Das habe ich nicht gesagt.«

»Das brauchst du auch nicht.« Meredith neigte den Kopf zur Seite. Ihr glänzendes dunkles Haar hatte fast dieselbe Farbe und Struktur wie das ihrer Tochter, nur dass sie es kurz geschnitten trug. »Ich bin noch nicht so alt, um nicht mehr zu wissen, wie es ist, wenn man sich verliebt. Das dauert keinen Monat und ist auch nicht rational steuerbar. Es passiert einfach, manchmal auf eine Art und Weise, die überhaupt keinen Sinn macht. Aber ich schätze, das weißt du längst, oder?«

Unbehagliches Schweigen.

»Julia, das Leben steckt voller Überraschungen. Manchmal reißen sie dich aus der Bahn. Das kann riskant sein. Risiken sind nicht immer schlecht, sie sind nur manchmal unangenehm – vor allem wenn sie einen Plan durchkreuzen, den man für sich selbst für richtig hält. Verlass dich auf deine Instinkte. Lass dich nicht von irgendwelchen Ängsten beeinflussen.«

Erneut entstand eine unangenehme Pause. »Mich beeinflussen keine Ängste, Mom. Höchstens meine Arbeit.«

»Wenn du meinst.«

Eine weitere Pause. »Ich muss jetzt fahren.« Julia erhob sich hastig und wich dem aufmerksamen Blick ihrer Mutter aus. Das Letzte, was sie jetzt wollte, war diese eine Diskussion. Es ging ihr zu nah. In letzter Zeit war sie sich nicht mehr so sicher, wo ihre Prinzipien aufhörten und ihr Unwohlsein begann. Und sie hatte keine Lust es herauszufinden.

Sie suchte ihre Tasche und ihre Unterlagen zusammen. »Danke für den Kaffee. Und dafür dass du mich ein bisschen aufgemuntert und über Brian gesprochen hast. Deine mütterliche Medizin hat gewirkt. Ich fühle mich jetzt viel besser.« Sie stand auf und beugte sich vor, um ihrer Mutter einen Kuss auf die Wange zu geben. »Umarm Dad von mir. Ich rufe dich im Laufe der nächsten Woche an.«

»Tu das.« Meredith' Stimme klang unbeschwert, aber sie betrachtete das Gesicht ihrer Tochter ganz genau, als hätte sie noch eine Menge mehr zu sagen, was sie aber klugerweise zurückhielt. »Ich möchte unbedingt erfahren, wer dieses Saisoneröffnungsspiel gewonnen hat.«

»Das wirst du.«

Julia verließ das Bistro und überquerte die Straße, um zu ihrem Auto zu gehen. Sie blieb stehen und warf einen kurzen Blick auf die vertrauten Straßen, wo sie aufgewachsen war. Wehmut überfiel sie, als sie sich an die Geborgenheit erinnerte, die sie als Kind hier empfunden hatte – nicht jedes Kind hatte das Glück, diese Geborgenheit erleben zu dürfen. Sie war fest entschlossen, daran etwas zu ändern, dafür zu sorgen, dass immer mehr Kinder die Sicherheit bekamen, die sie verdienten. Vielleicht war dieses Ziel idealistisch, aber sie würde darum kämpfen.

Trotzdem. Julia musste wieder an die Ergebnisse des heutigen Workshops denken. Manchmal war es sehr mühsam, sich diesen Idealismus zu bewahren.

Aber sie würde nicht aufgeben.

»Wirklich? Bist du sicher, dass die Aufnahmen scharf sind?« Greg Matthews streckte seine langen Beine vor sich aus. Er lehnte sich in seinem Wohnzimmer auf dem Ledersessel zurück, hielt das Telefon in der Hand und hörte sich die Informationen, die er vom anderen Ende der Leitung erhielt, aufmerksam an. »Das ist genau das, worauf ich gehofft hatte. Schick sie mir sofort rüber, ja? Ja. Heute Abend noch. Ich brauche sie für das Meeting morgen.«

Er legte auf und überlegte, welches die beste Strategie für sein bevorstehendes Frühstücksmeeting sein würde. Normalerweise machte er samstags keine Termine. Aber in diesem Fall blieb ihm keine andere Wahl. Und wenn die Dinge wie geplant verliefen, würde es das auch wert sein. Dann würde er am Montag die Sache ins Rollen bringen – und sie würde eine solide Investition für die Stadt und für ihn selbst bedeuten.

Er war rundum zufrieden. Sein Berufsleben kam endlich so richtig in Schwung. Jetzt musste er sich nur noch um sein Privatleben kümmern.

Nachdenklich stand er auf und warf einen Blick auf die Uhr. Halb zehn. Und Julia war immer noch nicht zu Hause. Er hatte seit Mittag zwei Nachrichten auf ihrem Anrufbeantworter hinterlassen. Keine Reaktion. Das bedeutete, dass sie noch nicht aus Poughkeepsie zurückgekehrt war. Er hoffte nur, dass sie nicht beschlossen hatte, bei ihren Eltern zu übernachten. Er hatte Broadway-Karten für den nächsten Abend, die er kurzfristig von einem ortsansässigen Geschäftsmann bekommen hatte. Er hatte es Julia erzählt, als sie vormittags telefoniert hatten, und sie hatte versprochen, den Samstagabend für ihn freizuhalten. Das Problem war nur, dass sie dabei so gehetzt geklungen hatte. Vermutlich war sie mit ihren Gedanken bereits bei dem Workshop gewesen, den sie heute Abend abhalten wollte. Deshalb hatte er nicht allzu viel Hoffnung, dass sie sich tatsächlich an ihre Verabredung erinnerte.

Er würde bis zehn Uhr warten. Dann würde er sie wieder anrufen. Julia Talbot war eine Klassefrau. Er hatte nicht die Absicht, sie entwischen zu lassen.

Vor allem jetzt nicht.

3

31. März
Leaf Brook, New York

Stephen Stratford schaute auf sein Autotelefon. Er war versucht, den Anruf, der ihm so unter den Nägeln brannte, zu tätigen, noch während er das letzte Stück zum Baseballstadion fuhr. Weder seine Frau noch sein Sohn würden es bemerken. Sie saßen auf dem Rücksitz seines Geländewagens und waren mit der kleinen Krise beschäftigt, die sich soeben ereignet hatte.

Von Brians Trikot war ein Knopf abgesprungen.

Unglücklicherweise hatte sich dieser Knopf genau in der Mitte seines Hemds gelöst und nicht etwa an einer Stelle, die weniger auffällig war und wo das Fehlen eines Knopfes bei diesem einen Spiel gar nicht aufgefallen wäre. Glücklicherweise reiste Nancy nie irgendwohin ohne ihre Erste-Hilfe-Ausrüstung und ihr Nähzeug – zumindest nicht seit Brians Kleinkindzeit, als sich bereits abgezeichnet hatte, was für ein Wirbelwind er einmal werden würde.

Nancy hatte ihrem Sohn bereits aus dem Hemd heraus- und in seine Aufwärmjacke hereingeholfen und widmete sich nun konzentriert ihrer Aufgabe, um rechtzeitig fertig zu werden. Brian erschwerte ihr die Sache noch, indem er vor Ungeduld wie ein Gummiball auf dem Rücksitz auf und ab hopste. Die offene Jacke schlug dabei rhythmisch gegen seine nackte Brust.

»Mom, wir sind fast da«, rief er und schaute aus dem Wagenfenster. »Das Spiel fängt in ein paar Minuten an. Ich brauche dringend mein Trikot.«

»Hier hast du es.« Nancy warf ihrem Sohn das fertige Hemd zu. »Schnell jetzt, raus aus deiner Jacke, damit wir dein Trikot wieder anziehen können. Bis Dad geparkt hat, siehst du wieder aus wie ein richtiger Profi-Pitcher. Die Yankees sind nichts gegen dich. Bloß dass sie aufgehört haben zu wachsen und ihre Uniformen passen. Wenn du deinen Muskeln mal sagen würdest, sie sollten ein bisschen langsamer wachsen, würde so etwas vielleicht nicht ganz so oft passieren.«

»Danke, Mom.« Brian schälte sich aus seiner Jacke und sah seine Mutter mit der ganzen Erleichterung eines Siebenjährigen an, dem gerade ein peinlicher Auftritt in aller Öffentlichkeit erspart worden war.

Nancy fuhr ihm durch die Haare, während er sein Trikot überstreifte. »Komm, ich helfe dir beim Zuknöpfen, dann kannst du losrennen.«

Keine Zeit für Telefongespräche, dachte Stephen, nahm das Handy aus der Halterung und steckte es in seine Jackentasche. Das Baseballfeld kam in Sicht. Seine vielversprechende Investition würde noch warten müssen.

Frustriert steuerte er den Wagen auf den Parkplatz. Kieselsteine flogen auf, als er auf die Schattenplätze in der Nähe der unüberdachten Tribünen zufuhr.

Brian presste die Nase gegen die Fensterscheibe. »Ist Miss Talbot da?«

»Ich weiß es nicht, Darling.« Nancy folgte seinem Blick und versuchte, unter den Leuten, die auf den Eingang zustrebten, Brians Lehrerin auszumachen. Am Tag der Saisoneröffnung war immer viel los. Die Eltern der Grundschüler von Leaf Brook engagierten sich für ihre Kinder. Und die Baseballsaison war hier sehr wichtig. Das wiederum bedeutete, dass zum ersten Spieltag alles kam, was Beine hatte, Eltern und Großeltern, Geschwister und Freunde.

»Ich kann Miss Talbot nicht sehen«, meinte Nancy und löste ihren Sicherheitsgurt, als das Auto zum Stehen kam. »Aber das heißt gar nichts. Es sind einfach viel zu viele Leute, um etwas Genaues zu erkennen.«

»Wie ich Miss Talbot einschätze, ist sie bestimmt da«, versicherte Stephen seinem Sohn. Er stellte den Motor aus und schob seine eigenen Probleme erst einmal nach hinten. Während des Spiels würde er sicherlich Gelegenheit haben, sein Telefongespräch zu führen. Wenn Brians Team mit dem Schlagen an der Reihe war, würde er sich entschuldigen und für ein oder zwei Minuten verschwinden. »Vor allem, wenn sie es dir versprochen hat. Sie hat bisher noch kein Versprechen gebrochen, das sie dir gegeben hat.«

»Ich weiß.« Brian sah immer noch besorgt aus. »Aber es ist das erste Spiel der Saison. Was ist, wenn sie vergessen hat zu kommen? Der Winter ist lang. Seit September gab es keine Spiele. Sie ist aus dem Training.«

Stephen schmunzelte, als er aus dem Auto stieg, Nancy die Tür öffnete und die Wasserflasche nahm, die sein Sohn jedes Mal vergaß. Dass ein Zuschauer aus dem Training sein könnte, so etwas konnte nur Brian einfallen.

Seine Frau kletterte vom Rücksitz und warf einen kurzen Blick auf ihren Mann, ehe sie Brian half, seine Ausrüstung auszuladen. »Heute eröffnet die Juniorliga die Saison. Und es ist kein Geheimnis, wer wirft. Ich vermute, angesichts der bevorstehenden Wahlkampagne wird die Presse sich auf dich stürzen.«

»Wahrscheinlich.« Stephen zuckte mit den Schultern. »Ich werde mit ihnen reden – *nach* dem Spiel. Jetzt bin ich erst einmal nur Brians Vater. Nicht der Bürgermeister. Und auch nicht der Kandidat für den Senatorenposten.«

Nancy warf ihm ein kurzes Lächeln zu, das ihn an die glückliche junge Frau erinnerte, die er vor zehn Jahren geheiratet hatte. Er wünschte sich, er könnte sie häufiger so zum Lächeln bringen. In letzter Zeit sah sie oft müde und erschöpft aus.

Er hasste es, dafür verantwortlich zu sein.

Aber verdammt, ihm stand das Wasser bis zum Hals.

Sie steuerten gerade das Spielfeld an, als ein silberner Mercedes SL500 mit offenem Dach auf den Parkplatz bog. Der Fahrer hupte, dann streckte er den Arm heraus, um zu winken.

»Onkel Connor!« Brians Gesicht leuchtete auf, und er winkte stürmisch zurück. Aufgeregt hüpfte er von einem Fuß auf den anderen, während er zusah, wie sein Onkel einparkte. Dann rannte er los, um den großen, dunkelhaarigen Mann zu begrüßen, der aus dem Wagen gestiegen war und auf sie zukam.

»Ich wusste gar nicht, dass du kommst«, rief Brian, gab ihm fünf und grinste von einem Ohr zum anderen, während sie gemeinsam zu Stephen und Nancy gingen.

»Hast du etwa gedacht, ich würde dein erstes Spiel versäumen?« Connor Stratford lächelte eines seiner seltenen

Lächeln, die er für seinen Neffen reserviert hatte. »Cooler Handschuh«, meinte er mit einem Blick auf den Fanghandschuh, den Brian zu Weihnachten bekommen hatte. »Aber dein Trikot sieht ein bisschen eng aus. Ich glaube, du bist seit dem letztem Monat tüchtig gewachsen.«

»Bin ich auch. Vor allem meine Muskeln. Mir ist vorhin ein Knopf vom Hemd gesprungen. Mom musste ihn im Auto festnähen.«

Connor beugte sich vor, um seine Schwägerin auf die Wange zu küssen. »Das war sicher ein besonderes Vergnügen. Mit so einem Instrument zu hantieren, während dieser Wirbelwind neben dir sitzt und mein Bruder mit hundert Sachen rast, um pünktlich hier zu sein. Ich beneide dich nicht.«

»Achtzig«, korrigierte Stephen und schüttelte Connor die Hand. »Ausgerechnet du musst das sagen. Wie viele rote Ampeln hast du denn zwischen Manhattan und hier überfahren? Und wie viele Autos hast du in einer Staubwolke weit hinter dir gelassen?«

»Nicht viele.« Connor legte den Arm um Brians Schulter und ging mit ihm in Richtung Spielfeld. »Samstagsmorgens ist es auf dem West Side Highway ziemlich ruhig. Ich glaube nicht, dass ich allzu viel Schaden angerichtet habe.«

Stephen nahm Nancys Hand und folgte seinem Bruder. Dabei schaute er sich automatisch nach Leuten von der Presse um. Sie waren da, natürlich, mit Kameraausrüstung und allem. Die gute Nachricht war, dass sie ihn noch nicht entdeckt hatten. Vielleicht konnte er ja ein paar Innings in Ruhe genießen, ehe sie sich auf ihn stürzten. Besser noch, vielleicht konnte Connor sich ja etwas ausdenken, um sie abzuschütteln. Niemand war kreativer als sein jüngerer Bruder, wenn es darum ging, gute Strategien zu entwickeln. Es lag ihm im Blut, ebenso wie es ihrem Vater im Blut lag. Es hatte aus Harrison Stratford den Multimillionär und Geschäftsmogul gemacht, der er heute war. Und es hatte aus

Connor den außergewöhnlich erfolgreichen Risikokapitalisten gemacht, der er heute war.

Ein Risikokapitalist, der wahnsinnig viel zu tun hatte. Zu viel, um einen großen Teil des Samstags zusammen mit seiner Familie zu verbringen.

Unter normalen Umständen hätten da alle Alarmglocken bei Stephen schrillen müssen. Wenn Connor unerwartet in Leaf Brook auftauchte, dann kam er normalerweise, um seinem Bruder auf die Finger zu schauen. Heute jedoch nicht. Heute war er wegen Brian hier. Und wenn es um Brian ging, waren Connors Gefühle aufrichtig. Die beiden waren ganz vernarrt ineinander.

Also schrillten die Alarmglocken nicht. Und es gab keine besonderen Spannungen zwischen den Brüdern.

»Schön, dass du hier bist«, murmelte Stephen Connor zu. »Ich dachte, du hättest so viel Arbeit.«

»Die Arbeit kann warten. Mein Pitcher-Ass nicht.« Connor zupfte am Rand der Baseballkappe, die das Pitcher-Ass gerade hastig aufgesetzt hatte.

»Mein Arm ist in Superform«, verkündete Brian. »Das hat der Trainer gesagt. Und Miss Talbot auch. Wusstest du eigentlich, dass sie als Kind den schnellsten Effetball in der ganzen Nachbarschaft werfen konnte? Ihr Dad hat es ihr beigebracht. Er war früher auch Pitcher in der Juniorliga, aber das ist Trillionen von Jahren her. Hast du das gewusst?«

»Ich schätze, das hast du mir ungefähr dreißig oder vierzig Mal erzählt«, antwortete Connor trocken.

»Egal. Auf jeden Fall versteht Miss Talbot eine Menge von Effetbällen. Und sie hat gesagt, meiner wäre dieses Jahr noch besser als letztes Jahr.«

»Das bezweifle ich nicht.« Connor blinzelte gegen die Sonne. Sie hatten die Tribünen inzwischen erreicht, und er schaute sich um, weil er wissen wollte, wo sich die Presse positioniert hatte.

Ganz plötzlich streckte Brian den Zeigefinger aus und schrie aufgeregt. »Da ist ja Miss Talbot! Da vorne. In der ersten Reihe. Lass uns zu ihr gehen und Hallo sagen.«

Leider war Miss Talbot nicht die Einzige in der ersten Reihe, wie Connor sofort feststellte. Drei Reporter und zwei Fotografen standen unmittelbar neben ihr – eine ziemliche Medienpräsenz für ein kleines Juniorligaspiel. Offenbar waren sie gekommen, um mit dem Bürgermeister zu sprechen oder besser gesagt mit dem Senatorenanwärter. Sie hatten die Stratfords nur noch nicht gesichtet, aber das würde sich gleich schlagartig ändern. Normalerweise war das kein Problem. Stephen wuchs über sich hinaus, wenn er vor einer Kamera stand. Mit seiner natürlichen Ausstrahlung konnte er jedes Publikum leicht für sich einnehmen. Mühelos wickelte er Journalisten, Fotografen und sein Wählerpublikum gleichermaßen um den Finger, machte ihre Träume zu seinen Träumen und ihre Hoffnungen zu seinen Absichten. Ohne viel dafür zu tun, stand Stephen immer im Zentrum der Aufmerksamkeit.

Heute würde das nicht so sein. Heute war Brians Tag, heute stand Brian im Mittelpunkt. Sein Vater würde es so haben wollen.

Wie zur Bestätigung spannte Stephen sich und hielt den Blick starr auf die lauernden Reporter gerichtet. Seine Körpersprache unterstrich Connors Einschätzung: Er wollte in Ruhe gelassen werden, bis das Spiel vorüber war. Dann würde er sich um die Presseleute kümmern.

»Brian, dein Trainer macht dir gerade ein Zeichen«, meinte Connor. »Die Mannschaft wartet. Wink Miss Talbot vom Spielfeld aus zu. Sie wird das verstehen. Wir können ja später noch Hallo sagen. Jetzt wärmst du dich besser ein bisschen auf, und wir anderen suchen uns einen Platz, sonst verpassen wir noch den Anfang. Wir setzen uns dort drüben hin.« Er zeigte auf eine Sitzreihe direkt hinter dem

Schlagrand. »Von da aus haben wir den besten Blick auf die Abwurfstelle.«

»Tja dann ...« Brian sah unentschlossen aus. Offenbar war er hin- und hergerissen zwischen dem Wunsch, Miss Talbot zu begrüßen, und dem Unwillen, sich seinem Onkel zu widersetzen.

Die Waagschale bewegte sich schließlich zu Connors Gunsten, als Brians Mannschaftskameraden ihm zuwinkten.

»Also gut«, willigte er ein. Er verabschiedete sich von seinen Eltern, streckte siegesgewiss den Daumen in die Höhe und lief davon. Auf halbem Weg zum Spielfeld drehte er sich um und winkte Miss Talbot strahlend zu. Sie setzte sich aufrecht hin, lächelte ihm zu und winkte zurück.

»Danke«, murmelte Stephen in Connors Richtung, während sie sich alle in der zweiten Tribünenreihe einrichteten, die er ausgesucht hatte – und die zufällig weit von der Presse entfernt war. »Wenn ich oder Nancy das gesagt hätten, hätte er nie gehört.«

»Ihr seid seine Eltern. Ich bin sein Onkel. Ihr macht die Arbeit, ich bin für das Vergnügen zuständig. Deshalb gewinne ich jeden Beliebtheitswettbewerb.« Connor beobachtete die kurze Szene zwischen Brian und seiner Lehrerin. »Wo wir gerade von Beliebtheitswettbewerb sprechen, euer Sohn ist anscheinend immer noch ganz verrückt nach Miss Talbot, oder?«

»Und ob.« Stephen nickte. »Er spricht von Sonnenaufgang bis Sonnenuntergang von ihr. Aber ich verstehe ihn gut. Sie ist eine tolle Lehrerin, die sich unglaublich gut darauf versteht, die Kinder zu motivieren.«

»Dann kann sie also noch mehr als nur Effetbälle werfen«, kommentierte Connor trocken.

»Keine Frage«, mischte Nancy sich ein, die aus ihrer Bewunderung für Brians Lehrerin keinen Hehl machte. »Obwohl ihr sportliches Talent nicht schadet. Ebenso wenig wie die ganze Zeit, die sie zusätzlich aufbringt, um mit den Kindern zu trainieren. Aber Stephen hat Recht. Sie ist eine ziemlich gute Pädagogin. Sie ist klug und begeisterungsfähig. Und sie ist in der Lage, die Welt durch die Augen der Kinder zu sehen. Ich kann mir vorstellen, dass das in der Welt, in der du arbeitest, nicht weiter von Bedeutung ist, aber es ist eine bemerkenswerte Fähigkeit, die viel Einsicht und Sensibilität erfordert. Und mit diesen ganzen Eigenschaften verfügt Miss Talbot über eine sehr seltene Kombination.«

»Selten? Ich würde eher sagen ausgestorben.« Connor warf einen kurzen Blick in Julias Richtung. Es war beileibe nicht der erste Blick, der ihr gegolten hatte. Julia Talbot zu übersehen war äußerst schwierig, selbst aus der Ferne. Und aus der Nähe war sie eine absolute Sensation. Er wusste das aus erster Hand, schließlich war er ihr dank Brian schon fünf oder sechs Mal begegnet.

Sie hatten nie mehr als ein paar Worte gewechselt. Das war keine Überraschung. Nach Nancys Beschreibung waren ihre und seine Welt ja auch Lichtjahre voneinander entfernt. Sie lebte in einer idealistischen, behüteten Umgebung, die von Kinderlachen beherrscht war. Er lebte in einer kalten Wirklichkeit, wo Geld und Macht alles bedeuteten, eine Welt, die ihm schon vor langer Zeit die rosarote Brille von der Nase gerissen hätte – wenn er je eine gehabt hätte. Aber als Stratford hatte er von Anfang an gelernt, dass das Leben eine einzige große Herausforderung war, die man entweder annahm oder von der man überrollt wurde.

Lichtjahre voneinander entfernt war noch milde ausgedrückt. Er konnte gar nicht glauben, dass jemand so Naives wie Julia Talbot überhaupt existierte. Und nach der Mauer zu urteilen, die sie jedes Mal um sich herum errichtete, wenn sie miteinander sprachen, war sie von ihm ebenso wenig angetan wie er von ihr.

Das hielt ihn jedoch nicht vom Hinschauen ab.

Sie war sehr hübsch, auf eine viel natürlichere und wahrhaftigere Weise als die Frauen, in deren Kreisen er sich sonst bewegte. Ihre Züge waren weich und makellos, und sie war so gut wie ungeschminkt. Auf ihrer Stupsnase trug sie eine modische Sonnenbrille. Das seidige kastanienbraune Haar hatte sie zu einem französischen Zopf geflochten, aber ein paar Strähnen hatten sich gelöst und fielen ihr ins Gesicht. Sie trug eine leichte Jacke und Jeans, die ihre schlanke Figur leider nur erahnen ließen. Aber Connor hatte sie auf Brians Sommersportfest gesehen, im Juli oder August, als sie nur ein T-Shirt und knappe Shorts angehabt hatte. Julia Talbot hatte einen Körper, der Männern den Schlaf raubte.

Im Augenblick drehte sie ihm den Rücken zu, ihre gesamte Konzentration galt Brian. Sie jubelte und schrie, als er und seine Mannschaft aufs Feld liefen.

»Sie ist mit Greg Matthews zusammen.«

»Hm?« Connor warf seinem Bruder einen verständnislose Blick zu. »Wer?«

»Julia Talbot. Greg hat es mir diese Woche nach der Stadtratssitzung erzählt. Er scheint die Sache ziemlich ernst zu nehmen.«

»Du machst Witze. Sie passen doch überhaupt nicht zusammen. Er ist ein aalglatter Geschäftsmann mit genug politischen Ambitionen, um selbst für ein Amt zu kandidieren. Und sie ...« Connor schüttelte den Kopf. »Es wäre wie ein Lamm in der Höhle des Löwen.«

»Ja, das habe ich auch gedacht.«

»Wie lange geht das zwischen ihnen schon?«

»Ungefähr einen Monat. Sie haben sich bei einem Empfang für die Direktorin ihrer Schule kennen gelernt.«

Connor antwortete mit einem Achselzucken. »Es ist manchmal rätselhaft, warum sich Menschen voneinander angezogen fühlen. Aber ich bin ja kein Experte. Meine Erfolge bei Frauen halten sich schließlich auch in Grenzen.«

»Das liegt nur daran, dass du mit deiner Arbeit verheiratet bist, genau wie die Frauen, mit denen du dich einlässt. Das ist natürlich keine gute Ausgangsposition für ein ›Bis dass der Tod euch scheidet‹.«

Connor entging nicht, dass eine Spur Verbitterung in Stephens Stimme mitschwang. Er hätte seinen Bruder sofort darauf angesprochen, wenn Brian nicht gerade begonnen hätte, sich aufzuwärmen, um seinen ersten Wurf zu versuchen.

Fragen würden warten müssen.

Aber das unbehagliche Gefühl, das seit dem letzten Besuch in Leaf Brook an Connor nagte, wurde noch stärker.

Im fünften Inning, als Brians Team 3:1 führte, begann Stephen unruhig zu werden. Connor runzelte die Stirn, als er die Anzeichen bemerkte, und hoffte, dass er sie falsch interpretierte.

Doch das, was Stephen als Nächstes tat, zeigte ihm, dass es nicht so war.

Stephen erhob sich und drängte sich an Nancy vorbei, die den Platz am Mittelgang hatte. Gleichzeitig griff er in seine Tasche und zog sein Handy heraus. »Ich muss kurz telefonieren«, meinte er nur. »In einer Minute bin ich zurück.«

»Jetzt?«, fragte Connor. »Brians Team führt gerade.«

Stephens kalter Blick gab Connor unmissverständlich zu verstehen, dass er sich um seine eigenen Angelegenheiten kümmern sollte. »Es sind noch fünf Batter an der Reihe, ehe Brian wieder wirft. Ich werde bestimmt nichts verpassen.«

Er verließ die Bank und entfernte sich.

Connor sah, dass Nancy die Lippen fest aufeinander

presste und schluckte, so als müsste sie mit den Tränen kämpfen. Aber sie nahm den Blick keine Sekunde vom Spielfeld.

Wieder ein Warnzeichen.

»Nancy?« Connor senkte die Stimme. »Was ist los?«

Er wusste genau, dass sie ihn gehört hatte. Aber sie gab keine Antwort.

»Nancy.« Connor würde so schnell nicht aufgeben. »Steckt mein Bruder in Schwierigkeiten?«

Sie drehte den Kopf nur ganz leicht in Connors Richtung. Aber er konnte den Schmerz in ihrem Gesicht sehen. »Lass ihn, Connor. Es ist nur der Stress wegen der bevorstehenden Wahl. Es belastet ihn. Es ist schon okay.«

Wie häufig hatte Connor diese Worte schon gehört? »Verflucht«, zischte er.

»Es ist schon okay«, wiederholte Nancy. »Wirklich. Es ist nichts, womit ich nicht zurechtkäme. Und was das Politische angeht, hat Cliff alles unter Kontrolle. Er kümmert sich um den Wahlkampf, sorgt dafür, dass alles glatt geht. So hat Stephen nicht so viel um die Ohren. Sobald die Vorab-Umfragen die Zahlen bringen, auf die wir hoffen, wird sich alles wieder beruhigen.«

Alles. Was sie eigentlich meinte, war Stephen.

Connor schaute sich rasch um, sah niemanden, der ihnen zuhörte, nur applaudierende Eltern und mitgerissene Zuschauer. Dennoch zwang er sich, die Sache nicht allzu weit nach vorn zu drängen. Er war ein Stratford, seit frühester Kindheit darauf trainiert, seine Familie unter allen Umständen zu schützen. Und dazu gehörte auch, in der Öffentlichkeit keine schmutzige Wäsche zu waschen. Alle Einzelheiten würden bis später warten müssen – und dann würde er sehen, was er herausbekam. Weder sein Bruder noch seine Schwägerin waren sehr auskunftsfreudig. Nancy war immer bemüht, Stephen zu schützen, und Stephen war stets bemüht, sich selbst zu schützen. Beide waren sehr verschlossen.

Die einzig gute Nachricht war, dass Cliff Henderson für die Wahlkampagne verantwortlich war. Es würde die Belastungen für Stephen erheblich reduzieren, und das wiederum würde auch seine Probleme einigermaßen in Schach halten.

Diese Aussicht beruhigte Connor ein wenig. Cliff war Stephens ältester und engster Freund. Er war zugleich sein Anwalt und nun auch noch zuständig für seinen Wahlkampf. Ihre Freundschaft ging weit zurück. Sie waren zusammen in Yale auf dem College gewesen und hatten anschließend auf die juristische Fakultät gewechselt. Dort hatten sie auch Nancy kennen gelernt. Sie stand kurz vor ihrem Collegeabschluss, als die beiden Männer im vierten Semester Jura waren. Eigentlich war Cliff ihr als Erster begegnet und ein paar Mal mit ihr ausgegangen, aber die Beziehung war nicht richtig in Schwung gekommen. Als sie und Stephen sich dann kennen gelernt hatten, war es Liebe auf den ersten Blick gewesen. Sie hatten geheiratet, nachdem Nancy mit dem College fertig gewesen war und Stephen die Zulassung als Barrister für die Gerichte in den Bundesstaaten Connecticut und New York bekommen hatte. Zunächst hatten sie sich in Connecticut niedergelassen und Harrison Stratfords Beziehungen genutzt, um Stephens Karriere voranzutreiben. Als Harrison schließlich der Ansicht war, es sei Zeit für die politische Laufbahn seines Sohnes, waren sie nach Leaf Brook gezogen, eine aufstrebende Stadt, die Harrison für Stephens politische Ambitionen für geeignet hielt.

Im Laufe dieser ganzen Zeit war Cliff Stephen immer ein treuer Freund geblieben. Er war schließlich nach Westchester gezogen, in die Nähe der Kanzlei, die er inzwischen gegründet hatte und die nur eine halbe Stunde Autofahrt von Stephen und seiner Familie entfernt war.

Connor mochte Cliff. Er war ein anständiger Kerl, intelligent und schnell, wenn es darum ging, Zusammenhänge klar zu erkennen. Cliff glaubte an Stephen und dessen Zukunft, und als für Stephen der Zeitpunkt gekommen war, der Forderung seines Vaters nachzukommen und sich um ein politisches Amt zu bewerben, war Cliff sofort zur Stelle gewesen, um ihn in seinem Wahlkampf nach Kräften zu unterstützen.

Cliff war klug. Zu klug, um nach zwanzig gemeinsamen Jahren nichts von Stephens Problemen zu wissen – oder zumindest zu vermuten. Aber was immer er über die Leiche in Stephens Keller wusste oder zu wissen glaubte, er behielt es für sich. Stattdessen bot er sich immer wieder an, tauchte dort auf, wo er gebraucht wurde, und tat, was getan werden musste.

Tat, was getan werden musste. Nun, *hier* lag der Haken.

Connor presste frustriert die Handflächen zusammen. Das Schlimme war, dass Stephens Problem einfach nicht verschwand. Es ging auf und ab, je nachdem wie hoch die Belastungen in seinem Leben waren. Und die Menschen, die ihm nah waren, mussten dieses Auf und Ab mit ihm vollziehen, mussten ihm eine Stütze sein, ihm beim Überleben helfen und das Hässliche zugleich vor dem öffentlichen Auge verborgen halten – *und* vor Harrison Stratford.

Das wurde zunehmend schwieriger.

»Alles geregelt«, verkündete Stephen und ließ sich wieder auf seinen Platz fallen. »Ich habe doch nichts verpasst, oder?«

»Offenbar nicht«, murmelte Connor.

Stephen warf seinem Bruder einen Seitenblick zu. »Es war ein geschäftliches Gespräch.«

»Tatsächlich?« In Connors Stimme lagen deutliche Zweifel.

»Ja, tatsächlich.« Stephen richtete seine ganze Aufmerksamkeit wieder aufs Spielfeld. »Also lass mich in Ruhe.«

Erneut verdrängte Connor seine Bedenken – vorerst. Aber diese Angelegenheit war noch nicht beendet. Er hatte eigentlich vorgehabt, nach Brians Spiel und einer gemeinsamen Siegesfeier wieder in die Stadt zurückzufahren. Aber das Verhalten seines Bruders ließ ihn seine Pläne ändern. Er würde nun mit zu Stephen nach Hause fahren, den Nachmittag dort verbringen und bei passender Gelegenheit ein Vier-Augen-Gespräch mit seinem Bruder führen – ganz gleich, ob Stephen in der Stimmung dazu war, sein Herz auszuschütten.

Das Endergebnis lautete 7:2, Brians Team – und seine Effetbälle – gingen als Sieger aus dem Spiel hervor.

Julia applaudierte und pfiff, als Brian von seinen Mannschaftskameraden gefeiert wurde. Er hatte es verdient, denn er hatte fantastisch geworfen. Sie war sehr stolz, als er sich schließlich von seinen feiernden Mannschaftskameraden löste und sie hinüberführte, um sich mit der geschlagenen Mannschaft in einer Geste von Fairness die Hände zu schütteln. Selbst in seinem zarten Alter vergaß Brian nie, sich um die Gefühle anderer Menschen zu kümmern. Dies war ein Charakterzug, der ihm auch dann noch anhaften würde, wenn sein beneidenswerter Wurf-Arm längst eine schöne Erinnerung sein würde.

Sie sah zu, wie sein Team auseinander ging, und ihr Herz wurde ganz warm, als er sofort auf seine Familie zustürmte, die von der Tribüne geklettert war, um ihn zu empfangen. Seine Mom, eine elegante, schlanke Frau mit glatten blonden Haaren und einem strahlenden Lächeln, umarmte ihn fest und beugte sich vor, um ihm etwas zu sagen, was sein Gesicht aufleuchten ließ. Und sein Dad, Bürgermeister Stratford, stand direkt hinter ihr und betrachtete ihn mit einem stolzen Lächeln.

Er wollte gerade etwas zu Brian sagen, als die Presse auf ihn losging.

»Herr Bürgermeister, was ist es für ein Gefühl, einen so

großartigen Pitcher in der Familie zu haben?«, hörte Julia eine Reporterin fragen. Sie tat das auf eine Art und Weise, die ganz deutlich machte, dass dies nur ihre einleitende Frage war, auf die die Fragen folgen würden, die sie *eigentlich* stellen wollte.

Stephen Stratford lächelte sein charmantes Lächeln, mit dem er Eisberge zum Schmelzen bringen konnte. Er war ein erstaunlich attraktiver Mann – groß, breitschultrig, mit tiefschwarzem Haar und saphirblauen Augen, die Wärme und Freundlichkeit sowie Intelligenz und Klugheit ausstrahlten. Allein mit seinem unglaublich guten Aussehen, seinem natürlichen Charisma und seinen beeindruckenden Familienbeziehungen würde er vermutlich mühelos in den Senat gewählt werden. Aber er hatte noch mehr zu bieten: eine erfolgreiche fünfjährige Amtszeit als Bürgermeister. Im Laufe dieser Zeit hatte er sich als eine außergewöhnliche Führungspersönlichkeit erwiesen, als jemand, der die Wirtschaft von Leaf Brook entscheidend nach vorn gebracht hatte und der sich engagiert hatte für die Schulen und Grünanlagen der Stadt. In Julias Augen war er ein aussichtsreicher Kandidat für einen Platz im Senat. Und er würde dort nicht Halt machen. Julia war sich sicher, dass Stephen Stratford noch im nächsten Jahrzehnt aus Albany in den US-Senat nach Washington einziehen würde.

»Hallo, Cheryl.« Er begrüßte die aufdringliche Journalistin und ließ sich trotz ihrer nervenden Art die gute Laune nicht verderben. »Wenn Sie mir bitte kurz gestatten würden, meinem Sohn zu gratulieren, werde ich Ihre Fragen anschließend gern beantworten.« Ohne eine Antwort abzuwarten, drehte er sich um und umarmte Brian stürmisch. »Tolles Spiel, du Superstar«, hörte Julia ihn sagen. »Und großartige Effetbälle.«

»Danke.« Brian grinste von einem Ohr bis zum anderen. Interessant, dass er die Presse kaum wahrzunehmen schien. Julia vermutete, dass er daran gewöhnt war, sie um sich herum zu haben. Mit einem übermächtigen Großvater und Vater und einer Familie, die ständig in den Nachrichten war und im Interesse der Öffentlichkeit stand, waren Journalisten wahrscheinlich etwas Alltägliches, auch für einen Siebenjährigen. Dennoch konnte Julia sich nicht vorstellen, selbst derartig im Mittelpunkt zu stehen.

Dafür konnte sie sich umso besser in seinen gegenwärtigen Zustand versetzen. Der Sieg hatte ihn beflügelt. Er strahlte, hüpfte herum, unfähig auch nur eine Sekunde still zu stehen, war voller Energie und Aufregung. Er löste sich von seinen Eltern und lief zu dem anderen großen Mann hinüber, der in ihrer Begleitung war und der ihn ebenfalls stolz umarmte.

Connor Stratford.

Julias Lächeln schwand, als sie sich seiner Anwesenheit bewusst wurde und die Nervosität spürte, in die sie sein Anblick jedes Mal stürzte und gegen die sie machtlos zu sein schien.

Das war es, wovon ihre Mutter am Vorabend gesprochen hatte und was für sie ein Hinderungsgrund für eine ernste Beziehung mit Greg war. Chemie hatte sie es genannt. Nun, wenn sie meinte. Julia würde es eher als unverständliche Faszination bezeichnen, die abgesehen von der körperlichen Anziehungskraft jeder Grundlage entbehrte und ihr ziemlich lästig war.

Ja, Connor Stratford war attraktiv – sehr attraktiv –, aber auf eine unangenehme und arrogante Art. Passend zu seiner Persönlichkeit. Und sie hasste Arroganz. So sehr, dass sie sich sofort von jedem abwandte, der über diesen Charakterzug zu verfügen schien, ganz gleich, wie gut er aussah. So war es zumindest bisher immer gewesen. Aber in diesem Fall schien alles irgendwie anders zu sein. Wieso, wusste sie nicht. Sie wusste bloß, dass sie Connor Stratford erst wenige Male getroffen hatte und dass es ihm jedes Mal gelungen war, sie aus dem Gleichgewicht zu bringen.

Sie senkte den Blick und versuchte ihre unbeabsichtigten Reaktionen auf einen Mann zu verstehen, den sie nicht einmal mochte.

Kaum zu glauben, dass er und Stephen Stratford Brüder waren. Okay, äußerlich war es offensichtlich. Sie sahen sich sehr ähnlich. Das gleiche dunkle Haar, die gleiche Größe und Statur, die gleichen blauen Augen. Nein, eigentlich verschiedene blaue Augen. Die des Bürgermeisters waren strahlend, funkelnd, warm und offen. Die Augen seines Bruders waren eher graublau, kühl und distanziert. Sie passten zu seiner Persönlichkeit – arrogant und beherrscht, cool und geheimnisvoll, mit einer abschätzenden Art, die ihm alle Menschen auf Distanz zu halten schien.

Und als ob das alles nicht schon ausreichte, war er auch noch Risikokapitalist – ein komischer Name für jemanden, der Geld anlegte, um noch mehr Geld daraus zu machen. Ebenso wie der seines Vaters tauchte auch sein Name regelmäßig in den Wirtschaftsteilen der Zeitungen auf, in Artikeln, die die Glücksgriffe rühmten, die er getan hatte, und deren Details Julia nicht einmal entziffern, geschweige denn verstehen konnte. Alles, was sie wusste, war, dass er im Alter von fünfunddreißig bereits Millionen gemacht hatte, die er in immer größere und lukrativere Spekulationsobjekte investierte.

Was für eine Verschwendung! Zumindest hatte Bürgermeister Stratford sich dazu entschlossen, die Vorteile, die ihm das Leben bot, zu nutzen, um etwas zu bewegen, etwas zurückzugeben und die Welt zu verbessern. Er beschäftigte sich mit Menschen. Sein Bruder beschäftigte sich mit Geld. Diese Vorstellung ließ Julia kalt. Connor Stratford ließ sie kalt.

Die meiste Zeit jedenfalls.

Doch dann sah sie ihn zusammen mit Brian, und sie erlebte einen völlig anderen Menschen, einen, der sie auf unerklärliche Weise faszinierte. Seine Reserviertheit war wie weggeblasen, seine Arroganz verschwunden, und er erstrahlte plötzlich wie ein Weihnachtsbaum, warm und lebendig. Es war ganz offensichtlich, dass er verrückt war nach seinem Neffen, und Brians Zuneigung zu seinem Onkel grenzte fast an Heldenverehrung.

Jetzt erlebte sie gerade wieder ein typisches Beispiel.

»War das nicht ein Superspiel, Onkel Connor?«, fragte Brian.

»Mehr als super«, antwortete sein Onkel und lächelte jenes seltene Lächeln, das sein ganzes Gesicht völlig veränderte. »Du bist nur noch einen kleinen Schritt von den Profis entfernt. Warte noch ein Jahr, höchstens zwei, dann bist du ganz oben.« Er zwinkerte ihm zu. »Andererseits ist es vielleicht besser, wenn du in der Schule bleibst. Damit dein Verstand genauso stark wird wie dein Arm.«

Das Wort Schule schien Brian an etwas zu erinnern. Und Julia hatte das ungute Gefühl, zu wissen, was, oder besser gesagt, wer das war.

Und tatsächlich – Brian wirbelte herum, sein Blick suchte die Tribüne ab, wo sie immer noch stand. Er fand sie, seine Augen leuchteten. »Miss Talbot!«, schrie er und winkte heftig. »Miss Talbot! Ich bin hier drüben!«

Julia spürte, wie auch Connors Blick in ihre Richtung wanderte. Sie schluckte und wünschte sich, verschwinden zu können. Mechanisch winkte sie zurück und zermarterte sich das Hirn nach einer Möglichkeit, von hier entkommen zu können. Es gab keine.

Doch. Die Presse. Sie umschwirrte den Bürgermeister wie ein Schwarm Bienen. Und da wollte sie nicht stören.

Nancy Stratford verschloss ihr auch diesen Fluchtweg.

»Miss Talbot, Sie müssen unbedingt zu uns kommen«, rief sie ihr zu. »Es kann keine Siegesfeier ohne Sie geben.«

Mit weichen Knien ging Julia zu ihnen.

»Herr Bürgermeister.« Ein forscher Reporter sprach ihn gerade an. »Ich weiß, dass Sie sich dafür einsetzen, dass Kindern nach der Schule mehr Freizeitmöglichkeiten geboten werden. Werden Sie dieses Engagement auch auf bundesstaatlicher Ebene fortsetzen?«

»Selbstverständlich«, antwortete Stephen mit ruhiger, fester Stimme, die signalisierte, dass er genau wusste, wovon er sprach. »Nicht jede Familie verfügt über genügend finanzielle Mittel, um ihren Kinder diese Möglichkeiten zu bieten, ganz gleich, ob es sich um Sport, Kunst, Fortbildung, Naturwissenschaft oder was auch immer handelt. Der Staat muss dafür sorgen, sie allen Familien verfügbar zu machen.« Er lächelte in Julias Richtung. »Danke für das Extra-Training. Es hat sich wirklich gelohnt.«

»Gern geschehen.« Sie lächelte zurück und bückte sich, um Brian zu umarmen. »Du warst sensationell.«

»Danke. Sagen Sie Onkel Connor Hallo.«

Warum hatten Kinder bloß einen so sicheren Instinkt für das, was man gerade im Moment am allerwenigsten wollte?

Resigniert erhob sich Julia und ging auf Connor zu, der sie kühl musterte. »Ich freue mich, Sie zu sehen.«

»Gleichfalls.« Er nickte knapp. »Ich habe gehört, Sie haben Brian ein tolles Last-Minute-Training geboten?«

»Das war nicht nötig. Das Einzige, was Brian brauchte, war noch eine starke Lunge, die ihn lauthals anfeuerte. Dafür habe ich gesorgt.«

Es waren wieder dieselben steifen Sätze und anstrengenden Bemerkungen, die all ihre Begegnungen prägten.

Julia wollte nichts wie weg von hier.

Aber Brian hatte andere Pläne. »Sobald Dad fertig geredet hat, gehen wir ein Eis essen«, verkündete er. »Ach und auch mittagessen. Können Sie mitkommen?«

Julia schüttelte bedauernd den Kopf. »Es tut mir Leid,

aber das geht nicht. Ich muss eine Menge Diktate korrigieren, außerdem bin ich noch verabredet.«

Die letzte Bemerkung war ein Fehler gewesen, das wusste Julia in der Sekunde, als Brians Augen interessiert aufleuchteten.

»Verabredet?«, fragte er. »Mit Miss Haley?«

»Nein, Süßer, nicht mit Miss Haley«, antwortete Julia. Sie wusste nicht, ob sie amüsiert sein sollte oder verzweifelt. Sie hätte es sich denken können. Robin Haley war die Computerlehrerin in ihrer Grundschule, und sie waren Freundinnen. Klar, dass ein Zweitklässler, der sich nicht vorstellen konnte, dass eine Lehrerin auch ein Leben außerhalb der Schule hatte, glauben musste, dass mögliche Freunde nur von dort stammen konnten. Völlig logisch also, dass sie mit Robin verabredet sein sollte.

Brian irrte sich. Aber Julia hatte nicht die Absicht, ihn zu berichtigen und ihm zu sagen, dass sie sich mit einem Mann traf – und schon gar nicht mit welchem. Greg arbeitete für den Bürgermeister. Sie unterrichtete den Sohn des Bürgermeisters. Es war ein blöder Zufall – und einer, den sie nicht unbedingt überall publik machen wollte.

»Nicht mit Miss Haley?« Brian ließ keine Ruhe. »Mit wem denn?«

»Brian, ich glaube, du hast Miss Talbot jetzt genügend Fragen gestellt.« Connor rettete sie, aber er klang ziemlich süffisant, und Julia hatte das unangenehme Gefühl, dass er genoss, wie sie sich wand. Er beugte sich vor und raunte seinem Neffen ins Ohr: »Du hörst dich ja schon fast an wie einer von denen da.« Ganz leicht zeigte er mit dem Kopf in Richtung Pressemeute.

Brian verdrehte die Augen und grinste seinen Onkel an. »Ja, du hast Recht. Tut mir Leid, Miss Talbot.«

Julia wollte gerade den Mund aufmachen, um etwas zu antworten, als sich die Reporterin namens Cheryl zu ihnen herumdrehte. »Mr. Stratford«, sagte sie zu Connor. »Mein Name ist Cheryl Lager, ich arbeite für die *Leaf Brook News*. Es ist kein Geheimnis, dass Ihr Vater und Sie die Stratford-Millionäre sind. Sagen Sie, werden Sie sich am Wahlkampf für Ihren Bruder beteiligen? Oder kommt der Hauptteil der finanziellen Unterstützung von Ihrem Vater?«

Den Bruchteil einer Sekunde herrschte atemlose Stille, und Julia konnte geradezu fühlen, welche Spannung sich über die Gruppe legte. Sie schaute zu Stephen Stratford und bemerkte ein kurzes irritiertes Aufflackern in seinen Augen, das aber sofort wieder verschwand. Seine Frau wirkte überrascht, näherte sich reflexartig ihrem Mann, als wollte sie ihn schützen. Die übrigen Presseleute beugten sich interessiert vor, froh, dass sie selber die Frage nicht gestellt hatten, und zugleich zufrieden, dass jemand anders es getan hatte.

Connors Gesichtsausdruck veränderte sich nicht eine Sekunde, allerdings stand Julia nahe genug, um zu erkennen, dass er die Lippen leicht zusammenpresste.

»Ms. Lager, ich bin mir sicher, dass mein Bruder ein außergewöhnlicher Senator wäre«, antwortete er. »Daher besitzt er in jeder Hinsicht meine volle Unterstützung, auch finanziell, falls das erforderlich werden sollte. Mein Vater teilt diese Überzeugung, was er Ihnen sicher jederzeit bestätigen wird.« Er zog die dunklen Augenbrauen hoch. »Stellen Sie sich vor, eine Familie finanziert gemeinsam einen Wahlkampf. Eine erfrischende Idee, finden Sie nicht auch? Und sicher wesentlich unverfänglicher als eine Finanzierung durch irgendwelche Interessengruppen.«

Gelächter erklang, und Julia glaubte für einen Moment, die Spannung würde sich legen.

Aber Cheryl Lager war noch nicht bereit, das Handtuch zu werfen. »In der Theorie klingt das sicher vorbildlich. Aber bei Ihren weit verzweigten Geschäftsinteressen stellt sich mir natürlich schon die Frage, ob Sie nicht doch gewisse Vorstellungen haben, wie öffentliche Gelder zukünftig investiert werden könnten.«

Dieses Mal erhielt sie eine wesentlich heftigere Reaktion. Connors Gesicht wurde starr, und der Blick, den er ihr zuwarf, war absolut tödlich. »Meine Vorstellungen – und mein Ethos – sind absolut privater Natur und gehören nicht in diesen Wahlkampf. Außerdem sind sie nicht verkäuflich und stehen nicht zur Diskussion. Beantwortet das Ihre Frage, Ms. Lager?«

»Allerdings.« Sie zog sich zurück, als ihr klar wurde, dass sie ihre Grenzen überschritten hatte.

»Onkel Connor.« Brian zupfte an seinem Arm. »Warum schaust du so böse? Ich dachte, wir feiern jetzt.«

Irgendetwas machte klick bei Julia. Vielleicht war es die hässliche, penetrante Art der Fragestellung, vielleicht war es auch die Tatsache, dass Brians Baseballerfolg durch eine unverschämte, sensationsgierige Journalistin plötzlich zweitrangig geworden war. »Das tun wir«, hörte sie sich selber sagen. Sie legte eine Hand auf Brians Schulter und fügte hinzu: »Weißt du, wenn ich es mir recht überlege, habe ich doch noch Zeit für ein schnelles Eis. Außerdem wollte ich deinen Dad um einen Gefallen bitten.« Sie drehte den Kopf fragend in Bürgermeister Stratfords Richtung. »Ich hatte mir nämlich vorgestellt, er könnte uns einmal im Unterricht besuchen und unserer Klasse ein wenig darüber erzählen, wie man für ein Amt kandidiert. Wir haben ja bald Klassensprecherwahl und könnten da jede Menge Hilfe gebrauchen.«

»Kein Problem.« Das Lächeln kehrte in Stephen Stratfords Gesicht zurück, aber es blieb seltsam gezwungen. Er schien äußerst ungehalten zu sein, ebenso wie seine Frau. Und Connor Stratford war so nervös, dass Julia es beinahe fühlen konnte.

»Großartig. Danke«, antwortete Julia. »Dann können wir

vielleicht gleich einen Termin vereinbaren, während Brian sich die Eissorte aussucht.«

»Gute Idee.« Das kam von Connor, der sich nun einmischte, als hätte er genug von allem. »Keine weiteren Fragen mehr heute Morgen«, sagte er an die Journalisten gerichtet. »Wir haben Familientag. Wenn Sie uns also bitte entschuldigen würden ...«

Sein Ton duldete keinen Widerspruch. Die Presseleute begriffen, suchten ihre Ausrüstung zusammen und verzogen sich.

»Danke«, sagte Stephen leise zu seinem Bruder. Auf seiner Stirn standen Schweißperlen.

»Gern.« Connor schaute Cheryl Lager mit zorniger Miene nach. »Sie ist widerlich. Das versteht man wohl unter Pressefreiheit.« Er drehte sich um und warf seinem Bruder einen düsteren Blick zu. »Aber da wird wohl noch einiges auf uns zukommen, was?« Ohne eine Antwort abzuwarten, drehte er sich um. Seine Miene hellte sich auf, als er an Brians Baseballmütze zupfte. »Komm, Champion. Wir haben heute noch eine Menge zu feiern.«

»Miss Talbot auch«, erinnerte Brian ihn.

Die kühlen blauen Augen musterten Julia kurz. »Ja, Miss Talbot auch. Aber nur auf ein schnelles Eis. Sie muss noch Diktate korrigieren, und du und ich haben viel zu besprechen.«

»Okay.« Brian nickte eifrig. Die Vorstellung, mit seinem Onkel zusammen zu sein, schien ihn über die Enttäuschung, dass Julia nur kurz mitkam, hinwegzutrösten. »Wir gehen zu ›Big Scoop‹«, verkündete er. »Dort gibt es mein Lieblingseis.«

»Meins auch«, antwortete Julia.

»Ich verhungere fast.« Brian warf einen erwartungsvollen Blick in Richtung seiner Eltern. »Können wir jetzt endlich gehen?«

Stephen Stratford schaute nachdenklich vor sich hin.

»Stephen?« Seine Frau berührte ihn am Arm.

Er blinzelte und war sofort wieder da. »Klar können wir jetzt gehen. Sind alle bereit? Dann los.« Er sah die Gruppe auffordernd an, legte einen Arm um die Schulter seiner Frau und setzte sich in Bewegung.

Connor blieb noch einen Moment stehen. »Sind Sie mit dem Auto hier?«, fragte er knapp.

Da Julia die einzige Erwachsene war, die noch übrig war, konnte er nur sie meinen. »Ja.«

»Gut. Dann sind Sie ja völlig unabhängig und können jederzeit nach Hause fahren.«

Er legte die Hand auf Brians Schulter und steuerte mit ihm den Parkplatz an.

Julia sah ihm nach. Connor Stratford hatte nicht einmal versucht, vor ihr zu verbergen, dass er sie so schnell wie möglich loswerden wollte. Aber dieses Mal hatte das nichts mit den irritierenden Spannungen zwischen ihnen zu tun. Dieses Mal hatte es etwas mit seiner Familie, mit seinem Bruder zu tun.

Dieses Mal stimmte etwas nicht.

4

2. April

Stephen saß mit aufgestützten Ellbogen an seinem Schreibtisch, massierte seine Schläfen und starrte auf das Telefon. Wenn es doch nur endlich klingeln würde. Wenn sich sein Instinkt doch endlich einmal auszahlen würde. Er brauchte diesen Gewinn. Er brauchte eine gute Nachricht nach dem lausigen Wochenende, das er hinter sich hatte. Erst diese nervtötende Zeitungstante am Samstag, anschließend das Verhör mit Connor. Dann am Sonntag die Nachricht, dass er in einer Umfrage völlig durchgefallen war. Und zu allem Überfluss auch noch dieser grässliche Streit gestern Abend mit Nancy.

Sie sorgte sich um ihn. Connor sorgte sich um ihn. Die ganze verdammte Welt sorgte sich um ihn.

Wenn sie ihn doch alle in Ruhe lassen würden, das wäre das Beste. Er wusste, was er tat. Er hatte alles unter Kontrolle. Schließlich war er ein Stratford, oder nicht?

Ungehalten schob er seinen Stuhl vom Schreibtisch zurück, drehte ihn, sodass er aus dem Fenster schauen konnte. Fünf Stockwerke tiefer pulsierte die Innenstadt von Leaf Brook. Um das Rathaus herum ging es um diese Zeit am Morgen immer sehr geschäftig zu. Menschen eilten zu ihrem Arbeitsplatz, Eltern fuhren ihre Kinder zur Schule oder in den Kindergarten, Einkäufer transportierten ihre Tüten von den Supermärkten nach Hause.

Es sah alles so einfach aus.

Vielleicht war es das für manche Leute.

Sein Handy klingelte. Stephen riss es ans Ohr. »Ja?«

»Hat leider nicht geklappt. Das Team hat den Vertrag nicht bekommen.«

Stephens Finger schlossen sich fester um das Telefon. »Was soll das heißen, das Team hat den Vertrag nicht bekommen? Sie standen doch kurz vor der Unterzeichnung.«

»Nun, sie haben aber nicht unterzeichnet. Er hat seinen Vertrag noch einmal überdacht. Er bleibt.«

»Scheiße.« Stephen schlug auf die Taste, um das Gespräch zu beenden, und steckte das Handy in seine Jackentasche. Zehntausend Dollar den Bach herunter. Wie viel schlimmer konnte es noch werden?

Es klopfte an der Tür.

Er schluckte, stützte die Hände auf den Schreibtisch und atmete tief durch. Ruhe. Er durfte jetzt nicht die Ruhe verlieren.

»Mr. Stratford?« Celeste, seine Sekretärin, steckte den Kopf durch die Tür. »Es tut mir Leid, dass ich Sie stören muss, Sir, aber Ihr Neun-Uhr-dreißig-Termin ist hier. Und Mr. Henderson. Soll ich ihn zuerst reinschicken?«

Stephens Blick fiel automatisch auf seinen Terminkalender. Neun Uhr dreißig. Philip Walker, einer der mächtigsten Immobilieninvestoren von Leaf Brook. Er hatte zwei Drittel aller Gebäude in der Einkaufszeile der Stadt gebaut, einige Bürokomplexe, das Sport- und Schwimmstadion und zwei Kinos. Außerdem hatte er mächtig in die neue Super-Mall im Zentrum investiert, das Einkaufszentrum, das gerade fertig gestellt worden war und in knapp zwei Wochen eröffnet werden sollte. Greg hatte erwähnt, dass Walker mit ihnen über eine weitere Geschäftsidee sprechen wollte, die das Image der Stadt immens verbessern würde.

»Mr. Stratford?« Celeste sah ihn fragend an.

Stephen hob den Kopf und schenkte seiner Sekretärin einen wohlwollenden Blick. »Ja, schicken Sie Cliff zuerst rein. Und informieren Sie Greg. Sagen Sie ihm, Mr. Walker sei hier. Er möchte bei dem Gespräch dabei sein.«

»In Ordnung, Sir.«

»Ach, und Celeste? Bitten Sie Mr. Walker, sich noch fünf Minuten zu gedulden. Bieten Sie ihm so lange einen Kaffee an.«

»Natürlich.«

»Vielen Dank.« Stephen lächelte dankbar. »Sie sind eine echte Perle.«

Sie lächelte zurück. »Ich gebe mir alle Mühe.«

Eine Sekunde später kam Cliff Henderson herein, einen Aktenkoffer unter den Arm geklemmt. Er war groß und schlank, hatte blondes Haar und freundliche, braune Augen. Cliffs natürliches Äußeres und sein umgängliches Wesen ließen ihn sehr jungenhaft wirken. Er machte sich das zunutze, wiegte seine juristischen Gegner in falscher Sicherheit, indem er ihnen vorgaukelte, nur ein mittelmäßiger Rechtsanwalt in einem konservativen Nadelstreifenanzug zu sein. In Wahrheit jedoch war an ihm nichts Mittelmäßiges. Er war ein außergewöhnlicher Anwalt, mit unglaublichen Fähigkeiten, hervorragendem Instinkt und glasklarem Verstand.

Er legte seinen Aktenkoffer auf dem Schreibtisch ab, warf Stephen einen kurzen Blick zu und ließ den Koffer aufschnappen. »Alles okay?«

»Bestens. Warum?«

»Du siehst ein bisschen müde aus.« Cliff verzog den Mund. »Vermutlich der Stress, Vater eines siegreichen Super-Pitchers zu sein, hm? Es war ein ziemlich eindrucksvolles Spiel, und anschließend gab es eine nicht minder eindrucksvolle Siegesfeier, wie ich von Nancy erfahren habe.«

Stephen lehnte sich zurück, sein Gesichtsausdruck entspannte sich etwas. »Ja, das Spiel war toll. Und die Siegesfeier ist sicher der Grund, weshalb ich heute so müde aussehe, wie du sagst. Ich habe ganz allein ein komplettes Riesen-Bananensplit gegessen. Mein sechsunddreißigjähriger Magen ist nicht mehr so widerstandsfähig wie früher.«

»Wem sagst du das? Die Zeiten, in denen ich eine ganze Pizza mit allem drauf herunterschlingen konnte, sind auch lange vorbei.« Lachend zog Cliff einen Ordner aus seinem Aktenkoffer. Er schlug ihn auf und ließ sich damit in einen der Polstersessel gegenüber von Stephens Schreibtisch fallen. »Ich habe ein paar vorläufige Zahlen. Sie sehen gut aus, obwohl der Wahlkampf ja gerade erst begonnen hat. Die Wähler mögen dich. Sie mögen das, wofür du stehst. Braxton weiß das auch. Er führt einen sehr harten Wahlkampf, was so viele Monate vor der Wahl ungewöhnlich ist. Das bedeutet, dass er besorgt ist. Das sollte er auch sein. Sieh es dir an.« Er warf Stephen ein Blatt hin.

Rasch überflog Stephen die Informationen. »Es ist nicht gerade ein gigantischer Vorsprung. Gut, ich führe, aber nur mit fünfzehn Punkten. Das reicht noch nicht, um die Siegesparty zu organisieren. Und wir sollten Braxton nicht unterschätzen. Wir haben noch viel Arbeit vor uns.« *Und wir brauchen noch viele Dollars, um sie zu finanzieren*, fügte er im Stillen hinzu. *Dollars, die ich nicht habe, weil sie mir aus den Händen gleiten, genau wie mein Glück.*

»Ich habe heute Morgen mit deinem Vater gesprochen«, fuhr Cliff fort. »Ihm gefällt, wie die Dinge sich entwickeln. Er ist sehr optimistisch über den Ausgang.«

»Schön zu hören.« Stephen hatte alle Mühe, nicht sarkastisch zu klingen. Optimistisch. Eine typische Formulierung seines Vaters, die besagte, nicht schlecht, aber noch längst nicht am Ziel. Seine übliche Haltung, wenn es um Stephen ging. Und die würde vollends in Zorn und Abscheu umschlagen, wenn der allmächtige Harrison Stratford erfuhr, was sein Sohn mit dem Geld gemacht hatte, das er ihm für seinen Wahlkampf zur Verfügung gestellt hatte.

Bei dem Gedanken zogen sich Stephens Eingeweide zusammen.

Er musste dieses Geld wiederbeschaffen – und zwar schnell.

»Sollen wir uns noch kurz auf das Meeting mit Walker vorbereiten?«, fragte Cliff ihn.

»Weißt du, worum es geht?«

»Nicht genau. Nur, dass es sich um eine neue Geschäftsidee handelt, eine, die noch nicht vorgetragen wurde.«

»Ja, das hat Greg erwähnt. Aber das ist auch alles, was er gesagt hat. Dann können wir uns also gar nicht vorbereiten.« Stephen lehnte sich auf seinem Stuhl zurück. »Aber das macht nichts. Jeder von Walkers Vorschlägen war bisher gut für die Stadt. Vermutlich wird dieser es auch sein.«

Cliff nickte. »Ich bin gespannt auf das, was er uns zu sagen hat. Und das nicht nur, weil er immer gut für die Stadt war, sondern auch, weil er gut war für dich.« Er steckte den Wahlkampfordner wieder weg und nahm einen Stift und ein Blatt Papier zur Hand. »Er ist ein verlässlicher Verbündeter, Steve – wohlhabend, mit guten Beziehungen, eine zuverlässige Quelle für neue Vorhaben in Leaf Brook und eine zuverlässige Quelle für potenzielle Wahlkampfzuschüsse.«

»Verstehe. Noch etwas, ehe wir beginnen?«

Ein weiterer aufmerksamer Blick. »Nein. Außer dass ich dir vorschlagen würde, heute mal früh Schluss zu machen und dich auszuschlafen. Und kein Bananensplit mehr.«

»Ich werde es versuchen.« Stephen hämmerte auf die Tasten seines Telefons. »Celeste, Sie können nun Mr. Walker und Mr. Matthews hereinbitten.«

»Sofort«, antwortete seine Sekretärin.

Eine Minute später klopfte sie, öffnete die Tür und schob die beiden Besucher ins Zimmer.

Stephen erhob sich, begrüßte Philip Walker mit festem Händedruck. »Schön, Sie zu sehen, Philip. Greg, danke, dass Sie auch gekommen sind.« Er schüttelte seinem Kollegen die Hand, eine Geste, die eine reine Formalie war. Er und Greg Matthews waren längst über solche Formalien hinaus. Sie arbeiteten nun schon seit fünf Jahren zusammen im Rathaus. Sie kümmerten sich nicht nur gemeinsam um den Haushalt der Stadt und um die Politik, sondern gingen auch dann und wann gemeinsam Mittagessen, stritten sich freundschaftlich um ihre Leidenschaft für die New York Yankees und die New York Mets und tauschten gelegentlich ein paar private Worte auf dem Parkplatz. Greg war intelligent und ehrgeizig, und Stephen war beruhigt, die Sorge um das finanzielle Wohlergehen von Leaf Brook in seinen Händen zu wissen.

Er beendete die Begrüßungsformalien mit einem jovialen »Ich vermute, Sie kennen beide Cliff Henderson« und zeigte auf Cliff.

»Natürlich.« Weiteres Händeschütteln.

»Nehmen Sie bitte Platz.« Stephen zeigte auf den Besprechungstisch. Er wartete, bis alle saßen, ehe er mit einem einleitenden Satz begann, von dem er sicher sein konnte, dass er dem Meeting zu einem optimistischen Auftakt verhalf. »Die neue Einkaufs-Mall wird am 14. April eröffnet. Bei der Feier, die wir planen, wird die ganze Stadt auf den Beinen sein.«

Philip Walker nickte und wirkte sehr zufrieden – so zufrieden, wie es ihm möglich war. Denn mit seinen tiefliegenden Augen und dem aufmerksamen Gesichtsausdruck wirkte er immer konzentriert, fast grimmig, als würde er das gerade Besprochene ständig hinterfragen und auf irgendwelche Fallen analysieren. »Gut«, antwortete er, »das wünschen wir uns auch.« Er fuhr sich ungeduldig mit der Hand durch sein dichtes aschblondes Haar. »Aber ich bin heute aus einem anderen Anlass gekommen. Wenn es Ihnen also recht ist, komme ich sofort zur Sache.«

Keine Überraschung. Walker war für seine Direktheit bekannt. Und in diesem Fall war es Stephen mehr als recht. So wie es in seinem Kopf hämmerte, war er keineswegs erpicht auf langes Herumreden. Was er dringend brauchte, war einen starken Kaffee und einen guten Plan. »Schießen Sie los.«

»Mir ist aufgefallen, dass Leaf Brook seit Beginn Ihrer Amtszeit gewaltig gewachsen ist. Die Stadt verfügt inzwischen über moderne Bürogebäude und Geschäfte sowie über ein gut ausgebautes Verkehrsnetz, vor allem in den stark bewohnten Gegenden. Überall sind neue öffentliche Parkplätze entstanden, um den Parkbedürfnissen der Bürger Rechnung zu tragen.«

»Stimmt.« Stephen runzelte die Stirn und fragte sich, worauf er wohl hinauswollte.

Philip beugte sich mit konzentriertem Gesicht vor. »Zu Walker Development gehört ein Tochterunternehmen, ein Service-Unternehmen. Wir bieten Dienstleistungen wie Garten- und Landschaftsgestaltung, Schneeräumen und Sicherheitsdienste für die Mieter und Eigentümer unserer Häuser. Wir würden gern in einen eher öffentlichen Bereich hinein expandieren, nämlich die städtischen Parkplätze. Unsere Vorstellung wäre es, die Parkplätze neu zu gestalten, die Parkuhren abzuschaffen und stattdessen an allen Ausgängen Kassenhäuschen zu errichten. Wir würden die Parkplatzsituation völlig revolutionieren und Parken einfacher und kostengünstiger gestalten. Und wir würden rund um die Uhr Wachpersonal zur Sicherheit einführen.«

Er faltete die Hände. »Ich stelle mir das folgendermaßen vor. Meinen Schätzungen zufolge setzt Leaf Brook mit seinen Parkplätzen im Augenblick eine knappe Million um, zahlt davon allerdings Tausende von Dollars, um sie instand zu halten. Wenn die Stadt die Einrichtungen künftig von meinem Unternehmen leasen würde, würden wir dieselbe Summe an Leaf Brook zahlen, zuzüglich fünf Prozent der zusätzlichen Einnahmen, die wir erwirtschaften. Die Stadt verfügte über modernere und sicherere Parkeinrichtungen, wäre das Problem der Instandhaltung los und könnte zudem noch einen hübschen Gewinn machen.«

»Und Sie auch«, kommentierte Stephen, nachdem er Walkers Vorschlag rasch überdacht hatte.

»Das ist wahr.« Philip wich ihm nicht aus. »Aber dafür mache ich schließlich Geschäfte.«

Stephen nahm einen Stift in die Hand und rollte ihn nachdenklich zwischen den Fingern. »Ein interessanter Vorschlag. Einer, über den es sich ganz gewiss nachzudenken lohnt.«

»Nachzudenken? Heißt das, dass Sie ihn unterstützen?«

»Spontan und inoffiziell würde meine Antwort ja lauten. Aber natürlich muss ich die Zahlen erst mit Greg durchsprechen und den Vorschlag anschließend an den Stadtrat weiterleiten. Wie Sie wissen, ist dessen Zustimmung erforderlich.«

»Ich bin mir sicher, als vorsitzendes Mitglied bekommen Sie diese Zustimmung problemlos. Immerhin habe ich Ihnen einen Vorschlag unterbreitet, bei dem es nur Gewinner geben kann – was Mr. Matthews Zahlen sicherlich belegen werden.« Philip erhob sich und strich sich über das Sakko seines teuren Anzugs. »Die nächste Versammlung des Stadtrats findet am Donnerstag statt. Setzen Sie den Vorschlag auf die Tagesordnung. Sobald Sie ein Feedback haben, rufen Sie mich an.«

»Das werde ich.«

»Oh.« Philip zögerte, als wäre ihm gerade noch etwas eingefallen. »Wo wir gerade von Gewinnern sprechen, Glückwunsch zu Ihrer Senatskandidatur. Sie wären ein Glücksfall für New York.«

»Danke.« Stephen stand ebenfalls auf, obwohl ihm sein Instinkt sagte, dass Philip noch nicht am Ende war.

Sein Instinkt trog nicht.

Philip steckte die Hand in seine Manteltasche, zog ein Scheckbuch und einen Kugelschreiber hervor. »Wenn Sie gestatten, würde ich gern etwas zu Ihrem Wahlkampf beitragen. Ich bin sicher, dass Sie es gut verwenden können, auch wenn Sie vermutlich in Zuwendungen dieser Art schwimmen. Aber ich wäre gern an Ihrer Siegeskampagne beteiligt.« Ohne eine Antwort abzuwarten, stellte er einen Scheck aus, riss ihn heraus und reichte ihn über den Schreibtisch. »Bitte sehr. Mit meinen besten Wünschen.«

Die Anzahl der Nullen verschlug Stephen die Sprache. Es waren fünf. Philip Walker hatte ihm soeben einen Scheck über hunderttausend Dollar ausgestellt.

Er hob den Kopf, sein Gesicht blieb unbewegt, als er den Scheck entgegennahm und in der Mitte faltete. »Das ist sehr großzügig von Ihnen, Philip. Ich weiß Ihre Unterstützung sehr zu schätzen.«

»Es ist mir ein Vergnügen.« Ein feines Lächeln umspielte seinen harten Mund. »Ich überlasse Sie jetzt wieder Ihrer Arbeit.« Er ergriff Stephens Hand und schüttelte sie fest. »Danke, dass Sie mir Ihre Zeit zur Verfügung gestellt haben, Gentlemen«, sagte er und nickte Cliff und Greg zu. »Es war mir eine Ehre.«

Er durchquerte das Zimmer und verließ das Büro.

Greg erhob sich von seinem Stuhl und sah ihm nach. Als die Tür hinter Philip ins Schloss fiel, drehte er sich zu Stephen um. »Ich dachte, es ginge um die Erschließung eines neuen Dienstleistungszentrums oder eines Bürogebäudes. Mit so etwas habe ich nicht gerechnet. Es tut mir Leid, dass ich Sie auf eine falsche Fährte gesetzt habe.«

»Kein Problem.« Stephen hatte große Mühe, sich halbwegs auf das Gespräch zu konzentrieren. Am liebsten wäre er laut jubelnd auf und ab gesprungen. Hunderttausend Dollar. Das war genau die Summe, die er brauchte. »Ich habe auch nicht damit gerechnet. Aber die Idee ist nicht unattraktiv. Unsere öffentlichen Parkplätze sind in einem erbärmlichen Zustand. Und die Instandhaltung wird immer schwieriger. Ganz zu schweigen von den Steuergeldern, die wir dafür zahlen. Alles in allem könnte das eine lukrative Sache für Leaf Brook werden.«

»Ich kann auch keinen Haken erkennen.« Gregs wache Augen taxierten den Bürgermeister, deuteten seine Reaktion als positiv. »Ich werde mir die Zahlen in Ruhe ansehen. Wenn sie so sind, wie ich das vermute, werden wir das Thema im Rat einbringen. Ich kann mir nicht vorstellen, dass jemand Einwände haben könnte.«

»Das glaube ich auch nicht.«

Cliff sagte nichts, machte sich nur einige Notizen, ehe er seinen Schreibblock ablegte, die Finger ineinander verschränkte und sein Kinn darauf aufstützte.

Greg räusperte sich. »Ich gehe jetzt an meinen Schreibtisch und lege los. Ich werde Ihren Terminplan mit Celeste abstimmen und schauen, wann Sie Zeit haben, das Ergebnis mit mir durchzusprechen.«

»Klingt gut«, stimmte Stephen zu. »Vielleicht können wir den späten Nachmittag anberaumen.«

»Gern.«

Es herrschte Schweigen im Raum, bis Greg das Zimmer verlassen hatte.

»Interessantes Timing von Walker«, stellte Cliff fest, als er und Stephen schließlich allein waren. »Wie viel hat er dir gegeben?«

Wortlos reichte Stephen ihm den Scheck.

Cliff pfiff leise durch die Zähne. »Eine ziemlich großzügige Spende.«

»Keine Frage.« Stephens Gewissen ließ ihn die Frage stellen, die im Raume stand. »Cliff, bin ich soeben bestochen worden?«

Cliff verzog die Mundwinkel. »Ich schätze, Philip Walker würde es eher als Motivationsanreiz bezeichnen. Ob das am Ende auf dasselbe herauskommt, ist eine Frage der Interpretation. Er hat schließlich nicht damit gedroht, sein Geld zurückzuziehen, falls du seine Geschäftsidee ablehnst. Und da du den Scheck theoretisch sofort einlösen könntest, lange bevor der Stadtrat seine endgültige Entscheidung trifft, glaube ich nicht, dass der Tatbestand der Bestechung erfüllt ist. Das bedeutet nicht, dass er dir nicht wesentlich besser gesonnen wäre, wenn du diese Sache für ihn durchdrückst.«

Das war genau die Antwort, die Stephen hören wollte. Sein Gewissen war beruhigt.

»Keine Frage«, stimmte er zu. Plötzlich sah er einen Hoffnungsschimmer, der noch vor einer halben Stunde unvorstellbar gewesen war. »Tatsache ist, seine Idee ist gut. Gut für Walker, klar, aber auch gut für Leaf Brook. Motivationsanreiz hin oder her.«

»Dann hast du ja deine Antwort.«

»Ich schätze ja. Jetzt brauche ich nur noch Gregs Zahlen und die Zustimmung des Rates.«

»Und noch etwas: Eine Entscheidung, wozu du die großzügige Spende einsetzt.«

Oh, Stephen wusste längst, wie er sie einsetzen würde. Er würde ein paar todsichere Wetten abschließen, mit deren Hilfe er das Geld vermehren und seine jüngsten Verluste ausgleichen konnte.

Besser gesagt: die Verluste *seines Vaters*.

Er wäre aus dem Schneider. Alles wäre wieder gut.

»Okay«, murmelte er, während er in Gedanken von einer Möglichkeit zur anderen raste. »Ich schätze, Walkers Beihilfe wird eine Menge bewirken.«

5

Schulpausen hatten etwas Magisches. Alle Sorgen und Nöte waren in dem Augenblick verschwunden, in dem man das erste Mal die Rutsche heruntersauste oder den Fuß auf das Klettergerüst setzte.

Könnte man doch noch einmal sieben sein.

Julia lächelte und sah zu, wie drei ihrer Schülerinnen sich um die beiden freien Schaukeln stritten. Wie üblich kommandierte Krissy die beiden anderen herum. Aber dieses Mal gab es Widerstand. Jenny, die normalerweise sehr schüchtern war, wollte unbedingt schaukeln, sodass sie hartnäckig blieb. Und auch Lori weigerte sich standhaft zurückzustehen.

Es würde ein totes Rennen geben.

Die drei Mädchen merkten, dass sie in einer Sackgasse steckten, und griffen zu der einzigen Möglichkeit, bei der sie nicht Gefahr liefen, kostbare Pausenzeit mit Streiten zu vergeuden. Sie spielten ›Stein, Schere, Papier‹, um zu entscheiden, welche zwei die glücklichen Schauklerinnen sein würden. Eine vernünftige Lösung.

Eine Minute später zog Krissy ab, in der Hoffnung, vielleicht die Jungs ein wenig herumkommandieren zu können.

Julia ließ den Blick schweifen, um sich davon zu überzeugen, dass mit ihren gesamten achtzehn Schülerinnen und Schülern alles in Ordnung war. Alles bestens.

Sie runzelte leicht die Stirn, als sie Brian erblickte. Er stand etwas abseits, warf einen Baseball in die Luft, fing ihn mit seinem Handschuh wieder auf und warf ihn erneut hoch. Es war gar nicht typisch für ihn, so allein vor sich hin zu spielen. Und so ruhig zu sein. Und beides hatte sie schon den ganzen Tag beobachtet. Trotz seines überwältigenden Siegs am Samstag.

Zum hundertsten Mal fragte sich Julia, was wohl am Wochenende noch geschehen war, das ihm so die Laune verdorben hatte. Sicher hatte es irgendetwas mit dieser aufdringlichen Reporterin und ihren unverschämten Fragen zu tun gehabt. Von jenem Moment an war der Bürgermeister völlig verändert gewesen. Als sie später in der Eisdiele waren, hatte er sich zwar äußerlich freundlich gegeben, aber unterschwellig hatte man ihm die ganze Zeit eine seltsame Anspannung angemerkt. Brians Eltern hatten sich bemüht, es zu vertuschen, aber Julia hatte genau gespürt, wie gestresst sie waren. Und Connor Stratford war in den seltenen Momenten, in denen er nicht mit Brian kommuniziert hatte, extrem eisig gewesen.

Sie hatte sich so schnell wie möglich verabschiedet. Aber sie fühlte sich das ganze Wochenende unwohl und sorgte sich um Brian. Mit gutem Grund, wie es schien.

»Hi.« Robin Haley kam auf Julia zu und hielt sich die Hand vor die Augen, weil die Sonne sie so blendete. »Ich wollte mal hören, wie dein Date war?«

Was für ein Date?, wäre es Julia fast entfahren. Doch im letzten Moment fiel ihr ein, dass Robin ihren Abend mit Greg meinte.

»Das Musical war super«, antwortete sie. »Danach waren wir noch eine Kleinigkeit essen. Dafür dass ich so schrecklich müde war, hatten wir eine Menge Spaß.«

Robin schob sich eine Strähne ihres honigfarbenen Haars hinters Ohr. »Und?«

»Und was?«

Ihre Freundin seufzte. »Julia, ich habe Greg Matthews kennen gelernt. Er ist ein unglaublich gut aussehender Typ. Er ist wie verrückt hinter dir her. Er ruft dich an, schickt dir Blumen und führt dich groß aus. Wo ist da das Problem?«

Julia wich dem forschenden Blick ihrer Freundin aus, indem sie die Augen fest auf ihre Schüler richtete. Robin war eine gute Freundin, aber sie kümmerte sich viel zu sehr um Julias Privatleben beziehungsweise dessen Nicht-Vorhandensein. Wenn Julia nicht wüsste, dass sie es gut meinte, hätte sie ihr längst gesagt, sie solle sie in Ruhe lassen. Aber sie meinte es gut. Und für Robin, ein sprichwörtliches Partygirl, bedeutete ein anständiges Privatleben, sich mit vielen Männern zu treffen und jede Beziehung bis zum Äußersten auszukosten. Was okay war – für Robin. Aber Julia war daran nicht interessiert.

»Es gibt kein Problem«, erklärte sie. »Ja, Greg ist ein netter Typ. Und er ist sehr zuvorkommend. Ich bin gern mit ihm zusammen. Ich weiß nicht, was du jetzt von mir hören möchtest. Wir sind doch erst ein paar Mal zusammen aus gewesen.«

»Ja, weiß ich doch. Aber Greg macht auf mich gar nicht den Eindruck, als sei er es gewohnt, lange zu warten.«

Das war richtig. Greg war ein Mann, der in der Regel bekam, was er wollte. Aber er war auch ziemlich intelligent. Er hatte rasch begriffen, dass Julia nicht zu der Sorte Frauen gehörte, die körperliche und emotionale Bindung voneinander trennten. Zu Anfang war er sehr geduldig gewesen, hatte sich spürbar bemüht, sie nicht zu bedrängen. Dieses Mal war es schon ein bisschen schwieriger gewesen. Als er sie Samstagnacht nach Hause gebracht hatte, wollte er noch unbedingt mit zu ihr reinkommen – und zwar nicht, um Kaffee zu trinken. Sie hatte abgelehnt, ihm erklärt, sie sei zu müde. Es hatte der Wahrheit entsprochen.

Nun, jedenfalls größtenteils.

Alles andere hätte zu melodramatisch und zu realitätsfern geklungen für einen Mann, der so erfahren war und so fest entschlossen, ›den nächsten Schritt zu tun‹.

Julia hatte gewusst, dass das nicht fair war. Aber sie konnte nun mal nicht anders. Deshalb hatte sie Greg vorgeschlagen, sich künftig weniger zu sehen, aber das hatte nicht funktioniert. Er hatte den Druck sofort zurückgenommen, sich entschuldigt, dass er sie so bedrängt hatte, und ihr versichert, dass er gewillt war, noch zu warten, sich zurückzuhalten und ihr so viel Zeit zu geben, wie sie benötigte.

Das Problem war nur: Sie war sich nicht sicher, dass dies nur eine Frage der Zeit war. Vor allem wenn das, was ihre Mutter ihr am Abend zuvor gesagt hatte, stimmte. Wenn es einen Funken zwischen ihr und Greg gab, dann hatte er, zumindest aus ihrer Perspektive, noch nicht gezündet. Sie hatte auch nicht den Eindruck, dass sich irgendwelche großen Gefühle entwickelten. Sie fand den Mann nett. Punkt.

»Julia?« Robin sah sie erwartungsvoll an.

»Es gibt sonst nichts zu erzählen, Rob.« Julia beendete das Thema, und ihr besorgter Blick kehrte zu Brian zurück. »Es tut mir Leid, dich enttäuschen zu müssen, aber ...«

»Tut es nicht.« Ganz plötzlich schaute ihre Freundin zum hinteren Teil des Schulhofs, der ein ganzes Stück von ihnen entfernt war. »Ich glaube, da hinten steht ein Mann und beobachtet die Kinder. Da drüben am Zaun. Hinter den Bäumen.«

»Ein Mann?« Julia fuhr herum, reckte den Hals, um an den Eichen vorbeischauen zu können. Dann sah sie den Mann, der sich auf den Zaun gestützt hatte und den spielenden Kindern zusah.

Sie erkannte ihn sofort.

»Das ist Connor Stratford«, murmelte sie. »Brians Onkel.« Sie wandte sich zu Robin. »Kannst du eine Sekunde auf meine Kinder aufpassen?«

»Klar.«

»Danke.« Julia lief geradewegs auf den Zaun zu, vorbei an den Bäumen, die Connor verdeckten. Er hatte sie mit Sicherheit längst gesehen, ließ sich jedoch nichts anmerken.

»Hallo«, grüßte Julia steif, als sie fast vor ihm stand. »Kann ich Ihnen helfen?«

Die kühlen blauen Augen musterten sie. »Ich kann mich nicht erinnern, um Hilfe gebeten zu haben.«

»Stimmt. Bedeutet das, dass Sie hier sind, um die Kinder in der Pause zu beobachten? Oder warten Sie darauf, dass eine Schaukel frei wird?«

Er verzog ganz leicht die Lippen. »Schaukeln haben mich nie interessiert. Ich war eher der Völkerball-Typ.«

»Völkerball. Na, das überrascht mich nicht. Sie sind sicher gut, wenn es darum geht, das Verhalten anderer genau zu kalkulieren, sich selbst rechtzeitig in Sicherheit zu bringen und dann aggressiv zurückzuschlagen. Klingt logisch.«

Dieses Mal überraschte er sie mit einem Lachen. »Sie haben anscheinend keine sehr hohe Meinung von mir.«

»Ich kenne Sie gar nicht gut genug, um *irgendeine* Meinung von Ihnen zu haben. Außer wenn es Brian betrifft. Den vergöttern Sie ja offensichtlich.« Sie hielt inne und schaute über die Schulter, wo der Junge immer noch allein spielte. »Sie machen sich Sorgen um ihn, nicht?«, fuhr sie fort. »So wie ich. Er ist heute ungewöhnlich verschlossen. Ich habe versucht, mit ihm zu sprechen, aber ich war nicht sehr erfolgreich.« Sie wandte sich wieder an Connor. »Ich vermute, Sie wollen mir nicht sagen, was mit ihm los ist?«

Julia machte sich nicht allzu viel Hoffnung, eine Antwort zu erhalten.

Und tatsächlich reagierte Brians Onkel auf ihre Frage mit eisigem Schweigen.

»Hat es etwas mit dem Wahlkampf seines Vaters zu tun?«, forschte sie weiter. »Gibt es bei ihm zu Hause Stress? So kam es mir vor, und die Anzeichen sprechen auch alle dafür.«

»Tun sie das?« Connor richtete sich auf. Sein Gesicht blieb ausdruckslos.

»Ja.« Julia hielt sich am Zaun fest. Es ärgerte sie, dass sie Connor keine Informationen entlocken konnte. »Mr. Stratford, ich habe Erfahrung auf diesem Gebiet. Ich weiß, wann ein Kind leidet.«

»Wirklich? Sind Sie Psychologin? Ich dachte immer, Sie seien Lehrerin.«

»Ich bin beides. Ich habe einen Abschluss in Kinderpsychologie und in Pädagogik. Außerdem halte ich regelmäßig Vorträge, die das emotionale Wohlbefinden von Kindern betreffen. Sie können mir also glauben, dass ich bestens qualifiziert bin und dass das, was ich sage, Hand und Fuß hat.«

Interesse blitzte in seinen Augen auf. »Kinderpsychologie *und* Pädagogik? Ich bin beeindruckt.«

»Irgendwie bezweifle ich das. Keiner der beiden Berufe

bringt das Geld ein, das Sie beeindrucken würde. Und die Workshops sind ehrenamtlich.«

»Sie haben eben gesagt, Sie würden mich nicht kennen. Woher wollen Sie also wissen, was mich beeindruckt?«

»Reine Vermutung. Risikokapitalisten interessieren sich für Geld und für die Möglichkeiten, es zu vermehren. Das ist weit entfernt von dem, was Lehrer und Psychologen umtreibt.«

Anstatt verärgert zu sein, wirkte er erstaunt. Er sah sie forschend an. »Darf ich daraus schließen, dass Sie viele Risikokapitalisten kennen?«

Sie wurde rot und merkte, dass er sie durchschaut hatte. Sie hatte es gesagt, weil sie wütend und frustriert, nicht weil sie gut informiert war. Dabei war das gar nicht typisch für sie.

»Schauen Sie nicht so schuldbewusst«, sagte er plötzlich. »Ihre Einschätzung ist richtig. Ich wollte nur wissen, ob Sie außer mir noch andere Berufskollegen kennen. Aber lassen Sie mich eines deutlich sagen. Da draußen ist eine große hässliche Welt. Nicht nur Geschäftsleute wie ich sind getrieben von Geld- und Machtgier. Fast alle sind es. Schauen Sie ab und zu einmal über die Grenzen Ihres Klassenzimmers hinaus. Sie werden überrascht sein.«

Damit stieß er sich vom Zaun zurück. »Ich gehe jetzt, bevor Brian mich sieht. Es ist mir lieber, wenn er nicht weiß, dass ich hier war.«

Warum?, hätte sie am liebsten gefragt. *Weil er traurig wäre, wenn Sie Auf Wiedersehen sagen müssen? Oder weil er seinem Vater von Ihrem Besuch erzählen würde?*

»Mr. Stratford.« Ohne nachzudenken, griff Julia nach seinem Arm, musste ihm unbedingt noch etwas sagen, ehe er ging.

Er blieb stehen, seine blauen Augen waren auf ihre Hand gerichtet, wanderten dann zu ihrem Gesicht. »Was?«

Hastig zog sie ihre Hand zurück. »Ich weiß, dass Sie mich nicht mögen. Das ist Ihr gutes Recht. Aber es hat nichts mit Brian zu tun. Ihr Neffe liegt mir sehr am Herzen. Wenn er in irgendeiner Weise leidet, würde ich ihm helfen.«

Connors Gesichtszüge wurden hart. »Das weiß ich. Aber das können Sie nicht. Also halten Sie sich zurück.« Er entfernte sich ein paar Schritte, dann drehte er sich noch einmal um. Ihre Blicke trafen sich. »Übrigens irren Sie sich, wenn Sie glauben, ich mag Sie nicht. Und noch etwas. Ich heiße Connor.«

6

Connor kam erst am späten Montagnachmittag in die Stadt zurück.

Nachdem er von Brians Schule fortgegangen war, war er stundenlang durch die Gegend gefahren und hatte sich große Sorgen gemacht um die hängenden Schultern seines sonst so fröhlichen und ausgelassenen Neffen. Es quälte ihn, Brian so niedergeschlagen zu sehen, und er hätte sich seinen Bruder am liebsten geschnappt und ihm Verstand oder besser noch Sinn für das Wesentliche eingebläut.

Sah Stephen denn nicht, was er seinem Sohn antat?

Mit großen Schritten betrat Connor seine Wohnung auf der Upper West Side, streifte sein Sakko ab und warf es auf die Couch. Er war erschöpft. Er hatte seine Wohnung im Morgengrauen verlassen, war schon vor sieben im Büro gewesen und um zehn gestartet, um in den kleinen Vorort zu fahren, den er vor zwei Tagen wutentbrannt verlassen hatte. Und warum? Weil er gehofft hatte, dort etwas zu finden, was ihn beruhigt hätte. Stattdessen war Brian in einer noch schlechteren Verfassung gewesen als am Samstag. Die Spannungen zwischen Stephen und Nancy waren offensichtlich zwischen Samstagnachmittag – nach den scharfen Worten, die er und Stephen hinter geschlossenen Türen ausgetauscht hatten – und Montagmorgen noch eskaliert. Und sensibel wie er war, registrierte Brian den leisesten Stress seiner Eltern. Stress, der völlig vermeidbar wäre, wenn Stephen sich endlich darum bemühen würde.

Verdammt. Der Mann spielte wieder.

Mit einem unterdrückten Fluchen ging Connor zum Sideboard, um sich einen Drink einzugießen. Er nahm das Glas mit hinüber zum Wohnzimmerfenster und blickte über die Skyline von Manhattan.

Stephen hatte während seiner Highschoolzeit mit dem Spielen begonnen. Eigentlich sogar noch eher, wenn man auch unbedeutendere Anlässe mit einrechnete, wie eine kleine Wette unter Schulfreunden, ob das Schulteam den Pokal erneut gewinnen würde oder nicht. Dann waren die Wetten immer bedeutsamer geworden – er hatte auf Sportergebnisse gewettet, mit kleineren Einsätzen bei regulären Saisonspielen und größeren Einsätzen beim Super Bowl oder Spielen der World Series. Der Spielzwang war im Laufe der Zeit immer größer geworden. Zugleich wurde Stephens Verhalten unberechenbarer; manchmal war er völlig ausgelassen, dann wieder absolut verschlossen. Seine extremen Hochs und Tiefs sprachen Bände.

Connor verstand die Ursache für die Probleme seines Bruders besser als jeder andere. Stephen musste sich beweisen, er musste der Gewinner sein.

Um die Erwartungen ihres Vaters zu erfüllen.

Connor gab sich keinen Illusionen hin. Harrison Stratford war ein herrischer Despot, dessen Besessenheit, Geld zu verdienen, nur von seinem Hunger nach Macht gesteuert wurde. Er glaubte an den Sieg, immer und ohne Rücksicht auf Verluste. Von seinen Söhnen verlangte er dasselbe.

Stephen hatte das Pech, der Erstgeborene zu sein. Er war ein Jahr älter als Connor und von Anfang an von seinem Vater als derjenige vorgesehen, der es einmal am weitesten bringen sollte. Die besten Schulen, die besten Noten, Kapitän der besten Sportmannschaften. Danach ging es nach Yale, erst aufs College, dann auf die juristische Fakultät. Sein Weg war klar vorgezeichnet. Zunächst außergewöhnlicher Anwalt, dann herausragender Politiker, anschließend der Sprung in den Senat des Staates New York, danach der Kongress und von dort aus – mit der richtigen Biografie, Image, Beziehungen und Unterstützung – geradewegs ins Weiße Haus.

Was Stephen selbst wollte, hatte nie zur Diskussion gestanden. Dies war nach Meinung seines Vaters unmaßgeblich. Ebenso wie seine Ansichten, seine Interessen oder seine Charakterstärken. Harrison Stratford bestimmte die Marschrichtung. Und Stephen hatte zu gehorchen.

Connors Weg war einfacher gewesen. Zunächst einmal war er das zweite Kind. Die Erwartungen an ihn waren nicht so hoch gewesen. Dennoch erfüllte er die Anforderungen seines Vaters sehr viel besser. Er besaß einen natürlichen Instinkt, Geld zu verdienen, und das gefiel Harrison. Ungehindert konnte Connor seine Ziele verfolgen und einen Abschluss in Harvard machen. Von Anfang an war klar gewesen, dass er Talent dazu hatte, immer die richtigen Entscheidungen über Investitionen zu treffen. Damit zog er lukrative Jobs an Land und riesige finanzielle Gewinne. Mit dreißig gründete er ein eigenes Unternehmen, mit dreiunddreißig war er Millionär. Somit verdiente er sich den Respekt seines Vaters.

Die Erwartungen an Stephen waren noch viel höher und zudem langfristiger geplant. Connor war eine vollendete Tatsache, Stephen war eine Arbeit, die immer noch im Werden begriffen war.

Harrison hatte keine Ahnung von der Spielsucht seines Sohnes. Dafür sorgte Connor, half Stephen immer wieder aus der Patsche, zahlte seine Schulden für ihn, wenn es nötig war. Und vor allem redete er mit ihm oder besser gesagt, er hielt ihm Vorträge. Professionelle Hilfe kam nicht in Frage, denn wenn die Presse Wind von Stephens Problemen bekommen hätte, wäre seine Karriere beendet gewesen. Also war es Aufgabe derjenigen, denen Stephen etwas bedeutete – zunächst Connor, später auch Nancy –, ihm die Kraft zu geben, die er brauchte, um seine Sucht irgendwie in den Griff zu bekommen.

Stephen heiratete, wurde Vater und erfolgreicher Bürgermeister, und mit Connors Hilfe ging es allmählich bergauf. Er hatte sein Leben wieder unter Kontrolle, schloss seine Spielsucht in eine dunkle Ecke seiner Vergangenheit, wo sie zunächst einmal blieb.

Bis dieser verdammte Kampf um den Senatorenposten begann.

Plötzlich war dieser Erfolgsdruck wieder da, der Zwang zu siegen, und er hing drohend über ihm wie ein wildes, räuberisches Tier.

Connor hatte die Veränderung bei seinem Bruder um Neujahr herum zum ersten Mal gespürt, als die Strategien für die Wahlkampagne erstellt worden waren. Er hatte Stephen still beobachtet, mit niemandem ein Wort darüber gesprochen – auch nicht mit Nancy, deren zu strahlendes Lächeln und zu glänzende Augen ihm verrieten, dass sie es längst wusste. Connor hatte gebetet, dass er sich irrte. Aber instinktiv wusste er, dass Stephens alte Dämonen ihre hässlichen Fratzen erneut emporgereckt hatten. Er begann sich Sorgen zu machen, fuhr regelmäßig nach Leaf Brook, beobachtete Stephens Verhalten und, was noch viel wichtiger war, die möglichen Auswirkungen auf Brian.

Bisher war Brian völlig okay gewesen.

Aber am letzten Samstag war es dann so weit. Stephens Nervosität, das dringende Telefongespräch, das er während des Baseballspiels geführt hatte, seine Hypersensibilität dieser Journalistin gegenüber, all das hatte Connors schlimmste Vermutungen bestätigt. Und Brians Reaktionen hatten seine schlimmsten Befürchtungen bestätigt.

Dieser tolle kleine Junge wurde zu einem Opfer in Stephens Krieg.

Connors Auseinandersetzung mit Stephen war heftig gewesen. Er hatte kein Blatt vor den Mund genommen, seinen Bruder brutal an vergangene Auswüchse erinnert, die ein Vermögen gekostet und Stephens Ehe stark belastet hatten. Außerdem hatte er Stephen deutlich klar gemacht, dass er inzwischen einen Sohn hatte, der alt und sensibel genug war, um das Verhalten seines Vaters zu durchschauen und entsprechende Wunden davonzutragen.

Stephen war sauer geworden, und die beiden Männer hatten sich eine erbitterte, laute Auseinandersetzung geliefert. Sie hatte damit geendet, dass Stephen seinen Bruder als scheinheiliges Schwein beschimpft und ihn aufgefordert hatte, sich um seine eigenen Angelegenheiten zu kümmern, sein verdammtes Geld und seine Gardinenpredigten zu nehmen und zur Hölle zu fahren.

Connor war wütend geworden. Er war ernsthaft versucht, tatsächlich zu gehen und Stephen in seiner verfahrenen Situation allein zu lassen. Wenn da bloß nicht Brian wäre.

Er konnte die Vorstellung nicht ertragen, dass sein Neffe darunter litt, dass Stephen schwach war und Nancy sich weigerte, der Wahrheit ins Gesicht zu sehen. Brian brauchte Verlässlichkeit in seinem Leben, jemanden, auf den er zählen konnte. Und das konnte ihm im Moment nur sein Onkel Connor geben.

Sein Onkel Connor und Julia Talbot.

Zweifellos besaß Brian in Miss Talbot eine Verbündete. Die Art, wie sie sich in den letzten Jahren um Brian gekümmert hatte, sprach für sich. Und heute – nun, da hatte sie erneut deutlich gemacht, wie sehr ihr der Junge am Herzen lag. Es war wirklich bewundernswert, wie weit ihre Zuneigung ging.

Connor spielte nachdenklich mit dem Glas in seiner Hand und führte sich noch einmal ihr kurzes Gespräch am heutigen Nachmittag vor Augen.

Julia Talbot war nicht so, wie er zunächst vermutet hatte. Gut, einige seiner Beobachtungen hatten sich als richtig erwiesen. Zum Beispiel ihre Offenheit und ihre Natürlichkeit. Sie betrachtete die Welt mit offenen, völlig vorurteilsfreien Augen, ohne jeden Zynismus. Ihre äußerlichen Eigenschaften waren mindestens ebenso bemerkenswert – das konnte Connor einfach nicht übersehen, nicht einmal, wo er so mit Brian beschäftigt war. Und dann waren da natürlich ihre Gefühle für Brian, die absolut ehrlich waren.

Andererseits war sie viel draufgängerischer, als er ursprünglich geglaubt hatte, mit bissigem Humor und einer beeindruckenden Direktheit. Die Leute, die er sonst kannte, waren schlagfertig, manchmal sarkastisch, aber nur selten direkt. Dass ausgerechnet eine Grundschullehrerin diese Eigenschaft besaß, überraschte ihn.

Ihr Interesse für Brian war eine zweischneidige Sache: Einerseits war es gut. Sie würde ihn im Auge behalten, ihn wie ein Habicht überwachen. Andererseits würde sie, wenn ihr das, was sie sah, nicht gefiel, vielleicht einen Schritt weitergehen. Möglicherweise würde sie Kontakt zu Nancy und Stephen aufnehmen oder ihre Befürchtungen mit einem ihrer Vorgesetzten diskutieren. Und damit könnte sie eine Lawine lostreten, die sie in größte Schwierigkeiten bringen könnte.

Julia Talbot durfte ihre Nase nicht zu tief in diese Angelegenheit stecken. Sie musste sich da heraushalten.

Es war seine Aufgabe, dafür zu sorgen, dass sie das tat.

Notfalls mit allen Mitteln.

7

5. April

Panik erfasste ihn.

Stephen lief durch sein Büro, der Schweiß brach ihm aus. Er zog seinen Mantel aus und die Krawatte, warf beides über einen Stuhl und rollte die Ärmel seines Hemdes auf.

Verdammt. Er musste dringend nachdenken.

Alles lief schief. Er steckte zu tief drin, und er wusste nicht, an wen er sich wenden sollte. Selbst Connor war keine Lösung mehr. Nicht nachdem er ihn am Samstag so beleidigt und dann auch noch aus dem Haus geworfen hatte. Und nicht bei diesem riesigen Schuldenberg. Er war dreimal höher als das, was er je besessen hatte. Connor würde ihn umbringen.

Eine halbe Million Dollar. Wie war es nur möglich, durch Spielschulden eine solch schwindelerregende Summe anzuhäufen? Er hatte doch bloß ein bisschen gewettet. Es waren alles sichere Wetten gewesen, gut überlegt, sorgfältig gesetzt. Das Problem war, er hatte auf Hockeyspiele gewettet. Und er hatte nicht so viel Ahnung von Hockey wie von Football oder Baseball. Aber das Timing hatte gepasst, und er hatte letztlich keine andere Wahl gehabt. Hockey war im Moment die einzige Sportart, die Gewinne in der Größenordnung einbrachte, wie er sie brauchte. Die Footballsaison war längst vorüber, die Baseballsaison war erst diese Woche eröffnet worden. Und die Vorsaisonspiele brachten keinen Cent ein.

Also hatte es Hockey sein müssen.

Und nun hatte er 500.000 Dollar Schulden.

Er fuhr sich mit dem Handrücken über die Stirn. Schlimm genug, dass etwas mehr als 150.000 Dollar von seinem Privatkonto stammten. Aber den Rest des Geldes – 347.650 Dollar, um ganz genau zu sein – hatte er aus der Kasse genommen, mit der er eigentlich seinen Wahlkampf finanzieren sollte. Und der überwiegende Teil dieser Summe stammte von seinem Vater.

Er war sich nicht sicher, was schlimmer war, ins Gefängnis zu gehen oder sich seinem Vater zu stellen.

Was um alles in der Welt sollte er bloß tun?

Er musste das Geld zurückkriegen – und zwar schnell. Ehe Cliff die Unregelmäßigkeiten entdeckte, ehe die Presse tief genug grub und seine fragwürdigen Machenschaften aufdeckte. Er hatte nicht viel Zeit, ein paar Tage, vielleicht eine Woche. Er *musste* das Geld dorthin zurückschaffen, wo es hingehörte.

Aber wie? Wen konnte er um Hilfe bitten?

Der Gedanke an Connor drängte sich ihm erneut auf. Würde er genug Mut aufbringen, seinen Bruder anzurufen?

Konnte er es sich leisten, es nicht zu tun?

Verzweifelt überlegte Stephen hin und her, als das Telefon klingelte.

Wie gelähmt starrte er auf den Apparat, machte keinerlei Anstalten ranzugehen. Der Geschäftstag war lange vorüber, also konnte der Anruf nur privat sein. Aber er wollte jetzt mit niemandem reden. Wenn er wetten sollte – nicht dass seine Prognosen in letzter Zeit etwas wert gewesen wären –, hätte er gewettet, dass es Nancy war. Sicher wollte sie wissen, wo er steckte und wann er zum Abendessen nach Hause kommen würde. Er konnte jetzt nicht mit ihr reden. Und noch viel weniger konnte er ihr ins Gesicht sehen. Und Brian – wie sollte er seinem Sohn in die Augen schauen, wo er doch wusste, in welches Chaos er ihr Leben gestürzt hatte?

Brian hielt seinen Vater für einen Helden.

Aber er war kein Held. Er war ein verkommener, rückgratloser Betrüger. Und eines Tages würde Brian das herausfinden.

Aber musste er die Wahrheit erfahren, ehe er acht war?

Das Telefon hörte auf zu klingeln, dann begann es erneut, schrill und hartnäckig.

Also gut. Er würde es hinter sich bringen.

Stephen räusperte sich, um halbwegs normal zu klingen, beugte sich vor und nahm den Hörer ab. »Nancy?«

»Nein, Mr. Stratford, hier ist Philip Walker. Tut mir Leid, dass ich auf Ihrer privaten Leitung anrufe, aber ich habe gerade mit Greg Matthews gesprochen. Er hat mir die Ergebnisse der Stadtratssitzung durchgegeben. Ich muss sagen, ich bin ein bisschen enttäuscht.«

Wunderbar. Das war wirklich das Allerletzte, was Stephen jetzt brauchen konnte. In seiner Nervosität hatte er die Ratssitzung, die heute stattgefunden hatte, schon völlig vergessen. Er hatte Greg gebeten, Walker anzurufen und über den Ausgang zu informieren. Natürlich hätte er mit seinem Rückruf rechnen müssen. Allerdings hatte er keine Ahnung, woher Walker seine Privatnummer hatte.

Aber welchen Unterschied machte das schon? Der Mann saß am anderen Ende der Leitung und erwartete eine Erklärung.

Und Stephen war nicht in der Verfassung, sie ihm zu liefern.

»Hi, Philip.« Er gab sich alle Mühe, seine Stimme ruhig zu halten. »Ich bin so gut wie auf dem Nachhauseweg.

Ich bin froh, dass Greg Sie erreicht hat. Und ich muss sagen, ich war auch sehr überrascht. Ich hatte keine Ahnung, dass einer unserer Leute Alternativen für unsere öffentlichen Parkzeiten prüft. Allerdings war seine Idee durchaus vernünftig. Ich weiß nicht, ob Greg Ihnen Einzelheiten berichtet hat, aber er hat vorgeschlagen, die kurzen Parkfristen ganz abzuschaffen. Stattdessen soll die Stadt langfristige Parkgenehmigungen ausstellen. Die Gebühren würden entweder auf jährlicher oder halbjährlicher Basis eingezogen, was wesentlich kostengünstiger und weniger arbeitsintensiv wäre als die jetzige Methode.«

»Das kann sein.« Eine nachdenkliche Pause. »Andererseits beinhaltet dieser Vorschlag keinerlei zusätzliche Sicherheitsmaßnahme für die Autos oder die Bürger, die sich auf den Parkplätzen aufhalten.«

»Darauf habe ich während der Sitzung auch hingewiesen«, antwortete Stephen. In seinem Kopf hämmerte es derart heftig, dass er kaum einen klaren Gedanken fassen konnte. »Und Ihr Vorschlag ist auch noch längst nicht vom Tisch. Aber ich will ehrlich sein. Die meisten Ratsmitglieder neigen dem anderen Vorschlag zu. Er ist kostengünstiger und nicht so einschneidend wie das Abtreten des gesamten Parksystems an ein Privatunternehmen.«

»Verstehe.« Bedeutungsvolles Schweigen. »Nun, ich hoffe, dass Sie Ihre Meinung noch ändern. Genau genommen bin ich sicher, dass Sie das tun werden.«

Es mochte an seiner Gemütsverfassung liegen, aber für Stephen klangen die Worte nicht wie eine Bitte, sondern eher wie ein Befehl.

»Wie auch immer, ich möchte Sie nicht aufhalten. Fahren Sie nach Hause zu Ihrer Familie.« Philip hüstelte. »Aber ehe ich auflege, habe ich noch eine Bitte. Es ist mir ein bisschen peinlich, aber mir ist aufgefallen, dass mir auf dem Scheck, den ich Ihnen für Ihren Wahlkampf ausgestellt habe, ein blöder Fehler unterlaufen ist. Ich war wohl nicht ganz bei der Sache, als ich ihn ausgeschrieben habe. Aus Versehen habe ich eine Null zu viel hinzugefügt. Es wäre nett, wenn Sie ihn einfach zerreißen würden. Natürlich werde ich Ihnen unverzüglich einen neuen Scheck ausstellen über die Summe, die ich eigentlich beabsichtigt hatte – zehntausend Dollar.«

Stephen wurde schwarz vor Augen. Langsam sank er auf einen Stuhl, sein ganzer Körper zitterte. Das konnte doch nur ein brutaler Scherz sein. Den Scheck zerreißen? Das ging nicht. Dreißigtausend Dollar hatte er doch längst verspielt.

»Herr Bürgermeister?«

»Ich bin hier«, hörte Stephen sich sagen.

»Seien Sie mir bitte nicht böse. Ich wünschte, ich könnte Ihnen mehr zusagen. Aber man bekommt nicht immer das, was man möchte. Machen wir uns nichts vor, das Leben ist ein Spiel. Wenn wir Glück haben, kommen wir nach oben. Wenn nicht, verlieren wir. Es ist häufig nur eine Frage des Glücks, und das kann, wie Sie ja gerade leidvoll erfahren haben, auch eine lange, lange Pechsträhne bedeuten. Gelegentlich haben wir einen Einfluss auf bestimmte Dinge. Zum Beispiel dann, wenn eine Hand die andere wäscht und jeder das bekommt, was er gern möchte. Aber wie oft bietet sich einem eine solche Chance?«

Dieses Mal gab es kein Vertun. Walkers Botschaft war klar und unmissverständlich.

Die *ganze* Botschaft.

Ein eisiger Schauer lief Stephen über den Rücken. »Wollen Sie damit andeuten, dass die Hunderttausend davon abhängig sind, ob ...?«

»Die Verbindung ist plötzlich so schlecht«, unterbrach Philip ihn abrupt. »Verdammt, ich hasse diese Telefone. Aber Sie waren ja ohnehin gerade auf dem Nachhauseweg.

Ich wünsche Ihnen einen schönen Abend mit Ihrer Frau und Ihrem Sohn.«

Ein leises Klicken, dann folgte ein Summton.

Nachdem Philip Walker aufgelegt hatte, saß Stephen noch lange allein in seinem dunklen Büro. Den Kopf hatte er tief zwischen den Händen vergraben.

Er wurde erpresst. Das war schlimm genug. Aber wie viel wusste Walker? Offenbar eine ganze Menge.

Ansonsten würde dieses ganze Szenario keinen Sinn machen. Denn allein auf der Basis ihrer bisherigen geschäftlichen Beziehungen müsste Walker davon ausgehen, dass der Bürgermeister ein blitzsauberer, ehrlicher Verhandlungspartner war. Daraus würde folgen, dass Walker damit rechnen müsste, Stephen mit seiner Andeutung zutiefst zu entrüsten. Er müsste damit rechnen, dass Stephen den Scheck zerriss, sich jegliche weitere Angebote verbat und Walkers Bestechungsversuche unverzüglich der Polizei meldete.

Aber so stellte sich die Sache nicht dar.

Und das führte zum übelsten Teil. Walker hatte eine gezielte Andeutung gemacht. Das Leben sei ein Spiel, hatte er gesagt, und dann war er noch weiter gegangen und hatte Stephens jüngste persönliche Erfahrung und seine lange Pechsträhne erwähnt. Diese ganzen Anspielungen waren viel zu präzise gewesen, um ein Zufall zu sein.

Nein, die Sache war ganz klar. Philip Walker wusste, dass Stephen in Schwierigkeiten steckte. Aber woher? Wichtiger noch, wie weit reichten seine Informationen? Wusste er, dass Stephen bis zum Hals in Spielschulden steckte? Wusste er, dass er diese Schulden mit Wahlkampfgeldern bezahlt hatte, die er noch ausgleichen musste? Und schlimmer noch, wusste er, dass dies auch für seine eigene Spende galt? War das der Grund, weshalb er so sicher war, dass sein Erpressungsversuch funktionieren würde – weil Stephen kein Geld zurückgeben konnte, das er gar nicht mehr hatte?

Stephens Atem ging so hastig, dass er glaubte, sein Brustkorb würde ihm platzen. Er musste herausfinden, wie viel Walker wusste. Wenn es so war, wie er befürchtete, musste er Walker irgendwie davon überzeugen, geduldig zu sein und sein Geld nicht sofort zurückzuverlangen. Er hatte versprochen, sich voll und ganz für Walkers Parkplatzvorschlag einzusetzen. Himmel, es war ihm doch völlig gleichgültig, welchen Plan die Stadt letztendlich verwirklichte. Beide hatten ihre Vorteile. Also würde er die Idee von Walker ab sofort nach allen Kräften unterstützen. Aus Gründen der Sicherheit, wie er behaupten würde. Das war ein nachvollziehbarer Grund. Irgendwie würde er die anderen Ratsmitglieder schon überzeugen. Er musste.

Er nahm den Telefonhörer ab und wählte.

»Ja?« Walker antwortete nach dem ersten Klingeln. Offenbar hatte er den Anruf erwartet.

»Ich muss Sie dringend treffen«, sagte Stephen ohne große Vorrede. »Noch heute Abend.«

»Herr Bürgermeister.« Walker tat überrascht. »Ich dachte, Sie säßen inzwischen längst zu Hause beim Abendessen.«

»Tue ich nicht. Sie ja offenbar auch nicht. Wann können wir uns also treffen?«

Eine kurze Pause. »Wie wäre es in einer halben Stunde in der Bar Ecke North Street und Third Street?«

»Ich werde dort sein.«

Stephen hatte die Hälfte seines Gin Tonics bereits hinuntergestürzt, als Philip hereinkam und sich zu ihm in die dunkle Nische setzte. Er zog seinen Trenchcoat aus, bestellte sich einen Bourbon, wartete, bis er gebracht wurde, trank einen großen Schluck und sah Stephen erst dann an.

»Sie wollten mich treffen?«

»Ich hätte gern eine Erklärung.«

»Wozu?«

Mit zitternden Fingern stellte Stephen sein Glas ab. »Ich bin nicht an solchen Spielchen interessiert. Ich wüsste gern, was Sie meinten, als Sie sagten, eine Hand wäscht die andere?«

Philip sah ihn regungslos an. »Ich schätze, diese Redensart erklärt sich selbst. Sie haben etwas, was ich gern hätte. Ich habe etwas, was Sie gern hätten. Wir helfen uns gegenseitig.« Er nahm noch einen Schluck. »So einfach ist das.«

»Wie kommen Sie darauf, dass ich mich für eine Wahlkampfspende auf einen derart schmutzigen Handel einlasse?«

Philip verzog spöttisch den Mund. »Es geht nicht um eine einfache Spende, es geht um hunderttausend Dollar. Die Sie nicht zurückzahlen können, weil Sie sie bereits für irgendwelche Wetten verspielt haben.«

Stephens Magen verkrampfte sich. »Sie wissen nicht, wovon Sie sprechen.«

»Nein? Ich mache Ihnen einen Vorschlag. Rufen Sie die Polizei an, und sagen Sie ihnen, dass Sie erpresst werden.« Er hielt Stephen sein Handy hin. »Kommen Sie. Ich werde hier warten, bis sie hier sind und mich mitnehmen.«

Mit einem tiefen Seufzer senkte Stephen den Blick und starrte in sein Glas. »Sie wollen den Vertrag über die öffentlichen Parkplätze in Leaf Brook?«

»Erraten.«

»Ich kann den Rat nicht dazu zwingen, in meinem Sinne zu votieren. Aber ich kann es versuchen.«

»Dann tun Sie das.« Seelenruhig trank Philip sein Glas leer, schob es von sich und stand auf. »Rufen Sie jeden einzeln an. Das ist einfacher. Nachdem Sie alle überzeugt haben, setzen Sie eine Wahl an. Sie haben eine Woche, um mir eine positive Nachricht zukommen zu lassen.«

»Oder Ihnen Ihr Geld zurückzugeben«, fügte Stephen hinzu.

Walker lächelte kalt. »Über diesen Punkt sind wir inzwischen hinaus, Mr. Stratford. Was ich über Sie in der Hand habe, würde Ihre Karriere ruinieren und Sie ins Gefängnis bringen, ganz gleich, ob Sie das, was Sie mir schulden, zusammenkratzen können oder nicht. Also behalten Sie das Geld. Verwenden Sie es für Ihre Kampagne oder für Ihre Sucht – es ist mir gleichgültig. Ich will keine Rückzahlung. Ich will den Vertrag. Finden Sie einen Weg, ihn mir zu beschaffen.« Er zog seinen Trenchcoat über. »Ich erwarte nächsten Donnerstag Ihren Bescheid. Einen schönen Abend.«

Connor schlief, als das Telefon klingelte.

Er tastete auf dem Nachttisch umher, bis er den Hörer fand, und zerrte ihn an sein Ohr. »Hallo?«

»Connor, ich bin es.« Nancys Stimme klang tränenerstickt.

Er war sofort hellwach. »Was ist los?«, fragte er, und sein Blick fiel auf das erleuchtete Zifferblatt seines Weckers. Es war vier Uhr fünfzehn.

»Es tut mir Leid, dass ich dich mitten in der Nacht wecke. Aber ich wusste nicht, was ich tun sollte. Ich konnte Cliff nicht anrufen, nicht deswegen.«

»Nancy, beruhige dich.« Connor hatte die Decke bereits von sich geworfen und stieg aus dem Bett. »Sag mir, was passiert ist.«

»Es ist Stephen«, flüsterte sie. »Er weiß nicht, dass ich dich anrufe. Aber ich habe furchtbare Angst. Er ist erst um drei nach Hause gekommen. Und er war so betrunken, dass er kaum laufen konnte. Ich habe versucht, mit ihm zu sprechen, aber er hat mir gesagt, ich soll ihn in Ruhe lassen. Und er hat noch ein paar andere schreckliche Sachen gesagt. Dann ist er auf der Couch zusammengeklappt. Ich möchte nicht, dass Brian ihn morgen früh so sieht, aber ich kann ihn nicht allein nach oben tragen. Er ist zu schwer für mich. Und in dem Zustand, in dem er sich befand, ehe er zusammenbrach, habe ich Angst, ihn zu wecken.« Eine bebende Pause. »Er steckt in Schwierigkeiten, Connor. Ich habe ihn noch nie so erlebt. Und ich weiß nicht, was ich tun soll.«

»Ist Brian okay?«

»Ja. Er weiß von alledem nichts. Er ist um neun ins Bett gegangen. Ich habe ihm erzählt, Stephen hätte noch ein spätes Meeting. Alles andere hat er verschlafen.«

»Gut. Ich bin zu dir unterwegs. Ich werde bei dir sein, ehe Brian aufwacht.«

Nachdem er das Telefon zurück auf den Nachttisch geknallt hatte, schaltete Connor das Licht an und lief in den Flur, um seinen Koffer aus dem Spind zu holen. Er warf ihn aufs Bett und stapelte wahllos Kleidungsstücke hinein. Seine Gedanken überschlugen sich. Heute war Freitag. Damit blieb ihm das Wochenende. Aber so wie es geklungen hatte, würde er länger brauchen.

Er traf eine schnelle Entscheidung.

Seine Geschäfte liefen im Moment reibungslos. Wie gut, dass es die neue Technik gab. Mit seiner neuen Ausrüstung konnte er problemlos für einen Monat nach Europa reisen, ohne dass ihn jemand vermisste. Das neue Gerät, das er sich angeschafft hatte, zeichnete sämtliche telefonischen Nachrichten sowie E-Mails und Telefaxe auf und zeigte sie auf dem Computerbildschirm an. Er würde seine private Leitung auf sein Handy schalten. Dann konnte er von überall her arbeiten.

Es war höchste Zeit für einen längeren Aufenthalt in Leaf Brook.

Zwanzig Minuten später, als der Morgen gerade über der Stadt heraufzudämmern begann, warf Connor Laptop und Koffer in seinen Mercedes und raste in Richtung West Side Highway der Krise entgegen, die ihn erwartete.

8

Als Connor fünfundvierzig Minuten später in Leaf Brook ankam, sah Nancy aus, als stände sie kurz vor einem Nervenzusammenbruch. Stirnrunzelnd betrachtete Connor seine sonst immer so adrette und gefasste Schwägerin in dem alten Sweatshirt, mit dem fleckigem Gesicht und den geschwollenen Augen.

»Hey.« Er ließ seinen Koffer fallen und fasste sie an den Schultern. »Bist du okay?«

Sie nickte, aber es fiel ihr offensichtlich schwer, Haltung zu bewahren. »Danke, dass du gekommen bist. Stephen wird mich umbringen, wenn er erfährt, dass ich dich angerufen habe, aber ich musste einfach irgendetwas tun. Ich konnte doch nicht zulassen, dass Brian seinen Vater so sieht.« Sie atmete schwer und sah dann an sich hinab. »Jetzt wo du hier bist, würde ich gern schnell nach oben gehen und duschen. Dann sehe wenigstens ich halbwegs normal aus, wenn mein Sohn nach unten kommt.« Sie zeigte zum Wohnzimmer. »Stephen liegt noch auf der Couch. Ich habe eine Kanne Kaffee gekocht. Du wirst ihn brauchen.«

»Bestimmt.«

»Connor?« Nancy berührte ihn am Arm, als er sich auf

den Wohnraum zu bewegte. »Ich kann dir gar nicht sagen, wie dankbar ich ...«

»Schon gut.« Connor legte seine Hand beruhigend auf ihre. »Geh nur hinauf. Ich kümmere mich um alles.«

Stephen lag noch immer wie tot quer auf dem Sofa. Er war vom Mantel bis zu den Schuhen vollständig bekleidet.

Leise fluchend beugte Connor sich über seinen Bruder und schüttelte ihn. »Stephen.« Er schüttelte ihn noch einmal, dann schlug er ihm leicht ins Gesicht. »Stephen.«

Stephen öffnete die Augen ganz kurz und gab einen unverständlichen Laut von sich. Dann klappten seine Augen wieder zu.

»Verdammt, Stephen, wach auf«, zischte Connor mit zusammengepressten Zähnen. Am liebsten hätte er seinen Bruder angeschrien. Aber das hätte Brian geweckt.

Es dauerte weitere fünf Minuten, bis er endlich eine Reaktion von Stephen bekam.

Mühsam hob er die Lider und sah ihn aus blutunterlaufenen Augen unstet an. »Connor?«

»Ja, ich bin es.« Er packte Stephen am Kinn und schüttelte es heftig. »Bleib wach«, herrschte er ihn an.

»Was tust du hier?«, nuschelte Stephen.

»Deinen Arsch retten.« Connor zerrte seinen Bruder auf die Beine und schlang sich seinen Arm um die eigene Schulter. »Versuch zu laufen.«

»Was?« Stephen sah ihn verständnislos an. »Wohin?«

»In die Küche. Du wirst jetzt drei Tassen schwarzen Kaffee trinken. Dann stelle ich dich unter die Dusche. Du riechst nach Alkohol.«

Ein trotziger Ausdruck trat in Stephens Gesicht.

»Ehe du anfängst, dich zu wehren, denk nach«, riet ihm Connor mit ärgerlicher Stimme. »In ungefähr einer Stunde kommt dein Sohn zum Frühstück herunter. Möchtest du, dass er dich so sieht?«

Der Trotz verschwand und wich einem gehetzten Blick, bei dem Connors Ärger verrauchte. Er wusste nicht, was los war, aber sein Bruder schien am Ende zu sein.

Schweigend trank Stephen seinen Kaffee. Er schüttelte sich. Ganz allmählich wurde er wieder nüchtern, und der glasige Ausdruck verschwand aus seinen Augen.

»Wie spät ist es?«, fragte er schließlich.

Connor sah auf die Uhr. »Fast sechs.«

»Kurz vor Tagesanbruch also.« Stephen verzog grimmig den Mund. »Sicher hat Nancy dich angerufen.«

»Und ob sie das getan hat, verdammt. Und komm bloß nicht auf die Idee, ihr das übel zu nehmen. Deine Frau liebt dich. Sie hat sich zu Tode gesorgt. Sie hat sich an mich gewendet, weil ich der Einzige bin, der deine Situation kennt. Sie wollte dich schützen, so wie sie es immer getan hat.«

Stephen starrte in seinen Kaffeebecher. »Ich weiß«, meinte er mit erstickter Stimme.

Er war genau in der richtigen Verfassung für Connors Fragen. Nur war das Timing leider schlecht.

Das Verhör würde noch warten müssen.

Connor stand auf. »Komm, wir müssen sehen, dass wir dich rasiert und geduscht kriegen. Wir werden alle zusammen beim Frühstück sitzen, wenn Brian herunterkommt. Sobald Nancy ihn zur Schule bringt, werden wir zwei uns unterhalten.«

In diesem Augenblick kam Nancy herein. Sie sah unendlich viel gefasster aus als noch vor einer halben Stunde.

Spannung knisterte in der Luft, als ihr Blick auf Stephen traf. Keiner von ihnen sprach ein Wort.

»Ist die Dusche frei?« Connors banale Frage durchdrang die Stille.

Nancy nickte. »Ihr könnt nach oben gehen.«

Seufzend erhob Stephen sich. »Ich weiß nicht mehr, was passiert ist, als ich heute Nacht nach Hause gekommen bin, aber ich bezweifle, dass es sehr angenehm für dich war«, sagte er leise zu seiner Frau. »Es tut mir Leid. Viel mehr, als du dir vorstellen kannst.«

Damit meinte er viel mehr als die Tatsache, dass er betrunken nach Hause gekommen war, und sie alle wussten es.

Nancy schluckte hart. »Ich weiß.«

»Ich mache mich jetzt besser fertig.« Stephen ging zur Tür, seine Schritte waren nun wieder deutlich sicherer. Er warf Connor einen kurzen Blick zu. »Ich komme allein zurecht.«

Klar, hätte Connor am liebsten geantwortet. *Mit dem Duschen vielleicht. Aber nicht mit deinem Leben.* »Gut«, sagte er stattdessen. »Ich warte so lange hier unten und trinke noch einen Kaffee mit Nancy.«

An jenem Morgen hörte Brian seinen Wecker nicht. Das war noch nie passiert.

Als um Viertel nach sieben immer noch kein Laut aus seinem Zimmer drang, ging Nancy nach oben, um ihn zu wecken. Mit ausdruckslosem Gesicht kam sie wieder nach unten. Als sie Stephens fragende Miene sah, berichtete sie, dass ihr Sohn noch tief geschlafen hätte, dass er sehr müde aussähe, dass sein Bett völlig zerwühlt und seine erste Frage gewesen sei, ob sein Dad zu Hause sei oder nicht. Stephen erschrak, verstand sofort, was das bedeutete, und lief rasch nach oben, um seinen Sohn zu beruhigen. Die Geräusche von Schritten und laufendem Wasser kündeten wenig später davon, dass Stephen Nancys Morgenritual übernommen hatte – Brian etwas zum Anziehen herauszusuchen und sein Zähneputzen zu überwachen.

Aber Connor hörte auch Brians Stimme, und die war ein Abklatsch seiner normalen Fröhlichkeit. So lange, bis er und Stephen die Treppe hinunterkamen und Stephen seinem Sohn ankündigte, dass am Frühstückstisch eine Überraschung auf ihn warten würde.

Das erregte Brians Aufmerksamkeit.

»Was ist es?«, wollte er wissen.

»Geh nach unten, und sieh selbst nach.« Stephen klang erleichtert.

Brian rannte voraus und kam mit erwartungsvoller Miene in die Küche gestürmt.

Er wurde nicht enttäuscht.

»Onkel Connor!« Ein Strahlen ging durch sein Gesicht, als er seinen Onkel am Tisch sitzen und eine Scheibe Toast verputzen sah.

»Hey, Champion«, begrüßte Connor ihn. »Du kommst gerade rechtzeitig. Lange hätte ich den köstlichen Pfannkuchen, die deine Mutter für dich gemacht hat, nicht mehr widerstehen können.«

Brian warf seinen Schulranzen in die Ecke. »Ich wusste gar nicht, dass du uns heute besuchen würdest.«

»Deshalb hat dein Dad ja auch von einer Überraschung gesprochen.« Connor fuhr seinem Neffen durchs Haar, dann klopfte er das Kissen auf dem Stuhl neben ihm zurecht. »Komm, setz dich zu mir.«

»Ich habe nur fünf Minuten Zeit. Ich bekomme einen Eintrag, wenn ich zu spät zur Schule komme.« Brians Strahlen verschwand. »Ich wünschte, wie hätten Wochenende. Dann bräuchte ich heute nicht zur Schule.«

»Ach, das gehört übrigens auch zu meiner Überraschung. Ich bleibe nicht nur für heute. Ich bleibe ganz lange bei euch.«

»Wirklich? Wie lange denn?«

»So lange, dass ich einen ganzen Koffer voll Kleidung mitgebracht habe *und* meinen Laptop. Sieh nur im Gästezimmer nach. Meine Sachen liegen alle auf dem Bett.«

»Super!« Brian feierte die Nachricht, indem er sich Sirup auf seine Pfannkuchen goss, bis der ganze Teller schwamm. »Dann bist du noch hier, wenn ich aus der Schule nach Hause komme?«

»Ich habe eine viel bessere Idee. Ich hole dich von der Schule ab – das heißt, wenn deine Mom damit einverstanden ist.« Connor warf einen Blick in Nancys Richtung und wartete auf ihre Erlaubnis.

»Von mir aus gern«, versicherte sie und beugte sich zu Brian, um ihm die Pfannkuchen in mundgerechte Stücke zu schneiden. »Dann kann ich ein paar Stunden länger im Geschäft bleiben. Ich muss die Kostenaufstellung für dieses Quartal noch fertig machen.« Nancy besaß eine kleine exklusive Boutique in einem der nobelsten Einkaufsviertel von Leaf Brook. »Dann bringe ich Brian heute Morgen zur Schule, und wir treffen uns gegen fünf zu Hause. Was haltet ihr davon?«

»Klingt gut.« Connor war mehr als zufrieden mit dieser Idee. Er wollte so lange wie möglich mit seinem Neffen allein sein, um herauszufinden, in welchem Zustand sich der Junge tatsächlich befand.

»Was ist mit Dad?« Brian sah auf. Seine Unbekümmertheit war plötzlich wie weggeblasen. Verunsichert warf er einen Blick in Richtung seines Vaters. »Kommst du heute Abend wieder so spät nach Hause? Oder bist du rechtzeitig zum Abendessen da?«

Ein schuldbewusster Ausdruck trat in Stephens Gesicht, der Ausdruck eines Vaters, der wusste, dass er seinem Kind Sorgen bereitet hatte. »Ich werde vor sieben zu Hause sein«, versicherte er. »Einverstanden?«

Brians Erleichterung war nicht zu übersehen. »Einverstanden.«

»Super«, meinte Connor zu seinem Neffen. »Dann haben wir drei Stunden Zeit, um dir ordentlich Appetit zu machen. Und wir werden keine einzige davon verschwenden. Wir fahren nach der Schule direkt auf den Sportplatz und trainieren deinen Slide, damit du das Base erreichst, ohne dir die Knochen zu brechen oder Dreck zu schlucken. Danach fahren wir nach Hause und kümmern uns um deine Hausaufgaben. Vielleicht können wir deiner Mom sogar mit dem Abendessen helfen. Und ehe du dich's versiehst, wird dein Dad da sein. Was sagst du dazu?«

»Klasse!« Brian schaufelte den Pfannkuchen in sich hinein und sah fast wieder aus wie immer. »Ich warte am Schultor auf dich«, meinte er zwischen zwei Bissen. »Um drei.«

»Abgemacht.«

Alle Lockerheit verschwand in der Minute, als Connor und Stephen allein waren und die leiser werdenden Motorgeräusche von Nancys Auto ihnen bestätigten, dass sie und Brian tatsächlich auf dem Weg zur Schule waren.

»Lass uns sofort zur Sache kommen«, sagte Connor ruhig und rutschte auf die Stuhlkante. »Wie ernst ist es?«

Stephen fuhr sich mit der Hand durchs Haar. Er wandte sich ab und sah aus dem Küchenfenster. »Ernst.«

»Stephen, sprich mit mir. Ich werde nicht fortgehen. Und das Problem auch nicht. Wir werden uns eine Lösung überlegen. Aber sag mir, wie die Dinge stehen.«

Ein bitteres Lachen. »Wie großzügig. Und heldenhaft. Am Montag habe ich dich noch vor die Tür gesetzt, und heute sitzt du schon wieder hier und spielst Lancelot, der zu meiner Rettung herbeigaloppiert ist.«

»Hör auf damit.« Connor baute sich vor seinem Bruder auf und schlug mit den Handflächen auf die Arbeitsplatte. »Hör auf, dir so verdammt Leid zu tun. Brian ist derjenige, um den du dir Sorgen machen solltest. Er ist auch der

Grund, weshalb ich hier bin.« Eine qualvolle Pause, dann fügte Connor hinzu: »Er und die Tatsache, dass du mein Bruder und auf dem besten Weg bist, dein Leben zu ruinieren.«

»Ich *habe* mein Leben bereits ruiniert«, verbesserte Stephen. »Vergangenheitsform. Dieses Mal sitze ich wirklich tief drin.« Er senkte den Kopf und verschränkte die Finger in seinem Nacken. »Dieses Mal ist es wirklich schwer zu schlucken, sogar für dich.«

Connor betrachtete die herabhängenden Schultern seines Bruders. »Ich verurteile dich nicht. Ich möchte nur helfen. Um Himmels willen, lass mich dir helfen.«

»Klar, warum nicht«, erwiderte Stephen voller Sarkasmus. »Hast du vielleicht zufällig eine halbe Million Dollar irgendwo herumliegen? Verstehst du, Geld, an das du herankommst, das nicht fest angelegt ist in irgendwelchen Aktien oder Fonds? Wenn, könnte es mir im Moment verdammt nützlich sein.«

Connor atmete tief ein und versuchte sich den Schock nicht anmerken zu lassen. »Du hast fünfhunderttausend Dollar Schulden?«

»Das ist in etwa die Summe.«

Mühsam formulierte Connor die nächste Frage. »Das können doch nicht alles Spielschulden sein? Bist du sonst noch in irgendetwas verwickelt?«

»Was meinst du damit? Drogengeschäfte? Nein, Connor, so tief bin ich noch nicht gesunken. Es sind nur höhere Wetten, schlechtere Tipps, größere Verluste.« Ein verbittertes Lachen. »Ich habe Hockey eigentlich noch nie gemocht.«

»Wartet dein Buchhalter auf das Geld?«

»Nein, er hat es bereits. Nur ich leider nicht. Und ich muss es dahin zurückgeben, wo ich es herhabe.«

Connor wurde schlecht. »Und woher hast du es?«

»Woher schon? Aus meinem Wahlkampftopf.« Stephen

drehte sich langsam zu seinem Bruder um. »Habe ich übrigens schon erwähnt, dass der größte Teil dieses Geldes von Dad stammt?«

»Scheiße.«

»Das finde ich auch.« Stephen drehte die Handflächen nach oben. »Wer bekommt also als Erster meinen Kopf? Die Behörden oder unser liebender Vater?«

Connor dachte fieberhaft nach, erst über die gesamte Situation, dann über die unmittelbar bevorstehenden Schritte. Es gab keinen Zweifel, die langfristigen Entscheidungen mussten warten. Jetzt galt es erst einmal, das Loch zu stopfen. Er würde einige Aktien verkaufen, ein paar Fonds auflösen, die er glücklicherweise auf verschiedene Banken verteilt hatte. Es würde also nicht zu spektakulären Transaktionen kommen, und er würde sich neugierige Fragen von Bankangestellten und Börsenmaklern ersparen. Es könnte funktionieren.

»Du hast das Geld bis heute Abend«, informierte er Stephen knapp.

Der Unterkiefer seines Bruders klappte nach unten. »Einfach so?«

»Nein, nicht einfach so.« Connor sah seinen Bruder scharf an. »Dir das Geld zu beschaffen ist mein Problem. Es künftig zusammenzuhalten ist deins.«

»Das ist mir klar.« Stephen schluckte, und dieser gehetzte Blick kehrte in sein Gesicht zurück. Ganz offensichtlich stand er kurz davor, die Nerven zu verlieren. Es würde nicht mehr lange dauern, dann war es so weit. »Ich werde einen Weg finden, es dir zurückzuzahlen«, versprach er hastig. »Es kann etwas dauern, aber ...«

»Zahl es mir zurück, indem du aufhörst.« Connor musste unbedingt zu seinem Bruder durchdringen. Er wusste bloß nicht wie. »Stephen, das ist nicht nur eine schlechte Angewohnheit. Nicht mehr. Und davor können wir die Augen nicht verschließen. Es ist eine Sucht. Du brauchst professionelle Hilfe.«

Das führte zu einer Reaktion – allerdings nicht zu der, auf die Connor gehofft hatte. »Tolle Idee!«, höhnte er. »Ein Seelenklempner. Einer, der sich auf glücklose Spieler spezialisiert hat. Oder noch besser ein paar Besuche bei den Anonymen Spielsüchtigen.« Stephen entfernte sich, goss sich noch einen Kaffee ein. »Was glaubst du, wie lange es dauern würde, bis das an die Öffentlichkeit durchsickert? Ein Stratford, der spielsüchtig ist. Und dann auch noch ausgerechnet dieser! Die Zeitungen würden jubeln. Braxton auch. Und ich könnte den Senatorenposten völlig vergessen.«

»Stephen ...«

»Connor, bitte.« Scheppernd stellte Stephen seine Tasse ab, sodass sich ein Schwall Kaffee auf den Küchentresen ergoss. »Ich habe keine Lust auf diesen Psychokram. Es ist mir schon schwer genug gefallen, dich um das Geld zu bitten. Mach es nicht noch schlimmer.« Seine Hände zitterten, als er sie zu Fäusten ballte. »Ich muss diese Wahl hinter mich bringen. Sobald ich den Job habe, sobald ich mich nicht mehr unter Braxtons Mikroskop befinde, reden wir über langfristige Lösungen. Aber lass uns im Moment einen Kompromiss finden. Du leihst mir ein Vermögen. Im Gegenzug verspreche ich dir, es nicht zu verspielen.«

»Das reicht mir nicht. Du musst mir versprechen, überhaupt nicht mehr zu spielen.« Da Connor ahnte, welche oberflächliche Antwort er erhalten würde – ein reines Lippenbekenntnis ohne jede Grundlage –, fügte er hinzu: »Ich warne dich, ich nehme das Versprechen nicht auf die leichte Schulter. Und das solltest du auch nicht tun. Denn ich werde hier bleiben und dafür sorgen, dass du es hältst. Ich kenne die Anzeichen, großer Bruder. Ich merke sofort, wenn du wieder spielst. Und ich werde dich davon abhalten. Darauf kannst du wetten, und dieses Mal wäre es eine Wette, die du gewinnen würdest.«

Stephen holte tief Luft, dann seufzte er. »Weißt du, ich war lange Zeit davon los.«

»Ja, ich weiß. Und du wirst es wieder sein. Für Nancy und für Brian. Er merkt, dass etwas nicht stimmt. Stell dir vor, er denkt irgendwann, alles sei seine Schuld.«

Erneut trat ein gequälter Ausdruck in Stephens Gesicht, so als würde seine Sorge viel tiefer reichen, als man mit dem Auge erkennen konnte. »Brian darf nichts von allem erfahren. Wir müssen die Sache im Keim ersticken, solange wir das noch können.«

Die Worte klangen verzweifelt, eine Verzweiflung, bei der es Connor kalt über den Rücken lief. Warum war Stephen immer noch so beunruhigt, wo er doch gerade den Rettungsanker bekommen hatte, den er benötigte?

Irgendetwas war da nicht so, wie es sein musste.

Connor runzelte die Stirn. »Wir *werden* die Sache im Keim ersticken. Davon bin ich überzeugt. Ich habe dir versprochen, dass du das Geld noch heute bekommst. Du hast mir versprochen, dass es dort bleibt, wo es hingehört. Und damit wäre die Sache erledigt – oder nicht?«

»Ja. Das ist sie.« Stephen sah ihn entschlossen an. »Ich werde die Sache in Ordnung bringen. Ich werde dafür sorgen, dass sie Brian nicht weiter beeinträchtigen wird. Ich habe mir geschworen, ihn nie in eine Lage zu bringen, in der er an seinem Selbstwertgefühl zweifeln muss. Nicht nachdem ich selber mein halbes Leben so gelebt habe. Ich liebe diesen Jungen mehr als alles andere auf der Welt. Es liegt an mir, die Situation in den Griff zu bekommen, ehe sie mir ganz aus den Händen gleitet. Ich muss und ich werde es tun.«

9

Julia stand am Rande ihrer Belastbarkeit.

Sie massierte ihre Schläfen, während sie durch den Computerraum ging und sich vergewisserte, dass alle ihre Schüler einen vollständig eingerichteten Arbeitsplatz vorgefunden hatten. Mit gesenkten Köpfen saßen sie über den Tastaturen und hämmerten darauf herum, um unter Robins Aufsicht ihre kurzen Aufsätze zum Thema ›Mein größter Wunsch‹ in ihre PCs einzugeben.

Julia wünschte sich im Moment nichts sehnlicher als eine Nacht Schlaf.

Die hatte sie in der letzten Nacht nicht gehabt und auch nicht in der Nacht zuvor.

Vielleicht lag es an dem heute stattfindenden Workshop – die Fortsetzung von Dr. Garbers Untersuchungen zur emotionalen Misshandlung und Vernachlässigung von Kindern. Vielleicht lag es aber auch an ihrer Sorge um Brian Stratford.

Ihre Träume waren Episoden aus ihrer Vergangenheit gewesen, bruchstückhafte Erinnerungen, die jahrelang im Verborgenen geschlummert hatten. Als Kind hatte sie diese Träume häufig gehabt. Es war eine prägende Phase ihres Lebens gewesen, eine, die den gesamten Verlauf ihres Lebens beeinflusst hatte.

Kein Wunder, dass die Erinnerungen gerade jetzt wieder auftauchten.

Sie und Franny hatten jahrelang keinen Kontakt gehabt. Franny war mit sechzehn von zu Hause weggegangen – weggelaufen, musste man wohl eher sagen. Eine Zeit lang hatte sie Julia geschrieben; die Briefe trugen Poststempel aus San Francisco, Los Angeles und schließlich San Diego – Orte, die furchtbar weit von Poughkeepsie entfernt waren. Dann waren keine Briefe mehr gekommen, und irgendwie hatte Julia geahnt, dass die persönlichen Kontakte aus der Vergangenheit für Franny zu schmerzhaft geworden waren, auch wenn sie sich sehr nahe gestanden hatten und ihnen beiden ihre Freundschaft immer sehr wichtig gewesen war.

Nicht dass Julia Franny einen Vorwurf gemacht hätte. Wie hätte sie das tun können, nach allem, was ihre Freundin durchgemacht hatte?

Zunächst waren die Anzeichen ganz versteckt gewesen, viel zu versteckt, als dass ihre achtjährige Freundin sie hätte bemerken können. Aber Meredith Talbot hatte sie registriert. Und als die Sache schließlich eskaliert war, hatte sie gehandelt.

Die Wirklichkeit war noch nie so hässlich gewesen.

Seufzend warf Julia einen Blick auf die Wanduhr im Computerraum.

Zwei Uhr vierzig. Fast Wochenende.

Ein paar Kinder begannen unruhig zu werden. Sie konnte es ihnen nicht verdenken. Es war Freitagnachmittag, es war Frühling, die Vögel sangen, und das Wochenende stand vor der Tür.

»Seid ihr bald fertig?«, fragte sie.

Heftiges Tastengeklapper, ein paar Kinder nickten, und einige Hände schossen in die Luft.

»Wisst ihr was? Noch fünf Minuten. Dann zieht ihr euch alle warm an, und wir gehen eine Viertelstunde hinaus auf den Schulhof, um den Beginn des Wochenendes zu feiern.«

Auf diese Ankündigung folgte großes Gejohle, und Robin lächelte ihr zu. »Dein Vorschlag ist offenbar gut angekommen«, bemerkte sie.

Acht Minuten später strömte die Klasse hinaus auf den Schulhof. Die Schulranzen flogen an eine Wand, dann rannten alle los, um zu spielen.

»Kein Wunder, dass du so beliebt bist.« Robin kicherte und stupste Julia in die Seite. »Ich würde dich auch lieben, wenn du mich früher ins Wochenende entlassen würdest.« Sie seufzte tief. »Aber vielleicht nicht an *diesem* Wochenende. Ich muss an beiden Tagen arbeiten, weil ich ein Projekt zu Ende bringen will. Die Rechnung für meine Visakarte muss bezahlt werden.«

Julia nickte verständnisvoll. Robin war ein Computerfreak, und sie war nicht nur technisch begabt, sondern auch sehr kreativ. Sie hatte einen Studienabschluss in Elektrotechnik und die ersten paar Jahre nach dem College damit verbracht, Schaltkreise und kabellose Anlagen für Großkunden aus der Kommunikationsbranche zu entwickeln. Das war sehr einträglich gewesen, aber eigentlich nicht ihre Sache. Der Stress nicht. Die sterile Arbeitsatmosphäre nicht. Das langweilige Privatleben der Leute nicht, mit denen sie zusammenarbeitete. Also hatte sie sich ihrer zweiten Leidenschaft zugewandt: Kindern. Sie hatte eine weitere Ausbildung angefangen und war Lehrerin geworden. Jetzt war sie glücklich, hatte einen Job, der ihr Spaß machte, und ein aufregendes Privatleben. Das Einzige, was ihr fehlte, war das großzügige Gehalt, das sie in der Industrie bezogen hatte. Das versuchte sie auszugleichen, indem sie sich etwas dazu verdiente und speziell zugeschnittene Computerprogramme für kleine Unternehmen schrieb, die für die technische Niete Julia ein Buch mit sieben Siegeln waren.

Robins Begabungen waren sehr beeindruckend. Noch beeindruckender war allerdings, dass sie sie für unbedeutend hielt angesichts dessen, was sie ihren Schülern sonst noch geben konnte. Das sagte eine Menge über ihren Charakter, zumindest fand Julia das.

»Ist es ein großes Projekt?«, wollte Julia wissen und fragte absichtlich nicht nach Einzelheiten. Denn sie wusste genau, dass Vertraulichkeit eine der wesentlichen Bedingungen war, zu denen sich Robin in ihren Verträgen verpflichtete.

Sie zuckte mit den Schultern. »Das Unternehmen, für das ich arbeite, ist dieser Meinung. Ich weiß bloß, dass ich dreitausend Dollar bekomme, wenn ich damit fertig bin. Das müsste in etwa das ausgleichen, was ich im Schlussverkauf ausgegeben habe. Zum Beispiel für das knallblaue Seidenkleid, von dem ich dir erzählt habe und das ein Vermögen gekostet hat. Ich ziehe es übrigens Samstagabend an.«

Julia lächelte. »Du hast also ein Rendezvous? Wer ist der Glückliche?«

»Er ist neu und sehr vielversprechend. Mehr verrate ich dir im Moment noch nicht. Das könnte Unglück bringen. Wie auch immer, er lädt mich in ein schickes französisches Restaurant in Manhattan ein.«

»Hört sich so an, als käme das Seidenkleid da sehr gelegen.«

»Ich hoffe es.« Ein neugieriger Blick. »Was ist mit dir? Triffst du dich noch mit Greg?«

»Wir gehen am Sonntag zusammen zum Brunch.« Julia erwähnte nicht, dass sie sich mit Absicht vormittags und zudem in einem zentral gelegenen Restaurant verabredet hatte. So brauchte sie wenigstens nicht zu befürchten, dass Greg sie wieder bedrängte.

»Julia, irgendwann wirst du mit diesem Typ schlafen müssen.«

Sie hatte sie also durchschaut. Der guten Robin konnte sie so leicht nichts vormachen.

Mit einem resignierten Seufzer erwiderte Julia Direktheit mit Direktheit. »Warum? Nur weil er ein Mann ist und ich eine Frau und wir ein paar Mal zusammen ausgegangen sind?«

»Nein, weil er gut aussieht, erfolgreich ist und so verrückt nach dir, dass er sich nicht ewig von dir hinhalten lassen wird.«

»Dann muss er sich eben eine andere suchen.« Julia war

selbst überrascht über ihre patzige Antwort. Ihrer Überraschung folgte sofort ein Hauch schlechten Gewissens angesichts der ungläubigen, irritierten Robin. Aber nur ein Hauch. In Wahrheit war sie es satt, dass man ihr ständig einreden wollte, sie müsste mit jemandem schlafen, nur weil er ein guter Fang war, sie ein paar Abende zusammen verbracht hatten und er das nun von ihr erwartete. Es interessierte sie nicht die Bohne, was er erwartete und was andere Leute fanden. Sie ging nun einmal nicht mit jedem ins Bett, es sei denn, sie war bereit dazu.

»Wow, das war ja ziemlich deutlich«, erwiderte Robin. »Habe ich da einen Nerv getroffen? Setzt Greg dich unter Druck?«

»Nein. Weder noch.« Julia fuhr sich mit beiden Händen durchs Haar. »Rob, es tut mir Leid. Ich wollte nicht so ungehalten sein. Aber ich kann es einfach nicht mehr hören. Ich weiß, dass du es gut meinst. Aber mir ist einfach nicht nach Sex zumute, jedenfalls im Moment nicht. Im Moment bin ich froh, wenn ich im Bett bin und schlafen kann. Und das gelingt mir kaum. Letzte Nacht habe ich drei Stunden geschlafen. Vielleicht erklärt das meine miese Laune.«

»Ach, kein Problem.« Robin wischte die Entschuldigung mit ihrer großen Toleranz vom Tisch. »Du hast ja Recht. Es geht mich nichts an, ob du mit Greg schläfst oder nicht. Ich will nur nicht, dass das Leben an dir vorbeigeht, nur weil du auf den Märchenprinzen wartest. Aber das ist deine Entscheidung, nicht meine.« Sie sah ihre Freundin nachdenklich an. »Aber wo du das jetzt sagst, du siehst wirklich ziemlich genervt aus. Beunruhigt dich etwas Bestimmtes?«

»Ehrlich gesagt, ja.« Julia schaute an ihrer Freundin vorbei und beobachtete, wie Brian Stratford über den Schulhof rannte, auf das Klettergerüst zulief und daran hinaufkletterte. Er schien wieder ganz der Alte – zumindest im Augenblick. Aber es hatte heute viele – zu viele – Gelegenheiten gegeben, in denen er ihr still und in sich gekehrt vorgekommen war. Sie hatte das die ganze Woche registriert, aber heute war es besonders schlimm gewesen. Außerdem wirkte er müde, nicht so, als hätte er zu wenig geschlafen, sondern durch und durch erschöpft, als beschäftigte ihn etwas Ernstes, etwas, das an ihm nagte und ihn nicht zur Ruhe kommen ließ. Was immer es war, Julia ahnte instinktiv, dass es etwas mit seinem Vater zu tun haben musste.

»Du sorgst dich immer noch wegen Brian«, schloss Robin, die ihrem Blick gefolgt war.

»Ja. Er ist so anders als sonst. Ich wünschte, ich könnte mal in Ruhe mit ihm reden, auch wenn Connor Stratford mir verboten hat, mich einzumischen.«

»Als ob dich das abhalten würde, wenn du glaubst, eines deiner Kinder hätte etwas auf dem Herzen.«

»Du hast Recht, das tut es auch nicht. Was mich abgehalten hat, war die Tatsache, dass sich heute einfach keine günstige Gelegenheit für ein ungestörtes Gespräch ergeben hat. Ich möchte Brian nicht zusätzlich belasten, deshalb soll es unauffällig sein, und das Timing muss einfach stimmen. Und das hat es heute nicht. Seit dem ersten Klingeln hatte ich keine ruhige Minute.«

»Wie wäre es jetzt?«, schlug Robin vor, »das heißt, wenn du ihn von diesem Klettergerüst locken kannst.«

Julia drehte sich um und schaute in Richtung Straße. Sie schüttelte den Kopf, als sie sah, dass die Schulbusse bereits kamen und die Türen öffneten, um ihre jungen Fahrgäste aufzunehmen. Dahinter erschienen die ersten Autos von Eltern, die ihre Kinder abholen wollten. »Es geht leider nicht. Die Zeit reicht nicht, wir haben jetzt nicht mehr genug Ruhe. Außerdem wird Brians Mom jede Minute eintreffen, um ihn abzuholen. Ich werde wohl bis Montag warten müssen.«

»Warum sprichst du nicht einfach mit Mrs. Stratford? Natürlich nicht vor Brian, aber vielleicht kannst du sie bitten, dich einmal anzurufen. Sie ist doch immer sehr offen gewesen.«

»Früher ja.« Julia runzelte die Stirn. »Aber auch das ist anders geworden. Nach allem, was ich bisher gesehen habe – von der Anspannung des Bürgermeisters bis zur schützenden Abwehr seines Bruders –, vermute ich, dass das Problem zu privat ist. Und wenn ich mich nicht irre, ist Mrs. Stratford nicht die Richtige, um ...«

Ihre Stimme geriet ins Stocken, als ein blaues Coupé auf das Schultor zugefahren kam. Die Fahrerin, eine Frau in grauem Business-Anzug, stieg aus und kam mit großen Schritten auf sie zu. Sie kam Julia bekannt vor, aber sie wusste nicht woher. Auf jeden Fall war sie nicht die Mutter einer ihrer Schüler, das stand fest. Außerdem wirkte sie zu geschäftsmäßig, wie sie mit ihrem Notizblock und einer kleinen schwarzen Kiste, die sich bei näherer Betrachtung als Kassettenrekorder entpuppte, den Weg entlang schritt.

Der Kassettenrekorder war es dann auch, der Julia auf die Sprünge half.

»Miss Talbot!«

Das Erkennen fiel genau mit der Sekunde zusammen, als die Frau sie erblickte und ihren Namen rief. »Miss Talbot, kann ich Sie einen Moment sprechen?«

Es war Cheryl Lager, die dreiste Reporterin der *Leaf Brook News,* die am Samstag plötzlich bei Brians Baseballspiel aufgekreuzt war.

Was zum Teufel wollte sie jetzt von ihr?

Julia warf Robin einen raschen, irritierten Blick zu. »Das ist die Redakteurin, von der ich dir erzählt habe«, zischte sie ihr zu. Dann drehte sie sich um und wappnete sich für das, was diese aufdringliche Zeitungsfrau vorhatte. »Was kann ich für Sie tun?«, fragte sie kühl.

»Ich weiß nicht, ob Sie sich an mich erinnern«, begann Ms. Lager. »Ich bin …«

»Ich erinnere mich an Sie, Ms. Lager. Mir ist nur nicht klar, warum Sie hier sind.«

Die Frau sah sie überrascht an. »Das lässt sich leicht klarstellen.« Sie sah sich rasch um, ihr Blick fiel auf das Klettergerüst, das Brian gerade zum dritten Mal eroberte. »Aha, da ist er ja. Das ist doch Brian Stratford, oder nicht?«

Julia verschränkte die Arme vor der Brust. »Ich schätze, das wissen Sie ganz genau.«

»Ich weiß auch, dass er besonders an Ihnen hängt. Das ist mir am Samstag bei dem Spiel klar geworden.« Cheryl Lager sah auf ihre Notizen, als überlegte sie ihre nächste Frage. Mit einer raschen Bewegung schaltete sie den Kassettenrekorder an. »Sagen Sie, Miss Talbot, ist Ihnen an dem Jungen in letzter Zeit etwas Ungewöhnliches aufgefallen? Belastet ihn vielleicht etwas? Ich habe gehört, dass er Ihnen alles anvertraut, was mich nicht überraschen würde. Ich habe in dem Alter meine Lehrerin auch angebetet. Ich hätte ihr alles erzählt, vor allem, wenn ich zu Hause Probleme gehabt hätte. Zum Beispiel, wenn ich eine besondere Anspannung verspürt hätte, die ich nicht verstehen konnte. Vielleicht sogar meinen Verdacht, was diese Anspannung verursacht haben könnte.«

Sie sprudelte weiter, ohne eine Antwort abzuwarten. »Ich bin mir sicher, dass Sie den Bürgermeister und seine Frau als Lehrerin ihres Sohnes ziemlich gut kennen. Schließlich haben Sie Mr. Stratford sogar in Ihren Unterricht eingeladen, damit er Ihren Schülern einen kleinen Vortrag hält. Sagen Sie, nach Ihren persönlichen Eindrücken von ihm, sowohl in der Vergangenheit als auch in der Gegenwart, erschien er Ihnen an jenem Samstag besonders gereizt? Vor allem, als das Thema Wahlkampffinanzierung aufkam? Ist das für den Bürgermeister ein besonders sensibles Thema – natürlich nur Ihrer ganz persönlichen Meinung nach?«

»Ich habe keine Ahnung, wovon Sie reden, Ms. Lager«, erwiderte Julia, und ihre Stimme bebte vor Wut. »Und ich habe auch keine Ahnung, was Ihnen eigentlich einfällt. Dies hier ist eine Schule. Ich bin eine Lehrerin. Sie haben hier nichts zu suchen, schon gar nicht während der Schulzeit. Also entschuldigen Sie sich jetzt bitte, und verschwinden Sie.«

Anstatt beleidigt zu sein, schien Cheryl Lager das als Einladung zu betrachten. »Dann darf ich Sie also zu Hause anrufen, ja?«, fragte sie. »Das ist natürlich kein Problem. Wir können gleich einen geeigneten Zeitpunkt vereinbaren, an dem wir ...«

»Ms. Lager, darf *ich* Ihnen jetzt einmal eine Frage stellen? Was würde der Herausgeber Ihrer Zeitung wohl zu einer Strafanzeige sagen? Denn ich stehe kurz davor, Sie wegen Belästigung anzuzeigen.«

Die Stimme kam aus dem Nichts, aber Julia wusste sofort, zu wem sie gehörte.

Connor Stratford.

Da Cheryl Lager leichenblass geworden war, schien auch sie sie erkannt zu haben.

»Mr. Stratford«, stieß sie mühsam hervor und drehte sich um. »Ich habe Miss Talbot gerade gefragt ...«

»Sie haben Sie ausgehorcht, wollten Sie wohl sagen.« Er zeigte auf den Kassettenrekorder. »Ich schlage vor, Sie stellen dieses Ding ab. Sofort!« In dem Moment, als sie gehorchte, wandte er seinen eisblauen Blick in Julias Richtung. »Sie brauchen überhaupt keine Antwort zu geben. Und Sie müssen sich die Belästigungen einer dreisten Reporterin auch nicht gefallen lassen.«

»Das habe ich auch nicht vor«, versicherte sie ihm. »Ich habe Ms. Lager gerade gebeten, von hier zu verschwinden.

Und das wollte sie auch gerade tun. Nicht wahr, Ms. Lager?« Julias Augen sprühten Funken.

Widerstrebend nickte die Redakteurin. »Also gut.« Sie begann ihren Rückzug, doch dann blieb sie noch einmal kurz stehen und warf einen nachdenklichen Blick auf Brian.

»Wagen Sie es nicht«, drohte Connor und erstickte ihre Absicht, sich direkt an Brian zu wenden, sofort im Keim. »Wenn Sie sich meinem Neffen mehr als drei Meter nähern, lasse ich Sie verhaften. Stellen Sie sich mal vor, was das für eine interessante Schlagzeile gäbe.«

Seine Drohung verfehlte ihr Ziel nicht. Cheryl Lager verzog sich endlich.

»Was für eine Unverschämtheit«, meinte Julia atemlos. Sie war noch immer wütend. »Kein Wunder, dass die Medien so einen schlechten Ruf haben. Daran sind nur solche Blutsauger wie sie schuld.«

»Sie gehört wirklich zum Abschaum«, stimmte Connor ihr zu und sah dem davonfahrenden Wagen von Cheryl Lager nach. »Aber sie ist keineswegs eine Ausnahme. Und ihr Verhalten beschränkt sich leider nicht nur auf Angehörige der Presse. Die meisten Menschen haben ein Ziel. Sie wären schockiert, wenn Sie wüssten, zu welchen Mitteln sie oft greifen, um diese Ziele zu erreichen.«

»Ist das nicht sehr zynisch gedacht?«, fragte Julia.

»Nein.« Er sah sie an und zuckte mit den Schultern. »Es ist sehr realistisch – vor allem, wenn man mit Menschen über zwölf und außerhalb eines Klassenzimmers zu tun hat.«

Seine überhebliche Art ging Julia langsam auf die Nerven. »Dann bin ich froh, dass ich *innerhalb* eines Klassenzimmers bin und es mit Sieben- und Achtjährigen zu tun habe. Um ehrlich zu sein, finde ich, dass viel mehr Leute in Grundschulen arbeiten sollten. Das würde ihnen – und ihren Zielen – sehr gut tun.«

»Könnte sein.«

Schon war wieder diese Spannung in der Luft, die zwischen ihnen lag, als wären sie zwei sich abstoßende Magnete.

Oder waren es sich anziehende Magnete, die völlig unterschiedlich geladen waren?

»Hallihallo.« Robin durchbrach die knisternde Stille und hielt Connor lächelnd die Hand hin. Sie rückte ihre prallen Formen sofort ins beste Licht, als sie sah, wie attraktiv ihr Gegenüber war. »Ich bin Robin Haley. Ich arbeite hier im Computerraum. Und ich finde Ihren Neffen großartig.«

Connor reagierte mit schuldbewusstem Blick und einem festen Händedruck. »Connor Stratford. Bitte verzeihen Sie meine schlechten Manieren. Aber ich war mit dieser schrecklichen Pressefrau beschäftigt, der ich am liebsten den Hals umgedreht hätte.«

»Tatsächlich.« Robin grinste vielsagend. »Für mich sah es so aus, als wäre Julia diejenige, der Sie den Hals umdrehen wollten. Das nennt man in der Psychologie Übertragung, wenn ich mich nicht irre.«

Ihre Andeutung blieb nicht ohne Wirkung, und Connor zog die Augenbrauen hoch. »Falls Sie damit sagen wollen, dass ich meinen Zorn an der falschen Person ausgelassen habe, entschuldige ich mich.«

»Julia nimmt Ihre Entschuldigung an«, versicherte Robin ihm. »Nicht wahr, Julia?«

In Wahrheit wünschte sich Julia, der Boden täte sich unter ihr auf. »Eine Entschuldigung ist nicht notwendig. Brians Onkel und ich sind uns einfach nicht sympathisch, das ist alles.«

»Ach, das ist alles?« Robins Stimme verriet, dass sie es besser wusste. »Ich hatte da einen ganz anderen Eindruck. Aber egal. Was Ms. Lager betrifft«, plapperte sie weiter auf Connor ein, »verstehe ich Sie gut. Ihre Fragen grenzen an Verleumdung.«

»Und sind vielleicht ein bisschen zu nah an der Wahrheit«, fügte Julia spitz hinzu.

Sie hatte gar nicht beabsichtigt, dass Connor es hörte. Leider hatte er.

Er sah sie durchdringend an. »Miss Talbot, kann ich Sie noch eine Minute allein sprechen?«

Julia wurde nervös. Jetzt hatte sie die Grenze definitiv überschritten. Aber irgendwie war es ihr gleichgültig. Vielleicht weil sie sich so um Brian sorgte. Vielleicht weil sie sein Onkel so sehr nervte. Wahrscheinlich beides.

»Also gut.« Sie reckte das Kinn, ließ den Blick kurz über den Schulhof schweifen, dann sah sie ihn an. »Aber wirklich nur eine Minute. Ich muss mich um meine Schüler kümmern. Außerdem wird Brian Sie gleich entdecken und zu Ihnen gelaufen kommen.«

»Okay, eine Minute. Versprochen.« Er sah Robin höflich an. »Würden Sie uns bitte entschuldigen?«

»Natürlich.« Robin sah aus, als könnte sie sich vor Lachen kaum noch halten. »Ich passe auf die Kinder auf. Dann habt ihr zwei eine ganze Minute ungestört Zeit, euch gegenseitig umzubringen. Oder was auch immer.«

Julia ging das kurze Stück zum Schulgebäude und blieb in einer Nische stehen, die so privat war, wie das an einem Freitagnachmittag um drei möglich war.

»Lassen Sie mich raten«, begann sie und sah Connor mit blitzenden Augen an. Kampfeslustig verschränkte sie die Arme vor der Brust. »Meine Bemerkung hat Ihnen nicht gefallen. Nein, ich korrigiere, Ihnen hat nicht gefallen, dass sie richtig ist.«

Er kniff die Augen zusammen und sah sie einen Moment aufmerksam an. »Es geht hier nicht um mich und um das, was mir gefällt oder nicht. Es geht darum, meine Familie zu schützen.«

»Ist Brian nicht ein Teil dieser Familie?«

»Sie kennen die Antwort auf diese Frage.«

»Dann verdient auch er Ihren Schutz.«

»Er bekommt ihn.«

»Tatsächlich?« Julia hob ihr Kinn noch ein Stück höher. Sie würde nicht zurückweichen, dieses Mal nicht. »Er leidet fürchterlich. Er ist erschöpft, er sieht aus, als hätte er letzte Nacht kein Auge zugetan. Er ist still und in sich gekehrt. Wir beide wissen, dass das nicht Brian ist. Irgendetwas stimmt nicht. Und die Tatsache, dass Sie heute hier sind, bestätigt dies nur. Es ist bereits das zweite Mal in dieser Woche, dass Sie Ihr Finanzimperium im Stich lassen und hier auftauchen. Sie machen sich ebenfalls Sorgen um Brian. Der Unterschied ist nur, dass Sie wissen, was das Problem ist. Ich nicht.«

Connors Lippen zuckten. »Sie haben davon nichts gegenüber dieser Redakteurin erwähnt, oder?«

»Natürlich nicht. Ich habe ihr gar nichts gesagt, außer dass sie verschwinden soll. Aber Cheryl Lager ist nicht das Problem. Sie kann man sich vom Hals halten, notfalls mit juristischen Mitteln. Das Problem ist Brian und seine seelische Verfassung. Was geht bei ihm zu Hause vor? Ist es der Wahlkampf? Verschlingt er zu viel von der Zeit des Bürgermeisters? Ist die emotionale Belastung für die Familie zu groß? Das kann ich verstehen. Eine harte Kampagne, lange Arbeitszeiten. Aber so schnell bricht Brian nicht zusammen. Er ist es gewohnt, dass sein Vater in der Öffentlichkeit steht. Deshalb muss mehr dahinter stecken. Ist das so?«

»Brian war gestern Abend lange wach«, antwortete Connor mit unbewegtem Gesicht. »Er ist müde. Wenn er sich am Wochenende ausgeruht hat, wird alles wieder okay sein.«

Julias Geduld war allmählich erschöpft. »Hören Sie auf, mir etwas vorzumachen. Das ist keine Müdigkeit. Es ist viel mehr. Und die Tatsache, dass Sie meinen Fragen ausweichen, lässt mich vermuten, dass Cheryl Lager Recht hat. Ich habe selbst miterlebt, wie Mr. Stratford auf ihre Frage nach der finanziellen Unterstützung seines Wahlkampfes reagiert hat. Er hat sich fürchterlich aufgeregt. Und Sie auch.«

Zorn blitzte in seinen Augen. »Sie hat meine Integrität in Frage gestellt. Dagegen habe ich mich entschieden gewehrt. Und ich habe mich nicht aufgeregt, ich war wütend. Das ist ein Unterschied.«

»Sie haben meine Frage nicht beantwortet.«

»Weil mir Ihre Andeutungen nicht gefallen.«

»Es gibt keine Andeutungen«, rief Julia, die nun völlig frustriert war. »Ich mag Ihren Bruder. Ich habe ihn gewählt. Ich würde ihn wieder wählen. Er ist ein anständiger Mann, und er ist ehrlich. Er hat in Leaf Brook eine Menge bewegt, und ich habe keinen Zweifel daran, dass er auf staatlicher Ebene noch mehr bewegen wird. Es interessiert mich nicht, dass Sie und Ihr Vater ihn auf Geldsäcken nach Albany tragen. Sagen Sie mir nur, was Brian daran so belastet, dann lasse ich Sie in Ruhe.«

»Zum letzten Mal, Brian geht es gut. Er braucht bloß etwas Ruhe. Was Stephens Terminplan angeht, ja, natürlich ist er sehr beschäftigt. Und ja, Brian vermisst ihn. Aber wir haben Vorkehrungen getroffen, um das zu ändern. Ich werde meinen Bruder ab sofort vertreten und für Brian da sein, wann immer und wo immer er mich braucht.«

»Und wie wollen Sie das von Manhattan aus tun?«

»Ich werde nicht in Manhattan sein. Ich wohne ab sofort bei Stephen und Nancy.«

Das verschlug Julia die Sprache. »Sie bleiben hier? Für wie lange?«

»Wie ich bereits sagte, so lange, wie ich gebraucht werde.«

»Was ist mit Ihrem Unternehmen? Ihren Kunden?«

Connor verzog spöttisch den Mund. »Warum fragen Sie

danach? Sorgen Sie sich um meine Geschäfte? Keine Angst. Die Technik vollbringt heutzutage wahre Wunder. Ich kann alles von meinem Laptop aus erledigen. Mein wunderbares Informationssystem ist Anrufbeantworter, Computer und Telefaxgerät in einem. Ich kann jeden Anruf automatisch auf mein Handy umleiten. Das ist einer der Vorzüge, sich in der bösen Welt außerhalb der Grundschulen auszukennen. Beeindruckt?«

»Sie wollen mich ärgern.«

»Ja, Sie haben Recht. Das will ich.«

Julia spürte, dass sie lächelte, ganz gegen ihre Absicht. »Das ist immerhin ehrlich. Also gut, ja, ich bin ein bisschen beeindruckt.«

»Wovon? Von meiner technischen Ausrüstung oder meiner Offenheit?«

»Von beidem. Natürlich habe ich damit gerechnet, dass Sie technisch auf dem neusten Stand sind. Ihre Offenheit überrascht mich eher.«

Er sah sie vielsagend an. »Ich habe viele Seiten«, meinte er und ließ den Blick ganz kurz über ihren Mund schweifen, ehe er wieder zu ihren Augen zurückkehrte. »Und ich glaube allmählich, Sie auch.«

Julia wünschte, sie könnte die Anziehungskraft, die zwischen ihnen bestand, leugnen. Aber es hatte keinen Sinn. Sie war da, ob ihr das gefiel oder nicht. Sie spürte sie. Und Connor spürte sie ebenfalls.

Er räusperte sich und suchte in seiner Jackentasche nach Stift und Papier. »Ich möchte Sie um einen Gefallen bitten.«

»Nämlich?«

»Mein Bruder erstickt in Arbeit. Da ist zum einen dieser Wahlkampf und zum anderen seine Arbeit als Bürgermeister dieser Stadt. Er hat im Moment kaum noch Zeit zum Atmen. Nancy ist eine fantastische Ehefrau und Mutter, aber auch sie ist am Ende ihrer Belastbarkeit.« Connor kritzelte etwas auf das Stück Papier. »Dies ist meine private Handynummer. Wenn Ihnen irgendetwas an Brian auffällt, wenn Sie die Symptome, die Sie beschrieben haben, erneut bei ihm bemerken, rufen Sie mich an. Ich werde mich darum kümmern.«

Julia nahm das Papier und schaute es an. »Ich wünschte, ich würde das unangenehme Gefühl los, dass es mehr ist als ...«

»Werden Sie es los. Zu Brians Wohl und zu Ihrem eigenen.«

Sie fuhr auf. »Wollen Sie mir *drohen*?«

»Ich will Sie davor bewahren, überflüssigerweise Leute durcheinander zu bringen, und das gilt auch für Sie selbst. Ich weiß Ihr Interesse für Brian sehr zu schätzen. Aber ich habe die Sache unter Kontrolle, und so wird es auch bleiben.«

Das war keine Bitte. Es war ein Befehl.

Julia faltete das Papier zusammen und steckte es in ihre Tasche. »Ich glaube, dass Ihre Absichten gut sind, zumindest wenn es um Brian geht. Also werde ich Ihrem Wunsch nachkommen. Aber sobald mir etwas missfällt an der Art, wie Sie mit den Dingen umgehen, oder sich Brians Zustand weiter verschlechtert, behalte ich mir das Recht vor, meine Meinung zu ändern. Auch wenn ich den Direktor dieser Schule mit einbeziehen muss oder Brians Eltern. Ich werde das tun, was nötig ist.«

Ehe Connor antworten konnte, unterbrach sie ein lauter Jubelschrei. »Onkel Connor!«

»Sieht so aus, als seien Sie entdeckt worden«, bemerkte Julia trocken, als sie das Kind sah, das in ihre Richtung gerannt kam und das sie unzweifelhaft als Brian identifizierte. Sie sah rasch auf die Uhr. »Ich muss jetzt dafür sorgen, dass sich meine Schüler aufstellen, um zu den Bussen und zum Parkplatz zu gehen.«

»Haben Sie später Zeit für einen Drink?«

Das war nun wirklich das Allerletzte, womit Julia gerechnet hätte. »Wie bitte?«

»Ich habe Sie gefragt, ob Sie Zeit für einen Drink haben. Es sei denn, Sie mögen mich immer noch nicht. Oder, noch wichtiger, Sie und Greg Matthews haben einen Exklusivvertrag, welcher Art auch immer.«

Eine feine Röte stieg in Julias Wangen. »Woher wissen Sie von Greg?«

»Hi, Onkel Connor.« Brian zerrte an Connors Bein. »Wieso wartest du hier und nicht am Schulhoftor?«

»Weil ich noch kurz mit Miss Talbot reden musste.« Connor legte den Arm um Brians Schulter. »Hattest du einen schönen Tag?«

»Hm.«

»Wunderbar. Dann hol doch schnell deinen Schulranzen und deinen Fanghandschuh, ja? Ich bin gleich fertig mit Miss Talbot, und dann fahren wir sofort zum Sportplatz.«

»Kann Miss Talbot mitkommen?«, bettelte Brian. »Vielleicht ist ihr Slide ja genauso gut wie ihr Effetball.«

Julia atmete langsam aus. »Nein, Süßer, ich kann leider nicht mitkommen. Ich bin heute noch mit meiner Mom zu einem Workshop verabredet. Ich komme erst ganz spät abends nach Hause«, fügte sie in Brians Richtung hinzu, meinte aber Connor. »Außerdem ist mein Slide grauenvoll. Als ich ihn zum ersten Mal probiert habe, habe ich mir den dicken Zeh gebrochen.«

»Ihren Zeh?« Brian klang ungläubig.

»Ich weiß, was du meinst.« Julia grinste. »Es war auch ziemlich peinlich. Aber ich bin ausgerutscht und habe meinen Fuß direkt zwischen Tasche und Schuh des zweiten Basemans gerammt. Ich hatte grässliche Schmerzen, und dabei hatte ich nichts vorzuweisen außer einem gebrochenen Zeh. Ich habe damals nicht einmal einen Gips bekommen, dann hätten wenigstens alle Mitleid mit mir gehabt.

Zwei Wochen lang habe ich mir gewünscht, ich hätte mir etwas Richtiges gebrochen, das hätte dann wenigstens alle beeindruckt. Aber ein gebrochener Zeh? Davon hatte ich nichts, außer dass ich nicht mehr spielen konnte und mich alle ziemlich ausgelacht haben.«

»Wow.« Brian klopfte ihr voller Mitgefühl auf den Arm, als hätte sie ihm gerade erzählt, sie sei unter einen Laster geraten. »Seien Sie froh. Wenn es Ihr Bein erwischt hätte, hätten Sie viel länger als zwei Wochen Probleme gehabt. Und machen Sie sich keine Sorgen wegen des Slides. Onkel Connor kann es mir beibringen.«

»Gute Idee«, stimmte Julia zu.

»Ich bin sofort wieder da.« Brian rannte davon, um seine Sachen zu holen.

»Wie wäre es mit Samstagabend?«, fragte Connor. »Sind Sie da frei?«

Julia antwortete, noch ehe sie über ihre Entscheidung nachdenken konnte – vermutlich, weil sie ihre Meinung geändert hätte, wenn sie nachgedacht hätte. »Ja, ich bin frei.«

»Nur auf ein paar Drinks, oder darf ich Sie zum Essen einladen?«

»Versuchen Sie es.«

Seine Augen blitzten, als er die Herausforderung annahm. »Ich kenne ein kleines italienisches Restaurant, etwa eine halbe Stunde von hier. Es ist ganz zwanglos. Das Essen ist hervorragend. Der Wein ist exzellent. Ach, und man bekommt dort ein Tiramisu, das so köstlich ist, dass Sie sogar Ihren Effetball vergessen werden.«

»Tatsächlich?« Julia fragte sich, worauf sie sich da einließ. Vermutlich auf eine Menge mehr, als sie übersehen konnte.

»In diesem Fall«, hörte sie sich selbst sagen, »kann ich wohl gar nicht nein sagen. Also gut, zum Essen.«

Ein kurzes triumphierendes Lächeln. »Perfekt. Wie wäre es mit sieben Uhr?«

»Abgemacht.«

Connor reichte ihr seinen Stift. »Reißen Sie ein Stück von dem Papier ab, das ich Ihnen vorhin mit meiner Handynummer gegeben habe, dann notiere ich mir Ihre Adresse. Ich hole Sie ab. Und schreiben Sie Ihre Telefonnummer auch gleich dazu.«

Sie hatte gerade beides notiert, als Brian zurückkam.

»Ich bin fertig!«, verkündete er.

»Super.« Connor steckte den Papierschnipsel und seinen Stift ein. »Miss Talbot und ich sind auch fertig. Dann lass uns losfahren.« Er warf Julia einen langen, vielsagenden Blick zu. »Bis dann.«

Sie nickte. »Bis dann. Und viel Spaß im Park, Ihnen und Brian.«

Sie hatten sich gerade ein paar Schritte entfernt, als ihr noch etwas einfiel. »Connor?«

»Hm?« Er drehte sich um.

Ein Lächeln umspielte ihre Lippen, als sie die Worte wiederholte, die er ihr beim Ende ihres letzten Zusammentreffens nachgerufen hatte. »Übrigens irren Sie sich, wenn Sie glauben, ich mag Sie nicht. Und noch etwas. Ich heiße Julia.«

10

18.55 Uhr

Greg Matthews war schlecht gelaunt.

Er hatte vorgehabt, das Büro heute früh zu verlassen, nach Hause zu fahren und endlich einmal ordentlich auszuschlafen. Stattdessen saß er am Freitagabend um sieben

Uhr noch immer an seinem Schreibtisch und arbeitete an einer Kostenaufstellung für die städtischen Schulkantinen. Himmel, war das ein Stress!

Er warf seinen Kugelschreiber auf den Schreibtisch und ließ den Kopf kreisen, um seine angespannten Nackenmuskeln etwas zu entlasten. Er war kaputt. Die ganze Woche war eine einzige Achterbahnfahrt gewesen, und auch der kommende Tag versprach nicht besser zu werden. So viel zum freien Samstag. Letzte Woche hatte er ein Frühstücksmeeting gehabt; morgen musste er ein paar dringende Gespräche führen – einige davon auf dem Golfplatz, den Rest am Telefon.

Er war eigentlich nicht in der Stimmung, sich auf einen sechsfachen politischen Drahtseilakt zu begeben.

Aber genau das würde er tun müssen. Er hatte keine andere Wahl. Nicht, wenn er das bekommen wollte, was er haben wollte.

Auch wenn es ihn nervte, es war sicher interessant zu sehen, wie sich die Sache weiterentwickelte.

Wie auf ein Zeichen hin fiel eine Bürotür ins Schloss, dann hörte er vertraute Schritte auf dem Gang, die sich in Richtung Aufzug entfernten.

Der Bürgermeister befand sich auf dem Nachhauseweg.

Greg verzog die Lippen, blickte nachdenklich auf seine eigene – geschlossene – Tür und wartete auf das Geräusch, das signalisierte, dass der Fahrstuhl oben angekommen war. Dann hörte er das gleichmäßige Surren, mit dem sich die Türen öffneten, eine kurze Pause und erneutes Surren, als sich die Türen schlossen. Anschließend war Ruhe.

Er hatte eine schlimme Woche hinter sich, aber für Stephen Stratford war es die Hölle gewesen.

Und der Spaß begann erst.

Er wollte mit dem Bürgermeister nicht tauschen, nicht um alle Sitze im Senat zusammen. Publicity war super; dafür war er auch zu haben. Und der Preis, den man dafür zahlte, bestand nun mal darin, sich zu entblößen und damit allen möglichen Angriffen auszusetzen. Wenn diese Angriffe jedoch plötzlich Geheimnisse offenbarten, die so übel waren, dass sie einen in echte Schwierigkeiten bringen konnten, und wenn diese Schwierigkeiten dazu führten, dass man Männern wie Philip Walker in den Arsch kriechen musste, dann war die Sache nicht mehr lustig.

Mit einem müden Seufzer beugte sich Greg wieder über seine Arbeit, markierte die letzten Zahlen. Das musste genügen. Den Rest würde er machen, wenn er zu Hause war. Er würde das chinesische Fastfood, das vom Vorabend übrig geblieben war, in die Mikrowelle schieben und während des Essens die Aufstellung beenden. Damit blieb ihm noch genügend Zeit, bei einem koffeinfreien Kaffee den Tagesablauf für morgen zu planen, und dann würde er früh an der Matratze horchen. Er musste ausgeruht sein für den Abschlag pünktlich um sieben Uhr.

Es würde ein langes, produktives Wochenende werden – in mehrfacher Hinsicht.

Morgen würde er sich um den Stadtrat kümmern und die nötigen Schritte einleiten.

Und Sonntag würde er sich Julia vornehmen, um dasselbe zu tun.

22.15 Uhr

Es nieselte, als Julia vom Taconic Parkway in die Ausfahrt nach Leaf Brook bog und von dort direkt nach rechts auf die Main Street.

Sie war froh, dass ihre Wohnung nur noch wenige Fahrminuten entfernt war, und das nicht nur, weil der Regen immer heftiger wurde. In ihrem Kopf drehte sich alles. Das tat es schon die ganze Zeit, und auch der Workshop hatte daran nichts geändert.

Dr. Garber hatte die letzten Einzelheiten seiner Untersuchung erläutert und sich dann den Fragen aus dem Publikum gestellt. Wie es der Zufall wollte, drehten sich die meisten Wortmeldungen um die Frage, wie man die ersten Anzeichen von emotionalem Stress bei kleinen Kindern erkannte, um das Problem – und seine Ursache – möglichst schon im Keime ersticken zu können. Die Antworten hatten Julias Unbehagen in Bezug auf Brian nur noch verstärkt. Natürlich war ihr bewusst, dass seine Symptome nicht so schwerwiegend waren und noch nicht so lange auftraten wie in den Fallstudien, mit denen sich Dr. Garber beschäftigt hatte. Dennoch hätten bei Brians Eltern sämtliche Alarmglocken geschrillt, wenn sie Dr. Garbers Ausführungen gefolgt wären.

Aber sie waren nicht dabei gewesen. Julia vermutete sogar, dass sie nicht einmal die deutlichen Anzeichen bemerkten. Sie waren sehr liebevolle Eltern, aber solange sie in ihre eigenen Probleme vertieft waren, war es gut möglich, dass sie Brians gar nicht erkannten, geschweige denn sich darum kümmerten. Das alles war natürlich reine Spekulation. Und wenn sie sich an ihre Vereinbarung mit Connor hielt, würde es auch so bleiben.

Verdammt, sie war so durcheinander.

Sie wusste genau, dass Connor ihr etwas verschwieg. Das an sich beunruhigte sie nicht halb so sehr wie die Gründe für seine Geheimnistuerei. Okay, er schützte seine Familie, das hatte er ja gesagt.

Aber wovor?

Sie konnte ihn nicht dazu zwingen, sich ihr anzuvertrauen. Aber er konnte sie auch nicht dazu zwingen, keine Fragen mehr zu stellen. Und selbst wenn sie eingewilligt hatte, sich vorübergehend zurückzuhalten, so hatte sie ihm deutlich zu verstehen gegeben, dass sie auf Dauer keinerlei Versprechungen machen konnte.

Er hatte keine Zeit gehabt, ihr zu antworten, ehe Brian zurückgekommen war. Aber er konnte ihr nicht böse gewesen sein, sonst hätte er sie schließlich nicht zum Essen eingeladen. Aber gründete diese Einladung auf seinem Wunsch, eine weitere Gelegenheit zu haben, sie zu beruhigen, oder auf seinem Wunsch, die knisternde Spannung zwischen ihnen näher zu erforschen?

Es würde sehr interessant werden, das herauszufinden.

Eine Kettenreaktion aus plötzlich vor ihr auftauchenden Bremslichtern und quietschenden Reifen riss Julia zurück in die Gegenwart. Instinktiv trat sie auf die Bremse und brachte ihren Wagen zum Stehen. Was war los? Es war doch nach zehn, die Rushhour längst vorbei, wieso steckte sie jetzt plötzlich in einem Verkehrsstau?

Sie kurbelte das Fenster herunter und versuchte auszumachen, was da draußen los war.

Etwa dreihundert Meter vor ihr konnte sie ein Blaulicht erkennen. Polizeiautos. Gott, hoffentlich hatte es keinen Unfall gegeben. Die Möglichkeit war nicht auszuschließen. Es regnete, die Straßen waren rutschig. Und es war Freitagabend. Verkehrsunfälle wegen Trunkenheit am Steuer waren in Leaf Brook zwar nur selten, aber sie kamen vor.

Der Abschnitt der Main Street, dem Julia sich gerade näherte, führte zu einem Bürokomplex. Dort gab es zwei oder drei beliebte Bars, in denen sich die Angestellten freitags zur Happy Hour trafen. Ein paar Verrückte tranken manchmal zu viel und setzten sich dann trotzdem ans Steuer ihres Wagens. Ab und zu wurde einer von ihnen in einen Unfall verwickelt.

Fest umklammerte Julia das Lenkrad und hoffte, dass es sich nur um einen Blechschaden handelte.

Die Autos krochen vor sich hin.

Es dauerte fünfzehn Minuten, ehe Julia die Stelle erreichte, wo die beiden Polizeiwagen standen, direkt an der Einfahrt zu einem Parkplatz. Ein Polizeiauto blockierte den Parkplatz, das andere parkte auf der gegenüberliegenden Straßenseite. Zwei Beamte standen auf der Straße und regelten den Verkehr. Julia sah sich um, konnte aber weder zersplittertes Glas noch ein beschädigtes Fahrzeug oder einen Krankenwagen erkennen. Das ließ darauf schließen, dass sich der Unfall auf dem Parkplatz ereignet hatte.

Sie war halb versucht, den Polizisten, der die anderen Autos eilig vorbeiwinkte, anzusprechen, um sich zu vergewissern, dass es keine Verletzten gegeben hatte. Aber er wirkte sehr konzentriert und angespannt, und sein Regenmantel wurde von Sekunde zu Sekunde nasser. Dies war ganz bestimmt nicht der geeignete Moment. Zweifellos würde morgen in der Zeitung stehen, was passiert war. Eine übereifrige Reporterin wie Cheryl Lager war sicher längst am Unfallort gewesen, dachte Julia grimmig, und saß nun schon wieder an ihrem Schreibtisch, um eine Story daraus zu machen. Je reißerischer, desto besser.

Auf dem öffentlichen Parkplatz sprach Officer Benjamin Parks gerade mit der letzten potenziellen Zeugin und notierte sich noch ein paar Daten. Detective Frank Taylor kreiste den Tatort ein und untersuchte ihn noch einmal auf mögliche Spuren, die bisher vielleicht übersehen worden waren.

Er bezweifelte allerdings, dass er welche finden würde. Wer immer das gemacht hatte, war ein Profi.

Autodiebstähle waren in Leaf Brook selten, auch wenn die Zahl in den letzten paar Monaten leicht angestiegen war. Aber dieser hier passte so gar nicht in das klassische Schema. Normalerweise waren die Autos, die gestohlen wurden, gängige, beliebte Modelle, die einen guten Preis erzielten.

Wie etwa der Toyota Camry, der letzten Monat von dem Parkplatz an der Maple Avenue gestohlen worden war, oder der Honda Accord, der vor einigen Monaten aus dem Water Street Einkaufszentrum verschwand. Dieses Mal war es anders. Dem Polizeibericht zufolge, den man Taylor ausgehändigt hatte, war das infrage kommende Auto ein Oldtimer – ein zweifarbiger grau-weißer Chevrolet Bel Air Sedan von 1955. Sein Eigentümer – oder besser gesagt, sein Fahrer, denn der Wagen gehörte dem Sohn des Mannes – war der Inhaber einer kleinen Vermittlungsagentur für Zeitarbeit, das sich in dem Bürogebäude befand. Albert Kirson, so hieß er. Der Ärmste war völlig durcheinander gewesen, als er in die Dienststelle kam, um den Diebstahl anzuzeigen. Offenbar hatte er sich den Wagen nur geliehen, um zur Arbeit zu fahren, weil sein eigener in der Werkstatt war. Und nun hatte er ein schrecklich schlechtes Gewissen seinem dreiundzwanzigjährigen Sohn gegenüber und wusste nicht, wie er ihm die Nachricht beibringen sollte. Der Junge hatte sechs Jahre lang gespart, um sich den Wagen leisten zu können. Gut, sein Vater verdiente nicht schlecht, aber dieser Oldtimer kostete fünfzig Riesen. Nicht gerade eine Summe, die ein kleiner Geschäftsmann mit zwei Kindern, die aufs College gingen, und einem weiteren, das noch die Schule besuchte, so einfach in der Schublade herumliegen hatte.

Detective Taylor schüttelte mitfühlend den Kopf. Es passierte immer den anständigen Typen. Albert Kirson war ein gutes Beispiel dafür. Selbst das Timing war nicht zu seinen Gunsten verlaufen. Wenn Wahlen anstünden, hätte er vielleicht die Art Presse bekommen, die ihm beim Gang zur Urne allein aus Mitleid ein paar zusätzliche Stimmen eingebracht hätte. Aber so blieb ihm nichts außer einem Scheck von der Versicherung und einer Menge Ärger mit seinem Sohn.

Nun, er für seinen Teil war froh, dass er Kirson bei der

letzten Wahl seine Stimme gegeben hatte. Der Mann war ein verdammt guter Stadtrat. Taylor hoffte, dass er blieb, selbst wenn der Bürgermeister in den Senat aufrückte.

23.00 Uhr

Stephen saß auf der Bettkante und wollte sich gerade die Spätnachrichten ansehen, als das Telefon klingelte.

Mechanisch fuhr sein Kopf herum, sein Blick richtete sich auf die Tür zum Bad. Sie war noch geschlossen. Und das laute Plätschern dahinter bedeutete, dass Nancy noch immer unter der Dusche stand.

Stephen streckte die Hand nach dem Apparat aus und verspürte ein beklemmendes Gefühl in der Brust. Im Moment bedeuteten Telefonanrufe zu ungewöhnlichen Tageszeiten nichts Gutes.

Er nahm den Hörer ab. »Hallo?«

»Ah, gut. Ich höre die Nachrichten im Hintergrund laufen«, meinte Philip Walker im Plauderton. »Achten Sie doch einmal auf die ganz aktuelle Lokalmeldung kurz vor dem Wetter. Sie wird Sie sicher sehr interessieren.«

Klick.

Schweißperlen standen auf Stephens Stirn. Was zum Teufel hatte Walker nun getan?

Mit nervös geballten Fäusten saß er vor dem Fernseher. Die internationalen und nationalen Nachrichten flimmerten vorüber, aber er hörte kaum, was die Sprecherin sagte. Erst als diese am Ende den Lokalbericht verlas und ein Foto von Albert Kirson eingeblendet wurde, drehte er den Ton lauter. Aufmerksam hörte er zu, wie die Nachrichtensprecherin mit nüchterner Stimme über den jüngsten Autodiebstahl in Leaf Brook berichtete, bei dem ein langjähriges Mitglied des Stadtrates zu Schaden gekommen war.

Der Wagen war von einem öffentlichen Parkplatz verschwunden.

Scheiße!

Nancy kam aus dem Bad und frottierte sich ihr Haar. Ihr Blick war auf Stephen gerichtet. »Stephen? Habe ich da gerade das Telefon klingeln gehört?«

Er nickte und ahnte genau, was sie wirklich wissen wollte. »Ja.« Zeit für eine Teilwahrheit. »Es war einer von meinen Leuten, der mich auf die Nachrichten aufmerksam machen wollte.« Er zeigte auf den Bildschirm. »Alberts Auto wurde heute Abend gestohlen. Das heißt, eigentlich gehörte der Wagen seinem Sohn Jeff. Al hatte ihn sich nur für einen Tag geliehen. Man hat ihm das Auto auf einem öffentlichen Parkplatz gestohlen.«

Nancy schaute auf den Fernseher und runzelte die Stirn. »Das passiert in letzter Zeit ziemlich häufig. Der Wagen einer meiner Angestellten wurde kürzlich gestohlen, während sie einkaufen war. Sind das Profis, oder glaubst du, es sind irgendwelche Halbstarken?«

Stephen zuckte die Schultern. »Bis heute sah es ganz nach einem Profi aus. Aber einen Oldtimer, einen Chevy? Das klingt nicht sehr professionell. Ich habe keine Ahnung, wer das ist, aber so kann es nicht weitergehen. Wir brauchen dringend Sicherheitspersonal auf den öffentlichen Parkplätzen von Leaf Brook. Das ist im Moment eines meiner wichtigsten Anliegen.«

Nancy nickte. Erleichterung machte sich auf ihrem Gesicht breit, die jedoch nichts mit den Autodiebstählen zu tun hatte. Stephen konnte ihre Gedanken so deutlich lesen, als hätte sie sie laut ausgesprochen. *Das ist Stephen, wie ich ihn kenne*, dachte sie. *Vielleicht ist er doch bald wieder der Alte.*

Nun, noch war er nicht so weit.

Aber er würde es bald sein.

11

7. April

Es regnete den ganzen Samstag.

Das bedeutete, kein Baseballtraining für Brian.

Unter normalen Umständen wäre dies Anlass für einen größeren Aufstand gewesen. Heute löste es jedoch nur eine kleinere Enttäuschung aus, denn schließlich war ja Onkel Connor da, um sich mit ihm zu beschäftigen.

Die ganze Familie frühstückte gemeinsam, danach zog sich Stephen in sein heimisches Arbeitszimmer zurück, Connor verschwand in seinem Zimmer, um ein paar wichtige Telefongespräche zu führen, und Nancy und Brian breiteten sich zum Kartenspielen auf dem Wohnzimmerboden aus.

Connor tauchte gegen Mittag wieder auf. Geduldig beantwortete er die Fragen, mit denen sein Neffe ihn bestürmte, und erklärte ihm, warum er auch am Wochenende arbeiten musste, wo er doch nicht mal Bürgermeister war. Anschließend entschädigte er ihn für seine Abwesenheit, indem er ihn für den Nachmittag zu einem Hamburger und ins Kino einlud.

Stephen blieb hinter verschlossenen Türen, und das Lämpchen seiner Büroleitung leuchtete ununterbrochen.

Irgendwann gegen drei klingelte es an der Tür.

Nancy, die unten im Wohnzimmer saß, sah auf und fragte sich, wer das sein konnte. Sicher einer von Stephens Kollegen oder einer seiner Wahlkampfmitarbeiter. Die bekamen ihren Mann in der letzten Zeit häufiger zu Gesicht als sie selbst. Zumindest häufiger in normalem Zustand – nämlich dann, wenn er nicht gespielt hatte oder betrunken war.

Hör auf, dir selbst Leid zu tun, ermahnte sie sich. *Niemand zwingt dich dazu, diese Ehe aufrechtzuhalten. Du bist hier, weil du hier sein willst. Weil du Stephen liebst, weil er Brians Vater ist, und weil du dich daran erinnerst, wie es früher zwischen euch war. Jeder hat seine Probleme. Wir stehen das durch. Wir müssen.*

Nancy seufzte und massierte ihre pochenden Schläfen. Wenn sie sich doch bloß nicht so furchtbar ausgelaugt fühlen würde, körperlich und emotional. Und wenn sie doch bloß Brian wieder zu dem glücklichen, unbeschwerten Kind machen könnte, das er bis vor ein paar Monaten gewesen war. Connor hier zu haben half schon eine ganze Menge, aber es gab noch immer Zeiten, in denen Brian weit weg und völlig verschlossen war ...

Es klingelte wieder, und Nancy wurde endgültig aus ihren Gedanken gerissen.

Erschrocken sprang sie auf. Sie hatte ganz vergessen, dass jemand vor der Tür stand. Rasch blinzelte sie die Feuchtigkeit in ihren Augen fort, legte ihren Papierkram zur Seite und lief durch die Halle zur Haustür.

»Wer ist da?«

»Ich bin es, Nancy.« Es war die Stimme von Cliff Henderson.

Sie holte tief Luft und öffnete die Tür. »Hallo«, begrüßte sie ihren Freund und setzte ihr einstudiertes Lächeln auf.

»Selber hallo.« Er trat ein, zeigte auf den Aktenordner, den er unter dem Arm hielt. »Stephen und ich haben einen Termin. Wir müssen uns durch ungefähr eine Tonne Papier hindurcharbeiten.« Plötzlich blieb er stehen, sah in Nancys Gesicht und runzelte die Stirn. »Was ist los?«

Na, das war ja prima. Als Frau eines Politikers hatte Nancy gelernt, sich ihre Gefühle niemals anmerken zu lassen. Im Laufe der Jahre hatte sie sich sozusagen eine Art öffentliches Gesicht antrainiert. Selbst Cliff, der ihnen näher stand als jeder andere, hatte ihre perfekt aufgesetzte Maske nie durchschaut. Wenn ihre seelische Verfassung nun so durchschien, musste es schlimm um sie bestellt sein.

Sie musste sich mehr Mühe geben.

»Nancy?«, drängte Cliff, schloss die Tür hinter sich und kam auf sie zu. »Was ist los?«

»Warum? Sehe ich so schlecht aus?« Trotz ihrer Bemühungen, normal zu klingen, hörte sie die Anstrengung in ihrer Stimme.

»Nein. Eher gestresst, würde ich sagen. Als würdest du die ganze Welt auf deinen Schultern tragen. Gibt es etwas, was ich für dich tun kann?«

Merkwürdig. Plötzlich erinnerte sie sich, als Stephen derjenige gewesen war, der ihr diese Hilfe angeboten hatte.

Zuletzt hatte es eigentlich nur noch Zeiten gegeben, in denen er der Grund dafür gewesen war, dass sie Hilfe benötigt hatte.

»Danke, Cliff«, antwortete sie und drückte seinen Arm. »Du bist ein wunderbarer Freund. Ich weiß nicht, was ich ohne dich tun würde. Ich kann gar nicht verstehen, warum dich noch keine Superfrau weggeschnappt hat.«

Er verzog den Mund. »Weil Stephen die letzte von ihnen abgekriegt hat. Ich habe hohe Ansprüche. Ich warte auf eine zweite Nancy.«

Vielleicht auf die Nancy von vor zehn Jahren, dachte sie betrübt. *Aber nicht auf die Nancy von heute. Ich fühle mich wie eine müde, alte Frau.*

»Danke für das Kompliment«, antwortete sie laut. »Und dein Angebot, mir zu helfen, weiß ich sehr zu schätzen. Aber ehrlich, es ist alles in Ordnung. Ich bin nur ein bisschen erschöpft, das ist alles. Die Boutique macht im Moment viel Arbeit, der Wahlkampf kommt in die heiße Phase, und Brians Training läuft auf Hochtouren. Ach, und dann ist auch noch Connor zu Besuch. Das ist einfach ein bisschen viel auf einmal. Gestern hatte ich mich gerade ein bisschen entspannt, als wir erfuhren, dass man Albert Kirson den Wagen gestohlen hat. Das hat mich so aufgewühlt, dass ich die ganze Nacht kein Auge zugetan habe.«

Mechanisch machte sie Cliff ein Zeichen, seinen Mantel auszuziehen. »Den kannst du mir geben, ich hänge ihn an die Garderobe. Stephen ist in seinem Büro. Er hat den ganzen Morgen telefoniert.«

»Das überrascht mich nicht«, murmelte Cliff und schüttelte seinen feuchten Trenchcoat aus, ehe er ihn Nancy mit einem dankbaren Nicken reichte. »Vermutlich löst die Tatsache, dass Albert Kirsons Auto gestohlen wurde, jetzt eine Diskussion über die Sicherheit auf unseren öffentlichen Parkplätzen aus.«

»So ist es.«

Diese Art Konversation beherrschte Nancy gut. Die Probleme der Stadt. Die Sorgen der Bürger. Die Wahlkampagne. Sie war darauf programmiert, alle diese Themen mit derselben Mechanik abzuhandeln.

»Ich weiß, dass Stephen sich wegen der vielen Autodiebstähle in letzter Zeit Sorgen macht«, erklärte sie. »Ich hoffe, der Rat und die Polizei finden bald eine Lösung, die dieses Problem aus der Welt schafft.«

»Ja, ich auch.« Cliff stockte erneut und sah Nancy noch einmal aufmerksam an. Dieses Mal schien er einen Entschluss zu fassen. »Wo ist Brian?«

»Connor ist mit ihm ins Kino gegangen. Sie müssten gegen fünf wieder hier sein.«

»Warum nutzt du die Zeit nicht und ruhst dich etwas aus? Du siehst sehr müde aus. Und wenn Tornado Brian erst ins Haus zurückgewirbelt ist, wird es vor halb neun oder neun keine Ruhe mehr für dich geben.«

Er hatte Recht. Und die Vorstellung, ein wenig zu schlafen, war wirklich verlockend. »Das stimmt«, antwortete sie und stellte die Erledigung ihres Papierkrams im Geiste bereits zurück. »Diese Chance sollte ich mir wirklich nicht entgehen lassen. Ich gehe jetzt sofort nach oben und lege mich hin.« Sie steuerte bereits auf die Treppe zu. »Du besprichst in der Zeit in Ruhe, was du mit Stephen zu besprechen hast. Ich hoffe, es ist produktiv.«

Ihre letzten Worte wurden von einem Gähnen erstickt.

Cliff schaute ihr nach und runzelte besorgt die Stirn. Er wünschte sich, mehr für Nancy tun zu können, aber leider waren ihm seine Hände gebunden.

Zutiefst beunruhigt machte er sich auf den Weg zu Stephens Büro.

16.35 Uhr

Greg war an diesem Morgen von lauter Musik aus dem Schlaf gerissen worden. Er hatte die Schlummertaste seines Radioweckers gedrückt, die Musik war verstummt, und das Prasseln des Regens an die Fensterscheibe hatte ihn endgültig geweckt.

So viel zu seinem geplanten Golfspiel.

Er hatte am Golfplatz angerufen und sich bestätigen lassen, dass die Partie abgesagt worden war.

Wunderbar, ganz wunderbar.

Er musste also nicht nur den gesamten Stadtrat um Informationen ersuchen, er musste es auch noch per Telefon tun. Und sich auf diese Weise Informationen zu beschaffen war eine verdammte Quälerei, denn er konnte die Reaktionen der Leute nicht richtig einschätzen, ohne dabei ihre Gesichter zu sehen – und zu lesen.

Andererseits hatte die Sache auch etwas Positives, etwas, das seine Stimmung beträchtlich hob. Anstatt um sechs Uhr morgens in Aktionismus zu verfallen, konnte er die

Untersuchung auf einen viel späteren Zeitpunkt verschieben, und das bedeutete, dass Stephen Stratford viel Zeit hatte, seine eigenen Telefonate zu führen. Wen immer er auf seine Seite ziehen würde – Greg würde es bei den Gesprächen am späten Nachmittag erfahren. Infolgedessen konnte er die gesamte Situation wesentlich besser darstellen.

Also hatte er bis drei Uhr gewartet, ehe er mit seinem sechsfachen Abfragespiel begann. Was er herausgefunden hatte, war interessant gewesen, aber nicht überraschend angesichts des brisanten Autodiebstahls am Freitagabend.

Zwei waren umgeschwenkt zugunsten des Bürgermeisters. Das bedeutete, dass nun zwei Mitglieder des Stadtrates, darunter Kirson, gewillt waren, Philip Walker den Vertrag zu geben, den er haben wollte. Die anderen vier waren es jedoch nicht. Sie favorisierten die kostengünstigere Variante, die Parkplätze in städtischer Hand zu belassen und von der örtlichen Polizei bewachen zu lassen.

Das wiederum hieß, dass selbst mit der des Bürgermeisters eine Stimme fehlte.

Es reichte also noch nicht.

Greg goss sich ein Glas Wein ein und setzte sich mit übereinander geschlagenen Beinen auf die Couch. Merkwürdig, dieser Autodiebstahl, überlegte er und trank einen Schluck. Ausgerechnet Albert Kirsons Wagen. Was für ein Zufall.

18.30 Uhr

Connor zog sich einen dunkelblauen Rollkragenpulli über, fuhr sich mit dem Kamm durch die Haare und schaute auf die Uhr. Er musste in drei Minuten bei Julia sein, oder er würde zu spät zu seiner Verabredung kommen. Und das wollte er nicht, nicht bei den Plänen, die er für den Abend hatte. Aber er war fest entschlossen, noch kurz mit Stephen zu reden, ehe er fuhr.

Er hatte seinen Bruder seit dem Frühstück nicht mehr gesehen. Brian übrigens auch nicht. Stephen hatte sich auch noch in seinem Arbeitszimmer verschanzt, nachdem sie aus dem Kino zurückgekommen waren.

Was zum Teufel ging da vor sich?

Soweit Connor wusste, hatte Stephen die fünfhunderttausend Dollar für den Wahlkampf zurückgezahlt. Aber warum war er dann immer noch so angespannt? War das Loch, das er sich selbst gegraben hatte, noch viel tiefer gewesen? Konnte er tatsächlich noch mehr Schulden haben, als er zugegeben hatte?

Höchste Zeit, das herauszufinden.

Connor warf sich seinen Sportmantel über die Schulter, verließ sein Zimmer und ging mit zielstrebigen Schritten auf Stephens Büro zu. Als er vor der geschlossenen Tür stand, konnte er wütende Stimmen hören. Stephen und Cliff. Sie hatten offenbar eine Meinungsverschiedenheit. Eine große. Das kam selten vor. Und es kam verdammt ungelegen. Aber davon würde er sich nicht abhalten lassen.

Er klopfte.

»Kann das nicht warten?«, bellte Stephen.

»Nein, kann es nicht.« Connor marschierte herein und nickte Cliff zu. »Hallo, Cliff. Schön Sie zu sehen.«

»Hey Connor.« Cliff sah ungewöhnlich erhitzt aus.

»Tut mir Leid, dass ich hier so hereinplatze, aber ich brauche eine Minute mit meinem Bruder, weil ich dringend weg muss.«

»Kein Problem.« Cliff sammelte seine Papiere zusammen. »Es ist spät. Und ich habe selbst noch eine Verabredung zum Abendessen.« Er warf Stephen einen letzten Blick zu. »Denk über das nach, was ich dir gesagt habe.«

»Ja.« Ein Muskel zuckte in Stephens Unterkiefer. »Bis dann.«

Connor wartete, bis Cliff gegangen war, dann schloss er die Tür sorgfältig hinter ihm. »Um was ging es?«

»Nichts.«

»Es sah gar nicht wie nichts aus. Aber es sah auch nicht wie etwas Geschäftliches aus. Eher wie etwas Persönliches. Cliff hat nicht etwa herausgefunden, dass du Wahlkampfgelder unterschlagen hast, oder?«

»Nein.« Stephen stützte sich mit den Händen am Schreibtisch ab, stand auf und begann erregt im Zimmer umherzugehen. »Wenn du es unbedingt wissen willst, Cliff sorgt sich um Nancy. Er glaubt, sie leidet an Depressionen, und versteht nicht warum.«

»Aber wir.« Connor umklammerte den Rücken eines schweren Lederstuhls und lehnte sich dagegen. »Stephen, deine Familie bricht auseinander. Warum? Ich habe dir die halbe Million gegeben. Warum stehst du immer noch so unter Druck?«

Stephen zögerte, schob die Hände in die Hosentaschen und schaute Connor an. Er sah fürchterlich aus – müde und abgespannt und um zehn Jahre gealtert. Unter den Augen hatte er dunkle Schatten, die nicht allein auf Schlafmangel zurückzuführen sein konnten.

»Ich stehe unter Druck, weil ich im Stadtrat in eine Sackgasse geraten bin, aus der ich nicht mehr herauskomme. Ich stehe unter Druck wegen dieser verfluchten Autodiebstähle, die weder meiner Glaubwürdigkeit als Bürgermeister noch meinen Ambitionen auf den Senatorenposten besonders dienlich sind. Und ich stehe unter Druck, weil ich damit rechne, dass Dad irgendwann im Laufe der Woche hereingeschneit kommt, um sich nach den Fortschritten meines Wahlkampfes zu erkundigen. Reicht das?«

Wenn man Harrison Stratford kannte – mehr als genug.

Connor betrachtete seinen Bruder, der offenbar nur noch ein hauchdünnes Nervenkostüm besaß, und fragte sich zum hundertsten Mal, ob es das alles wert war. Er bezweifelte, dass selbst Stephen zu diesem Zeitpunkt genau wusste, was er wollte, und ob eine politische Karriere für ihn tatsächlich der richtige Weg war. Wenn ihn ein Wahlkampf in dieser Größenordnung bereits dermaßen stresste, was sollte dann erst passieren, wenn ihr Vater tatsächlich Washington anvisierte?

Aber jetzt war nicht der geeignete Zeitpunkt für derartige Überlegungen. Nicht solange Stephen am Rande eines Nervenzusammenbruchs stand. Connor war sich nicht sicher, wann der richtige Moment sein würde. Vielleicht wenn die Wahl vorüber war und Stephen wieder einen klaren Kopf hatte. Vielleicht konnte er dann herausfinden, ob der Weg, den er eingeschlagen hatte – der Weg ihres Vaters – ihn auf lange Sicht tatsächlich glücklich machen würde.

In der Zwischenzeit musste sich Stephen wenigstens keine Sorgen mehr um seine Spielschulden machen. Das war immerhin ein Fortschritt.

»Ja«, antwortete Connor schließlich. »Das reicht. Vor allem der Teil mit Dad.« Er sah seinen Bruder an. »Gibt es irgendetwas, was ich tun kann?«

»Du könntest damit anfangen, mir nicht ständig Vorwürfe zu machen. Ich weiß selbst, dass ich meine Familie heute vernachlässigt habe. Was soll ich tun? Ich werde jetzt einen Drink nehmen, duschen und dann in die Küche marschieren, wo ich den Rest des Abends mit euch zusammen verbringen werde. Okay?«

Connor nickte. »Aber ich werde nicht dabei sein. Ich habe eine Verabredung.« Er sah auf seine Uhr. »Zu der ich zu spät komme, wenn ich mich nicht beeile. Ich muss um sieben bei ihr sein.«

Das lenkte Stephen ab. Erstaunt zog er die Augenbrauen

in die Höhe. »Jemand von hier? Ich wusste gar nicht, dass du etwas mit einer Frau aus Leaf Brook hast.«

»Hab ich auch nicht. Zumindest noch nicht. Es ist unsere erste Verabredung.«

»Kenne ich sie?«

»Und ob.« Connors Gesicht blieb regungslos. »Julia Talbot.«

Stephens Unterkiefer klappte nach unten. »Julia ... wann, um alles in der Welt, ist das denn passiert?«

»Gestern, als ich Brian abgeholt habe. Ich habe sie gefragt. Sie hat ja gesagt. Wir gehen zusammen essen.«

»Weiß Greg davon?«

Connor zuckte mit den Schultern. »Ich habe nicht das Gefühl, dass die Beziehung zwischen den beiden so ernst ist – zumindest nicht für Julia.«

»Na, du scheinst deine Meinung über sie ja grundlegend geändert zu haben.« Der Hauch eines Grinsens. »Andererseits habe ich dir nie wirklich geglaubt. Bei Brians Spielen konntest du die Augen nicht von ihr lassen.«

»Brian ist der Grund, weshalb ich mich mit ihr treffe.«

»Brian, ja?« Stephen sah seinen Bruder an, als habe er soeben verkündet, die Welt sei eine Scheibe. »Ach so.«

»Ich meine das ernst.«

»Tatsächlich? Was hat mein Sohn denn getan? Hat er euch beide verkuppelt?« Stephen schien sich nun wirklich zu amüsieren. »Aber wenn ich jetzt so darüber nachdenke, ist das gar nicht so unwahrscheinlich. Ihr zwei seid seine größten Helden. Ist es also so? Hat Brian euch auf dem Schulhof zusammengeschoben?«

»Nett.« Connor lächelte nicht. »Nein, es war meine Idee. Julia macht sich große Sorgen um Brian, nicht zu Unrecht. Ich fürchte nun, dass sie herausfindet, was los ist.« Er machte eine Pause, dann fuhr er mit den beunruhigenderen Fakten fort. »Als ich heute zur Schule kam, um Brian abzuholen, rate mal, welch schmierige Journalistin Julia in der Mangel hatte und von ihr wissen wollte, warum du ihre Fragen letzte Woche auf dem Sportplatz so einsilbig beantwortet hast?«

Sämtliche Farbe war aus Stephens Gesicht gewichen. »Scheiße.«

»Ja, so könnte man sie nennen.«

»Hat Julia mit ihr gesprochen?«

»Nein. Sie hat Cheryl Lager gesagt, sie solle sich zum Teufel scheren. Ich habe dann den Rest erledigt. Sie wird so bald nicht wieder auftauchen, zumindest nicht, ehe sie sich eine neue Strategie ausgedacht hat. Ich habe ihr mit einer Klage gedroht.«

»Gut.« Stephen rieb sich heftig die Stirn, als säße dahinter ein tiefer Schmerz. »Dann hast du also noch mit Julia gesprochen. Was hat sie gesagt?«

»Sie hat mich mit Fragen bombardiert. Sie ist nicht dumm, Stephen. Sie weiß, dass etwas nicht stimmt. Sie vermutet, es sei der Wahlkampf, und kann sich schlimmstenfalls noch vorstellen, dass du ein schlechtes Gewissen hast, weil Dad und ich dich finanziell unterstützen. Aber sie hat mir in aller Deutlichkeit gesagt, dass sie die Sache nicht auf sich beruhen lassen will. Nicht, bis sie davon überzeugt ist, dass es Brian wieder besser geht.«

Stephen ließ die Arme sinken. Er sah aus, als habe er einen Schlag in den Magen erhalten. »Was hast du jetzt also vor?«

»Zwei Dinge. Hier bleiben, bis sich die Lage wieder normalisiert hat und es Brian besser geht. Und Julia Talbot beschäftigen, damit sie sich in ihrer Freizeit nicht mehr ausschließlich um ihre Schüler, hauptsächlich natürlich Brian, kümmert.«

»Verstehe.« Ein langsamer, gequälter Atemzug. »Connor, ich weiß nicht, was ich sagen soll. Ich habe mich dir gegenüber in letzter Zeit ziemlich mies benommen. Aber ich komme mir einfach vor wie eine in die Enge getriebene Ratte und …« Er stockte. »Aber das ist keine Entschuldigung. Du hast mir wirklich sehr geholfen, und damit meine ich nicht nur finanziell. Ich weiß, dass du das hauptsächlich für Brian tust, aber ich möchte gern, dass du weißt, wie sehr ich …«

»Hey«, unterbrach Connor ihn und wischte den Dank seines Bruders vom Tisch. Seinen Bruder noch mehr unter Druck zu setzen war wirklich das Allerletzte, was er beabsichtigt hatte. Schließlich war es genau dieses mangelnde Selbstwertgefühl, das zu seinen Problemen geführt hatte. »Du brauchst dich bei mir nicht zu bedanken. Erstens bist du mein Bruder, und Brian ist mein Neffe. Zweitens kenne ich Dad ebenso gut wie du. Ich weiß, welchen Anteil er an dem Chaos in deinem Leben hat. Und drittens …« Er grinste. »Du hast Recht. Ich kann den Blick nicht von Julia Talbot lassen. Ich bringe also durchaus kein Opfer, wenn ich mich ein bisschen um sie kümmere.«

»Okay.« Stephen warf seinem Bruder einen misstrauischen Blick zu. »Ich bin mir nicht sicher, ob du das alles nur sagst, um mich zu beruhigen, oder ob es tatsächlich der Wahrheit entspricht.«

»Ich auch nicht. Es ist Zeit, es herauszufinden.« Connor steuerte auf die Tür zu. »Ich wünsche euch allen einen schönen Abend. Und wartet nicht auf mich.«

12

19.50 Uhr

Julia sah sich im Restaurant um und wünschte sich, sie könnte ein bisschen entspannter sein und ihre Umgebung mehr genießen. Der holzgetäfelte Raum war warm und behaglich und sah wie ein typisches italienisches Ristorante aus. Im Hintergrund spielte leise Musik, und die Ober bewegten sich ohne Hektik, als forderten sie ihre Gäste auf, ihr Essen und ihre Gesellschaft in Ruhe zu genießen.

Sie und Connor waren zu einem kleinen Tisch in einer kleinen, abgeschlossenen Fensternische geleitet worden, von der aus man einen herrlichen Blick über den Hudson hatte. In der Ferne lag die Tappan-Zee-Brücke in einem dunstigen Lichtschein, was die magische Stille noch unterstrich.

Julia wandte sich ihrem Weinglas zu und trank einen Schluck Chardonnay, in der Hoffnung, er würde ihr ein wenig von ihrer Nervosität nehmen. Sie war den ganzen Tag unruhig gewesen – hatte sich dreimal umgezogen, ehe sie sich für eine braune Hose und einen cremefarbenen Pulli entschieden hatte. Noch nie war sie vor einem Rendezvous derart aufgeregt gewesen, auch nicht vor einem ersten. Aber schließlich hatte sie auch noch nie jemand so unwiderstehlich angezogen wie Connor Stratford, auch wenn sie sich nicht sicher war, ob sie außer der Zuneigung für seinen Neffen irgendetwas gemeinsam hatten.

»Sie wirken so abwesend«, stellte Connor fest und spielte mit dem Stiel seines eigenen Glases. »Gefällt Ihnen das Restaurant nicht?«

»Das Restaurant ist wunderbar.« Julia stellte ihr Glas ab. »Wenn ich abwesend erscheine, liegt das daran, dass ich mich gerade frage, ob Sie und ich uns noch etwas zu sagen haben, sobald wir das Thema Brian abgehakt haben.«

»Keine Sorge.« Sein durchdringender Blick ließ sie erschauern. »Uns wird ganz bestimmt noch etwas einfallen.«

»Vermutlich.« Mit aller Macht versuchte sie, die Schmetterlinge zu ignorieren, die in ihrem Bauch eine Party zu veranstalten schienen.

»Essen Sie Ihre Vorspeise auf«, meinte Connor und zeigte auf die gefüllten Cremechampignons, die halb gegessen auf ihrem Teller lagen. »Sie ist der ganze Stolz des Chefkochs. Er wäre am Boden zerstört, wenn Sie etwas übrig ließen.«

Julia lächelte gequält. »Dann sollten Sie mir vielleicht noch die Hälfte davon abnehmen.« Sie machte eine auffordernde Handbewegung. »Sosehr ich Champignons liebe, ich kann nicht alles aufessen und dann noch eine komplette Hauptspeise und dieses Tiramisu, von dem Sie mir vorgeschwärmt haben.«

»Klingt verlockend.« Connor verputzte seine letzten Muscheln. Dann half er Julia, einen Teil ihrer Pilze auf seinen Teller zu bugsieren.

Für den Bruchteil einer Sekunde berührten sich dabei ihre Finger, und Julia spürte, wie es sie heiß durchfuhr. Sie bemühte sich sehr, ihre Reaktion zu verbergen, und hielt den Blick starr auf den Teller vor ihr gerichtet. Sie war sich nicht sicher, ob ihr das erfolgreich gelang, wagte aber auch nicht, Connor anzuschauen, um es herauszufinden. Stattdessen konzentrierte sie sich darauf, ihren Teller leer zu essen und die Selbstbeherrschung zurückzufinden.

Als sie schließlich mit ihrer Vorspeise fertig war und ihre Weingläser nachgefüllt wurden, hatte sie sich wieder gefasst.

»Wie geht es Brian heute?«, fragte sie und faltete die Hände vor sich auf dem Tisch.

Connor brach sich ein Stück warmes Brot ab. »Gut. Abgesehen von der Tatsache, dass er sauer war, weil sein Baseballtraining wegen des Regens ausfallen musste. Wir sind stattdessen ins Kino gegangen.«

»Nur Sie beide?«

Er sah sie erstaunt an. »Ja. Ist das so ungewöhnlich?«

»Natürlich nicht. Der Bürgermeister war sicher sehr beschäftigt.«

»Sie sind ziemlich neugierig.« Connor träufelte ein wenig Olivenöl auf seinen Teller, um sein Brot hineinzutauchen. »Wenn Sie es genau wissen wollen, Stephen war mit den Folgen des gestrigen Autodiebstahls beschäftigt. Sie haben die Geschichte sicher in der Zeitung gelesen und gesehen, dass das Opfer ein Ratsmitglied unserer Stadt ist.«

»Ich brauchte es nicht in der Zeitung zu lesen, ich habe es gestern in den Fernsehnachrichten gesehen.« Julia ließ ihr Brot liegen. »Ich wusste, dass auf diesem Parkplatz gestern etwas passiert sein musste, weil ich auf dem Rückweg von Poughkeepsie in einen Verkehrsstau geraten bin. Zu Hause habe ich sofort die Nachrichten eingeschaltet. Als ich gehört habe, dass ein Auto gestohlen wurde und dass es Stadtrat Kirson gehörte, wusste ich, dass der Bürgermeister am Wochenende viel zu tun haben würde. Und übrigens, ich bin nicht neugierig. Ich habe lediglich eine Tatsache ausgesprochen. Ich bin froh, dass Sie da waren und sich um Brian kümmern konnten.«

Sie hob das Kinn. »Nicht alles, was ich sage, ist gleich ein Angriff. Ich versuche auch nicht, Sie auszuhorchen. Wenn ich etwas wissen will, frage ich Sie. Ich arbeite an einer Grundschule, vergessen Sie das nicht. Die persönlichen Ziele, von denen Sie gesprochen haben, sind mir fremd.«

»Stimmt.« Connor brach sich in Seelenruhe noch ein Stück Brot ab und tauchte es in das Olivenöl. »Sie haben keine Ziele, zumindest keine versteckten. Aber Sie haben mir angedroht, in der Angelegenheit mit Brian Entscheidungen über meinen Kopf hinweg zu treffen.«

»Wenn ich mich recht erinnere, waren *Sie* derjenige, der Drohungen ausgesprochen hat. Sie haben von mir verlangt, mich aus der Sache rauszuhalten. Ich habe Ihnen gesagt, dass ich das nicht kann. Aber ich habe Ihnen auch gesagt, dass ich zunächst einmal abwarten werde, ob Sie die Sache in den Griff bekommen. Wenn Ihnen das gelingt und Sie Brian die Stabilität geben können, die er braucht, um wieder der Alte zu sein, würde ich mich freuen.« Julia beugte sich vor. »Ich bin nicht Cheryl Lager. Sie ist ein menschenfressender Geier. Das bin ich nicht. Ich bin eine Lehrerin, eine von den Guten. Ich will nur, dass Brian glücklich ist.«

»Ich weiß das.« Connor begann wieder zu kauen. Sein Ton und sein Gesichtsausdruck waren sehr kontrolliert, wie immer, wenn dieses Thema aufkam. »Und was Cheryl Lager angeht, würde ich Sie beide niemals in einen Topf werfen. Sie würde über Leichen gehen, und ich weiß, dass Sie das nicht tun würden.«

»Ich kann gar nicht fassen, dass diese Frau tatsächlich vorhatte, Brian auszufragen«, murmelte Julia und erinnerte sich an das verräterische Leuchten in Cheryl Lagers Augen, als sie in Brians Richtung gesehen hatte.

»Das wird nicht geschehen.«

»Nein, wird es nicht. Dazu muss sie erst an mir vorbei.«

Connor verzog amüsiert die Lippen. »Das klingt ja sehr mutig. Irgendwie kann ich mir Sie nicht als eine Frau vorstellen, die mit den Fäusten kämpft.«

»Das tue ich auch normalerweise nicht. Bei Cheryl Lager würde ich eine Ausnahme machen.«

»Sie meinen das ernst, nicht wahr?«

»Wenn es um Brian geht, ja.«

Connor stützte die Ellbogen auf die Armlehnen seines Stuhls und sah Julia forschend an, als sei er sich nicht sicher, ob sie nur bluffte oder ihre Drohung tatsächlich wahr machen würde. »Ich bewundere Ihre Loyalität. Aber ich würde Ihnen nicht raten, sich mit Cheryl Lager anzulegen. Erstens würden Sie vermutlich den Kürzeren ziehen. Sie sind ein Leichtgewicht, Cheryl ist wesentlich kräftiger. Sie wiegt mindestens zwanzig Pfund mehr. Zweitens würden Sie vermutlich eine Klage an den Hals kriegen. Und drittens, was sollen Ihre Schüler denken, wenn Sie sich mit Cheryl Lager prügeln?«

»Ihr zweites und drittes Argument überzeugt mich, das erste nicht. Kräftig oder nicht, ich bezweifle, dass Ms. Lager es mit mir aufnehmen könnte. Ich hatte immer ausgezeichnete Trainer.«

»Trainer? Sie meinen Turnlehrer.«

»Nein, ich meine Trainer. Ich habe in Poughkeepsie in der Baseball-Juniorliga mitgespielt. Dort hat man mir schon mit acht beigebracht zu kämpfen. Ich hatte unzählige Trainingsstunden und habe jede freie Minute auf dem Sportplatz verbracht.«

Jetzt schien Connor ernsthaft amüsiert. »Dann haben Sie also dort Ihren Effetball perfektioniert. Und ich dachte, das hätten Sie beim Softballspiel gelernt.«

Julia verzog das Gesicht. »Mein Dad hat mir das Werfen bereits beigebracht, als ich noch jünger war als Brian jetzt. Ich konnte es gar nicht erwarten, in die Schule zu kommen, damit ich endlich richtig Baseball spielen konnte. Und als ich erfuhr, dass es für Mädchen keine Baseballmannschaft gab, war ich am Boden zerstört. Softball war für mich immer nur ein schlechter Ersatz. Natürlich habe ich es gespielt bis zum Ende der Highschool. Aber bei jeder Gelegenheit, die sich mir bot, bin ich auf den Platz gegangen und habe mich den Jungs angeschlossen.«

»Ich bin überrascht, dass die Jungs Sie haben mitspielen lassen.«

»Und ob. Sie waren begeistert. Ich habe besser geworfen als der Star-Pitcher.« Sie lächelte bei dieser Erinnerung. »Natürlich musste ich versprechen, jede einzelne Haarsträhne unter meiner Kappe zu verstecken, damit mich alle für einen Jungen hielten.«

»Für einen Jungen?« Connor ließ den Blick langsam über ihren Körper gleiten, dann sah er sie zweifelnd an. »Ich kann mir nicht vorstellen, dass Ihnen das einer abgenommen hat.«

Sie wurde rot. »So war es aber. Damals war ich ein dünnes, kleines Mädchen. Deshalb war die Maskerade nicht allzu schwierig. Natürlich hat es immer mal wieder jemand gemerkt, und die Jungs hatten anschließend nicht viel zu lachen. Aus dieser Zeit stammen jedenfalls meine Kampfeskünste. Ich bin klein und zart, aber ich habe einen harten Schlag.«

»Das werde ich mir merken, für den Fall, dass ich meine Grenzen überschreite.« Eine vielsagende Pause. »Falls Sie mir Grenzen setzen, heißt das.«

In dieser Bemerkung lag etwas irritierend Zweideutiges, oder kam ihr das nur so vor? Nein, das war unwahrscheinlich. Connor wusste genau, was er sagte und wie sie es auffassen würde.

Julia schluckte und wünschte sich, ihr fiele eine schlagfertige Antwort ein.

Das Problem löste sich von selbst, weil der Ober ihnen in diesem Moment die Hauptspeise brachte, und sie ihre ganze Aufmerksamkeit auf ihren Fisch richten konnte.

»Das ist köstlich«, verkündete sie. »Sie hatten Recht, hier isst man wirklich traumhaft gut.«

»Ich habe in vielen Dingen Recht.«

Er würde sie nicht so einfach davonkommen lassen.

Nun, sie würde sich selbst befreien, indem sie das Gespräch auf sicheren Boden zurückführte.

»Sie und Brian haben eine ganz besondere Beziehung. War das immer so?«

Das leichte Zucken in Connors Augenbrauen signalisierte ihr, dass er ihren plötzlichen Themenwechsel sehr wohl durchschaut hatte. Aber er beantwortete ihre Frage trotzdem. »Ja, gleich von Anfang an. Ich war auf einer Geschäftsreise im Fernen Osten, als Brian zur Welt kam. Ich bin so schnell wie möglich nach Hause geflogen und sofort zu Stephen gefahren. Brian war damals zwei Wochen alt. Ich hatte höllische Angst, ich könnte ihn verletzen, wenn ich ihn anrührte. Aber Nancy hat ihn einfach in meine Arme gelegt, mir gezeigt, wie ich sein Köpfchen halten musste, und mich dann mit ihm allein gelassen. Er und ich haben uns eine ganze Weile angeschaut. Zu welchem Schluss auch immer er damals kam, er schien mich zu mögen, denn er fing an, mit Armen und Beinen zu strampeln, und dann hat er mich mit seinem zahnlosen Mund angelächelt. Ich war völlig verzaubert.«

Julia lächelte und fragte sich, ob Connor bewusst war, wie viel er über sich selbst enthüllte, wenn er über Brian sprach. »Was ist mit Ihren Eltern?«

»Was soll mit ihnen sein?«

»Brian ist ihr erstes und einziges Enkelkind. Sie müssen doch begeistert gewesen sein, als er geboren wurde.«

Ein Schulterzucken. »Meine Mutter war erfreut, das war das Äußerste, was man von ihr verlangen konnte. Und mein Vater war zufrieden. Das ist für ihn gigantisch.«

Julia spielte mit ihrem Essen und überlegte, wie sie darauf reagieren sollte. Nicht, dass sie Connors Antwort überrascht hätte. Ihr war natürlich klar, dass Harrison Stratford seine Milliarden nicht gemacht hatte, indem er Wohltätigkeitsversammlungen beiwohnte. Aber ihre Wertvorstellungen waren so unterschiedlich, und die Art, wie sie aufgewachsen war, so völlig anders als bei Connor. Dennoch hatte sie kein Recht, seinen Vater zu beurteilen, und ganz sicher kein Recht, ihn zu *verurteilen*.

»Der Bürgermeister und seine Frau sind erstaunliche Eltern«, sagte sie stattdessen.

»Und da sie aus einer Familie wie meiner stammen, ist das ein ziemliches Wunder«, interpretierte Connor richtig.

»Ich wollte damit nicht sagen, dass ...«

»Doch, das wollten Sie. Und im Hinblick auf das, was Eltern Ihrer Meinung nach sein sollten, haben Sie Recht.« Er legte seine Gabel zur Seite. »Hören Sie, Julia, man braucht kein Hellseher zu sein, um zu erraten, was Sie von meiner Familie halten. Der Name Stratford ist in der politischen und wirtschaftlichen Szene nicht ganz unbekannt. Vermutlich sind wir für Sie so etwas wie Außerirdische. Aber für mich und Stephen war es ganz normal, so aufzuwachsen. Unsere Lebensweise erschien uns ebenso normal wie für Sie das Baseballspielen.«

»Das ist klar. Ebenso klar ist, dass Sie starke Familienbindungen haben. Sie sind sehr darum bemüht, sowohl Ihre Familie als auch Ihren Namen zu schützen.«

»Beides hängt schließlich irgendwie zusammen. Und nur zu Ihrer Information, ich hatte keine unglückliche Kindheit. Und Stephen auch nicht. Wir hatten von allem das Beste, und wir hatten Möglichkeiten, von denen andere nur träumen können. Wir fühlten uns auch nicht vernachlässigt, wenn Sie das glauben. Okay, wir waren keine Familie wie im Film. Aber es war auch nicht so, dass unser Vater ständig auf Geschäftsreise war und unsere Mutter kein Interesse an uns Kindern hatte. Meine Eltern haben sich um unser Leben gekümmert. Sie haben dabei nur andere Schwerpunkte gesetzt, als Sie es vielleicht gewohnt sind. Ihre Bemühungen galten vor allem der Absicherung unserer Zukunft. Sie haben nicht viel Zeit für emotionale Streicheleinheiten verwendet. Stephen ist ein ganz anderer

Vater. Er ist seinem Sohn viel näher, als unser Vater es je gewesen ist.«

»Ich könnte nicht behaupten, dass ich da nicht applaudieren würde. Das tue ich. Es tut Ihrem Bruder gut – und Brian auch.«

»Ich stimme Ihnen zu.« Er zog eine Augenbraue hoch. »Können wir die Psychoanalyse meiner Familie jetzt beenden?«

Julia nickte nachdenklich. Sie hatte das ungute Gefühl, als hätte sie gerade eine gut vorbereitete Parteiprogrammrede gehört, eine, die Connor im Laufe der Jahre perfektioniert hatte. Es war nicht so sehr das, was er gesagt hatte, sondern das, was er *nicht* gesagt hatte, das sie aufhorchen ließ. Vielleicht hätte er die kurze Beschreibung seiner Kindheit mit wesentlich mehr aufschlussreichen Einzelheiten erläutern können, als er ihr zu liefern gewillt war. »Ja«, antwortete sie auf seine Frage. »Wir sind fertig.«

»Gut. Denn es gibt nichts mehr zu berichten, nichts, was Sie nicht zu Tode langweilen würde. Ich könnte Ihnen jetzt noch einen ausführlichen Bericht über Investitionen, Ankäufe und Cashflow liefern – Sie wissen schon, der ganze Kram, aus dem Finanzimperien bestehen. Danach könnte ich Ihnen erläutern, wie wir uns zusammenrotten und einen, der Großes erreichen will, unterstützen. Das wären dann die Stratfords in aller Kürze.« Er stützte sein Kinn auf die Hände. »Aber wir könnten ebenso gut über Sie sprechen. Sie könnten mir zum Beispiel verraten, wie genau Ihre Beziehung zu Greg Matthews aussieht.«

Julias Gabel fiel ihr klirrend aus der Hand. »Wie kommen Sie auf diese Frage?«

»Werden Sie sie beantworten?«

Sie nestelte an ihrer Serviette. »Ich könnte antworten, dass Sie das nichts angeht.«

»Könnten Sie. Aber wir wissen beide, dass das nicht stimmt.«

Gott, diese Unterhaltung glitt ihr völlig aus den Händen. Connor hatte sie plötzlich in die Enge gedrängt, ohne ihr eine Chance zu geben, sich vorzubereiten.

Nun, vorbereitet oder nicht, sie würde nicht lügen.

»Greg und ich sind ein paar Mal zusammen ausgegangen. Mehr gibt es nicht zu sagen.«

»Was genau heißt das?«

Julia schluckte. »Connor ...«

»Sie schlafen also nicht mit ihm?«

Sie hob das Kinn, ihre Wangen glühten plötzlich, als sie ihn ansah. »Das geht Sie *definitiv* nichts an.«

»Wenn Sie meinen.«

»Ich meine es.«

Entschlossen nahm Julia ihren Fisch in Angriff und widmete sich voll und ganz dem Essen. Sie brauchte eine Pause, dringend.

Aber Connor hatte nicht die Absicht, sie ihr zu gewähren. »Hätte er etwas dagegen, dass Sie mit mir ausgehen?«

Julia hob langsam den Kopf. »Wahrscheinlich. Aber ich habe ihn nicht um Erlaubnis gefragt.«

»Werden Sie es ihm erzählen?«

»Wenn es sich ergibt, ja.«

»Wann?«

»Wann ... was?«

»Wann könnte es sich ergeben? Sind Sie mit ihm verabredet?«

»Wenn Sie es genau wissen wollen, wir sind morgen früh zum Brunch verabredet.«

»Wird Ihnen das genauso viel Spaß machen wie das Abendessen heute?«

»Ich weiß es nicht«, antwortete sie ehrlich. »Ich werde es Sie wissen lassen, sobald ich wieder klar denken kann.«

»Das kann noch eine Weile dauern. Zumindest, wenn es nach mir geht.«

Julias Mund wurde trocken. Ihr war noch immer schwindelig, als der Ober kam, um ihre Dessertbestellung aufzunehmen.

Wie betäubt schüttelte sie den Kopf. Sie hatte nicht das Gefühl, auch nur noch einen einzigen Bissen herunterzukriegen.

Aber der Ober war damit nicht zufrieden. »Bitte, Signora, Sie müssen. Unsere Desserts sind einfach umwerfend.«

Sie warf Connor einen flehenden Blick zu.

Er kam ihr nicht zu Hilfe.

»Ich habe Ihnen ein Tiramisu versprochen, bei dem Sie Ihren Effetball vergessen«, erinnerte er sie.

Der Ober strahlte über das ganze Gesicht. »Eine ausgezeichnete Wahl. Ich hätte einen Vorschlag. Unsere Tiramisuportionen sind sehr großzügig bemessen. Warum teilen Sie sich nicht ein Stück?«

»Gute Idee.« Connor nickte und ignorierte Julias schwachen Protest. »Sie werden mir noch dankbar sein, warten Sie nur ab.«

»Wenn Sie meinen.«

»Ich meine.«

Das cremige Stück Himmel, das ihnen Minuten später gebracht wurde, war nicht großzügig. Es war gigantisch.

Der Ober stellte den Teller in die Mitte des Tischs, reichte ihnen beiden einen Löffel und zog sich zurück.

»Also los«, drängte Connor.

Das Löffeln des cremigen Desserts von einem gemeinsamen Teller und das anschließende Führen des Löffels an die Lippen hatte etwas unglaublich Intimes. Vor allem nach ihrem vorausgegangenen Gespräch voller Andeutungen.

Connor spürte das auch. Er sah ihr aufmerksam zu, den

Blick starr auf ihren Mund gerichtet. »Und?«, fragte er sie nach dem vierten Löffel.

»Und was?«

»Ist es nicht genau so, wie ich es Ihnen versprochen habe?«

Das Dessert. Er meinte das Dessert.

»Oh doch. Es ist himmlisch.«

»Gut.« Er nahm einen weiteren Löffel, und Julia ertappte sich plötzlich dabei, dass sie ihn genau so anstarrte, wie er es zuvor getan hatte. Aber sie war unfähig, den Blick von seinem Mund zu reißen, während er kaute und seine Zunge genießerisch einen winzigen Rest Mascarpone von den Lippen leckte.

»Wir überspringen den Kaffee«, erklärte er plötzlich und schob seinen Stuhl zurück.

Julia fiel fast vom Stuhl. »Wie bitte?«

»Ich habe keinen Durst. Sie?«

»Nein.« Was um alles in der Welt tat sie da? Sie gab diesem Mann das Gefühl, als wäre sie bereit, mit ihm ins Bett zu gehen.

Und sie war sich nicht einmal sicher, dass sie es nicht war.

»Ich bestelle die Rechnung.« Connor gab dem Ober ein Zeichen.

Zehn Minuten später hatte er bezahlt und Julias Mantel geholt. Er führte sie aus dem Restaurant.

Der Regen hatte aufgehört, aber es war kühl geworden und die Feuchtigkeit hing in den Bäumen und im Gras. Es roch frisch und sauber.

Ihre Schuhe knirschten auf dem Kies, als sie den Parkplatz ansteuerten. Connor hatte die Hand ganz leicht auf ihren Rücken gelegt, sonst berührte er sie nicht. Dennoch spürte Julia seine Nähe so intensiv, wie sie sie noch nie in ihrem Leben bei einem Mann gespürt hatte.

Connor drückte auf seinen elektronischen Türöffner und entriegelte die Türen seiner silbernen Mercedes. Er öffnete die Beifahrertür und wartete, bis Julia eingestiegen war, dann schloss er die Tür und ging hinüber auf die Fahrerseite.

Er stieg ein, ließ den Motor an und fuhr aus der Parklücke, während Julia sich den Kopf über ein Gesprächsthema zermarterte. Irgendetwas, das diese knisternde Anspannung löste. Zumal sie eine halbstündige Fahrt vor sich hatten und danach eine Entscheidung auf sie zukam, an die sie gar nicht denken mochte.

»Erklären Sie mir, was ein Risikokapitalist macht«, begann sie schließlich. »Nicht nur was er macht, sondern warum er es macht.«

Connor warf ihr einen erstaunten Blick zu. »Wieso?«

»Weil ich, wie Sie richtig erwähnt haben, außer Ihnen keine Risikokapitalisten kenne. Und ohne Fakten kann ich mir keine Meinung bilden.«

»Aha. Sie möchten also gern wissen, ob wir in dieselbe Geierkategorie gehören wie Cheryl Lager.«

»Sehr witzig. Nein, ich würde Sie wirklich nicht mit einem Geier vergleichen. Mich interessiert, was Sie antreibt, was Sie motiviert? Geht es wirklich nur um Geld? Oder auch um Macht?«

»Wenn Sie wissen wollen, ob es aufregend ist, ein gutes Geschäft zu machen – klar. Warum ich das tue? Weil es mich fasziniert. Weil es mir Spaß macht, junge Unternehmen, an die ich glaube, wachsen zu sehen. Weil es mich herausfordert. Weil ich die Zukunft der Industrie und der Technologien mitgestalten möchte. Weil ich gut bin.« Er machte eine wegwerfende Handbewegung und hielt vor einer roten Ampel. »Das Geld ist für mich eher eine Bestätigung meines Erfolgs als sonst etwas. Dass ich viel verdiene, bedeutet, dass ich meinen Job gut mache. Nur reich zu sein würde mir nicht genügen. Ich hatte mein ganzes Leben lang Geld. Es ist sehr praktisch, aber es ist nicht das Wichtigste im Leben. Aber ich habe natürlich gut reden. Schließlich war ich noch nie arm.«

Julia blinzelte. So viel kritische Offenheit hatte sie von ihm nicht erwartet.

Connor verzog ganz leicht die Lippen. »Sehen Sie mich nicht so schockiert an. Ich weiche durchaus nicht immer aus. Ab und zu sage ich auch schon mal die Wahrheit.«

»Es ist nicht nur Ihre Ehrlichkeit, die mich überrascht. Es ist Ihre Weitsicht.«

»Ab und zu bin ich auch weitsichtig. Ich kann Menschen sehr gut einschätzen, das ist eine Gabe, die ich schon sehr früh entwickelt habe. Möglicherweise ist es einer der Vorzüge eines Einzelgängers. Ich kann sehr gut und sehr genau beobachten. Das ist in meinem Beruf ausgesprochen nützlich.«

»Waren Sie immer ein Einzelgänger?«

»Ich war immer ziemlich unabhängig, wenn Sie das meinen. Das ist eine weitere Eigenart der Stratfords.«

»Was ist mit Ihrem Bruder? Sie sind altersmäßig nicht weit voneinander entfernt. Waren Sie nicht viel zusammen?«

»Wir sind ein Jahr entfernt, und nein, Stephen war immer wesentlich kontaktfreudiger als ich. Er hat Unmengen an Freunden, während ich immer meine eigene Gesellschaft bevorzugt habe. Daran hat sich bis heute nichts geändert. Was ist mit Ihnen? Irgendwelche Geschwister?«

Julia schüttelte den Kopf. »Nein, es gibt nur mich, obwohl ich mir häufig einen Bruder oder eine Schwester gewünscht habe. Ich schätze, ich habe Geschwister immer idealisiert, wie jedes andere Kind es auch tut. Aber wenn ich heute so zurückdenke, habe ich immer großes Glück gehabt. Ich habe tolle, liebevolle Eltern. Sie haben mir beigebracht, wie wichtig es ist, sich zu engagieren, mich ganz einzulassen auf das, was ich tue, mich auf mein Gefühl zu verlassen, auch wenn das manchmal bedeutet, einen steinigeren Pfad zu gehen. Ich lerne noch heute von ihnen, auch wenn es seltsam klingt.«

Connor sagte nichts dazu. Aber er schien sich auch nicht zu amüsieren über das, was sie gesagt hatte. Im Gegenteil, er wirkte sehr nachdenklich.

An der Ausfahrt nach Leaf Brook verließ er den Highway und bog dann nach links. »Diese Workshops, von denen Sie gesprochen haben, habe ich richtig verstanden, dass Sie die mit Ihrer Mutter zusammen veranstalten?«

»Ja. Meine Mutter ist Krankenschwester. Und sie ist eine der selbstlosesten, einfühlsamsten Personen, die ich kenne. Sie hat vor fünf Jahren begonnen, diese Workshops ehrenamtlich anzubieten, in Zusammenarbeit mit der *American Professional Society on the Abuse of Children*. Seit ich mit der Highschool fertig bin, helfe ich ihr dabei.«

»Wo halten Sie die Kurse?«

»In den Krankenhäusern von Poughkeepsie und anderen kleineren Städten. Wir behandeln alle Themen, die mit dem Wohlergehen von Kindern zu tun haben. Die Menschen, die wir schulen, stammen aus sozialen Berufen – Kinderärzte, Schwestern, Erzieherinnen, Lehrer. Unser Ziel ist es, potenzielle Probleme frühzeitig zu erkennen und vorsorgende Maßnahmen zu treffen, ehe es zur Katastrophe kommt.«

»Verstehe.« Connor verarbeitete diese Information mit gleichbleibend nachdenklicher Miene. »Jetzt ist mir auch klar, warum Sie so bemüht um Ihre Schüler sind. Und warum Sie sofort registrieren, wenn sie in irgendeiner Weise unter Druck stehen.«

»Kinder können eine Menge in sich hineinfressen«, erklärte Julia. »Damit können sie Erwachsene leicht täuschen, auch wohlmeinende. Sie erleben keine äußerliche Veränderung, also glauben sie, alles sei in Ordnung. Es ist die Aufgabe geschulter Beobachter, wie zum Beispiel Lehrer, das zu durchschauen. Die Überzeugungsarbeit bei den Eltern ist der schwierigste Part. Meist sehen sie den Bedarf für professionelle Hilfe nicht ein. Sie sehen darin ein Eingeständnis ihres Versagens. Dabei ist es das gar nicht. Es ist ein wichtiger, mutiger Schritt. Und es kann einem Kind ungemein viel helfen.«

»Ihre Kenntnisse sind wirklich beeindruckend. Ebenso wie Ihre Bereitschaft, diese Kenntnisse mit anderen zu teilen, indem sie diese Workshops organisieren.« Connor warf ihr einen kurzen Blick zu. »Und bevor Sie meine Aufrichtigkeit bezweifeln, ich meine es ernst. Ihre Mutter scheint eine bemerkenswerte Frau zu sein. Sie beide leisten eine ganze Menge.«

»Das hoffen wir.«

»Und Ihr Vater? Ich vermute, er verdient sein Geld nicht damit, anderen das Werfen eines Effetballs beizubringen, oder?«

Julia lächelte. »Er ist Lehrer in Vassar. Er unterrichtet Philosophie und Literatur. Ich bin auf einem College-Campus groß geworden, inmitten der akademischen Welt. In dieser Beziehung war ich sehr behütet. In anderer war ich es nicht.« Ein Schatten fiel über Julias Gesicht. »Wie auch immer, mein Vater und ich, wir diskutieren noch heute über Literaturinterpretationen und Ideologien.«

Connor sah erneut kurz in ihre Richtung, ehe er seine Konzentration wieder auf den Straßenverkehr richtete. »In welcher Beziehung waren Sie denn nicht so behütet?«

Offenbar hatte er ihren kurzen Kommentar durchaus gehört.

Sie drehte den Kopf und sah aus dem Fenster. »Sagen wir einmal so, ich habe eine Menge Hässliches gesehen. Dabei bin ich zu dem Schluss gekommen, dass es in unserem Leben nur wenig gibt, das wir wirklich kontrollieren können. Und an dieses Wenige – und damit meine ich Prinzipien, Ideale – muss man sich klammern.«

»Das ist ein netter Gedanke, aber auch ziemlich vereinfacht. Prinzipien zu haben ist schön und gut. Aber was, wenn etwas Unerwartetes geschieht, etwas, das sämtliche Ideale zerstört? Muss man dafür nicht flexibler sein?«

Julia sah in die vorbeifliegenden Baumreihen. Bezog er sich auf seine eigenen Erlebnisse oder durchschaute er ihre? »Vielleicht. Das hängt davon ab, wie tief die Ideale gehen und wie bedeutsam das Ereignis ist, das sie zerstört.«

Connor verlangsamte das Tempo und bog in Julias Straße ein. »Hm.« Er fuhr in eine Parklücke und schaltete die Zündung aus. »Genug ernste Unterhaltung. Die können wir zu einem späteren Zeitpunkt fortsetzen.« Eine Sekunde Stille. »Zu einem viel späteren Zeitpunkt.«

Die sexuelle Spannung, die sie seit dem Restaurant begleitet hatte, drängte sich nun mit Macht in den Vordergrund.

Julia blinzelte und war plötzlich wieder völlig verunsichert. Sie schaute hinaus, um zu sehen, wo sie waren. Sie war so sehr in ihr Gespräch vertieft gewesen, dass sie gar nicht mehr auf die Straße geachtet hatte.

Oje, sie waren schon da. Und sie war auf das, was als Nächstes geschehen sollte, kein bisschen besser vorbereitet als noch vor einer halben Stunde.

Es bestand keine Chance, einfach nur Auf Wiedersehen zu sagen und zu gehen. Connor war schon ausgestiegen und kam auf ihre Seite, um ihr herauszuhelfen.

Sie kletterte aus dem Wagen, öffnete ihre Handtasche und kramte nach dem Schlüssel. Ihre Hand zitterte, als sie sie herauszog, und sie wich Connors Blicken absichtlich aus, als er sie zu ihrem Haus begleitete.

Drei Minuten später standen sie vor ihrer Wohnungstür.

»Ich ...« Sie räusperte sich umständlich, starrte auf eine Ecke des Teppichbodens, der im Korridor lag. »Danke für das Essen. Es war ...«

»Julia.« Connors Stimme war rau und tief, und zum ersten Mal berührte er sie wirklich. Er legte die Hände auf ihre

Schultern und ließ sie über die weiche Wolle ihres Pullis hinabgleiten. »Bitte mich noch herein.«

Das Knistern, das sie bei seiner Berührung durchfuhr, war so elektrisierend, dass sie zusammenzuckte. Sie blickte auf, begegnete seinem erhitzten Blick und sah ihr eigenes Erstaunen, das sich in seinen Augen widerspiegelte.

»Nein«, flüsterte sie.

Eine Hand bewegte sich, ihre Knöchel strichen über ihre Wangen. »Warum nicht?«

»Du weißt, warum nicht.«

»Ich weiß auch, dass du noch nicht bereit bist.«

»Warum fragst du dann, ob du mit reinkommen kannst?«

»Weil ich dir einen Gutenachtkuss geben möchte.« Sein Daumen hatte ihre Oberlippe erreicht.

»Und das kannst du nicht hier draußen tun?«, krächzte sie mühsam.

»Nein, das kann ich nicht.«

Julia stellte keine weiteren Fragen. Er streckte die Hand hinter ihr aus, öffnete die Wohnungstür und schob sie hinein.

Sie traten ein, und Connor zog die Tür hinter ihnen zu. Die Wohnung war stockdunkel. Keiner von ihnen machte Anstalten, das Licht anzumachen.

Connor schob sie gegen die Wand, die Arme zu beiden Seiten. Er wartete, bis sie den Kopf hob, dann beugte er sich über sie.

Kein Kuss, den sie je erlebt hatte, war mit diesem hier vergleichbar.

Connors Mund nahm ihren ganz einfach. Kein Vorspiel, kein langsames Annähern. Seine Lippen öffneten ihre, pressten sich auf ihre. Seine Zunge glitt in ihren Mund, machte eindeutige Bewegungen, die rasch zu einem unerträglichen Rhythmus wurden.

Heiße Flüssigkeit schoss durch ihren Körper.

Ohne nachzudenken, reagierte Julia. Sie berührte ihn, ihre Finger gruben sich in seinen Pulli, hielten sich an ihm fest, zogen ihn näher, um seinen Kuss noch intensiver zu spüren.

Mehr Ermunterung benötigte er nicht.

Er ließ die Hände auf ihre Hüften sinken, packte sie und hob sie zu sich hinauf. Sein Körper drückte sie gegen die Wand, hielt sie dort fest, während sein Mund weiter hungrig über sie herfiel.

Julia konnte keinen einzigen klaren Gedanken mehr fassen. Der holzige Duft von Connors Eau de Cologne, der aufregende Geschmack seines Mundes – noch nie hatte sie etwas so sehr gewollt. Ihre Brüste waren gegen seinen muskulösen Körper gepresst, ihre Brustwarzen waren hart und pochten. Sie fühlte Connors Muskeln unter seinem Pullover und die harten Umrisse seiner Erektion, als er sich an ihr rieb. Sein Atem ging, wie ihrer, stoßweise. Seine Hände glitten fieberhaft an den Seiten ihrer Brüste entlang, dann wieder hinauf, schoben sich nach vorn, näher und näher an die Stelle, wo sie sie haben wollte.

Sie konnte es kaum erwarten, dass er sie endlich richtig berührte. Sie bog sich zurück, drängte sich ihm entgegen, wartete gierig darauf, dass er seine Hände endlich die letzten Zentimeter weiter bewegte.

Dann war es endlich so weit, aber nur für eine Sekunde.

Connors Handflächen glitten über ihre aufgerichteten Brustspitzen – einmal, zweimal. Julia hörte sich aufstöhnen, spürte den Schauer, der durch Connors Körper lief.

Dann zog er sich ganz plötzlich zurück. Er ließ die Hände sinken und nahm den Mund in einer ihn offensichtlich quälenden Bewegung zurück.

»Julia«, sagte er, und seine Stimme klang rau und angestrengt. »Willst du das wirklich?«

Sie fühlte sich wie unter Drogen. Ja, sie wollte es. Ihr Körper schrie danach.

»Es wird zu verdammt viel mehr kommen als nur zu einem Kuss«, warnte er. »Wenn du mich also nicht in dir haben willst, sagst du es besser jetzt. Denn da werde ich in ungefähr zwei Minuten sein.«

Nachdenken. Sie musste nachdenken.

Ihre Augen hatten sich inzwischen an die Dunkelheit gewöhnt, und Connor sah die Unentschiedenheit in ihrem Gesicht. Ganz langsam ließ er sie herunter, bis ihre Füße wieder festen Boden verspürten. »Ich schätze, das beantwortet meine Frage.«

»Nein, tut es nicht«, flüsterte sie. »Du kannst nicht wissen, was ich will. Weil ich selbst nicht weiß, was ich will.«

»Oh doch, das tust du. Du hast nur fürchterliche Angst davor.«

Angst? Sie war panisch. Sie kannte diesen Mann doch gar nicht. Und im Moment kannte sie nicht einmal sich selbst.

»Es ist viel zu schnell. Wir sind so verschieden. Ich kann doch nicht einfach ...« Sie brach ab.

»Feigling«, flüsterte er dicht an ihren Lippen. »Was ist mit deinen Gefühlen? Deine Eltern haben dir doch beigebracht, dich auf deine Gefühle zu verlassen? Warum hörst du nicht auf sie?«

»Nur, wenn ich einen klaren Kopf habe. Und den habe ich im Moment nicht.«

»Ich auch nicht.« Er saugte ganz leicht an ihrer Unterlippe, dann zögerte er kurz, ehe er sich erneut in einem tiefen, leidenschaftlichen Kuss verlor. »Das nächste Mal wird unser zweites Rendezvous sein«, murmelte er. »Ist das immer noch zu früh?«

»Connor, es geht doch nicht darum, wie häufig wir uns sehen. Es geht um ...«

»Ideale und Prinzipien«, beendete er an ihrer Stelle. »Ich bin mir nicht sicher, wie weit das zu dem passt, was zwischen uns geschieht.«

»Connor, ich ...« Sie musste sich auf seine Unterarme stützen, um nicht das Gleichgewicht zu verlieren.

»Überleg es dir bis nächstes Wochenende.«

»Nächstes Wochenende?«

»Hm. Du wirst das Wochenende – das *ganze* Wochenende – reservieren, um es mit mir zu verbringen. Bis auf deinen Workshop-Abend.«

Julia schluckte hart. »Ich versuche es.«

»Streng dich an. Und rechne in der Zwischenzeit mit ein paar spontanen Treffen in der Woche. Auf einen Drink, zum Abendessen, zum Kaffee – wozu du Lust hast. Du entscheidest. Aber ich werde dich treffen.«

»Ich möchte es auch.«

»Gut.« Er ließ die Finger durch ihre Haare gleiten, und sein Blick senkte sich und blieb sehnsüchtig an ihren Lippen hängen. »Ich gehe jetzt besser«, sagte er widerstrebend. »Solange ich noch kann. Aber Julia, nur damit wir uns richtig verstehen, wenn du mich am nächsten Wochenende mit in deine Wohnung nimmst, werde ich bis zum nächsten Morgen bleiben.« Seine Daumen streiften noch einmal an den Seiten ihrer Brüste hinab, umkreisten langsam ihre Brustwarzen. »Beeil dich, und schaff diese Regeln aus der Welt, die du erfunden hast, um uns auseinander zu halten«, befahl er, und seine Stimme klang heiser. Er genoss ihren leisen lustvollen Seufzer und küsste sie, während sie bebend in seinen Armen lag. »Schlaf gut.«

23.45 Uhr

Stephen hörte Connor zur Tür hereinkommen.

Hellwach richtete er sich auf, verschränkte die Arme hinter dem Kopf und starrte an die Decke, während Nancy sich neben ihm herumwälzte.

Er hoffte, dass Connors Date erfolgreich verlaufen war und Julia Talbot nun von ihrer Mission als Brians Schutzengel abgelenkt sein würde.

Dabei war sie sein geringstes Problem.

Es war ihm nicht gelungen, genügend Mitglieder des Stadtrates umzustimmen. Er hatte es den ganzen Tag versucht, aber ihm fehlte immer noch eine Stimme. Philip Walker interessierten seine Bemühungen nicht, ihn interessierte nur das Ergebnis. Aber unglücklicherweise konnte er ihm keines präsentieren, zumindest nicht das, was er haben wollte. Und das bedeutete, dass er seine Drohung wahrmachen würde. Er würde Stephens Karriere zerstören, vielleicht sogar dafür sorgen, dass er im Gefängnis landete.

Stephen konnte sich die Schlagzeilen gut vorstellen – und die Reaktion seines Vaters.

Es durfte nicht so weit kommen. Nie im Leben.

Er hatte versucht, dies auf die sanfte Tour zu lösen, aber es hatte nicht sein sollen. Er konnte den Vertrag nicht so erfüllen, wie Walker es verlangte. Eine Allianz war also unmöglich.

Er musste irgendwie versuchen, wieder die Oberhand zu gewinnen. Er würde einen subtilen Gegenangriff starten. Es war riskant, aber er brauchte Sicherheit. Und er hatte eine ziemlich gute Vorstellung, wie er die bekommen konnte.

Er musste rasch handeln. Morgen früh würde er ein paar Telefongespräche führen und für Montag ein Treffen arrangieren.

Es wurde höchste Zeit, zurückzuschießen.

13

8. April
13.05 Uhr

Zwei Männer in zwei Tagen.

Robin wäre beeindruckt, dachte Julia und sah zu, wie Greg ein Stück von seinem Omelett aufgabelte. Sie selber war leider nicht so glücklich darüber. Sie war erschöpft und durcheinander und wusste nicht ein noch aus.

Das Restaurant war hübsch, das Essen reichlich und gut zubereitet, aber sie war ebenso wenig in der Stimmung für einen Brunch wie für einen Sprung mit dem Fallschirm.

Sie hatte maximal drei Stunden geschlafen, und ihr Kopf pochte, als würde jemand mit einem Hammer darauf schlagen. Und das Schlimmste war, sie wusste auch jetzt noch nicht, was sie sagen oder tun sollte. Sie hatte die ganze Nacht an die Schlafzimmerdecke gestarrt und versucht zu verstehen, was zwischen ihr und Connor passiert war. Nein, das stimmte gar nicht. Sie wusste ja, was geschehen war. Was sie nicht wusste, war, was es bedeutete und wie sie damit umgehen sollte.

Und was sollte sie Greg erzählen? Übrigens, gestern Abend bin ich mit einem anderen Mann ausgegangen, der mich wahnsinnig macht, und wenn er nicht so anständig gewesen wäre, im letzten Moment zu gehen, hätte ich gleich in meinem Flur an der Wand Sex mit ihm gehabt, obwohl es unser allererstes Date war. Greg wäre sicher begeistert, zumal er ihr nun seit mehr als einem Monat den Hof machte und sie ihm bisher nicht mal einen richtigen Gutenachtkuss gestattet hatte.

Aber selbst wenn sie die schmückenden Details wegließ, wie sollte sie erklären, was zwischen ihr und Connor geschah, wenn sie es selbst nicht wusste?

Sie musste Greg etwas sagen. Nicht nur, weil es anständig wäre, sondern auch weil Connor der Bruder des Bürgermeisters war und Greg ganz sicher merken würde, dass sie sich mit ihm traf.

Falls sie sich mit ihm traf. Das war noch so ein Riesenproblem. Connor hatte ihr deutlich gesagt, was er von ihr erwartete. Und die Sache war klar, denn sie wollte ihn ebenso sehr wie er sie. Wenn sie es zulassen würde, dass sie sich am nächsten Wochenende sahen, würden sie zusammen im Bett landen. War sie dazu bereit? Sie hatte sich geschworen, keine Kompromisse zu machen, nur dann mit einem Mann zu schlafen, wenn es auf gegenseitiger Zuneigung beruhte, nicht bloß auf sexueller Anziehung. Aber das war damals eine leichte Entscheidung gewesen, schließlich hatte sie zu dem Zeitpunkt noch keinen so gewollt, wie sie Connor wollte. Die Frage war, was bedeutete ihm eine Nacht im Bett? Und würde sie in der Lage sein, mit der Antwort, ganz gleich wie sie ausfiel, klarzukommen?

Gott, saß sie in der Tinte.

Greg saß ihr gegenüber und war so charmant wie immer, erzählte ihr Geschichten über die Katze seines Nachbarn, die jeden Morgen um fünf Uhr laut nach ihrem Frühstück heulte. »Es ist so, als würde ich mit einem Hahn zusammenleben«, beklagte er sich und verdrehte die Augen. »Meinen Wecker kann ich eigentlich in die Mülltonne werfen.«

Sie lächelte mechanisch, auch wenn sie nur die Hälfte von dem, was er sagte, mitbekam.

»Julia?« Er gab das einseitige Geplauder auf, stemmte die Ellbogen auf den Tisch und beugte sich vor, um sie genau anzusehen. »Geht es dir gut? Du hast in der letzten Stunde keine zehn Sätze gesagt.«

Sie seufzte und legte ihre Gabel aus der Hand. »Es tut mir Leid, Greg. Ich kann mich einfach nicht konzentrieren.«

»Liegt es an mir?«

Die Frage war fast absurd. »Nein, es liegt nicht an dir, es liegt an mir. Ich habe letzte Nacht fürchterlich schlecht geschlafen.«

Er runzelte besorgt die Stirn. »Gibt es einen besonderen Grund dafür?«

Das war die 1-Million-Dollar-Frage. »Also, ja. Ich bin ein bisschen durcheinander, und ich wollte mit dir darüber sprechen.«

Greg verstand das falsch. Überaus zufrieden trank er einen großen Schluck Orangensaft. »Ich fühle mich sehr geschmeichelt. Und ich freue mich. Ich freue mich sehr. Es ist schön, dass du mit deinen Problemen zu mir kommst.«

»Ich fürchte, so wirst du nicht mehr denken, wenn du erst gehört hast, was mein Problem ist.« Sie holte tief Luft, dann wurde ihr plötzlich klar, dass sie dieses Gespräch schon letzte Woche hätte führen sollen, anstatt die Dinge in der Schwebe zu lassen. »Greg, ich mag dich sehr. Du bist ein toller Mann. Wir haben zusammen viel Spaß. Aber ich habe das Gefühl, dass du von dieser Beziehung viel mehr erwartest als ich. Ich darf dich nicht länger in dem Glauben lassen, dass ...«

»Julia«, unterbrach er sie und wirkte nun ein wenig genervt. »Ich dachte, das hätten wir letzte Woche geklärt. Es tut mir Leid, dass ich dich so bedrängt habe. Es wird nicht wieder vorkommen – nicht bevor du bereit dazu bist.«

»Darum geht es ja gerade. Ich glaube nicht, dass ich je dazu bereit sein werde.« Julia grub die Finger in die Serviette, die auf ihrem Schoß lag. Das, was sie tat, war ihr zutiefst zuwider. Aber es musste heraus, ganz gleich, wie die Sache zwischen ihr und Connor ausging. Tatsache war, dass sie von Greg nie mehr gewollt hatte als seine Freundschaft. Das hatte sie von Anfang an gespürt, aber nun, nachdem sie gestern diesen blinden Taumel der Leidenschaft erlebt hatte, war sie sich sicher. Und es wäre unfair, Greg weiter etwas vorzumachen.

»Greg, ich meine es ernst. Es liegt nicht an dir, es liegt an mir. Ich kann nichts daran machen – es funktioniert einfach nicht mit uns.«

»Verstehe.« Er sah sie enttäuscht an. »Und wie bist du zu diesem Schluss gekommen?«

Sie seufzte. »Ich glaube, wir haben beide geahnt, dass so etwas passieren würde. Ich habe mich wirklich bemüht, mehr zu empfinden, aber es geht einfach nicht. Du verdienst etwas Besseres.«

»Gibt es einen anderen?«, fragte er offen.

Sie hielt seinem Blick stand. »Ich weiß es nicht. Vielleicht. Aber darum geht es nicht.«

Greg verschränkte seine Finger ineinander, stützte das Kinn darauf. »Ich wusste nicht, dass du dich mit jemand anders triffst.«

»Das habe ich nicht. Ich bin auch noch nicht sicher, dass ich das tun werde.« Sie machte eine ungeduldige Handbewegung. »Ich glaube, ich rede nur wirres Zeug. Wahr ist, ich bin gestern Abend mit jemand essen gewesen. Das Ganze war sehr spontan. Es war bloß eine Verabredung.«

»Es muss eine bedeutsame Verabredung gewesen sein, wenn du dabei festgestellt hast, dass wir nicht zusammen passen.«

Julia spürte, wie ihr die Farbe ins Gesicht schoss, was Gregs Befürchtungen bestätigen würde. Sie wünschte, der Boden täte sich unter ihr auf und würde sie verschlucken. Warum konnte sie nicht einfach ein Schild hochhalten und verkünden, was gestern Abend zwischen ihr und Connor passiert war?

»Wow!« Ihre Reaktion war Greg tatsächlich nicht entgangen. Seine Miene wurde starr, aber er war immer noch sehr beherrscht. »Erzähl mir, wo du diesen Typ kennen gelernt hast. Bei einem deiner Workshops?«

Jetzt kam der unangenehmste Teil.

»Nein. Eigentlich durch Brian Stratford.«

Greg sah sie erstaunt an. »Den Sohn des Bürgermeisters?«

»Ja. Der Typ, mit dem ich ausgegangen bin, ist sein Onkel.«

Ganz langsam sank Connor auf seinem Stuhl zurück. »Du triffst dich mit Connor Stratford?«

»Ich *habe* mich mit ihm getroffen«, berichtigte sie. »Ein Mal. Ich meine, wir haben uns schon vorher gesehen, ein paar Mal, aber da ist nie etwas gewesen.«

»Bis gestern.« Greg biss sich nachdenklich auf die Lippen. »Gestern ist er mit dir ausgegangen. Zum Abendessen, sagtest du. Ein ziemlich weiter Weg aus Manhattan, nur um ein paar Stunden in einem Restaurant zu verbringen.«

Julia verstand Gregs Andeutung, klar und deutlich. Normalerweise wäre sie darüber sauer gewesen und hätte es als Eindringen in etwas empfunden, was ihn nichts anging. Aber unter diesen Umständen verdiente er eine Erklärung. »Es war tatsächlich nur zum Essen. Aber er ist nicht extra aus Manhattan gekommen. Er wohnt im Moment bei Stephen Stratford und seiner Familie.«

»Tatsächlich? Seit wann?«

»Seit Freitag. Der Bürgermeister ist im Moment völlig überlastet, aber das brauche ich dir nicht zu sagen. Jetzt hat er zusätzliche Probleme wegen der Folgen dieses unseligen Autodiebstahls. Brian leidet sehr darunter, weil er es gewohnt ist, viel Zeit mit seinem Dad zu verbringen. Deshalb ist Connor eingesprungen, um sich ein bisschen um Brian zu kümmern.«

»Und um dich.«

Sie wurde wieder rot. »Ich habe dir doch gesagt, dass

ich nicht weiß, ob das irgendwohin führen wird. Trotzdem möchte ich mich bei dir entschuldigen. Ich hätte dir gegenüber ehrlich sein müssen – uns beiden gegenüber. Ich hätte die Sache schon vor einer Woche lösen sollen. Aber ich dachte immer, es würde sich etwas entwickeln ...«

»Du brauchst mir nichts zu erklären.« Greg überraschte sie, indem er sich plötzlich vorbeugte und ihre Hand in seine nahm. »Julia, es ist kein Geheimnis, dass ich etwas für dich empfinde. Ich würde lügen, wenn ich etwas anderes behaupten würde. Aber ich kann dir keinen Vorwurf machen, weil du meine Gefühle nicht erwiderst. Ich kann nur hoffen, dass du irgendwann deine Meinung änderst. Ich weiß, dass du dir das jetzt nicht vorstellen kannst, aber das Schicksal geht manchmal seltsame Wege. Du hast dich erklärt. Ich akzeptiere deine Erklärung. Du hast dich bisher noch auf keine neue Beziehung eingelassen. Gibt es daher einen Grund, warum wir uns nicht mehr sehen sollten – nicht zum Rendezvous, sondern als Freunde? Ohne irgendwelche Erwartungen, das verspreche ich.«

Damit hatte sie nicht gerechnet. Julia stand vor Überraschung der Mund offen. Sie hatte sich auf eine Reihe von Reaktionen gefasst gemacht – unangenehme –, aber sie hatte niemals erwartet, dass Greg so großzügig sein würde. Es passte einfach nicht. Er war ein ehrgeiziger Mann, einer, der sich nicht mit dem zweiten Platz zufrieden gab. Deshalb hatte sie erwartet, dass er über ihre Zurückweisung verärgert sein würde. Sie hatte sich vorgestellt, dass er sie beschimpfen, ein paar Scheine auf den Tisch werfen und den Brunch beenden würde. Stattdessen nahm er die Botschaft äußerst gelassen hin und schlug auch noch vor, dass sie Freunde bleiben sollten.

Julia war sich nicht sicher, was diese gemäßigte Reaktion ausgelöst haben mochte, einem geschenkten Gaul schaute man nun mal nicht ins Maul.

Sie fühlte sich, als hätte man ihr eine zentnerschwere Last von den Schultern genommen. Dankbar drückte sie Gregs Hand. »Gern. Danke für dein Verständnis.«

»Es ist mir ein Vergnügen.« Er drückte ihre Finger ganz leicht, ehe er sie wieder losließ. »Dafür sind Freunde da.«

13.45 Uhr

Verständnis? Freunde? Ja, richtig.

Greg sah zu, wie Julia aus der Parklücke fuhr, warf ihr ein automatisches Lächeln zu und winkte. Sein Lächeln erstarb sofort, als sie auf die Hauptstraße bog und aus seiner Sicht verschwand.

Bebend vor Wut stieg er in seinen eigenen Wagen und knallte die Tür zu. Lange saß er nur da, versuchte sich zu beruhigen und darüber nachzudenken, was gerade geschehen war und welche Folgen es hatte.

Seine Entscheidung war spontan gewesen. Aber es war die richtige gewesen, die einzig mögliche.

Okay, er war über seinen eigenen Schatten gesprungen. Das tat er nicht oft, aber es gab Gelegenheiten, wo das nötig war. Dies war eine solche Gelegenheit gewesen. Er musste eine Beziehung mit Julia aufrechterhalten – ganz egal, unter welchen Bedingungen. Er würde sie auf keinen Fall aufgeben, und letztendlich würde er das auch nicht müssen. Connor Stratford würde nach New York und zu seinen blühenden Geschäften zurückkehren, und Julia würde nach jemand Solidem suchen, nach jemand, auf den sie sich verlassen konnte. Er war dieser Jemand. Und wenn er es beweisen musste, indem er vorläufig die Rolle des guten Freundes spielte, bitte sehr.

In der Zwischenzeit musste er am Ball bleiben. Die heutige Entwicklung könnte positiv für ihn sein. Sosehr ihn die Vorstellung von Julia und einem anderen Mann ärgerte, wenn dieser Mann Connor Stratford hieß, konnte das bedeuten, dass er mehr Informationen bekam denn je.

Apropos ...

Greg zog sein Handy hervor und hämmerte eine Nummer ein.

»Ja?« Philip Walker war am Apparat.

»Ich bin es.«

»Gut. Wie stehen die Dinge? Sei vorsichtig, was du sagst. Ich traue diesen Handys nicht. Zu viele Kreuz-und-quer-Verbindungen.«

»Okay. Du kannst dir sicher denken, dass die Golfpartie gestern ausgefallen ist. Aber ich hatte Kontakt mit allen sechs Spielern. Der Bürgermeister zufällig auch. Er hat sich fast den ganzen Tag mit ihnen herumgeschlagen. Es hat nichts genützt. Sie sind immer noch uneins.«

»Wie uneins?«

»Dem Bürgermeister fehlt eine Stimme. Ein paar bleiben bei ihrer Ansicht, dass man die Sicherheitsvorkehrungen von den Parkgebühren getrennt halten sollte und dass die Steuerzahler nicht für einzelne Fälle von Autodiebstahl büßen dürfen. Ich bin sicher, dass er weiter versuchen wird, sie auf seine Seite zu bekommen, vor allem nach Freitagabend.« Eine Pause. »Was vermutlich dein Werk war? Die ganze Sache trug eindeutig deine Handschrift.«

Walkers Antwort war eisig. »Ich weiß nicht, wovon du sprichst.«

»Ach ja? Aber es war ein cleverer Schachzug. Ich bin mir sicher, dass es die richtigen Leute in Angst und Schrecken versetzt hat.« Als ihm klar wurde, dass Walker nicht beabsichtigte, darauf etwas zu antworten, fuhr er fort. »Lass uns nun zu Julia kommen. Ich war gerade mit ihr zusammen. Es sieht so aus, als wäre der Bruder des Bürgermeisters für einige Zeit in der Stadt. Er wohnt bei Stephen und seiner Familie.«

»Tatsächlich? Das ist ja interessant.« Es entstand eine Pause, in der Walker über das nachdachte, was er soeben erfahren hatte. »Ich vermute, er ist hier, um seinem Bruder aus dem Schlamassel zu helfen – wenn er das nicht schon getan hat. Damit wären die vordringlichsten Probleme des Bürgermeisters gelöst. Nur leider nicht die langfristigen.« Walker kam in Fahrt. »Mal sehen, was er jetzt macht. Wir bleiben in Verbindung.«

Ein endgültiges Klicken.

19.45 Uhr

Julia hatte es sich in ihrem Wohnzimmersessel bequem gemacht und las Jimmy Thomas' Aufsatz mit dem Titel ›Mein größter Wunsch‹. Natürlich wünschte er sich längere Pausen und weniger Hausarbeiten. Typisch für ihn, dachte Julia amüsiert. So clever Jimmy auch war, er hatte die Konzentrationsfähigkeit eines neugeborenen Welpen.

Sie korrigierte ein paar Grammatikfehler, schrieb ›gut gemacht‹ unter die Arbeit und legte den Aufsatz zur Seite.

Der Stapel der zu korrigierenden Aufsätze war nun auf zwei zusammengeschmolzen. Julia massierte sich die Schläfen. Sie war erschöpft und viel zu müde, um weiterzuarbeiten. Sie hätte das längst erledigt haben müssen, aber ihr Wochenende war eine einzige Seifenoper gewesen.

Sie wandte sich dem nächsten Aufsatz zu. Brians. Ein Lächeln umspielte ihre Lippen. Zweifellos würde sie jetzt zwei Absätze über seine Ambitionen lesen, irgendwann einmal für die Yankees pitchen zu können.

Eine Sekunde später verschwand ihr Lächeln.

Brians Aufsatz begann folgendermaßen:

Ich wünschte, ich könnte mit Onkel Connor zusammenleben. Nur für eine kurze Zeit. Er hat auch viel zu tun. Aber er ist nicht so gestresst. Wir könnten oft Baseball spielen. Es gäbe dann nur mich und ihn. Ich wäre nicht im Weg. Er würde nicht schimpfen und brüllen. Später könnte ich ja wieder nach Hause gehen.

Im nächsten Absatz ging es darum, dass Connor in letzter Zeit häufig zu Besuch gewesen war, es aber leichter wäre, wenn er ihm in ›Mänhättan‹ Gesellschaft leisten würde, bis seine Mom und sein Dad ihm sagten, dass er wieder nach Hause kommen sollte.

Julias Herz rutschte ihr in die Hose.

Sie legte das Blatt zur Seite, griff nach ihrer Tasche und kramte nach der Telefonnummer, die Connor ihr gegeben hatte. Es war Sonntagabend. Wahrscheinlich war er mit seiner Familie zusammen, Brian eingeschlossen. Das würde dieses Gespräch nicht gerade einfacher machen. Aber Connor hatte darauf bestanden, benachrichtigt zu werden, sobald es ein Alarmzeichen gab. Und dies war ein deutliches Alarmzeichen.

Sie fand seine Nummer und holte ihr Telefon.

Connor war beim zweiten Klingeln am Apparat. »Connor Stratford.«

»Hier ist Julia«, meinte sie gepresst.

»Hi.« Er war kurz angebunden, als hätte er keine Lust zu einem längerem Gespräch.

Die Geräusche eines Fernsehers im Hintergrund und die vertraute Stimme von Brian erklärten warum.

»Sag Brian nicht, dass ich es bin«, meinte Julia rasch. »Ich muss dich allein sprechen. Kannst du dich für einen Moment entschuldigen?«

»Warte.« Er räusperte sich. »Hey Champion.« Seine Worte übertönten die Fernsehshow, die Brian und er anschauten. »Ich muss dieses Gespräch kurz in meinem Zimmer führen. Ich bin in ein paar Minuten zurück.«

»Okay«, lautete Brians großzügige Antwort.

»Ich bin sofort wieder da«, meinte Connor leise. Gedämpfte Geräusche, gefolgt von einem Türschlagen. »Okay, jetzt sind wir allein. Was ist los?«

Julia redete nicht lange herum. »Ich weiß, dass der Zeitpunkt ungünstig ist, aber es ist wichtig. Ich habe meinen Schülern ein Aufsatzthema gestellt, ›Mein größter Wunsch‹. Gerade habe ich den von Brian gelesen. Dieses Mal hat er geschrieben, dass er gern bei dir leben möchte, weil er nicht mehr im Weg stehen will. Er hat geschrieben, dass du nicht mit ihm schimpfst und ihn nicht anbrüllst. Connor, er ist sehr durcheinander und aufgeregt. Was auch immer vor sich geht, es belastet ihn schrecklich.«

Connor fluchte leise.

»Ich kann nicht einfach untätig hier herumsitzen«, informierte Julia ihn. »Ich muss ...«

»Nein, du musst nicht.« Der Stratford in Connor wurde wach. »Julia, denk daran, dass Brian diesen Aufsatz geschrieben hat, ehe ich bei ihm eingezogen bin. Ich bin jetzt hier, solange er mich braucht. Sein Zustand wird sich bald bessern.«

»Vielleicht. Vielleicht nicht. Er lebt weiterhin in einer angespannten Atmosphäre, und das in seiner vertrauten Umgebung, die ihm eigentlich Sicherheit geben sollte.

»Ich werde dafür sorgen, dass er diese Sicherheit bekommt.«

Rasch dachte Julia über die Lage nach und erwog ihre Optionen. »Du hast nicht Unrecht, aber ich auch nicht. Ich werde Folgendes tun: Wenn ich Brian morgen seinen Aufsatz zurückgebe, werde ich mit ihm sprechen. Das ist nichts Ungewöhnliches, ich unterhalte mich häufig mit meinen Schülern über ihre Arbeiten. In diesem Fall werde ich die Gelegenheit nutzen, um ihn ein wenig auszuhorchen. Ich hoffe, dass ich dabei eine Verbesserung feststelle. Wenn nicht, wirst du wieder von mir hören. Und Connor, ich werde mich nicht davon abbringen lassen. Wenn ich es für nötig halte, an dir vorbei zu agieren und deine Schwägerin anzurufen, werde ich genau das tun.«

Ein längeres Schweigen.

»Hast du mich verstanden?«

»Ich habe dich verstanden«, erwiderte er. »Aber ich glaube nicht, dass das nötig sein wird.«

»Ich hoffe nicht.« Sie atmete tief aus. »Wie auch immer, ich werde dich jetzt nicht länger aufhalten. Geh zurück zu Brian. Ich habe ihm gesagt, dass ich dich anrufen würde wegen etwas, das ihn beträfe, und das habe ich auch getan.«

»Das ist nett.« Eine kurze Pause. »Wie war der Brunch?«

Julia zuckte bei dem plötzlichen Themenwechsel zusammen. »Reichlich.«

»Du weißt genau, was ich meine.«

»Es war sehr nett.«

»Sehr nett«, wiederholte Connor. »So würdest du unser Abendessen gestern sicher nicht beschreiben, oder?«

»Diese Frage beantworte ich nicht.«

»Musst du auch nicht. Schließlich war ich ja dabei. Hast du es ihm gesagt?«

Wieso schaffte er es bloß so leicht, sie aus der Bahn zu werfen? »Connor, ich habe dich nicht angerufen, um über Greg zu sprechen. Ich habe dich angerufen, um über Brian zu sprechen.«

»Und wir haben über Brian gesprochen. Er ist mir genauso wichtig wie dir. Ich finde sogar, wir sollten morgen noch einmal über ihn sprechen, nachdem du dich mit ihm unterhalten hast. Wir treffen uns gegen acht bei Starbucks, okay?«

»Zu wessen Wohl, zu Brians oder zu deinem?«

»Zu unser beider Wohl«, antwortete er knapp. »Ich möchte sicher sein, dass es meinem Neffen gut geht. Und ich möchte dich sehen. Ich treibe keine Spielchen, falls du das andeuten willst. Und ich benutze Brians Zustand auch nicht als Köder. Ich habe dir gesagt, dass wir uns diese Woche treffen würden. Und wenn ich ehrlich sein soll, hatte ich vor, dich noch heute Abend anzurufen. Sobald Brian im Bett ist. Du bist mir nur zuvorgekommen.«

»Starbucks«, murmelte sie. »Bekomme ich einen Muffin oder bloß Kaffee?«

»Alles was du willst. Ich würde dich am liebsten zum Essen einladen, aber Stephen und Nancy müssen beide lange arbeiten, und ich habe versprochen, mit Brian eine Pizza zu essen. Deshalb müssen wir uns auf einen Kaffee beschränken. Wir treffen uns vor Starbucks, wenn du einverstanden bist.« Connors Stimme wurde leiser. »Ich würde dich auch in deiner Wohnung abholen, aber dann fühlst du dich nachher noch gezwungen, mich hereinzubitten. Und ich hatte dir ja versprochen, dir dafür bis Samstag Zeit zu geben.«

»Gute Nacht, Connor«, unterbrach sie ihn hastig.

Er lachte leise. »Um acht bei Starbucks?«

»Um acht bei Starbucks«, willigte sie ein.

»Dann gute Nacht, Julia.«

14

9. April
10.15 Uhr

Stephen drückte auf den Knopf seiner Sprechanlage. »Celeste, bitte stellen Sie mir während des Meetings keine Gespräche durch.«

»Ja, Sir.«

Er lehnte sich auf seinem Stuhl nach vorn, verschränkte die Hände ineinander und sah die drei Männer an, die ihm gegenüber saßen. Er musste sehr behutsam vorgehen, um nur ja kein Misstrauen zu erregen.

Aber er musste die Sache durchziehen.

»Ich freue mich sehr, dass Sie alle so kurzfristig kommen konnten«, begann er.

Martin Hart, der Polizeipräsident von Leaf Brook, nahm einen Schluck Kaffee und setzte seine Tasse anschließend auf dem Schreibtisch ab. »Kein Problem. Es klang wichtig.«

Stephen nickte. »Das könnte es werden, je nachdem, wie die Stadt reagiert und der Stadtrat entscheidet. Und wir brauchen einen schnellen Entschluss, um die Ängste unserer Bürger rasch zu beruhigen.«

Greg Matthews runzelte die Stirn. »Wovon genau sprechen wir?«

»Von der Frage, wer den Auftrag für das städtische Parkplatzkonzept bekommt.« Stephen behielt einen gleichmäßigen Ton bei. »Letzte Woche hat sich der Rat dagegen ausgesprochen, ein Privatunternehmen unter Vertrag zu nehmen, das sich der Sache annehmen wollte. Aber nachdem am Freitagabend Alberts Auto gestohlen worden ist, bin ich mir nicht mehr sicher, wie die Restmitglieder darüber denken. Oder, um ganz deutlich zu sein, wie sehr die öffentliche Meinung sie beeinflussen wird. Die Autodiebstähle in dieser Stadt haben in letzter Zeit drastisch zugenommen. Und die Tatsache, dass nun auch noch ein Stadtverordneter zu den Bestohlenen gehört, macht die Leute nervös und unsicher.«

Martin Hart rutschte unbehaglich hin und her. »Wir haben die Anzahl der Patrouillefahrzeuge, die die öffentlichen Parkplätze überwachen, verdoppelt. Und wir haben nicht die Mittel, um ...«

Stephen wischte seinen Einwand mit einer ungeduldigen Handbewegung fort. »Sie machen einen guten Job, Marty. Darum geht es gar nicht.«

»Es geht um Philip Walker«, erklärte Cliff, der zum ersten Mal seine Stimme erhob.

»Richtig. Er hat uns als Teil seines Vertragsentwurfs angeboten, Wachpersonal auf den Parkplätzen einzusetzen. Es besteht also durchaus die Möglichkeit, dass der Rat nun für seinen Vorschlag stimmen wird.« Stephen trank einen großen Schluck Kaffee. »Ich denke, wir sollten daher unserer Sorgfaltspflicht nachkommen und Walker Development gründlich durchchecken, damit einer Vertragsunterzeichnung nichts mehr im Wege steht. Cliff, du kümmerst dich um die juristischen Belange. Greg, könnten Sie die Finanzen übernehmen? Und Marty, Sie die Ermittlungen bezüglich des Strafregisters? Diese Routinearbeiten ersparen uns weitere Verzögerungen, für den Fall, dass der Stadtrat Walkers Vorschlag plötzlich doch zustimmt.«

»Das macht Sinn.« Der Polizeichef nickte. »Noch ein Autodiebstahl, und die ganze Stadt gerät in Panik. Es wäre wesentlich einfacher für uns, wenn wir eine fertige Lösung in der Schublade hätten, die den Steuerzahler dazu nicht einmal groß belastet.«

»Genau.« Stephen trank einen weiteren Schluck Kaffee und war froh, dass er Celeste gebeten hatte, den koffeinfreien zu nehmen. Er hatte schon genug Probleme, seine

Hände ruhig zu halten. »Ich möchte, dass Sie das so rasch wie möglich erledigen. Nach den Anrufen, die ich am Wochenende erhalten habe, wird dies unser vorrangiges Thema sein.«

»Kein Problem.« Hart war bereits aufgestanden. »Sonst noch etwas?«

»Nein, das wäre alles.« Stephen erhob sich ebenfalls. »Halten Sie mich bitte auf dem Laufenden.«

Hart fuhr auf direktem Weg zurück in seine Dienststelle.

Cliff steuerte das Archiv an, in dem sämtliche juristischen Dokumente aufbewahrt wurden.

Greg ging in sein Büro.

Fünf Minuten später erhielt Philip Walker einen Anruf. Er legte auf, aschfahl im Gesicht. Stratford wollte also ein schmutziges Spiel spielen. Nun, er hatte keine Ahnung, was schmutzig bedeutete.

Aber er würde es bald erfahren.

10.50 Uhr

Julia war nicht besonders glücklich.

Im Klassenzimmer war es still. Es war auch leer, bis auf sie und Brian. Die anderen Kinder waren zum Kunstunterricht gegangen. Julia hatte Brian gebeten, noch einen kurzen Moment zu bleiben, weil sie mit ihm über seinen Aufsatz sprechen wollte. So konnten sie ungestört sein, und sie konnte sich völlig auf ihn konzentrieren und versuchen herauszufinden, was wirklich mit ihm los war.

Genau das hatte sie getan. Sie hatte ihn während des gesamten Gesprächs aufmerksam angesehen, genau zugehört, was er gesagt hatte *und* was er nicht gesagt hatte. Er war erneut stiller als sonst gewesen und sehr einsilbig. Aber er war zugleich unruhig, war auf seinem Stuhl herumgerutscht und hatte mit den Beinen gezappelt, als könnte er nicht still sitzen. Dabei war er sonst immer so aufmerksam. Julia hatte mit ihren üblichen Methoden versucht, ihn zu beruhigen und ihm die Anspannung zu nehmen, sie hatte seine Arbeit gelobt und ihm Fragen zu seinem Baseballtraining gestellt. Doch er hatte nur kurze Antworten gegeben, und sein Blick war ihr ständig ausgewichen.

»Brian«, sagte sie schließlich und legte die Hand fürsorglich auf seine Schulter. »Dein Aufsatz ist wirklich sehr gut. Am meisten hat mich daran beeindruckt, dass du über deine Familie geschrieben hast anstatt über die Yankees.«

Ein knappes Nicken.

»In gewisser Weise hat sich dein Wunsch ja erfüllt. Ich meine, ich weiß natürlich, dass du nicht bei deinem Onkel Connor wohnst, aber das ist ja auch nicht nötig. Er wohnt im Moment bei dir, nicht wahr?«

»Ja.«

»Es muss schön sein, ihn immer in der Nähe zu haben.«

»Hm.« Eine Pause. »Aber es wäre schöner, in seiner Wohnung zu sein.«

»Warum? Weil er in so einem großen Haus wohnt?«

»Nein. Es ist groß, aber nicht so groß wie das Empire State Building. Onkel Connor ist einmal mit mir dort gewesen. Das war cool. Seine Wohnung ist auch cool. Aber das ist nicht der Grund, weshalb ich dort wohnen möchten. Ich möchte dort wohnen, weil Onkel Connor nie traurig oder schlecht gelaunt ist und weil er nichts dagegen hätte, wenn ...« Brian brach ab und wandte den Blick ab.

»Nichts dagegen hätte, wenn was ...?«

Keine Antwort.

Julia wählte ihre Worte sehr vorsichtig. »Brian, jeder ist irgendwann einmal traurig oder schlecht gelaunt. Das bedeutet meist, dass diese Person müde ist oder überarbeitet. Es hat überhaupt nichts mit einem selbst zu tun.«

»Hm. Und wenn doch?«

Der Kummer in Brians Stimme ging ihr durch Mark und Bein. »Du hast nicht wirklich das Gefühl, zu Hause jemandem im Weg zu sein, oder?«

Ein Schulterzucken. »Weiß nicht. Ich wünschte, es könnte wieder so sein wie früher. Auch mit Onkel Connor ist es ... ist es irgendwie anders.«

»Wie anders?«

»Ich weiß auch nicht. Ich glaube, Onkel Connor versucht nur, mich abzulenken, damit ich nicht sehe, wie Mummy weint. Das tut sie oft. Vor allem in der Nacht, bevor Onkel Connor zu uns gekommen ist. Sie hat gedacht, ich schlafe. Aber ich habe nicht geschlafen. Sie hat ganz lange geweint. Dann ist Dad nach Hause gekommen. Er hat sich gar nicht angehört wie Dad. Seine Stimme war ganz anders als sonst. Und er war wütend. Er hat Mom angeschrien.«

Julia strich Brian übers Haar und spürte einen dicken Kloß im Hals. »Hattest du Angst?«

»Ein bisschen, ja. Ich habe ihnen nicht gesagt, dass ich noch wach war.« Sein Kopf fuhr herum, und er warf Julia einen ängstlichen Blick zu. »Sie werden es ihnen doch nicht verraten, oder? Sonst wird alles nur noch schlimmer. Sie hätten sicher ein ganz schlechtes Gewissen.«

»Natürlich nicht, Brian. Ich werde ihnen nichts verraten. Nicht, wenn du das nicht möchtest.« Julias Gedanken überschlugen sich, und sie überlegte fieberhaft, was sie sagen sollte, wenn sie Nancy Stratford anrief. Sie würde Brians Vertrauen nicht missbrauchen. Aber sie durfte vor dieser Situation auch nicht die Augen verschließen. Nicht mehr. Ganz gleich, was Connor meinte, dieses Problem erledigte sich nicht von selbst. Und es wurde höchste Zeit, dass Brians Eltern das erfuhren.

Erst um die Mittagszeit hatte Julia Gelegenheit, sich kurz zurückzuziehen. Ihre Klasse saß beim Mittagessen, und eine Kollegin hatte ihr versprochen, während des Essens und der nachfolgenden Schulhofpause die Aufsicht zu übernehmen.

Julia lief in ein kleines Privatbüro der Schule und rief Nancy Stratford zu Hause an. Anrufbeantworter. Sie legte auf und versuchte es in Mrs. Stratfords Boutique. Auch hier nur der Anrufbeantworter. Dieses Mal hinterließ Julia eine Nachricht. Es war besser, dafür den Apparat der Boutique zu nutzen, weil es so sehr unwahrscheinlich war, dass Brian etwas mitbekam.

Aus demselben Grund formulierte sie ihre Worte sehr vage. Sie sagte bloß, dass sie etwas Wichtiges mit Mrs. Stratford zu besprechen hätte und das gern möglichst bald tun würde.

Dann legte sie auf. Sie hatte noch etwas zu erledigen.

Sie wählte Connors Handynummer.

Als er antwortete, sagte sie nur: »Die Lage ist schlechter, als du angenommen hast. Ich habe deiner Schwägerin eine Nachricht hinterlassen. Ich werde so bald wie möglich mit ihr sprechen. Keine Einwände, Connor«, fügte sie rasch hinzu, als er etwas sagen wollte. »Unter diesen Umständen muss unsere Verabredung heute Abend leider ausfallen. Ich möchte gern erreichbar sein, falls deine Schwägerin anruft. Außerdem habe ich keine Lust, mit dir zu streiten. Du kannst mich nicht mehr von meinem Entschluss abbringen. Solltest du daran interessiert sein, mich zu treffen, nachdem ich diese Sache erledigt habe, lass es mich wissen.«

Sie beendete das Gespräch, ohne ihm die Gelegenheit zu einer Antwort zu geben.

Draußen auf dem Schulhof lief Brian sofort zum Zaun und warf Jacke und Baseballkappe an die gewohnte Stelle, wo alle Schüler seiner Klasse ihre Sachen ablegten. Die Schulregeln verlangten, dass man alle persönlichen Dinge, die man in der Pause nicht trug oder mit denen man nicht spielte, in dieser Ecke deponierte. Seine Jacke und seine Baseballkappe lagen hier jeden Tag, da er beides während des Spielens nie trug. Er schwitzte jedes Mal so, wenn er es tat.

Er schlenderte hinüber auf die andere Seite des Schulhofs. Dort hockte er sich allein auf den Boden, nahm einen Stock und begann damit im Staub zu malen. Er hatte ein komisches Gefühl im Bauch, dabei hatte er weder sein Truthahn-Sandwich noch seinen Joghurt gegessen. Vielleicht hätte er Miss Talbot doch nichts von zu Hause erzählen sollen. Vielleicht hätte er es für sich behalten sollen. Aber wenn irgendwer wusste, wie man etwas besser machen konnte, dann sie. Sie und Onkel Connor.

Brian blieb während der gesamten zwanzigminütigen Pause an dieser Stelle sitzen. Zum Spielen hatte er keine große Lust.

Dann verkündete Mrs. Parkins, die heute die Aufsicht hatte, dass die Pause vorüber sei.

Brian stand auf und lief zum Zaun, um seine Sachen zu holen.

Es dauerte einen Moment, ehe er begriff, dass seine Baseballkappe nicht mehr da war. Er suchte überall. Er wühlte sogar in den Sachen seiner Freunde. Aber die Kappe blieb verschwunden.

Er schluckte hart, kämpfte mit den Tränen und fühlte sich noch elender als zuvor. Es war seine Mannschaftskappe, die er auf dem Spielfeld immer trug. Sie hatte ihm schon viel Glück gebracht. Er könnte sich eine neue kaufen, aber das war nicht dasselbe.

Vom Parkplatz ertönte eine Autohupe.

Er schaute auf und sah einen schwarzen Wagen langsam

vorbeifahren. Der Fahrer kurbelte sein Fenster hinunter. Der größte Teil seines Gesichts war unter einer Kappe versteckt, eine, die weit nach vorn gezogen und viel zu klein für seinen Kopf war.

Es war seine Baseballkappe.

Unter dem Schirm hatte der Mann die Lippen zu einem gehässigen Lächeln verzogen. Er sah in Brians Richtung und tippte sich an die Kappe.

Dann fuhr er davon.

19.35 Uhr

An diesem Abend verließ Stephen Stratford das Rathaus noch später als gewöhnlich. Er hatte gehofft, noch einen Bericht von Marty oder Cliff zu bekommen und darin irgendeinen Hinweis auf illegale Machenschaften zu finden, in die Walker Development verstrickt war. Irgendetwas, das er gegen Philip Walker verwenden konnte. Ein Mann, der so schmutzig war wie er, musste doch eine Leiche im Keller haben, die man in Rekordzeit finden konnte.

Connor hatte ihm zwei Nachrichten auf den Anrufbeantworter gesprochen, auf die er nicht reagiert hatte. Erstens weil er zu beschäftigt gewesen war, zweitens weil er eine ziemlich genaue Vorstellung hatte, was sein Bruder von ihm wollte – und er war im Moment nicht in der Lage, sich dem zu stellen. Connor wusste vermutlich, wann ihr Vater plante, in Leaf Brook aufzutauchen. Er wollte einfach nichts davon hören. Er konnte nur beten, dass es nicht in den nächsten Tagen passieren würde. So viel Zeit brauchte er noch. Er musste die Dinge unter Kontrolle bekommen, ehe er seinem Vater gegenüberstand.

Stephen fühlte sich völlig ausgelaugt. Müde schleppte er sich zum Parkplatz, seine Schritte hallten auf dem Beton wider. Der Parkplatz war verlassen, alle anderen waren schon vor Stunden nach Hause gefahren.

Er erreichte sein Auto und wollte gerade aufschließen, als er die quietschenden Reifen eines anderen Wagens hörte, der soeben um die Ecke gerast kam. Es hörte sich an, als käme er direkt auf ihn zu.

Stephen wirbelte herum, genau in dem Augenblick, als das schwarze Coupé neben ihm zum Stehen kam.

Zwei Männer sprangen heraus.

Noch ehe er sie richtig sehen konnte, stürzten sie bereits auf ihn zu. Der eine war stämmig, der andere groß und muskulös. Die Faust des Großen traf ihn am Kinn, sodass er nach hinten taumelte und gegen sein Auto stürzte.

»Ein Geschenk, Stratford«, rief der Stämmige und schleuderte ihm die Faust in den Magen. »Von Walker Development.«

Zehn Minuten später ließen sie Stephen blutend auf dem Beton zurück.

»Es ist vorbei mit der Schnüffelei«, murmelte der stämmige Typ. »Und mit Ihnen auch, wenn Sie noch einmal so eine Dummheit begehen.« Er stieg in seinen Wagen.

»Bis dann«, fügte sein Komplize hinzu. »Mr. Walker wird mit Ihnen in Verbindung bleiben. Ach, und Stratford ...« Er kam noch einmal zurück und warf ihm einen Zehn-Dollar-Schein zu. »Ich schulde Ihrem Jungen noch etwas, das müsste reichen. Aber nächstes Mal wird das, was ich mir nehme, eine Menge mehr wert sein.«

20.30 Uhr

Nancy drehte sich der Magen.

Sie rutschte unruhig auf dem Sofa umher, schob die Jalousien zur Seite und schaute zum hundertsten Mal, ob die

Schweinwerfer von Stephens Auto nicht endlich in der Einfahrt zu sehen waren.

Nichts.

Wo um alles in der Welt blieb er nur?

Sie wandte sich um, sah zu, wie Brian und Connor auf dem Fußboden Mathehausaufgaben machten. Connor schaute kurz zu ihr hinauf und versuchte ihr einen beruhigenden Blick zuzuwerfen.

Sie kaufte ihm seine Fassade keine Sekunde lang ab. Connor machte sich ebenso große Sorgen wie sie, das konnte sie an seinem Gesicht erkennen. So wie sie es an seiner Stimme hören konnte, als er sie nachmittags in der Boutique angerufen hatte. »Nancy, hast du deinen Anrufbeantworter schon abgehört?«, hatte er gefragt.

»Nein«, war ihre Antwort gewesen. »Ich komme gerade vom Mittagessen. Wieso?«

»Weil du eine Nachricht von Julia Talbot hast. Sie hat sie nicht bei dir zu Hause hinterlassen, also muss sie sie in deiner Boutique aufgesprochen haben.«

Ihr stockte das Herz vor Schreck. »Julia Talbot? Oh Gott, ist Brian ...?«

»Es ist alles in Ordnung. Nancy, hör mir zu. Julia macht sich Gedanken um Brians seelische Verfassung. Ruf sie nicht zurück. Noch nicht. Nicht bevor wir mit Stephen gesprochen haben.«

Da hatte sie begriffen. Sie hatte mehr als begriffen.

»Hast du Stephen erreicht?«, fragte sie hölzern.

»Ich habe es versucht. Er steckt ständig in irgendwelchen Meetings.«

»Soll ich sofort nach Hause kommen?«

»Nein. Brian rechnet damit, dass ich ihn abhole und dass du Überstunden machst. Tu das. Ich werde ihn bitten, dich anzurufen, sobald wir nach Hause kommen, damit du dich selbst davon überzeugen kannst, dass alles in Ordnung ist.

Nancy, lass uns die Sache nicht noch schlimmer machen und ihn noch mehr beunruhigen. Stephen wird nicht vor halb acht oder acht zu Hause sein. Bis dahin können wir nichts tun. Brian und ich werden unsere Pizza essen, wie geplant. Komm um sieben nach Hause, wie es vorgesehen war. Wir werden dir ein Stück Pizza verwahren. Wenn Stephen nach Hause kommt, bringen wir Brian ins Bett. Wir verhalten uns so normal wie möglich. Danach reden wir über alles. Und Nancy …« Er hatte eine Pause gemacht. »Es wird alles wieder gut.«

»Ich hoffe es, Connor. Denn jetzt geht es nicht mehr nur um *mein* Leben. Es geht um das meines Sohnes.«

Mit einem Klicken war das Telefongespräch beendet.

In der Boutique war viel zu tun gewesen, aber sie hatte Julia Talbots Nachricht trotzdem dreimal abgespielt. Gott, wie gern hätte sie diese Frau zurückgerufen. Aber sie war es Stephen schuldig zu warten. Sie hatte keine Ahnung, wie weit Julia Talbots Verdacht reichte. Und das musste sie wissen, ehe sie mit ihr sprach.

Um Viertel vor vier rief Brian in der Boutique an, so wie Connor es versprochen hatte. Er klang normal, außer dass er ziemlich bekümmert über den Verlust seiner Baseballkappe war.

Normal. Das war eine interessante Wortwahl. Für andere Menschen klang Brian normal. Aber sie wusste es besser. Und Julia Talbot anscheinend auch. Gemessen an seinem sonstigen temperamentvollen Verhalten benahm sich Brian im Moment keinesfalls normal.

Aber wie sollte er das auch?

Nancy kniff die Augen zusammen und hatte plötzlich ein schrecklich schlechtes Gewissen. Vielleicht hätte sie viel früher etwas unternehmen müssen. Aber was? Stephen verlassen? Das hätte Brian das Herz gebrochen, und Stephen wäre am Boden zerstört. Das hätte sie niemals übers Herz gebracht. Stattdessen hatte sie sich an Connor gewandt, der alles stehen und liegen gelassen hatte, um zu helfen. Und Brian schien es ein wenig besser zu gehen, seit er seinen Onkel um sich hatte.

Aber offensichtlich nicht gut genug.

Im Laufe des Nachmittags hatte sie zweimal versucht Stephen im Büro zu erreichen. Aber wie Connor gesagt hatte, war er ständig in irgendwelchen Besprechungen. Sie hatte keine Nachricht hinterlassen. Dies war nichts, was sie so einfach auf einen Anrufbeantworter sprechen konnte. Sie mussten in Ruhe reden – heute Abend. Was ihr sofortiges Nachhausefahren anging, auch da hatte Connor Recht. Es wäre ein Fehler gewesen. Es hätte Brian nur zusätzlich irritiert und ihm überdies seinen ›Männerabend‹ ruiniert, den er mit seinem Onkel geplant hatte. Außerdem konnte sie ohnehin nichts tun, bis Stephen nach Hause kam. Erst dann konnte sie ihm die Fakten auf den Tisch legen und ihm erklären, was auf dem Spiel stand.

Wie gern hätte sie Cliff angerufen.

Aber in letzter Zeit belastete sie ihn schon viel zu sehr mit ihren Problemen. Er führte ein eigenes Leben, und dazu gehörte nicht, ihres in Ordnung zu bringen.

Sie war um fünf vor sieben zur Haustür hereingekommen und sofort in die Küche marschiert, um sich zu vergewissern, dass mit Brian alles okay war.

Er hatte am Tisch gesessen, sich den Mund mit Pizza voll gestopft und sie angestrahlt. »Hallo, Mom.«

»Selber hallo.« Sie hatte einen Blick auf die leere Pizzaschachtel geworfen und sich geschüttelt. »Wo habt ihr die denn her?«

»Pizza Hut«, hatte Connor sie kauend informiert. »Mit Fleischbällchen, Würstchen, grünen Peperoni, Champignons, Zwiebeln ...«

»Genug!« Nancy hatte sich lachend die Ohren zugehalten und sich vorgebeugt, um Brian auf die Stirn zu küssen. In Momenten wie diesen wünschte sie sich, er wäre noch kleiner, damit sie ihn so fest umarmen konnte, wie sie es gern getan hätte, ohne dass er verlegen würde. »Wie war dein Tag?«

»Ich habe meine Baseballkappe verloren.« Sein Gesicht sah plötzlich bekümmert aus. »Ich habe überall danach gesucht, aber sie bleibt verschwunden. Ich glaube, jemand hat sie mir gestohlen.«

»Wie kommst du denn darauf?« Nancy war überrascht.

Brian zuckte mit den Schultern. »Ich habe einen Mann mit einer roten Kappe wegfahren sehen. Sie sah so aus wie meine. Aber das ist wohl ziemlich dumm. Was soll ein erwachsener Mann mit meiner Baseballkappe? Ich weiß bloß nicht, wie ich ohne sie pitchen soll.«

»Liebling, das brauchst du bestimmt nicht. Sicher wird sie in ein oder zwei Tagen wieder auftauchen. Vielleicht hat sie jemand an der Fundstelle in eurer Schule abgegeben. Und wenn nicht, kaufen wir eine neue.«

»Ja, Brian.« Connor nickte. »Die Kappe war sowieso schon ein bisschen schäbig vom vielen Tragen. Eine neue wäre eine gute Idee. Und wenn du die alte dann wiederfindest, hast du eine zum Wechseln.«

»Hm.« Brian klang nicht überzeugt. Aber sein Gesicht hellte sich sofort auf, als Nancy ihm verkündete, dass sein Dad bald nach Hause kommen würde. Er rannte los, um seine Schultasche zu holen und seine Hausaufgaben schnell fertig zu machen.

Drei Minuten lang waren Nancy und Connor ungestört.

»Hast du Julias Nachricht abgehört?«

»Ja. Ich habe das getan, was du mir geraten hast. Hast du Stephen erreichen können?«

»Nein. Er hat mich auch nicht zurückgerufen.«

»Wie ging es Brian heute Nachmittag?«

»Nicht besonders.« Connor log nicht. »Er war ziemlich niedergeschlagen. Ich weiß allerdings nicht genau, ob das etwas mit unseren Befürchtungen zu tun hatte oder bloß mit dem Verlust seiner Baseballkappe.«

»Verdammt.« Nancy fuhr sich mit beiden Händen durchs Haar. Es kam ihr vor, als würde die ganze Welt über sie hereinstürzen.

»Halt durch, Nancy. Stephen kommt ja gleich nach Hause.«

Mit zunehmender Ungeduld sah sie Connor an. »Und was dann?«

Diese Frage stellte sie sich immer noch, bloß dass inzwischen anderthalb Stunden vergangen waren und es noch immer kein Zeichen von Stephen gab.

»Wo bleibt Dad?«, fragte Brian und sah von seinen Matheaufgaben auf. »Es ist schon spät.«

Nancy öffnete den Mund, um ihm erneut zu versichern, dass Stephen sicher in der nächsten Minute kommen würde.

Da klingelte Connors Handy.

Er schaute auf, begegnete Nancys ängstlichem Blick. »Vermutlich geschäftlich«, meinte er und zog das Telefon aus seiner Jackentasche. »Vergiss nicht, in Ländern wie Australien ist jetzt Morgen.«

Sie nickte stumm.

»Connor Stratford.« Eine lange Pause. »Ja. Alles okay. Ganz bestimmt. Im Haus. Okay. Wo?« Eine weitere Pause. »Ich bin schon unterwegs.«

Er drückte auf die Ende-Taste und richtete sich auf. »Das war dein Dad«, sagte er zu Brian. »Er hat Probleme mit seinem Auto. Deshalb ist er auch noch nicht zu Hause. Ich fahre schnell hin und helfe ihm.«

Brian sprang ebenfalls auf. »Und wieso ruft er auf deinem Handy an?«

Ein Schulterzucken. »Er hatte Probleme, hier zu Hause durchzukommen, deshalb hat er mich angerufen.«

»Eine Menge Probleme auf einmal«, stellte Nancy nüchtern fest. »Autoprobleme. Telefonprobleme.«

Connor sah sie an und schüttelte kaum merklich den Kopf. »Das ist eben das digitale Zeitalter«, sagte er dann laut. »Ständig Defekte.« Er wandte sich an Brian. »Hör zu, Sportsfreund. Mom hilft dir schnell bei den restlichen Hausaufgaben, und danach machst du dich schon mal fertig fürs Bett, ja? Dann hast du mehr Zeit für deinen Dad, wenn er nach Hause kommt. Okay?«

»Okay«, willigte Brian ein.

»Gut, ich mache mich auf den Weg.«

Nancy folgte Connor auf den Korridor. »Was ist los? Was ist passiert?«

»Ich weiß es nicht«, antwortete Connor mit knapper, besorgter Stimme. »Aber es ist nichts Gutes.« Er griff nach seiner Jacke. »Nancy, schaff Brian ins Bett. Stephen möchte nicht, dass sein Sohn ihn sieht – zumindest nicht heute. Ich fahre ihn hierher. Wir lassen seinen Wagen auf dem Parkplatz stehen.«

Nancy sah zu, wie Connor aus der Tür rannte. Sie verschränkte die Arme vor der Brust und wappnete sich so gegen die allzu offensichtliche Wahrheit. *Stephen möchte nicht, dass Brian ihn in seinem augenblicklichen Zustand sieht.* Sie fühlte sich wie betäubt. *Wie vor ein paar Tagen. Er ist betrunken. Das sind seine ›Autoprobleme‹.*

Sie fühlte sich innerlich wie tot, als sie ins Wohnzimmer zurückging.

Sie musste sich um ihren Sohn kümmern.

15

Connor steuerte seinen Mercedes auf den Parkplatz und kam neben Stephens Geländewagen zum Stehen. Auf der Fahrt hierher war er innerlich durch die Hölle gegangen. Seine Gedanken hatten sich fast überschlagen, während er immer wieder überlegte, wieso Stephen verlangt haben könnte, dass er allein kam und Brian und Nancy erklärte, er hätte Probleme mit seinem Auto gehabt. Er versuchte sie vor irgendetwas zu bewahren, aber vor was? Er war nicht betrunken. Das wäre eine logische Erklärung, und Nancy schien sie zweifellos zu glauben. Aber Connor hatte deutlich den Schmerz in Stephens Stimme gehört. Sein Bruder war verletzt, körperlich verletzt. Seine Stimme hatte angestrengt geklungen, als hätte ihn jedes Wort Überwindung gekostet. Und er hatte Angst gehabt. Er bestand darauf, zu hören, dass Brian okay war – zweimal hatte er Connor danach gefragt –, ehe er seinen Bruder anflehte, zum Rathausparkplatz zu kommen und ihn dort abzuholen, bevor eine Polizeistreife ihn entdeckte.

Was immer auch geschah, es hatte nun einen Höhepunkt erreicht.

Connor sprang aus dem Wagen und lief zu Stephens Auto hinüber. Er spähte durch das Seitenfenster. Stephen lag gekrümmt auf dem Fahrersitz, den er in Liegeposition gebracht hatte. Sein Kopf war gegen die Kopfstütze gelehnt, er hatte das Gesicht abgewandt, sodass Connor es nicht sehen konnte.

Vorsichtig klopfte er ans Fenster. »Stephen, ich bin es.«

Sein Bruder drehte den Kopf mühsam in Connors Richtung. Selbst durch das getönte Glas konnte Connor sehen, dass Stephens Gesicht angeschwollen und voller Blut war.

Ihm wurde heiß und kalt. »Mach die Tür auf«, forderte er seinen Bruder auf.

Stephen nickte und tastete umher, bis er den Schalter traf, mit dem er die Türen entriegelte.

Connor stieg auf der Beifahrerseite ein und versuchte, sich ein Bild von Stephens körperlicher Verfassung zu machen. »Scheiße.« Sein Blick glitt von Stephens Gesicht zu seiner blutverschmierten Kleidung. »Ich muss dich zum Arzt bringen.«

»Nein.« Stephen schüttelte den Kopf und stöhnte leise auf. »Es sieht schlimmer aus, als es ist. Nichts ist gebrochen. Ich habe nur ein paar Prellungen an den Rippen und ein ziemlich zerschlagenes Gesicht.« Er holte tief Luft, was ihm sehr wehzutun schien. »Aber Brian würde sich zu Tode erschrecken, wenn er mich so sähe. Ich kann so nicht nach Hause, ich muss mich erst ein wenig waschen.« Ein ängstlicher Blick. »Bist du ganz sicher, dass es Brian gut geht? Du warst doch bei ihm, als ich angerufen habe, oder?«

»Er saß bei euch zu Hause im Wohnzimmer und hat seine Matheaufgaben gemacht. Es geht ihm gut.« Connor schluckte die vielen Fragen herunter, die ihm durch den Kopf schossen. Das Wichtigste zuerst. Er musste Stephen einigermaßen herrichten und von hier wegschaffen.

Er entdeckte eine halb leere Wasserflasche im Getränkehalter zwischen ihnen und einen Stapel blutgetränkter Papiertücher auf dem Boden des Wagens. Offenbar hatte Stephen bereits mit der Reinigung begonnen.

»Ich habe in meinem Auto auch noch eine Flasche Wasser«, meinte Connor knapp. »Ich hole sie.«

»Gut.« Stephen zeigte mit dem Daumen auf den Rücksitz seines Wagens. »Da hinten liegt noch ein Paket Papiertücher und ein Erste-Hilfe-Kasten. Nancy hat ihn dort für Brian deponiert. Ich habe schon versucht heranzukommen, aber er liegt unter einer Tonne anderer Sachen begraben. Und es tut so verdammt weh, wenn ich versuche, etwas hochzuheben ...«

»Dann lass es bleiben. Beweg dich nicht. Bleib einfach nur still sitzen.« Connor sprang aus dem Wagen, rannte zu seinem Auto und kam mit allem, was er brauchte, zurück.

»Beeil dich«, drängte Stephen ihn, als er zurückkam. »Bald müsste hier eine Polizeistreife auf ihrer Routinepatrouille auftauchen. Seit den letzten Autodiebstählen sind sie besonders wachsam. Sie dürfen mich auf keinen Fall so sehen.«

»Das stimmt.« Schweigend konzentrierte sich Connor darauf, das Blut aus Stephens Gesicht zu tupfen. Er behandelte die Platzwunden, dann half er ihm seine Kleidung zu säubern und bemühte sich, dabei nicht zu sehr gegen seine schmerzenden Rippen zu stoßen.

Als alles erledigt war, sah Stephen immer noch ziemlich mitgenommen aus und schien auch noch Schmerzen zu haben, aber er war wesentlich vorzeigbarer. »Das muss fürs Erste reichen«, erklärte Connor. »Um den Rest kümmern wir uns zu Hause.« Er sah sich um, und stellte erleichtert fest, dass noch immer kein Polizeiauto zu sehen war. »Du kannst unmöglich selber fahren, das steht fest. Wir lassen dein Auto hier stehen. Du hattest ja angeblich Probleme mit dem Wagen, deshalb werden wir sagen, dass du dich verletzt hast, als du versucht hast, unter dein Auto zu klettern. Ich fahre dich nach Hause und bringe dich morgen wieder hierher.«

Er öffnete die Tür und ging dann ums Auto, um Stephen hinauszuhelfen. Er legte Stephens Arm um seine Schulter, geleitete ihn vorsichtig auf die Beifahrerseite des Mercedes und half ihm dort hinein. Anschließend warf er die blutbefleckten Papiertücher in einen Papierkorb und kritzelte gerade etwas auf einen Zettel, den er an die Windschutzscheibe von Stephens Wagen klemmen wollte, als ein Polizeiauto um die Kurve auf sie zugefahren kam.

»Gibt es ein Problem?«, fragte der Beamte am Steuer und

sah abwechselnd auf das Auto des Bürgermeisters und auf Connor. Er schien nicht misstrauisch zu sein, nur neugierig und fest entschlossen, alles richtig zu machen. Er hatte das Fahrzeug des Bürgermeisters erkannt, und die Ähnlichkeit zwischen den Brüdern war viel zu stark, um sie zu übersehen und nicht zu begreifen, wer Connor war.

»Ehrlich gesagt ja«, antwortete Connor geradeaus. »Ich wollte gerade einen Zettel an der Windschutzscheibe befestigen, um es zu erklären. Der Bürgermeister hatte Probleme mit seinem Wagen und hat sich ziemlich übel verletzt, als er versucht hat, ihn selber zu reparieren. Ich bin gekommen, um ihn abzuholen und nach Hause zu fahren.« Ein fragender Blick. »Ich bin natürlich nicht begeistert, dass wir den Wagen über Nacht hier stehen lassen müssen, aber ich möchte nicht, dass er noch fährt, zumal er ziemliche Schmerzen hat. Würden Sie vielleicht ein besonderes Auge darauf halten? Wir wären Ihnen dafür sehr dankbar.«

»Klar, machen wir. Kein Problem.« Der andere Polizeibeamte, ein Typ mittleren Alters mit besorgtem Gesichtsausdruck, stieg nun ebenfalls aus und kam auf Connors Mercedes zu. »Alles okay, Sir?«, rief er Stephen zu.

Was für ein Glück, dass der Wagen getönte Scheiben hat, dachte Connor. Sonst hätten sie keine Chance gehabt, Stephens geschwollenes Auge und die dicke Lippe zu vertuschen. Und ein geschultes Polizistenauge hätte selbst aus der Entfernung sofort erkannt, dass diese Verletzungen nicht von Reparaturarbeiten an einem Auto stammen konnten.

Niemand wusste das besser als Stephen. Trotz der Schmerzen gelang es ihm auch in dieser Lage, den verbindlichen Politiker herauszukehren, der so sehr in ihm steckte. Er winkte den Beamten kurz zu. »Ich fühle mich, als hätte ich eine Schlägerei hinter mir«, rief er. »Ich werde mich so bald nicht wieder unter so ein Auto legen, das versichere ich Ihnen.«

Der Beamte lachte. »Das kann ich gut verstehen. Aber jetzt fahren Sie mit Ihrem Bruder nach Hause. Wir werden einen zusätzlichen Streifenwagen herschicken, um ein besonderes Auge auf Ihren Wagen zu haben.«

»Danke. Vielen Dank.« Stephen lächelte krampfhaft weiter, bis Connor sich verabschiedete, einstieg, den Zündschlüssel drehte und endlich losfuhr.

Dann ließ er sich in die Polster zurücksinken. »Verdammt, tut das weh.«

Connor reichte Stephen das restliche Wasser. »Hier, trink einen Schluck. Und dann erzählst du mir, was los ist. Wer hat dir das angetan und warum?«

»Ich schätze, du hast etwas von Dad gehört. Wann kommt er?«, fragte Stephen statt einer Antwort.

Connor warf ihm einen Blick zu. »Nicht vor Donnerstag. Bis dahin werden die Schwellungen zurückgegangen sein, und du kannst ihm deine Autoreparaturstory verkaufen.«

»Gut.« Erleichtert schloss Stephen die Augen. Er setzte die Flasche an seine Lippen und trank.

»Aber vergiss jetzt Dad. Er ist im Augenblick nicht unser Thema. Du kommst jetzt nicht so einfach davon«, warnte Connor und lenkte den Wagen auf die Main Street. »Weder bei mir noch bei deiner Frau. Nancy weiß, dass etwas Ernstes passiert ist. Und das nicht nur wegen deines merkwürdigen Verhaltens in letzter Zeit. Julia hat sie heute angerufen. Sie sorgt sich um Brian. Sie sorgt sich *ernstlich* um Brian. Es hat neue Entwicklungen gegeben. Vergiss meine Idee, sie abzulenken. Das wird nicht mehr funktionieren. Das Problem löst sich nicht von selbst. Du kannst deinen Kopf nicht einfach in den Sand stecken.«

Stephen war neben ihm zusammengesackt. »Was für neue Entwicklungen? Wieso macht sich Julia jetzt noch größere Sorgen um Brian? Was ist passiert? Hat ihm jemand etwas angetan?«

»Nein«, antwortete Connor. »Sie hat mit ihm nur über einen Aufsatz gesprochen, den er geschrieben hat. Dein Sohn ist völlig verunsichert.« Er presste die Zähne zusammen, und das ziehende Gefühl in seinem Magen verstärkte sich noch. »Was glaubst du, wer Brian etwas angetan haben könnte? Dieselben Schweine, die das hier mit dir gemacht haben?«

»Ja. Vielleicht werde ich auch allmählich paranoid. Aber es war die Art, wie sie über ihn gesprochen haben. Es klang so, als hätten sie ihn gesehen, als hätten sie ihm etwas weggenommen, was ihm gehörte. Und das hat mir einen Riesenschreck eingejagt.«

»Seine Baseballkappe.« Connor umklammerte das Lenkrad so heftig, dass seine Knöchel weiß hervortraten. »Deshalb hat Brian gesagt, jemand hätte sie ihm gestohlen.«

»Seine Baseballkappe? Was ist damit?«

»Sie ist fort. Brian hat sie in der Pause zusammen mit seiner Jacke an den Zaun gelegt, und als er sie holen wollte, war sie weg. Er hat erzählt, dass er einen Mann vorbeifahren gesehen hätte, der sie auf dem Kopf trug. Wir haben gedacht, es wäre nur ein Zufall, eine rote Kappe, die seiner zufällig ähnlich sah. Anscheinend haben wir uns geirrt. Wer immer dieser Typ war, er wollte dir eine Botschaft hinterlassen.«

Sämtliche Farbe war aus Stephens Gesicht gewichen. »Mein Gott.«

»Ich werde dich jetzt noch einmal fragen«, stieß Connor hervor. »Und ich würde dir raten, mir zu antworten, ehe es zu spät ist. Was ist los? Wer will etwas von dir? Irgendein wahnsinniger Schläger, dem du Geld schuldest? Ist es das, um was es geht? Neue Spielschulden? Obwohl du mir geschworen hast, dass du nicht mehr ...«

»Nein.« Stephen umklammerte seinen Kopf mit beiden Händen und stöhnte auf, als ihn daraufhin ein Schmerz durchfuhr. »Seit du mir die fünfhunderttausend Dollar gegeben hast, habe ich nicht mehr gespielt. Es geht nicht um Geld. Nicht mehr. Ich wünschte bei Gott, es wäre so.«

»Sprich weiter.«

Eine kurze Pause. »Connor, ich glaube nicht, dass du dich da einmischen solltest. Damit machst du dich zu meinem Komplizen. Das ist das Letzte, was ich möchte. Ich kann nicht zur Polizei gehen. Es wäre das Ende von allem – und damit meine ich nicht nur mich persönlich. Ich meine unsere ganze Familie, alles, was wir uns aufgebaut haben.«

»Du meinst alles, was Dad aufgebaut hat.«

»Nicht nur Dad. Du, Nancy und Brian – das Leben meines Sohnes wäre nie wieder so wie vorher. Das darf ich nicht zulassen.«

»Ich bin längst dein Komplize, Stephen.« Connor sah seinen Bruder ruhig an. »Seit der Sekunde, als ich dir die fünfhunderttausend Dollar gegeben habe, obwohl ich verdammt gut wusste, dass du Wahlkampfgelder veruntreut hast. Das ist ein Verbrechen. Deshalb kann ich kaum tiefer in die Sache hineingeraten, als ich es bereits bin. Es sei denn, du hast jemanden umgebracht und verlangst nun von mir, die Leiche zu vergraben.«

Stephen seufzte tief. »Also gut. Das, was ich dir über meine Schulden erzählt habe, war nur ein Teil der Geschichte. Der Rest geht um den Mann, dem ich das meiste davon schuldete.«

»Wer ist das?«

»Philip Walker.«

»Philip Walker.« Connor zog nachdenklich die Augenbrauen zusammen. »Dieser Name kommt mir bekannt vor.«

»Er ist ein ziemlich mächtiger Immobilieninvestor. Und er ist viel, viel schmutziger und kaltblütiger, als ich geglaubt habe.« In kurzen Worten machte Stephen Connor mit den Einzelheiten der ganzen Geschichte vertraut, von dem Zeitpunkt, als Walker ihm die hunderttausend Dollar gegeben hatte, bis zu seinem Versuch, Stephen zu erpressen, ihm den Auftrag über die öffentlichen Parkplätze zu geben. »Ich habe keine Ahnung, wie er von meiner Spielsucht erfahren hat«, schloss er. »Aber er kennt genügend Einzelheiten, um unsere Familie zu ruinieren und mich ins Gefängnis zu bringen.«

»Und du hast es nicht für nötig gehalten, mir das alles zu erzählen? Nicht einmal nach dem Abend, als ich nach Leaf Brook kam und dich betrunken auf dem Sofa vorfand?«

»Ich bin verantwortlich für diesen Albtraum; ich wollte auch gern derjenige sein, der ihn zu Ende bringt. Ich hatte wirklich gehofft, ich könnte das alleine schaffen. Aber ich hatte keine Ahnung, zu welchen Mitteln Walker noch greifen würde, um das zu kriegen, was er will.«

Connor runzelte die Stirn und versuchte das, was er gerade erfahren hatte, zu verarbeiten. Irgendetwas beunruhigte ihn zutiefst, aber er konnte nicht sagen, was es war. »Was glaubst du, steckt Walker hinter allen Autodiebstählen, oder ist er nur für den Diebstahl von Kirsons Wagen verantwortlich?«

»Gute Frage. Ich weiß es nicht.«

»Es lohnt sich, das herauszufinden. Vor allem in den Fällen, wo die Autos auf privaten Parkplätzen abgestellt waren, deren Eigentümer sich nun vielleicht unter Druck gesetzt fühlen, ihre Parkplätze an Walker abzutreten, weil er ihnen die nötige Sicherheit bietet. Wenn das so ist, ist er ein noch skrupelloseres Schwein, als wir annehmen. Er bietet kleineren Unternehmern einen guten Anreiz zu verkaufen.«

»Ja, ich weiß.« Stephen sammelte noch einmal seine ganze Kraft zusammen. »Connor, es gibt da noch etwas, was mich beunruhigt. Dass mich diese Typen so zusammengeschlagen haben, ist mit großer Wahrscheinlichkeit Walkers Antwort darauf, dass ich Anweisung gegeben habe, sein Unternehmen genau unter die Lupe zu nehmen. Natürlich könnte er das auf vielfache Weise herausgefunden haben. Aber es ging so schnell. Wie hat er das geschafft? Ich habe die Sache doch erst heute Morgen ins Rollen gebracht, als ich mit Cliff, Greg und Marty zusammengesessen habe.«

»Glaubst du wirklich, dass das der Grund für den Überfall war?«

»Hm. Als die Burschen abzogen, riefen sie mir zu: ›Es ist vorbei mit der Schnüffelei‹. Das bedeutet, dass sie genau wussten, was ich vorhatte. Und das wiederum bedeutet, dass Walker über ein gut funktionierendes und breites Netzwerk verfügt.«

»So könnte es tatsächlich sein.« Connor runzelte die Stirn. »Nun, Cliffs Loyalität steht außer Zweifel. Wie steht es mit Greg und Marty – vertraust du ihnen?«

Ein Schulterzucken und ein Stöhnen. »Ich sehe keinen Grund, es nicht zu tun. Greg macht seit Beginn meiner Amtszeit einen Superjob, und Marty ist schon seit zwanzig Jahren Chef der Polizei.«

»Was ist mit ihren Kontakten? Mit wem könnten sie gesprochen haben, nachdem sie heute dein Büro verlassen haben?«

»Ich vermute, dass Cliff sich die juristischen Akten besorgt hat, Greg in sein Büro gegangen ist, um sämtliche Unterlagen über Walker Development herauszusuchen, die wir von früheren Geschäften mit ihnen besitzen, und Marty ins Hauptquartier gefahren ist, um das Strafregister einzusehen. Aber ich werde morgen früh als Erstes jedem Einzelnen genau diese Frage stellen. Vor allem Marty. Er hat ein großes Gebiet zu bearbeiten, selbst wenn er seine Recherchen per Computer durchführen kann. Vielleicht hat ihm jemand dabei geholfen.«

Connor verzog die Lippen. »Du glaubst, jemand von der Polizei könnte für die Geschichte verantwortlich sein?«

»Ich habe daran gedacht, ja.«

»Solche Deals könnten ziemlich heikel werden.«

»Das ist sehr gelinde ausgedrückt. Aber ich kann jetzt nicht zurück. Walker will diesen Vertrag bis Ende der Woche in der Tasche haben. Ich kann ihn ihm nicht geben. Ich würde es nicht einmal dann tun, wenn ich es könnte – nicht mehr zu diesem Zeitpunkt. Der Mann ist nicht nur ein betrügerischer Geschäftsmann. Er ist ein verdammter Verbrecher, der Schläger anheuert, um Menschen zu bedrohen und zu verprügeln. Wer weiß, wozu er noch in der Lage ist. Ich werde nicht zulassen, dass die Stadt Leaf Brook Geschäfte mit ihm macht. Auf keinen Fall. Deshalb muss ich etwas gegen ihn in der Hand haben – und zwar schnell. Ich muss unauffällig vorgehen, aber ich muss etwas tun. Das Problem ist herauszufinden, wem ich vertrauen kann.«

»Du spielst mit dem Feuer.«

»Welche Wahl bleibt mir denn? Ich muss diesen Mann unschädlich machen, wenn ich Brian schützen will.« Stephen trank das Wasser aus.

»Und wie willst du ihn bis dahin vor ihm bewahren?«

Stephen lächelte grimmig. »Indem ich dafür sorge, dass er nie mehr allein ist. Es wird in Zukunft für ihn nur noch den Weg von zu Hause in die Schule geben und den von der Schule nach Hause. Ende. Wir werden ihn persönlich bei Julia Talbot abliefern und ihn nach Schulschluss auch wieder dort abholen. Ich werde ihn selber zum Training begleiten und die ganze Zeit dabeibleiben. Schließlich sprechen wir nur über einen Zeitraum von wenigen Tagen.«

»Und Nancy? Welche Rolle spielt sie in der ganzen Angelegenheit?«

»Dieselbe Rolle, die sie immer gespielt hat – die einer unglaublich tollen Mom. Wenn du nach meiner Ehe fragst, ich weiß auch nicht, wie die Dinge im Moment stehen. Ich schätze, meine Frau steht kurz davor, mich vor die Tür zu setzen. Im Augenblick glaubt sie sicher, ich sei betrunken.«

»Ja, das vermute ich auch.« Connor verlangsamte das Tempo und bog in Stephens Straße. »Nancys Nerven liegen blank«, gab er zu. »Geh vorsichtig mit ihr um.«

»Verstanden. Aber im Moment ist es nicht Nancy, um die ich mich sorge. Sie kann eine Menge aushalten. Und diese Geschichte wird sie auf dieselbe stoische Weise meistern, mit der sie alles meistert. Entweder das, oder sie weint sich an Cliffs Schulter aus.«

Connor war der Hauch von Bitterkeit in der Stimme seines Bruder nicht entgangen. »Vergiss es, Stephen. Zwischen Nancy und Cliff ist nichts als pure Freundschaft. Das weißt du genauso gut wie ich.«

»Tatsächlich? Cliff ist ein interessanter Mann. Außerdem ist er mein bester Freund. Ich kenne ihn also ziemlich gut. Zu gut vielleicht. Ich würde meine Hand dafür ins Feuer legen, dass er mein Vertrauen niemals missbrauchen würde. Zumindest nicht durch Taten. Was seine Gefühle betrifft, steht auf einem anderen Blatt. Hast du dich je gefragt, warum er ständig neue Frauenbekanntschaften hat und noch nie etwas Ernstes daraus geworden ist? Warum bei ihm noch keine Beziehung länger als sechs Monate gedauert hat? Und vor allem, warum er sich so viel um Nancy kümmert? Wenn nicht, helfe ich dir gern auf die Sprünge. Weil er in sie verliebt ist.«

»Hat er dir das so gesagt?«

»Natürlich nicht. Er würde unsere Freundschaft und meine Ehe niemals gefährden, indem er das laut ausspräche. Aber wir wissen beide, dass es so ist.«

»Wenn es so ist, ist es einseitig.«

»Vielleicht, vielleicht auch nicht. Früher hätte ich dir zugestimmt. Aber inzwischen? Wer weiß? Nancy vertraut Cliff ihre Sorgen in letzter Zeit immer häufiger an, und ich kann es ihr nicht einmal verübeln. Ich bin schließlich nicht nominiert zum Ehemann des Jahres.« Stephen wurde still und sah zu, wie Connor in die Einfahrt bog. Dann kam das Haus in Sicht. »Willst du die Wahrheit wissen?«, fragte er schließlich, und in seinen Worten lag völlige Resignation. »Selbst wenn aus dem, was Nancy für Cliff empfindet, mehr würde als Freundschaft, ich bin viel zu kraftlos, um irgendetwas dagegen tun zu können.«

Connor und Stephen waren kaum zur Tür herein, als sie über sich Fußgetrappel hörten. Einen Moment später kam Brian die Treppe heruntergerannt.

»Dad!« Er blieb erschrocken stehen, als er seinen Vater sah. »Was ist mit dir passiert?«

Stephen zwang sich zu einem Lächeln. »Ich habe versucht, mein Auto zu reparieren. Aber ich habe mich dabei wohl nicht besonders geschickt angestellt. Jedenfalls habe ich mich mehrmals ordentlich geschnitten, mir zweimal den Kopf gestoßen, und als ich herausgekrochen bin, habe ich mir auch noch den Auspuff ins Auge gerammt. Ich sehe sicher ziemlich übel aus, was?«

Nancy war unbemerkt hinter ihrem Sohn aufgetaucht. Sie starrte Stephen fassungslos an.

»Hallo«, begrüßte Stephen sie leise. »Schau mich nicht so entsetzt an. Es geht mir gut.«

»Schön.« Sie räusperte sich und wandte sich Brian zu. »Okay, unsere Vereinbarung fängt jetzt an. Zehn Minuten mit Dad, dann geht es ins Bett. Morgen früh kümmern wir uns um dein Ohr, ja?«

»Was ist mit seinem Ohr?« Sonst war Stephen nicht so besorgt. Aber er war auch normalerweise nicht so wachsam, wenn es um das Wohlergehen seines Sohnes ging. Seine Nerven waren so angespannt, dass ihn im Moment sogar ein simpler Schmerz im Ohr in Angst und Schrecken versetzte.

Nancy sah ihn aufmerksam an. »Er klagt darüber, seit Connor gefahren ist.«

»Ja«, bestätigte Brian. »Es ist, als ob ich einen Tunnel im Ohr hätte. Immer wenn ich etwas sage, höre ich ein Echo. Auch wenn einer von euch etwas sagt. Und es tut weh. Ich brauche bestimmt ein bisschen von dieser Medizin, die so lecker nach Kaugummi schmeckt.«

»Bestimmt.« Nancy nickte. »Ich werde gleich morgen früh einen Termin beim Kinderarzt vereinbaren. Auf dem Nachhauseweg leihen wir uns ein Video aus, und dann machst du dir einen gemütlichen Tag im Bett.«

Connor und Stephen tauschten einen kurzen erleichterten Blick. Sie freuten sich nicht, dass Brian krank war, aber ihn morgen sicher zu Hause zu wissen war eine beruhigende Vorstellung.

Brian war gar nicht begeistert. »Aber dann verpasse ich mein Training.«

»Pitcher brauchen zwischen den Spielen ein paar freie Tage, um ihren Arm zu schonen«, erinnerte Connor ihn.

»Okay, aber was ist mit meiner Baseballkappe?«, fragte er. »Woher soll ich wissen, ob jemand in der Schule sie gefunden hat?«

Connor sah, dass Stephen zusammenzuckte, als sein Sohn die Baseballkappe erwähnte. Sofort schrillten bei ihm sämtliche Alarmglocken. Das Schlimmste wäre jetzt, wenn Brian die Ängste seines Vater bemerken und Fragen stellen würde. Stephen musste erst ganz in Ruhe mit Nancy über Walkers Drohung gegen Brian sprechen.

Ganz plötzlich hatte er eine Idee, wie er zwei Fliegen mit einer Klappe schlagen konnte: Er konnte Brian und Nancy von Stephen ablenken und zugleich an eine Person herankommen, mit der er unbedingt sprechen wollte, aus verschiedenen Gründen.

»Pass auf, Sportsfreund«, schlug er Brian vor. »Ich fahre

gleich morgen früh zur Schule. Ich besorge mir die Hausaufgaben von Miss Talbot und erkundige mich, ob deine Baseballkappe gefunden wurde.«

Damit war Brian zufrieden. »Okay. Aber du sagst ihr auch, wie wichtig sie für mich ist, ja?«

Connor lächelte. »Das brauche ich sicher nicht. Wir reden doch von Miss Talbot. Sie ist genauso versessen auf dein Baseballspiel wie du.«

Erleichterung breitete sich auf Brians Gesicht aus. »Du hast Recht. Sie wird meine Kappe bestimmt finden. Oder du.« Er verzog das Gesicht und fasste sich mit der linken Hand ans Ohr.

»So, mein Lieber. Jetzt gibt es noch Medizin, und dann geht es ab ins Bett«, verkündete Nancy. Ihre Stimme klang ungewöhnlich schrill, und Connor sah ihr nach, wie sie ins Bad ging und eine Minute später mit einem Tablettenröhrchen und einem Glas Wasser wieder herauskam. Ihre Hand zitterte, als sie Brian die Medizin gab, und Connor fragte sich, wie lange sie noch durchhalten würde.

»Aber Dad ist doch gerade erst nach Hause gekommen«, protestierte Brian, nachdem er brav seine Tabletten geschluckt hatte.

»Dad sieht noch müder aus als du. Er bekommt jetzt schnell etwas zu essen, dann schicke ich ihn auch ins Bett.«

Brian nickte widerstrebend. »Okay. Dann gute Nacht.« Er lief zur Treppe, dann stoppte er plötzlich und drehte sich noch einmal zu seinem Vater um. »Dad, bist du morgen beim Frühstück noch hier?«

»Klar.« Mit schmerzverzerrtem Gesicht ging Stephen auf seinen Sohn zu, legte die Hände auf seine Schultern und sah auf ihn hinab. Sein Gesicht wirkte gequält, und Connor wusste genau, dass das nicht von seinen Verletzungen kam. »Wie wäre es mit Waffeln morgen früh? Sie wirken Wunder bei Ohrenentzündungen und zerkratzten Gesichtern.«

Ein Hoffnungsschimmer trat in Brians Augen. Für ihn war die Geste seines Vaters ein Rettungsanker, ein Zeichen dafür, dass alles wieder gut werden würde. »Waffeln wären super.« Er sah seinen Vater an. »Unser Auto hat deinem Gesicht wirklich ganz schön wehgetan. So sah Donny Simms auch aus, als er Mitch Pratt und Krissy Halpern rote Ameisen ins Sandwich gesteckt hatte und sie ihn deshalb verprügelt haben. Mitch hat ihm nur eine blutige Lippe verpasst, aber Krissy hat ihn geboxt, bis sein ganzes Gesicht dick war. Autos tun sicher noch mehr weh.« Mitleidig tätschelte er die Hand seines Vaters. »Vielleicht hilft ja Eis.«

»Bestimmt.«

»Nacht, Daddy.«

»Gute Nacht, Brian.« Stephen stützte sich am Treppengeländer ab und sah Brian nach, bis er auf der oberen Etage verschwunden war.

Das Telefon klingelte.

»Ich gehe ran«, meinte Nancy. Sie lief in die Küche und warf Stephen dabei einen nervösen Blick zu. Es sah so aus, als würde sie im nächsten Moment vor ihrem Mann zusammenbrechen. »Sobald ich den Anrufer oder die Anruferin abgewimmelt habe, reden wir.«

Stephen sank auf die unterste Treppenstufe und lehnte den Kopf gegen die Wand.

»Ich gehe in mein Zimmer. Ihr zwei müsst jetzt allein sein«, meinte Connor rasch.

»Okay.« Stephen seufzte. »Es ist gut, dass Brian morgen mit Nancy zu Hause bleibt. Das verschafft mir etwas Zeit für meine Nachforschungen, ohne dass ich mir Sorgen machen muss, dass das irgendwelche Folgen hat.«

»Für einen Tag ja.« Connor nickte. Er warf einen bedeutungsvollen Blick in Richtung Küche. »Nancy ist in einem verheerenden Zustand.«

»Kein Wunder.« Unter großen Mühen stand Stephen wieder auf. »Ich werde ihr nichts von der Drohung gegen Brian erzählen. Alles andere ja, aber das nicht.«

Connor sah ihn entsetzt an. »Was?«

»Sie würde es nicht verkraften, Connor. Und ich kann mich nicht auch noch um sie kümmern. Zumindest nicht im Moment. Ich muss mich darauf konzentrieren, Brian zu beschützen und mir Walker vom Hals zu schaffen. Sobald ich die Zügel wieder in der Hand halte, werde ich ihr alles erzählen.«

»Nancy ist Brians Mutter.«

»Und ich bin sein Vater. Ich werde die Sache schon hinkriegen.«

»Das sagst du ständig.« Connor sprach mit gedämpfter Stimme, damit Brian auf keinen Fall etwas mitbekam. »Aber die Wahrheit ist, dass du überhaupt nichts hinkriegst, verdammt noch mal.«

»Und ob ich das tue. Ich werde es schaffen.« Die Entschlossenheit war in Stephens Augen zurückgekehrt, der Trotz, der ihn jedes Mal packte, wenn er zur Verantwortung gezogen wurde und sehr wohl wusste, dass seine Spielsucht ihn mal wieder in größte Schwierigkeiten gebracht hatte. Sein Leben geriet außer Kontrolle, und er schlug jedes Mal wild um sich, in dem verzweifelten Versuch, es wieder ins Gleis zu bringen. »Ich brauche nur ein paar Tage. Es würde weder mir noch Nancy etwas nützen, wenn ich es ihr vorher sagte. Sie kann mir ohnehin nicht helfen. Niemand kann mir helfen. Ich habe mich in diesen Schlamassel hineingebracht, ich werde mich auch wieder herausbringen. Ich werde meinen Sohn und meine Frau schützen. Ich werde auch den Namen meiner Familie schützen. Ich werde das alles hinkriegen. Nenn mich ruhig einen Feigling, wenn du willst, aber lass mich endlich in Ruhe.«

Ehe Connor antworten konnte, kam Nancy zurück. Sie war aschfahl im Gesicht. »Julia Talbot war am Telefon. Sie hat nun ernsthaft Angst um Brian. Er zeige Anzeichen einer Depression, sagt sie. Er isoliert sich immer mehr und scheint sich die Schuld an dem zu geben, was hier zu Hause los ist. Sie sagt, es würde immer schlimmer.«

Stephen erhob sich schwankend, aus Trotz wurde Panik. »Und was hast du ihr geantwortet?«

»Ihr geantwortet?« Nancy fuhr sich mit bebenden Händen durchs Haar. »Ich habe ihr gar nichts geantwortet. Ich weiß ja auch nichts. Ich habe irgendetwas gefaselt, dass ich im Moment schlecht reden könnte. Ich habe ihr gesagt, Brian wäre krank und würde mich brauchen. Ich habe sie praktisch abgewimmelt.« Hysterie erfüllte ihre Stimme. »Stephen, was um alles in der Welt ist los? Wer hat dich so zugerichtet? In welchen Schwierigkeiten steckst du?«

Connor sah, dass sein Bruder wütend wurde, und beschloss einzugreifen, um den bevorstehenden Streit im Keim zu ersticken.

»Stephen, lass es«, zischte er ihm zu und grub seine Finger in seinen Arm. »Brian ist noch wach. Julia sagt, er wäre ohnehin schon ein emotionales Wrack. Mach die Sache nicht noch schlimmer. Was immer du mit Nancy zu verhandeln hast, tu es bitte leise. Der arme Junge kriegt schon so viel zu viel ab. Bitte, denk an deinen Sohn.«

Es war der einzige Weg, um Stephen zur Vernunft zu bringen. Connor war deshalb nicht überrascht, als die blinde Wut im Gesicht seines Bruders erlosch. »Ja, du hast Recht.«

Connor drehte sich um und schaute rasch zu Nancy. »Versuch ruhig zu bleiben«, beschwor er sie. »Bitte. Das ist das Beste für alle.«

Sie nickte, und Connor verzog sich in Richtung seines Zimmers. Er hatte getan, was er tun konnte.

Aber als er im Flur ihre gedämpften zischenden Stimmen hörte – Stephen erfand eine Geschichte über einen politischen Gegner, dem er eine große Summe Geld schuldete und der ihn nun erpresste, woraufhin Nancy verbittert und tränenerstickt antwortete, dass seine Spielsucht ihr ganzes Leben zerstörte –, fragte er sich, ob er mit dem, was er sagte oder tat, überhaupt etwas erreichen würde.

Und zwar nicht nur, dass die Ehe seines Bruders gerettet würde, sondern auch, dass der Name Stratford und das von ihnen geschaffene Imperium nicht wie ein Kartenhaus zusammenbrach.

16

10. April
8.25 Uhr

Julia saß schon früh an ihrem Schreibtisch, ganz so wie Connor es erwartet hatte.

Er blieb einen Moment in der Tür zum Klassenzimmer stehen und sah zu, wie sie irgendwelche Unterlagen ordnete. Ihr dunkler Kopf war über ihre Arbeit gebeugt, ihr Gesicht konzentriert. Ein Lächeln umspielte ihren Mund, und sie kaute auf ihrer Unterlippe, als sie das, was sie gerade so amüsiert hatte, noch einmal durchlas. Sie merkte nicht, dass sie beobachtet wurde, und spielte an ihrem Halsschmuck. Ihre Finger umschlossen das zarte Goldkettchen und dann das winzige Herz, das daran hing.

Connor wurde plötzlich bewusst, wie er sie anstarrte und zusah, wie ihre Finger über ihre nackte Haut glitten, vom Hals hinab über ihr Schlüsselbein bis zum Ansatz ihrer Brüste.

Verdammt, sie erregte ihn. Er wollte sie. Und zwar nicht nur, weil er unbedingt etwas tun musste, um sie von seinen

Familiengeheimnissen abzulenken, sondern weil die Faszination, die sie von Anfang an auf ihn ausgeübt hatte, inzwischen zu einer Obsession geworden war.

Noch immer brannte der Kuss in ihm, den sie in ihrer Wohnung mit ihm getauscht hatte. Die Erinnerung daran hatte ihn in den letzten drei Nächten wach gehalten. Und nun? Meine Güte, er wurde schon hart, wenn er nur zusah, wie sie mit ihrer Halskette spielte.

Julia schien seinen Blick zu spüren, denn sie hob ganz plötzlich den Kopf und sah ihn an.

»Connor.« Sie ließ das Blatt sinken und erhob sich langsam hinter ihrem Schreibtisch. »Was kann ich für dich tun?«

Er ging zu ihr hinüber. »Ich muss dich dringend sprechen.«

»Ich muss arbeiten.«

»Dein Unterricht beginnt erst in einer Viertelstunde. Außerdem hat das, was ich mit dir zu besprechen habe, mit deiner Arbeit zu tun. Es geht um Brian.«

Sie warf ihm einen argwöhnischen Blick zu. »Was ist mit Brian?«

»Er ist krank. Ich bin hier, um mich zu erkundigen, welchen Unterrichtsstoff er verpasst und was er zu Hause machen kann, um es aufzuholen.«

Julia sah ihn durchdringend an. »Ist er wirklich krank?«

»Natürlich. Das hat dir seine Mutter doch gestern Abend gesagt.«

»Ich weiß, was sie mir gesagt hat. Aber ich bin mir nicht sicher, ob ich ihr das glauben soll.«

Connor hob die Augenbrauen. »Warum sollte sie dich anlügen?«

»Darauf hätte ich gern von dir eine Antwort. Sie klang gestresst. *Sehr* gestresst. Es kam mir so vor, als hätte sie das nur gesagt, um mich irgendwie loszuwerden.«

»Sie war mit Brian beschäftigt, als du angerufen hast«, antwortete Connor. »Er hatte Ohrenschmerzen, und sie haben heute einen Termin beim Kinderarzt. Ich bin sicher, dass er bald wieder ganz gesund sein wird. Ohrenentzündungen sind zwar schmerzhaft, lassen sich aber heutzutage gut beheben.«

»Richtig.« Julia lächelte nicht. Stattdessen betrachtete sie Connor aufmerksam und klatschte dann in die Hände. »Du bist sehr gut, weißt du das? Vielleicht bist *du* derjenige, der in die Politik gehen sollte?«

»Was meinst du damit?«

»Ich meine damit, dass du ein ziemlich geschickter Rhetoriker bist. Du hast eine bemerkenswerte Art, Informationen weiterzugeben – natürlich nur die Informationen, die du gern weitergeben möchtest.«

»Ich habe dir die Wahrheit gesagt.«

»Zumindest in Teilen.« Sie räusperte sich. »Aber du bist ja gekommen, um dich zu erkundigen, welchen Stoff wir durchnehmen, und Arbeitsmaterial für Brian mit nach Hause zu nehmen. Ich werde es dir holen.«

Sie ging zu Brians Tisch hinüber und zog ein Lesebuch und einen Schnellhefter darunter hervor. Dem Schnellhefter entnahm sie ein einzelnes Blatt Papier, auf das sie einige Anweisungen schrieb. »So.« Sie reichte Connor den Stapel. »Das müsste alles sein, was Brian braucht. Seine Mathesachen hat er bereits zu Hause. Sag ihm, er soll nur so viel tun, wie er kann. Wenn er sich zu krank fühlt, soll er seine Schulbücher Schulbücher sein lassen. Und richte ihm bitte gute Besserung von mir aus.«

»Danke, das werde ich tun.« Connor nahm Bücher und Schnellhefter in Empfang, machte aber keine Anstalten zu gehen.

»Gibt es noch etwas?« fragte Julia.

»Ja. Ich habe Brian versprochen, mich nach seiner Baseballkappe zu erkundigen. Er hat sie gestern Nachmittag verloren. Das macht ihm mehr zu schaffen als seine Ohrenschmerzen.«

Julia war erstaunt. »Er hat mir gar nicht erzählt, dass er sie verloren hat.«

»Es ist in der Nachmittagspause passiert.« Connor sah sie vielsagend an. »Vielleicht war er deshalb gestern so verstört. Die Kappe ist sein Glücksbringer.«

»Ich weiß.« Sie zeigte zur Tür. »Wir könnten kurz bei der Fundstelle nachfragen. Wahrscheinlich liegt sie da.«

Connor hielt sie am Arm fest, als sie an ihm vorbei wollte. »Es gibt einen dritten Grund, weshalb ich hier bin. Ich wollte dich sehen.«

Julia erstarrte. Aber sie zog ihren Arm nicht fort. »Wieso?«

»Du hast unsere Verabredung einfach abgesagt. Übrigens ohne mir eine Chance zu geben, zu reagieren. Ich möchte unser Treffen gern nachholen.«

»Connor ...«

»Das, was zwischen uns passiert, hat nichts mit Brian zu tun«, meinte er knapp. »Du weißt das, und ich weiß es auch. Errichte keine Mauern, wo es keine gibt.«

Dieses Mal entzog sie sich seinem Griff. »Offenbar kannst du die Welt in viele kleine Abteilungen aufteilen. Ich kann das nicht. Meine Gefühle überschneiden sich ab und zu.«

»Und das heißt?«

Julia blickte hastig zur Tür, um sich zu vergewissern, dass sie noch immer allein waren. »Das, was zwischen uns passiert, ist sexuelle Anziehung. Also gut, vielleicht ist es auch mehr«, fügte sie rasch hinzu, als sie seinen zweifelnden Blick sah. »Ich weiß es nicht. Was ich jedoch weiß, ist, dass ich dir nicht voll und ganz vertraue. Und ich bin mir nicht einmal sicher, dass ich dich mag.«

Ihre Offenheit forderte ihn heraus. »Also gut. Dann sollten wir uns zusammensetzen und darüber reden.« So leicht ließ er sich nicht abschütteln. »Geh heute Abend mit mir essen.«

Eigentlich wollte sie nein sagen. Vor allem nach dem, was sie ihm gerade an den Kopf geworfen hatte.

»Wir sind sehr verschieden«, begann sie schließlich umständlich, in dem Versuch, ihren inneren Konflikt irgendwie zu lösen. »Das gilt sogar auch für unsere Prioritäten.«

»Vielleicht, vielleicht auch nicht. Woher sollen wir das wissen, wenn wir unsere gegenseitigen Prioritäten nicht einmal kennen? Ach, und dann sind da ja auch noch unsere Prinzipien. Die hatten wir auch noch nicht ausdiskutiert, erinnerst du dich?«

Er spürte, wie ihre Entschlossenheit schwand. »Ich erinnere mich.«

»Erinnerst du dich auch an unsere Abmachung, diese Woche einige Abende zusammen zu verbringen?«

Ein kurzer Blick. »Das war *deine* Abmachung, wenn ich mich recht entsinne.«

»Also gut, *meine* Abmachung.« Er kam einen Schritt näher, wendete keinen Blick von ihr. »Geh mit mir essen.«

Die Anziehungskraft zwischen ihnen siegte, das spürte Connor ganz genau.

»Was ist mit Brian?«, murmelte sie. »Wird er dich nicht vermissen?«

»Er wird den Abend mit seinen Eltern verbringen. Und ich mit dir.« Connor beugte sich vor, bis ihre Gesichter nur noch wenige Zentimeter voneinander entfernt waren. Aber er machte keinen weiteren Versuch, sie zu berühren. »Wir können reden, uns näher kennen lernen. Das würde deinen sich überschneidenden Emotionen doch sicher zugute kommen.«

Julia fuhr mit der Zunge über ihre trockenen Lippen. »Möglicherweise.«

»Gut. Da es ... mitten in der Woche ist, sollten wir uns

nicht zu spät treffen. Was hältst du davon, wenn ich dich um sechs abhole?« Er zuckte mit den Mundwinkeln. »Mir ist bewusst, dass heute noch nicht Samstag ist. Ich werde also zu deiner Wohnung hinaufkommen, aber ich werde die Schwelle nicht übertreten. Ich warte draußen auf dem Flur auf dich, okay?«

»Okay.«

Gelächter und Stimmen unterbrachen sie. Die Schüler und Schülerinnen kamen durch das Schultor gestürmt und begannen, sich auf ihre Klassen zu verteilen.

Julia trat einen Schritt zurück. Sie schaute auf die Uhr und ging dann zu ihrem Schreibtisch. »Es ist schon spät. Leider habe ich keine Zeit mehr, dich zur Fundstelle zu begleiten.«

»Kein Problem. Ich werde alleine hingehen. Brian hat mir genau erklärt, wo sie ist. Er brennt darauf, seine Kappe zurückzubekommen.« Connor klemmte die Bücher unter seinen Arm. »Also dann bis heute Abend.«

»Connor, warte noch.« Julia griff nach ihrer Tasche. Sie wühlte kurz darin herum, dann fand sie, wonach sie suchte. Sie ging zu ihm und gab es ihm. »Hier.«

Connor spürte etwas Weiches an seiner Haut. Erstaunt blickte er hinab und sah die knallrote Kaninchenpfote, die sie in seine Hand gelegt hatte.

»Das war früher immer mein Glücksbringer auf dem Baseballfeld«, erklärte sie. »Mein Dad hat sie mir geschenkt, als ich neun war. Sag Brian, er kann sie behalten, solange er sie braucht. Sie hat seine Mannschaftsfarbe und trägt die guten Wünsche meines Dads. Ich gebe dieses Glück an ihn weiter.« Ein sanftes Lächeln. »Dabei braucht Brian gar keinen Glücksbringer. Er hat Talent, Sensibilität und einen Haufen Menschen, die ihn für den Besten halten. Da kann eigentlich gar nichts schief gehen. Also soll er seine Medizin nehmen und schnell wieder gesund werden. Sag ihm das.«

Connor drehte die Kaninchenpfote in seiner Hand und wusste ganz genau, dass dieses Geschenk Brian großen Auftrieb geben würde. Julia Talbot hatte wirklich unglaublich großes Gespür für den Jungen. »Danke«, antwortete er. Er konnte sich nicht erinnern, jemals gerührter gewesen zu sein als bei dieser Geste. »Ich werde es ihm sagen.«

11.50 Uhr

Nancy stieß die Haustür auf. Ihre Schläfen pochten heftig, als sie Brian vor sich her ins Haus schob.

Erst hatten sie endlos lange in der Praxis des Kinderarztes warten müssen, danach hatten sie wieder gewartet, während der Apotheker ihnen die Medizin heraussuchte, die der Arzt Brian verschrieben hatte. In seiner Hektik hatte der arme Mann die allerletzte Flasche Antibiotikum dann auch noch fallen lassen. Mit tausend Entschuldigungen gab er Nancy den Rest mit, der sich noch in der Flasche befand, versicherte ihr, dass er mindestens für zwei Tage ausreichen würde, und versprach ihr, ihr am nächsten Tag eine neue Flasche zu besorgen. Sie hatte schließlich eingewilligt und war froh, endlich aus der Apotheke herauszukommen. Sie musste noch etwas anderes erledigen und wollte gern nach Hause, ehe der Mittagsverkehr einsetzte und die Straße verstopfte.

Eine Ewigkeit später kamen sie mit einer halb vollen Flasche Medizin, einem brandneuen Video und einer extra großen Schachtel Schokoladenkugeln zu Hause an.

Sie war ein Nervenbündel. Nicht wegen Brians Ohrenentzündung – die hatte sie im Laufe von Brians Leben schon ein halbes Dutzend Mal mitgemacht –, sondern wegen des gestrigen Abends. Zunächst der Schock, als sie Stephen sah, nicht betrunken, sondern verprügelt und übersät mit Blutergüssen. Dann der Telefonanruf von Julia Talbot, der ihren schlimmsten Befürchtungen nur neue Nahrung gegeben hatte. Und schließlich der Streit mit Stephen. Es war die hässlichste Auseinandersetzung gewesen, die sie je gehabt hatten. Gut, sie hatten ihre Stimmen gedämpft gehalten, die Selbstbeherrschung nicht verloren und sich bemerkenswert zivil verhalten. Aber die Wut war deutlich zu spüren gewesen, hatte unter der Oberfläche geschwelt, während sie sich gegenseitig mit bösen Anschuldigungen und Vorwürfen überhäuften.

Sie war völlig verzweifelt. Und Stephen, statt einzusehen, in welch vertrackte Lage er sie alle gebracht hatte, reagierte gereizt und ungerecht und verlangte von ihr, sich aus allem herauszuhalten und ihm Zeit zu lassen, die Sache alleine in Ordnung zu bringen. Er hatte ihr bittere Vorwürfe gemacht, weil sie ihm nicht vertraute, und sie angeherrscht, ihn endlich in Ruhe zu lassen.

Zum ersten Mal fragte sie sich, ob ihre Ehe das alles überstehen würde.

»Mom, darf ich das Video in meinem Zimmer anschauen?« Brian riss sie aus ihren trüben Gedanken. Er sah blass und übermüdet aus, viel schlechter als sonst bei einer Ohrinfektion.

Nancy beugte sich vor und umarmte ihn. »Natürlich, Liebling. Ich mache dir einen Teller Hühnersuppe und ein Sandwich und bringe es dir nach oben.«

»Ich habe eigentlich gar keinen Hunger.«

Sie sah ihn besorgt an. »Du musst aber Hunger haben. Du hast heute Morgen von den Waffeln schon kaum etwas gegessen.«

»Das hat Dad auch nicht. Und er ist viel größer als ich und hat sich wesentlich schlechter gefühlt.«

Nancys Brust zog sich zusammen. »Dad sah heute Morgen schon wieder viel besser aus. Sein Gesicht war kaum noch geschwollen.«

»Ja, aber es muss ihm immer noch wehgetan haben, denn er war schrecklich schlecht gelaunt. Er hat Onkel Connor angeschrien. Und ich habe ihn heute Nacht herumlaufen hören.«

»Warst du denn wach?«

»Mein Ohr hat so wehgetan.« Brian sah zu Boden, und Nancy hatte das unangenehme Gefühl, dass es nicht nur das Ohr gewesen war, das Brian wach gehalten hatte.

Seine nächste Frage bestätigte ihre Befürchtung. »Bist du böse auf Dad?«

Sie schluckte hart. »Nein, Brian, ich bin nicht böse auf Dad.«

»Du siehst aber böse aus. Und du klingst auch böse. Genauso wie Dad.«

Sie musste etwas sagen, um ihn zu beruhigen. Andererseits wollte sie nicht lügen. Deshalb entschied sie sich für die halbe Wahrheit. »Dad arbeitet in letzter Zeit sehr viel. Er ist müde. Und ich auch. Vielleicht sind wir deshalb nicht so geduldig wie sonst. Es tut mir Leid, wenn wir dich beunruhigt haben.« Sie tippte an Brians Kinn, in dem verzweifelten Versuch, den Schmerz in seinem Gesicht zu lindern. »Liebling, das alles hat nicht das Geringste mit dir zu tun. Du bist die größte Freude in unserem Leben. Dad und ich, wir lieben dich beide sehr. Das weißt du doch, oder?«

Brian nickte, aber der traurige Ausdruck war noch immer da. »Ja, Mom, das weiß ich.«

13.15 Uhr

Stephen lief unruhig in seinem Büro auf und ab und kam sich vor wie ein Hamster in seinem Laufrad. Er rannte und rannte, so schnell er konnte, aber irgendwie kam er nicht vom Fleck.

Weder Cliff noch Marty oder Greg hatten irgendetwas über Walker Development ausfindig machen können. Noch nicht. Aber natürlich hatte er ihnen auch keine Anweisung gegeben, dies als oberste Priorität zu behandeln. Schließlich kannten sie den wahren Grund nicht, warum er Philip Walker so genau unter die Lupe nahm. Und er konnte auch nicht riskieren, es ihnen zu sagen. Nicht ohne unangenehme Erklärungen abgeben zu müssen. Außerdem wusste er nicht, wer den Vertrauensbruch begangen und Walker verraten hatte, dass er ihn überprüfen ließ. Das Schlimmste wäre, wenn derjenige, der das gewesen war, herausfand, dass er die Sache immer noch verfolgte – mit zunehmender Dringlichkeit und trotz der Prügel, die er bezogen hatte und die ihm eine Warnung sein sollten.

Nein, das Problem und der Druck lagen ganz bei ihm. Er musste allein etwas gegen Walker herausfinden. Jetzt.

Er ging zum Fenster hinüber und lehnte die Stirn gegen das kühle Glas. Im Gegensatz zu seinen Kollegen war er nicht mit Nachforschungen zu Walker Development beschäftigt. Er kümmerte sich um Philip Walker selbst, unternahm den einen oder anderen Telefonanruf, um zu sehen, was der Mann so trieb. Sobald er auch nur den geringsten Anhaltspunkt fand, sich dieses Schwein zu schnappen, würde er es tun. Abschaum wie dieser Walker machten in irgendeiner Phase ihres Lebens Fehler. Und ein winziger Fehler war die einzige Munition, die er benötigte. Eine kleine Leiche, die Walker im Keller hatte. Wenn er die entdeckte, hatte er einen Grund für ein Tauschgeschäft. Sein Schweigen gegen das von Walker.

Schon bei dieser Vorstellung wurde ihm schlecht. Philip Walker gehörte hinter Gitter. Aber wenn Stephen versuchte ihn dorthin zu bringen, würde alles – sein eigenes Leben und das Leben seiner gesamten Familie – den Bach runtergehen.

Das durfte er nicht zulassen. Er musste seinen Plan durchziehen, Walker ausbremsen, ihn aus seinem Leben schaffen und sämtliche Geschäftsverbindungen zu ihm kappen.

Aber wie? Er musste sich beeilen. Zugleich musste er sich unauffällig verhalten. Walker würde jede seiner Aktionen ganz genau beobachten. Er brauchte einen anderen, der seine schmutzige Arbeit erledigte, der Walker ausspionierte, ohne ihn da hineinzuziehen. Er brauchte einen Profi.

Wie als Antwort auf seine Gedanken klopfte es an der Tür. Cliff streckte den Kopf herein. »Gut, dass du da bist. Celeste saß nicht an ihrem Schreibtisch, und da ...« Er hielt inne und sah in das Gesicht seines Freundes. »Was zum Teufel ist denn mit dir passiert?«

»Autopanne.« Stephen hatte seine Erklärung inzwischen perfektioniert, nachdem er sie Dutzende Male abgegeben hatte. Er erzählte den Vorfall erneut, von Anfang bis Ende, und schloss mit den Worten: »Sollte ich je auf die Idee kommen, Automechaniker zu werden, musst du mich unbedingt davon abhalten, ja?«

Stirnrunzelnd kam Cliff näher und betrachtete Stephens Verletzungen. »Bist du sicher, dass du okay bist? Du hast dich ja ordentlich geschnitten.«

»Ganz sicher. Gestern Abend habe ich mich allerdings nicht so gut gefühlt. Wenn Connor nicht gewesen wäre, hätte ich vermutlich die ganze Nacht auf dem Parkplatz liegend verbracht. Er hat mich nach Hause geholt, und Nancy hat mich verarztet. Jetzt geht es wieder.«

»Gut.« Wie üblich schien Cliff Stephens Erklärung zu akzeptieren. Er trank einen Schluck Kaffee. »Ich bin auf dem Rückweg vom Gericht. Ich wollte mich nur vergewissern, dass du mitbekommen hast, dass dein Vater am Donnerstag aus Connecticut kommt. Ich weiß nicht, ob Connor das erwähnt hat.«

»Hat er. Hast du mit meinem Vater gesprochen?«

Er nickte. »Er wollte deine Meetings gestern nicht stören. Außerdem wusste er ja, dass entweder Connor oder ich dir Bescheid geben würden.« Eine taktvolle Pause, in der Cliff seine Tasse begutachtete. »Ich würde mir wegen des Besuchs keine allzu großen Sorgen machen. In den Umfragen stehst du gut da. Es müsste alles glatt gehen.«

Stephen sah ihn an. »Ja.«

Cliff räusperte sich. »Möchtest du, dass ich dabei bin, wenn er kommt?«

»Das wäre vielleicht ganz gut. Du und Connor an meiner Seite. Eine vereinte Front gegen einen furchterregenden Gegner.«

»So schlimm kann es doch nicht sein.« Cliff lachte, aber in seinem Blick lag Verständnis. Er kannte Harrison Stratford nun schon seit vielen Jahren, sowohl persönlich als auch beruflich, und er hatte gelernt, seine allmächtige Gegenwart niemals zu unterschätzen. Außerdem wusste er sehr wohl, welche Erwartungen er an Stephen stellte. »Immerhin bist du schon mit einem Fuß im Senat. Das müsste ihn friedlich stimmen.«

»Darauf würde ich nicht wetten.« Stephen rieb sich den Nacken. Er musste jetzt endlich auf das Thema kommen, das ihm unter den Nägeln brannte. »Sag mal, Cliff, du hast nicht zufällig etwas herausgefunden, was gegen eine Zusammenarbeit mit Walker spräche?«

»Nein. Nichts Ungewöhnliches.« Cliff warf ihm einen erstaunten Blick zu. »Warum? Hast du etwas erwartet?«

Ein Schulterzucken. »Eigentlich nicht. Aber irgendwie hat der Kerl etwas ... Ich weiß auch nicht.«

»Er ist ein bisschen aufdringlich, das finde ich auch. Und er ist aalglatt. Aber das ist ja nichts Neues. Wir hatten doch schon früher mit ihm zu tun.«

»Ja, aber es war noch nie eine so große Geschichte wie dieses Mal.« Stephen überlegte, ob er Cliff mehr Informationen geben sollte, und kam zu dem Schluss, dass er das tun musste. Cliff war viel zu clever, um keinen Verdacht zu schöpfen. Er musste ihm einen Grund liefern, warum er Walker dieses Mal so genau unter die Lupe nehmen ließ.

»Es geht nicht nur darum, dass er aalglatt ist«, stellte er fest. »Ich habe das Gefühl, Walker ist ein ausgekochter Hund. Das könnte nichts weiter als Fassade sein, aber es könnte ebenso gut bedeuten, dass seine Geschäfte nicht immer ganz sauber sind. Ich weiß es einfach nicht. Ich weiß nur eins: Wenn wir Walker den Auftrag für die öffentlichen Parkplätze geben, lassen wir damit einem Privatmann ziemlich viele öffentliche Gelder zufließen. Und auch wenn diese Idee nicht ohne Reiz ist, trage ich die Verantwortung dafür, dass Walker vorher gründlich durchgecheckt wird, damit auch ja nichts schief läuft.«

»Verstehe.«

»Gut.« Nachdem er so weit gegangen war, tat Stephen den nächsten Schritt. »Hast du zufällig noch Namen und Telefonnummer dieses Privatdetektivs, den mein Vater damals beauftragt hatte, als wir uns mit Braxtons Vergangenheit beschäftigt haben? Der Typ hat mir gefallen. Er war schnell, gründlich und diskret.«

Cliff nickte. »Ich habe seinen Namen gespeichert.« Er fasste in seine Jackentasche und zog seinen Palm-Pilot hervor. Er klappte ihn auf und drückte ein paar Tasten. »Hier ist er. Harry Shaw. Post Road in White Plains. Ich schreibe dir seine Adresse und seine Telefonnummer auf.« Er nahm sich einen Notizzettel von Stephens Schreibtisch und notierte die Informationen.

»Danke.« Damit wäre eine wichtige Sache erledigt. Aber es gab noch etwas. Irgendjemand musste sich mit den Anwälten außerhalb dieser Stadt unterhalten, die Walkers Geschäfte abgewickelt hatten, für den Fall, dass das Stück Schmutz, nach dem er suchte, eine legale Indiskretion war, die ein Anwalt einem Privatdetektiv nicht verraten würde. Cliff war für diesen Job perfekt geeignet. Er war intelligent und vertrauenswürdig und verfügte über die nötigen juristischen Erfahrungen.

Vorsicht, ermahnte Stephen sich selbst. *Verrat so wenig wie möglich.*

Er lehnte sich auf seinem Stuhl zurück und stöhnte leise, als sich seine Rippen dabei bewegten. »Ich möchte noch einen anderen Weg beschreiten. Ich würde gern außerhalb von Westchester County Kontakt mit Anwälten aufnehmen, die mit Walkers Geschäftsprojekten zu tun hatten. Ich will ganz sicher sein, dass auch sie nur Positives über ihn zu berichten haben.«

Cliff schüttelte den Kopf. »Also, Stephen, das verstehe ich nicht. Woher das plötzliche Misstrauen? Du hast doch früher immer problemlos Geschäfte mit diesem Mann gemacht. So problemlos jedenfalls, dass du keinerlei Bedenken hattest, seinen jüngsten Vorschlag sofort in den Rat einzubringen. Ist etwas geschehen, dass daran was geändert hat?«

Stephen hatte auch darauf eine Antwort. »Der Rat hat mich ziemlich unter Druck gesetzt. Das ist geschehen.«

»So sehr, dass du derart weitreichende Schritte unternimmst, um Walker zu durchleuchten? Im Übrigen hast du ihn ja auch bei früheren Gelegenheiten schon überprüfen lassen.«

»Ja, oberflächlich. Aber der Stadtrat ist bei diesem Geschäft besonders pedantisch. Ich rechne mit vielen Fragen, und ich muss darauf vorbereitet sein, auf alles zu reagieren, was sie mir vor die Füße werfen könnten. Ich will alle Fakten haben. Und das bedeutet, dass ich meine Untersuchungen auch auf Gebiete außerhalb von Westchester County ausdehnen muss. Harry Shaw wird kein Jurist etwas anvertrauen, dir schon.«

Cliff stellte seine Tasse auf dem Schreibtisch ab. »Dir auch. Warum rufst du nicht einfach an und nimmst die Sache selbst in die Hand?«

Es wurde allmählich Zeit, dieses Verhör abzubrechen.

»Weil ich der Bürgermeister bin«, antwortete Stephen und hielt den Blick starr auf seinen Freund gerichtet. »Wenn ich diese Telefongespräche selber führen würde, würden sie noch bedeutsamer erscheinen, als sie sind. Man könnte vermuten, dass ich Walker nicht vertraue, und das möchte ich vermeiden. Ich bitte dich um einen Gefallen, Cliff. Ich gebe dir die Namen. Du unternimmst ein paar diskrete Anrufe – noch heute, wenn möglich. Und hör auf, mir diese ganzen Fragen zu stellen. Ich weiß, dass du ein guter Anwalt bist. Aber ich bin nicht im Zeugenstand. Also übertreib es nicht.«

Cliff war die Entschiedenheit in Stephens Stimme nicht entgangen. »Also gut«, willigte er ein und schluckte seine nächste Frage herunter. »Wenn du dich dann besser fühlst, gib mir die Namen. Ich kümmere mich darum.«

16.30 Uhr

Nancy spähte vorsichtig in Brians Zimmer und stellte erleichtert fest, dass er eingeschlafen war. Endlich. Er brauchte dringend eine kleine Ruhepause, denn die Ohrinfektion, der ganze Stress und der Schlafmangel hatten ihm sehr zugesetzt.

Nicht dass er sich heute verausgabt hätte. Im Gegenteil, er war ungewöhnlich teilnahmslos gewesen. Er hatte den größten Teil des Tages in seinem Zimmer verbracht, mit seinen Action-Figuren gespielt und desinteressiert das Video angeschaut, das sie gemeinsam ausgeliehen hatten. Als Connor mit seinen Schulaufgaben zurückgekommen war,

war er ganz kurz ein wenig aufgeblüht. Als er hörte, dass niemand seine Baseballkappe gefunden hatte, war er sofort wieder in Niedergeschlagenheit versunken. Nur ein einziges Mal war ein kurzes, glückliches Lächeln über Brians Gesicht gehuscht. Das war, als Connor ihm die Kaninchenpfote von Miss Talbot gegeben hatte. Da hatte er gestrahlt und ihn mit Fragen bestürmt, wann Miss Connor sie von ihrem Vater geschenkt bekommen hätte und wie oft sie damals damit gewonnen und verloren hätte.

Nach diesem kurzen Intermezzo hatte Brian die Kaninchenpfote genommen und war wieder in seinem Zimmer verschwunden.

Er hatte den ganzen Tag nichts gegessen. Selbst als Connor ihn mit Engelszungen zu überreden versuchte, nagte er nur kurz an seinem Sandwich und steckte ein oder zwei Schokoladenkugeln in den Mund. Zweimal fragte er nach Stephen. Als er erfuhr, dass es seinem Vater wieder viel besser ging, rollte er sich in seinem Bett zusammen – mit der Kaninchenpfote – und wartete darauf, dass er nach Hause kam.

Dass Stephen nicht ein einziges Mal angerufen hatte, dachte Nancy bitter. Es hätte seinem Sohn so viel bedeutet.

Sie zog die Decke fester um seinen Körper und bückte sich, um ihn auf die Stirn zu küssen. Kein Fieber. Offenbar wirkten die Medikamente bereits. Ein paar Tage Pflege, und Brian würde wieder ganz gesund sein.

Unten klingelte es an der Tür.

Rasch verließ Nancy Brians Zimmer und schloss die Tür leise hinter sich. Wer immer es war, niemand sollte ihren Sohn wecken.

Sie eilte die Treppe hinab, durch den Korridor zur Haustür.

»Wer ist da?«

Keine Antwort.

Sie warf einen Blick durch den Spion und sah niemanden. Das war merkwürdig.

Sie wollte gerade wieder hinaufgehen, als sie ein Auto davonfahren hörte. Erneut blickte sie durch den Spion. Ein Lieferwagen. Aha, das erklärte alles. Sicher hatte er ein Paket gebracht. Vielleicht hatte der Apotheker das Antibiotikum schneller besorgen können als erwartet.

Nancy öffnete die Haustür. Eine kleine Schachtel stand auf der Treppe. Sie war an sie adressiert. Seltsam, dass kein Absender darauf stand.

Nancy hob das Paket auf, trug es hinein und schloss die Tür hinter sich. Von wem konnte das sein? Sie hatte doch nichts bestellt. Und Stephen war im Moment viel zu sehr mit sich selbst beschäftigt, um ihr Geschenke zu schicken.

In der Küche stellte sie das Paket auf den Tisch, nahm einen Brieföffner aus der Schublade und schnitt das Klebeband durch. Sie hob den Deckel des Pakets ab. Das Erste, was sie sah, war ein roter Schimmer. Oben auf dem Objekt lag ein Briefumschlag, vermutlich mit einer Karte.

Sie zog beides heraus – und erstarrte.

Es war Brians rote Baseballkappe.

Eine ganze Weile schaute sie sie an, drehte sie in ihren Händen, während sie eine schreckliche Vorahnung überfiel. Abrupt warf sie die Kappe auf den Tisch und nahm den Umschlag in die Hand. ›Mrs. Stratford‹ war darauf getippt. Sie riss ihn auf, nahm das Papier heraus und faltete es auseinander.

Sehr geehrte Mrs. Stratford,
ich vermute, Ihr Sohn hat versehentlich seine Baseballkappe verlegt. Ich schicke Sie Ihnen zurück. Manchmal glaube ich, Kinder würden nicht nur ihre Kopfbedeckungen verlieren, sondern auch noch ihre Köpfe, wenn Eltern nicht kluge Entscheidungen für sie treffen würden. Ich hoffe, Ihr Mann trifft

kluge Entscheidungen für Brian, damit er sicher und gesund aufwächst. Bitten Sie den Bürgermeister, dies zu tun. Bitten Sie ihn, kein unnötiges Risiko einzugehen. Mit der Sicherheit Ihres Sohnes zu spielen wäre dumm und gefährlich und könnte zu Unfällen und unsäglichem Leid führen. Lassen Sie nicht zu, dass dies geschieht.
Mit freundlichen Grüßen
ein Freund

Nancy konnte sich nicht daran erinnern, auf den Küchenstuhl gesunken zu sein. Sie konnte sich an gar nichts erinnern. Ihre Hände zitterten, und ihre Augen waren blind vor Tränen. Sie las die wenigen Sätze ein zweites Mal, und ihr gesamter Körper bebte, als sie das tat.

Irgendjemand bedrohte Brians Leben. Derselbe Jemand, der Stephen finanziell in der Gewalt hatte und der ihn gestern Abend so zugerichtet hatte. Dieser Jemand wusste, dass Stephen spielte. Und er erpresste ihn damit. Nur dass nicht mehr nur Stephen bedroht war. Auch ihr siebeneinhalbjähriger Sohn.

Sie lief durchs Zimmer, riss den Hörer vom Telefon und hämmerte Stephens private Büronummer ein.

Celeste antwortete. »Hier ist das Vorzimmer von Bürgermeister Stratford.«

»Ich muss dringend mit ihm sprechen, Celeste.« Nancy fragte nicht, sie forderte.

Ein überraschtes Zögern. Die Frau des Bürgermeisters war sonst immer so freundlich. »Es tut mir Leid, Mrs. Stratford, aber er hat die Tür geschlossen und mich ausdrücklich gebeten, ihn nicht zu stören.«

»Ist er allein?«

»Äh ja, aber ...«

»Dann stellen Sie mich durch. Es ist ein Notfall.«

Ein weiteres Zögern. »Selbstverständlich. Moment bitte.«

Wenige Sekunden vergingen, ehe Stephen abnahm. »Nancy? Was ist los? Ist mit Brian alles okay?«

»Du Schwein!«, stieß sie mit tränenerstickter Stimme hervor. »Kein Wunder, dass du dir Sorgen um Brian machst. Wie konntest du das zulassen? Wie konntest du unseren Sohn in Gefahr bringen? Und wie konntest du mir das alles verheimlichen?«

Stephen holte tief Luft. »Was ist passiert? Verdammt, Nancy, ist mit Brian alles in Ordnung?«

»Im Augenblick ja.« Sie war völlig hysterisch, wusste kaum noch, was sie sagte. »Er schläft jetzt. Nachdem er den ganzen Tag darauf gewartet hat, dass du anrufst. Aber das meintest du nicht, habe ich Recht?«

»Nancy, beruhige dich. Beruhige dich, und erzähl mir, was los ist.«

»Ich soll *dir* erzählen, was los ist? Es müsste doch umgekehrt sein. *Ich* bin doch nicht diejenige, die erpresst wird. *Ich* bin doch nicht diejenige, die schuld daran ist, dass das Leben unseres Sohnes bedroht wird.«

»Bedroht? Wer hat Brian bedroht?«

»Ein Freund«, antwortete sie sarkastisch. »Derjenige, der Brians Baseballkappe hier abgegeben hat und einen Brief, in dem er dich warnt, nur ja ein braver Junge zu sein.«

»Scheiße.« Stephens Magen drehte sich. »Er war bei uns zu Hause?«

»Ein Lieferwagen war hier. Er hat ein Paket mit Brians Kappe und dieser Botschaft hier abgestellt.« Sie las den Brief laut vor, ihre Stimme zitterte. »Verdammt, Stephen«, meinte sie schließlich und begann zu schluchzen. »Zur Hölle mit dir.«

»Nancy, hör mir zu. Ich habe alles unter Kontrolle.«

»Unter Kontrolle?« Ihre Stimme klang schrill. »Du nennst das, was in den letzten Tagen passiert ist, alles unter Kontrolle haben?«

»Ich nenne es ums Überleben kämpfen«, erwiderte Stephen heftig. »Ich nenne es gegen die Uhr anrennen, um meinen Sohn zu beschützen. Und dich zu beschützen. Was glaubst du, warum ich dir nichts erzählt habe? Weil ich wusste, dass du es nicht verkraftet hättest.«

In Nancys Kopf hämmerte es so laut, dass sie kaum noch einen klaren Gedanken fassen konnte. »Wer steckt hinter dieser Geschichte?«, fragte sie. »Sag mir die Wahrheit, Stephen. Wer erpresst dich und warum?«

Stephen atmete tief ein. »Also gut«, zischte er in einem Ton, der verriet, dass er wusste, er hatte verloren und stand kurz davor, einen Tobsuchtsanfall zu bekommen. »Du willst es wirklich wissen? Dann hör gut zu. Ich werde von einem Unternehmer erpresst, der einen lukrativen städtischen Auftrag haben will und nicht eher Ruhe geben wird, bis er ihn hat. Er weiß von meiner Spielsucht. Ich habe zwei Tage Zeit, ihm den Auftrag zu beschaffen, sonst will er mich bei den Medien verpfeifen – und bei der Polizei. Ganz zu schweigen von dem, was er Brian antun wird.«

»Oh Gott.« Nancy wischte sich den Schweiß von der Stirn. »Also gut. Dann gib ihm den Vertrag.«

»So einfach ist das leider nicht. Erstens habe ich den Stadtrat in diesem Fall nicht hinter mir, wir kriegen also nicht genug Stimmen zusammen. Zweitens ist Walker ein großes Schwein. Ich kann einen solchen Handel nicht zulassen – nicht mit ihm als Partner.«

Hysterisches Lachen ertönte aus Nancys Kehle. »Jetzt spielst du plötzlich den Ehrenmann? Du hast dich und deine gesamte Familie zerstört, und nun hast du auf einmal moralische Bedenken?«

»Es geht hier nicht um Moral«, bellte er. »Es geht darum, diesen Bastard endgültig loszuwerden. Ich schnüffele in seiner Vergangenheit herum. Aber ich muss vorsichtig sein. Walker hat irgendwo einen Maulwurf sitzen. Deshalb habe ich gestern Abend so ausgesehen, als ich nach Hause kam. Aber das hält mich nicht zurück. Ich habe einen Privatdetektiv engagiert. Er wird irgendetwas über Walker ausfindig machen. Etwas, das ihn ruinieren wird. Und dann ...«

»Falls er etwas herausfindet. Ein Mann wie er ist doch viel zu klug, um sich auf die Schliche kommen zu lassen.« Nancys Gedanken überschlugen sich, als sie nach einem möglichen Ausweg suchte. Das FBI. Sie könnte das FBI anrufen, schließlich ging es darum, dass ein Kind bedroht wurde. Aber die Drohung war nur verdeckt, es gab keine Beweise. Und dann bestand die Gefahr, dass etwas von der Geschichte durchsickern könnte, Stephens peinliches Geheimnis herauskommen und Brians Leben zerstört würde. Und das Schlimmste wäre, dass er trotzdem nicht in Sicherheit sein würde. Wenn die Behörden nichts unternahmen oder selbst wenn sie etwas unternahmen, aber nicht jedes der beteiligten Schweine erwischten, konnte sich noch immer einer von ihnen an Brian heranmachen.

Sie war seine Mutter. Es war ihre Pflicht, etwas zu unternehmen.

Ganz plötzlich war ihre Hysterie wie weggeblasen. Sie verwandelte sich in absolute Ruhe, in die Ruhe im Auge eines Orkans. »Ich werde nicht zulassen, dass du das mir und Brian antust, Stephen. Keinen einzigen Tag mehr.«

»Verdammt, Nancy, du bist meine Frau!«, donnerte er. »Ich brauche deine Unterstützung. Es sind nur noch ein paar Tage. Halt Brian zu Hause, dann kann niemand an ihn heran. Nach Donnerstag ist es vorbei.«

»Es ist jetzt schon vorbei«, antwortete sie kalt.

Sie legte auf, getrieben von blindem mütterlichem Beschützerinstinkt. Ihre Ehe kam erst an zweiter Stelle. An erster Stelle stand Brian.

Erneut hob sie den Hörer ab und wählte die vertraute Nummer.

Cliff war gerade auf dem Rückweg nach Leaf Brook, als sein Handy klingelte. »Hallo?«, antwortete er und rechnete fest damit, Stephens Stimme zu hören.

»Cliff, ich bin es.«

Seine Hände umklammerten das Lenkrad. »Nancy, was ist los?« Sie schien zu weinen.

»Ich kann jetzt nicht darüber sprechen. Aber ich muss hier weg. Heute noch. Du musst mir einen Gefallen tun. Ein paar Gefallen, um genau zu sein. Können wir uns treffen?«

»Wann immer und wo immer du willst.«

»Wo bist du gerade?«

»Auf der Autobahn. Drei Ausfahrten vor Leaf Brook.«

»Gut. Kannst du direkt zu mir nach Hause kommen? Brian ist krank, und ich kann ihn nicht alleine lassen. Außerdem brauche ich jede Sekunde Zeit, die ich kriegen kann. Ich muss für ihn und für mich packen.«

»Packen? Wozu?«

»Das erzähle ich dir, sobald du hier bist.«

Zwanzig Minuten später saß Cliff in Nancys Küche. Mit offenem Mund las er den Brief, den sie erhalten hatte, ein zweites Mal.

»Himmel. Das erklärt natürlich, warum Stephen so ein Theater um diesen Typ macht.« Er hob den Blick. »Was hat Walker gegen Stephen in der Hand? Oder brauche ich das gar nicht zu fragen?«

»Nein, du brauchst nicht zu fragen.« Nancy ging nicht näher darauf ein. Es war ein Thema, über das sie nie sprachen, auch wenn Cliff über alles Bescheid wusste. »Ich kenne keine Einzelheiten, und ich möchte sie auch nicht hören. Es ist dasselbe Spiel wie immer. Ich muss hier weg – wegen Brian. Ich habe entsetzliche Angst um ihn.« Sie fuhr sich mit den Händen durch das tränennasse Gesicht. »Cliff, die Schlüssel zu deiner Skihütte in Stowe, hast du sie zufällig dabei?«

Er nickte zögernd. »Ja, ich habe sie dabei.«

»Würdest du mich eine Weile dort wohnen lassen?«

»Du weißt, dass diese Frage überflüssig ist.«

Sie schluckte, und ihr Gesicht drückte ihre ganze Entschlossenheit aus. »Jetzt kommt das Schwierigste. Du musst mir versprechen, dass du niemandem verrätst, wo ich bin.«

»Niemandem?«, antwortete er hölzern. »Was ist denn mit Stephen?«

Eine kurze Pause. »Vor allem Stephen darf es nicht erfahren.«

Cliff war hin und her gerissen zwischen der Loyalität zu seinem Freund und der zu Nancy. »Weißt du, was du da von mir verlangst? Stephen ist mein bester Freund. Wenn er herausfindet, dass du mit Brian weg bist, wird er außer sich sein.«

»Und Brian ist mein Sohn. Er kommt an allererster Stelle. Hör zu, ich werde Stephen nicht beunruhigen. Ich werde ihm einen Brief hinterlassen und ihm erklären, was ich getan habe und warum.«

»Aber nicht, wo du bist?«

»Richtig. Cliff, wenn du meinst, du könntest das nicht, sag es mir. Ich werde dir das nicht übel nehmen. Ich habe nicht die Absicht, dich in eine unangenehme Lage zu bringen.«

»Aber wenn ich nein sage, wirst du woanders hin verschwinden. Und dann weiß überhaupt niemand, wo du steckst.«

»So ist es.«

Cliff atmete tief und erhob sich. Er steckte die Hand in seine Jackentasche und zog die Schlüssel hervor. »Nimm sie«, sagte er und drückte sie ihr in die Hand. Er runzelte die Stirn, als er merkte, wie eiskalt ihre Finger waren. »Nancy, vielleicht solltest du nicht selber Auto fahren. Ich könnte dich und Brian hinbringen und ...«

»Nein.« Mit einer energischen Handbewegung schnitt sie ihm das Wort ab. »Es ist spät. Du hast ein eigenes Leben. Außerdem hast du schon genug für mich getan.« Eine nachdenkliche Pause. »Aber ich hätte eine andere große Bitte. Brian hat eine Ohrinfektion und braucht ein Antibiotikum. Der Apotheker hat die letzte Flasche fallen lassen und uns nur die Dosis für zwei Tage mitgegeben. Er wollte uns bis morgen eine neue Flasche besorgen.« Sie blickte auf die Schlüssel in ihrer Hand. »Ich bitte dich wirklich nur ungern darum, schließlich weiß ich, wie beschäftigt du bist ...«

»Ich werde meine Termine morgen absagen. Sobald die Medizin da ist, hole ich sie ab und bringe sie zu euch in die Skihütte.«

Nancy atmete erleichtert aus. »Du weißt gar nicht, wie dankbar ich dir bin.« Sie ging auf ihn zu und umarmte ihn.

Für einen kurzen Moment hielt Cliff sie fest an sich gedrückt. Dann ließ er sie plötzlich los und trat zurück.

»Glaubst du, du kommst klar?«, fragte er rau.

»Ja.« Nancy sah ihn lange an. »Zumindest hoffe ich es.«

»Wir bleiben in Verbindung, ja?«

»Ich werde dich über Handy anrufen. Spätabends, wenn ich sicher sein kann, dass du nicht mit Stephen zusammen bist. Ich werde nicht lange fortbleiben. Wenn diese ganze Krise ausgestanden ist ...« Erneut füllten sich ihre Augen mit Tränen. »Aber was rede ich da? Dann wird die nächste auf uns zukommen. Und danach wieder eine, wenn Stephen nicht endlich den Absprung schafft und Hilfe bekommt. Cliff, ich kann so nicht mehr weiterleben.«

»Nancy ...« Er schluckte. »Jetzt ist nicht der richtige Zeitpunkt, voreilige Entscheidungen zu treffen.«

»Du hast Recht.« Sie wandte den Blick ab, drehte sich um und ging zur Treppe. »Ich muss Brian jetzt wecken. Ich möchte noch vor Anbruch der Dunkelheit aufbrechen.«

17

18.05 Uhr

Connor hatte noch einen späten Termin in Manhattan. Von dort fuhr er direkt zu Julia.

Er hatte zweimal versucht, Stephen zu erreichen, aber beide Male hatte Celeste ihm gesagt, dass er nicht zu sprechen wäre. Zweifellos war er mit der Katastrophe beschäftigt, die er verursacht hatte. Hoffentlich. Zum Wohle aller.

Connor stand nun vor Julias Haus, drückte auf den Klingelknopf und konzentrierte sich auf den Abend, der vor ihm lag. Herausforderung oder nicht, er hatte nicht die Absicht, die Dinge auf sich beruhen zu lassen. Zumal er ein ganz klares Ende vor Augen hatte.

Er umklammerte den Türgriff und wartete ungeduldig, dass sie sich öffnete.

Sie öffnete sich.

Er stieß die Tür auf, durchquerte den Flur und lief die Treppe hinauf.

In ihrer Wohnung betrachtete Julia sich ein letztes Mal im Spiegel. Ihre Seidenbluse war mit einem warmen blau-violetten Muster bedruckt, ihre Hose tiefblau. Ihr Make-up war dezent, und ihr Haar fiel offen und wellig auf die Schultern hinab. Sie war zufrieden mit sich. Schlicht, aber schmeichelhaft. Nicht zu elegant, nicht zu lässig. Ein Outfit, das zu vielem passte.

Und das war gut, denn sie hatte keine Ahnung, wo der heutige Abend hinführen würde. Sie wusste lediglich, dass sie und Connor eine Menge zu besprechen hatten, wenn sie sich weiterhin regelmäßig sehen wollten.

Sie wandte sich in dem Moment von ihrem Spiegelbild ab, als Connor an der Tür klopfte.

Julia warf sich rasch eine Jacke über den Arm, holte tief Luft und öffnete die Tür.

»Hallo«, grüßte sie.

»Selber hallo.« Er musterte sie eingehend und machte keinen Hehl daraus, das ihm das, was er sah, gefiel.

Sie trat in den Flur hinaus und schloss die Tür hinter sich. »Wohin gehen wir?«

»Ich dachte, wir könnten zu dem kleinen Franzosen am See fahren. Dort kriegt man wunderbare Quiches, köstliches Brot und einen hervorragenden Wein. Nach dem Essen können wir vielleicht noch einen kleinen Spaziergang machen. Es ist ein herrlicher Abend, und wir haben uns sicher eine Menge zu erzählen.«

Julia nickte. »Das hört sich gut an.« Sie warf einen Blick auf seinen Anzug und sah ihn erschrocken an. »Bin ich falsch angezogen?«

»Perfekt. Ich komme nur direkt von einem Geschäftstermin.« Er nahm ihre Jacke und hielt sie ihr hin, damit sie hineinschlüpfen konnte. »Lass uns gehen.«

Die Autofahrt verlief fast vollkommen schweigend. Das Knistern zwischen ihnen war erneut deutlich zu spüren. Sie tauschten ein paar höfliche Bemerkungen, und die betrafen alltägliche Dinge wie das Wetter und die Schlagzeilen in der

Zeitung. Glücklicherweise war die Fahrt recht kurz, und sie waren bald erlöst.

Beim Essen waren sie beide gesprächiger, aber die Spannung blieb. Viele ungelöste Fragen standen zwischen ihnen, und erst wenn die aus der Welt geschafft würden, würde sich auch die Spannung legen.

Connor wagte es als Erster. Beim Kaffee beugte er sich nach vorn, stützte die Ellbogen auf den Tisch und schnitt das wichtigste Thema an – oder zumindest das, das sie daran hinderte, sich mit allen weiteren zu beschäftigen.

»Hör zu, Julia, du kannst es doch kaum erwarten, dich nach Brian zu erkundigen und danach, wie es um ihn steht. Lass uns den Stier bei den Hörnern packen und das Thema hinter uns bringen, damit wir uns anderen Dingen zuwenden können. Einverstanden?«

Julia sah ihn erstaunt an. »Einverstanden.«

»Gut. Und schau nicht so überrascht. Ich habe dir doch gesagt, dass ich sehr direkt sein kann. Ich schätze, das hast du an dem Abend in deiner Wohnung gemerkt.«

Allein die Erinnerung an das, worauf er anspielte, reichte, um ihr heiße Schauer über den Rücken zu jagen. »Ich habe es gemerkt. Und ich erinnere mich auch daran, ebenfalls ziemlich direkt gewesen zu sein.«

»Direkt, aber zweideutig«, korrigierte Connor.

»Aus gutem Grund.« Julia stritt das nicht ab. »Dieser Kuss – wozu auch immer er der Auftakt gewesen war – hat mich überwältigt. Ich erwarte nicht, dass du das verstehst. Wie ich bereits sagte, sind wir beide sehr verschieden.«

»In gewisser Hinsicht ja. In anderer nein. Damit du es weißt, ich war von diesem Kuss genauso hingerissen wie du. Der Unterschied war nur, dass mir das keine Angst gemacht hat.«

»Gut. Mir schon.«

Connor presste die Lippen aufeinander, und Julia konnte geradezu sehen, wie es in ihm arbeitete, während er überlegte, ob er die Sache weiter vorantreiben sollte oder nicht.

Sie nahm ihm die Entscheidung ab. »Ich denke, wir sind uns selbst ein Stück voraus. Wir sollten zunächst einmal ein paar Grundlagen schaffen, ehe wir damit beginnen, die Chemie zwischen uns zu analysieren.«

»Bist du dir da sicher?«

»Connor ...«

»Okay.« Er hob einlenkend die Hand. »Wir machen es so, wie du möchtest. Lass uns jetzt zu unserem Ausgangsthema zurückkommen. Zu Brian.« Connors Ton veränderte sich leicht, war nun weniger intim, geschäftsmäßiger. »Ich verstehe gut, was in dir vorgeht, Julia. Du sorgst dich um meinen Neffen. Er ist ein ganz besonderer kleiner Junge, und du machst dir Gedanken, weil er im Moment eine sehr schwere Zeit durchlebt. So viele Gedanken, dass du seine Eltern benachrichtigst. Du hast angenommen, ich wäre darüber erzürnt. Aber du irrst dich. Es stimmt, ich habe dich gebeten, dich nicht an Stephen und Nancy zu wenden. Aber du hattest mir ja deutlich zu verstehen gegeben, dass du genau dies tun würdest, wenn die Dinge aus der Kontrolle gerieten. Du warst ehrlich. Du hast mich sogar gewarnt, ehe du angerufen hast. Deshalb war ich nicht sauer. Und das hättest du herausgefunden, wenn du gefragt hättest. Nächstes Mal solltest du dich über die Fakten informieren, ehe du eine Verabredung mit mir absagst, okay?«

Julia stellte ihre Tasse ab und nickte langsam. »Das klingt fair.«

»Es *ist* fair. Um noch einmal auf dein Engagement für Brian zurückzukommen, ich finde es bewundernswert. Mehr als bewundernswert. Ich denke, so etwas ist selten. Und rührend. Ich meine das ernst.« Er hob fragend eine dunkle Augenbraue. »Irgendwelche Zweifel an dem, was ich dir bisher erzählt habe?«

»Nein – wenigstens *noch* nicht.«

»Gut, dann kommen wir zum schwierigen Teil. Ja, dein Telefonanruf hat Nancy gestern Abend zu einem ungünstigen Zeitpunkt erwischt, aber ich versichere dir, sie hat deine Botschaft sehr ernst genommen. Stephen auch. Sie beabsichtigen, alles nur Erdenkliche zu tun, um ihrem Sohn zu helfen. Brians Wohl geht ihnen über alles. Das hat es immer getan, und das wird es auch immer tun. Die Dinge werden sich regeln. Im Moment hat der arme Junge eine Infektion an den Ohren. Als ich ihn zuletzt gesehen habe, sah er ziemlich erbärmlich aus. Aber er bekommt ein Antibiotikum, deshalb wird es ihm bald besser gehen. Physisch *und* emotional. Dafür werden seine Eltern sorgen.« Connor beugte sich weiter vor, sein Blick hielt Julias fest. »Ist das offen genug? Oder glaubst du immer noch, ich lüge?«

Julia runzelte die Stirn. »Ich habe dir nie unterstellt, dass du lügst, Connor. Nur, dass du mir bloß die halbe Wahrheit erzählst. Und zwar nicht über Brian, sondern darüber, unter welcher Belastung sein Vater steht. Mir ist klar, dass du mich für aufdringlich hältst ...«

»Hör mir mal zu« unterbrach er sie ungeduldig. »Du erzählst mir ständig, was ich von dir denke. Und du irrst dich jedes Mal.« Er griff quer über den Tisch nach ihrer Hand. »Ich halte dich nicht für aufdringlich. Ich halte dich für kompliziert. Es gibt vieles an dir, was du sorgfältig versteckst. Der Rest ist wie ein offenes Buch – eines mit einem Umschlag, der so schön ist, dass sich bei den Baseballspielen der Juniorliga sämtliche männlichen Zuschauer nach dir umdrehen. Und glaub mir, ich gehöre auch dazu. Ich halte dich für offen, engagiert und verantwortungsbewusst, und es macht dich verrückt, wenn andere das nicht sind. Ich halte dich auch für leidenschaftlich – und das meine ich nicht nur in Bezug auf deine Arbeit. Die Schule bietet dir ein sicheres Ventil für deine Leidenschaft. Andere Ventile sind nicht so sicher. Ich zum Beispiel. Oder besser gesagt, wir. Das, was zwischen uns passiert, ängstigt dich zu Tode.«

»Wow.« Julia holte tief Luft. »Das ist ja eine ziemlich genaue Analyse. Und du bist sicher, dass nicht du derjenige bist, der die Probleme hat?«

Ein sarkastisches Grinsen. »Nein. Ich bin der kaltblütige Risikokapitalist, der seine ganze Energie darauf verwendet, Geld zu verdienen.«

»Offenbar nicht deine *ganze* Energie.«

Er lachte leise. »Nein, nicht die ganze.« Sein Daumen strich über ihre Handfläche. »So, nachdem wir nun alles geklärt hätten, bist du immer noch nicht sicher, ob du mich magst? Oder mir vertraust?«

Julia konnte das Kribbeln nicht ignorieren, das bei seiner Berührung durch ihren Körper ging. Sie wünschte nur, sie könnte ihre unwillentlichen Reaktionen auf ihn von ihrem rationalen Gedankenprozess trennen. Sie wusste, dass seine Erklärungen zu Brian bestenfalls die Spitze des Eisbergs berührt hatten. Aber was bedeutete das? Trotz ihrer Knappheit waren seine Worte aufrichtig gewesen. Und sie hatte bestimmt nicht das Recht, von ihm zu erwarten, dass er ihr sein gesamtes Familienleben vor die Füße legte.

»Julia?« Er sah sie gespannt an.

Sie holte tief Luft. »Im Moment bin ich mir über gar nichts mehr sicher – aber das scheint ja in deiner Nähe für mich zur Gewohnheit zu werden.«

»Das höre ich gern.«

»Ich kann es mir denken.«

Connors Daumen bewegte sich nicht mehr, und seine Finger schlossen sich fester um ihre. »Komm, wir machen noch einen Spaziergang.«

Es hätte ebenso gut eine Einladung ins Bett sein können, so intim klang das. Und Julia war nicht im Mindesten immun dagegen. Aber sie wollte diesen Spaziergang nicht nur aus romantischen Gründen. Sie musste mehr mit Connor reden, herausfinden, was ihn bewegte und ob er verstand, was sie bewegte.

Sie nickte, schob ihren Stuhl zurück und erhob sich. »Einverstanden.«

Wenig später verließen sie das Restaurant. Vor ihnen lag der See, still und bewegungslos. Das Mondlicht spiegelte sich auf der glatten Oberfläche. Ein schmaler Pfad führte dicht am Wasser vorbei, der von frisch knospenden Bäumen gesäumt war.

Connor nahm Julias Arm und führte sie vom Restaurant fort. Er ließ sie los, als sie den Pfad erreicht hatten, und sie schlenderten Seite an Seite den Weg entlang. Sie waren sich ihrer Nähe äußerst bewusst, machten jedoch keine Anstalten sich zu berühren.

Dieses Mal war Julia diejenige, die das Schweigen brach. »Du hattest Recht. Ich habe mich zu Tode gefürchtet.«

»Ich weiß.« Er verlangsamte seinen Schritt, konzentrierte sich auf ihr Gespräch. »Ich weiß bloß nicht, warum. Wir sind verschieden. Okay. Aber warum ist das ein Hinderungsgrund? Waren alle anderen Männer in deinem Leben immer so wie du? Greg Matthews ist es mit Sicherheit nicht.«

»Greg war nie richtig in meinem Leben, deshalb hat das keine Rolle gespielt. Außerdem würde ich euch zwei nicht unbedingt in dieselbe Schublade stecken.«

»Warum nicht?«

»Du bist ein Stratford.«

»Das ist Brian auch. Vor ihm hast du keine Angst.«

Julia warf ihm einen knappen Blick zu. »Sehr witzig.«

»Ich will nicht witzig sein.«

»Ich auch nicht. Ich will ehrlich sein. Du bist eine komplexe Persönlichkeit, nicht nur jemand mit einer äußerst erfolgreichen Karriere. Sie ist mir fremd – und das finde ich beängstigend.«

Ohne Warnung blieb Connor plötzlich stehen, fuhr herum und packte sie an den Schultern. »Du hast Angst vor mir wegen meines Namens? Weil er ab und zu in der Zeitung steht? Weil mein Vater ein Imperium aufgebaut hat?«

Eine solch heftige Reaktion hatte Julia nicht erwartet. Connor sah wütend aus, genauso wütend wie damals, als Cheryl Lager seine Integrität angezweifelt hatte.

»Du hast selbst ein ziemliches Imperium errichtet«, erinnerte sie ihn.

»Und was willst du damit sagen?«

»Connor, es geht weder um deinen Namen noch um dein Geld. Es geht um viel mehr. Darum, wer du bist, wie du erzogen wurdest, wie du lebst. Du hältst Idealismus für blöde Zeitverschwendung. Ich halte ihn für die einzige Rettung, die wir haben.«

»Vielleicht hast du Recht. Vielleicht ist es tatsächlich so. Vielleicht habe ich mich zu lange mit den falschen Leuten umgeben. Vielleicht hat mich die Begegnung mit dir verändert.« Seine Finger gruben sich in ihr Haar, und er zog sie näher, hob ihr Gesicht zu sich herauf. »Verdammt, Julia, das Leben kommt nicht in kleinen abgepackten Einheiten. Es gibt immer Überraschungen. Wir sind eine dieser Überraschungen. Also hör auf, Mauern zu bauen, um dies zu verhindern. Denn das kannst du nicht. Das kann keiner von uns.«

Er senkte den Kopf, sein Mund berührte ihren, nahm ihn mit derselben Direktheit wie beim letzten Mal. Seine Lippen öffneten ihre Lippen, und seine Zunge drang in sie hinein, streichelte sie mit heißen Liebkosungen, die jegliche Unterhaltung beendeten.

Dieser Augenblick hatte sich seit Samstag entwickelt, und plötzlich war er alles, was wichtig war – nicht nur für Connor, sondern auch für Julia. Sie hörte sich aufstöhnen, und dann erwiderte sie seinen Kuss. Ihr Mund war ebenso hungrig wie seiner, ihre Finger gruben sich in seine Jacke. Connor war noch nicht zufrieden. Er nahm ihre Arme, schlang sie um seinen Hals und zog sie so ganz dicht an sich heran.

Der Kuss raubte ihr fast den Atem. Ungestüm erwiderte Julia seine Leidenschaft und drängte sich mit bebendem Körper an ihn. Wie durch einen Schleier nahm sie wahr, dass Connor sie gegen einen Baum presste und sie mit der ganzen Kraft seines Körpers dort festhielt. Seine Hand wölbte sich um ihre Brust, sein Daumen rieb in schwindelerregenden Kreisen über ihre Brustspitze. Seine Muskeln waren angespannt, sein Atem ging stoßweise, und durch seine Kleidung spürte sie, wie seine Erektion gegen ihren Bauch pulsierte. Es fühlte sich wunderbar an – aber es war nicht genug. Sie musste noch näher sein, noch mehr fühlen.

Mit einem unterdrückten Keuchen versuchte sie, sich höher hinaufzuschieben, ihren Körper in die richtige Position zu bringen. Connor stieß einen Laut aus, der halb Lachen, halb Stöhnen war, und er umfasste ihren Po, hob sie hoch, bis sie genau die richtige Höhe hatte.

Die Welt stand still.

Julia hielt den Atem an. Erregt presste sie ihre Lippen auf Connors Mund, drängte sich noch enger an ihn und hob die Knie, um sie um seine Hüften zu schlingen. Das Einzige, was noch wichtig war, war das Pochen in ihr, die überwältigende Lust, die Connor befriedigen musste.

Er bewegte sich an ihr, einmal, zweimal, dann stoppte er plötzlich, zog seinen Mund fort und sah sie mit vor Leidenschaft glänzenden Augen an. »Julia.« Er klang heiser, als wäre dieses eine Wort alles, was er hervorbringen konnte. »Julia!«

Sie riss die Augen auf. Sie wusste selber nicht, warum sie diesen Augenblick gewählt hatte, um zu sprechen, aber es kümmerte sie nicht. Ihr Körper schrie seinen Protest heraus. »Nein«, keuchte sie mühsam. »Hör nicht auf.«

»Das habe ich auch nicht vor.« Connor drückte seine Stirn gegen ihre. »Lass uns von hier weggehen.«

»Was?« Es fiel ihr schwer zu verstehen, was er sagte.

»Wir befinden uns vor einem Restaurant. Am See. Erinnerst du dich?«

Plötzlich fiel es ihr wieder ein. Sie blinzelte, sah sich verstört um, versuchte die Orientierung wiederzufinden. Sie waren draußen, in aller Öffentlichkeit. Und sie hatte völlig den Verstand verloren.

Doch sie hatte keinerlei Verlangen, ihn wiederzufinden.

»Niemand hat uns gesehen«, murmelte Connor, der ihr Schweigen als Verlegenheit interpretierte. »Das Restaurant liegt dort hinter den Bäumen. Wir sind ganz allein.« Er schluckte hart, sein Körper war immer noch angespannt. »Ändere jetzt bloß nicht deine Meinung.« Es war halb Befehl, halb Flehen. »Um Himmels willen, tu das nicht.«

Ihr ganzer Körper bebte. Ihre Glieder fühlten sich an, als wären sie aus Gummi. Sie bezweifelte, dass sie überhaupt laufen konnte. Ihre Meinung ändern? Unmöglich. »Nein«, krächzte sie mühsam. »Das kann ich nicht.«

Connor sah in ihr Gesicht, forschend. Er schien das gesehen zu haben, was er sehen wollte, denn er lockerte seinen Griff ganz kurz, bis ihre Beine herabglitten und ihre Füße den Boden berührten. Dann schlang er den Arm um ihre Taille und hielt sie an seiner Seite fest. »Lass uns gehen.«

Die Heimfahrt verlief wie in Trance. Julia hatte keinerlei Skrupel. Sie wollte das, was passieren würde, unbedingt und empfand darüber nichts als Vorfreude. Connor verkürzte die Fahrt auf die Hälfte, indem er dreißig Kilometer schneller fuhr, als erlaubt war, und zwei rote Ampeln übersah. Er lenkte den Mercedes in die Parkbucht vor ihrem Haus und hatte bereits die Tür geöffnet, ehe der Motor richtig aus war. Julia kletterte genauso hastig aus dem Wagen, die Schlüssel hielt sie bereits in der Hand.

Zum zweiten Mal stürzten sie in ihre Wohnung, ohne das Licht anzuschalten. Doch diesmal schloss Connor die Tür hinter ihnen und sah Julia mit hungrigen Blicken an. »Ich weiß, dass ich dir versprochen habe, bis Samstag zu warten. Aber ich kann nicht.«

Julias Herz pochte heftig gegen ihre Rippen. »Ich auch nicht.«

Mit einer raschen Bewegung entledigte sich Connor seines Jacketts, warf es zur Seite und ging auf sie zu. »Wo ist das Schlafzimmer?«, fragte er mit rauer Stimme.

Sie zeigte mit dem Kopf zum hinteren Teil ihrer Wohnung. »Da drüben.«

»Zu weit. So lange kann ich es nicht mehr aushalten.« Er küsste sie, ein fordernder, lustvoller Kuss, der ihre ganze Leidenschaft mit Macht zurückbrachte.

»Im Wohnzimmer steht eine Couch«, keuchte Julia und zeigte nach links. Sie zitterte, als Connor begann, ihre Bluse aufzuknöpfen. »Das ist viel näher.«

Seine Lippen wanderten von ihrem Schlüsselbein über ihren Hals. »Was ist größer, die Couch oder das Bett?«

»Das Bett.«

»Dann halte ich es aus.« Connor zerrte sie über den Flur. »Irgendwie werde ich es schaffen.«

Als sie das Schlafzimmer erreicht hatten, war Julias Bluse fort, und Connors Krawatte und sein Hemd waren halb ausgezogen. Mit raschen Bewegungen streifte er beides ganz von sich, und sein heißer Blick verschlang Julia fast, die in Hose und Büstenhalter vor ihm stand. Atemlos sah er zu, wie sie nach hinten griff, den Verschluss öffnete und die Spitze zu Boden gleiten ließ. Er trat näher, seine Hände glitten ihre Schultern herab, nach vorn, wölbten sich um ihre Brüste.

»Du machst mich verrückt«, flüsterte er und lächelte, als sie leise aufschrie. Er presste die Lippen erneut an ihren

Hals, seine Daumen spielten mit ihren Brustspitzen, spürten, wie sie sich aufrichteten. Sie bog sich zurück, dabei drückten sich ihre Brüste an ihn, rieben über seine behaarte Brust.

»Meine Güte.« Connor holte tief Luft, schlang den Arm um sie und zog sie noch fester an sich. »Vielleicht hast du Recht.« Er drängte sich gegen sie, erschauerte vor Lust. »Vielleicht müssen wir uns wirklich zu Tode ängstigen.«

»Hm«, murmelte Julia benommen. Sie presste sich näher an ihn, bewegte die Brüste über seinen Oberkörper. »Vielleicht sollten wir das.«

Connor schloss die Augen. Ein tiefer Schauer durchfuhr ihn, er packte sie und schob sie widerwillig von sich. »Du hast genau dreißig Sekunden Zeit, in dieses Bett zu kommen.«

»Ich brauche nur zwanzig.« Julia fummelte am Knopf ihrer Hose. Sie hatte keine Ahnung, was in sie gefahren war, aber sie wusste, was sie wollte. Und wenn sie es nicht bald bekam, würde sie völlig den Verstand verlieren.

Connor war zuerst nackt. Er drängte Julia rückwärts auf das Bett, ließ die Finger in ihren Slip gleiten, um ihn herunterzustreifen. »Endlich«, stöhnte er und schob bereits ihre Beine auseinander. Er bedeckte sie mit seinem Körper. »Julia, es wird nicht langsam werden. Dieses Mal nicht. Ich muss in dich hinein.«

Julia nickte, sie hatte es genauso eilig wie er. Sie wollte nichts Langsames. Sie wollte Connor. Sie hielt die Luft an, als er die Hand über die Innenseite ihres Schenkels gleiten ließ, sie vorsichtig mit den Fingern öffnete, in sie hineinglitt, ihre Feuchtigkeit erforschte. Als er ihre Beine noch ein Stück weiter spreizte und sich zwischen sie legte, schrie sie leise auf.

Sein Penis zögerte dicht vor ihrem Körpereingang, dann drängte er in sie hinein. Sie war mehr als bereit für ihn, und er glitt langsam voran, dehnte sie und füllte sie aus. Julia reagierte nur noch instinktiv, bog sich zurück, um ihn noch tiefer in sich aufzunehmen, hob die Beine, um sie um seine Hüften zu legen. Sie gab einen unterdrückten Schrei der Erregung von sich, warf den Kopf von einer Seite auf die andere und versuchte, seine Bewegungen noch zu beschleunigen.

»Du bis so eng«, flüsterte er und versuchte geduldig zu sein. »Ich möchte dir nicht wehtun.«

»Es ist mir egal.« Julia ballte die Hände zu Fäusten und drückte sie in den unteren Teil seiner Wirbelsäule. »Connor, bitte.« In wellenförmigen Bewegungen drängte sie sich an ihn.

Es funktionierte. Seine Hände glitten unter ihren Körper, hoben sie an, damit sie ihn besser empfangen konnte, als er kräftig in sie hineinstieß.

Connor murmelte etwas Unverständliches, seine Stimme klang rau. Mühsam versuchte er, sich zurückzuhalten. Aber es gelang ihm nicht, und Julia ließ ihn auch nicht. Sie bog sich unter ihm, und sein Widerstand brach. Er begann sich zu bewegen, hart und schnell, seine Finger gruben sich in ihre Haut, um sie festzuhalten, damit sie ihn tiefer und tiefer in sich aufnehmen konnte.

Ihre Lust explodierte, und Julia nahm ihn, Stoß für Stoß, fand seinen Rhythmus und folgte ihm. Ein Schmerz war in ihr, der mit jedem Stoß intensiver wurde, sie mehr und mehr überwältigte, bis sie glaubte, es keine Sekunde länger aushalten zu können.

Connor schien ihr Verlangen zu spüren und zu teilen. Er umklammerte den Kopfteil des Betts, zog sich daran hinauf und drang noch einmal tief in sie. Sie schrie auf. Er zog sich zurück und machte es noch einmal, und wieder schrie Julia, ihr Körper krümmte sich wie eine Bogensehne kurz vor dem Abschießen des Pfeils. Sie hielt es nicht mehr aus.

Und nach seinem keuchenden Atem und seinen fahrigen Bewegungen zu urteilen, konnte das auch Connor nicht.

Er stieß erneut in sie hinein, und ganz plötzlich kam sie, und ihr Körper pochte und pulsierte um Connors harten Penis. Er stöhnte auf, tauchte ein in ihren Höhepunkt, schob sich tief in sie und blieb dort, während ihre Kontraktionen ihn ebenfalls zum Höhepunkt trieben.

Er kam gewaltig, sein Körper bog sich, als er in heftigen Zuckungen der Vollendung in sie drang. Ihre Unterkörper waren miteinander verschweißt, in purer körperlicher Vereinigung. Seine Hüften bewegten sich immer noch, dann sank er schließlich befriedigt auf sie hinab.

Julia ließ sich zurückfallen, ihre Glieder zitterten. Sie war benommen, wunderbar entspannt und zufrieden und hätte für immer so liegen bleiben können.

Aber Connor hatte andere Vorstellungen. Er stützte sich auf und sah besorgt auf sie hinab. »Alles okay?« Als sie nicht gleich antwortete, strich er ihr sanft über die Wange. »Julia, bitte, schau mich an.«

Sie zwang sich die Augen zu öffnen.

Er sah verschwitzt aus und erschöpft, als hätte er einen Marathonlauf hinter sich. Aber er war hellwach. »Alles in Ordnung?«

»Bestens«, antwortete sie mit dünner Stimme.

Connor atmete erleichtert auf und erhob sich. Kühle Luft traf auf Julias überhitzte Haut, und sie fror plötzlich und griff nach der Decke.

Connor fand sie, zog sie nach oben und zögerte einen Moment, ehe er ihren Körper damit bedeckte. Er sah sie an, und sein vom Mond erleuchtetes Gesicht wirkte ernst. »Du bist so verdammt schön«, murmelte er rau. »Du verdienst es, dass man dich stundenlang nimmt. Das nächste Mal ...«

Seine eigenen Worte erinnerten ihn wieder an sein

eigentliches Vorhaben. Er zog die Decke um sie beide, stützte sich erneut auf einen Ellbogen und beugte sich zu ihr, um sie anzuschauen. »Warum hast du mir das nicht gesagt?«

Sie lächelte, wusste sofort, was er meinte. »Weil es nichts geändert hätte.«

»Und ob. Ich hätte mir viel mehr Zeit gelassen ...«

»In dem Fall bin ich froh, dass ich es dir nicht erzählt habe. Ich hatte es genauso eilig wie du. Noch länger, und ich wäre gestorben.«

Er wirkte immer noch ernst. »Aber ich habe dir wehgetan.«

»Nein, hast du nicht«, antwortete sie bestimmt. »Du warst wunderbar.«

Sein Gesicht wurde weich, ein intimer Glanz trat in seine Augen. »Du auch.« Er strich ihr eine feuchte Haarsträhne aus dem Gesicht. »Möchtest du mir erzählen, warum?«

»Warum ich wunderbar war oder warum ich noch Jungfrau war?«

Seine Mundwinkel zuckten. »Die erste Frage versteht sich von selbst. Ich meine natürlich die zweite. Hat das auch etwas mit deinem Idealismus zu tun, oder gibt es einen anderen Grund?«

Sie zuckte mit den Schultern, fühlte sich plötzlich verletzlicher als noch vor Minuten, als ihre Körper eins gewesen waren. Diese Unterhaltung bei einem Spaziergang um den See zu führen war eine Sache. Sie zu führen, wenn sie nackt nebeneinander lagen, nachdem sie sich gerade geliebt hatten, war eine ganz andere. »Ein bisschen von beidem. Zunächst einmal war meine Jungfräulichkeit bisher nie ein Thema.«

Er sah sie an, als habe sie den Verstand verloren. »Julia, du bist unglaublich. Nein, viel mehr. Du besitzt eine natürliche, ungekünstelte Schönheit, die ich noch nie bei einer anderen Frau erlebt habe. Ich werde schon hart, wenn ich dich Brian beim Baseballspiel anfeuern sehe. Was, zum Teufel, meinst du damit, deine Jungfräulichkeit war nie ein Thema? Sind die Männer, mit denen du dich bisher umgeben hast, alle Eunuchen?«

Sie musste lachen, trotz des heiklen Themas, das er angesprochen hatte. »Nein, die Männer, mit denen ich mich bisher umgeben habe, sind keine Eunuchen. Es lag nicht an ihnen, es lag an mir. Ich bin eine Spätzünderin. Ich habe dir doch erzählt, dass ich ein mageres, unscheinbares Kind war. Und dann wurde aus mir ein magerer, unscheinbarer Teenager. Ich habe dir auch erzählt, dass ich immer ein Wildfang war. Ich habe für Baseball gelebt. Und im Sommer habe ich in Ferienlagern gearbeitet. Ich war immer gern mit Kindern zusammen, und für mich stand schon früh fest, dass ich einmal Lehrerin werden würde. Auf dem College habe ich mich dann in Entwicklungspsychologie und Pädagogik gestürzt und war nur noch darauf konzentriert. Dann habe ich mein Examen gemacht, und den Rest kennst du ja.« Sie streckte ihre Finger auf der Decke aus und betrachtete sie. »Außerdem war ich immer sehr eigen.«

»Willst du damit sagen, dass du nicht viele Freunde und Bekannte hast?«

»Genau. Ich habe auf dem College Softball gespielt, und ich hätte jederzeit mit meinen Mannschaftskolleginnen etwas unternehmen können, wenn ich gewollt hätte. Aber irgendwie habe ich nie so richtig zu ihnen gepasst. Ich war zu schüchtern, und ich war immer ein Bücherwurm.« Sie lächelte. »Meine Collegezeit hat meinem Sozialleben keinen Auftrieb gegeben. Zumal mein Vater dort Dozent war.«

Connor sah sie fragend an. »Wie ist dein Vater? Eher jemand, vor dem du Angst hast, oder jemand, der dich beschützt?«

»Angst?« Julia lachte. »Nicht im Geringsten. Beschützen?

Ja, schon eher – außer wenn er selber vor einer Klasse steht. Dann würde er vermutlich nicht einmal merken, wenn ich vor seiner Nase von Aliens entführt würde. Er liebt seine Arbeit. Aber er ist kein Typ, der andere einschüchtern würde. Er hat also auch meine Verehrer nicht mit dem Gewehr verjagt. Sie sind von selbst gegangen.«

»Warum?«

»Aus Vorsicht. Ich kannte natürlich von Kind an eine Menge der Professoren auf dem Campus. Und jeder, der mit mir zusammen war, fühlte sich deshalb wie in einem Goldfischglas. Dann kam der Interessenkonflikt, als es an die Warteliste ging.«

»Jetzt verstehe ich gar nichts mehr.«

»Ich werde es dir erklären.« Julia wünschte sich inständig, das restliche Gespräch würde ebenso unkompliziert verlaufen wie dieser Teil. »Mein Dad ist ein sehr engagierter Mensch, der einen sehr lebendigen Unterricht macht. Jedes Semester gibt es einen so großen Ansturm auf seine Philosophie- und Literaturkurse, dass man nur über eine Warteliste hineinkommt. Und die meisten Typen fanden, seiner einzigen Tochter nachzustellen wäre möglicherweise kein guter Weg, um sich bei Professor Talbot beliebt zu machen.« Sie zuckte erneut mit den Schultern. »Wie auch immer, ich habe nie etwas vermisst. Wie ich schon sagte, ich war ein stiller, kleiner Bücherwurm und nicht gerade das, was man eine heiße Nummer nannte.«

Connor sah sie aufmerksam an. »Du verschweigst mir etwas«, sagte er dann. »Etwas, das im Zentrum all dessen steht und das dafür verantwortlich ist, dass du dich so entschlossen an deinen Idealismus klammerst. Was ist es?«

Julia zuckte zusammen. Connor hatte ja gesagt, er sei ein guter Menschenkenner, aber so viel Sensibilität hatte sie nicht erwartet.

»Ich bin beeindruckt«, antwortete sie und bemühte sich

um einen unbeschwerten Ton. »Für jemand ohne Ausbildung auf diesem Gebiet bist du ziemlich scharfsinnig.«

»Julia.« Er ließ sich nicht abwimmeln. »Du hast gesagt, es hätte etwas in deinem Leben gegeben, als du dich nicht so behütet gefühlt hättest. Was war das?«

Allmählich begann sie zu verstehen, wie er seine Millionen gemacht hatte. Er hatte ein ungetrübtes Gespür für rote Signalflaggen und ging direkt auf sie zu. Und er wusste genau, worauf er achten musste, um Erfolg zu haben.

Vielleicht hatten Risikokapitalismus und Psychologie viel mehr gemeinsam, als sie bisher vermutet hatte.

Ganz gleich, dies würde schwierig für sie werden. Nicht dass die Geschichte ein Geheimnis wäre. Es war nur so, dass sie selten darüber sprach, und wenn sie das tat, dann nur mit ihrer Mutter. Meredith Talbot verstand sie besser als jeder andere. Sie war damals dabei gewesen, erst als Vertraute, dann als Krankenschwester. Nein, sie war mehr gewesen als bloß Krankenschwester, sie war eine sprichwörtliche Florence Nightingale gewesen, die die Zeichen erkannt und gedeutet und die nötigen Schritte eingeleitet hatte, um die Krise zu beenden und den Heilungsprozess zu beginnen.

»Julia?« Connor sah sie gespannt an. »Sag mir, woran du denkst.«

Sie drehte sich um, damit sie ihm ins Gesicht sehen konnte. »Ich denke gerade darüber nach, wie ich deine Frage am besten beantworte.«

»Am besten so offen, wie du die anderen beantwortet hast.«

Sie nickte, entschlossen, die Einzelheiten offen zu legen, ihre Emotionen jedoch unter Kontrolle zu halten. »Ich hatte als Mädchen eine beste Freundin, Franny. Sie war ein hübsches, scheues, kleines Mädchen. Wenn ich mal keinen Baseball durch die Gegend warf, dann waren wir zwei unzertrennlich. Am Ende des dritten Schuljahres begann sie sich merkwürdig zu benehmen – launisch und zurückgezogen. Meiner Mom war das noch eher aufgefallen als mir. Oder vielleicht war es mir aufgefallen, aber ich habe nicht genug verstanden, um es zu benennen. Ich weiß es nicht. Wie auch immer, es wurde schlimmer mit ihr. Sie wurde eigenbrötlerisch, war leicht reizbar, wurde manchmal richtig böse.«

Connors Gesicht war ernst, und Julia wusste, dass er ahnte, was nun kam.

Sie erzählte es ihm trotzdem. »Um die Geschichte abzukürzen, es stellte sich heraus, dass Franny von ihrem Stiefvater missbraucht wurde. Und das nicht nur emotional. Er hat ihr alle möglichen schrecklichen Dinge angedroht. Manchmal hat er sie geschlagen. Und am Ende ...« Julia schluckte, das, was sie sagen wollte, blieb ihr fast im Hals stecken. »Am Ende hat er sie sexuell missbraucht. Er hat ihr gedroht, sie umzubringen, wenn sie irgendjemand davon erzählen würde. Nicht dass sie jemanden gehabt hätte, an den sie sich hätte wenden können. Ihre Mutter hat aus Selbstschutz die Augen vor der Wahrheit verschlossen. Ihr leiblicher Vater war mit seiner einundzwanzigjährigen Sekretärin in Europa. Franny war damals gelähmt vor Entsetzen und schrecklich allein.«

Julia machte eine kurze Pause. Jetzt, wo sie erwachsen war, konnte sie das, was ihre Freundin erlitten hatte, erst so richtig begreifen. Und das Schicksal ihrer Freundin erschien ihr noch grausamer. »Zum Glück hatten wir Mom. Sie hat schnell durchschaut, was mit Franny los war, und konnte sie dazu bringen, sich ihr zu öffnen. Dann nahm sie Kontakt mit dem Jugendamt auf. Es kam zu einem Prozess, einer Scheidung und viel psychologischer Betreuung. Frannys Stiefvater musste am Ende ins Gefängnis, und Franny durfte bei ihrer Mutter bleiben. Aber sie war nie wieder die

Alte. Als Teenager hat sie dann ihr Zuhause verlassen und alle Brücken hinter sich abgerissen. Niemand konnte ihr das verübeln.«

»Meine Güte.« Connor war blass. »Ich kann mir nicht einmal vorstellen ...« Er atmete tief aus und sah Julia nun in einem ganz anderen Licht. »Das erklärt eine Menge über dich.«

»Bestimmt.« Julia seufzte. »Zum Beispiel, warum ich so einen engen Kontakt zu meinen Schülern habe. Zum Beispiel, warum ich mir so viel Idealismus wie möglich zu bewahren versuche. Zum Beispiel, warum mir Prinzipien so viel bedeuten. Ich habe die Hässlichkeit des Lebens gesehen, Connor. Und es trifft nicht immer den Richtigen. Deshalb müssen wir die Schönheit festhalten, sobald wir sie irgendwo erkennen. Wir müssen uns an unsere Träume klammern und dürfen uns nicht auf mehr Kompromisse einlassen als unbedingt nötig.«

»Auch im Hinblick auf Beziehungen.«

»Ja, auch im Hinblick auf Beziehungen.« Offenbar hatte Connor verstanden, was sie meinte. Wie er darauf reagieren würde, war eine ganz andere Sache.

»Hat die Erfahrung deiner Freundin dir Angst vor Männern gemacht?«, fragte er.

»Sexuell, meinst du? Nein.« Julia schüttelte den Kopf. »Ich habe lange gar nicht begriffen, was mit Franny geschehen war. Außerdem hatte ich ja immer das Glück, ein Gegenbeispiel zu Hause zuhaben. Mein Dad ist ein wunderbarer Vater und Ehemann. Deshalb habe ich nie alle Männer mit Frannys Stiefvater in einen Topf geworfen. Er war krank, und er war eine einzelne Person. Ich hatte deshalb keine Angst vor Männern.«

»Aber du verkaufst dich nicht billig«, wandte Connor ein. »Du willst eine richtige Beziehung, nicht nur Sex. Du musst dem Mann, mit dem du schläfst, vertrauen. Und du möchtest, dass sich nicht nur die Körper begegnen, sondern auch die Seelen.«

»So abgedroschen es klingt, aber genauso ist es, ja.« Julia betrachtete ihn aufmerksam. Er sah nicht so aus, als würde er sich über sie lustig machen. Dennoch wünschte sie, sie hätten dieses Gespräch früher geführt – als sie noch nicht zusammen geschlafen hatten und die Prinzipien, die sie so pries, noch glaubwürdig gewesen waren. »Wie ich bereits sagte, es gibt nur noch wenige Dinge, von denen man träumen kann. Liebe mit einem Mann zu machen, den ich mag, war einer dieser Träume. Ich wollte keine halben Sachen und nur Sex ohne Gefühle erleben. Vielleicht klingt das jetzt alles albern, vor allem weil ich nach nur zwei Abenden mit dir ins Bett gefallen bin, aber es ist die Wahrheit. Ich habe die ungeheure Anziehungskraft zwischen uns nicht eingeplant. Ich dachte immer, Herz und Verstand müssen zuerst kommen, die Leidenschaft danach. Das war wohl sehr naiv von mir.«

»Und jetzt tut es dir Leid?«

»Nein, es tut mir nicht Leid. Ich bin nur ein wenig durcheinander, weil mich das so überrascht hat. Nicht nur die ungeheure Anziehungskraft zwischen uns, sondern auch, wie unglaublich toll es war, als wir ...« Ihre Stimme erstarb, und zwischen ihnen stand wieder diese knisternde Spannung.

»... uns geliebt haben«, beendete Connor den Satz für sie. Sein Gesichtsausdruck hatte sich verändert. Er sah sie an, und in seinen Augen lag eine tiefe Zärtlichkeit. Mit den Fingerspitzen strich er über ihre Wange, liebkoste ihre Unterlippe. »Sprich es nur aus, denn das war es. Wir sind nicht einfach ins Bett gefallen, Julia, wir haben es gewollt. Es mag schneller passiert sein, als du geplant hattest, aber das, was zwischen uns passiert ist, war nichts Nebensächliches. Und was die Reihenfolge angeht, würde ich sagen, es ist alles gleichzeitig und blitzschnell passiert, wie ein Erdrutsch.«

Er senkte den Kopf, küsste das Grübchen an ihrer Kehle. »Nur zu deiner Information, ich finde dich ganz toll.« Er zog eine Spur von Küssen an ihrem Hals. »Du bist intelligent und sensibel, und ich habe gut verstanden, was dich bewegt.« Er bewegte sich, seine Lippen glitten hinab, berührten den Ansatz ihrer Brüste, wanderten dann tiefer, liebkosten ihre Brustwarzen. »Soviel zu dem Mögen und dem Vertrauen und der Begegnung der Seelen.«

Julia atmete schneller. Die schwierige Unterhaltung trat hinter den Empfindungen zurück, die Connors Berührungen auslösten. Auch wenn alles, was er sagte, irgendwie richtig zu sein schien. »Ja«, murmelte sie.

»Und was die Leidenschaft angeht ...« Connor zog ihr die Decke aus den Händen und warf sie zur Seite. »Ich habe noch nie etwas so sehr gewollt.« Er kniete sich, beugte sich über ihre Brüste, befeuchtete die Spitze mit der Zunge. »Ich werde jedes Mal, wenn ich nur an dich denke, hart – und ich denke ständig an dich, und zu den unmöglichsten Zeiten, zum Beispiel bei einer wichtigen Geschäftsbesprechung.« Seine Lippen umschlossen ihre Brustwarze und saugten daran, bis ihr schwindelig wurde.

Sie stöhnte und drängte sich an ihn.

»Am Samstagabend habe ich kalt duschen müssen«, murmelte Connor mit rauer Stimme, bewegte sich zu der anderen Brust und begann diese zu liebkosen. »Ich bin fünfunddreißig Jahre alt, und ich habe kalt geduscht. Schlimmer noch, ich habe seither jeden Abend kalt geduscht. Heute konnte ich kaum rechtzeitig aus meinen Klamotten kommen. Und als ich schließlich in deinen wunderschönen Körper eindringen durfte ...« Seine Zunge umkreiste ihre Brustwarzen, zog die harte Spitze in seinen Mund. Er zögerte kurz, genoss ihr lautes Stöhnen. »Es war mehr als unglaublich. Es war explosiv. Ich habe es genauso empfunden wie du. Aber Julia ...« Er hob den Kopf, sah ihren benommenen Blick. »Dieses Mal wird es noch viel besser werden …«

»Tatsächlich?« Julias Körper bebte vor Lust, und sie konnte kaum sprechen.

»Hm.« Er erhob sich, fuhr ihr mit den Händen durchs Haar und zog ihr Gesicht zu sich herauf. »Kannst du dich erinnern, dass ich gesagt habe, du verdienst es stundenlang? Diese Stunden fangen gerade an.«

»Jetzt?«, flüsterte sie. Ihre Handflächen glitten über seine Brust, erforschten seinen muskulösen Oberkörper und wanderten dann tiefer.

Connor atmete keuchend, als sich ihre Finger um seine Erektion schlossen. »Und ob.«

18

Julia schlief tief und fest, als Connor sich aus dem Bett schlich und sich anzuziehen begann. Liebevoll blickte er auf sie hinab. Sie sah aus wie ein schlafender Engel, ihr Gesicht wirkte friedlich, ihr Haar lag ausgebreitet wie ein Wasserfall auf ihrem Kissen. Er war versucht, seine Kleider einfach wieder von sich zu reißen, ins Bett zurückzugehen, sie ein weiteres Mal zu lieben und dann in ihren Armen einzuschlafen.

Aber seine Vernunft siegte, und er kam zu dem Schluss, dass dies kein guter Zeitpunkt wäre, dieses Mal nicht. Denn es war fast zwei Uhr morgens, und er musste dringend zu Stephen. Den ganzen Tag hatte er nicht mit seinem Bruder gesprochen, und er begann unruhig zu werden. Außerdem wollte er auf keinen Fall, dass Brian am Morgen aufwachte, feststellte, dass er nicht da war, und möglicherweise annahm, er wäre nach Manhattan zurückgekehrt. Das war wirklich das Letzte, was der arme Junge brauchte. Er hatte im Moment Probleme genug zu meistern. Und sollte Brian schließlich erfahren, dass sein Onkel gar nicht nach Manhattan zurückgefahren war, sondern die Nacht woanders verbracht hatte, würde er ihn garantiert mit Fragen bombardieren – Fragen, die Connor nicht im Geringsten zu beantworten imstande war.

Außerdem musste Julia in wenigen Stunden in die Schule und fit sein. Er hatte ihr einiges zugemutet, und wenn er noch länger blieb, würde sie überhaupt keinen Schlaf bekommen. Er konnte die Hände einfach nicht von ihr lassen.

Als er sein Hemd fertig zugeknöpft hatte, wanderte sein Blick noch einmal zum Bett zurück. Er stand still da und sah Julia beim Schlafen zu. Diese Nacht hatte Empfindungen in ihm ausgelöst, die er nie für möglich gehalten hätte. Die Dinge waren ihm völlig außer Kontrolle geraten. *Er* war völlig außer Kontrolle geraten. Für jemanden wie ihn, der es gewohnt war, immer Herr der Lage zu sein, war das ein irritierendes erstes Mal. Es warf ihn ziemlich aus der Bahn.

Und noch etwas machte ihm sehr zu schaffen, seitdem er herausgefunden hatte, dass Julias sexuelle Erfahrungen nicht etwa begrenzt, sondern schlicht null waren. Es war das Thema Verhütung. Er hatte nicht verhütet, nicht ein einziges Mal während ihrer langen Stunden im Bett. Ein weiteres irritierendes erstes Mal. Er war dumm und leichtsinnig gewesen, und was noch schlimmer war, er hatte nichts dagegen getan.

Sie würden darüber reden müssen. Sofort, am besten morgen, ehe es zu einer weiteren Nacht kam und sie erneut sämtliche Hemmungen verloren.

Er beugte sich über das Bett und hauchte einen zärtlichen Kuss auf Julias Lippen. Sie gab einen leisen Laut von sich und rollte sich auf die Seite. Er küsste sie noch einmal, diesmal wesentlich intensiver.

Ihre Wimpern zuckten. »Connor?« Sie sah ihn verwirrt und schlaftrunken an.

»Es ist spät«, murmelte er an ihren geöffneten Lippen. »Ich muss gehen. Sonst musst du Brian noch erklären, wo sein Onkel die Nacht verbracht hat.«

Sie lächelte, erwiderte seinen Kuss mit einem widerstrebenden Seufzer. »Du hast Recht. Wie spät ist es?«

»Kurz vor zwei.« Er zog die Decke fester um sie, eher eine Sicherheitsmaßnahme für ihn als für sie. Nur zu gern wäre er wieder zu ihr ins Bett gestiegen, hätte sich in ihr vergraben und die Welt um sie herum einfach vergessen. »Schlaf jetzt weiter. Ich rufe dich morgen an.«

»Hm.« Ihre Augen fielen wieder zu. »Könntest du noch meinen Wecker stellen?«

Er streckte die Hand nach dem Radiowecker aus, der auf dem Nachttisch stand, und drückte auf den Alarmknopf. »Erledigt. Und die Tür mache ich auch gut hinter mir zu. Sonst noch etwas?«

Keine Antwort.

Connors Mundwinkel zuckten. Sie war schon wieder eingeschlafen.

Er verließ ihr Schlafzimmer, griff nach seiner Jacke und ging zur Wohnungstür.

Erst in seinem Auto zog er sein Handy aus der Jackentasche, schaltete es ein und hörte die Mailbox ab.

Fünf neue Nachrichten waren gespeichert. Alle waren von Stephen. Und alle waren voller Panik.

Die verzweifelten Bitten seines Bruders, ihn dringend zurückzurufen, erklangen immer noch, als er aus der Parklücke fuhr und losraste.

Im ganzen Haus war es mucksmäuschenstill, als Connor hereinkam. Nicht so, wie es üblicherweise nachts um halb drei still ist, sondern merkwürdig still. Oben war es stockdunkel, was bedeutete, dass Stephen sich irgendwo im Erdgeschoss befinden musste.

Connor lief von Zimmer zu Zimmer und spähte angestrengt in die Dunkelheit. Er wollte nicht laut rufen, um Brian nicht zu wecken, aber er wurde von Minute zu Minute hektischer.

Inzwischen war er vor dem Wohnzimmer angelangt. Eine einzelne Tischlampe brannte. In ihrem spärlichen Licht sah er, dass Stephen ausgestreckt auf dem Sofa lag. Er hatte einen Arm über die Augen gelegt, als wäre er in einen unruhigen, sorgenvollen und sehr wahrscheinlich betrunkenen Schlaf gesunken.

»Stephen.«

Sein Bruder schreckte sofort auf, als er seinen Namen hörte. Er erhob sich mühsam und rieb sich die Augen. »Connor. Wie spät ist es?«

»Halb drei.«

»Wo warst du? Und seit wann funktioniert dein Handy nicht mehr?«

»Ich war beschäftigt und hatte es ausgeschaltet.« Connor schaltete eine weitere Lampe an. Dann ging er zum Sofa, um den Alkoholrausch aus dem Kopf seines Bruders zu schütteln. »Was ist passiert? Ist Brian okay?«

»Das hängt davon ab, was du unter okay verstehst.« Stephen erhob sich und machte eine müde Handbewegung. »Ich bin stocknüchtern. Ich habe die ganze Nacht keinen Tropfen Alkohol angerührt. Ich war viel zu entsetzt, um an so etwas überhaupt denken zu können.«

Eine schreckliche Vorahnung überfiel Connor, und ihm wurde eiskalt. »Wieso?«

»Sie sind weg.« Stephens Gesichtsausdruck wirkte gequält. »Nancy und Brian. Sie sind beide verschwunden.«

»Verschwunden?« Connors Unterkiefer sackte nach unten. »Das ist unmöglich. Ich habe sie doch heute Mittag noch gesehen. Nancy war mit Brian beim Arzt. Sie hatte vor, heute nichts anderes zu tun, als eurem Sohn Antibiotika einzuflößen und mit ihm Videos anzuschauen.«

»Vielleicht war das auch so.« Stephen fuhr sich mit der Hand durchs Haar. »Aber danach ist noch eine Menge passiert.«

»Ich habe zweimal versucht, dich im Büro anzurufen. Celeste hat mir jedes Mal gesagt, du hättest irgendwelche Besprechungen.«

»Hatte ich auch. Ich habe verzweifelt versucht, einen Weg zu finden, Philip Walker unter Druck zu setzen. Aber leider ist er mir zuvorgekommen.« Stephen berichtete Connor, was nachmittags geschehen war, erzählte ihm von dem Brief und dem Paket, das Nancy erhalten hatte, ihrem aufgelösten Anruf und ihrem erbitterten Streit.

»Scheiße«, murmelte Connor. »Walker ist ein verdammtes Schwein. Brians Kappe an eurer Haustür abzugeben und Nancy zu Tode zu ängstigen, nur um dich zusätzlich unter Druck zu setzen – das ist wirklich schändlich. Was ihre Reaktion angeht, sie überrascht mich nicht. Du hättest ihr die ganze Geschichte gestern Abend erzählen sollen.«

»Ich hätte eine Menge Dinge tun sollen, die ich nicht getan habe.« Stephen seufzte tief. »Als sie mich anrief, war sie ein einziges Nervenbündel. Zuerst hat sie mir Vorwürfe gemacht – die alle gerechtfertigt waren. Danach wurde sie plötzlich sehr still. Zu still. Sie sagte mir, es wäre vorbei, dann hat sie aufgelegt. Ich hätte ahnen müssen, dass sie so etwas vorhat, aber ich war nur darauf konzentriert, Brian zu beschützen. Die nächsten Stunden habe ich dann am Telefon verbracht, um mit dem Privatdetektiv zu sprechen, den ich angeheuert habe. Er tut alles Menschenmögliche, um mir Informationen über Walker zu beschaffen – so schnell, wie er nur kann. Er hat einen Kollegen, der früher im Polizeidienst gearbeitet hat. Ich habe ihn in der Mittagszeit getroffen und ihn beauftragt, ein Auge auf Brian zu halten. Und als ich dann nach Hause kam, fand ich das hier vor.« Er reichte Connor ein Blatt Papier.

Connor nahm Nancys Brief und überflog ihn. Sie schrieb, dass es ihr und Brian gut ginge, sie jedoch am Ende sei, sowohl was ihre Geduld mit Stephens Spielsucht anginge als auch ihre Angst um Brians Leben. Sie schrieb weiter, dass sie Brian an einen sicheren Ort bringen und in Verbindung bleiben würde und dass sie und Stephen die Einzelheiten ihres zukünftigen Lebens aushandeln könnten, sobald die Sache mit Walker geregelt und Brian nicht länger in Gefahr sei.

Mit einem tiefen Seufzer gab Connor seinem Bruder den Brief zurück. »Es wäre keine gute Idee, nach ihnen zu suchen, das steht fest. Du würdest zu viel Aufsehen erregen, unter anderem auch bei Walker, und das würde ein noch höheres Risiko für Brian bedeuten. Außerdem möchte Nancy dich im Augenblick nicht sehen. Die Drohung gegen Brian hat ihr den Rest gegeben. Sie ist fix und fertig und braucht jetzt dringend Ruhe.«

»Ja.« Stephen widersprach seinem Bruder nicht. Er sah selbst so aus, als wäre er fix und fertig. »Du hast Recht. Natürlich war mein erster Gedanke, jeden Menschen anzurufen, den wir kennen, jeden Verwandten von Nancy, bis ich weiß, wo die beiden stecken. Aber wenn ich das tue, wird mit Sicherheit die Presse davon erfahren, und somit auch Walker. Das darf unter keinen Umständen passieren. Ich muss meine Familie vor ihm in Sicherheit bringen, selbst wenn ich darüber verrückt werde. Und ich stehe kurz davor, verrückt zu werden. Ich bin stundenlang wie ein Wahnsinniger durchs Haus gerannt und habe mir das Hirn zermartert, um einen Ausweg zu finden. Ich habe versucht, dich anzurufen, weil ich deinen Rat hören wollte. Vielleicht wollte ich auch nur eine menschliche Stimme hören, eine, der ich vertrauen kann. Ich weiß sonst nicht, an wen ich mich wenden soll. Verdammt, Connor, alles um mich herum bricht zusammen ...« Stephens Stimme wurde ganz leise. »So habe ich Nancy noch nie erlebt. Sie klang wie eine Besessene, wie eine Fremde. Es hat mir schreckliche Angst gemacht. Und als ich dann nach Hause kam und feststellte, dass sie und Brian verschwunden waren ...« Er schluckte hart. »Ganz gleich, wie schlimm die Dinge stehen, ich habe nie ernsthaft geglaubt, sie könnte mich verlassen. Ich schätze, ich war ein naives, unsensibles Schwein.«

»So weit würde ich nicht gehen.« Connors Gedanken überschlugen sich. Er sorgte sich um Stephen, er sorgte sich um Brian und Nancy, er sorgte sich um die Sache mit Walker. »Manchmal braucht man eben einen Eimer Wasser über den Kopf, ehe man begreift. Du liebst deine Frau. Das ist in deinem Leben völlig in den Hintergrund getreten, aber jetzt weißt du es wieder. Und sobald sie wieder hier ist, musst du ihr das zeigen. Das wird nicht ganz einfach werden. Du wirst professionelle Hilfe benötigen, bei deiner Spielsucht und in deiner Ehe. Aber ich bin mir sicher, wenn du die erhältst, wird alles wieder in Ordnung kommen. Und, Stephen, ganz gleich, was aus deiner Ehe wird, Nancy würde dir Brian niemals wegnehmen. Nicht wenn sie weiß, dass er bei dir in Sicherheit ist. Du bist sein Vater, und du bist ein verdammt guter Vater. Das weiß Nancy. Sie wird ihn zurückbringen.«

Stephen nickte und schaute zu Boden. Dann hob er plötzlich den Kopf und sah Connor an. Seine Augen waren feucht. »Am liebsten würde ich alles aufgeben«, sagte er leise. »Wenn ich damit für Nancys und Brians Sicherheit garantieren könnte, würde ich die Polizei anrufen, mich stellen und meine ganze politische Zukunft aufgeben. Aber ich habe weder einen Beweis dafür, dass Brian tatsächlich in Gefahr ist, noch dafür, dass es Walker war, der das Päckchen mit dem Drohbrief geschickt hat. Ich habe nichts weiter in der Hand als Vermutungen. Das reicht für ein Ermittlungsverfahren und einen Skandal, aber es reicht nicht für einen Schuldspruch. Wir wissen, dass Walker Helfer hat; es sind dieselben, die mich zusammengeschlagen haben. Was ist, wenn er völlig den Verstand verliert und seine Schläger auf Brian hetzt, nur um mich zu bestrafen? Das Risiko ist viel zu hoch.«

Connor sah seinen Bruder erstaunt an. Er hatte plötzlich einen ganz anderen Stephen vor sich, einen, der gewillt war, seine Schwächen einzugestehen und den Preis dafür zu zahlen. Einen Mann, der alles für seine Familie opfern würde.

Vielleicht gab es ja doch noch Hoffnung.

»Ich stimme dir zu«, antwortete Connor. »Es wäre ein Fehler, die Polizei zu diesem Zeitpunkt einzuschalten. Wir haben nichts Konkretes in der Hand, und Walker könnte uns noch gefährlicher werden. Außerdem würde der Skandal unsere Familie bei lebendigem Leib vernichten. Nein. Es ist vielleicht gut so, dass Nancy Brian vorerst aus der Schusslinie gezogen hat. Lass uns die Zeit nutzen, um Walker fertig zu machen.«

»Zeit? Welche Zeit? Walker erwartet von mir, dass ich bis Donnerstag eine Entscheidung getroffen habe«, antwortete Stephen bitter.

»Ich weiß.« Connor spürte geradezu, wie die Minuten verstrichen. »Gibt es irgendetwas, womit du ihn hinhalten kannst? Etwas, das er dir abkauft?«

»Walker versteht nur eine Sprache: Drohungen.«

»Gut. Dann benutz sie.«

Stephen warf seinem Bruder einen irritierten Blick zu. »Was glaubst du eigentlich, was ich die letzten zwei Tage versucht habe zu tun?«

»Ich meine damit nicht, dass du Walker drohen sollst. Ich meine damit, dass du ihm erzählst, du würdest versuchen, andere unter Druck zu setzen – zum Beispiel diese beiden abtrünnigen Stadträte.«

Irritation verwandelte sich in Verständnis. »Du meinst, ich soll ihm sagen, dass ich diese Ratsmitglieder überprüfen lasse, ob man ihnen nicht irgendetwas zur Last legen kann?«

»Hm. Und zwar etwas so Ernstes, dass sie dir ihre Stimmen geben werden. Das ist eine Technik, mit der Walker etwas anfangen kann.«

Stephen nickte langsam. »Es könnte funktionieren. Zumindest lange genug, um mir ein paar Tage zusätzlich zu verschaffen.«

»Wir können nur hoffen, dass das reicht.« Connor strich sich nachdenklich übers Kinn. »Du sagtest, du hättest einen Privatdetektiv engagiert. Wer ist das?«

»Derselbe Typ, den Dad damals beauftragt hatte, um Braxton zu überprüfen. Ich habe ihm nicht allzu viele Hintergrundinformationen gegeben, für den Fall, dass er Dad etwas erzählt. Nur das Allernötigste, aber es reicht, um an die Arbeit zu gehen. Und auch dieser Typ, der Brian überwachen sollte, weiß nur, dass wir, vor allem Brian, bedroht werden. Weitere Einzelheiten kennt er nicht.«

»Kluger Schachzug. Sobald morgen früh die Sonne aufgeht, werde ich meine eigenen Kontakte aktivieren. Ich kenne eine Reihe Leute, die Walkers Unternehmen genau unter die Lupe nehmen können. Und zwar diskret.« Connor runzelte die Stirn. »Weißt du übrigens, dass Dad bald hier sein wird? Wir müssen uns ganz genau überlegen, was wir ihm erzählen.«

»Ich möchte nicht, dass er irgendetwas von der Sache mit Walker erfährt«, meinte Stephen bestimmt.

»Ich auch nicht. Aber du kennst Dad. Er hat ein feines Gespür und wird sofort Lunte riechen, wenn er durch die Tür tritt. Außerdem wirst du ihm erklären müssen, wo Brian und Nancy sind.« Connor dachte eine Sekunde nach.

»Wir müssen uns eine überzeugende Geschichte überlegen. Einen Urlaub vielleicht oder einen Besuch bei einer Verwandten von Nancy. Auf jeden Fall etwas, das uns alle abkaufen, die Presse eingeschlossen. Niemand weiß, dass Brian krank ist, und deshalb würde es auch niemanden wundern, dass Nancy mit ihm fortgefahren ist ...« Connor fiel plötzlich etwas ein. »Verdammt.«

Stephen sah ihn an. »Was ist?«

»Julia. Was sollen wir Julia erzählen? Sie weiß, dass Brian an einer Ohrenentzündung leidet. Sie glaubt, dass er sich zwei Tage lang zu Hause erholt und dann wieder zur Schule kommt.«

»Na wunderbar.« Frustriert schüttelte Stephen den Kopf. »Jetzt muss ich mich auch noch um so etwas kümmern. Also gut, ich werde morgen zu ihr gehen, ihr sagen, dass sich die Ohrenentzündung als falscher Alarm herausgestellt hat, und ihr dann eine Urlaubsstory auftischen. Ich werde einfach erzählen, dass Nancy mit Brian weggefahren ist, damit er ein bisschen Ruhe hat und sich erholen kann. Das wird ihr sicher gefallen, schließlich macht sie sich fast verrückt wegen ihm.«

»Es wird nicht funktionieren.«

»Und warum nicht?«

»Weil Julia weiß, dass Brian wirklich krank ist.«

»Woher? Du warst doch heute Morgen bei ihr, und Nancy ist erst später mit ihm beim Arzt ...«

»Ich habe sie heute Abend noch einmal gesehen.«

»Heute Abend? Wann denn? Ich dachte, du kämst von einem Geschäftstermin, der die halbe Nacht gedauert hat.«

»Das habe ich nie gesagt. Ich habe bloß gesagt, dass ich beschäftigt war und mein Handy ausgeschaltet hatte.«

Connors Worte sickerten langsam durch, und Stephen musterte seinen Bruder von oben bis unten. Erst jetzt fiel ihm auf, wie verknittert seine Kleidung war. »Wow!«, meinte er. »Dich hat es ja viel heftiger erwischt, als ich geglaubt habe.«

»Und ob. Viel heftiger, als ich selbst geglaubt habe.« Connor redete nicht lange um den Brei herum, schließlich war sein Bruder nicht dumm. Außerdem war er in Gedanken längst woanders. Er traf eine Entscheidung. »Julia wird sich zu Tode ängstigen, wenn sie erfährt, dass Brian fort ist. Ich werde nicht auch noch Öl ins Feuer schütten und ihr die wahren Gründe für sein Verschwinden erklären. Ich werde ihr sagen, dass es sich um eine Familienangelegenheit handelt, und sie um ihre Kooperation bitten. Das muss zunächst reichen.«

»Wird sie sich denn damit abfinden? Wenn sie ihrem Direktor gegenüber einen Verdacht äußert, oder wenn Cheryl Lager erneut bei ihr auftaucht und sie bedrängt ...«

»Julia wird keinen Ton sagen.«

Stephen sah seinen Bruder nachdenklich an. »Warum? Wegen dir?«

»Nein, wegen Brian.« Connor lachte bitter. »Mir würde sie wahrscheinlich den Hals umdrehen, wenn sie die Wahrheit erführe.«

19

11. April
6.55 Uhr

Das Speiselokal war ein Loch. Es verdiente nicht einmal die Bezeichnung Speiselokal, eigentlich war es ein heruntergekommener Truckstop, der von Lastwagenfahrern angesteuert wurde, wenn sie mal wieder eine Dosis Koffein benötigten. Sie hielten kurz an und füllten ihre Thermoskannen mit dem kaffeeähnlichen Gebräu, das immerhin stark genug war, um sie weitere hundert Meilen wach zu halten.

Egal, für Cliffs Zwecke war der Schuppen ideal. Er lag direkt in der Nähe des Highways, nur zehn Kilometer von Leaf Brook entfernt. Und Cliff hätte seine Hand dafür ins Feuer gelegt, dass er in dieser abgelegenen Gegend keinen Bekannten traf.

Er hielt der ungepflegten Kellnerin seine Tasse hin, damit sie ihm noch einmal nachgießen konnte. Das war nun schon seine dritte Tasse. Vermutlich würde er sie ebenfalls heruntergeschüttet haben, ehe seine Sieben-Uhr-Verabredung kam.

Cliff stellte die Tasse ab, rieb sich den Nacken und versuchte Ruhe zu bewahren. Er hätte nie geglaubt, dass alles so weit kommen würde. Das, womit sie ihn erpresst hatten, um sich seine Kooperation zu sichern, war ein böses Spiel gewesen. Sie hatten es auf seinen wunden Punkt abgesehen. Und sie hatten seine Schwachstelle ausgenutzt, gnadenlos. Erfolgreich. Die Fotos waren viel zu nah an der Wirklichkeit gewesen, um sie einfach zu ignorieren. Sie wären auch Stephen viel zu nah an der Wirklichkeit gewesen, um sie zu ignorieren. Ihre Freundschaft wäre kaputt gewesen. Harrison Stratford hätte ihn fallen lassen, und für Nancy wäre das Leben zur Hölle geworden.

Aus all diesen Gründen hatte er sich auf die Sache eingelassen. Hauptsächlich natürlich wegen Nancy und weil er so schwach war. Aber nun ... Sein Kopf hämmerte. Körperverletzung? Die Bedrohung des Lebens eines unschuldigen Kindes?

Meine Güte, was hatte er bloß getan?

Die Eingangstür flog auf, und Greg Matthews kam herein. Er sah sich um, entdeckte Cliff und kam auf ihn zu.

»Was ist los?« Angewidert sah Greg auf den schmuddeligen Stuhl, ehe er sich setzte. »Warum mussten Sie mich so früh treffen? Und warum haben Sie sich angehört wie eine Zeitbombe kurz vor der Explosion?«

»Weil ich mich so fühle.« Cliff atmete tief durch, dann stemmte er beide Fäuste auf den Tisch und beugte sich nach vorn. »Stephen wurde gestern verletzt.«

»Ja, ich weiß. Er hat erzählt, er hätte sich geschnitten, als er sein Auto reparieren wollte.«

»Unsinn.« Cliff ließ sich so nicht abspeisen. »Seine Lippe war geschwollen, und er hatte Platzwunden. Jemand hat ihn brutal zusammengeschlagen. Ich habe versucht, es zu ignorieren. Ich habe mir eingeredet, dass er die Wahrheit sagt und ich mir Schlimmeres nur einbilde. Aber das tue ich nicht, stimmt's? Ebenso wenig wie ich mir nicht einbilde, dass Brians Baseballkappe gestern an Nancys Haustür abgegeben wurde. Was sie übrigens zu Tode erschreckt hat. Genau wie Sie und Walker es beabsichtigt hatten.«

Greg kniff die Augen zusammen. »Ich wäre ein wenig vorsichtiger mit meinen Anschuldigungen.«

»Und wenn nicht? Zeigen Sie Stephen dann diese gefälschten Fotos? Versuchen Sie ihm weiszumachen, ich wäre mit seiner Frau im Bett gewesen? Diese Karte haben Sie bereits einmal ausgespielt, Matthews. Es wird kein zweites Mal funktionieren.«

Er zog eine Augenbraue hoch. »Es hat beim ersten Mal ziemlich gut funktioniert, wenn ich mich recht erinnere. Ich habe Sie immerhin dazu gebracht, mir von dem kleinen Spielproblem des Bürgermeisters zu erzählen.« Greg sah ihn kalt an. »Es ist nicht meine Schuld, dass die Frauen, mit denen Sie ins Bett gehen, alle nur schlechte Kopien von Nancy Stratford sind. Deshalb war es nicht besonders schwer, diese Fotos hinzukriegen. Und wenn Sie nicht tatsächlich so scharf auf die Frau des Bürgermeisters wären, hätten Sie nicht angebissen. Sie hätten mir die Meinung gesagt und wären zu Stratford gelaufen, um ihm alles zu erzählen. Aber das haben Sie nicht. Weil Sie genau wissen, dass er Ihnen möglicherweise nicht glaubt. Zum Teufel, nicht einmal ich glaube Ihnen, dabei weiß ich, dass die Fotos gefälscht sind. Es ist also gar nicht nötig, Ihnen einen neuen Anreiz zu bieten. Der alte wirkt immer noch ganz fantastisch.« Ein verkniffenes Lächeln. »Sehen Sie es positiv. Wenn es gut für Sie läuft und die Ehe des Bürgermeisters kaputtgeht, kriegen Sie eine echte Chance.«

»Halten Sie sich verdammt noch mal von Nancy fern. Und von Brian. Er ist ein Kind, Matthews. Meine Güte, ist Walker denn so scharf auf diesen Parkplatzauftrag, dass er nicht mal Skrupel hat, einen Siebenjährigen in Angst und Schrecken zu versetzen?«

Greg zuckte mit den Schultern. »Da werden Sie ihn selbst fragen müssen. Ich bin bloß der Stadtdirektor.«

»Ja, richtig. Ein Stadtdirektor, der sich von einem Verbrecher schmieren lässt.« Cliff trank einen Schluck Kaffee. »Sie und Walker haben ihn genau in die Position gehievt, die er haben wollte. Stephen wird alles dafür tun, dass er seinen Auftrag bekommt, vor allem jetzt. Und ich werde meinen Mund halten – sofern Walker sofort seine Drohungen und Gewalttätigkeiten einstellt. Wenn nicht, ist Schluss. Ich werde nicht tatenlos daneben stehen und zusehen, wie Menschen verletzt werden, schon gar nicht ein kleiner Junge.«

»Ich finde, *das* klingt jetzt wie eine Drohung.« Greg stützte die Hände vor sich auf den Tisch. »Und wenn es das ist, würde ich es mir genau überlegen. Vor allem, wenn es um Philip Walker geht. Ich habe mir sagen lassen, dass er ziemlich ungeduldig sein kann.« Ein eindringlicher Blick. »Also, wird der Bürgermeister heute ins Büro kommen? Oder bleibt er zu Hause, um seine Familie zu bewachen?«

»Er hat niemanden mehr zu bewachen, und das hat er allein Walker zu verdanken. Nancy ist mit Brian verschwunden. Das ist das Nächste, was Sie wissen sollten. Richten Sie Walker aus, er hätte nun eine Möglichkeit weniger, Stephen unter Druck zu setzen. Nancy und Brian haben Leaf Brook verlassen.«

»Tatsächlich?« Greg sah ihn erstaunt an. »Und woher wollen Sie das wissen?«

Schweigen.

»Aha, vermutlich von der guten Mrs. Stratford selber. Dann wissen Sie ja sicher auch, wo sie ihren Sohn hingebracht hat.«

»Glauben Sie ernsthaft, ich würde Ihnen das sagen, auch wenn ich es wüsste?«

»Wahrscheinlich nicht.« Greg zuckte mit den Schultern. »Egal. Wo immer sie stecken, vielleicht ist es gar nicht so schlecht, dass sie weg sind. Es könnte Stratford den Anreiz geben, den er braucht, um einigen seiner Ratsherren in den Hintern zu treten und Walker seinen Auftrag zu beschaffen. Sobald das geschieht, sind Sie aus dem Schneider.«

»Um mich mache ich mir keine Sorgen.«

»Nein?«

Cliff schaute auf die verstaubte Uhr an der Wand. Er hatte seinen Job erledigt und Matthews die Informationen für Walker gegeben. Das müsste eigentlich reichen. Walker würde sich damit abfinden müssen, dass er an Nancy und Brian nicht mehr herankam, um sie für seine schmutzigen Spielchen zu benutzen.

Jetzt musste er los. Dringend. Die Apotheke machte um acht Uhr auf, und er wollte Brians Antibiotikum abholen und dann in Richtung Stowe aufbrechen.

Polternd schob Cliff seinen Stuhl zurück und stand auf. »Ich muss jetzt gehen.«

»Ein Mandant?«

»Eine Besorgung.« Cliffs Blick war eisig. »Richten Sie Walker meine Botschaft aus. Er bekommt seinen Vertrag. Aber keine Gewalttätigkeiten mehr. Und er soll Nancy und Brian in Ruhe lassen.«

Greg wartete, bis Cliff fort war. Dann wählte er Walkers Nummer.

»Henderson ist gerade gegangen«, verkündete er. »Er hat erzählt, Nancy Stratford hätte gestern, kurz nachdem sie das Päckchen bekommen hat, ihren Sohn geschnappt und die Flucht ergriffen.«

»Interessant«, murmelte Walker. »Das erklärt natürlich, warum sie gestern Abend nicht nach Hause gekommen ist. Der Typ, den ich damit beauftragt habe, ihr Haus zu überwachen, sagte, sie sei gegen sechs mit ihrem Sohn davongefahren und nicht zurückgekommen. Henderson sei die ganze Zeit bei ihr gewesen und erst kurz vor ihr gefahren.« Eine nachdenkliche Pause. »Jetzt stellt sich bloß die Frage, ob sie sich nur für eine Weile zurückzieht oder ob sie ihren Mann für immer verlässt. Was hat Henderson gesagt, wo sie hinwollte?«

»Gar nichts. Er wollte mir keine Auskunft geben.«

»So, so.« Eine weitere kurze Pause. »Sie sagten, er hätte darauf bestanden, Sie heute Morgen ganz früh zu treffen?«

»Ja. Er wollte sogar noch früher, aber das habe ich abgelehnt.«

»Verstehe. Und was hatte er anschließend Wichtiges vor, dass er sich zu einer so unchristlichen Zeit verabreden musste?«

»Er hat von irgendeiner Besorgung gesprochen.«

»Das habe ich mir gedacht. Vermutlich ist er unterwegs, um nach Mrs. Stratford zu sehen. Folgen Sie ihm. Finden Sie heraus, wo sich die Lady versteckt hält. Vielleicht ist uns diese Information noch nützlich.«

»Okay.« Greg war diese Idee auch schon gekommen. Er sprang auf.

Walker lachte triumphierend, als hätte er ein besonders spannendes Katz-und-Maus-Spiel gespielt – und gewonnen. »In der Zwischenzeit kümmere ich mich um den Bürgermeister und erinnere ihn daran, dass morgen Donnerstag ist. Ich werde ihn fragen, wie es seinem kleinen Sohn geht. Das müsste ihm ordentlich Feuer unterm Hintern machen.«

»Werden Sie auf diesem Termin bestehen?«

»Das hängt davon ab, welche Versprechungen Stratford mir macht und wie glaubhaft sie sind. Möglicherweise gebe ich ihm noch ein paar Tage. Mehr ist nicht drin, schließlich darf ich mein Ziel nicht aus den Augen verlieren. Aber ein bisschen könnte ich ihn noch zappeln lassen. Es macht mir Spaß zuzusehen, wie er sich quält.«

»Das glaube ich.« Greg hörte nur noch halb hin. Durch die Tür des Lokals beobachtete er, wie Cliff in sein Auto stieg. »Übrigens hat Henderson damit gedroht, Stratford alles zu erzählen, wenn es zu weiteren Gewaltakten kommen sollte.«

Walker lachte höhnisch. »Ich bewundere Menschen mit Prinzipien. Aber Henderson stellt keinerlei Bedrohung dar – höchstens für sich selbst. Er soll Stratford erzählen, wozu er Lust hat. Das Einzige, was der Bürgermeister noch nicht weiß, ist, wer die Sache mit seiner Spielsucht ausgeplaudert hat und warum. Henderson würde sich also nur sein eigenes Grab schaufeln.«

»Stimmt. Ich wollte Ihnen die Information nur nicht vorenthalten.« Gregs Körper spannte sich, als die Rückfahrscheinwerfer von Cliffs Auto aufleuchteten und er vom Parkplatz in Richtung Highway fuhr. »Henderson fährt jetzt los. Ich muss mich beeilen. Ich melde mich später wieder.«

8.17 Uhr

Julia war spät dran.

Connor lehnte sich an sein Auto, sah auf die Uhr und dann wieder hinauf zu ihrer Wohnung. Die Fahrt von ihrem Haus zur Schule betrug ungefähr eine Viertelstunde. Also würde sie, auch wenn sie in diesem Augenblick losfuhr, nicht vor halb neun an ihrem Pult sitzen können. Sie hatte ganz offensichtlich verschlafen.

Und er war der Grund dafür.

Er fuhr sich mit der Hand durchs Haar und wünschte sich inständig, er müsste ihr nichts von den jüngsten Entwicklungen erzählen. Das Gespräch, das er als Fortsetzung zu gestern Abend geplant hatte, war nichts gegen das, was ihnen bevorstand.

Das Licht in ihrer Wohnung brannte immer noch. Sie war wach, aber noch immer nicht fertig. Er könnte einfach die Straße überqueren, klingeln und zu ihr hinaufgehen. Aber er wollte die Erinnerungen und den Zauber der letzten Nacht nicht einfach zerstören, indem er die Bombe in ihrer Wohnung hochgehen ließ.

Da wartete er lieber hier draußen, bis sie kam, um die Bombe hochgehen zu lassen.

Verflucht!

Er zog die Tageszeitung unter seinem Arm hervor und blätterte sie durch, um sich abzulenken, bis sie kam. Automatisch schlug er den politischen Teil auf. Als er sah, dass einer der Artikel von Cheryl Lager stammte, verzog er das Gesicht. Diese Frau schien zu allem eine Meinung zu haben und keinerlei Hemmungen, sie laut auszusprechen.

Ein zweiter Text von ihr, weiter unten auf der Seite, fiel ihm ins Auge. Darin berichtete sie über die Auftragsvergabe für die städtischen Parkplätze, über die nächste Woche im Stadtrat abgestimmt würde. Sie zitierte zuverlässige Quellen, denen zufolge der Rat mit einer Mehrheitsentscheidung kämpfte. Man sei sich uneins, so hieß es, ob die Parkplätze unter städtischer Kontrolle bleiben oder an einen Privatinvestor übergeben werden sollten, der sich vertraglich verpflichten wollte, die Parkplätze künftig mit Sicherheitspersonal zu besetzen. Cheryl Lager wies auf die gestiegene Zahl der Autodiebstähle auf städtischen Parkplätzen hin und gab zu bedenken, dass ein Privatunternehmen das Eigentum der Bürger vielleicht besser schützen konnte als die Stadt. In wenigen Sätzen war es ihr somit gelungen, Stadtbedienstete, Parkplatzwächter und die Polizei von Leaf Brook gleichermaßen zu beleidigen.

Typisch Cheryl Lager. Mit einem abschätzigen Laut zerknüllte Connor die Zeitung und warf sie in den nächsten Papierkorb. Wunderbar. Genau das, was Stephen brauchte. Publicity, die noch mehr Druck erzeugen und die Öffentlichkeit auf den Plan rufen würde. Connor hätte seinen letzten Dollar darauf verwettet, dass Philip Walker die Stimme gewesen war, die in Cheryl Lagers Ohr geflüstert hatte.

Das Zuschlagen einer Tür und das Geräusch hastiger Schritte ließ ihn auffahren. Er hob den Blick gerade rechtzeitig, um Julia mit einem Stapel Papiere unter dem Arm zu ihrem Auto laufen zu sehen.

Sie blieb abrupt stehen, als sie ihn erkannte, und ein erstaunter Ausdruck trat in ihr Gesicht. »Connor?« Sie kam auf ihn zu. »Was tust du denn hier?« Ein Lächeln umspielte ihre Lippen. »Man könnte ja fast meinen, du hättest auf meinem Parkplatz übernachtet, wenn du nicht so frisch geduscht und angezogen aussehen würdest.«

Er hätte sie am liebsten in seine Arme gezogen und geküsst. Stattdessen beschränkte er sich darauf, ihr nur kurz über die Wange zu streicheln. Sie sah frisch und schön aus, sogar mit den dunklen Ringen unter ihren Augen.

»Ich muss mit dir reden«, sagte er ohne Vorrede. »Ich musste dich abfangen, ehe du zur Schule fährst, weil ich dich unter vier Augen sprechen wollte.«

Julia merkte, wie ernst er klang, und ihr Lächeln erlosch. »Worum geht es denn?«

»Um Brian. Nancy ist für eine Weile mit ihm weggefahren. Er wird vorläufig nicht in die Schule kommen.«

Entsetzt riss sie die Augen auf. »Weggefahren – warum? Wohin? Ist er kränker, als wir ursprünglich angenommen haben?«

Es war noch schwieriger, als er erwartet hatte. »Nein, mach dir keine Sorgen. Wir haben der Presse die Story aufgetischt, Nancys Schwester in Kalifornien sei schwer gestürzt und für ein paar Wochen außer Gefecht gesetzt. Nancy und Brian seien zu ihr geflogen, um ihr zu helfen.«

Julia schüttelte den Kopf, als könnte sie nicht so rasch verarbeiten, was Connor da sagte. »Du musst dich irren. Kalifornien? Das macht keinen Sinn. Brian hat eine Ohrinfektion. Fliegen wäre für ihn nicht nur schmerzhaft, sondern auch gefährlich. Mrs. Stratford würde doch nie ...« Plötzlich begriff sie Connors Worte. »Die Story, die ihr der Presse *aufgetischt* habt?« Sie lehnte sich an ihr Auto. »Mit anderen Worten, die Lüge, die ihr erzählt habt?«

Connor nickte. »Julia, hör mir zu. Ich brauche deine Hilfe. Du bist die einzige Person außerhalb der Familie, die weiß, dass Brian krank ist, abgesehen von seinem Arzt und dem Apotheker, und die sind an die Schweigepflicht gebunden. Ich weiß, dass er deshalb nicht in der Schule war, aber wir könnten einfach behaupten, die Sache mit der Ohrenentzündung habe sich als falscher Alarm entpuppt. Ich bitte dich, unsere Geschichte mitzuspielen und keinen Wirbel zu veranstalten.«

»Wieso?« Sie sah ihn völlig verständnislos an.

»Tu es für Brian. Das ist alles, was ich im Moment sagen

kann. Es geht um eine Familienkrise, über die ich nicht sprechen kann. Du musst mir vertrauen.«

»*Dir vertrauen?*« Julia schüttelte den Kopf. »Du hast mir erzählt, es ginge Brian gut, und seine Eltern würden sich von nun an nur noch um sein Wohlergehen kümmern. Du hast mich glauben gemacht, dass es eine Wende gegeben hat. Noch gestern Abend hast du mir am Tisch gegenüber gesessen und behauptet ...« Julia brach ab und holte tief Luft. »Sag mir eines, Connor«, meinte sie dann mit kühler, distanzierter Stimme. »Wann genau sind Mrs. Stratford und Brian zu ihrer Reise aufgebrochen?«

Eine Sekunde der Stille.

»Wann?«, wiederholte sie.

Connor schluckte, wich ihrem Blick jedoch nicht aus. »Gestern Abend.«

»Gestern Abend. Als du in meinem Bett lagst. Und dafür gesorgt hast, dass ich euch nicht ins Gehege kommen und Nancy Stratford anrufen oder treffen konnte.«

»Verdammt noch mal, nein!« Connor packte Julias Arm und hielt ihn fest umklammert, als sie versuchte sich ihm zu entziehen. »So war es nicht. Ich hatte keine Ahnung, dass Nancy fort wollte. Ich würde dich niemals so ausnutzen.«

»Tatsächlich?« In Julias Augen schimmerten nun Tränen, und sie kämpfte um ihre Beherrschung. Sie zog ihren Arm fort und kramte nach ihrem Schlüssel. »Noch eine Lüge. Ihr Stratfords wisst doch über alles Bescheid. Was immer da gerade vor sich geht, muss ein ziemlicher Skandal sein. Hat dein Bruder seine Frau und seinen Sohn fortgeschickt, oder sind sie aus eigenen Stücken gegangen?«

Es war eine rhetorische Frage, und sie wussten beide, dass Connor sie nicht beantworten würde.

Julia tastete nach dem Türgriff und zog daran, aber Connor hielt die Tür zu. »Ich war für dich doch bloß lästig, und da bist du auf die geniale Idee gekommen, mich ein wenig auf andere Gedanken zu bringen. Das ist dir hervorragend gelungen. Herzlichen Glückwunsch. Mission erfüllt. Jetzt geh mir aus dem Weg, damit ich in die Schule fahren kann.«

Connor wich keinen Millimeter zurück. »Nicht, bevor du mir zugehört hast.«

»Ich habe dir schon genug zugehört«, schnappte sie und drängte sich an ihm vorbei. »Keine Angst, ich werde deine Geschichte nicht auffliegen lassen, das würde ich Brian niemals antun. Wo immer er ist, er wird sicher sein, wenn seine Mutter bei ihm ist. Und wenn sie schlau ist, behält sie ihn dort. Jetzt verschwinde endlich! Wir haben uns nichts mehr zu sagen.«

Connor drehte sie heftig zu sich herum und fasste sie am Kinn. »Du kannst mich nicht einfach so abservieren.«

»Und ob ich das kann.«

»Julia ...«

»Versuch nicht, mir einzureden, ich würde dir etwas bedeuten. Das wäre eine noch größere Lüge als die, die du mir gerade erzählt hast. Und eine Beleidigung dazu. Ich bedeute dir ebenso wenig wie du mir.«

Frustriert biss er die Zähne zusammen. »Wer lügt jetzt?«

Nackter Schmerz stand in ihrem Gesicht. »Du bist ein Schwein. Du hast alles, was ich für dich empfunden habe, gerade mit einem Schlag zerstört. Jetzt verschwinde endlich. Ich will nichts mehr mit dir zu tun haben. Nie wieder.«

»Was ist, wenn du schwanger bist?« Diese Worte waren ihm über die Lippen gekommen, ohne dass er es wollte. Und er wünschte sich sofort, sie wieder zurücknehmen zu können.

Julia wurde leichenblass, und er konnte sehen, wie sie zu zittern begann. »Das bin ich nicht«, antwortete sie.

»Bist du sicher?« Er kämpfte um etwas, das ihm wichtiger war, als er je geglaubt hätte. »Ich bin letzte Nacht dreimal in dir gekommen. Ich habe kein Kondom benutzt. Und ich bezweifle, dass du die Pille nimmst.«

Mit größter Anstrengung kontrollierte sie ihre Miene. »Du hast Recht. Das tue ich nicht. Aber du brauchst dir keine Sorgen zu machen. Ich mag unerfahren sein, aber ich bin nicht dumm. Ich hatte gerade erst meine Periode. Ich kann also nicht schwanger sein.«

»Es ist vielleicht unwahrscheinlich, aber nicht ausgeschlossen.« Connor ließ nicht locker. »Wenn du schwanger bist, ist das Kind von mir.«

»Gut.« Sie riss die Autotür auf. »In diesem unwahrscheinlichen Fall werde ich dir eine Geburtsanzeige zukommen lassen. Aber erwarte ja nicht, den Namen Stratford darauf zu finden. Adieu Connor.«

Julia stieg in ihren Wagen und drehte den Zündschlüssel bereits, noch ehe sie die Tür richtig geschlossen hatte. Dann legte sie den Rückwärtsgang ein, und Connor musste zur Seite springen, um nicht überfahren zu werden. Sie fuhr aus der Parklücke raus und raste mit quietschenden Reifen davon.

20

Später fragte Julia sich, wie sie den Schultag überstanden hatte.

Sie hatte alles völlig mechanisch getan, Arbeitsblätter ausgeteilt, die 7er-Reihe erklärt, die Pausenaufsicht geführt. Die Kinder schienen zu spüren, dass sie etwas belastete, denn sie benahmen sich außergewöhnlich gut und verzichteten sogar auf ihren üblichen Streit darum, wer die Tafel putzen durfte.

Selbst Robin blieb auf Abstand. Erst in der Pause kam sie zu Julia und erkundigte sich nach ihrem Rendezvous mit Connor.

»Es ist vorbei«, stieß Julia hervor. »In jeder Beziehung. Thema beendet.«

Robin sah die dunklen Ringe unter den Augen ihrer Freundin und ihre fest aufeinander gepressten Lippen und runzelte die Stirn. »Julia, bist du okay?«

»Nein, aber ich werde es bald wieder sein.« Julia drehte sich um und ging fort.

Es wurde im Laufe des Tages nicht besser. Die erfundene Geschichte, Brian wäre zu Besuch bei seiner Tante, sprach sich rasch in der Schule herum. Gegen Ende des Schultags erschien Jack Billard, Julias so entgegenkommender Direktor, der sich sehr geschmeichelt fühlte, dass der Sohn des Bürgermeisters seine Schule besuchte und ihr die entsprechende Publicity verschaffte. Er bat Julia, Arbeitsmaterial für Brian zusammenzustellen. Er drängte sie dazu, den Lehrstoff der restlichen Woche aufzuschreiben, die entsprechenden Arbeitsblätter und Bücher dazuzulegen und das komplette Paket an den Bürgermeister zu schicken, damit dieser es an Brian weiterleiten konnte.

»Hat der Bürgermeister darum gebeten?«, fragte Julia.

Jack sah sie ungeduldig an. »Noch nicht. Aber er ist sehr um Brians Schulbildung bemüht. Ich möchte seiner Bitte deshalb zuvorkommen.«

Langsam atmete Julia aus. »Okay, aber ich brauche ein bisschen Zeit, um meine Lehrpläne durchzugehen und die Texte auszudrucken. Reicht es, wenn ich morgen alles abgebe? Ich glaube ohnehin nicht, dass Brian sich sofort in Schularbeiten stürzen wird, wenn er aus dem Flugzeug steigt.« An dem letzten Satz wäre sie fast erstickt, so absurd war er.

Jack war offenbar besänftigt und nickte. »Wunderbar. Sie können morgen früh alles persönlich ins Rathaus bringen.

Ich werde dafür sorgen, dass sich so lange jemand um Ihre Klasse kümmert.«

»Gut.« Julia lehnte sich auf ihrem Stuhl zurück. »Möchten Sie das Arbeitsmaterial nicht lieber selbst hinbringen?«

»Das wäre zu auffällig«, antwortete er. »Ich möchte nicht, dass der Bürgermeister glaubt, ich würde ihm in den Hintern kriechen.«

Dabei tun Sie genau das, dachte Julia im Stillen.

Nach Schulschluss verbrachte sie eine halbe Stunde damit, Arbeitsblätter auszudrucken und Brians Bücher zusammenzustellen. Sie beschloss, die nötigen Anweisungen zu Hause aufzuschreiben, da ihr Kopf inzwischen so hämmerte, dass sie kaum noch klar denken konnte. Sie brauchte erst mal ein heißes Bad, eine Kopfschmerztablette und ein paar ruhige Stunden, um weiter nachzudenken. Das würde zwar den Schmerz nicht lindern, der in ihrer Brust tobte, aber es würde ihr vielleicht irgendeine Perspektive geben. Und vielleicht einen Hauch von Ruhe.

Aber an Ruhe war offenbar im Moment nicht zu denken.

Als hätte Julia nicht schon genug Unangenehmes für einen Tag erlebt, lauerte ihr auch noch Cheryl Lager auf, als sie um vier Uhr endlich aus der Schule kam.

»Ah, Miss Talbot«, rief sie winkend. »Ich hatte gehofft, dass ich Sie kurz sprechen kann.«

Julia runzelte genervt die Stirn. »Ich bin sehr müde, Ms. Lager. Und ich kann mir nicht vorstellen, was wir zu besprechen hätten.«

»Brian Stratford natürlich. Wussten Sie vorher, dass seine Mutter diese Reise mit ihm machen wollte?«

Julia warf ihr einen eisigen Blick zu. »Mrs. Stratford braucht ihre Entscheidungen und Reisepläne nicht mit mir zu diskutieren. Im Übrigen hat es einen Notfall in der Familie gegeben, wenn ich es recht verstanden habe. Daher bezweifle ich, dass Mrs. Stratford selbst gewusst hat, dass sie diese Reise antreten würde.« Sie schob Cheryl Lager zur Seite und schloss ihr Auto auf. Dabei fiel ihr auf, dass dies heute das zweite Mal war, dass sie sich an jemand vorbeidrängen musste, um in ihren Wagen zu gelangen.

Es tat zu weh, an das erste Mal zu denken.

»Finden Sie nicht auch, dass das Timing dieser Reise ziemlich auffällig ist?«, beharrte Ms. Lager.

»Notfälle richten sich nicht nach Terminplänen. Deshalb nennt man sie Notfälle. Was ich finde, ist, dass Sie sich an Fakten halten und jegliche Gerüchtekocherei unterlassen sollten. Wenn Sie mich jetzt bitte entschuldigen würden ...« Julia stieg in ihr Auto.

Cheryl Lager stemmte ihre Hüfte in die offene Tür. »Wenn Sie nicht über Brian Stratford reden möchten, dann könnten wir vielleicht ein wenig über seinen Onkel plaudern. Mir ist zu Ohren gekommen, dass Sie und er sich näher gekommen sind. Stimmt das? Das würde natürlich erklären, warum Sie sich so bemühen, seine Familie zu schützen.«

Julia spürte, wie kalte Wut in ihr hochstieg. Sie atmete tief durch und zwang sich dazu, jetzt nicht die Beherrschung zu verlieren. »Ihre Anschuldigungen sind widerwärtig«, antwortete sie mit eisiger Stimme. »Ich würde sogar sagen, sie grenzen an Verleumdung. Jetzt gehen Sie mir aus dem Weg, sonst verklage ich Sie.« Sie zerrte an der Autotür, bis sie Cheryl Lager abgeschüttelt hatte.

Dreißig Sekunden später hatte sie den Schulparkplatz verlassen und befand sich auf dem Nachhauseweg.

Gut, dass Cheryl Lager keine Anstalten machte, ihr zu folgen. So nervös wie Julia war, hätte sie das vermutlich in den nächsten Straßengraben gebracht. Die widerwärtigen Andeutungen gingen weit über schmierigen Journalismus hinaus. Schmierig hätte bedeutet, dass Ms. Lager Julia über ihre Beziehung zu Connor ausgefragt und so lange herumgestochert hätte, bis sie auf eine besonders pikante Einzelheit gestoßen wäre. Aber ihr zu unterstellen, sie stecke mit den Stratfords unter einer Decke, das ging wirklich zu weit. Julia hatte endgültig genug von Cheryl Lager. Noch eine einzige Frage dieser Art, und sie *würde* Anzeige erstatten.

Sie bog auf die Hauptstraße und dachte an die Ironie in Cheryl Lagers Frage nach. Sie und Connor Stratford sollten sich näher gekommen sein. Nun, das war in der Tat ein Widerspruch in sich. Julia konnte sich beim besten Willen nicht vorstellen, dass irgendwer Connor wirklich nahe kam. Er war so aalglatt, dass sie sich nicht einmal vorstellen konnte, dass irgendwer ihn auch nur richtig kennen lernen konnte.

Mit jedem Hämmern ihres Kopfes stiegen neue Erinnerungen an den gestrigen Abend in ihr hoch. Erinnerungen, die sie noch vor ein paar Stunden genossen hatte und die ihr jetzt unangenehm und abstoßend erschienen.

Sympathie. Vertrauen.

Sie hatten über diese Themen gesprochen, daran erinnerte sie sich sehr genau. Tränen traten in Julias Augen. Das Problem war nur, dass sie lediglich *seine* Sympathien diskutiert hatten und *sein* Vertrauen. Sie waren nie dazu gekommen, *ihre* nagenden Zweifel über ihn zur Sprache zu bringen. Dieser Mann war also nicht nur aalglatt, er war auch ein Meister der Manipulation. Und ein Meister der Verführung. Sie war ihm in Windeseile erlegen.

So viel zu dieser wunderbaren Nacht, oder besser dem, was sie dafür gehalten hatte. Sie hatte sich verzaubert gefühlt, dabei hielt Connor sie nur in Schach, damit Nancy Brian ungestört wegbringen konnte.

Mit Kopfschmerzen, die sich zu einer regelrechten Migräne ausgewachsen hatten, kam Julia zu Hause an. Sie stolperte in ihre Wohnung und warf ihre Post auf den Küchentisch. Dann schluckte sie gleich zwei Kopfschmerztabletten und ging ins Bad, um sich kaltes Wasser übers Gesicht laufen zu lassen. Dabei kam sie am Anrufbeantworter vorbei und sah, dass sie drei neue Nachrichten hatte. Na prima!

Die erste Nachricht, die gegen zwei Uhr mittags aufgezeichnet worden war, stammte von ihrer Mutter. Sie informierte sie darüber, dass der Workshop am Freitagabend ausfallen musste, weil die Gastrednerin, Patricia Avalon, Spezialagentin des FBI und Expertin für Verbrechen an Kindern, einen dringenden anderen Termin hatte. Normalerweise wäre Julia enttäuscht gewesen. Dieses Mal jedoch nicht. Sie fühlte sich den Widerwärtigkeiten, die Spezialagentin Avalon vermutlich berichten würde, im Augenblick nicht gewachsen. Und sie fühlte sich auch ihrer Mutter nicht gewachsen. Ihre Mutter besaß ein großes Talent, ihr bis auf den Grund der Seele zu schauen, und Julia war nicht bereit, über Connor zu sprechen.

Die nächste Nachricht war um 14.45 Uhr aufgezeichnet worden. Sie war von Greg. Dem Rauschen und den Straßengeräuschen im Hintergrund nach zu urteilen, hatte er aus dem Auto angerufen. Er sagte, er wüsste, dass er sie um diese Zeit zu Hause nicht erreichen würde, aber er würde sich freuen, heute oder morgen von ihr zu hören, damit sie sich fürs Wochenende zum Kino oder auf einen Drink verabreden konnten.

Es klang wunderbar unkompliziert – ein wenig Ablenkung und leichte Unterhaltung. Diese Einladung konnte sie durchaus annehmen. Aber sie würde ihn heute Abend nicht mehr zurückrufen. Heute Abend brauchte sie ihre Ruhe.

Die dritte Nachricht, vor fünf Minuten hinterlassen, stammte von Connor.

»Julia, heb ab«, befahl er. Eine lange Pause. »Verdammt, bist du zu Hause? Wenn, dann geh endlich ran. Ich muss mit dir reden.« Er atmete ungeduldig aus. »Okay, vielleicht bist du noch nicht zu Hause. Du warst ja lange in der Schule. Ich weiß das, weil ich gekommen bin, um dich zu sehen. Aber diese falsche Schlange lauerte schon wieder an deinem Auto. Weil ich ihr keinen weiteren Grund liefern wollte, sich das Maul über uns zu zerreißen, bin ich wieder gefahren. Aber wir müssen dringend miteinander reden.« Eine erneute Pause. »Ich werde dich nicht in Ruhe lassen. Nicht, bis du mir zugehört hast. Also ruf mich auf meinem Handy an, sobald du zu Hause bist. Sonst rufe ich dich wieder an, notfalls die ganze Nacht.«

Klick.

Julia starrte auf den Anrufbeantworter, und Tränen traten in ihre Augen. Dann drückte sie auf *Löschen* und rannte ins Bad.

Connor hielt Wort. Er rief jede Stunde an und hinterließ Nachrichten, die im Laufe des Abends immer frustrierter und ärgerlicher klangen.

Julia ignorierte sie. Sie nahm ein Bad, knabberte an einem Sandwich und stellte das Material zusammen, das sie am nächsten Morgen Brians Vater bringen wollte.

Sie fragte sich, wo Brian wohl war, wo Nancy Stratford ihn hingebracht hatte und ja, auch warum sie das getan hatte. Das, was Bürgermeister Stratford belastete, schien wesentlich ernster zu sein, als sie bisher geglaubt hatte. Sie hoffte inständig, dass es Brian nach diesem Tapetenwechsel besser ging, dass das, was schief gelaufen war, bald in Ordnung kam und dass diese Lösung Brian wieder nach Hause brachte. Er fehlte ihr jetzt schon.

Dies führte sie zu einem weiteren Gedankengang, einem, den sie verzweifelt zu verdrängen versuchte, was ihr aber nicht gelang.

Mit der Handfläche strich Julia über ihren Bauch, ließ sie

eine Sekunde dort liegen. Noch immer hatte sie Connors Worte in den Ohren, als er sie schonungslos darauf hingewiesen hatte, dass sie schwanger sein könnte.

Nicht, dass sie die Möglichkeit nicht selbst in Betracht gezogen hätte. In den Stunden vor Tagesanbruch hatte sie einige Male wach gelegen, an die Decke gestarrt und über das nachgegrübelt, was zwischen ihr und Connor geschehen war. Und dabei hatte sie sich auch gefragt, ob das Unwahrscheinliche eingetreten war und sie schwanger war.

Ob das Baby Brian ähneln würde? Ob es seinen scharfen Verstand und seine direkte Art besitzen würde? Ob es Baseball in seinen Genen hätte, so wie Brian und sie? Ob es Connors Menschenkenntnis besitzen würde?

Verdammt, nein. Sie würde keinen weiteren Gedanken daran verschwenden.

Julia zog ihre Hand zurück, als hätte sie sich verbrannt. Der gestrige Abend war vorüber und der heutigen Realität gewichen. Es war unwahrscheinlich, dass sie schwanger war. Und falls doch: Sie mochte Kinder. Sie würde ihr eigenes Baby lieben. Punkt. Thema beendet.

Sie verdrängte diesen Gedanken und konzentrierte sich wieder auf ihre Aufgabe, das Arbeitsmaterial für Brian zusammenzustellen. Dann trank sie eine Tasse Kamillentee, in der Hoffnung, er würde ihre Nerven beruhigen, und ging ins Bett.

Das Klingeln des Telefons weckte sie.

Ehe sie wach genug war, um ihre Gedanken zu ordnen, griff sie nach dem Hörer und hob ab. »Hallo?«

Connor atmete hörbar aus. »Endlich. Was ist passiert? Kannst du das Klingeln des Telefons nicht mehr ertragen, oder bist du so müde, dass du ganz vergessen hast, dass du nicht rangehen wolltest?«

Julia war mit einem Schlag hellwach. Ihr Blick fiel auf die Uhr. »Connor, es ist nach Mitternacht.«

»Ich weiß, wie spät es ist. Meinen nächsten Anruf hatte ich für ein Uhr fünfzehn geplant.«

Die Emotionen, die sich den ganzen Tag in Julia aufgestaut hatten, sprudelten nun aus ihr heraus. »Verstehst du mich eigentlich nicht? Ich möchte nicht mit dir reden. Und ich möchte dir auch nicht zuhören. Ich interessiere mich nicht für das, was du mir zu sagen hast. Du hast mich benutzt. Du hast mich belogen. Versuch dich nicht herauszureden. Gute Nacht.«

»Wag es bloß nicht, wieder aufzulegen«, donnerte er. »Ich habe dich nicht benutzt. Gestern Abend, das war echt. Du hast es selbst gefühlt. Ich weiß, dass du das getan hast. Hör auf, so verdammt stur zu sein, und gib es zu.«

»Also gut, es war echt«, stieß Julia hervor. Sie setzte sich im Bett auf und wünschte sich, das Bild von ihr und ihm im Bett würde endlich vor ihren Augen verschwinden. »Für mich auf jeden Fall. Was dich angeht, weiß ich nicht, was es war. Ich weiß auch nicht, was du bist.« Sie bemühte sich um Beherrschung. »Mir ist nicht entgangen, dass du nicht abgestritten hast, mich belogen zu haben.«

»Ich habe vielleicht nicht die ganze Wahrheit gesagt. Aber ich habe nicht gelogen.«

»Also gut. Ich korrigiere mich. Du hast vielleicht nicht die ganze Wahrheit gesagt. Und das nur, um den tollen Namen Stratford nicht zu beschmutzen. Übrigens, falls dich das beruhigt, ich habe Cheryl Lager kein Wort gesagt. Sie hat mich wegen Brians angeblicher Reise in die Mangel genommen. Sie hat mich sogar wegen uns in die Mangel genommen. Ich habe sie in beiden Fällen abblitzen lassen. Zufrieden?«

»Sie hat dich wegen uns in die Mangel genommen?« Er war völlig überrascht. »Was, zum Teufel, wollte sie denn wissen?«

»Ob ich eure Familie nur deshalb schütze, weil ich persönlich befangen bin.«

»Scheiße.« Connor sagte das so, als würde er Cheryl Lager am liebsten den Hals umdrehen. »Es tut mir Leid, dass du das über dich ergehen lassen musstest. Das hast du nicht verdient.«

»Nein, habe ich auch nicht. Aber wir kriegen eben nicht immer, was wir verdienen. Wie der arme Brian, der aus irgendwelchen Gründen von hier fortgezerrt wurde. Er versteht wahrscheinlich die Welt nicht mehr. Und ich schätze, seine Mutter auch nicht. Trennen sich seine Eltern? Muss er zu allem anderen jetzt auch noch mit einem zerbrochenen Zuhause zurechtkommen?«

»Julia, ich habe dich nicht angerufen, um über Brian zu sprechen. Oder über Nancy und Stephen. Ich habe dich angerufen, um über uns zu sprechen.«

»Ah, wieder so eine ausweichende Antwort. Nun, von mir bekommst du eine direktere. Es gibt kein Uns. Deshalb haben wir auch nichts zu besprechen.«

»Weil du immer noch glaubst, ich hätte dich gestern Abend benutzt?« Connors Stimme klang fassungslos und ungläubig.

Julia schluckte den Kloß in ihrem Hals herunter. »Selbst wenn du es nicht getan hast, es spielt keine Rolle. Mein allererster Instinkt hat mich vor dir gewarnt. Ich glaube, das sagt alles.«

»Es sagt nur, dass du dich geirrt hast.«

»Vielleicht dieses Mal. Aber es wird andere Gelegenheiten geben. Ich vertraue dir nicht. Und ich bezweifle, dass ich es je tun werde.« Sie stutzte, als sie plötzlich eine weitere Erkenntnis traf. »Aber weißt du was? Es geht hier gar nicht um *mein* Vertrauen. Es geht um *deins*. Du vertraust niemandem, Connor. Das hast du nie gelernt.«

Ruhig legte sie den Hörer auf.

21

12. April
8.45 Uhr

Connor füllte erneut seine Kaffeetasse, dann trat er in Stephens Büro ans Fenster und schaute ins Nichts. »Walker hat dich also gestern angerufen?«

»Hm. Am späten Abend. Zu Hause. Du warst schon ins Bett gegangen.«

»Ich habe das Klingeln gehört. Ich habe gehofft, es wäre vielleicht Nancy.«

Stephen ließ sich auf seinen Schreibtischstuhl fallen. Er fühlte sich, als wäre er in dieser Woche um zehn Jahre gealtert. »Leider nicht. Ich habe noch immer kein Wort von ihr gehört.«

»Sie wird sich melden. Lass ihr noch ein wenig Zeit.« Connor neigte fragend den Kopf. »Was hat Walker gesagt?«

»So ziemlich das, womit wir gerechnet haben. Er hat mich daran erinnert, dass bald Donnerstag ist. Dann hat er mich gefragt, wie Brians Baseballtraining vorangeht.« Ein gequältes Schlucken. »Er wollte wissen, ob Brian gut Druck aushalten kann. Oder ob er schnell zusammenbricht und ausgewechselt werden muss.«

»Dieses kranke Schwein. Er provoziert dich. Eine kleine Erinnerung an das Paket mit Brians Baseballkappe, das er euch geschickt hat.«

»Ja, aber das Gute daran ist, dass es tatsächlich nur eine Provokation war. Er hat sich nicht weiter für Nancy und Brian interessiert. Offenbar weiß er, dass sie fort sind. Er muss Leute haben, die unser Haus überwachen. Er hat etwas davon gesagt, dass er mir einen Stapel heißer Videos leihen würde, damit ich abends beschäftigt wäre, so lange ich auf dem Trockenen sitze. Dann kam er sofort zum Geschäftlichen zurück.«

»Dreckiges, krankes Schwein.« Connor trank einen Schluck Kaffee. »Aber ich bin froh, dass seine Aufmerksamkeit nicht mehr deiner Familie gilt. Wie hast du auf seine Mahnung reagiert, dass am Donnerstag deine Frist ausläuft?«

»In wahrer Stratford-Manier«, antwortete Stephen bitter. »Ich habe mir meine Angst nicht anmerken lassen. Ich habe ihm gesagt, dass ich die Parkplatzentscheidung zu seinen Gunsten lösen würde, aber dass ich noch ein paar Tage dazu bräuchte.«

»Hast du ihm unsere Geschichte von den Leichen erzählt, die du im Keller einiger Ratsmitglieder auszugraben hoffst?«

»Ja.« Stephens Stimme klang höhnisch. »Er schien irgendwie fasziniert von dieser Idee. Er sagte, er würde die Art bewundern, wie ich Probleme anpacke. Und er hat mir Verlängerung gegeben. Ich habe jetzt Zeit bis Dienstag.«

»Das müsste reichen.« Connor fuhr sich mit der Hand durchs Haar. »Ich müsste heute Nachmittag von meinen Kontaktmännern erste Antworten erhalten. Ich hätte sie unter Druck setzen können, sie mir schon heute Morgen zu liefern, aber ich hielt Anrufe dieser Art für keine gute Idee. Nicht, wo Dad jederzeit hier hereinspazieren kann.«

»Auf gar keinen Fall. Wir müssen vermeiden, dass er Wind von irgendetwas bekommt. Lass uns dieses Tête-à-Tête hinter uns bringen. Danach konzentrieren wir uns wieder auf Walker.«

»Einverstanden.« Connor wandte sich zu seinem Bruder um. »Dad hat vielleicht keine Leute engagiert, die dich beobachten, aber er hat trotzdem tausend Augen. Ich bin mir sicher, dass er längst weiß, dass Nancy und Brian weg sind. Es wurde in der Zeitung von heute kurz erwähnt.«

Stephen lachte bitter. »Ich habe nie bezweifelt, dass Dad es erfahren würde. Ich bin überzeugt, dass er jede Zeile liest, die über mich geschrieben steht – und dank unserer Freundin Cheryl Lager gibt es davon eine Menge. Er wird seitenweise Material haben, mit dem er mich unter Druck setzen kann.« Stephen spielte mit einem Kugelschreiber. »Ich werde ihm über Nancy und Brian zunächst nur das erzählen, was wir auch der Presse erzählt haben. Je nachdem, wie er darauf reagiert und welche Fragen er stellt, werde ich notfalls noch ein bisschen improvisieren. Lass mich einfach machen.«

Connor nickte. »Wenn das alles vorbei ist, werde ich Cheryl Lager in den Hintern treten.«

»Bitte sehr.« Stephen machte eine ausladende Armbewegung. »Meinen Segen hast du.«

»Sie verfolgt nicht nur uns, sie verfolgt auch Julia. Gestern hat sie ihr schon wieder vor der Schule aufgelauert und sie tatsächlich beschuldigt, nur wegen ihrer persönlichen Beziehung zu mir nichts über Brians Verschwinden zu offenbaren. Dieses widerliche Biest. Ich kann es im Moment nicht wagen, Julia in der Schule zu besuchen, nicht solange Brian fort ist und es für mich keinen erklärbaren Grund gibt, mich dort sehen zu lassen. Cheryl Lager versteckt sich sicher mit einem Kameramann in irgendeinem Gebüsch und wartet nur darauf, zuzuschnappen und ein paar Fotos zu schießen, die Julias und meine Beziehung bestätigen und ihrer Verschwörungstheorie dienen.« Er hob frustriert die Schultern. »Aber Julia spricht im Moment sowieso nicht mit mir.«

Stephen sah ihn erstaunt an. »Ich nehme an, Cheryl Lagers Andeutungen haben sie abgeschreckt.«

»Das auch.«

»Gibt sie dir die Schuld an allem, was sich abspielt?«

»Noch schlimmer. Sie glaubt, ich wäre nur ein Köder gewesen, um sie abzulenken, damit Nancy ihre Koffer ungestört packen konnte.«

»Du machst Witze.«

»Sehe ich aus, als wäre mir zum Scherzen zumute?«

Stephen betrachtete seinen Bruder eingehend. »Nein, du siehst eher aus, als würdest du leiden. Du hast sie sehr gern, nicht wahr?«

Connor atmete tief. »Lass uns darüber ein anderes Mal sprechen, ja? Ich habe seit Tagen nicht geschlafen. Ich bin ziemlich erledigt, und ich möchte unbedingt, dass die Begegnung mit Dad gut verläuft. Wann kommt Cliff?«

Ein rascher Blick auf die Uhr. »Jeden Moment.« Stephen verzog das Gesicht. »Wenn wir Glück haben, haben er und Dad beim Mittagessen Geschäftliches zu besprechen. Das würde unser Zusammensein auf ein Minimum reduzieren.«

»Hast du Cliff die Wahrheit über Nancy erzählt?«

Stephen schüttelte den Kopf. »Er war gestern die meiste Zeit mit einem Mandanten von auswärts beschäftigt. Außerdem möchte ich ihn nicht zwischen mir und Nancy haben. Er ist schon genug in ihr Leben eingebunden.«

»Hältst du es für möglich, dass er weiß, wo sie ist?«

»Kann sein.« Stephens energisch vorgereckter Unterkiefer machte Connor deutlich, dass ihm dieser Verdacht schon längst gekommen war. »Aber wenn sie es ihm gesagt hat, dann würde er ihr Vertrauen niemals brechen. Außerdem: Wenn sie es ihm wirklich mitgeteilt hat, möchte ich es gar nicht wissen.«

Es klopfte kurz an der Tür, und Cliff trat ein. »Celeste sagte, ich soll einfach hineingehen. Seid ihr bereit?«, fragte er und schloss die Tür hinter sich.

»So bereit, wie es nur möglich ist.« Mit ernstem Gesicht sah Stephen zu, wie sein Freund das Zimmer durchquerte, um sich einen Kaffee zu holen. »Ich vermute, du hast heute Morgen schon mit meinem Vater gesprochen?«

»Vor knapp zehn Minuten. Sein Fahrer ist gerade in die Ausfahrt Richtung Leaf Brook gebogen. Er müsste gegen neun hier sein.«

Connor beobachtete Cliff ebenfalls eingehend. »Du siehst genauso übernächtigt aus wie wir. Ist alles okay?«

Cliff rieb sich den Nacken. »Ja, ich bin nur ein bisschen überarbeitet. Ich glaube, ich brauche mal einen Tag Urlaub.«

»Nun, heute kriegst du ihn jedenfalls nicht.« Stephen merkte, dass seine Stimme ungeduldiger klang, als er beabsichtigte. »Tut mir Leid. Ich bin auch ziemlich erschöpft. Wie ist mein Vater gelaunt?«

Cliff zuckte mit den Schultern. »Er ist schwer zu durchschauen, vor allem am Telefon. Wir haben höchstens drei Minuten zusammen gesprochen. Er wollte die Einzelheiten einer Akquisition zu Ende besprechen, an der wir gerade arbeiten, damit wir damit keine Zeit verschwenden müssen, wenn er hier ist. Er klang ziemlich unkonzentriert und gehetzt.«

»Wie immer«, murmelte Stephen.

Es klopfte erneut, und die drei Männer sahen sich an.

»Seit wann klopft Dad an?« Connor sprach laut aus, was alle dachten.

»Nie«, antwortete Stephen. »Normalerweise nickt er Celeste kurz zu und stürmt hier herein. Ja?«, rief er laut.

Celeste streckte zögernd den Kopf durch die Tür. Sie wirkte verlegen. »Entschuldigen Sie, Mr. Stratford, aber ich hatte ganz vergessen, Ihnen zu sagen, dass Miss Talbot gegen neun kurz hereinschauen wollte. Sie sagte, sie müsste Sie nicht unbedingt persönlich sprechen, sie könnte Brians Schulaufgaben auch bei mir abgeben. Aber da sie Brians Lehrerin ist, dachte ich, Sie möchten vielleicht gern wissen, dass sie hier ist, und ...«

»Schicken Sie sie herein«, unterbrach Connor sie.

Celeste wollte bereits gehen, doch dann drehte sie sich noch einmal um, um Stephens Bestätigung abzuwarten.

Er nickte. »Machen Sie nur, Celeste.«

Er wartete, bis sie verschwunden war, dann warf er Connor einen Seitenblick zu. »Das wird ja eine interessante Begegnung werden. Wie in einer Seifenoper. Erst Julia und du, wie ihr euch angiftet, und dann kommt Dad noch dazu. Das Einzige, was uns dann noch fehlt, ist eine Tüte Popcorn.«

»Sehr witzig.« Connor runzelte die Stirn. »Hast du sie erwartet?«

»Nein. Ich habe sie nicht um Brians Schulsachen gebeten. Ich wollte warten, bis er und Nancy sich etwas eingelebt haben. Weiß Julia, dass du hier bist?«

»Zum Teufel, nein.« Connor rieb sich das Kinn. »Dann wäre sie niemals gekommen.«

Stephen verzog den Mund. »Du scheinst ihr ja ziemlich übel mitgespielt zu haben.«

Connor hörte gar nicht zu. Sein Blick war starr auf die Tür geheftet.

Eine Sekunde später wurde sie geöffnet, und Julia kam herein. In der Hand hielt sie eine Plastiktüte. »Entschuldigen Sie die Störung, Mr. Stratford, aber ...« Sie sah Connor und stockte. Ein erschrockener Ausdruck trat in ihre Augen. »Oh, ich wusste nicht, dass Sie Besuch haben.«

»Kein Problem«, versicherte Stephen ihr und erhob sich. »Das hier ist mein Anwalt Cliff Henderson. Und Connor kennen Sie ja bereits.«

»Ja«, antwortete sie knapp und wandte den Blick von Connor ab, um Cliff die Hand zu schütteln.

»Meine Sekretärin sagte, Sie würden mir Arbeitsmaterial für Brian bringen?«, fragte Stephen erstaunt.

»Ja, ich habe den Lehrstoff für die nächste Woche zusammengestellt.« Julia ignorierte Connor immer noch und reichte Stephen die Plastiktüte. »Mr. Billard meinte, Sie würden es Brian vielleicht gern nach Kalifornien schicken.« Sie sah aus, als würde sie an der Lüge fast ersticken. »Dann fällt er im Unterricht nicht so weit zurück, bis er zurückkommt.«

Stephen nahm die Tüte. In seinem Gesicht flackerte echte Dankbarkeit auf. »Danke. Ihnen und Jack. Ich bin sicher, dass Brian das sehr zu schätzen weiß.«

»Wie geht es ihm?«, entfuhr es Julia, ohne dass sie es wollte. »Wir vermissen ihn. Ohne ihn ist der Unterricht einfach anders. Und seine Baseballmannschaft ist ganz verzweifelt.«

»Ich vermisse ihn auch«, antwortete Stephen. »Sehr sogar.«

Er hatte den Satz kaum beendet, als die Tür aufflog und ein stattlicher Mann mit grauen Schläfen, Maßanzug und undurchdringlichem Gesichtsausdruck hereinmarschierte. »Guten Morgen, Gentlemen.« Mit einem leicht erstaunten Blick in Julias Richtung warf er seinen Aktenkoffer auf den Schreibtisch. »Und Lady.«

Julia war bereits im Rückzug. »Wie ich sehe, haben Sie jetzt eine Besprechung. Entschuldigen Sie bitte nochmals die Störung, Mr. Stratford. Ich bin wieder weg.«

»Ich bringe Sie hinaus.« Connor war so schnell, dass Julia keine Chance hatte, nein zu sagen. Er war bereits neben ihr und hielt ihren Arm fest. Ihre einzige Chance zur Flucht hätte darin bestanden, eine Szene zu machen – und er wusste, dass sie das niemals tun würde. »Hi, Dad«, begrüßte er Harrison Stratford. »Schön dich zu sehen. Das ist Julia Talbot, Brians Klassenlehrerin.«

»Tatsächlich?« Ein Hauch von Interesse trat in seine eisblauen Augen. »Es ist mir ein Vergnügen, Sie kennen zu lernen, Miss Talbot.«

»Danke, Mr. Stratford. Das beruht auf Gegenseitigkeit.« Ein höfliches Nicken. »Sie haben einen ganz ungewöhnlichen Enkel. Sicher sind Sie sehr stolz auf ihn.«

»Und ob.« Er betrachtete sie aufmerksam, dann fiel sein Blick auf Connors Hand, die immer noch auf ihrem Arm lag »Hat Ihre Anwesenheit heute Morgen etwas mit Brian zu tun?«

Sie zögerte, und Connor konnte ihre Gedanken so deutlich lesen, als hätte sie sie laut ausgesprochen. Sie wollte das Beste für Brian. Andererseits hatte sie keine Ahnung, wie viel sein Großvater wusste. Und sie hatte nicht die Absicht, sich auf ein Minenfeld zu begeben.

Connor überließ es Stephen, seinem Vater die nötigen Erklärungen zu liefern.

»Miss Talbot hat Lehrmaterial für Brian gebracht«, meinte er knapp. Dann erhob er sich hinter seinem Schreibtisch. »Schön, dass du kommen konntest, Dad. Kann ich dir etwas anbieten?«

»Nur einen schwarzen Kaffee.« Harrison Stratford ließ seinen Aktenkoffer aufspringen, nickte Cliff kurz zu und richtete dann seine ganze Aufmerksamkeit auf Stephen. »Wir haben eine Menge zu besprechen.«

Das war Connors Stichwort.

»Ich begleite Miss Talbot noch zum Aufzug«, verkündete er und führte sie zur Tür. »Ich bin gleich wieder da.«

In der Sekunde, als sie draußen auf dem Korridor standen und die Tür hinter ihnen geschlossen war, riss sie ihren Arm fort. »Ich kenne den Weg«, zischte sie.

»Das weiß ich.« Er versperrte ihr den Weg. »Du hast jetzt genau zwei Möglichkeiten. Entweder lässt du zu, dass ich dich zum Aufzug bringe, oder du schreist laut um Hilfe. Das ist die einzige Möglichkeit, mich loszuwerden.«

Julia starrte ihn an. »Bist du wahnsinnig?«

»Wahrscheinlich. Wenn du lange genug nicht schläfst, würdest du das auch werden.« Mit vor der Brust verschränkten Armen wartete er auf ihre Entscheidung. »Also. Wozu hast du dich entschlossen?«

»Nun gut.« Sie hob resigniert die Arme. »Dann bring mich zum Aufzug. Aber keine Diskussionen. Dazu bin ich nicht in der Stimmung.«

»Einverstanden.« Connor zeigte in Richtung Aufzug, dann gingen sie den Korridor hinab. Unterwegs kamen ihnen viele Angestellte entgegen.

Sie bogen um die Ecke und erreichten die Aufzüge.

Wie Connor vermutet hatte, herrschte hier ziemlich viel Betrieb. Kein Wunder, es war neun Uhr morgens.

Er ging einfach weiter.

Julia blieb stehen. »Wir sind da«, meinte sie und hielt ihre Stimme gesenkt, damit niemand auf sie aufmerksam wurde.

»Falscher Aufzug.« Connor nahm erneut ihren Arm, weil er wusste, dass sie ihn hier in aller Öffentlichkeit nicht wegziehen würde. »Komm schon.«

»Wohin gehen wir?«

»Zu einem Aufzug, der schneller ist.«

Er führte sie an die Rückseite des Gebäudes und dann den Korridor entlang, in dem sich die Aufzüge des Servicepersonals befanden. Von dreien waren nur zwei besetzt.

Er steuerte auf ihn zu.

Als Julia begriff, was er vorhatte, versuchte sie sich loszureißen. »Hast du völlig den Verstand verloren?«, zischte sie. »Lass mich sofort los.«

»Sofort.« Connor zerrte sie in den leeren Aufzug und drückte auf den Knopf mit der Aufschrift SCHLIESSEN.

Die Türen schlossen sich lautlos.

Connor sah Julia von der Seite an. »Ich habe das hier nicht geplant, ebenso wenig wie ich es geplant habe, vorgestern mit dir ins Bett zu gehen. Es war Schicksal. Und das hier ist es auch. Ich wusste nicht, dass du heute in das Büro meines Bruders kommen würdest. Ich wusste auch nicht, dass Nancy verreisen wollte. Manche Dinge passieren eben. Und manchmal muss man eine Chance beim Schopf ergreifen. So wie ich es jetzt tue.«

Er drückte auf den dicken roten Knopf, der den Aufzug knirschend zum Halten brachte.

Sofort wurde Alarm ausgelöst, und die Alarmglocke begann schrill zu klingeln.

»Connor.« Julia starrte ihn entsetzt an. »Was tust du da?«

»Psst. Du hast gesagt, keine Diskussionen, erinnerst du dich?« Er zog sie in seine Arme, bog ihren Kopf nach hinten und drückte seinen Mund auf ihre Lippen, ehe sie auch nur Luft holen konnte. »Wir haben nur eine Minute«, murmelte er und genoss es, sie zu fühlen und zu schmecken. »Aber ich muss dafür sorgen, dass du verstehst, wie sehr du dich irrst. Und dass du dich daran erinnerst, wie richtig alles war. Hör auf dich gegen mich zu wehren, Süße.« Er hielt Julias Arme fest, als sie ihn wegzustoßen versuchte, dann schlang er sie um seinen Nacken. »In den paar Sekunden, die wir haben, ehe der Wartungsdienst hier auftaucht, um den Fehler zu beheben, solltest du dich nicht gegen mich wehren. Und auch nicht gegen dich.«

Julia öffnete den Mund, um zu protestieren, und Connor nutzte die Situation sofort aus. Seine Zunge glitt zwischen ihre Lippen, fand ihre Zunge und liebkoste sie mit langsamen, sinnlichen Bewegungen, bis ihr schwindelig wurde. Er wusste, dass er ihre körperliche Reaktion als Waffe nutzte, aber es kümmerte ihn nicht. Nicht, wenn er sie damit zu Verstand bringen und sie von der Wirklichkeit überzeugen konnte. Außerdem tat es seiner eigenen Wirklichkeit verdammt gut, sie wieder in seinen Armen zu halten – zumindest der Wirklichkeit, die er seit fünfunddreißig Jahren kannte. Es hatte ihn erwischt. Richtig erwischt. Und er hatte nicht das Verlangen, daran etwas zu ändern.

Connor wartete, bis er spürte, dass Julia reagierte und seinen Kuss beinahe gegen ihren Willen beantwortete. Dann drängte er sie gegen die Wand des Aufzugs, hob sie hoch, bis ihre Körper sich fanden, und drückte sie mit seinem ganzen Gewicht gegen das Metall.

»Du machst mich verrückt«, raunte er an ihren geöffneten Lippen. »Ich verliere völlig den Verstand, wenn ich dich berühre. Am liebsten würde ich die ganze verdammte Welt vergessen und dich hier an Ort und Stelle nehmen, sofort, auch wenn uns das gesamte Wartungspersonal dabei erwischt.« Er schob ihren Rock hoch, drängte sich zwischen ihre Schenkel und presste seine Erektion in die Höhlung dazwischen.

Julia stöhnte. Sie reagierte sofort, wenn auch unwillentlich. Sie bog sich zurück, um ihm noch näher zu sein, und ihr Körper drängte sich in unverkennbarer Lust enger an ihn.

Connor musste sich mit aller Gewalt dagegen wehren, ihr nicht den Slip herunterzureißen und die Sache zu vollenden. Er war so verrückt nach ihr, dass er geradezu bebte. Aber das war nicht der Grund, weshalb er sie hierher gebracht hatte. Er hatte es getan, damit sie die Wahrheit verstand.

»Julia.« Seine Stimme war ein heiseres Flüstern, das gegen die schrille Notsirene kaum hörbar war. Er hob den Kopf, seine Finger gruben sich in ihr Haar. »Wie kannst du nur daran zweifeln, dass das hier echt ist?«

Tränen schimmerten in ihren Augen. »Das tue ich nicht. Aber was beweist das schon? Dass wir uns gegenseitig begehren? Das wusste ich bereits.«

»Es beweist mehr.« Sein Griff wurde fester. »Sag mir, dass du mir glaubst, dass ich dich nicht benutzt habe.«

Sie sah ihn an. Ihr Blick war dunkel, tiefe Ringe lagen unter ihren Augen. Sie sah schrecklich müde aus. »Also gut, ich glaube dir, dass du mich nicht benutzt hast. Das heißt aber noch lange nicht, dass ich auch glaube, dass du mich nicht benutzen würdest. Connor, bitte lass mich jetzt los.

Das, was ich brauche ...« Sie schluckte mühsam. »... kannst du mir einfach nicht geben.«

Er öffnete den Mund zu einer Antwort, bekam aber keine Gelegenheit mehr dazu.

Über ihnen ertönten Schritte, die sich in den kreischenden Alarm mischten.

»Hey!«, rief eine Stimme. »Ist da unten jemand?«

Connor reagierte sofort auf Julias erschrockenes Gesicht. Er ließ sie langsam zu Boden gleiten und nahm seine Hände von ihr. Dann drückte er ein zweites Mal auf den roten Knopf.

Der Alarm erstarb.

Die Aufzugkabine setzte ihre Fahrt nach unten fort und entfernte sich von den Mechanikern über ihr.

»Alles okay«, rief Connor hinauf. Jetzt, wo es wieder ruhig war, war seine Stimme klar und deutlich zu hören. »Tut mir Leid, dass ich so einen Krach gemacht habe. Ich habe mich aus Versehen gegen den Alarmknopf gelehnt und ihn eingeklemmt. Gerade habe ich ihn wieder lösen können. Ich bin jetzt auf dem Weg nach unten.« Er sagte absichtlich nichts, was den Eindruck erwecken konnte, dass er gar nicht das Recht hatte, den Lastenaufzug zu benutzen.

Seine Erklärung schien die Männer zufrieden zu stellen, denn nach einer kurzen Stille folgte ein: »Okay, aber seien Sie beim nächsten Mal etwas vorsichtiger. Sie haben das ganze Haus in Aufruhr gebracht.«

»In Ordnung.« Connor wandte sich zu Julia, die gerade ihren Rock glatt zog. »Alles okay?«, fragte er leise.

Sie nickte und fuhr sich mit den Fingern ordnend durchs Haar. »Alles bestens. Aber ich muss jetzt dringend in die Schule. Und du musst auch zurück zu deinen Geschäften. Was immer du mit deinem Vater und deinem Bruder gerade ausheckst.« Ein trauriges Lächeln. »Das sagt wohl alles, oder?«

Wie auf ein Stichwort hielt der Aufzug im Erdgeschoss, und die Türen öffneten sich. Julia streckte vorsichtig den Kopf hinaus und stellte erleichtert fest, dass der Korridor verlassen war. Sie zögerte einen Moment, dann drehte sie sich zu Connor um, als gäbe es noch etwas, das sie ihm sagen wollte, sagen musste.

Was immer es auch war – sie änderte plötzlich ihre Meinung. Sie straffte die Schultern und ging ohne ein weiteres Wort.

Er folgte ihr nicht, so gern er es getan hätte. Nicht jetzt. Jetzt wartete eine Klasse Schüler auf sie, und er musste sich darum kümmern, Stephens Arsch zu retten.

Aber später – später würde es anders sein.

Das Timing war vielleicht falsch, aber das, was sie beide taten, war richtig.

Das wusste Connor ganz sicher.

Und irgendwann würde auch Julia es wissen.

22

Die Luft in Stephens Büro war so dick, dass man sie mit dem Messer hätte zerschneiden können.

Connor trat ein, schloss die Tür hinter sich und versuchte, sich ein Bild von der Lage zu machen. Cliff lief unruhig auf und ab, schaute hektisch einige Papiere durch, als suchte er nach Zahlen, über die er berichten wollte. Stephen saß hinter seinem Schreibtisch, wirkte äußerlich ruhig und gelassen. Seine Haltung war aufrecht, sein Gesicht zuversichtlich; er hatte die Hände vor sich auf dem Tisch liegen, als wollte er im nächsten Moment eine Ankündigung machen. Es war eine Haltung, die er längst bis zur Perfektion beherrschte, eine Haltung, die ihr Vater von ihm erwartete.

Harrison Stratford selbst hatte seine übliche distanziert-kritische Position eingenommen. Er saß steif auf der Stuhlkante, wirkte ungeduldig und aggressiv, wie ein Schäferhund in Lauerstellung.

»Was habe ich verpasst?«, erkundigte sich Connor betont locker und durchquerte den Raum, um sich einen Kaffee einzuschenken.

»Nicht viel«, versicherte Stephen ihm. »Wir sind bisher bloß die neuesten Meinungsumfragen durchgegangen.«

Das war merkwürdig. Connor hätte seinen letzten Cent gewettet, dass ihr Vater sofort zum Wesentlichen kommen würde: das Thema Nancy und Brian. Er warf seinem Bruder einen kurzen Blick zu und sah, dass er ebenso überrascht war wie er selbst.

»Wie sehen die Prognosen aus?« Connor trank einen Schluck Kaffee und fragte sich, wann sein Vater zuschlagen würde und was ihn im Moment noch davon abhielt.

Er sollte es bald herausfinden.

»Die Prognosen sind gut«, verkündete Harrison und warf Connor einen eisigen Blick zu. »Das heißt bis gestern. Ich kann nicht dafür garantieren, was passieren wird, wenn die Presse Gelegenheit hat, ausführlich darüber zu berichten, dass Nancy auf unabsehbare Zeit von zu Hause verschwunden ist. Übrigens, schön, dass du jetzt Zeit für uns hast.«

Aha, das war es also. Er wollte, dass Connor bei der Inquisition anwesend war.

Das bedeutete, dass heute entweder das große Geld oder ein großes Thema auf der Tagesordnung stand.

Ein Familienthema.

Nach allem, was in letzter Zeit passiert war, war es nicht schwer zu erraten, dass es sich um Letzteres handeln musste.

Connor machte sich auf das Schlimmste gefasst. »Ich hatte Probleme mit dem Aufzug«, antwortete er knapp.

»Probleme mit dem Aufzug?« Stephen zog die Augenbrauen hoch. »Dann kam dieser Krach da draußen von dir?«

»Hm.« Connors Gesichtsausdruck blieb undurchdringlich. »Ein eingeklemmter Alarmknopf. Es ist niemand zu Schaden gekommen. Tut mir Leid, dass ich euch warten lassen musste.«

Stephens Lippen zuckten, ein untrügliches Zeichen, dass er zwischen den Zeilen gelesen hatte und dass ihn das, was er daraus schloss, erheiterte. Aus Respekt vor Connor ließ er das Thema jedoch auf sich beruhen.

Ihrem Vater war so viel Diskretion fremd. »Was ist mit Miss Talbot?«

»Was soll mit ihr sein?«

»War sie mit dir zusammen in dem Aufzug?«

Connor presste die Lippen zusammen. Darauf würde er sich nicht einlassen. Er kannte die Gedankengänge seines Vaters und wusste, wie sie funktionierten. Harrison Stratfords versuchte auszuloten, wie er Julia in seinem Machtspiel am geschicktesten einsetzen und benutzen konnte. Er wollte genau wissen, welche Rolle sie in der Familie spielte, wie sie zu ihnen stand, was sie über Brians Abwesenheit wusste und was nicht, und wie er von ihrem Image als Brians hübsche, nette Klassenlehrerin Gebrauch machen konnte, um die Stratfords im bestmöglichen Licht erscheinen zu lassen.

Connor ahnte ganz genau, was im Kopf seines Vaters vorging.

»Ja, Dad, sie war bei mir«, antwortete er knapp. »Aber jetzt ist sie auf dem Weg in die Schule. Und ich bin hier. Also lass uns zum geschäftlichen Teil zurückkommen.«

»Sie gehört zum geschäftlichen Teil«, entgegnete Harrison. »Sie ist die Lehrerin meines Enkels. Und sie schien über den überraschenden Ausflug, auf den seine Mutter ihn mitgenommen hat, nicht sehr erfreut zu sein. Er verpasst den Unterricht. Das kann nicht lange gut gehen.«

»Keine Sorge«, versicherte Connor ihm, und die Ungeduld war ihm durchaus anzuhören. »Julias Leidenschaft für ihren Beruf hat keinerlei Einfluss auf ihre Meinung über Stephen. Sie hat mir selbst erzählt, dass sie ihm bei der Bürgermeisterwahl ihre Stimme gegeben hat und dass sie beabsichtigt, ihm auch bei der anstehenden Senatorenwahl ihre Stimme zu geben. Es gibt also überhaupt keinen Grund zur Beunruhigung.«

Harrison nickte. »Du schläfst mit dieser Frau«, sagte er dann. »Gut. Das wird sie davon abhalten, negative Publicity zu verbreiten. Aber halt dich zurück. Das Letzte, was wir brauchen, ist eine Affäre, aus der die Presse eine pikante Geschichte stricken kann. Etwa in der Art ›Lehrerin des Bürgermeistersohnes geht mit dessen Bruder ins Bett‹.«

Connor war noch nie so versucht gewesen, seinem Vater zu sagen, er solle sich zum Teufel scheren.

Ehe er das jedoch tun konnte, sprang sein Bruder ein und versuchte sich in Schadensbegrenzung. »Entspann dich, Dad. Julia hat überhaupt kein Problem mit Brians Reise. Sie hat ihm Lernmaterial gebracht, damit er nicht so viel versäumt. Was sie und Connor betrifft, das ist allein ihre Sache. Sie sind Singles und wissen, was sie tun. Für dich mag das spannend klingen, aber der Presse ist das viel zu banal, um eine große Sache daraus zu machen.«

Aus der anderen Zimmerecke vernahm man ein Räuspern. Cliff schien sich deutlich unbehaglich zu fühlen, aber Connor war sich nicht sicher, ob sich dieses Unbehagen auf das Gespräch bezog oder auf das, was er gerade in einem der Aktenordner entdeckt hatte. »Ich weiß nicht, ob sich die Nachricht, dass Nancy verreist ist, bereits herumgesprochen hat. Es ist möglich, aber ich habe noch kein Feedback dazu, weder ein positives noch ein negatives. Das könnte entweder daran liegen, dass es keines gibt oder dass ich gestern den ganzen Tag in einem Meeting feststeckte und nichts mitbekommen habe. Soll ich mich erkundigen?«

»Nein.« Harrison stand auf. »Ich möchte, dass Sie uns drei für ein paar Minuten entschuldigen. Erholen Sie sich einen Moment von Ihren Wachhundpflichten. Ich muss mit meinem Söhnen unter sechs Augen sprechen.«

Ein überraschtes Nicken. »Selbstverständlich.« Cliff nahm seinen Ordner und steuerte auf die Tür zu.

»Gehen Sie nicht zu weit weg«, riet Harrison. »Ich habe noch ein paar Dinge mit Ihnen zu besprechen, ehe ich gehe.«

Die Tür fiel leise ins Schloss.

»Sehr taktvoll«, bemerkte Connor.

»Das war nicht meine Absicht. So, wie wäre es, wenn wir jetzt mit dem Herumgerede aufhören?« Harrison schlug mit den Händen auf den Tisch. Er beugte sich vor und richtete einen tödlichen Blick auf Stephen. »Also, wo ist Nancy wirklich hingefahren und warum? Will sie dich verlassen?«

In Stephens Gesicht zeigte sich nicht der Hauch einer Irritation. »Wie kommst du auf die Idee, dass sie nicht in Kalifornien ist?«, fragte er ruhig.

»Weil ich ihre Schwester in Los Angeles angerufen habe. Sie ist übrigens eine schlechte Lügnerin. Für die Presse hast du sie gut genug vorbereitet, aber nicht für mich. Sie hat sich völlig verhaspelt. Nancy ist ebenso wenig dort wie ich. Wo ist sie also?«

Aha. Das war also die Bombe, die ihr Vater die ganze Zeit platzen lassen wollte, dachte Connor. Okay, nun war der Ball in Stephens Spielfeld gelandet.

Er beobachtete seinen Bruder und wartete darauf, wie er ihn zurückspielen würde. Dabei würde sich entscheiden, ob er seine Unterstützung benötigte.

Stephen machte eine lässige Armbewegung. »Okay, Nancy und ich haben einige Probleme. Sie braucht etwas Zeit zum Nachdenken. Ich weiß nicht genau, wo sie ist, aber sie sagte, sie würde mich anrufen. Ich hatte geglaubt, du würdest das nicht gern in den Zeitungen veröffentlicht sehen. Habe ich mich da geirrt?«

Harrison ignorierte seinen Sarkasmus. »Und hat sie angerufen?«

»Noch nicht.«

»Na wunderbar. Wen hast du engagiert, um sie zu finden?«

»Niemanden. Ich habe nicht die Absicht, dies zu tun.« Nun war Stephen ärgerlich. Er stand auf und sah seinen Vater über den Schreibtisch hinweg an. »Sie ist meine Frau, kein entflohener Häftling. Und deshalb werde ich sie nicht verfolgen und in Handschellen nach Hause zerren. Sobald sie dazu bereit ist, wird sie von allein zurückkommen.«

»Und was ist mit deinem Sohn?«, feuerte Harrison zurück. »Welche Rolle spielt er bei der ganzen Sache?«

»Er ist bei seiner Mutter.«

»Wie rührend. Falls du es vergessen haben solltest, Nancy ist nicht diejenige, die sich um einen Senatorenposten bewirbt. Du bist das. Und daher brauchst du Brian hier bei dir. Nancy übrigens auch. Sie kann sich für ein paar Tage davonstehlen, wenn es unbedingt sein muss, aber mehr nicht. Schließlich steht die Wahl in weniger als sechs Monaten an.«

Stephens Unterkiefer zuckte. »Darauf läuft alles hinaus, nicht wahr?«

»Da hast du verdammt Recht. Was glaubst du eigentlich, wofür wir all die Jahre gearbeitet haben? Für deine politische Zukunft. Wie stellst du dir vor, ein glaubwürdiges Image als liebender Familienvater zu transportieren, wenn deine Familie vor dir flieht?«

»Dad, du übertreibst«, schaltete Connor sich ein. »Nancy ist nicht geflohen. Sie steht unter ganz außergewöhnlichem Druck. Ein Teil davon ist ihre persönliche Angelegenheit.« Das war ein wenig übertrieben, aber notwendig. »Es gibt da einige Dinge, mit denen sie fertig werden muss. Dazu kommt der ganze alltägliche Stress und jetzt auch noch der Wahlkampf. Also gönn ihr eine Pause. Sie wird schon zurückkommen.«

Harrison drehte sich um und richtete seinen eisigen Blick auf Connor. »Ah, die Stimme der Vernunft. Komisch, noch vor einer Sekunde hätte ich schwören können, dass du mir am liebsten den Kopf abgerissen hättest, weil ich mich in dein persönliches Leben eingemischt habe. Und nun versuchst du in aller Ruhe, mich zu beschwichtigen. Nur weil ich Stephen um eine Rechtfertigung bitte.« Er gab einen verächtlichen Laut von sich. »Du und Henderson, ihr steht neben eurem Bruder wie zwei Buchstützen. Als würde er zusammenbrechen, wenn man eine davon wegnähme. Aber das wird er nicht.« Mit geschürzten Lippen drehte Harrison sich wieder zu Stephen. »Welcher alltägliche Stress?«

»Ich bin Bürgermeister dieser Stadt, Dad. Da kommt einiges zusammen.«

»Und wenn du erst im Senat sitzt, wird noch viel mehr auf dich zukommen. Darauf wirst du dich einstellen müssen. Und das gilt auch für Nancy.« Harrison zog die Augenbrauen zusammen, als grübelte er darüber nach, welche Themen Stephens Ehe so zusetzen könnten. »Deine Popularität war noch nie so hoch. Leaf Brook ist eine aufstrebende Stadt. Du stehst perfekt da. Demnächst steht diese riesige Mall-Eröffnung an. Wenn du auch noch diese Parkplatzgeschichte hinkriegst, die dir offenbar so zusetzt, hast du es geschafft.«

Ironie flackerte in Stephens Augen auf. »Ich vermute, wir sprechen auch hier wieder über die Presse?«

»Und ob wir das tun, verdammt. Die Presseleute sind letztendlich diejenigen, die dich in den Senat heben. Und sie lieben Skandale. Themen wie Uneinigkeit im Stadtrat, das ist ein gefundenes Fressen für sie. Außerdem lieben sie Helden. Und genau das wirst du sein, wenn es dir gelingt, die richtige Entscheidung zum Wohle deiner Wähler durchzusetzen. Die Zeitungsberichte werden dich in den Himmel heben. Also streng dich an.«

»Aye, aye, Sir.« Stephen salutierte und verzog zugleich das Gesicht. »Komisch, ich habe immer geglaubt, es seien die Wähler, die ihre Senatoren wählen. Ich schätze, da habe ich mich wohl geirrt.«

Harrison überging diese Bemerkung und sah ihn lauernd an. »Sag mal, ist es vielleicht die Presse, die deine Eheprobleme verursacht?«

»Ich habe die Presse im Griff.«

»Gut. Dann sieh zu, dass du auch deine Frau in den Griff bekommst.«

Connor schüttelte den Kopf. Diese Inquisition nahm extreme Ausmaße an, selbst für ihren Vater. »Du bist heute besonders in Form, Dad. Worüber hast du dich so geärgert – darüber, dass Nancys Eskapaden die Wahl gefährden könnten, oder darüber, dass etwas geschehen ist, was sich deinem direkten Einfluss entzieht?«

»Beides.« Harrison sah nicht im Geringsten so aus, als schien er sich an der Bemerkung seines Sohnes zu stören. »Die große Eröffnungsfeier der neuen Mall findet am Samstag statt.«

»Das ist mir durchaus bewusst«, antwortete Stephen. »Ebenso bewusst wie die Tatsache, dass Nancy und Brian bei solch einem Ereignis eigentlich an meiner Seite sein müssten. Deshalb habe ich die Geschichte mit Nancys Tante erfunden, um ihre Abwesenheit zu erklären. Man wird Nancy verzeihen, dass sie sich um ihre verletzte Schwester kümmert. Das ist auf jeden Fall sympathischer als unter allen Umständen neben dem Ehemann zu erscheinen.«

»Vielleicht, vielleicht auch nicht.« Harrison machte eine ungeduldige Handbewegung. »Die Öffentlichkeit mag Verständnis für Nancy haben, trotzdem will sie die typische amerikanische Familie sehen, die ihr drei repräsentiert. Dein Soloauftritt wird sie nicht glücklich machen.«

»Da stimme ich dir zu«, meinte Connor und informierte ihren Vater über die Entscheidung, die er und sein Bruder am vergangenen Abend getroffen hatten. »Deshalb werde ich Stephen begleiten. Ich bin nicht so hübsch wie Nancy, aber ich bin Stephens Bruder. Und damit werde ich die Familie vertreten.«

»Nein, nicht allein«, korrigierte Harrison sofort. »Denn ich werde auch dabei sein. Wir werden die Einheit und Stärke unserer Familie demonstrieren.« Ein zufriedenes Lächeln. »Deine Idee war gut. Meine ist noch besser.«

Wenn er auf einen Streit aus war, musste er sich auf eine Enttäuschung gefasst machen.

»Ja, das ist sie.« Connor dachte angestrengt nach. »Aber wie wäre es, wenn wir es noch perfekter machen? Wenn wir Familieneinheit beweisen wollen, sollte auch Mom mitkommen.« Connor sah seine elegante, gewandte Mutter vor sich, die ihre Rolle als gesellschaftliche Repräsentantin perfekt beherrschte, und wusste, dass es genau die richtige Entscheidung war. »Wir führen einfach eine andere Version der perfekten amerikanischen Familie vor. Nicht Frau und Kind, sondern Bruder und Eltern.«

»Nicht schlecht«, murmelte Stephen und strich sich übers Kinn. »Es wäre eine starke Demonstration familiärer Einigkeit, und es würde vor allem davon ablenken, dass Nancy und Brian nicht dabei sind. Hat Mom am Samstag Zeit?«

»Sie wird sich die Zeit nehmen.« Harrison machte eine großzügige Handbewegung. Lynette Stratford war ebenso daran interessiert, dass ihr Sohn eines Tages ins Weiße Haus einzog, wie er selbst. »Mein Chauffeur wird sie Freitagabend zu einer Cocktailparty nach Manhattan bringen, zu der wir eingeladen sind. Sie hatte vor, sich Samstag die neue Ausstellung im Metropolitan Museum anzuschauen. Aber sicher wird sie ihre Pläne ändern. Ich werde meinen Fahrer bitten, uns am Samstagmorgen nach Leaf Brook zu fahren.«

»Bleibst du bis dahin in der Stadt?«, fragte Stephen. Ihre Eltern besaßen neben ihrem Anwesen in Connecticut ein riesiges Penthouse direkt am Central Park.

»Ja. Heute Nachmittag und morgen habe ich einen Termin nach dem anderen. Es macht keinen Sinn, nur zum Schlafen nach Hause zu fahren. So ist es am besten. Die Eröffnungsfeier beginnt am Samstag um zehn Uhr. Wir werden alle gemeinsam hinfahren und uns einen großen Auftritt sichern.« Ein harter Blick in Stephens Richtung. »Bis dahin erwarte ich allerdings nicht nur, von dir zu hören, dass du mit deiner Frau gesprochen hast, sondern auch, dass sie bereits auf dem Nachhauseweg ist. Und ganz gleich, welches deine Probleme sind, löse sie. Jetzt.«

Stephen sah aus, als würde er eine bissige Antwort herunterschlucken. Unter diesen Umständen war es besser, wenn sie unausgesprochen blieb. Je eher diese Auseinandersetzung beendet war, desto besser. Wenn Harrison nachmittags noch einen Termin in Manhattan hatte, würde er bald aufbrechen müssen. Und dann könnten er und Connor sich endlich weiter um Walker kümmern.

Wie auf ein Stichwort schaute Harrison auf die Uhr. »Lasst uns Henderson wieder hereinholen. Wir müssen noch ein paar strategische Fragen zum Wahlkampf abstimmen, und ich möchte mir den Finanzierungsplan noch einmal genau ansehen. Um zwölf will ich hier raus sein.« Er setzte sich wieder auf seinen Stuhl, und seine Körpersprache signalisierte deutlich, dass dieser Teil des Gesprächs beendet war.

»Ich werde Celeste bitten, Cliff hereinzuschicken.« Stephen streckte die Hand nach dem Telefon aus.

Sein Vater beugte sich vor und packte Stephen am Handgelenk. »Ich werde das nicht noch einmal sagen, und ganz bestimmt nicht vor Henderson, aber zu Gunsten deines Senatorensitzes schaff deine Frau und deinen Sohn wieder zurück.«

11.45 Uhr

Stephen schaute aus dem Fenster und atmete erleichtert aus, als er das Auto seines Vaters vom Parkplatz auf die Hauptstraße rollen sah. »Gott sei Dank, das hätten wir hinter uns.«

»Es war nicht sonderlich angenehm, oder?«, antwortete Connor trocken. Er stand von seinem Stuhl auf und streckte sich. »Kein Wunder, dass meine Klienten mich nicht respektieren. Nach einem Vormittag mit Dad sieht der hartgesottenste Geschäftsmann aus wie ein neugeborenes Kätzchen.«

»Eines ohne Krallen«, ergänzte Stephen und massierte sich den Nacken. Er warf Cliff einen entschuldigenden Blick zu. »Tut mir Leid, dieser Rauswurf vorhin. Mein Vater hat nun mal kein Taktgefühl.«

Cliff legte seine Wahlkampfordner zur Seite und zuckte mit den Schultern. »Das stört mich nicht. Ich bin auch nicht beleidigt. So ist euer Vater eben. Entweder akzeptiert man ihn, wie er ist, oder nicht. Das war kein persönlicher Angriff. Ihn hat irgendetwas beschäftigt, das mit der Familie zusammenhängt, und wollte deshalb allein mit euch sprechen. Das ist sein gutes Recht.«

Stephen verzog die Mundwinkel. »Vielleicht bist du der fähigste Politiker unter uns.«

»Nun, ich kenne euch Stratfords seit mehr als zwanzig Jahren. Da muss ja etwas abgefärbt haben.« Cliff lächelte müde. »Wenn es euch recht ist, werde ich mich jetzt verziehen. Ich bin völlig erledigt. Ich hatte keine Ahnung, wie lange euer Vater bleiben würde, deshalb habe ich mir vorsorglich den ganzen Nachmittag freigehalten. Und das kommt mir jetzt sehr gelegen. Ich fahre nach Hause und ruhe mich ein bisschen aus.«

»Kein Problem.« Stephen sah Cliff aufmerksam an. »Gibt es einen besonderen Grund, warum du so gestresst bist? Du genießt es doch sonst, wenn du viel zu tun hast. Gibt es vielleicht eine neue Frau in deinem Leben?«

»Nein.« Wenn Stephens Frage Cliff unangenehm war, wusste er es gut zu verbergen. Andererseits beherrschte er sein Pokerface mindestens ebenso gut wie Stephen.

Er ließ seinen Aktenkoffer zuschnappen und zog ihn schwungvoll vom Schreibtisch. »Keine neue Frau. Nur eine Menge wichtiger Dinge, die mir gleichzeitig durch den Kopf gehen.«

»Etwas, worüber du reden möchtest?«

»Leider nein. Die Einzelheiten sind vertraulich. Das Übliche eigentlich – zwei größere Rechtsstreits, eine Unternehmensfusion, und diese Akquisition, die ich für Harrison aushandele. Das ist einfach ziemlich viel auf einmal. Aber wenn ich mir zwischendurch eine kurze Pause gönne, werde ich es schon hinkriegen.« Cliff steuerte die Tür an. »Ich bin zu Hause, falls ihr mich erreichen wollt. Wenn ihr nur den Anrufbeantworter bekommt, hinterlasst mir eine Nachricht. Das bedeutet, dass ich das Telefon leise gestellt habe, damit ich ein bisschen schlafen kann.«

»Klar«, murmelte Stephen, nachdem sich die Tür hinter Cliff geschlossen hatte. »Oder es bedeutet, dass du unterwegs bist zu meiner Frau.«

Connor runzelte die Stirn. »Sag mal, geht da deine Fantasie nicht zu sehr mit dir durch? Der Typ sieht aus wie das heulende Elend und will nur noch nach Hause ins Bett, und du vermutest gleich, er hätte ein Rendezvous mit Nancy. Das klingt nicht sehr plausibel. Zumal mein Neffe dabei ist, der sicher Ohren und Augen aufsperrt. Nein, das klingt nicht überzeugend.«

»Okay, du hast Recht, ich reagiere ein bisschen übertrieben«, schnappte Stephen und fuhr sich mit beiden Händen durchs Haar. »Aber ich verliere noch den Verstand. Warum ruft Nancy nicht an, wenigstens um mir zu versichern, dass es ihr und Brian gut geht?«

»Weil sie Ruhe braucht um nachzudenken. Dieses Päckchen hat sie in Panik versetzt. Sie steht unter Schock. Sie wird sich schon beruhigen.« Connor sah Stephen an. »Ich glaube übrigens nicht, dass du deinen Verstand verlierst. Du überreagierst natürlich etwas, aber das ist in deiner Situation völlig normal.«

Stephens Kopf fuhr herum. »Was soll das heißen?«

»Das heißt, dass ich nicht glaube, dass Cliff und Nancy etwas miteinander haben oder jemals hatten. Sie stehen sich einfach nur nah. Und mein Instinkt sagt mir, dass Cliff weiß, wo sie ist. Deshalb ist er auch so durcheinander. Nicht, weil er überarbeitet ist. Wenn du mich fragst, steckt er in einem Dilemma und weiß nicht mehr ein noch aus. Er fühlt sich zwei Menschen verpflichtet, die ihm beide viel bedeuten. Wenn er dir etwas erzählt, verrät er Nancy und riskiert, dass sie völlig durchdreht und tatsächlich mit Brian verschwindet. Andererseits bist du sein bester Freund. Dir etwas zu verschweigen, wo er genau weiß, was du durchmachst, wird ihm sehr zu schaffen machen, da bin ich mir sicher.«

»Verstehe.« Stephen lachte bitter. »Ich weiß nicht, ob ich ihn erst so lange würgen soll, bis er mir sagt, wo Nancy und Brian sind, und dann verprügeln, weil er sich in meine Frau verliebt hat, oder ob ich ihm dafür danken soll, dass er für Nancy da war, als ich es nicht war, und froh sein müsste, dass er sich darum kümmert, dass sie und mein Sohn in Sicherheit sind.«

»Lass beides bleiben. Wenn du Cliff Vorwürfe machst, wird das die Situation nur verschärfen und Nancy und dich noch mehr entfremden. Sie fühlt sich ohnehin verraten und manipuliert. Mach es nicht noch schlimmer. So bekommst du sie nie nach Hause zurück. Sie wird diese Entscheidung ganz allein treffen, nachdem du die Bedrohung für Brian ausgeschaltet hast.« Mit nachdenklicher Miene sah Connor auf die Tür, durch die Cliff vor wenigen Minuten verschwunden war. »Wenn Nancy Cliff um Hilfe gebeten hat, muss sie ihm die Geschichte mit der Baseballkappe und Walkers Drohung erzählt haben.«

»Und von meiner Spielsucht?« Stephen klang eher müde als verärgert. »Vielleicht. Es spielt keine Rolle. Außerdem dürfte es für ihn keine Überraschung gewesen sein. Cliff ist seit dem College mein Freund. Er ist kein Idiot.« Ein schweres Schlucken. »*Ich* bin der Idiot. Connor, was zum Teufel habe ich bloß aus meinem Leben gemacht?«

Connor ging auf seinen Bruder zu und legte ihm die Hand auf die Schulter. »Allein die Tatsache, dass du dir diese Frage stellst, zeigt, dass du umdenkst. Du bekommst dein Leben wieder in den Griff. Du willst es endlich so sehr, dass du bereit bist, dafür zu kämpfen. Und eines weiß ich ganz sicher: Die Stratfords mögen in vieler Hinsicht schwierig sein, aber wir sind verdammt gute Kämpfer. Wir geben nicht eher auf, bis wir gewinnen. Das Problem ist nur, dass wir zu viel Zeit damit vergeudet haben, für die falschen Dinge zu kämpfen. Aber das wird sich ändern. Wir werden es von nun an richtig machen.«

Stephen sah seinen Bruder erstaunt an. »Wir? Warum habe ich das Gefühl, dass du damit nicht nur mich und Nancy meinst?«

»Weil es nicht so ist.«

Stephens Telefonanlage summte, und er ging hinüber und drückte auf den Knopf. »Ja, Celeste?«

»Mr. Henderson sagte mir, dass Ihre Besprechung zu Ende ist. Sie hatten mich gebeten, alle Anrufe zu notieren. Möchten Sie die Liste haben, bevor ich in die Mittagspause gehe?«

»War etwas Dringendes dabei?«

Raschelnd blätterte Celeste die Nachrichten durch. »Ja, zwei Dinge. Der Polizeichef hat angerufen. Er möchte gern wissen, wie viele zusätzliche Sicherheitskräfte für die Mall-Eröffnung am Samstag benötigt werden. Ich habe ihm gesagt, Sie würden ihn noch heute Nachmittag zurückrufen. Und ein Mr. Harry Shaw hat angerufen. Er sagte, es sei wichtig und Sie würden auf seinen Anruf warten.«

Stephen erstarrte, als er den Namen des Privatdetektivs hörte. »So ist es. Hat er sonst noch etwas gesagt?«

»Er sagte, er hätte die Informationen, die Sie verlangt hätten. Er ist heute Nachmittag nicht über Handy erreichbar und möchte Sie gegen vier auf einen Drink treffen. Wenn das geht, sollen Sie eine Nachricht auf seiner Mailbox hinterlassen. Er wird sie abhören, sobald er wieder Empfang hat.«

»Danke, Celeste. Dann gehen Sie jetzt in Ihre Pause.« Stephen drückte erneut auf den Knopf und blickte Connor an. »Er muss etwas gegen Walker gefunden haben.«

Connor lächelte grimmig. »Wollen wir es hoffen.«

23

15.35 Uhr

Julia betrat ihre Wohnung. Den ganzen Tag hatte sie sich nach Ruhe und Einsamkeit gesehnt, aber jetzt wo sie sie endlich bekam, war sie viel zu nervös und angespannt, um still sitzen zu können.

Unabsichtlich fiel ihr Blick auf den Anrufbeantworter. Kein rotes Lämpchen, also hatte niemand angerufen.

Warum war sie darüber so enttäuscht, verdammt?

Sie kletterte auf einen Küchenhocker, stützte die Arme vor sich auf die Theke und legte den Kopf darauf.

Den ganzen Tag hatten sie diese Minuten im Aufzug immer wieder verfolgt. Ihr Körper brannte noch in der Erinnerung und schmerzte vor unerfülltem Verlangen. Und was noch schlimmer war: Ihr Herz schmerzte wegen all der Dinge, die sie mit Connor nicht haben konnte und die sie sich so sehr wünschte.

Verdammt, verdammt, verdammt – wieso musste sie sich ausgerechnet in Connor Stratford verlieben? Warum konnte es kein unkomplizierter Mann aus einer ganz normalen Familie sein, ein Mann mit Werten, die sie verstand, einer, der ihr vertrauen konnte und dem sie vertrauen konnte?

Und warum wollte sie immer noch daran glauben, dass Connor vielleicht doch dieser Mann sein könnte?

Sie hob den Kopf, fest entschlossen, wenigstens für ein paar Minuten nicht an Connor zu denken. Eine Ablenkung. Das war es, was sie brauchte. Jemand, mit dem sie reden konnte, ganz gleich worüber, Hauptsache es endete nicht mit dem Namen Connor Stratford.

Jemand, der ihr angeboten hatte, ihr Freund zu sein und sonst nichts.

Sie wählte Gregs Büronummer.

»Greg Matthews.« Er kam selbst ans Telefon, klang beschäftigt und unkonzentriert.

»Greg? Hier ist Julia. Es tut mir Leid, anscheinend rufe ich zum falschen Zeitpunkt an.«

»Hm? Nein, ich habe nur schrecklich viel zu tun, und ausgerechnet jetzt ist auch noch meine Sekretärin krank geworden.« Er atmete tief, dann lachte er gezwungen. »Entschuldige bitte. Lass uns noch mal von vorne anfangen. Hallo, Julia, schön von dir zu hören.«

Unkompliziert. Gott sei Dank. »Schön, mit dir reden zu können.« Julia fühlte sich ein bisschen entspannter. »Ich habe deine Nachricht bekommen, aber gestern war alles so furchtbar hektisch, und dazu hatte ich noch einen schrecklichen Migräneanfall. Ich würde mich wirklich gern mit dir treffen.«

»Ich auch. Aber heute Abend geht es nicht. Ich werde sicher bis Mitternacht arbeiten müssen.« Eine Pause. »Wie wäre es mit morgen Abend? Ich weiß, dass du da deinen Workshop hast, aber wir könnten uns anschließend noch sehen. Selbst wenn es nur auf einen Drink ist.«

»Ich kann dir etwas viel Besseres anbieten. Mein Workshop ist für morgen abgesagt worden. Ich lade dich zum Essen ein. Aber nur, wenn du mir versprichst, dass wir nicht über Arbeit reden.«

»Von mir aus gern.« Greg zögerte einen Moment. »Du klingst auch ziemlich gestresst. Ist alles okay?«

»Nach einem Glas Wein und ein bisschen netter Unterhaltung werde ich mich besser fühlen.«

»Abgemacht.« Das Rascheln von Papier signalisierte Julia, dass er gern auflegen wollte, um sich wieder seiner Arbeit zuzuwenden. »Wie wäre es mit dem Steakhaus an der Maple Street? Wäre das okay für dich?«

»Perfekt.« Julia empfand eher Erleichterung als Freude. Ein netter Abend. Das versprach zwar noch keine völlige Genesung, war aber vielleicht heilsam genug, um ihre Symptome ein wenig zu lindern. »Was hältst du von sieben Uhr?«

»Sagen wir lieber halb acht. Ich würde dich gern zu Hause abholen, aber leider werde ich bis zur letzten Minute mit meiner Budgetplanung beschäftigt sein. So wie es im Moment aussieht, werde ich ohnehin Samstag wieder arbeiten müssen, damit ich rechtzeitig fertig werde. Wärst du damit einverstanden, wenn wir uns gleich im Restaurant träfen?«

»Natürlich. Bist du denn sicher, dass du überhaupt die Zeit erübrigen kannst, um dich mit mir zu treffen?«

»Absolut sicher. Bis morgen also.«

16.15 Uhr

Stephen hatte das Büro soeben verlassen, um sich mit Harry Shaw zu treffen und, so hoffte er, endlich irgendwelche brauchbaren Fakten über Walker zu erhalten.

Connor saß am Schreibtisch seines Bruders. Er hatte sein Handy in der Hand und holte einige Kundengespräche nach, die er die ganze Woche vernachlässigt hatte.

Die Telefonanlage summte.

Connor warf einen überraschten Blick darauf. Offenbar hatte Celeste nicht mitbekommen, dass Stephen fort war. Entweder das, oder sie wollte Connor sprechen.

Nun, er würde es sofort erfahren.

Connor legte sein Handy aus der Hand, beugte sich über Stephens Schreibtisch und drückte auf den Knopf. »Ja, Celeste?«

Es dauerte einen Moment, bis sie antwortete. »Es tut mir Leid, Mr. Stratford, ich bin auf der Suche nach dem Bürgermeister.«

»Sie müssen ihn gerade verpasst haben. Er ist vor fünf Minuten an Ihrem Büro vorbeigegangen.«

»Oh, ich war kurz bei Mr. Matthews. Seine Sekretärin ist krank, und er brauchte ein paar Akten. Vor fünf Minuten, sagen Sie. Dann muss er ja noch unten auf dem Parkplatz sein. Ich sage dem Polizeipräsidenten, er soll sich ein paar Minuten gedulden und dann versuchen, ihn ihm Auto zu erreichen.«

»Moment noch.« Connor reagierte schnell. Stephen war sehr angespannt gewesen, als er ging. Er war völlig besessen von der Vorstellung, von Shaw endlich Informationen zu bekommen, mit denen er Walker unter Druck setzen konnte. Mit Martin Hart über die Sicherheitsvorkehrungen während der Mall-Eröffnung zu sprechen war sicher das Letzte, wonach ihm jetzt der Sinn stand.

»Mr. Stratford?« Celeste wartete darauf, dass er weitersprach.

»Stephen hat den ganzen Nachmittag hinter Marty her telefoniert«, erklärte Connor. Das war maßlos übertrieben. Stephen hatte ein einziges Mal probiert, den Polizeichef zu erreichen, und dann erfahren, dass er in einer verspäteten Mittagspause sei. Das reichte sicher nicht, um zu behaupten, er hätte den ganzen Nachmittag hinter ihm her telefoniert.

Egal. Connor wusste, dass er seine Grenzen überschritt, aber er würde die Verantwortung dafür übernehmen. Es war einfach nötig. Er würde Martin Hart noch ein paar Stunden vertrösten, bis Stephen wieder klar denken konnte.

»Ich weiß, dass er unbedingt mit Marty sprechen will«, fuhr Connor fort. »Er wartet dringend auf Anweisungen, welche zusätzlichen Sicherheitsvorkehrungen er für Samstag treffen soll. Stellen Sie ihn durch. Ich werde ihm ein paar Vorabinformationen geben, die er benötigt. Bis dahin wird Stephen über Handy erreichbar sein. Wenn Marty noch Fragen hat, kann er ihn dann direkt erreichen.«

»Gute Idee. Sekunde, ich verbinde Sie sofort.«

Connor riss den Hörer von der Gabel, als es klingelte. »Hallo, Marty.«

»Connor?« Der Polizeichef klang erstaunt. Er und Connor kannten sich natürlich, aber sie waren sich dennoch kaum vertraut. »Ich war überrascht, als Celeste sagte, sie würde mich mit Ihnen verbinden. Ist alles in Ordnung?«

»Absolut. Es ist nur so, dass Stephen im Augenblick auf seinem Handy keinen Empfang hat und ich zufällig weiß, dass Sie beide dringend über die Sicherheitsvorkehrungen für die Mall-Eröffnung sprechen wollen.«

Er zögerte, dann räusperte er sich umständlich. »Ja, schon, aber das ist nicht der Grund meines Anrufs. Er hatte mich gebeten, etwas für ihn zu überprüfen. Eine städtische Angelegenheit, die ich verfolge.« Eine weitere unbehagliche Pause. »Was schätzen Sie, wann er wieder erreichbar sein wird? Ich weiß, dass er dringend auf meine Information wartet.«

Connor tat nun das, was er am besten konnte: Er folgte seinem Instinkt und ging volles Risiko ein. »Geht es um Walker Development?«

Harts Schweigen bestätigte ihm, dass er richtig geraten hatte.

»Marty, ich unterstütze meinen Bruder in seinen Bemühungen, Walkers Unternehmen zu durchleuchten. Ich habe bereits einige finanzielle Überprüfungen vorgenommen, um die von Greg Matthews zu unterfüttern, und ich weiß, dass Sie die Polizeiakten für Stephen durchforsten. Haben Sie etwas gefunden?«

»Nicht das, was sich Ihr Bruder verspricht, nein. Aber ich habe mir einmal die Liste der Autos angesehen, die in den letzten sechs Monaten auf den öffentlichen Parkplätzen von Leaf Brook gestohlen worden sind. Dabei ist mir aufgefallen, dass keiner der Wagen von einem Parkplatz verschwand, der von Walker Development betrieben wird.«

»Interessanter Zufall.«

»Ich bin schon lange in diesem Geschäft, Connor. Ich glaube nicht an Zufälle. Ich glaube an meinen Instinkt. Und der sagt mir, dass das kein Zufall ist.«

Connor kaute nachdenklich auf seiner Unterlippe. »Vielleicht hat Walker ja so gutes Wachpersonal, dass Autodiebe keine Chance mehr haben?«

Ein ungläubiges Schnauben. »Er lässt schließlich nicht den Geheimdienst für sich arbeiten. Ich möchte mich wirklich nicht in den Himmel loben, aber meine Abteilung ist verflucht gut. Ich würde Ihrer Theorie zustimmen, wenn auf Walkers Parkplätzen weniger Autos gestohlen würden als auf unseren. Aber gar keine? Das kann nicht sein. Vielleicht sorgt Walker tatsächlich dafür, dass seine Parkplätze die sichersten in Leaf Brook sind. Vielleicht sorgt er aber auch nur dafür, den Bürgern dieser Stadt dieses Gefühl zu vermitteln.«

Genau das dachte Connor auch.

»Connor, steckt mehr hinter der Sache, als Bürgermeister Stratford mir erzählt hat? Hat er Grund zu der Annahme, dass Walker in illegale Geschäfte verstrickt ist?«

Connor zögerte keine Sekunde. »Die Wahrheit ist, dass es nicht den geringsten Hinweis darauf gibt. Stephen ist einfach nur übervorsichtig. So wie Sie. Ich werde ihm ausrichten, was Sie gerade gesagt haben, und ihn bitten, Sie zurückzurufen.«

»Tun Sie das bitte.«

Bingo! Connor legte den Hörer auf. Sie hatten etwas. Höchste Zeit, der Sache nachzugehen und sich irgendeinen Beweis zu beschaffen. Oder zumindest einen Pseudobeweis, mit dem sie Walker unter Druck setzen konnten.

Er überlegte sich gerade, wie sie das am besten anfangen könnten, als sein Handy klingelte.

Er drückte auf die grüne Taste. »Connor Stratford.«

»Hi, Connor.« Es war Ton Roderman, einer seiner eigenen Kontaktmänner. Tom war ein renommierter Fachanwalt, der sich auf größere Unternehmensfusionen und Akquisitionen spezialisiert hatte. Seine Verbindungen waren weit gestreut: große Konzerne, moderne Technologie-Unternehmen, solide mittelständische Firmen. Auch Banken gehörten dazu, Versicherungen und eine Menge anderer Dienstleister, die möglicherweise Insider-Informationen über Walker Development besaßen.

»Tom. Hervorragend. Haben Sie etwas für mich?«

Sein Freund atmete tief aus. »Nichts richtig Belastendes, wie Sie es sich erhofft haben. Ich habe ein paar diskrete Telefongespräche geführt. Dabei hat sich bestätigt, dass Philip Walker sich mit seinen Geschäften häufig am Rande der Legalität bewegt. Das Problem ist nur, dass man ihm bisher noch nie etwas Konkretes nachweisen konnte.«

»Warum überrascht mich das nicht?« Connor schlug die Beine übereinander. »Er ist clever, und er ist vorsichtig. Okay, also ist etwas offensichtlich Illegales nicht seine Sache. Dann muss ich mich zunächst mit Geschäftspartnern begnügen, die zumindest das Gefühl haben, von Walker hintergangen worden zu sein. Können Sie mir da ein paar Namen nennen?«

»Sofern es sich um Angelegenheiten handelt, die erfasst sind, ja. Ich kann Ihnen eine Liste zusammenstellen.« Er zögerte kurz. »Hören Sie, Connor, ich habe keine Ahnung, wozu Sie das brauchen, aber wenn es Ihnen so wichtig ist, warum fangen Sie dann nicht bei Ihrem Vater an? Es wäre doch das Einfachste, zuerst zu ihm zu gehen. Zumal, wo es so eilig ist und ...«

»Mein Vater?«, unterbrach Connor ihn. »Warum sollte ich damit zu meinem Vater gehen?«

»Er und Walker haben eine Reihe gemeinsamer Immobiliengeschäfte getätigt. Ich habe keine Einzelheiten, weil es schon zu lange zurückliegt, und ehrlich gesagt hatte ich geglaubt, Sie wüssten darüber Bescheid. Andererseits waren Sie damals noch ziemlich jung, vielleicht sogar noch in der Schule. Mal sehen, also sie haben zum Beispiel bei einer Einkaufs-Mall in Danbury und einem Bürokomplex in Stamford zusammengearbeitet. Beides waren ziemlich clevere Investitionen. Die Bevölkerungszahlen sind in diesen Gebieten ziemlich angestiegen. Und damit natürlich auch ihre Gewinne.«

»Verdammt«, murmelte Connor. Seine Gedanken überschlugen sich fast, und er erinnerte sich daran, dass ihm der Name Walker sofort bekannt vorgekommen war, als Stephen ihn zum ersten Mal erwähnt hatte. Das war es also, was ihn die ganze Nacht beunruhigt hatte. Er hatte versucht, dahinter zu kommen, aber es war ihm nicht gelungen. Aber nun ... ja, er erinnerte sich gut daran.

Die nächste Frage lautete: War das ein Zufall?

Wie Marty, glaubte auch Connor nicht an Zufälle. Nicht im Geschäftsleben. Und ganz bestimmt nicht, wenn sein Vater die Finger im Spiel hatte.

»Connor?« Toms Stimme klang durch das Telefon.

»Sie haben Recht, ich erinnere mich an dieses Co-Investment.« Connor umklammerte den Hörer fester und dachte daran, wie sein Vater heute Morgen ganz beiläufig den Streit um die städtischen Parkplätze erwähnt hatte und auch, welch gute Presse das bringen würde. Ein weiterer Zufall? Unwahrscheinlich.

»Tun Sie mir einen Gefallen, Tom?« Connor hatte plötzlich großes Interesse daran, der Sache auf den Grund zu gehen. »Bitte stellen Sie mir diese Namensliste zusammen. In der Zwischenzeit nehme ich Kontakt zu meinem Vater auf. Morgen früh werde ich Sie anrufen, und wir werden sehen, wie die Dinge stehen.«

»Klar tue ich Ihnen den Gefallen.«

»Danke. Ich werde mich revanchieren.«

18.30 Uhr
Central Park West

Harrison Stratford betrat seine Wohnung, warf seinen Mantel über einen Stuhl, löste seine Krawatte und war dabei schon auf dem Weg zur Wohnzimmerbar. Es war ein verflucht langer Tag gewesen. Zu lang. Mit zwanzig, dreißig hatte er diese Besprechungsmarathons geliebt. Aber mit einundsechzig fand er das nicht mehr so interessant. Oder er wurde alt – obwohl er das bezweifelte. Keiner dieser eitlen Schnösel der Hip-Hop-Generation konnte ihm verstandesmäßig das Wasser reichen. Auch nicht, was Ehrgeiz oder Erfahrung anging. Die meisten von ihnen waren so scharf darauf, über Nacht Millionen zu machen, dass ihnen die Sicht auf das Ganze völlig verloren ging und sie meist eine glatte Bauchlandung machten.

Und das war der Grund, weshalb sein eigenes Unternehmen florierte und seine Millionen sich weiter vermehrten.

Er goss sich einen Bourbon ein und nahm einen großen, genüsslichen Schluck. Die junge Generation war im Großen und Ganzen ziemlich erbärmlich. Andererseits waren ihre Eltern auch nicht viel besser. Sie waren schließlich diejenigen, die diese schwachen, verwöhnten Bälger mit null Geist und null Fantasie großgezogen hatten.

Er hingegen hatte es richtig gemacht.

Er füllte sein Glas erneut, ging quer durchs Zimmer, um sich auf die Couch fallen zu lassen – und erstarrte, als er Connor auf der Sofaecke sitzen sah.

»Hallo, Dad. Ich dachte mir, dass du jetzt nach Hause kommen müsstest. Ich hoffe, du hast nichts dagegen, dass ich einfach so hereingekommen bin.«

Mit zusammengekniffenen Augen musterte Harrison seinen Sohn. Connors Stimme klang ruhig, seine Miene war ausdruckslos. Aber davon ließ er sich nicht täuschen. Sein Sohn war wütend.

»Informiere mich bitte das nächste Mal, wenn du kommst«, erwiderte er. »Es sei denn, du beabsichtigst, mir einen Herzinfarkt zuzufügen, damit du vorzeitig erben kannst.« Er machte eine Handbewegung in Richtung Bar. »Möchtest du etwas trinken?«

»Nein.« Connor schüttelte den Kopf. »Ich möchte reden.«

»Ich dachte, das hätten wir bereits heute Vormittag getan.« Harrison blieb vor seinem Sohn stehen. Das verschaffte ihm einen psychologischen Vorteil, den er auszunutzen gedachte, bis er den Grund für diesen überraschenden Besuch kannte.

»Das war kein Reden. Das war Ausfragen«, berichtigte Connor. »Und zwar einzig von deiner Seite.« Er lehnte sich zurück, streckte die Arme auf der Rückenlehne des Sofas aus und sah seinen Vater scharf an. Damit machte er ihm unmissverständlich klar, dass man im Sitzen ebenso viel Autorität ausstrahlen konnte wie im Stehen. »Jetzt bin ich an der Reihe.«

Harrisons Mundwinkel zuckten. Er war verdammt stolz auf Connor. Er war in vieler Hinsicht ganz der Sohn seines Vaters.

Er trank noch einen Schluck und stützte sich auf die Rückenlehne eines Sessels. »Also, schieß los.«

»Ich möchte mit dir über Philip Walker sprechen.«

»Was ist mit ihm?«

»Habt ihr beiden je zusammengearbeitet?«

»Wenn du so fragst, bin ich mir sicher, dass du die Antwort längst kennst.« Müde oder nicht, Harrison spürte, wie sein Adrenalinpegel stieg. Dieser Sparringskampf würde interessant werden, keine Frage. Außerdem war er fürchterlich neugierig, worauf es hinauslaufen würde. »Aber wenn du es trotzdem von mir hören willst, bitte. Ja, Walker und ich haben einige Geschäfte zusammen gemacht. Manche liegen Jahre zurück; andere sind jüngeren Datums. Möchtest du Einzelheiten wissen?«

»Nur, wenn sie sich in irgendeiner Form auf Stephen beziehen.« Connor beugte sich leicht vor. »Heute Morgen hast du die Auseinandersetzung über die öffentlichen Parkplätze erwähnt. Das war kein Zufall, oder?«

»Sag du es mir. Offenbar bist du ja dazu hergekommen.«

»Was hast du mit Walkers Bewerbung um diesen Auftrag zu tun? Hast du schon vorher davon gewusst?«

Harrison nahm noch einen großen Schluck Bourbon. »Es war meine Idee.«

Connor presste die Lippen zusammen. »Das ist ein ziemlicher Schlag, sogar von dir. Was hattest du damit beabsichtigt, eine gute Presse für Stephens Wahlkampagne?«

»Erraten.«

»Hast du eigentlich eine Vorstellung davon, was für Abschaum Walker ist? Wie weit er geht, um das zu kriegen, was er will?«

Ein Schulterzucken. »Ich weiß, dass er auf der Straße groß geworden ist. Er ist es gewohnt, sich schmutzige Kämpfe zu liefern, um nach oben zu kommen. Wenn du das Abschaum nennst, bitte. Ich nenne es Ehrgeiz.«

Connor erhob sich langsam. »Sein Ehrgeiz saugt im Moment alles Leben aus Stephens Ehe.«

»Tatsächlich? Wie kommt das? Weil er ihn ein bisschen unter Druck setzt? Weil er seinem Job endlich ein bisschen Pfeffer gibt?« Harrison gab einen geringschätzigen Laut von sich. »Wenn das zutrifft, dann wird es langsam Zeit. Bürgermeister von Leaf Brook zu sein ist für deinen Bruder ein bisschen zu bequem geworden. Was seine Wähler angeht, ist er sehr verwöhnt. Er wird sich daran gewöhnen müssen, härtere und wichtigere Popularitätswettbewerbe zu gewinnen. Er wird sich daran gewöhnen müssen, mit Druck umzugehen, sich darüber hinwegzusetzen und kreative Lösungen zu finden, wenn er den Posten im Senat haben will – und all die anderen Posten, die noch kommen werden. Und wenn er ins Weiße Haus will, wird er nicht nur lernen müssen, mit Druck umzugehen, sondern sich regelrecht danach zu sehnen.«

»Mit anderen Worten, so ein Schwein zu werden wie du«, meinte Connor so ruhig, als führte er eine höfliche Unterhaltung.

»Ich glaube, damit überschätzt du deinen Bruder. Ich würde eher sagen, er schafft es bestenfalls auf einen guten zweiten Platz.«

Ein eisiger Blick. »Was ist mit seiner Ehe? Seiner Familie?«

Wieder zuckte Harrison nur mit den Schultern. »Nancy wusste immer, worauf sie sich einließ. An dem Abend, als Stephen ihr den Verlobungsring über den Finger gestreift hat, habe ich sie anschließend zur Seite genommen und ihr genau gesagt, welche Zukunft ihr bevorstehen würde. Sie fand die Vorstellung, im Rampenlicht zu stehen, damals verlockend. Wenn sie sich nun anders entscheidet, überrascht mich das. Sie hat Stephen die Treue geschworen. Sie sollte dazu stehen. Selbst wenn sie es nur für Brian tut.«

Fassungslosigkeit breitete sich in Connors Gesicht aus. »Diese ganze Angelegenheit ist für dich wie ein Schachspiel. Jeder Schritt ist ein wohl durchdachter Zug, jede Person eine Figur, die du nach Belieben hin und her schiebst.«

»Wenn du jetzt eine Entschuldigung erwartest, muss ich dich enttäuschen. Ich habe meine Söhne dazu erzogen, erfolgreich sein zu wollen. Und genau das sind sie. Sieh dich doch selbst an. Ich würde behaupten, ich habe meine Sache ziemlich gut gemacht.«

Connor ignorierte diesen Ritterschlag. »Apropos Schachfiguren, was ist mit Cheryl Lager? Hast du sie auch Stephen auf den Hals gehetzt?«

Harrison zog die Augenbrauen zusammen. »Wen? Ach, du meinst diese widerliche Journalistin? Nein, die ist ganz von selbst auf den Zug aufgesprungen. Aber ihre unterschwelligen Anspielungen und Unterstellungen geben den Lokalseiten endlich ein bisschen Pep, findest du nicht auch?« Ein knappes Lächeln. »Ich muss allerdings zugeben, dass ich froh darüber bin, dass sie ihre Konzentration jetzt auf diese Parkplatzgeschichte richtet. Ihre Vorwürfe, ich würde deinen Bruder auf Geldsäcken in den Senat zerren, fingen an, mir ziemlich auf die Nerven zu gehen.«

Connor atmete tief ein, und Harrison hatte das Gefühl, dass er seine Worte mit Bedacht wählte. »Lass uns zu Walker zurückkommen«, meinte er schließlich. »Was würdest du sagen, wenn ich dir verrate, dass er die Autodiebstähle gezielt organisiert hat? Er hat dafür gesorgt, dass nur von den Parkplätzen Autos gestohlen wurden, die *nicht* von Walker Development betrieben werden, um die Öffentlichkeit für seine Sache zu gewinnen.«

Harrison neigte interessiert den Kopf. »Tatsächlich?«

»Ich vermute es. Ich habe leider keine Beweise – noch nicht.«

»Dann würde ich sagen, dass es eine clevere Idee war, sofern es ihm auch weiter gelingt, seine Spuren gründlich zu verbergen und sich nicht erwischen zu lassen.«

Das war zu viel. In Connors Augen zuckten Blitze. »Du hast wirklich keinerlei Skrupel, habe ich Recht? Nicht einen einzigen.«

»Geschäft ist Geschäft.« Harrison leerte sein Glas. »Man tut das, was man tun muss, um Erfolg zu haben. Ich bin selbst kein Betrüger, aber wenn ich einer wäre, würde ich dafür sorgen, dass es niemand merkt, das schwöre ich dir. Meine Antwort lautet: Wenn du Beweise dafür findest, ist

Walker ein Arschloch. Wenn du keine findest, ist er entweder unschuldig oder verdammt clever. Und wenn er clever ist, möchte ich ihn in meiner Mannschaft haben – natürlich nur unter meiner Kontrolle.«

Connor stand auf und ging in Richtung Tür. »Ich verschwinde jetzt besser, ehe ich meine verliere.« Er drehte sich noch einmal um und warf seinem Vater einen vernichtenden Blick zu. »Ich bete zu Gott, dass du nicht eines Tages bitter dafür zahlen musst. Und weißt du was? Diese Instinkte, die ich angeblich von dir geerbt haben soll, sie schreien mir etwas ganz anderes zu.«

19.05 Uhr
Leaf Brook

Philip Walker drehte sich auf seinem Schreibtischstuhl und sah aus dem Fenster seines Büros. Sonnenuntergang über der Stadt. Von hier oben war er wesentlich netter anzusehen als damals von der Gosse aus.

Er grinste und dachte daran, dass Harrison Stratford in der Stadt war. Was er wohl dazu sagen würde, wenn er von den Ereignissen der letzten Wochen erfuhr?

Sicher wäre er von seiner Genialität beeindruckt, zumal er sich immer eingebildet hatte, der Einzige zu sein, der die Weisheit mit Löffeln gefressen hatte.

Auf der anderen Seite würde ihn das, was er getan hatte, ziemlich ankotzen.

Und das, was er noch vorhatte, nun, *das* würde dem Daddy des Bürgermeisters einen Herzinfarkt verpassen.

19.15 Uhr
Central Park West

Connor atmete noch immer schwer, als er seinen Mercedes aus der Tiefgarage steuerte und Richtung Leaf Brook fuhr. Er war sich nicht sicher, was er erwartet hatte, aber wenn er auch nur mit einem Hauch Mitgefühl gerechnet hatte, war er ein Idiot. Sein Vater war eine kaltblütige Bestie. Das Gespräch mit ihm hatte ihm das noch einmal voll und ganz bestätigt. Und das war an sich schon schlimm genug. Aber seine Reaktion auf Walkers böses, durch und durch kriminelles Spiel? Herrje, er hatte das im Grunde noch beklatscht.

Das allein machte Connor schon krank. Aber schlimmer war, dass es ihn verdammt beunruhigte. Denn er musste sich die Frage stellen, wie viel sein Vater wusste. Wusste er, wie weit Walker gegangen war, um sich den Auftrag zu sichern? Hatte Harrison einfach weggeschaut oder, übler noch, zugestimmt? Er hatte unmissverständlich klar gemacht, dass er Stephen abhärten wollte. War das alles Teil seines Abhärtungstrainings gewesen? Würde Harrison tatsächlich so weit gehen und zulassen, dass Walker seinen eigenen Sohn zusammenschlug und seinen Enkel bedrohte?

Connor war sich da nicht mehr sicher.

Aber wenn sein Vater etwas von Walkers widerwärtiger Taktik wusste, dann wusste er auch, was dahinter steckte. Was wiederum bedeutete, dass er von Walkers Wahlkampfspende und von der Tatsache, dass er Stephen erpresste, Kenntnis hatte.

Ebenso, welche Munition er benutzte, um ihn zu erpressen.

Das war die beunruhigendste Vorstellung von allem. Sosehr Connor und Stephen sich auch bemüht hatten, es vor ihrem Vater geheim zu halten, vielleicht wusste er dennoch etwas von Stephens Spielsucht? Warum hatte er ihnen das verschwiegen? Warum hatte er Stephen nicht auf den Kopf zu darauf angesprochen und von ihm verlangt, sofort etwas dagegen zu unternehmen? Es ergab alles keinen Sinn.

Irgendjemand hatte Walker den Tipp mit Stephens Spielsucht gegeben. Konnte dieser Jemand Harrison Stratford gewesen sein?

Unmöglich. An dieser Stelle weigerten sich seine Gedanken einfach weiterzugehen. Walker eine solche Information zu geben würde bedeuten, alles, worauf sein Vater hinarbeitete, aufs Spiel zu setzen. Es würde Walker die Macht geben, Stephens politische Karriere völlig zu zerstören und den Namen Stratford durch den Dreck zu ziehen. Und beides würde Harrison Stratford niemals zulassen.

Daher war es mehr als zweifelhaft, dass er von Stephens wundem Punkt wusste. Wenn doch, würde er alles versuchen, ihn zu vertuschen und für alle Zeiten aus der Welt zu schaffen.

Aber wie viel wusste er nun tatsächlich?

Connor biss die Zähne zusammen. Er wünschte, er könnte seinen Vater auf die Probe stellen und ihm einfach das gesamte Szenario der letzten beiden Wochen vor die Füße werfen. Aber das Risiko wäre zu hoch. Wenn er ein Wort über Walkers Erpressungsversuch verlauten ließe und Harrison nichts von Stephens Spielsucht wusste, würde Connor die Büchse der Pandora öffnen.

Die Hände waren ihm also gebunden.

Leise fluchend zog Connor sein Handy hervor und steckte es in die Freisprechvorrichtung. Es piepste und zeigte an, dass es sich auflud. Während des Besuchs bei seinem Vater hatte er es ausgeschaltet, weil er nicht gestört werden wollte.

Ein weiteres Piepsen signalisierte, dass das Telefon wieder aufgeladen und bereit war. Die LCD-Anzeige wies ihn darauf hin, dass eine Nachricht für ihn auf der Mailbox war.

Er hörte sie ab. Die Nachricht war vor einer halben Stunde aufgezeichnet worden und stammte von Stephen, der ihn bat, ihn so schnell wie möglich zu Hause anzurufen.

Er wählte seine Nummer, während er den Wagen auf den Highway steuerte.

Stephen war beim zweiten Klingeln am Apparat, er klang gestresst. »Wo bist du gewesen?«, fragte er.

»Ich hatte eine Besprechung.« Connor wich einer direkten Antwort geschickt aus. »Ich bin jetzt auf dem Rückweg. Hat dein Privatdetektiv dir irgendetwas Brauchbares geliefert?«

»Ja, aber ehe ich näher darauf eingehe, ich hatte eine Nachricht von Nancy, als ich nach Hause kam. Sie hatte ein paar Stunden zuvor angerufen, als sie sicher sein konnte, dass ich im Büro war. Sie sagt, es ginge ihr und Brian gut, sein Ohr sei fast wieder ganz in Ordnung. Und wenn sie nicht bald nach Hause kämen, würde sie Brian erlauben, mit mir zu sprechen.«

»Hat sie gesagt, wo sie ist?«

»Nein.« Ein vernehmbares Schlucken. »Aber sie klang ziemlich durcheinander. So als wollte sie mir noch etwas erklären, was sie dann aber doch nicht tat. Oder nicht konnte. Wer weiß, vielleicht hatte sie Gesellschaft.«

»Dann hätte sie zu einem späteren Zeitpunkt angerufen«, widersprach Connor.

»Richtig. Wie auch immer, wenigstens weiß ich jetzt, dass es ihnen gut geht und dass Brian sich besser fühlt.« Stephen geriet ins Stocken und räusperte sich umständlich. »Hast du etwas von deinem Kontaktmann gehört?«

»Ja.« Connor berichtete Stephen in knappen Sätzen, dass Tom ihm erzählt hatte, Walker würde sich bei seinen Geschäften häufig am Rande der Legalität bewegen, dass er aber nichts Konkretes gegen ihn vorzuweisen hätte. Die Rolle ihres Vaters bei alledem erwähnte er nicht – noch nicht.

Erst wollte er Näheres herausfinden. Außerdem wirkte Stephen im Augenblick viel zu nervös, um auch nur eine weitere Information zu verarbeiten.

»Dann habe ich noch einen interessanten Anruf von Marty erhalten«, fuhr Connor fort. »Oder besser gesagt, *du* hast ihn erhalten. Ich habe ihn angenommen, weil du gerade losgefahren warst, um Harry Shaw zu treffen. Ich hatte vermutet, dass es sich um die Sicherheitsvorkehrungen bei der Mall-Eröffnung handeln würde, aber dann stellte sich heraus, dass es nicht so war. Ich hoffe, du nimmst mir nicht übel, dass ich mich da eingemischt habe.«

»Natürlich nicht. Ging es um Walker?«

»Hm.« Connor fasste das Gespräch kurz zusammen.

»Dann sieht es also so aus, als wäre unser Verdacht richtig«, murmelte Stephen.

»Es ist nicht mehr nur unser Verdacht«, warnte Connor. »Sieh dich vor. Marty wird dich ins Kreuzverhör nehmen. Er ist in äußerster Alarmbereitschaft.« Connor beschleunigte den Wagen und fuhr auf die linke Spur. »Was ist mit Shaw?«

»Er hat ein wenig herumgeschnüffelt. Offenbar trifft sich Walker mit einer neuen Frau, häufig und völlig überraschend. Shaw sagt, sie sei so jung, sie könnte seine Tochter sein.«

Connor zuckte mit den Schultern. »Und? Er ist reich. Das lockt Frauen jeder Altersklasse. Warum findet Shaw das ungewöhnlich?«

»Ihn irritiert, welche Frau es ist.«

»Wer ist es denn?«

»Robin Haley.«

Erstaunt zog Connor die Augenbrauen in die Höhe. »Die Computerlehrerin von Brians Schule?«

»Du kennst sie?«

»Wir sind uns einmal begegnet. Sie ist eine Freundin von Julia. Wie hat Walker sie kennen gelernt? Und warum gerade jetzt? Glaubst du, er hat nur etwas mit ihr angefangen, um sich Zugang zu Brians Schule zu verschaffen – und zu Brian?«

»Diese Fragen habe ich auch gestellt. Shaw hat mir die Antworten darauf noch nicht geliefert. Er wollte erst meine Zustimmung haben, ehe er sich Robin vornimmt.« Stephen holte tief Luft. »Ich habe ihn gebeten noch zu warten. Ich glaube, es gibt eine bessere Lösung, eine, die weniger auffällig ist. Ich weiß, dass die Dinge zwischen dir und Julia im Moment nicht zum Besten stehen, aber glaubst du, sie würde vielleicht trotzdem mit dir sprechen?«

»Wenn sie Brian damit helfen kann, ja.« Connors Gedanken überschlugen sich fast. »Ich werde sie sofort anrufen. Aber ich sage dir gleich, dass sie Fragen stellen wird. Und ich werde ihr die Antworten darauf geben. Ich vertraue ihr. Du wirst ihr auch vertrauen müssen.«

Stephen seufzte müde. »Ich glaube, wir haben im Moment keine andere Wahl. Tu, was du für richtig hältst. Finde heraus, ob es irgendeine Verbindung gibt.«

»Das werde ich. Ich werde dich informieren, sobald ich zu Hause bin. Gib mir ungefähr eine Stunde.«

Connor beendete das Gespräch, holte tief Luft und wählte anschließend Julias Nummer.

Ein Klingelzeichen. Das zweite.

Beim dritten Klingeln war sie dran. »Hallo?«

»Ich bin es.«

Sie seufzte tief. »Connor, ich habe dir doch gesagt, dass ich nicht möchte ...«

»Leg nicht auf, Julia, bitte. Ich brauche deine Hilfe.«

Schweigen. »Geht es um Brian?«, fragte sie dann.

»Indirekt ja.«

»Also gut, ich höre.«

»Deine Freundin Robin Haley – kennst du den Typen, mit dem sie im Moment zusammen ist?«

»Wie bitte?«

Connor biss sich auf die Lippen. »Ich habe gefragt, ob du weißt ...«

»Ich habe deine Frage verstanden. Was hat das mit Brian zu tun?«

»Vielleicht eine ganze Menge. Ich werde es dir gleich erklären.«

Julia lachte bitter. »Das bezweifle ich. Aber um deine Frage zu beantworten, nein, ich habe den Mann noch nie gesehen. Ich weiß, dass sie sich seit einiger Zeit regelmäßig mit einem trifft. Aber das ist alles, was sie mir verraten hat.«

»Dann weißt du also nicht, ob dieser Typ je an der Schule war, um sie zu treffen oder abzuholen?«

»Ich habe Robin auf dem Schulgelände noch nie mit einem fremden Mann reden sehen.«

»Verdammt.« Connor schlug mit der Hand gegen das Lenkrad. »Gibt es irgendeine Möglichkeit, sie ein wenig auszufragen, sie dazu zu kriegen, etwas von ihm zu erzählen, ohne sie allzu misstrauisch zu machen?«

»Bestimmt. Robin spricht gern über ihre Männerbekanntschaften.« Julia zögerte, als ihr das Drängen in seiner Stimme auffiel. »Connor, was ist denn los?«

»Deine Instinkte waren richtig«, antwortete er ohne zu zögern. »Es geht etwas Ernstes vor sich, etwas, das Brian schaden könnte. Ich möchte dir im Moment nur so viel wie nötig erzählen – nicht weil ich dir nicht vertraue, sondern weil ich Mobiltelefonen nicht vertraue. Im Augenblick sage ich dir nur so viel – Stephen steht verdammt unter Druck. Und Brian ist in die Schusslinie geraten. Der Mann, nach dem ich dich frage, ist vermutlich derjenige, der den Finger am Abzug hat. Genügt das, damit du mir hilfst?«

»Oh mein Gott.« Julias Stimme zitterte. »Geht es Brian gut?«

»Ja.« So viel konnte er ihr wenigstens versichern. »Nancy hat heute angerufen. Sie sind beide wohlauf.«

»Aber sie hält ihn immer noch versteckt.« Julia schluckte. »Also gut, ich werde dich nicht bedrängen, mir Einzelheiten zu verraten. Ich sehe Robin heute Nachmittag in der Pause. Dann werde ich versuchen, so viel wie möglich über diesen Mann herauszufinden.« Sie dachte kurz nach. »Sag mal, glaubst du, er trifft sich nur mit Robin, um in Brians Nähe zu gelangen?«

»Ich weiß es nicht. Aber Stephen ist ein Nervenbündel. Und ehrlich gesagt, bin ich das auch.« Connor hörte die Unsicherheit in seiner eigenen Stimme und wünschte sich sehnlichst, Julia wäre bei ihm. Er musste sie in den Armen halten, sie beruhigen und sich selbst beruhigen.

»Ich rufe dich an, sobald ich kann. Allerspätestens wenn ich zu Hause bin.«

»Gut.« Connor starrte das Telefon an. »Julia?«

»Ja?«

»Ich weiß deine Hilfe wirklich sehr zu schätzen.«

»Ich weiß.« Eine lange Pause. »Ich bin froh, dass du mich angerufen hast.«

Ein leises Klicken ertönte, als sie auflegte.

24

13. April, 10.45 Uhr
Stowe, Vermont

Nancy saß an dem rustikalen Küchentisch und trank ihre dritte Tasse Kaffee. Sie war seit der Nacht von Dienstag auf Mittwoch in der Skihütte und hatte seither kaum fünf Stunden geschlafen. Sie fühlte sich schwerelos, distanziert von allem, so als fiele sie im Zeitlupentempo, ohne zu wissen, wo sie jemals landen würde.

Vielleicht hatte sie auch resigniert.

Aus dem Nebenzimmer hörte sie Brian, der vor dem Fernseher saß, zappen. Das war alles, was er tat, seit sie hier waren. Seine Gefühlsregungen hatten sich von Überraschung und Verwirrung über Unruhe und Niedergeschlagenheit zu absolutem Desinteresse entwickelt. Cliff zu sehen hatte ihn noch mehr aus der Bahn geworfen. Sein Auftauchen hatte bei ihm durchaus verständliche Fragen aufgeworfen, er hatte wissen wollen, wo sein Vater war und warum er nicht derjenige war, der seine Medizin herbrachte.

Nancy hatte darauf keine Antworten gehabt. Aber sie hatte Cliff gebeten, nicht wiederzukommen.

Cliff hatte nicht widersprochen. Vielleicht war er sogar erleichtert. Er mochte sie, sehr sogar, aber Stephen war sein bester Freund. Diese ganze Situation musste ihn zerreißen. Seither hatte er sie noch zweimal angerufen, sich versichert, dass es ihnen gut ging, und jedes Mal betont, wie sehr er sich um Stephen sorgte.

In vieler Hinsicht wäre alles so viel einfacher, wenn sie in Cliff verliebt wäre. Er war solide, zuverlässig und belastbar. Und er liebte sie, er liebte sie sehr. Bei ihm wäre sie der Mittelpunkt des Lebens, nicht nur eine Randerscheinung.

Aber sie liebte Cliff nicht. Sie liebte Stephen. Sogar jetzt noch, obwohl er ihr Leben und das ihres Sohnes in Gefahr gebracht hatte. Vielleicht sollte sie sich einmal auf ihre geistige Zurechnungsfähigkeit untersuchen lassen, um festzustellen, warum sie so fühlte. Aber sie kannte Stephen, den wahren Stephen, und zwar auf eine Weise, in der er sich nicht einmal selbst kannte. Er war so viel mehr, als er von sich selbst glaubte, so viel mehr, als Harrison Stratford ihn immer glauben gemacht hatte. Er war ein wunderbarer Mensch, ein mitfühlender, fürsorglicher Mann, ein Mann mit edlen Überzeugungen – Überzeugungen, die er auch umsetzte. Er war ein Mensch, der einen Unterschied machte, der andere allein dadurch inspirierte, dass er er selber blieb, auch wenn er ihr und sich selbst gegenüber immer wieder behauptete, alles wäre nur Fassade. Er war der Mann, in den sie sich verliebt hatte, als sie ihn zum ersten Mal sah, während ihres ersten Gesprächs, in jenem ersten Augenblick, als er ihr dieses charismatische Lächeln geschenkt hatte. Und ja, er war auch Brians Vater, ein toller, liebevoller Vater, den Brian anbetete.

Eine Stratford zu werden war ihr nicht leicht gefallen. Und gegen Stephens Dämonen zu kämpfen war noch viel schwieriger gewesen. Aber sie liebte ihn, und er liebte sie. Nicht auf die unkomplizierte und absolute Weise, wie Cliff es tat, aber Stephen war schließlich auch kein unkomplizierter Mann. Und die Ehe war keine blauäugige Romanze. Es war harte Arbeit, eine lebenslange Verpflichtung.

Sie hatte sich mit großem Eifer daran gemacht, dieser Verpflichtung nachzukommen, und war immer wieder auf Herausforderungen gestoßen, die die Bande zwischen ihr und Stephen zwar sehr belastet, aber niemals zerrissen hatten.

Sie hatte sich so sehr bemüht, alles zu sein, was er brauchte, hatte gebetet, dass es ausreichte, um seine Selbstzweifel zu überwinden und seine psychischen Defizite auszugleichen.

Vielleicht war es nun an der Zeit, sich einzugestehen, dass sie gescheitert war. Oder einfach nur zu müde um weiterzukämpfen.

Was bedeutetete das für sie beide? Wie ging es nun weiter?

Tränen stiegen in Nancys Augen und liefen ihre Wangen hinab.

Ein unterdrücktes Geräusch aus dem kleinen Flur ließ sie aufhorchen, und sie drehte sich auf ihrem Stuhl herum, um zu sehen, was es war.

Alles Weitere passierte in Sekundenschnelle.

Ein Mann in schwarzer Kleidung und mit einer Skimaske vor dem Gesicht sprang auf sie zu, zerrte sie von ihrem Stuhl und drückte ihren Kopf nach hinten. Sie öffnete den Mund, um zu schreien, aber er stopfte ihr ein Stück Stoff hinein und hielt ihr zugleich irgendetwas auf die Nase. Sie wehrte sich heftig, atmete trotz aller Anstrengungen, es nicht zu tun, etwas ein, das nach einer Medizin roch. Schwarzer Nebel tanzte vor ihren Augen, er machte sie schwindelig, kroch unaufhaltsam in ihr Gehirn, schwächte ihre Gegenwehr, und sie verlor mehr und mehr das Bewusstsein.

Die Wirklichkeit entglitt ihr immer rascher, bis sie nichts mehr umgab außer Schwärze, Dunkelheit und entsetzliche Angst.

Brian. Er war gekommen, um Brian zu holen.

14.45 Uhr

Julia war ein einziges Nervenbündel.

Natürlich hatte es ausgerechnet heute eine Feueralarmübung gegeben, die den ganzen Nachmittagsstundenplan durcheinander geworfen hatte. Die normale Pause war ausgefallen, stattdessen hatten die Kinder jetzt noch einmal die Möglichkeit zum Toben an der frischen Luft, ehe die Schulbusse eintrafen.

Sobald ihre Klasse vollständig auf dem Schulhof versammelt war, sah Julia sich verzweifelt nach jemandem aus dem Kollegium um, der ihre Kinder beaufsichtigen würde, damit sie sich auf die Suche nach Robin machen konnte.

Wie sich herausstellte, war das nicht nötig. Robin kam bereits auf sie zu geeilt.

»Hallo«, begrüßte sie Julia. »Ich habe dich den ganzen Nachmittag nicht gesehen.«

»Ich weiß.« Julia zwang sich zur Ruhe. »Dieser Feueralarm hat meinen ganzen Stundenplan durcheinander gebracht.«

»Ich habe mir Sorgen um dich gemacht. Du kannst mir sagen, was du willst, aber Connor Stratford hat dich aus der Bahn geworfen. Seit dem Abend, als du zum ersten Mal mit ihm aus warst, bist du völlig durcheinander. Du siehst aus wie der Tod – und das kann nicht nur daran liegen, dass du dir Gedanken um Brian machst. Was hat Connor dir also getan?«

Julia schluckte. Das war wirklich das Allerletzte, worüber sie sprechen wollte, erstens weil sie im Moment tatsächlich viel zu durcheinander war, und zweitens, weil sie eine Mission zu erfüllen hatte – für eben den Mann, nach dem Rob sich so ausgiebig erkundigte. »Du hast Recht, Robin. Ich bin völlig fertig. Meine Gefühle für Connor sind sehr intensiv und sehr verwirrend. Ich muss sie erst selbst verstehen, ehe ich darüber reden kann. Aber wenn es so weit ist, bis du die Erste, die alles erfährt, okay?«

Robin nickte, und ihr Blick signalisierte Verständnis. »Okay.«

Jetzt wurde es Zeit für das eigentliche Thema. »Und wie geht es *dir* so?« Julia bemühte sich, unverfänglich zu klingen. »Bist du schon in Wochenendstimmung?«

Sie zuckte mit den Schultern. »Nicht so richtig.«

Julia sah sie erstaunt an. »Triffst du dich nicht mehr mit deinem geheimnisvollen Traummann?«

»Doch, aber ich glaube, ich werde Schluss mit ihm machen. Die ganze Beziehung wird mir ein bisschen zu unheimlich.«

»Unheimlich?« Julias Antennen richteten sich weit empor. »Wie meinst du das? Ich dachte, der Typ wäre so toll.«

»Das dachte ich zuerst auch. Er ist älter, er ist sehr sexy und erfolgreich, und er hat mich wirklich fasziniert. Aber ich habe langsam das ungute Gefühl, dass die ganze Sache unehrlich ist und er mich nur benutzt. Das ist an sich schon schlimm genug, aber jetzt fürchte ich auch noch, dass er mich für Dinge benutzt, mit denen ich lieber nichts zu tun haben möchte.«

Julia lief es kalt den Rücken herunter. »Wie meinst du das?«

»Wie ich bereits sagte, er ist sehr erfolgreich. Er hat ein Unternehmen für Immobilieninvestment, ein ziemlich großes sogar. Tja also, vor ein paar Tagen fing er an darüber zu reden, ob ich ihm ein spezielles Softwareprogramm schreiben könnte. Das fand ich merkwürdig. Zumal ich ihm nie erzählt habe, dass ich so etwas kann.«

»Hast du ihn gefragt, woher er das weiß?«

»Klar. Er hat behauptet, er hätte es von einem Kollegen erfahren. Das ist natürlich möglich. Aber Julia, dieser Mann hat in seinem Unternehmen eine richtige Informatikabteilung. Warum sollte er mich da brauchen, um ein Programm zu schreiben?«

»Du bist ein Genie am Computer, Robin. Vielleicht hat er niemanden, der so gut ist wie du.«

»Vielleicht will er auch nur nicht, dass jemand erfährt, was er vorhat.«

»Was willst du damit sagen?«

Robin kaute auf ihrer Unterlippe. »Es könnte alles völlig abwegig sein. Aber ich habe in letzter Zeit viel über diese Sache mit den öffentlichen Parkplätzen gelesen. Er hat sich um den Auftrag beworben, den der Bürgermeister und der Stadtrat gerade so heftig diskutieren.«

»Das scheint in der Tat ein heißes Eisen zu sein«, stimmte Julia ihr zu. Ihre Gedanken rasten, und sie versuchte, sich an die Artikel zu erinnern, die sie selbst gelesen hatte, und die Puzzlestücke zusammenzufügen. »Es gibt Unstimmigkeiten darüber, ob dieser Auftrag an ein Privatunternehmen vergeben werden soll oder nicht.« Ein fragender Blick. »Dann ist dein Freund also Philip Walker?«

»Genau. Und vielleicht gibt es zwischen seiner Bewerbung um diesen Auftrag und seiner Bitte an mich absolut keinen Zusammenhang. Aber wenn doch, nun, das Programm, das ich für ihn schreiben soll, klingt stark nach etwas, das benutzt werden könnte, um die Einnahmen der Parkplätze zu verwalten, die er unterhalten möchte. Natürlich nur, wenn er den Auftrag kriegt. Der Stadtrat hat ja noch nicht entschieden. Aber Philip will diesen Auftrag unbedingt haben. Und er ist kein Typ, der sich mit einem Nein als Antwort abfindet.«

Julias Magen drehte sich. Das war es also. Walker setzte den Bürgermeister unter Druck. Und zu seinen Erpressungsversuchen gehörte auch die Drohung gegen Brian.

»Wenn er über diesen Auftrag spricht, erwähnt er dann

auch den Namen des Bürgermeisters?«, fragte sie. Irgendwie gelang es ihr, halbwegs normal zu klingen.

»Ständig. Gut, er macht es natürlich nicht so deutlich. Erst kommt er auf Brian zu sprechen, weil er ja weiß, dass ich ihn unterrichte. Er erkundigt sich, wie es ihm geht, was sein Baseballtraining macht, all dieses Zeug. Dann betont er jedes Mal, wie stolz Mr. Stratford auf seinen Sohn sein kann. Und anschließend erzählt er mir, wie eng er und der Bürgermeister sind und wie viele Projekte sie schon zusammen gemacht haben. Von da aus leitet er unauffällig über auf diese Parkplatzgeschichte. Inzwischen ist daraus ein richtiges Muster geworden.«

Julia wurde von Sekunde zu Sekunde übler. »Was sagt er sonst noch über Brian?«

»Über Brian?« Robin wirkte überrascht. »Nicht viel. Nur was für ein süßer Junge er ist, wie viel Spaß es machen muss, ihn in der Klasse zu haben, wie schwer es ihm fallen muss, still zu sitzen, wo er doch viel lieber Baseball spielen würde. Einmal hat er sich erkundigt, wie häufig Brian Pause hat und was er dann am liebsten tut. Ehrlich gesagt glaube ich, dass er nur deshalb so interessiert an Brian tut, weil er weiß, wie gern ich Kinder habe, und weil er mir schmeicheln will. Dann merke ich nicht, wenn er zu seinem Parkplatzthema wechselt.«

Julia deutete Walkers Interesse an Brian ganz anders, und diese Vorstellung war ihr beinahe unerträglich. »Du sagtest, er ist viel älter als du?«, fragte sie noch einmal nach und zwang sich zur Ruhe. »Ich glaube nicht, dass ich ihn schon einmal hier gesehen habe. Kommt er nie zur Schule?«

»Nein. Du müsstest mich doch kennen. Ich bitte meine Männer nie, hierher zu kommen. Nein, er holt mich meist zu Hause ab. Und ja, er ist älter, ich schätze Mitte fünfzig. Ich weiß, dass das verdammt alt klingt, aber er gehört zu der Sorte Männer, die das Alter erst richtig sexy macht. Er ist noch unglaublich gut in Form, er ist reich, er ist charmant. Vielleicht zu charmant. Bestimmt verdreht er einer Menge Frauen den Kopf. Und ich bin darauf reingefallen, ich Idiot. Wenn ich mich nicht völlig irre, hat er mit mir gespielt, von Anfang an. Und mit dieser Art Unaufrichtigkeit möchte ich nichts zu tun haben. Ich finde sie widerwärtig.« Robin sah ihre Freundin stirnrunzelnd an. »Julia? Du bist weiß wie eine Wand. Habe ich etwas Falsches gesagt?«

»Was?« Julia hatte große Mühe, nicht die Fassung zu verlieren. »Ehrlich gesagt ja. Ich möchte, dass du dich nicht mehr mit diesem Mann triffst. Das klingt alles nach ziemlichen Problemen.«

Sie grinste. »Okay, Mom.«

»Ich meine es ernst, Rob.« Julia musste unbedingt zusehen, dass sie ihre Freundin von Philip Walker fern hielt. Er war offenbar wirklich Abschaum. »Du bist eine tolle Frau. Du verdienst mehr als so ein Schwein, das dich nur ausnutzt.«

»Du hast Recht.« Robin lächelte. »Danke für dein Mitgefühl. Ich werde noch heute mit ihm Schluss machen, telefonisch. Dann vermeide ich langwierige Erklärungen. Ich will nicht, dass er misstrauisch wird. Ich werde meinen Entschluss mit dem großen Altersunterschied erklären, das klingt glaubhaft.«

Liebevoll drückte sie Julias Arm. »Lass uns beide Ordnung in unser Leben bringen. Ich suche mir einen neuen, tollen Mann, und du siehst zu, dass du die Sache mit Connor Stratford wieder in Ordnung bringst. Du hast dich doch Hals über Kopf in ihn verliebt, Süße, das steht dir mitten ins Gesicht geschrieben. Und in Anbetracht der Tatsache, dass du der Ein-Mann-fürs-ganze-Leben-Typ bist, schlage ich vor, dass du dir diesen Typen schnappst, und basta.«

15.35 Uhr

Sich Connor zu schnappen war genau das, was Julia im Sinn hatte, als sie an diesem Nachmittag in ihre Wohnung stürmte. Allerdings hatten ihre Gründe dafür – zumindest im Augenblick – nicht im Geringsten etwas mit den romantischen Vorstellungen zu tun, die Robin dabei im Sinn gehabt hatte.

Sie knallte die Wohnungstür hinter sich zu und griff zum Telefon. Ihre Finger zitterten, als sie Connors Handynummer wählte.

»Connor Stratford.«

»Hallo«, antwortete sie. »Ich telefoniere nicht mit meinem Handy, weil du gesagt hast, du hättest Probleme damit, bestimmte Dinge am Handy zu diskutieren. Leider musste ich dich auf deinem anrufen, weil ich nicht wusste, wo du steckst. Und ich wollte keine Zeit verschwenden, es herauszufinden.«

»Ich bin in Stephens Büro. Bist du zu Hause?«

»Ja.«

»Dann leg jetzt auf, und ich rufe dich sofort zurück.«

Julia griff nach dem Hörer, noch ehe das erste Klingeln verstummt war. »Connor?«

»Ja, ich bin es.«

»Du hattest Recht. Philip Walker hat sich Robin mit einer bestimmten Absicht genähert. Eigentlich sogar mit mehr als einer. Sie glaubt, es wäre nur eine, aber ...« Julias Stimme geriet ins Stocken.

»Julia, beruhige dich. Sprich mit mir. Was hat Robin gesagt?«

Sie holte tief Luft, dann berichtete sie Connor ausführlich von ihrer Unterhaltung mit Robin.

»Du meine Güte«, murmelte Connor.

»Robin zweifelt also an Walkers Aufrichtigkeit. Sie weiß,

dass er sie benutzt, was er mit Sicherheit auch tut. Aber der Rest ... Connor, er hat zu viel von Brian gesprochen. Warum will er so genau wissen, was er in der Pause macht und wann die Pausen stattfinden? Glaubst du, er hatte vor, ihm etwas anzutun? Robin sagte, er wäre nie an der Schule gewesen, aber das heißt ja nicht, dass er nicht da gewesen sein könnte, ohne dass sie es bemerkt hat. Ob er ...« Die Wort blieben Julia im Hals stecken, als ihr plötzlich etwas einfiel. »Brians Baseballkappe«, meinte sie atemlos. »Erinnerst du dich, dass du sagtest, sie wäre in der Nachmittagspause verschwunden? Er hätte sie niemals einfach liegen lassen, dazu war sie ihm viel zu wichtig.«

»Walker hat sie ihm gestohlen«, antwortete Connor. »Dann hat er sie zusammen mit einem Drohbrief an Nancy geschickt. Und deshalb ist sie mit Brian weggefahren.« Er sprach weiter, als Julia versuchte, ihn zu unterbrechen. »Keine weiteren Fragen bitte, nicht jetzt. Es reicht, wenn du weißt, dass Brian bei seiner Mutter ist. Sie wird auf ihn aufpassen. Ich muss jetzt auflegen. Ich muss deine Informationen an Stephen weitergeben.«

»Okay«, antwortete sie leise.

Eine Pause. »Julia, du hast mehr geholfen, als dir bewusst ist. Ich kann dir nicht genug danken. Ich rufe dich später wieder an.«

Erst nachdem sie aufgelegt hatte, fiel Julia wieder ein, dass sie später noch mit Greg verabredet war.

18.40 Uhr

Das Holzschild mit der Aufschrift ›Walker Development‹ war vor dem Grundstück an einen Baum genagelt. Anders als die übrigen Baustellen in Leaf Brook, an denen Walker Development im Augenblick beteiligt war, war diese hier stillgelegt. Die Stahlträger schliefen vor sich hin, das Betonfundament war erst halb aufgefüllt. Die Bauarbeitertruppe war zwei Wochen lang nicht hier gewesen, da ein Fehler des Architekten das Einreichen der überarbeiteten Pläne an das Bauamt verzögert hatte. Und ohne Pläne keine Baugenehmigung. Deshalb war der Weiterbau vorerst gestoppt worden.

Das Grundstück lag verlassen da. Deshalb hatte er es ausgesucht. Es war aus mehr als nur einem Grund ein ideales Versteck.

Er parkte hinter dem Bauwagen und kletterte aus dem Auto. Dann zerrte er Brian Stratford auf dem Beifahrersitz in eine aufrechte Position. Der Junge war immer noch ziemlich benommen, auch wenn die Wirkung des Chloroforms, das er ihm verabreicht hatte, allmählich nachließ. Nur um sicherzugehen, zog er sich die Skimaske über das Gesicht, ehe er Brian aus dem Auto trug. Später würde das egal sein, aber im Augenblick war es ihm noch lieber, wenn der Junge ihn nicht sah.

Er konnte es kaum erwarten, dass die ganze Sache endlich vorbei war. Er wollte Stephen Stratfords Sohn loswerden, den Ball ins Rollen bringen und seine Belohnung kassieren.

Er hievte Brian auf seinen Arm und bewegte sich rasch in Richtung Bauwagen. Er kletterte in den dunklen, verlassenen Anhänger, als Brian plötzlich den Kopf hob und sich umsah. Zuerst wirkte er verwirrt und orientierungslos. Dann kehrte die Erinnerung langsam zurück, und seine Augen weiteten sich angstvoll. Er begann sich zu wehren und zu schreien. Sein Bewacher ignorierte seinen Protest und setzte ihn auf einem Stuhl ab.

»Es lohnt sich nicht, so zu schreien«, murmelte er, zog Brians Handgelenke zurück und begann ihn an Armen und Beinen zu fesseln. »Hier kann dich keiner hören. Aber nur um ganz sicher zu sein ...« Er zog einen Lappen aus der Tasche und presste ihn auf Brians Mund. »So. Damit du schön ruhig bist.«

Er ging in die Hocke, sah durch seine Maske in Brians verängstigtes Gesicht. »Du wirst ein paar Tage hier bleiben müssen. Also mach kein Theater. Ich werde regelmäßig nach dir sehen. Wenn du schön brav bist, bringe ich dir etwas zu essen und Wasser. Und wenn dein Vater schön brav ist, kannst du am Montag wieder nach Hause. Hast du verstanden?«

Tränen standen in Brians Augen, aber er nickte.

»So ist es gut. Bis morgen dann.« Er verließ den Bauwagen und fuhr davon.

19.20 Uhr
Polizeipräsidium Leaf Brook

Martin Hart lehnte sich gegen seinen Schreibtisch. Er hatte die Arme vor der Brust verschränkt und sah Connor und Stephen stirnrunzelnd an.

»Lassen Sie uns erst auf das dringlichere Problem zu sprechen kommen und die Einzelheiten der Mall-Eröffnung hintanstellen«, schlug er vor. »Ich bin, was Walker betrifft, noch misstrauischer als gestern, als ich mit Connor gesprochen habe.«

Stephen rutschte auf seinem Stuhl nach vorn. »Warum? Haben Sie noch etwas über ihn herausgefunden?«

»Etwas Konkretes, meinen Sie?« Martins Stirnrunzeln vertiefte sich noch. »Nein, aber die Vorstellung, dass es sich um einen Zufall handelt, erscheint mir von Minute zu Minute unwahrscheinlicher. Ich habe mir die Autodiebstähle, die in Leaf Brook begangen worden sind, noch einmal genau angesehen. Ich habe meine Untersuchung auf die letzten zwei Jahre ausgedehnt. Und was glauben Sie, was ich festgestellt habe?«

Er ließ seine Frage einige Sekunden im Raum stehen, ehe er sie selbst beantwortete.

»Es hat sich herausgestellt, dass es eine Reihe von Diebstählen auf Parkplätzen gegeben hat, die Privatunternehmen gehören und von ihnen unterhalten werden. Diese Vorfälle erstreckten sich über einen längeren Zeitraum, weshalb sie in meiner Abteilung nicht besonders zur Kenntnis genommen wurden. Aber diese Delikte haben etwas gemeinsam mit den jüngsten Diebstählen, die sich auf den städtischen Parkplätzen ereigneten. Keines davon trug sich auf einem Parkplatz zu, der Walker Development gehört. Nein, ich korrigiere, sie gehörten zum Zeitpunkt der Diebstähle noch nicht Walker Development. *Hinterher* änderte sich das. Plötzlich waren nämlich alle kleinen Unternehmen, die einen Parkplatz unterhielten, sehr daran interessiert, an Walker Development zu verkaufen.«

»Noch ein Beweis dafür, dass der Typ ein Verbrecher ist«, murmelte Stephen und fuhr sich mit der Hand durchs Haar.

Marty zog die Augenbrauen in die Höhe. »Sie scheinen nicht sehr überrascht zu sein, Mr. Stratford. Woran liegt das? Könnte es sein, dass Sie im Augenblick ebenfalls von Walker unter Druck gesetzt werden? Mir ist nämlich der Gedanke gekommen, dass dies der Grund sein könnte, warum der Wagen von Stadtrat Kirson gestohlen wurde. Es ist genau zu einer Zeit passiert, als die Stimme von Kirson für Walker ziemlich wichtig gewesen wäre, nicht wahr? War das Walkers Methode, den Stadtrat davon zu überzeugen, ihm den Auftrag für die Parkplätze zu geben? Hat er Sie dazu überredet, ihm dabei zu helfen?«

Stephen sah Marty an, ohne ihm auszuweichen. »Ja. Das Problem ist, ich habe keinen handfesten Beweis dafür, außer ein paar Gesprächsfetzen und einigen hässlichen Aktionen, die ich ihm nicht hundertprozentig zuschreiben kann. Außerdem steht einiges mehr auf dem Spiel als Geld und dieser Vertrag, über das ich Sie im Augenblick noch nicht informieren kann. Wir kennen uns nun schon lange, Marty. Ich bitte Sie um Ihr Verständnis. Und natürlich um Ihre Kooperation. Bleiben Sie Walker unter allen Umständen auf den Fersen. Aber tun Sie es diskret. In der Sekunde, in der Sie etwas gegen ihn in der Hand haben, werden wir ihn fertig machen. Das verspreche ich Ihnen.«

Marty war schon viel zu lange in seinem Amt, um nicht zu verstehen, was Stephen eigentlich sagen wollte. Wütend kniff er die Augen zusammen. »Wenn er Sie bedroht ...«

»Wie ich schon sagte, ich habe keine Beweise. Aber ich werde sie mir beschaffen.«

Connor hörte der Unterhaltung mit einer Mischung aus Erstaunen und Stolz zu. Er hatte nicht erwartet, dass Stephen so offen sein würde. Aber vielleicht hätte er das tun sollen, wenn er an ihre letzten Gespräche zurückdachte. Stephen liebte seine Familie. Er wollte sein Leben ändern, seinen Prinzipien wieder treu werden. Dazu war eine Menge Mut erforderlich, zumal er auch noch seinen eigenen Kopf hinhalten musste.

Wenn Stephen in die Schlacht zog, würde er nicht allein gehen.

»Geben Sie uns noch ein bisschen Zeit, Marty.« Connor kam seinem Bruder zur Hilfe. »Wir werden jeden Stein umdrehen. Stephen arbeitet daran, ich arbeite daran, und ich habe einen privaten Kontaktmann eingeschaltet. Wir stehen in permanenter Verbindung zueinander und überprüfen jeden, der mit Walker in den letzten zehn Jahren Geschäfte gemacht hat. Wenn es über diesen Mann etwas herauszufinden gibt, werden wir es aufspüren.«

»Greg hat noch nichts erreicht?«, fragte Marty.

»Nein«, antwortete Stephen. »Aber er ist überlastet mit anderen Arbeiten, und er hat keinen Schimmer, um was es geht. Deshalb kann ich ihm keinen Vorwurf machen.«

Marty räusperte sich. »Wird Walker morgen bei der Eröffnung der Mall anwesend sein? Er ist einer der Großinvestoren.«

»Ich gehe davon aus, dass er kommen wird.«

Ein steifes Nicken. »Dann werde ich das auch tun. Es geht nichts über die persönliche Anwesenheit eines Polizeipräsidenten, um Menschen von bösen Ideen abzuhalten. Nur für den Fall, dass Walker mit dem Gedanken spielt, seine Drohungen in die Tat umzusetzen.«

Stephen verstand. »Danke, Marty. Ich bin Ihnen sehr verbunden.«

»Keine Ursache.« Martin Hart verzog den Mund. »Die gute Nachricht ist, dass das Parkhaus der Mall sicher sein müsste. Da Walker auch dies mitfinanziert, werden wir uns um mögliche Autodiebstähle in dem zwölfstöckigen Gebäude wohl keine Sorgen zu machen brauchen.«

21.05 Uhr

Dieses Abendessen war auf jeden Fall ein großer Fehler gewesen.

Julia rutschte auf ihrem Stuhl herum und trank noch einen Schluck Wein, weil sie hoffte, er könnte ihre Nerven beruhigen. Bisher hatte es nicht funktioniert. Ebenso wenig wie die Unterhaltung, obwohl Greg alles getan hatte, um sie aufzuheitern. Es war nicht seine Schuld. Es waren auch nicht die Gedanken an Connor, die dafür verantwortlich waren, dass der Abend so schleppend verlief und ihr das Steak wie Blei im Magen lag. Es war ihre Angst um Brian.

Meine Güte, hier ging es um weit mehr als familiäre

Spannungen und Unstimmigkeiten. Es ging um eine ernste Gefahr. Oder zumindest um die Drohung einer ernsten Gefahr. Gut, dass Nancy ihren Sohn rechtzeitig in Sicherheit gebracht hatte.

Trotzdem war Julias Kopf voller Fragen.

Warum hatte Stephen Stratford nicht die Polizei benachrichtigt? Warum hielten er und Connor Walkers Drohungen geheim und machten sich selbst an die Ermittlungen? Was war es, was sie davon abhielt, Walker endlich zurückzupfeifen? Mangel an Beweisen? Die Polizei könnte ihnen doch bei der Suche danach behilflich sein. Öffentliches Aufsehen? Die Stadt konnte dem Bürgermeister doch nur gratulieren, wenn er einen Verbrecher zur Strecke brachte. Was war es also dann?

»Erde an Julia.« Greg hatte sich über den Tisch gebeugt und klopfte an ihr Weinglas. »Nimmst du mit diesem Ding telepathische Kontakte auf?«

Sie lächelte gequält. »Tut mir Leid. Ehrlich gesagt, habe ich mir gerade überlegt, dass ich noch einen Schluck vertragen könnte. Wenn ich mich so richtig betrinken würde, könnte ich das ganze Elend der letzten Woche am besten vergessen. Das Problem ist nur, dass ich mit dem Auto gekommen bin. Also kommt Betrinken nicht in Frage.«

Greg lachte. »So schlimm?« Er trank selbst einen Schluck. »Hat das alles mit der Schule zu tun?«

»Mehr oder weniger«, antwortete sie ausweichend. »Dort geht es wie im Zirkus zu, seit Brian mit seiner Mutter nach Kalifornien geflogen ist. Jack schickt mich beinahe täglich mit einem Stapel Hausaufgaben zum Bürgermeister. Die Presse lungert ständig vor der Schule herum. Ich glaube, ich bin an diese ganze politische Szene einfach nicht so gewöhnt wie du.«

Ein geringschätziges Schnauben. »Vielleicht habe ich das alles häufiger um mich, aber man gewöhnt sich nie daran.

Vor allem nicht an die Medien. Sie sind wie Blutsauger.« Greg sah sie aufmerksam an. »Apropos Brian, wie läuft es zwischen dir und Connor Stratford? Geht es weiter voran?«

Julia spürte, dass sie rot wurde. Die Frage war nicht unfair, schließlich war ihre Beziehung zu Connor der Grund gewesen, weshalb sie die mit Greg beendet hatte. Es war einfach nur unangenehm, ein so persönliches Thema mit jemandem zu besprechen, von dem sie wusste, dass er ebenfalls viel für sie empfand.

»Zu intim?«, erriet Greg und half ihr aus der Verlegenheit.

»Ein bisschen. Außerdem bin ich mir nicht sicher, was ich dir darauf antworten soll. Ich würde nicht sagen, dass die Sache vorangeht. Ich würde eher sagen, sie gärt im Moment vor sich hin.«

Bei ihrer Wortwahl zuckten Gregs Mundwinkel. »Zu einem guten Wein oder einem sauren Essig?«

»Tja, das ist die Frage.« Sie bemühte sich um so viel Offenheit, wie sie konnte. »Meine Beziehung zu Connor ist ziemlich kompliziert. Ich sagte schon, ich bin an diese politische Szene nicht gewöhnt. Und ich bin auch nicht an das ganz große Geld gewöhnt. Und der Name Stratford ist ein Synonym für beides. Deshalb fühle ich mich manchmal ein bisschen fremd. Ich bin zwar im Schlaraffenland, aber ich weiß nicht genau, ob ich dort bleiben möchte.«

»Zu Hause ist es immer am schönsten, nicht?«, kommentierte Greg ironisch.

»So ähnlich.« Julia sah ihn aufmerksam an. Das, was sie gesagt hatte, schien ihn nicht weiter zu bekümmern. Er wirkte eher müde und erschöpft. »Ich hoffe, ich habe dich jetzt nicht verletzt.«

»Keineswegs. Schließlich habe ich ja gefragt. Außerdem habe ich dich den ganzen Abend mit meinen Problemen belästigt, und du hast mir geduldig zugehört. Obwohl ich dir versprochen hatte, dass wir nichts Ernstes bereden würden.« Greg rieb sich die Augen. »Entschuldige, ich möchte wirklich nicht unhöflich sein, und es hat bestimmt nichts mit deiner Gesellschaft zu tun, glaub mir. Ich fühle mich einfach nur erschlagen. Der Bürgermeister ist diese Woche ständig unterwegs, meine Sekretärin ist krank, und ich habe immer noch einen Riesenberg an Zahlen durchzugehen, ehe ich meinen Etatentwurf fertig stellen kann.«

»Hast du immer noch vor, morgen ins Büro zu gehen?«

»Ja.« Greg gähnte. »Es wird herrlich ruhig sein. Alle Welt geht zu dieser Mall-Eröffnung, da kann ich ungestört arbeiten. Ich werde früh anfangen, damit ich bis morgen Abend auch sicher fertig werde.«

Julia griff nach ihrer Handtasche. »Was hältst du davon, wenn wir jetzt beide nach Hause gehen?«, schlug sie vor und zog ihre Brieftasche hervor. »Es ist fast zehn. Wir sind beide müde. Wir haben gut gegessen und uns nett unterhalten. Jetzt ist es Zeit für eine anständige Portion Schlaf, vor allem für dich.«

Greg warf ihr einen unsicheren Blick zu. »Du bist mir nicht böse?«

»Nicht im Geringsten.« In Wahrheit konnte Julia es kaum erwarten, nach Hause zu kommen. Sie wollte unbedingt noch mit Connor sprechen und hören, was er ihr Neues zu berichten hatte. »Ich lade dich ein, wie versprochen«, erklärte sie und wehrte Gregs Angebot, die Rechnung zu übernehmen, ab. »Du hast mich immerhin vor einer kalten Pizza und langweiligen Fernsehwiederholungen bewahrt.«

»Das klingt ja fast so schlimm wie die Arbeit an meinem Etat«, antwortete Greg trocken. Er stand auf und streckte sich. »Komm. Ich parke gleich neben dir. Ich bringe dich wenigstens noch zu deinem Auto.«

Sie gingen über den Parkplatz und blieben vor ihren Autos stehen, die unter einer großen Laterne geparkt waren.

Gregs Audi stand links neben Julias Beetle, und er ging auf seine Fahrerseite und wartete darauf, dass sie sich zwischen den beiden Wagen hindurchschob, um ihre Tür zu öffnen.

»Danke für das Essen«, rief er, als sie den Schlüssel ins Schloss steckte.

»Gern«, gab Julia zurück und lächelte.

Unbeabsichtigt fiel ihr Blick in das Innere seines Wagens, als sie sich umdrehte.

Überrascht fuhr sie ganz herum und starrte auf das knallrote Etwas, das neben dem Beifahrersitz lag.

»Was ist los?«, fragte Greg, als er ihren entsetzten Gesichtsausdruck sah.

»Diese Kaninchenpfote«, antwortete sie und zeigte darauf.

Mit gerunzelter Stirn schloss Greg sein Auto auf, griff hinein und zog das Teil heraus. »Die hier?«

»Ja.« Sie nahm sie und betrachtete sie eingehend. »Sie gehört mir.«

»Du machst Witze.«

»Nein. Ich habe sie Connor an dem Tag gegeben, als Brian mit seiner Mutter die Stadt verlassen hat. Sie sollte ihm Glück bringen. Sie hat immer mir gehört, und ich wollte sie Brian leihen.«

»Wie merkwürdig.« Nachdenklich blickte Greg auf die Kaninchenpfote. »Die einzig mögliche Erklärung ist, dass Connor es nicht mehr geschafft hat, sie Brian zu geben, ehe er und seine Mom den Flughafen verließen. Sicher hatte er vor, sie ihm nachzuschicken. Und dann ist sie vermutlich unter all die anderen Sachen geraten, die Celeste für Brian zusammengepackt hat. Die Ärmste ist völlig geschafft. Seit meine eigene Sekretärin krank ist, hilft sie mir ein bisschen, aber sie ist natürlich hoffnungslos überarbeitet. Warte mal, allein gestern ist sie zweimal zu meinem Auto gelaufen, um irgendwelche Ordner zu holen. Und zufällig war auch

Cliff Henderson an meinem Wagen. Er brauchte Material, das ich für eine Überprüfung besorgt habe, zu der uns der Bürgermeister beauftragt hat.« Ein Grinsen. »Wie du siehst, geht es in meinem Auto im Moment zu wie in einem Taubenschlag. Irgendwer muss bei irgendeiner dieser Transaktionen deinen Glücksbringer verloren haben.«

»Oh.« Julia nickte und hielt die Kaninchenpfote fest umschlossen. Sie wusste nicht warum, aber irgendwie fühlte sie sich Brian so näher.

»Weißt du was?«, schlug Greg vor. »Ich lege sie morgen früh mit einer kurzen Notiz auf den Schreibtisch des Bürgermeisters. Dann kann er sie Brian gleich am Montag schicken.«

»Das ist eine gute Idee.« Julia gab sie ihm zurück. Sie fühlte sich merkwürdig unwohl, verstand aber nicht, warum. Greg hatte keine Ahnung, dass Brian in Wirklichkeit gar nicht in Kalifornien war. Er hatte keine Ahnung, dass Brian bedroht wurde. Und deshalb hatte er auch keine Ahnung, wie weh es ihr tat, zu wissen, dass Brian diese Kaninchenpfote nicht bei sich hatte.

»Julia?« Greg sah sie zerknirscht an. »Dieses Durcheinander tut mir Leid.«

»Ist schon okay. Es ist ja nicht deine Schuld.« Sie massierte ihre Schläfen. »Ich bin einfach nur übermüdet. Ich fahre jetzt am besten nach Hause und lege mich ins Bett.« Sie berührte kurz Gregs Unterarm. »Danke für den schönen Abend. Gute Nacht.«

»Gute Nacht.« Er wartete, bis ihr Motor angesprungen war, ehe er in sein Auto stieg.

Dann sah er mit nachdenklicher Miene zu, wie sie davonfuhr.

22.15 Uhr

Cliff fühlte sich völlig erschlagen.

Er starrte auf die Negative, die er am Tag zuvor aus Gregs Auto geholt hatte, und fragte sich, wie es gekommen war, dass sich die Dinge bis zu dem Punkt entwickelt hatten, wo sie jetzt waren.

Warum tat er das alles? Er kannte die Antwort darauf. Die Ursache und die Rechtfertigung liefen auf eines hinaus: seine Liebe zu Nancy.

Dreizehn Jahre hatte er am Spielfeldrand gestanden und zugesehen, wie Nancy ihr Leben mit einem anderen Mann teilte – ausgerechnet seinem besten Freund. Er hatte mitansehen müssen, wie sie geheiratet hatte, schwanger geworden war und sein Kind großzog. Er hatte ihr als Freund und Vertrauter zur Seite gestanden, ihr über Stephens schwierige Phasen hinweggeholfen, niemals ein schlechtes Wort über seinen Freund verloren, obwohl er ihn für seine Schwäche und für das, was er Nancy damit antat, hasste.

Tatsache war, Stephen verdiente sie nicht. Und so sehr er sich bemüht hatte, es sich nicht anmerken zu lassen, hoffte Cliff im Stillen, dass Nancy das eines Tages von selbst einsehen und aus ihrer Ehe ausbrechen würde.

Am letzten Mittwoch war ihm zum ersten Mal klar geworden, dass dies nicht geschehen würde – niemals.

Die Erkenntnis hatte ihn wie ein Keulenhieb getroffen, als er nach Stowe hinaufgefahren war, Brian seine Medizin gebracht und darauf gehofft hatte, dass sich Nancy in diesem entscheidenden Moment ihres Lebens an ihn wenden und in ihm nicht nur ihren Freund, sondern ihre Zukunft sehen würde.

Stattdessen hatte sie ihm die Ohren wegen Stephen vorgeheult und Cliff am Ende gestanden, dass sie nach stundenlangem Grübeln zu dem Schluss gekommen sei, dass sie ehrlich zu ihm sein und reinen Tisch machen müsste. Sie würde niemals aufhören, ihren Mann zu lieben, hatte sie erklärt, auch wenn sie wüsste, dass ihr Leben so viel einfacher sein würde. Und um Cliff weitere Seelenqualen zu ersparen, hätte sie beschlossen, dass sie sich von ihm zurückziehen müsste – und ihn aus ihrem Leben ausschließen. So zumindest sah es Cliff.

Sie hatte ihn gebeten, nicht mehr zur Skihütte zu kommen, so lange sie dort wohnen würden, nicht nur zu seinem, sondern auch zu Brians Wohl. Offenbar hatte Brian völlig die Nerven verloren, als er erfuhr, dass Cliff und nicht Stephen seine Medizin bringen würde. Stephen war derjenige, den er wollte und vermisste.

Fazit? Sie dachte zuallererst an ihren Sohn. Deshalb musste Cliff fernbleiben.

Er hatte den ganzen Mittwoch gebraucht, um dies zu verdauen. Und gestern, bei dem Gespräch mit Harrison, hatte Cliff Stephen genau beobachtet. Der Mann war so sehr mit seiner eigenen Hölle beschäftigt, dass er nicht einmal zur Kenntnis nahm, dass noch andere neben ihm existierten.

Da hatte er seine Entscheidung gefällt.

Stephens Fokus würde sich bald verändern. Er würde erleben, wie jemand anders durch die Hölle ging.

Und damit würde seine eigene Hölle noch viel unerträglicher werden.

22.25 Uhr

Julia sah das blinkende rote Licht an ihrem Anrufbeantworter in dem Moment, als sie ihre Wohnung betrat. Sie lief hin und drückte die Abspieltaste.

»Eine neue Nachricht«, verkündete das Gerät.

»Julia? Ich hatte gehofft, dich noch zu erreichen, bevor

du zu deinem Workshop fährst.« Es war Connor, der sehr beunruhigt klang. »Es ist die einzige Chance für mich, dich heute Abend anzurufen. Stephen und ich treffen uns mit dem Polizeipräsidenten, um zusätzliche Sicherheitsvorkehrungen für die Mall-Eröffnung morgen zu besprechen – unter anderem. Unter den gegebenen Umständen können wir nicht vorsichtig genug sein.« Er zögerte, als hätte er noch eine Menge zu sagen, wollte aber das Risiko nicht eingehen, es auf einen Anrufbeantworter zu sprechen. »Wir reden noch«, fuhr er fort. »Bald. Ich werde morgen die meiste Zeit in der Mall sein. Wenn ich dort Handyempfang habe, rufe ich dich an. Sonst melde ich mich sofort, wenn ich wieder da raus bin. Ich muss dich dringend sehen. Wir haben wichtige Themen zu besprechen.«

Ein Klicken, dann verkündete der Anrufbeantworter: »Freitag, achtzehn Uhr fünfundvierzig.«

Das war knapp fünf Minuten, bevor sie aus der Tür gegangen war, um sich mit Greg zu treffen. Sie hatte Connors Anruf um Haaresbreite verpasst.

Julia sank aufs Sofa und legte den Kopf auf die Armlehne. Sie war sehr unruhig, und die Tatsache, dass sie gerade Connors Stimme gehört hatte, verstärkte ihre Nervosität noch. Sie wünschte sich, sofort mit ihm sprechen zu können. Nicht nur, weil sie wissen wollte, welche wichtigen Themen er mit ihr zu bereden hatte – ob es einzig und allein um Brian ging, oder auch um sie beide –, sondern weil sie sich solche Sorgen machte, seitdem er sie am Vorabend angerufen hatte. Wenn er ihr ein paar mehr Einzelheiten verriete, würde sich ihre Unruhe vielleicht ein wenig legen.

Vielleicht aber auch nicht.

25

14. April, 7.35 Uhr
Stowe, Vermont

Nancys Kopf hing herab, und sie kämpfte darum, das Bewusstsein wiederzuerlangen. Aber es gelang ihr nicht. Schon nach kurzer Zeit kamen die Nebelschwaden wieder, und sie verfiel erneut in einen Dämmerzustand. Der Tag wurde zur Nacht, und die Nacht ging irgendwie in den Tag über.

Wie spät ist es?, fragte sie sich irgendwann benommen und wehrte sich mit aller ihr verbliebener Kraft gegen die Wirkung der Medikamente.

Erinnere dich. Versuch dich zu erinnern.

Sie war an einen Stuhl gefesselt. Ihre Arme waren hinter ihrem Rücken zusammengebunden, und ihre Muskeln schmerzten von dieser unnatürlichen Haltung. Auch ihre Beine waren gefesselt; ein dickes Seil war um sie herum gewickelt, um sie an die Beine des Stuhls zu binden. Außerdem war sie geknebelt, und das Stück Stoff schnitt sich in ihre Mundwinkel ein.

Wieso war sie so schwach, dass sie sich nicht einmal selbst befreien konnte?

Ein Stück Erinnerung. Der Mann in der Skimaske, derjenige, der sie überfallen hatte, hatte ihr etwas gegeben. Sie erinnerte sich daran, dass er sie wachrüttelte und dann aufforderte, etwas zu trinken. Was immer es gewesen war, es war stark gewesen, ebenso wie das Zeug, das sie eingeatmet hatte, als er sich auf sie stürzte.

Gott. Brian.

Zum hundertsten Mal versuchte sie seinen Namen zu rufen, aber ihre Stimme war nicht mehr als ein heiseres Krächzen. Doch es war hörbar. Brian hätte ihr geantwortet, wenn er da gewesen wäre – und gekonnt hätte. Vielleicht saß er gefesselt und geknebelt im Nebenzimmer.

Ihr Mutterinstinkt sagte ihr, dass es nicht so war. Brian befand sich nicht in der Skihütte. Derjenige, der sie unter Drogen gesetzt hatte, hatte auch ihren Sohn gekidnappt.

Angst und Adrenalin schossen durch ihren Körper, und sie begann an den Fesseln zu zerren, versuchte verzweifelt, sich zu befreien. Sie musste um Hilfe rufen und Brian finden.

Aber die Fesseln lösten sich nicht.

Wimmernd sank Nancy gegen die Rücklehne des Stuhls. Tränen stiegen in ihre Augen, rannen über ihre Wangen.

Wo war Brian? Was hatten sie mit ihm gemacht? Er musste schreckliche Angst haben. War er verletzt? Hatten sie Kontakt mit Stephen aufgenommen, damit er ihnen geben konnte, was sie für die wohlbehaltene Rückkehr ihres Sohnes forderten?

Sie. Dieses Schwein Walker und wer immer für ihn arbeitete. Diese schmutzigen Bastarde hatten ihr Kind entführt.

Das Betäubungsmittel wirkte erneut und zog sie zurück in die Dunkelheit. Ihr Körper war zu schwach, um dagegen anzukämpfen. Ihre Lider fielen zu, und ihr Kopf sank nach vorn.

Das Bild eines Mannes mit einer Skimaske tauchte kurz vor ihr auf. Es war alles so schnell gegangen. Sie hatte kaum Zeit gehabt aufzuschauen, ehe er sie gegriffen hatte.

Aber in diesem kurzen Moment ...

Seine Augen. Sie kannte diese Augen.

Sie hatte sie schon häufig gesehen.

8.30 Uhr

Brian hörte Motorgeräusche, das Knirschen von Kies, danach das Zuschlagen einer Tür.

Der Mann mit der Maske kam.

Sein ganzer Körper spannte sich, und er begann zu zittern.

Er wusste, dass er tapfer sein musste, nicht so verängstigt wirken durfte, aber er konnte nicht anders. Er hatte schreckliche Angst. Der Wohnwagen war dunkel und gespenstisch. Im Laufe der Nacht war es immer dunkler und gespenstischer geworden, und er hatte komische Geräusche von draußen gehört. Er hatte versucht, sich damit zu beruhigen, dass es nur Tiere waren, aber es hatte eher wie ein Monster geklungen. Oder ein Alien.

Andererseits hätte er es zu gern mit beiden aufgenommen, wenn das bedeutet hätte, von diesem Mann fortzukommen.

Schritte stapften durch den Matsch, näherten sich dem Wagen.

Brian starrte auf die Tür, die Augen vor Angst weit aufgerissen.

Kam der Mann, um ihm etwas zu essen zu bringen oder um ihm wehzutun? Warum hatte er ihn überhaupt hierher gebracht? Und warum hatte er seine Mom gefesselt? Nein, nicht nur gefesselt, sondern sie etwas trinken lassen, was sie zum Schlafen gebracht hatte?

Die Schnüre taten weh. Sein gesamter Pitcher-Arm fühlte sich komisch an, so als wären lauter Sandkörner darin. Seine Beine kribbelten ebenfalls. Und sein Mund war wund. Aber den Lappen, der darin gesteckt hatte, hatte er wenigstens teilweise ausspucken können.

Brian spürte, wie ihm die Tränen kamen. Er vermisste seine Eltern. Er wollte nach Hause.

Die Tür des Wohnwagens flog auf. Der Mann mit der Skimaske kam herein.

»Hey, Brian.« Er kam herüber, hockte sich neben den Stuhl und sah ihn mit unnachgiebigem Blick an. »Es muss schnell gehen. Ich muss dringend weg. Also sei ein braver Junge, und wehr dich nicht.« Er steckte die Hand in seine Jackentasche, und Brian erstarrte. Er rechnete fest damit, dass er nun eine Pistole herauszog. Jetzt kam die Stelle, wo das Opfer umgebracht wurde. Genau wie in seinem neuen Computerspiel.

Er duckte sich instinktiv, rechnete mit einer Kugel.

Stattdessen zog der Mann eine Flasche Limonade und eine kleine Packung Cornflakes heraus. »Frühstückszeit.« Er entfernte Brians Knebel. »Kein Geschrei. Nur essen, trinken und ruhig sitzen bleiben. Verstanden?«

Brian nickte. Er war zu durstig, zu hungrig und zu ängstlich, um nicht zu gehorchen.

Schweigend folgte er den Anweisungen.

Die Stimme des Mannes klang tief und heiser, als versuchte er sie zu verstellen. Aber Brian erkannte sie trotzdem. Er hatte sie schon früher gehört, schon viele Male.

Er wusste genau, zu wem sie gehörte.

10.15 Uhr

Julia hatte kein Auge zugetan.

Die ganze Nacht hatte sie sich herumgewälzt und wach gelegen und irgendwie das Gefühl gehabt, etwas würde nicht stimmen.

Bei ihrer zweiten Tasse Kaffee wurde ihr klar, was es war.

Das Timing. Es passte einfach nicht.

Sie hatte Connor die Kaninchenpfote am Dienstagmorgen um halb neun gegeben. Er war über diese Geste offensichtlich sehr gerührt gewesen. Wie Julia hatte er gewusst, dass dieses Geschenk Brian enorm aufmuntern würde. Als sie abends mit ihm essen war, hatte er ihr erzählt, dass er Brian gesehen hatte. Er hatte sogar erwähnt, wie Leid es ihm getan hätte, dass es Brian so schlecht ging.

Wieso hatte er ihm die Kaninchenpfote nicht gegeben? Wieso sollte er sie ihm auch nur einen Tag vorenthalten haben, selbst wenn er nicht geahnt hatte, dass Brian verreisen würde? Er wusste doch genau, dass sie bestimmt ein Lächeln auf die Lippen seines Neffen gezaubert hätte.

Da stimmte etwas nicht.

Und noch etwas beschäftigte sie. Etwas, das Greg gesagt hatte. Sie hatte gestern Abend nicht weiter darüber nachgedacht. Sie war viel zu enttäuscht gewesen, dass Brian ihren Glücksbringer nicht bekommen hatte. Aber als sie das Gespräch mit Greg nun noch einmal Revue passieren ließ, fiel es ihr auf. Er hatte etwas davon gesagt, dass Cliff Henderson etwas aus seinem Auto holen musste, was mit einer Überprüfung im Auftrag des Bürgermeisters zu tun hatte.

Konnte es dabei um Philip Walker gehen? Er war mit Sicherheit das drängendste Problem auf dem Schreibtisch des Bürgermeisters. Hatte Greg mehr Zugang zu vertraulichen Einzelheiten, als er ihr hatte erzählen können? Das machte Sinn. Er war der Stadtdirektor, und er arbeitete seit Jahren eng mit Bürgermeister Stratford zusammen. Und Cliff Henderson war der juristische Berater des Bürgermeisters. Warum sollte Stephen Stratford sie nicht um Hilfe gebeten haben?

Julia schob ihre Kaffeetasse von sich. Sie musste etwas unternehmen. Connor befand sich auf der Eröffnungsfeier der Mall. Sie konnte vor heute Abend nicht mit ihm sprechen. Und bis dahin konnte sie die Dinge auf keinen Fall auf sich beruhen lassen. Dazu war sie viel zu nervös.

Greg war in seinem Büro und arbeitete. Vermutlich an

dem Etatentwurf, obwohl sie sich inzwischen zu fragen begann, ob er nicht in Wirklichkeit Hintergrundrecherchen für den Bürgermeister betrieb.

Es gab nur eine Möglichkeit das herauszufinden.

Sie würde eine plausible Entschuldigung erfinden, um im Büro des Bürgermeisters vorbeizuschauen. Dann konnte sie, wenn sie sich irrte und Greg tatsächlich in seine Zahlen vertieft war und keine Ahnung hatte, was mit Brian war, einfach wieder verschwinden, ohne allzu viel Schaden anzurichten. Aber wenn sie Recht hatte, dann konnten sie sich vielleicht zusammensetzen und sich eine Strategie gegen Walker überlegen, während der Bürgermeister seinen Pflichten nachkam und in der Mall repräsentierte.

Jetzt also zu der Entschuldigung.

Julia nahm einen Aktenordner vom Tisch, zog die Klassenarbeiten hervor, die sie den Kindern, die in den letzten Tagen im Unterricht fehlten, noch nicht zurückgegeben hatte. Mal sehen – Jennifers Sachkundearbeit, Randys Lesetest. Aha. Brians Diktat von Montag. Null Fehler. Eine nette Überraschung für seinen Vater. Und ein netter Vorwand, für den Fall, dass sie einen brauchte.

Sie griff nach ihrer Tasche und verließ die Wohnung.

10.45 Uhr
Rathaus

Julia hatte größte Mühe, in das Rathaus zu gelangen. Es war nicht nur verschlossen, sondern auch noch von einem Sicherheitsbeamten bewacht, der sie kontrollierte, als sei sie eine Terroristin. Nicht einmal das Diktat, das sie als Alibi dabeihatte, hatte ausgereicht, um ihr Zugang zum Gebäude zu verschaffen.

Ein glücklicher Zufall half ihr aus der Patsche.

Der Sicherheitsbeamte wollte gerade Greg in seinem Büro anrufen, um sich von ihm bestätigen zu lassen, dass Miss Talbot erwartet wurde, als die Tür aufflog und Celeste herausgerannt kam.

»Miss Talbot ... hallo – hallo.« Sie blieb stehen und sah Julia überrascht an. »Was tun Sie denn hier?«

Julia war erleichtert. Sie wollte vermeiden, dass Greg vorab erfuhr, dass sie kam. Das hätte ihm womöglich Zeit verschafft, irgendwelche vertraulichen Dinge, an denen er arbeitete, zu verstecken, ehe sie sein Büro betrat. Sie wollte ihn lieber ahnungslos antreffen.

»Hallo, Celeste.« Lächelnd hob Julia Brians Diktat hoch. »Ich wollte das gern auf Mr. Stratfords Schreibtisch hinterlegen, damit er es Brian schickt. Greg erwähnte, dass am Montag ein Päckchen an ihn abgesendet werden soll. Und da Mr. Stratford den ganzen Tag in der Mall ist, dachte ich, ich bringe es schnell her. Ich hatte ja keine Ahnung, dass es so schwierig ist, hier hereinzukommen.« Sie hielt ihren anderen Arm hoch und schüttelte eine Tüte mit Doughnuts. »Außerdem hat Greg mir erzählt, dass er den ganzen Tag arbeiten muss. Ich wollte ihn mit einem Kaffee und einem Doughnut überraschen, um ihm die Samstagsarbeit ein wenig zu versüßen.«

Celeste grinste. »Ich bin sicher, dass er sich darüber freuen wird.« Sie wandte sich an den Sicherheitsmann und nickte. »Das ist okay, Joe. Miss Talbot kann nach oben gehen.«

»Gut.« Joe warf Julia einen entschuldigenden Blick zu. »Tut mir Leid, Miss Talbot, ich habe nur meinen Job gemacht.« Er kratzte sich am Kopf und sah Celeste dann von der Seite an. »Meine Güte, heute ist hier wirklich viel los«, meinte er. »Sie, Mr. Matthews, Mr. Henderson und nun auch noch Miss Talbot. Samstags ist es hier normalerweise völlig ruhig. Und ich dachte, heute erst recht, wo doch alle auf der Mall-Eröffnung sind. Habe mich wohl geirrt.«

»Nicht ganz«, versicherte Celeste ihm. »Ich bin jetzt auch unterwegs zur Mall.« Sie winkte Julia zum Abschied kurz zu.

»Celeste, eine kurze Frage noch«, rief Julia.

»Klar.«

»Für dieses Päckchen, das Sie für Brian zusammenstellen, hat Ihnen da entweder der Bürgermeister oder Connor Stratford eine rote Kaninchenpfote gegeben, die Sie mit einpacken sollen?«

Celeste sah sie verständnislos an. »Was meinen Sie? Ich stelle gar kein Päckchen für Brian zusammen. Der Bürgermeister kümmert sich selbst um all diese Dinge. Und eine Kaninchenpfote habe ich auch nicht gesehen. Aber das heißt nicht, dass sie nicht irgendwo ist.« Sie lächelte. »Es ist sicher ein Geschenk von Ihnen, nicht?«

Julia nickte und verarbeitete die Information, die sie gerade erhalten hatte. »Okay, nun, vielen Dank. Und viel Spaß bei der großen Eröffnung.«

Sie wartete, während der Mann vom Sicherheitsdienst ihr die Tür aufhielt und sie eintreten ließ. Dann lief sie durch die Lobby zum Aufzug. Also hatte Greg sich geirrt. Celeste kümmerte sich gar nicht um das Päckchen für Brian. Geirrt oder gelogen. Wenn er sich geirrt hatte, dann ließ der Bürgermeister ihn über alles, was geschah, uninformiert. Und wenn er gelogen hatte, bestätigte das ihren Verdacht umso mehr. Zumal auch Cliff Henderson heute Morgen im Rathaus gewesen war oder sich noch dort befand. Wenn er und Greg zusammen arbeiteten und sich privat mit dem Bürgermeister um Brians Wohl kümmerten, konnte es dafür einen besseren Zeitpunkt geben als heute, wo es ruhig und friedlich war und sich die ganze Stadt auf der Eröffnungsfeier in der neuen Mall befand?

Höchste Zeit, die Spekulationen zu beenden und die Wahrheit herauszufinden.

Julia fuhr mit dem Aufzug in die Chefetage und machte sich auf den Weg zu Gregs Büro, das nur wenige Türen neben dem des Bürgermeisters lag.

Die Tür zu Stephen Stratfords Zimmer war geschlossen. Aber sie öffnete sich, als Julia vorbeiging, und Cliff Henderson kam heraus. Mit zusammengepressten Lippen schaute er einen Papierstapel durch, der aus Briefen und Fotos zu bestehen schien. Er war so sehr in Gedanken, dass er fast mit ihr zusammengestoßen wäre.

»Oh, entschuldigen Sie bitte.« Er blinzelte und war offensichtlich überrascht, sie zu sehen. Rasch verbarg er die Hand hinter dem Rücken, aber da hatte Julia den Briefkopf von Walker Development bereits gesehen, ebenso wie das Foto, das darauf klemmte.

Es war ein Schnappschuss von Brian beim Baseball.

»Miss Talbot, nicht wahr?«, fragte er. »Wenn Sie Stephen oder Connor suchen, die sind heute beide in der Mall.«

»Das habe ich mir schon gedacht«, antwortete Julia. Sie überlegte fieberhaft, warum ein Foto von Brian auf Walkers Geschäftspapier klemmen könnte und warum Cliff Henderson es in der Hand hielt. Und was war auf den anderen Fotos zu sehen? »Ich wollte eigentlich nur schnell zu Greg. Ich möchte ihm Frühstück bringen. Ist er bei Ihnen, oder sitzt er in seinem eigenen Büro?«

Ein Schulterzucken. »Ich vermute, in seinem eigenen Büro. Ich habe ihn in der letzten halbe Stunde nicht gesehen.«

»Gut. Dann sehe ich dort nach.« Julia sah Cliff an. »Wollen Sie gerade gehen?«

Er zögerte. »Gleich. Ich muss erst noch ein paar juristische Fragen für den Bürgermeister klären. Dann werde ich auch zur Eröffnungsfeier gehen. Aber ich möchte Sie nicht aufhalten. Bringen Sie Greg den Kaffee, solange er heiß ist.«

Er versuchte ganz offensichtlich, sie loszuwerden. Warum?

Julias Magen drehte sich.

Cliff Henderson benahm sich nicht wie ein Jurist, der eine vertrauliche Angelegenheit bearbeitete. Er benahm sich wie ein Verbrecher, der etwas zu vertuschen versuchte.

Cliff hielt die Fotos sicher versteckt und schaute auf seine Uhr. Dabei fielen Julia die Schweißperlen auf seiner Stirn auf. »Entschuldigen Sie, Miss Talbot. Ich möchte nicht unhöflich sein, aber ich muss meine Arbeit dringend fertig stellen.«

»Kein Problem.« Sie zwang sich zu einem Lächeln. »Auf Wiedersehen.« Sie drehte sich um und ging den Korridor entlang. Sie achtete darauf, ruhige Schritte zu machen, für den Fall, dass Cliff Henderson ihr nachsah.

Und er sah ihr tatsächlich nach. Er stand vor Stephens Büro und starrte hinter ihr her, die Lippen zu einem dünnen Strich zusammengepresst.

Julia erreichte Gregs Zimmer und betete, dass sie von ihm etwas erfahren konnte, *irgendetwas*, das ihr weiterhelfen würde. Sie wurde von Sekunde zu Sekunde nervöser.

Die Tür stand einen Spalt auf, und Julia wollte gerade anklopfen, als sie Gregs Stimme am Telefon hörte.

»Nach meinen Informationen wird Mr. Walker das Land am Montagmittag verlassen«, sagte er.

Neugierig trat Julia näher. Sie schob die Tür ein kleines bisschen weiter auf und schaute vorsichtig hinein. Greg hatte ihr den Rücken zugedreht, deshalb wurde sie noch etwas mutiger und machte einen weiteren Schritt nach vorne, um besser hören zu können.

»Ich will mich nur versichern, dass die Abflugzeit in die Schweiz bestätigt ist und der Jet des Unternehmens aufgetankt bereitsteht.« Greg lehnte sich zurück und nickte. »Ja, ich weiß, dass das sehr kurzfristig ist. Ich habe keine

Ahnung, wo es hingehen soll. Erfinden Sie irgendetwas, wenn es sein muss. Ein Passagier und ein großer Diplomatenkoffer. Kein Gepäck. Ich weiß, aber Sie müssen die Sache diskret behandeln, Jerry. Hm. Zahlen Sie jeden Preis. Tausend sind kein Problem. Sie kriegen das Geld am Montag. Ja, das habe ich gehört. Große Banken und köstliche Schokolade – ein perfekter Ort für Reiche, um für immer zu verschwinden. Nein, ich sagte es Ihnen ja schon, keine Rückflugpläne.« Ein zufriedenes Lachen. »Hervorragend. Danke.«

Er legte auf, ehe Julia zurückspringen konnte. Sie war viel zu vertieft in das, was sie da gerade mit angehört hatte.

»Julia.« Er klang überrascht und nicht im Geringsten erfreut. Mit zusammengekniffenen Augen sah er sie an. »Was tust du denn hier?«

»Ich w-wollte dich besuchen.« Sie bemühte sich verzweifelt, nicht zu stottern. »Ich habe einen Doughnut und einen Kaffee für dich.« Eilig ging sie hinein und stellte die Tüte auf den Tisch. Sie konnte Greg nicht in die Augen schauen, nicht bis sie sich einen Reim darauf machen konnte, warum er für Walker Anrufe tätigte. Und noch wichtiger, warum Walker diesen Anrufen zufolge das Land verlassen wollte – für immer.

Was in Gottes Namen ging hier vor sich?

Sie durfte jetzt nicht die Nerven verlieren. »Der wirkliche Grund für meinen Besuch ist, dass ich das hier zu der Kaninchenpfote legen wollte, die du für Brian auf dem Schreibtisch des Bürgermeisters deponiert hast.« Zum x-ten Mal an diesem Tag hob sie das Diktat hoch. »Null Fehler. Das ist es doch wert, es mit in das Carepaket zu legen.«

»Ich hatte noch keine Gelegenheit, die Kaninchenpfote auf Mr. Stratfords Schreibtisch zu legen.« Gregs Blick war unbewegt. »Aber ich werde es noch tun, falls du das bezweifeln solltest.«

»Natürlich nicht. Ich weiß, dass du dich darum kümmern wirst, ehe du nach Hause fährst.« Julia zog sich langsam zur Tür zurück und versuchte, sich so normal wie möglich zu verhalten. »Ich habe nicht erwartet, dass das bei dir oberste Priorität hat. Du hast schließlich genug Arbeit. Ehrlich gesagt, bin ich auch ziemlich geschafft. Ich habe noch einen Riesenstapel Korrekturarbeiten zu erledigen und muss noch meinen Lehrplan für die nächste Woche vorbereiten. Ich hatte mir vorgenommen, nur kurz hereinzuschauen, die Doughnuts abzugeben und dann wieder zu verschwinden. Also bin ich jetzt wieder weg. Guten Appetit beim Frühstück. Wir telefonieren nächste Woche wieder, ja?«

Mit einem kleinen Winken zog sie sich auf den Korridor zurück und ging eilig in Richtung Aufzug.

Greg folgte ihr hinaus. Er registrierte, dass sie am Büro des Bürgermeisters vorbeiging, ohne das Diktat für Brian zu hinterlegen.

12.10 Uhr
Leaf Brook Mall

Das zwölfstöckige Parkhaus war voll gestopft wie eine riesige Sardinenbüchse.

Julia fuhr immer wieder im Kreis, bis sie endlich im elften Stock eine winzige Parklücke fand. Mit Mühe bekam sie ihren Beetle dort hinein.

Sie stellte den Motor ab, holte tief Luft und öffnete die Tür.

Sie musste Connor unbedingt finden.

Den ganzen Weg hierher hatte sie über das nachgedacht, was sie gesehen und gehört hatte, und im Geiste alles wieder und wieder durchgespielt. Und wieder und wieder hatte ihr Instinkt ihr gesagt, dass etwas nicht stimmte.

Brians Foto, auf einen Brief von Walker geklemmt. Pläne, dass Walker das Land verlassen würde, unbemerkt und für immer.

Wenn sie diese Puzzleteile zusammensetzte, ergab sich ein abscheuliches Bild.

Sie musste sich irren. Es musste für alles eine logische Erklärung geben.

Sie brauchte diese Erklärung dringend. Und die konnten ihr nur die Stratfords geben.

Julia kletterte aus dem Auto, rannte zum Ausgang und drängte sich gerade noch in den Aufzug, ehe sich die Türen schlossen. Sie fuhr hinunter zum Hauptgeschoss des Einkaufszentrums.

Dort unten war die Hölle los.

Unzählige Menschen waren gekommen, um zu shoppen und die Attraktionen und Angebote des Eröffnungstages zu genießen: Jongleure, Pantomimen, ein Gesichtsmaler und ein bekannter Discjockey. In einem Seitenflügel stand ein riesiges Glücksrad, dessen zuckende Lichter und laute Musik Erwachsene und Kinder gleichermaßen anzog.

Julia schob sich durch die Menge und sah sich um, ob sie den Bürgermeister nicht irgendwo entdeckte.

Aber sie erblickte nur riesige Menschenmassen.

Sie verlor wertvolle Zeit. Sie konnte förmlich spüren, wie sie ihr entglitt. Die Szenerie, die sie umgab – der Lärm, das Lachen, der Trubel –, erschien ihr plötzlich unwirklich.

Wo war der Bürgermeister?

Sie durfte nicht aufgeben, ehe sie ihn gefunden hatte.

Es dauerte eine Ewigkeit, aber fünfundvierzig Minuten später entdeckte sie endlich eine Traube von Presseleuten, die sich im östlichen Teil der Mall drängelte. An der Spitze dieser Truppe befand sich Cheryl Lager, die ihre Kollegen energisch zur Seite schob. Und das konnte nur eines bedeuten: Der Bürgermeister musste in der Nähe sein. Dieses Biest stand zweifellos als Erste in der Reihe, wenn es darum ging, den Artikel des Tages zu schreiben.

Julia schob sich durch die Menge. Und tatsächlich, da stand Stephen Stratford, nur wenige Meter von ihr entfernt. Es hätten aber ebenso gut hundert Kilometer sein können, denn sie konnte ihn zwar sehen, hatte aber keine Chance zu ihm durchzudringen.

Neben dem Bürgermeister erblickte Julia Harrison Stratford und eine sehr elegant gekleidete Dame, die nur seine Frau sein konnte. Auf der anderen Seite des Bürgermeisters konnte sie Connors Hinterkopf erkennen. Sie wölbte die Hände vor dem Mund, rief seinen Namen. Aussichtslos. Ebenso gut hätte sie versuchen können, sich im Yankee-Stadion im Jubel nach einem Punktgewinn verständlich zu machen.

Sie wurde von der Menge eingezwängt, gegen ihren Willen hin und her geschoben und war nicht in der Lage, sich auch nur einen Zentimeter vorwärts zu bewegen.

Der Bürgermeister und sein Gefolge gingen weiter.

Die Pressemeute folgte ihm wie ein Bienenschwarm und bildete eine undurchdringliche Wand zwischen ihr und den Stratfords.

Es war sinnlos.

Julia drängte aus der Masse und fuhr sich frustriert durchs Haar.

Überall um sie herum waren Scharen von Polizisten. Sie könnte sich an einen von ihnen wenden, erklären, dass es sich um einen Notfall handelte und sie dringend mit dem Bürgermeister sprechen musste. Aber das würde sofort genau die Aufmerksamkeit erregen, die Connor und Stephen verzweifelt zu vermeiden versuchten. Sie konnte ihnen das nicht antun, zumal sie keinen wirklichen Beweis dafür hatte, dass Brian in Gefahr war.

Es war bereits halb zwei. Connor hatte versprochen,

sie anzurufen, sobald er hier herauskam, und sich sofort mit ihr zu treffen. Walker würde nicht vor Montag in die Schweiz fliegen. Und das bedeutete, dass Julia das ganze Wochenende hatte, um einen hässlichen Plan, wenn er existierte, zu vereiteln. Im Augenblick war Brian in Sicherheit. Er war bei seiner Mutter. Nancy Stratford hätte ihren Mann sofort benachrichtigt, wenn jemand versucht hätte, ihrem Sohn zu nahe zu kommen.

Beruhige dich, redete Julia sich selber zu. *Überreagier jetzt nicht.* Das Beste, was sie tun konnte, war, in ihre Wohnung zurückzukehren und dort auf Connors Anruf zu warten.

Und dann würden sie der Sache auf den Grund gehen, und wenn sie dazu Greg, Cliff und Walker an den Haaren herbeiziehen und befragen mussten.

Sie bahnte sich einen Weg ins Treppenhaus, lief so schnell sie konnte in den elften Stock und trat auf die Parkfläche hinaus. Noch immer standen die Autos dicht an dicht, kein einziges schien seit ihrer Ankunft weggefahren zu sein. Offenbar hatten alle vor, den ganzen Tag bei den Eröffnungsfeierlichkeiten zu bleiben.

Sie steuerte auf ihr Auto zu und kramte dabei nach ihrem Autoschlüssel. Sie war in Gedanken und schaute abwesend auf das Diktat, das sie immer noch in der Hand hielt – ihr Vorwand, um den Bürgermeister zu sprechen.

Quietschende Reifen ließen sie aufschrecken.

Ihr Kopf fuhr hoch, und sie wirbelte herum.

Alles geschah in Bruchteilen von Sekunden. Der silberne Mercedes schoss um die Ecke und kam mit beängstigender Geschwindigkeit und Zielstrebigkeit genau auf sie zu.

Sie hatte Recht. Etwas Schreckliches geschah.

Und nun würde sie nicht einmal mehr in der Lage sein, es zu verhindern.

Das Auto erfasste sie in dem Augenblick, als sie aus dem Weg springen wollte. Sie spürte den Aufprall, sah den Betonboden auf sich zu rasen. Ein scharfer Schmerz jagte durch ihren Arm, ihren Kopf.

Brian, dachte sie benommen, während der Schmerz ihr langsam das Bewusstsein raubte. *Wer wird nun Brian retten?*

14.35 Uhr

Connor begann allmählich zu verzweifeln. Er hatte bereits sechsmal versucht, Empfang mit seinem Handy zu bekommen, aber nicht einmal war es ihm gelungen, Julia zu erreichen.

Verflucht!

Er musste mit ihr reden. Kontakt mit ihr haben. Seine Ängste mit ihr teilen und sie um ihre Hilfe bitten. Ihr das Vertrauen geben, von dem sie behauptete, er hätte nie gelernt, es zu besitzen.

Er wollte Pläne für heute Abend machen – und für alle weiteren Abende.

Frustriert schaltete er sein Handy wieder aus, als Martin Hart sich unauffällig zu ihm gesellte. »Connor? Ich muss Sie und den Bürgermeister dringend sprechen. Tun Sie so, als handele sich um einen Sicherheitscheck, und entfernen Sie sich von Ihren Eltern und der Presse.«

Das Drängen in Martys Stimme blieb nicht ohne Wirkung. Connor warf dem Polizeichef einen kurzen Blick zu. »In Ordnung.«

Er beugte sich vor und flüsterte Stephen etwas zu.

Stephen hob den Kopf, doch seine Miene blieb unverändert. Er entschuldigte sich höflich und erklärte, er müsse mit der Polizei einen kurzen Sicherheitscheck durchführen. Dann entfernte er sich von der Gruppe und kam auf Connor und Marty zu.

»Vor etwa zwanzig Minuten gab es im Parkhaus einen Unfall mit Fahrerflucht«, erklärte Marty mit gedämpfter Stimme. »Das Opfer, eine junge Frau, wurde auf dem Weg zu ihrem geparkten Auto angefahren.«

»Meine Güte. Wie schlimm ist es?«, fragte Stephen.

»Ich weiß es nicht. Sie war bewusstlos, als sie mit dem Krankenwagen weggebracht wurde. Aber da ist noch etwas. Sie hatte ein Blatt Papier dabei, auf dem Brians Name stand.«

Stephen erstarrte. »Auf dem Brians Name stand? Was meinen Sie damit?«

»Es gehört ihm. Ein Diktat oder so etwas Ähnliches. Es war blutverschmiert, aber man konnte Brians Namen gut lesen. Er war mit Kinderschrift geschrieben. Meine Männer haben es als Beweisstück mitgenommen.«

Sämtliche Farbe war aus Connors Gesicht gewichen. »Ein Diktat?«, wiederholte er. »Haben Sie die Frau schon identifiziert?«

»Laut Führerschein ist ihr Name Julia Talbot. Sie ist siebenundzwanzig, schlank, mit braunen Haaren ...«

»In welche Klinik wurde sie gebracht?«, fragte Connor und griff nach Martys Arm.

Der Polizeipräsident kniff die Augen zusammen. »Ich schließe daraus, dass Sie sie kennen?«

»Ja. Also, wo ist sie?«

»Im Leaf Brook Memorial Hospital. Connor, warten Sie.« Er versuchte ihn festzuhalten.

»Lassen Sie ihn gehen, Marty«, antwortete Stephen leise. »Ich werde Ihre restlichen Fragen beantworten.«

»Ja, das werden Sie – später, wenn wir uns in Ruhe unterhalten können. Aber es geht nicht nur um Fragen. Connor, das Auto, das Miss Talbot angefahren hat – es gehört Ihnen.«

26

18.25 Uhr
Leaf Brook Memorial Hospital

Connor sagte etwas, aber seine Stimme klang weit entfernt. Julia konnte die Worte nicht verstehen. Das Pochen in ihrem Kopf war viel zu laut.

Sie bewegte sich vorsichtig, um ihn besser hören zu können. Sie stöhnte leise, als der Schmerz ihr durch den Arm und die Seite schoss.

Wo war sie, und warum hatte sie solche Schmerzen?

»Bleib ruhig liegen«, sagte Connor. »Versuch, dich nicht zu bewegen. Aber öffne deine Augen, und sieh mich an. Bitte, Julia.«

Er klang furchtbar.

Mühsam riss sie die Augen auf und wartete darauf, dass sein Gesicht aufhörte, hin und her zu schwimmen. Dann wurde es endlich klar.

Er sah noch furchtbarer aus.

»Connor?« Ihre Stimme war ein heiseres Krächzen.

Erleichterung machte sich in seinem Gesicht breit. »Gott sei Dank.« Er beugte sich vor, berührte ihre Lippen vorsichtig mit seinen. »Ja, ich bin es. Es ist alles in Ordnung. Alles wird wieder gut werden.«

»Ich bin im Krankenhaus«, stellte sie fest, als sie den Geruch von Desinfektionsmitteln identifizierte. Sie fühlte sich orientierungslos, ihr Kopf hämmerte so stark, dass sie kaum klar denken konnte.

»Ja.« Connor nahm ihre linke Hand und umschloss zärtlich ihre Finger. »Tut das weh?«

Sie wollte den Kopf schütteln, besann sich aber dann eines Besseren. »Nein. Sollte es?«

»Diese Hand nicht. Aber vielleicht die andere.«

Sie schaute hinab und stellte fest, dass ihre rechte Hand und ihr rechter Arm bandagiert waren. »Sind sie gebrochen?«

»Ich glaube nicht. Aber ich erinnere mich nicht. Ich konnte mich auf nichts anderes konzentrieren als auf dein Aufwachen. Der Rest wird heilen.« Er hob ihre gesunde Hand an seine Lippen, und Julia registrierte erstaunt, dass seine eigenen Hände zitterten. »Du hast mir fürchterliche Angst eingejagt«, gestand er leise. »Ich habe den ganzen Tag darauf gewartet, dir zu sagen, dass ich dich liebe, und ich habe befürchtet, dass ich nie wieder die Gelegenheit dazu haben könnte.«

Julia fragte sich, ob sie richtig gehört hatte. »Was hast du da gesagt?«

Er schluckte mühsam, und als er schließlich weitersprach, klang seine Stimme ganz rau. »Ich habe gesagt, ich liebe dich. Und ich werde es immer wieder sagen, jetzt und die nächsten hundert Jahre, wenn du mich lässt. Ich muss hören, dass du genauso empfindest, aber das kann warten, bis ich mir sicher sein kann, dass du klar genug bist, zu wissen, was du sagst.« Eine bedeutungsvolle Pause. »Zurück zu mir. Ich liebe dich nicht nur, ich vertraue dir auch. Ich hatte vorgehabt, dir das heute Abend zu beweisen, indem ich dir alles erzähle. Aber du hast meine Pläne durchkreuzt. Glücklicherweise bin ich flexibel. Ich werde es einfach so lange aufschieben, bis der Arzt mir grünes Licht gibt.«

Eine weitere Pause, diesmal eine längere. In Connors Unterkiefer zuckte es. »Gott, ich hatte solche Angst. Ich habe dich doch gerade erst gefunden. Der Gedanke, dich wieder zu verlieren ...« Er brach ab, stand auf und ging zur Tür.

»Ich muss dem Arzt Bescheid sagen, dass du wach bist«, meinte er knapp. »Louis Tillerman – du wirst ihn mögen. Er ist ein alter Familienfreund und ein hervorragender

Neurologe. Glücklicherweise arbeitet er als Belegarzt sowohl für das Leaf Brook Memorial Hospital als auch für das Columbia Presbyterian. Wir haben ihn sofort kommen lassen. Er möchte, dass du ganz ruhig liegen bleibst, bis er genau weiß, was dir fehlt. Er hat mir strikte Anweisung gegeben, ihn sofort zu holen, wenn du die Augen aufmachst. Ich möchte gern, dass er dich untersucht. Ich bin sofort zurück.«

»Connor?« Julia hielt ihn zurück, ihre Stimme klang schwach, aber deutlich.

Er drehte sich um.

»Du hast ja gestottert«, bemerkte sie, ohne allzu viel von dem mitbekommen zu haben, was er gesagt hatte. Außer seiner Liebeserklärung – die hatte sie genau verstanden. »Ich habe dich noch nie stottern hören.«

»Das liegt daran, dass ich das normalerweise auch nicht tue. Siehst du, was du aus mir gemacht hast?«

Ihre Augen wurden feucht. »Ich liebe dich auch«, flüsterte sie. »Daran ändert sich auch nichts, wenn ich wieder gesund bin. Aber ich werde es dann und die nächsten hundert Jahre wiederholen, wenn du mich lässt.«

Er kam zu ihr zurück, umarmte sie vorsichtig und bedeckte ihren Mund mit einem kurzen, glühenden Kuss. »Lass uns dafür sorgen, dass du schnell wieder gesund wirst und wir diesen ganzen Albtraum hinter uns bringen«, murmelte er. »Danach machen wir Pläne – für das ganze Leben.« Er richtete sich auf, und seine Finger strichen über ihre Wange. »Jetzt hole ich erst einmal Louis.«

Die Tür schloss sich hinter ihm, und Julia sank in die Kissen zurück. Ein wunderbares Glühen erfüllte sie.

Aber es wurde überschattet von einer Furcht, die sie nicht richtig benennen konnte, und von Schmerzen, die ihren gesamten Körper einzuhüllen schienen. Vor allem ihren Kopf.

Sie hob die Hand und stellte überrascht fest, dass auch ihr Kopf bandagiert war. Was war nur mit ihr geschehen?

Zwei Minuten später kehrte Connor zurück. Er war in Begleitung eines großen Mannes in einem weißen Arztkittel. Er war um die vierzig, mit freundlichen Zügen, die dennoch Autorität ausstrahlten. »Guten Morgen, Julia«, sagte er mit ruhiger Stimme. »Ich bin Dr. Tillerman. Sie haben uns ganz schön Sorgen gemacht. Wie geht es Ihnen?«

Sie runzelte die Stirn. »Mir tut alles weh. Vor allem mein Kopf und meine rechte Seite. Und ich bin ziemlich durcheinander.« Sie machte eine Pause, um neue Kraft zu sammeln. »Ich kann mich nicht daran erinnern, was passiert ist. Ich weiß nur, dass ich irgendetwas tun musste – aber ich weiß beim besten Willen nicht mehr was.«

»Es wird Ihnen alles wieder einfallen. Strengen Sie sich nicht zu sehr an. Sie haben einen ziemlich heftigen Aufprall hinter sich. Darf ich einmal sehen?«

Aufprall? Was für einen Aufprall?, hätte Julia ihn am liebsten gefragt. Warum konnte sie an der Wand in ihrem Kopf nicht vorbeidenken?

Dr. Tillerman machte ein paar Routinetests, untersuchte ihre Augen, ihre Reflexe, ihr Sprachvermögen und ihre kognitiven Reaktionen.

Pflichtgetreu beantwortete Julia seine Fragen, nannte ihren Namen, ihren Geburtstag und die Schule, an der sie unterrichtete.

»Gut«, lobte er. »Verspüren Sie Übelkeit?«

»Eigentlich nicht. Mir tut vor allem der Kopf weh.«

»Ich weiß. Ich werde Ihnen etwas gegen die Schmerzen geben. Außerdem werde ich einige neurologische Tests anordnen, nur um ganz sicherzugehen. Ich erwarte keinerlei Komplikationen. Das Ergebnis ihrer Computertomographie habe ich vor wenigen Minuten erhalten. Alles sieht gut aus – keine Blutungen, keine Fraktionen. Aber Sie waren sehr lange bewusstlos. Deshalb möchte ich Sie sicherheitshalber noch etwas unter Kontrolle behalten.«

»Was ist mit mir?«

»Sie haben eine Gehirnerschütterung«, erklärte er. »Das ist der Grund für Ihre Schmerzen und Ihre Orientierungslosigkeit. Außerdem haben Sie eine üble Platzwunde an der Stirn, die wir nähen mussten. Ansonsten haben Sie Schürfwunden am rechten Arm, eine Rippenquetschung und einige ziemlich tiefe Schnitte an Ihrer rechten Hand. Die gute Nachricht ist, dass es keinerlei innere Verletzungen gibt, und jetzt wo Sie wach sind und ich Sie untersuchen konnte, bin ich auch sehr zuversichtlich, dass Sie keinen bleibenden Hirnschaden erlitten haben. Sie werden wieder ganz gesund, und das ist angesichts des heftigen Aufpralls ein kleines Wunder.«

»Aufprall?« Julia schluckte mühsam. »Wo bin ich denn gefallen?«

Dr. Tillerman sah Connor an.

»Du bist nicht gefallen, Darling«, antwortete Connor, ohne den Blick von ihr abzuwenden. »Du wurdest von einem Auto angefahren. Im Parkhaus der Mall. Erinnerst du dich nicht?«

Ganz kurz dämmerte ihr etwas. »Der Mercedes. Er sah aus wie deiner.«

»Es *war* meiner.« Connor wandte sich an den Arzt. »Louis, wenn Sie mit Ihrer Untersuchung fertig sind, würde ich gern mit Julia allein sprechen.«

»Gut«, stimmte Dr. Tillerman zu. »Aber strengen Sie sie nicht zu sehr an, Connor. Sie muss sich noch erholen. Je mehr Ruhe sie hat, desto schneller wird sie wieder gesund.«

»Sie haben mein Wort. Bis dahin denken Sie daran, keine Silbe über Julias Zustand darf nach außen dringen, nicht bis wir wissen, wer das war.«

»Verstanden.« Der Arzt tätschelte Julias unverletzten Arm. »Ich sorge dafür, dass Sie Ihr Schmerzmittel bekommen. Und Sie ruhen sich schön aus.«

»In Ordnung.« Nur mühsam brachte Julia eine Antwort zustande. Und das nicht nur, weil sie Schmerzen hatte, sondern vor allem, weil ihr Erinnerungsvermögen Stück für Stück zurückkehrte. Nach dem Gespräch zwischen Dr. Tillerman und Connor fielen die Puzzleteile plötzlich alle an die richtige Stelle. Das Bild, das dabei entstand, war grauenvoll.

Sobald sich die Tür hinter dem Arzt geschlossen hatte, richtete Julia sich auf. Sie stöhnte leise, als ihr Kopf sich sofort meldete.

»Psst.« Connor fasste sie an den Schultern und drängte sie sanft zurück. »Geh vorsichtig mit deinem armen Kopf um. Er hat einiges mitgemacht.« Er wartete, bis sie sich wieder hingelegt und ihr Gesicht wieder einen entspannten Ausdruck angenommen hatte. »Es kommt alles zurück, nicht wahr?«

»Ja.« Julias Atem ging stoßweise. »Ich bin vom Rathaus direkt zur Mall gefahren. Ich habe versucht, zu dir zu gelangen, aber es war so schrecklich voll. Also beschloss ich, wieder nach Hause zu fahren und auf deinen Anruf zu warten. Das Auto tauchte aus dem Nichts auf.«

»Hast du gesehen, wer am Steuer saß?«

»Nein. Es ging alles viel zu schnell.« Sie runzelte die Stirn. »Und das war dein Mercedes?«

Ein Nicken. »Direkt aus dem Parkhaus gestohlen. Ungefähr ein Dutzend Leute haben ihn gesehen und der Polizei eine genaue Beschreibung liefern können. Ein Ehepaar hat sogar gesehen, wie du angefahren wurdest. Sie schrieben so viel wie möglich von der Autonummer auf. Es war meins. Ich bin sicher, dass ich es nie wiedersehen werde. Sie werden es auseinander nehmen, die Einzelteile verkaufen, und dann glaubt alle Welt, es wäre ein ganz normaler Unfall gewesen.«

»Wir wissen, dass es nicht so ist.«

Connors Miene wurde finster. »Ja. Aber Walker ist ein gerissener Bursche. Er ist davon ausgegangen, dass du zumindest vorläufig nicht in der Lage sein würdest, gegen ihn auszusagen. Und was mein Auto angeht, das war die perfekte Wahl. Ein teures Cabrio, das dem Bruder des Bürgermeisters gehört. Klingt nach der idealen Zielscheibe für einen Profi. Und wir haben keinerlei Beweise, dass es nicht so war.« Er zog die Augenbrauen zusammen. »Warum warst du im Rathaus?«

»Um Informationen zu bekommen.« Julia packte ihn am Ärmel. »Connor, hast du damals Brian meine Kaninchenpfote gegeben?«

»Ja.« Connor sah sie erstaunt an. »Warum?«

»Bist du sicher? Hast du sie ihm in die Hand gegeben?«

»Natürlich bin ich sicher. Ich habe sie ihm bei der erstbesten Gelegenheit gegeben. Als ich ihm sagte, von wem sie stammte und was sie bedeutete, war er überglücklich. Es war das einzige Lächeln, das ich seit langem bei ihm gesehen hatte.«

Tränen traten in Julias Augen. »Das hatte ich befürchtet. Brian ist in Schwierigkeiten.«

»Was für Schwierigkeiten?«

Julias Griff wurde fester. »Ich werde dir alles erzählen. Aber zuerst musst du Nancy Stratford anrufen. Überzeuge dich davon, dass es Brian gut geht, dass nichts passiert ist, dass es eine andere Erklärung dafür gibt, dass er die Kaninchenpfote nicht bei sich hat. *Bitte*«, flehte sie, als Connor keine Anstalten machte, sich zu regen.

»Ich kann nicht«, antwortete er leise. »Ich weiß nicht, wo Nancy ist. Auch Stephen hat keine Ahnung.«

Julia begann zu frieren. »Woher weißt du dann, dass es ihm gut geht?«

»Nancy hat Stephen angerufen.«

»Wann?«

»Donnerstag.«

»Und seither hat niemand mit ihnen gesprochen?«, forschte Julia.

»Soweit ich weiß, nicht.«

Sie richtete sich mühsam auf. »Wir müssen sie finden.« Ein gequälter Laut kam über ihre Lippen.

»Julia.« Connor stoppte sie. »Hör mir zu. Wenn deine Gehirnerschütterung schlimmer wird, wird das Brian nicht helfen. Leg dich hin, und erzähl mir, was passiert ist – in aller Ruhe und ohne dich zu bewegen.«

Sie nickte und schloss die Augen, bis die Schmerzen wieder nachließen. »Okay.« Sie atmete ein paar Mal tief, dann öffnete sie die Augen wieder.

»Besser?«

Ein vorsichtiges Nicken. »Ich fürchte, Walker hat vor, Brian zu kidnappen. Hoffentlich hat er es nicht schon getan.« Sie wischte den Einwand, den Connor machen wollte, mit einer Handbewegung fort. »Er macht das nicht allein. Derjenige, der ihm dabei hilft, ist der Grund, weshalb ich fast getötet worden wäre. Er wusste, dass ich ihm auf den Fersen war. Wahrscheinlich hat er Walker benachrichtigt, und der hat diesen Gangster losgeschickt, um mich zu überfahren.«

»Erklär mir alles.«

Langsam, zwischen den Sätzen immer wieder eine Pause einlegend, erzählte Julia Connor, wie sie die Kaninchenpfote in Gregs Auto entdeckt hatte, berichtete von seinem Erklärungsversuch, wie sie dort hingelangt sein könnte, und von dem Telefongespräch, das sie mit angehört hatte. Zum Schluss erklärte sie ihm, dass Walker sich mit einem großen Diplomatenkoffer und ohne Rückflugpläne in die Schweiz absetzen wollte.

»Dann arbeitet Greg Matthews also für Walker«, stellte Connor ungläubig fest.

»Es sei denn, dein Bruder hat Wind von Walkers Absichten bekommen und Greg gebeten, sie zu überprüfen, indem er so tut, als handele er auf Walkers Anweisung.«

»Nein.« Connor schüttelte entschieden den Kopf. »Stephen hat keine Ahnung, dass Walker sich in die Schweiz absetzen will. Er glaubt, er sei immer noch davon besessen, diesen städtischen Auftrag zu kriegen.«

»Dann steckt Greg zweifellos mit Walker unter einer Decke. Aber es gibt noch einen potenziellen Mitspieler.«

»Wen?«

»Cliff Henderson.«

»Wie bitte?«

Julia schluckte, als sie Connors fassungsloses Gesicht sah. »Ich weiß, dass er eurer Familie immer sehr nahe stand«, sagte sie und kam sich plötzlich schrecklich mies vor. »Vielleicht irre ich mich auch völlig. Ich hoffe es.« Sie berichtete Connor, wie sie morgens mit Cliff zusammengestoßen war und was er in der Hand – und vor ihr versteckt – gehalten hatte. »Selbst wenn Greg, was Cliff und die Kaninchenpfote betrifft, gelogen hat, ich weiß, was ich heute im Rathaus gesehen habe. Cliff war nervös und fahrig. Man sah ihm an, dass ich ihn bei irgendetwas erwischt hatte. Und das Foto auf Walkers Briefbogen war definitiv von Brian. Was sollte es da, wenn es sich nicht um eine Lösegeldforderung gehandelt hat?«

Connor runzelte die Stirn. »Aber wieso sollte Walker sein Geschäftspapier für einen Erpresserbrief benutzen? Das ergibt doch keinen Sinn. Da könnte er ja ebenso gut ein schriftliches Geständnis abgeben.«

»Das habe ich auch gedacht.« Die Unterhaltung begann Julia anzustrengen. Ihre Stimme wurde schleppender, und ihr Kopf fühlte sich an, als zerspränge er jeden Moment. »Also gut, vielleicht war es keine Lösegeldforderung. Möglicherweise war es nur irgendeine Anweisung. Ich weiß es nicht. Wenn es eine weitere Drohung an deinen Bruder war, wie die Sache mit der Baseballkappe …« Sie befeuchtete ihre Lippen und kämpfte darum, weiterzureden. »Wenn es so war, und wenn Walker sie gerade abgeliefert hatte, wieso ist Cliff dann nicht gleich mit dem Brief zu Stephen gelaufen? Doch nur, weil er etwas zu verbergen hatte …« Julia zuckte zusammen, als ihr ein scharfer Schmerz durch den Kopf fuhr.

»Julia?« Connor umklammerte ihre Hand. »Liebling, das wird jetzt zu viel für dich. Wir werden später weiterreden.«

Julia wollte gerade antworten, als Dr. Tillerman mit dem Schmerzmittel zurückkehrte. Er half ihr vorsichtig auf die Seite, dann verabreichte er ihr die Injektion. »Die müsste sofort wirken«, versprach er und half ihr, sich wieder hinzulegen. »Es wird Ihre Schmerzen beträchtlich lindern.«

»Danke«, sagte sie und lächelte schwach.

»Ich werde heute Nacht regelmäßig nach Ihnen schauen«, erklärte Dr. Tillerman. »Außerdem hat Connor dafür gesorgt, dass Ihnen eine private Krankenschwester zur Verfügung steht. Sie müsste jeden Moment eintreffen. Niemand außer uns beiden wird sich um Sie kümmern – oder dieses Zimmer betreten. Natürlich abgesehen von Connor, den ich anscheinend hier nicht herauskriege.« Ein amüsiertes Funkeln trat in seine Augen, verschwand aber sofort wieder, als er Julias schmerzverzerrtes Gesicht sah.

»Sie übertreiben es«, ermahnte er Connor. »Ich verstehe, dass die Zeit eine große Rolle spielt. Aber sie muss sich jetzt ausruhen. Wirklich.«

Connor nickte und runzelte besorgt die Stirn.

»Es geht schon«, versicherte Julia ihm mit schwacher Stimme.

»Ich habe gerade einige Polizeibeamte fortgeschickt«, fügte Louis hinzu. »Ich habe ihnen gesagt, dass Julias Zustand unverändert ist. Sie schienen daraus zu schließen, dass sie das Bewusstsein noch nicht wiedererlangt hat, und ich habe sie in diesem Glauben gelassen. Ich habe ihnen versprochen, Martin Hart anzurufen, sobald sie vernehmungsfähig ist.«

»Danke, Louis. Stephen und ich werden uns an Marty wenden, aber wir brauchen noch etwas Zeit.«

»Gut. Aber jetzt bitte keine Unterhaltung mehr. Legen Sie sich hin, Julia, und lassen Sie das Medikament wirken. Ruhen Sie sich aus. Connor kann hier bleiben, wenn er ganz still ist.« Ein mahnender Blick in Connors Richtung. »Ich bleibe in der Nähe, bis die Krankenschwester kommt. Sie wird vor der Tür positioniert, um Sie im Auge zu behalten und mögliche Besucher abzuwimmeln. In ein paar Stunden werden wir Ihren Verband wechseln. Wenn Sie bis dahin irgendetwas brauchen, kann Connor mich jederzeit rufen.«

»Danke.« Erschöpft legte Julia sich zurück. Sie fühlte sich, als hätte sie einen Marathonlauf hinter sich.

Sie sprach nicht, bis Dr. Tillerman den Raum verlassen hatte.

»Connor«, sagte sie dann. »Was ist, wenn Brian ...?«

»Psst.« Connor legte den Zeigefinger an seine Lippen. »Brian kann nicht in unmittelbarer Gefahr sein. Nancy hat nicht angerufen, und Stephen hat keine Lösegeldforderung erhalten. Ich habe noch vor einer halben Stunde mit ihm gesprochen, weil er sich nach deinem Zustand erkundigt hat. Was immer Walker also vorhat, er hat es noch nicht in die Tat umgesetzt.«

»Gott sei Dank«, murmelte Julia.

»Du musst jetzt ein bisschen schlafen. Ich werde hier sein, wenn du wieder aufwachst.«

20.25 Uhr

Connor saß in einem Sessel in Julias Krankenzimmer, die Hände hinter dem Kopf verschränkt und grübelte über die Zukunftsaussichten nach.

Sie waren ziemlich düster.

So zuversichtlich er sich Julia gegenüber auch gegeben hatte, er sorgte sich sehr um Brian. Er hoffte inständig, dass sich seine Befürchtungen nicht bewahrheiteten.

Und er wünschte, er könnte sich irgendwie vergewissern.

Aber ganz gleich, in welche Richtung er auch dachte, er geriet immer wieder in eine Sackgasse.

Wenn er Marty die ganze Sache übergab, könnte er Walker zum Verhör vorladen. Walker würde sämtliche Anschuldigungen von sich weisen und aus Mangel an Beweisen das Präsidium als freier Mann verlassen. Und wenn das Schwein Brian tatsächlich in seiner Gewalt hatte, mochte sich Connor gar nicht ausmalen, was dann geschehen könnte.

»Sich Greg vorzuknöpfen könnte ebenso gefährlich sein, wenn er daran dachte, was mit Julia passiert war. Und was Cliff betraf ...«

Nun, das war die gemeinste Falle.

Cliff Henderson, Stephens bester Freund und vermutlich die einzige Person, die wusste, wo Nancy und Brian waren und wie es ihnen ging, war nun ein Verdächtiger. Wenn Cliff seine Hände mit im Spiel hatte, möge Gott ihnen helfen. Nancy vertraute ihm, Stephen vertraute ihm, sogar Brian vertraute ihm.

Aber es war so abwegig, sich Cliff in der Rolle als Walkers Kumpan vorzustellen. Welche Motivation sollte ihn um alles in der Welt dazu führen? Geld? Kaum. Macht? Nein. Eifersucht? Vielleicht war es das. Brian zu kidnappen, um sich an Nancy dafür zu rächen, dass sie Stephen geheiratet hatte? Dann musste er vollkommen übergeschnappt sein.

Und wenn er das war?

Die Konsequenzen waren einfach zu schrecklich, um auch nur darüber nachzudenken.

Der gesamte Albtraum hatte längst das Maß eines rein politischen und gesellschaftlichen Skandals überschritten.

Nun standen plötzlich die Leben derjenigen auf dem Spiel, die er liebte.

Das brachte Connor zu einem weiteren Leben, das in Gefahr war, eines, an das Julia sicher nicht gedacht hatte.

Ihr eigenes.

Walker hatte jemanden losgeschickt, um sie umzubringen. Wer immer das gewesen war, hatte sicher Anweisung gehabt, sich anschließend zu vergewissern, ob es auch gelungen war. Und wenn nicht, einen neuen Anlauf zu nehmen. Denn wenn Julia überlebte, konnte sie Walkers gesamte Pläne durchkreuzen.

Connor musste für ihre Sicherheit sorgen. Also keine Polizei, keine Privatdetektive, keiner, der Walker den Hinweis geben konnte, dass Julia lebte und reden konnte.

Ganz im Gegenteil, Connor musste Walker davon überzeugen, dass Julia ausgeschaltet war und nicht in der Lage, seine Flucht in die Schweiz zu gefährden.

Ein ironisches Lächeln umspielte Connors Lippen. Er kannte die richtige Person, die sich darum kümmern konnte.

27

15. April
8.05 Uhr

Die Sonne schien in Julias Gesicht, und sie erwachte und schlug die Augen auf.

Zum ersten Mal seit gestern fühlte sie sich klar, und ihr Kopf schmerzte nicht. Sie entsann sich, in der Nacht mehrmals aufgewacht zu sein. Sie hatte vage Erinnerungen daran, dass Dr. Tillerman sie zweimal untersucht hatte, vielleicht auch dreimal. Ein anderes Paar warmer Hände hatte ihren Verband vorsichtig gewechselt und ihr fürsorglich geholfen, einen Schluck Saft zu trinken. Und jedes Mal, wenn sie die Augen geöffnet hatte, war Connor da gewesen, der wie ein Wachhund neben ihrem Bett gelauert hatte.

Im Augenblick lauerte er allerdings nicht.

Sie schaute hinüber und lächelte, als sie ihn schlafend im Sessel sitzen sah. Sein Kopf war auf seine Hand gestützt, die Zeitung von seinem Schoß gerutscht. Er sah übernächtigt aus, seine Kleidung war zerknittert, und auf seinem Kinn waren Bartstoppeln zu erkennen. Der Ärmste war nun schon seit achtzehn Stunden an ihr Bett gefesselt.

Er schien ihren Blick zu spüren, denn er blinzelte plötzlich und richtete sich erschrocken auf, als er sah, dass sie wach war.

»Guten Morgen.« Er beugte sich nach vorn, betrachtete ihr Gesicht. »Du siehst viel besser aus. Wie fühlst du dich?«

»Diese Frage müsste ich eigentlich dir stellen«, erwiderte sie lächelnd. »Du siehst schrecklich aus.«

Er verzog den Mund. »Gewöhn dich daran. Du wirst von nun an dein Leben lang morgens neben mir aufwachen.«

»Ich schätze, das werde ich schon schaffen.« Ihre Finger strichen über seine Wange.

»Gut.« Er drehte sein Gesicht, bis seine Lippen ihre Handfläche berührten. »Denn so sehe ich nach einer schlaflosen Nacht aus. Und du und ich werden eine Menge davon haben. Nur dass wir sie nicht in einem Krankenhausbett verbringen werden.«

»Ich kann es kaum erwarten.« Julia bewegte sich und verzog sofort wieder das Gesicht. »Ich hasse das. Ich möchte endlich gesund werden, damit ich hier raus kann.«

»Das klingt vielversprechend. Du wirst schon wieder ungeduldig. Das bedeutet, dass es dir besser geht.«

»Das tut es, aber ich mache mir große Sorgen. Ich habe ständige Albträume wegen Brian. Connor, wir müssen unser Gespräch von gestern Abend fortsetzen.«

»Du hast Recht. Aber zuerst ...« Er zog den Lokalteil der aktuellen Tageszeitung hervor und zeigte auf einen größeren Artikel auf der Titelseite. »Sieh dir das an.«

Julia las den Artikel und riss erstaunt die Augen auf.

Er war verfasst von Cheryl Lager und im Wesentlichen ein zusammenfassender Bericht über den tragischen Zwischenfall am großen Eröffnungstag der neuen Mall, bei der Julia Talbot, Grundschullehrerin aus Leaf Brook, von einem Autodieb, der mit überhöhtem Tempo durch das Parkhaus der Mall gerast war, überfahren und schwer verletzt worden war. Sie wurde ins Leaf Brook Memorial Hospital eingeliefert, wo sie nach Exklusivinformationen noch immer im Koma lag. Ihr Leben schwebte in Gefahr, und die Prognose der Ärzte war düster.

Julia blinzelte und sah Connor an. »Das ist eine glatte Lüge.«

Er zuckte mit den Schultern. »Im Grunde entspricht es der Wahrheit. Gut, sie hat es ein wenig aufgebauscht, aber Sensationsgier ist nun mal Cheryl Lagers Markenzeichen.

Im Großen und Ganzen aber ist es ungefähr das, was ich ihr gestern Abend diktiert habe.«

»Ich verstehe nicht.«

Connor strich Julia sanft über die Stirn. »Es war die einzige Möglichkeit, dich zu schützen. Walker hat mit Sicherheit darauf gewartet, dass eine Nachricht über deinen Zustand veröffentlicht wird. Jetzt hat er sie. Er wird glauben, du ständest an der Schwelle zum Tod. Das wird ihn davon abhalten, dir erneut einen Killer auf den Hals zu hetzen.«

»Oje.« Eine andere Sorge überfiel sie plötzlich. »Connor, meine Eltern. Wenn sie diesen Bericht lesen oder mit jemandem sprechen, der ihn gelesen hat, werden sie denken ...«

»Nein, werden sie nicht. Ich habe mit deinem Dad gesprochen. Er möchte übrigens, dass du ihn sofort anrufst, wenn du dich gut genug fühlst. Und was deine Mutter angeht, hast du wohl zu sehr unter Medikamenten gestanden, um sie als deine private Krankenschwester zu erkennen.«

Julias Unterkiefer klappte nach unten. »Meine Mutter?«

»Hm.« Connor zeigte in Richtung Tür. »Sie hat die ganze Nacht da draußen gesessen. Außer wenn sie hier bei dir war und sich um dich gekümmert hat. Als ich mir vor einer halben Stunde die Zeitung besorgt habe, habe ich ihr gesagt, sie soll eine Tasse Kaffee trinken gehen. Danach muss ich irgendwie eingeschlafen sein. Ich werde ihr Bescheid sagen, dass du wach bist, sobald wir zu Ende geredet haben.«

Die Tatsache, dass er das für sie getan hatte, bedeutete ihr viel mehr, als sie ausdrücken konnte. »Danke, Connor.«

»War mir ein Vergnügen. Ich weiß doch, wie nahe du und deine Eltern euch seid. Sie sind übrigens die Einzigen, die deinen wahren Gesundheitszustand kennen, abgesehen von Louis und Stephen natürlich.« Connor atmete tief durch. »Was mich zum restlichen Stand der Dinge bringt.«

»Gibt es irgendwelche Neuigkeiten?«

Er schüttelte den Kopf. »Wir haben immer noch keinen Beweis dafür, dass Walker Brian festhält. Was gut und schlecht ist. Gut, weil es zeigt, dass Walkers Geldgier möglicherweise nichts mit Brian zu tun hat. Schlecht, weil wir nichts unternehmen können, solange wir nicht sicher sind. Wenn Walker feststellt, dass wir ihm auf den Fersen sind, und er Brian tatsächlich in seiner Gewalt hat ...« Connors Stimme erstarb. »Auf jeden Fall wäre es sinnlos, ihn jetzt verhaften zu lassen. Wir haben nichts in der Hand. Aber wir haben auch nicht mehr viel Zeit. Nach Gregs Telefongespräch, das du mit angehört hast, soll Walker morgen Mittag das Land verlassen. Und wir sitzen auf dieser Information. Nach dem Gesetz bedeutet das Zurückhaltung von Beweismaterial. Ich kann nicht von dir verlangen, das mitzumachen.«

Julia sah ihn an. »Du brauchst es nicht zu verlangen, ich werde es von mir aus tun. Wenn du glaubst, es würde Brian gefährden, wenn ich mich an die Polizei wende, werde ich es unterlassen. Ich werde im Koma bleiben, ganz wie Cheryl Lager es berichtet hat.«

»Danke«, antwortete Connor, dann runzelte er die Stirn. »Nicht nur du bist beteiligt, auch Louis geht für uns ein ziemliches Risiko ein. Ich kann ihn nur begrenzt um seine Kooperation bitten. Und ganz gleich von welcher Seite man es betrachtet, ich muss Marty genug Zeit geben, den Flughafen abzusperren und Walker festzunehmen, ehe er das Flugzeug besteigen kann. Das bedeutet, dass ich vorher Brian finden muss.«

Connor fuhr sich verzweifelt mit der Hand durchs Haar. »Es ist ein riskantes Spiel. Ich muss mich ganz auf meinen Instinkt verlassen und kann nur hoffen, dass du dich irrst, was Cliff betrifft. Denn wenn irgendwer weiß, wo Nancy ist, dann er.«

»Warum glaubst du das?«

»Weil sich die beiden sehr nah sind. Sie vertraut ihm alles an, womit sie sich nicht an Stephen wenden kann.« Ein resignierter Ausdruck trat in sein Gesicht. »Jetzt kommt das Vertrauen ins Spiel, das du von mir verlangt hast. Bist du sicher, dass du es wirklich haben willst? Wir Stratfords sind ein ziemlich schwieriger Haufen.«

Es würde mit Sicherheit eine weit reichende Enthüllung werden. Julia hatte plötzlich ein ganz schlechtes Gewissen, dass sie Connor zwang, das Privatleben seiner Familie vor ihr nach außen zu kehren. Was immer er über Stephen Stratford zu berichten hatte, es würde sowohl sehr ernst als auch sehr persönlich sein.

Mühsam hievte Julia sich in eine aufrechte Position und griff nach Connors Hand. »Du musst es mir nicht erzählen – nicht, wenn es dir wehtut oder du das Gefühl hast, Stephens Vertrauen zu brechen.«

»Weder noch.« Connor umklammerte ihre Finger. »Es schmerzt mich für Stephen, und mir tut es Leid, dass er ständig gegen diese Dämonen ankämpfen muss. Und was den Vertrauensbruch angeht – er weiß, dass ich dich in alles einweihe. Wir haben es gestern Abend so besprochen. Er ist dir sehr dankbar, Julia. Du hast für Brian dein Leben aufs Spiel gesetzt. Mein Bruder hat sich in letzter Zeit sehr verändert. Seine Prioritäten haben sich verschoben. Meine übrigens auch. Bisher war das Verhältnis innerhalb unserer Familie immer sehr schwierig, wie ich schon sagte. Es gab keinen Platz für Gefühle, das hat sich erst mit Brians Geburt geändert. Aber lange nicht genug. Und jetzt, nun, ich glaube, Stephen und ich, wir erleben beide gerade so etwas wie eine Erleuchtung. Das passiert, wenn man plötzlich fürchten muss, Menschen zu verlieren, die man liebt.«

»Menschen? Meinst du damit in Stephens Fall Nancy oder Brian?«

»Beide.« Connor sah Julia ernst an. »Um es kurz zu machen: Stephen ist ein besessener Spieler. Sportwetten. Und das schon seit Highschool-Zeiten. Seine Sucht ist mal stärker, mal schwächer, je nachdem, wie stark er belastet ist, ich habe auch schon erlebt, dass er es für eine lange Zeit kontrollieren konnte. Du kennst dich ja aus in Psychologie, ich muss dir nicht erklären, welchen Schaden mangelndes Selbstvertrauen bei einem Menschen anrichten kann. Ich kann dir versichern, dass es einen enormen Druck bedeutet, der älteste Sohn von Harrison Stratford zu sein und einen Vater zu haben, der einen unbedingt ins Weiße Haus bringen will. Das hat Stephens Ehe sehr belastet. Cliff war immer für Nancy da, und ich bin mir sicher, dass er auch diesmal keine Ausnahme gemacht hat.«

»Verstehe.« Julia nickte. »Dann weiß Cliff also auch von Stephens Spielsucht?«

»Cliff ist ein schlauer Kerl. Er und Stephen kennen sich seit fast zwanzig Jahren. Also, ich würde sagen, er müsste Bescheid wissen. Ansonsten wissen nur noch Nancy und ich davon. Und du jetzt auch.« Eine bittere Pause. »Und natürlich Walker.«

»Walker.« Stück für Stück ergab das Ganze einen Sinn. »Damit hat er Stephen also unter Druck gesetzt, um den Auftrag zu kriegen. Er hat ihn erpresst.«

»Genau. Er hat Stephen an die Wand gedrängt. Er hat einen Schläger auf ihn gehetzt, und er hat Brian bedroht. Das war die Sache mit der Baseballkappe. Als Nancy das Paket geöffnet und den Brief gelesen hat, hat sie die Nerven verloren. Sie hat sich Brian geschnappt und ist geflüchtet.«

»Das kann ich gut verstehen. Sie muss schreckliche Angst um ihren Sohn haben. Die nächste Frage wäre dann, wie Walker von Stephens Spielproblemen erfahren hat. Über Cliff?«

»Möglich. Komisch, Stephen und ich, wir haben uns die Köpfe darüber zerbrochen, wer Walkers Informant gewesen sein könnte. Wir wären im Leben nicht auf die Idee gekommen, dass es sich um Cliff gehandelt haben könnte. Ich hatte die ganze Zeit eine viel hässlichere Alternative im Sinn.«

»Wen?«

»Meinen Vater.«

»Deinen Vater?« Julia sah ihn ungläubig an.

»Seine Vorstellung von Motivation.« Verbittert erzählte Connor Julia von den Verbindungen zwischen seinem Vater und Walker und von seiner Reaktion, als Connor ihn zur Rede gestellt hatte.

»Kein Wunder, dass dein Bruder solche Probleme hat. Bei so einem Vater ...« Julia stockte. »Es tut mir Leid.«

»Das muss es nicht. Er ist ein hartherziger Tyrann.«

»Okay, aber wie könnte er Walkers Informant sein? Aus allem, was du mir erzählt hat, würde ich schließen, dass er keinen Schimmer von Stephens Spielsucht hat.«

Ein ratloses Schulterzucken. »Ich habe jedenfalls alles Menschenmögliche getan, um es vor ihm zu verheimlichen. Das heißt aber nicht, dass es mir tatsächlich gelungen ist. Er ist ein verdammt ausgekochter Bursche. Wer weiß, welche Informationen er hat.«

Julia wurde übel, und das kam nicht von ihrer Gehirnerschütterung. »Lass uns zu Cliff zurückkommen. Er ist Stephens bester Freund. Ich kann mir einfach keinen Grund vorstellen, warum er ihn verraten sollte.«

»Ich stimme dir zu, bis auf eines: Cliff liebt Nancy. Das hat er schon immer getan. Ich dachte, er hätte sich inzwischen längst damit abgefunden, dass sie seinen besten Freund geheiratet hat, aber vielleicht habe ich mich getäuscht. Das ist das Risiko, von dem ich gesprochen habe. Cliff ist unsere einzige Chance. Ich muss mit ihm reden. Ich werde mit keinem Wort erwähnen, was du gestern im Rathaus gehört und gesehen hast, weil er nicht erfahren darf, dass du bei Bewusstsein bist. Für den Fall, dass er tatsächlich auf Walkers Gehaltsliste steht.«

Bedrücktes Schweigen.

»Glaubst du, er würde Brian tatsächlich etwas antun?«, flüsterte Julia schließlich.

»Ich kann es mir beim besten Willen nicht vorstellen. Aber schließlich wäre da immer noch die unbeantwortete Frage, wie deine Kaninchenpfote in Gregs Auto gelangt ist. Es ist möglich, dass Greg in diesem Fall die Wahrheit gesagt hat. Wenn das so ist, und wenn Brian bei seiner Mutter in Sicherheit ist, könnte Cliff die Kaninchenpfote unbeabsichtigt mitgenommen haben, als er Nancy besucht hat – wenn er weiß, wo die beiden sind. Wenn, wenn und wenn. Das Problem ist, wir können uns auf nichts verlassen. Und auf niemanden. Nicht solange Brians Leben auf dem Spiel steht.«

»Stimmt.« Julia zog es vor, über einige der Wenns nicht weiter nachzudenken. Sie waren einfach zu grauenvoll. »Stephen wird dabei sein wollen, wenn du mit Cliff sprichst.«

Ein müdes Nicken. »Er wird nicht glücklich darüber sein, dass wir Cliff ausfragen. Er wird entsetzt sein, wenn ich ihm erkläre, warum wir das tun. Und er wird völlig außer sich sein, wenn ich ihm von der Beziehung zwischen unserem Vater und Walker erzähle und ihren möglichen Folgen. Aber ich darf ihm nichts vorenthalten. Jetzt nicht mehr. Ich muss alle Karten auf den Tisch legen. Im Moment ist nur wichtig, Brian zu finden.«

»Dann fahr zu ihm.« Julia zeigte auf die Tür. »Du kannst dieses Gespräch nicht am Telefon führen. Fahr zu Stephen, und erklär ihm alles. Danach musst du zu Cliff. Wir haben nur noch heute Zeit. Und wir müssen Brian dringend finden.«

Connor zögerte. Offenbar hatte er Angst davor, Julia allein zu lassen. Als sich in diesem Moment die Tür öffnete und Meredith Talbot ins Zimmer kam, war ihm die Erleichterung regelrecht anzusehen. Meredith' Augen leuchteten auf, als sie ihre Tochter im Bett sitzen sah.

»Es ist okay, Connor«, meinte Julia und lächelte ihre Mutter dankbar an. »Ich bin in guten Händen.«

10.25 Uhr

Philip Walker las den Zeitungsbericht dreimal hintereinander.

Julia Talbot lag im Koma. Sie würde vielleicht nie wieder aufwachen. Connor Stratford saß an ihrem Krankenbett.

Das war ein filmreifes Szenario.

Klar, dass Cheryl Lager diejenige war, die die Exklusivstory gebracht hatte. Vermutlich hatte sie vor dem Zimmer im Krankenhaus campiert, bis die Stratfords die Nase voll hatten und ihr die Informationen gaben, damit sie sie endlich in Ruhe ließ.

Trotzdem irritierte es ihn sehr, dass keine andere Zeitung über Julia Talbots Unfall berichtet hatte. Nicht dass die Polizei irgendein faules Spiel wittern würde. Nein, sie suchten fieberhaft nach Connor Stratfords silbernem Mercedes, in der festen Überzeugung, dass er von professionellen Autodieben gestohlen worden war. Wieso also hielten die Stratfords die ganze Sache so unter Verschluss?

Okay, Connor Stratford hatte was mit dieser verletzten Lehrerin. Große Geschichte. Alles über die Stratfords sorgte gleich für Schlagzeilen. Aber warum wurde es so verdeckt gehalten? Und wessen Wunsch war es, dies zu tun – der des Bürgermeisters, seines Bruders oder seines Vaters?

Vielleicht gab er der Sache auch viel zu viel Gewicht.

Aber dann hatte auch noch Robin Haley mit ihm Schluss gemacht. Das waren ihm zu viele Zufälle auf einmal.

Er blickte zum Telefon.

Vielleicht wartete er zu lange. Vielleicht sollte er die Dinge ein wenig beschleunigen, seinen Plan umsetzen, ehe alles eskalierte und außer Kontrolle geriet.

Gute Idee. Er würde die letzten Vorbereitungen treffen. Dann würde er die Bombe hochgehen lassen.

Ein kaltes Lächeln umspielte seine Lippen.

Diesen Anruf würde er niemand anderem anvertrauen.

Es war seine letzte Aktion.

Und dann würde alles ihm gehören.

10.35 Uhr

Connor hatte vorgehabt, mit Stephen unter vier Augen zu sprechen.

Es war anders gekommen.

Als er Stephens Wohnzimmer betrat, sah er, dass Stephen bereits einen Besucher hatte: ihren Vater.

Harrison Stratford war offenbar erst vor wenigen Sekunden eingetroffen. Er warf seinen Mantel gerade aufs Sofa, als Connor ins Zimmer kam.

»Gut«, begrüßte er Connor, und sein Gesicht zuckte. »Jetzt habe ich euch gleich beide zusammen. Vielleicht kriege ich dann die richtigen Antworten.« Er machte eine Pause, als sei ihm plötzlich eingefallen, was passiert war und wie sehr es Connor belastete. »Brians Lehrerin? Wie geht es ihr?«

»Unverändert«, antwortete Connor vorsichtig. »Ihr Zustand ist sehr instabil.«

»Das tut mir Leid.«

»Tatsächlich?«

Harrison kniff die Augen zusammen. »Was soll das heißen?«

Connor nahm allen Mut zusammen. »Einer der Gründe,

weshalb ich hier bin, ist herauszufinden, warum Julia überfahren wurde und von wem? Irgendeine Vorstellung?«

»Ich vermute, du spielst auf Walker an?«

Stephens Kopf schnellte herum, und er sah von seinem Vater zu Connor und wieder zurück. »Was weißt du von Walker?«

»Offenbar hast du deinen Bruder nicht aufgeklärt«, stellte Harrison fest und warf Connor einen vernichtenden Blick zu. »Warum nicht? Um ihn schon wieder zu schützen?«

»Nein. Nicht mehr. Er ist stark genug, damit zurechtzukommen. Die Frage ist nur, ob du das auch bist. Ich schätze, du wirst sehr überrascht sein.«

»Wovon redet ihr zwei eigentlich die ganze Zeit?«, wollte Stephen wissen.

Connor wandte sich an seinen Bruder. »Erinnerst du dich an meine Besprechung am Donnerstagabend? Nun, ich hatte sie mit Dad. Ich hatte gerade erfahren, dass er und Walker über Jahre gemeinsame Geschäfte gemacht hatten. Und ich wollte Einzelheiten wissen. Und bei der Gelegenheit habe ich herausgefunden, wer Walker auf die Idee mit dem Parkplatzvertrag gebracht hat.«

»Du machst Witze.« Aber Stephen klang nicht im Mindesten amüsiert. Im Gegenteil, er sah sehr zornig aus.

»Nein. Offenbar sah er darin ein gute Möglichkeit, für Publicity zu sorgen«, fuhr Connor fort. »Und um deinen Charakter zu schulen. Komm, Dad, erklär Stephen selbst, wie du ihm das Rückgrat für seine künftige politische Laufbahn stärken wolltest.«

»Das brauche ich nicht. Du hast es ja gerade für mich getan.« Harrison sah sich seelenruhig im Raum um, und als er eine Kaffeekanne erblickte, stand er auf, um sich eine Tasse einzugießen. »Du hast ausgelassen, was du mir vor die Füße geworfen hast, ehe du gegangen bist – diese Theorie, dass Walker hinter den Autodiebstählen steckt. Du sagtest, du hättest keine Beweise. Hast du es Walker trotzdem vorgeworfen? Denn wenn du das getan hast, war das ein sehr dummer Zug von dir. Walker ist genau der Typ, der sich an dir rächen würde, indem er dir deinen eigenen Wagen klaut. Das entspricht genau seiner Vorstellung von Strafe. Zu dumm, dass Julia Talbot in die Schusslinie geraten ist.«

Connor schluckte seinen eigenen Ärger herunter. Er interessierte sich mehr für den von Stephen.

Sein Bruder war stocksteif geworden. »Du wusstest von den Autodiebstählen?«, fragte er, und seine Stimme klang entsetzlich ruhig. »Und von Walker? Wusstest du, dass er mich erpresst hat?«

Harrison zog eine Augenbraue in die Höhe. »Wirklich? Und was hatte er gegen dich in der Hand, das ihm die Möglichkeit dazu gab?«

Todesstille.

In diesem Augenblick war Connor alles klar.

Stephen ebenfalls. »Du weißt es«, antwortete er ruhig. »Du weißt von Walkers Wahlkampfspende. Du weißt, dass ich sie verspielt habe und mir von Connor das Geld geliehen habe, um sie zu ersetzen. Du weißt ganz genau, was Walker gegen mich in der Hand hatte.«

»Was *Walker* gegen dich in der Hand hatte?« Klirrend stellte Harrison seine Tasse ab. »Was die ganze verdammte Welt gegen dich in der Hand hätte, wenn dein Bruder dir nicht aus der Patsche geholfen hätte. Ich berichtige, aus den *Patschen*. Du hast mit deiner blöden Spielerei zwanzig Jahre vermasselt. Walker kann zurückgepfiffen werden, dafür kann ich sorgen. Aber sag mal, Stephen, glaubst du nicht, es wäre langsam an der Zeit, dass du endlich erwachsen wirst und dich dem Leben stellst, anstatt dich immer von anderen retten zu lassen?«

»Du hast Recht, Dad, es ist an der Zeit.« Stephen sah seinen Vater unbeirrt an. Er strahlte plötzlich ein für ihn ganz neues Selbstbewusstsein aus, und es war, als hätte er einen Abgrund erreicht und wäre darüber hinweggesprungen. »Ich stelle mich gerade dem Leben. Meine Frau ist fortgegangen. Mein Sohn wird bedroht. Eine wunderbare Frau, deren einziges Vergehen darin besteht, sich um Brians Wohl gekümmert zu haben, liegt im Krankenhaus. Das alles bedeutet mir sehr viel. Nicht du. Nicht irgendeine bedeutungslose Wahl. Nicht die Pläne, die du für meine Zukunft gemacht hast und die niemals umgesetzt werden. Ich bin verantwortlich für den Albtraum, den wir gerade durchleben. Und warum? Weil ich sechsunddreißig Jahre lang nur ein Klumpen Ton war, der darauf gewartet hast, dass du ihn formst. Weil ich sechsunddreißig Jahre lang Wände eingerannt habe, um deinen Anforderungen gerecht zu werden. Damit ist jetzt Schluss. Es wird Zeit, dass ich den Job selbst übernehme; Zeit, dass ich in den Spiegel schaue und erkenne, wer ich wirklich bin. Und wenn ich Glück habe, wird mir das, was ich sehe, eines Tages gefallen.«

Harrison schien nicht beeindruckt. Überrascht, aber nicht beeindruckt. »Tatsächlich? Und was würdest du gern sehen? Einen kleinen Rechtsanwalt? Es gibt sie wie Sand am Meer. Schau dir deinen Freund Cliff an. Er hat sein Leben lang damit verbracht, die Brotkrumen aufzulesen, die andere fallen gelassen haben. Damit meine ich Rechtsfälle ebenso wie Frauen – oder glaubst du, auch davon wüsste ich nichts?«

»Es ist mir völlig egal, was du weißt und was nicht.«

»Gut, dann lass uns das Spiel auf deine Weise spielen. Du willst deine Zukunft also selbst gestalten, ja? Du bist schwach. Ich habe dich gemacht. Du besitzt Charme und Verstand. Aber du hast nicht genug Durchsetzungsvermögen.«

Stephen ließ sich nicht beirren. »Wahrscheinlich nicht.

Aber ich habe einen Sohn, der weiß, dass er auf mich zählen kann, der weiß, dass ich ihn ohne Wenn und Aber liebe. Das ist verdammt viel mehr als ein Firmenimperium, zumindest für mich.« Als er seine eigenen Worte hörte, stockte Stephen plötzlich, und seine Augen blitzten. »Vielleicht stehe ich dichter davor, mein Leben unter Kontrolle zu bekommen, als ich dachte.«

»Das bezweifle ich. Nicht solange Leute wie Walker dich steuern.«

»Wo wir gerade davon sprechen, Dad, wie ist er denn an die Informationen gekommen, die ihm das ermöglicht haben?«, warf Connor mit eisiger Stimme ein. »Nur sehr wenige wissen von Stephens Spielsucht. Du bist einer von ihnen, wie wir gerade erfahren durften. Hast du Walker diese Information vielleicht zufällig zugeflüstert, damit er dir helfen konnte, Stephens Rückgrat zu stärken? Ist das der Grund, weshalb du davon überzeugt bist, ihn zurückpfeifen zu können?«

»Deine Anschuldigungen werden langsam unverschämt«, antwortete Harrison kalt.

»Dann beantworte sie.«

»Nein.«

»Was nein? Nein, du hast ihm nichts erzählt, oder nein, du willst nicht antworten?«

»Such dir etwas aus.«

Stephen stieß einen unterdrückten Laut aus, als er plötzlich die brutale Wahrheit begriff. »Du kranker Bastard«, meinte er und ging mit blitzenden Augen auf seinen Vater zu. »Du hast Walker tatsächlich alles in die Hand gegeben, um meine Familie zu zerstören. Wegen dir ist jetzt das Leben meines Sohnes in Gefahr.«

»Nein, Stephen, ist es nicht.« Cliff stand im Türrahmen, mit vor Schuldbewusstsein und Reue verzerrtem Gesicht. »Es ist wegen mir.«

Alle fuhren herum und starrten ihn an.

»Die Tür stand offen. Ich bin einfach hereingekommen. Und ich bin froh, dass ich das getan habe.« Er durchquerte das Zimmer, in der Hand hielt er einen Umschlag mit der Aufschrift ›Vertraulich‹. Als er vor Stephen angekommen war, blieb er stehen. »Das wird alles erklären.« Er warf den Umschlag auf einen Beistelltisch. »Ehe du ihn öffnest, habe ich einige Dinge zu sagen. Ich bitte euch, mir zuzuhören, danach könnt ihr mich rauswerfen.« Ein rascher Blick auf Harrison. »Gemeinsam.«

Stephen rang noch immer um Fassung. »*Du* hast Walker von mir erzählt? Warum? Um mich in den Knast zu bringen, damit du endlich Nancy haben kannst?«

Cliff sah ihn hilflos an. »Nein, weil ich ein Feigling war. Und ja, auch wegen meiner Gefühle für Nancy. Aber nicht, weil ich sie unbedingt haben wollte, sondern weil ich sie beschützen wollte.«

Stockend berichtete er ihnen, dass Walker in Besitz intimer Fotos war, auf denen er mit einer Frau zu sehen war, die Nancy so täuschend ähnlich sah, dass man sie ohne weiteres für Nancy halten konnte. Im Gegenzug für sein Schweigen hatte Walker nur einen Hinweis gewollt – irgendetwas, das er als Druckmittel gegen den Bürgermeister benutzen konnte.

»Ich weiß, dass er den Auftrag für die Parkplätze unbedingt haben wollte«, meinte Cliff. »Aber das ist alles, was ich weiß. Es wäre mir nie in den Sinn gekommen ...« Er atmete tief durch. »Ich hatte solche Angst, dass Nancy zerstört sein würde, wenn diese Fotos an die Öffentlichkeit kämen. Und es war schließlich auch nicht völlig abwegig, Walkers Vorschlag zu unterstützen. Außerdem wusste ich, dass auch du seine Idee durchaus überlegenswert fandst. Denn das war sie, vor allem nachdem die Anzahl der Autodiebstähle in Leaf Brook beträchtlich gestiegen war.«

»Autodiebstähle, die Walker in Auftrag gegeben hat«, kommentierte Stephen bitter.

»Das wusste ich damals noch nicht. Ich wusste eine Menge nicht. Ich fühlte mich in die Ecke gedrängt, und ich habe nach dem Ausweg gegriffen, den Walker mir geboten hat. Leider hat sich dann herausgestellt, dass die ganze Situation außer Kontrolle geraten ist. Ich rechtfertige meine Taten nicht. Sie waren abscheulich. Ich war ein Idiot, und ich war ein Schwein. Ich habe dich verraten. Wichtig ist nur, dass du weißt, dass Nancy das nie gemacht hat. Selbst als ich dachte – nein, hoffte –, eure Ehe wäre kaputt, stand sie weiter zu dir. Und was Brian angeht ... als Nancy mir die Geschichte mit der Baseballkappe erzählt hat, bin ich ausgerastet. Ich habe Greg gesagt, wenn er je wieder ...«

»Greg?«, unterbrach Stephen ihn. Es war auf einmal totenstill. »Was hat Greg mit der ganzen Sache zu tun?«

»Er ist Walkers Komplize. Ich kenne ihre Vereinbarungen nicht und weiß auch nicht genau, wie tief er mit drinhängt, aber er ist derjenige, der mich mit diesen Fotos erpresst hat, und er ist derjenige, den ich angerufen habe, um Walker aufzufordern, sich zurückzuhalten. Ich dachte, das hätte etwas genützt, denn Greg hat mir daraufhin die Negative geschickt. Das hielt ich für eine Art Friedensangebot von Walker, aber ich habe mich wohl geirrt. Als ich gestern ins Büro kam, gab Greg mir einen Brief. Er stammte von Walker. Er war so formuliert, als ginge es um ein schwebendes Rechtsverfahren bezüglich eines Erschließungsvorhabens. Er hat kein einziges Wort geschrieben, das ihn belasten könnte. Aber die Botschaft war trotzdem gut verständlich. Ich solle aufhören, mich in seine Angelegenheiten einzumischen, und dafür sorgen, dass die Sache ordnungsgemäß abgewickelt würde, um Schaden von meiner Partei abzuwenden. Ein Schnappschuss von Brian war dem Brief beigefügt. Damit war ziemlich klar, auf wen dieser Schaden zielen würde.«

Walkers versteckte Drohung ließ Connor in Angstschweiß ausbrechen.

Aber er zwang sich, sich weiter auf Cliff und seine Erklärungen zu konzentrieren.

Was er dabei empfand, war eher Erleichterung als Zorn. Alles, was Cliff gesagt hatte, bestätigte Julias Bericht, und das ließ darauf schließen, dass er nicht tiefer in die Sache verstrickt war, als er soeben zugegeben hatte.

»Hat Greg dir tatsächlich die Negative ausgehändigt?«, fragte Connor und versuchte, hinter das Geheimnis der Kaninchenpfote zu kommen.

»Mir ausgehändigt? Nein, aber ich wusste, dass sie von ihm waren, wenn du das meinst. Er hat mich zur Seite genommen, als ich am Donnerstag aus Stephens Büro kam. Er sagte mir, die Negative lägen in seinem Auto. Daraufhin bin ich zum Parkplatz gegangen und habe sie mir geholt.«

Okay, dann war er also tatsächlich an Gregs Auto gewesen. Das könnte eine gute Nachricht sein. Es könnte bedeuten, dass Brian immer noch bei Nancy war, sicher und geborgen, und dass nur die Kaninchenpfote mitgenommen wurde – unbeabsichtigt.

Ehe Connor Cliff jedoch nach Nancys Aufenthaltsort fragen würde, hatte er noch eine weitere Frage zu klären.

»Gestern war Samstag«, meinte er. »Die große Eröffnungsfeier der Mall. Du wusstest, dass Stephen den ganzen Tag dort sein würde. Wieso bist du dann in sein Büro gegangen?«

Cliff zeigte auf den Umschlag auf dem Tisch. »Ich wollte das auf seinem Schreibtisch hinterlassen. Weißt du, Connor, ich war wie ein verwundetes Tier – wütend auf das Schicksal, das mich in diese Lage gebracht hat, wütend auf Stephen, der Nancys Liebe so missbrauchte und sie trotzdem weiter bekam. Ich hatte das Bedürfnis, um mich zu schlagen und Stephen meinen ganzen Schmerz ins Gesicht zu brüllen. Gleichzeitig konnte ich mein eigenes schlechtes Gewissen keinen Tag länger ertragen. Ich hatte meinen besten Freund betrogen, ich liebte seine Frau, und ich hatte mir zum allerersten Mal gewünscht, sie würde ihn für mich verlassen. Ich konnte Stephen nicht mehr in die Augen schauen. Also wollte ich wieder den feigen Weg gehen und die Fotos und die Negative einfach mit einem erklärenden Brief auf Stephens Schreibtisch legen. Ich hatte schon angefangen, diesen Brief zu schreiben, dann habe ich es mir doch anders überlegt. Wir waren fast zwanzig Jahre befreundet, da war ich es ihm einfach schuldig, ihm alles von Angesicht zu Angesicht zu erklären. Das hat er verdient.«

Cliff fuhr sich mit der Hand durchs Haar. »Dann passierte plötzlich alles gleichzeitig. Greg drückte mir Walkers Brief in die Hand. Ich hatte ihn kaum zu Ende gelesen, als Julia plötzlich aufkreuzte. Ich erinnere mich kaum noch daran, was sie gesagt hat. Ich glaube, sie wollte kurz zu Greg. Danach ist sie vermutlich zur Mall gefahren, und dann ist sie ja ...« Sein Gesicht war nun voller Mitgefühl. »Es tut mir so schrecklich Leid, Connor. Ich hoffe, dass sie es schafft.«

»Das wird sie.« Das musste an Beruhigung für Cliff vorerst reichen. Connor sah ihn durchdringend an. »Cliff, weißt du, wo Nancy ist?«

Er verzog das Gesicht und schien sich sehr unbehaglich zu fühlen. »Ich habe Nancy immer geraten, sie soll Stephen sagen, wo sie sich aufhält, sonst würde er völlig durchdrehen. Aber ich musste ihr schwören, dass ich ihm kein Wort verrate. Ich kann euch nicht ...«

»Auch dann nicht, wenn ich dir sage, dass sie und Brian in Gefahr sind? Denn zu dieser Vermutung haben wir großen Anlass. Wir gehen davon aus, dass Walker etwas wirklich Schmutziges plant. Zum Beispiel Brian zu entführen.«

»Wie sollte er das tun?«, fragte Cliff. »Schließlich hat er keine Ahnung, wo sie sind. Niemand weiß das.«

»Außer dir.«

Zum ersten Mal wirkte Cliff ärgerlich. »Wenn es eines gibt, dessen ihr euch völlig sicher sein könnt, dann ist es die Tatsache, dass ich Nancy nie ein Haar krümmen würde. Und Brian natürlich auch nicht. Ich habe keiner Menschenseele erzählt, wo sie sind.«

»Hast du sie besucht?«

Er zögerte. »Ja. Einmal. Ich habe ihnen Brians Antibiotikum gebracht.«

»Dann hätte dir also jemand folgen können.«

Er nickte. »Das ist natürlich möglich. Ich bin am Mittwochmorgen dort hingefahren, direkt nach meinem Treffen mit Greg. Unterwegs habe ich nur einmal an der Apotheke gehalten. Er hätte mir folgen können.«

»Und die Information an Walker weitergeben können.« Connor beugte sich vor. »Sag mir eines, Cliff. Und denk ganz genau nach, ehe du mir antwortest. Während dieses einen Besuchs bei Nancy, hast du da zufällig eine rote Kaninchenpfote herumliegen sehen?«

»Da brauche ich nicht lange nachzudenken. Brian hielt sie in der Hand. Er wollte sie nicht weglegen, nicht einmal, um seine Medizin zu nehmen. Er sagte, sie sei sein Glücksbringer.«

Connors Magen drehte sich. »Es besteht also nicht die Möglichkeit, dass du sie aus Versehen mitgenommen hast, als du wieder gefahren bist?«

»Nein.« Connor schüttelte den Kopf, »Brian war die meiste Zeit, die ich dort war, in seinem Zimmer. Er war ziemlich böse, dass *ich* ihm die Medizin gebracht habe und nicht Stephen. Er kam nicht einmal raus, um sich von mir zu verabschieden.«

»Scheiße«, entfuhr es Connor.

»Warum fragst du?«

»Ja, Connor, das wüsste ich auch gern«, meinte Stephen und zeigte Anzeichen von Panik. »Offenbar sprichst du von der Kaninchenpfote, die Julia dir für Brian gegeben hat. Du hast sie ihm am Dienstag gegeben, wieso ist das also ein Thema?«

»Weil Brian sie jetzt nicht mehr hat. Sie lag am Freitag in Gregs Auto.«

»Gott ... nein.« Stephen wurde weiß wie eine Wand.

Cliff sah nicht viel besser aus. »Bist du sicher?«

»Absolut. Das bedeutet, dass derjenige, der die Kaninchenpfote dort verloren hat, Kontakt mit Brian gehabt hat. Oder schlimmer noch, dass Brian in Gregs Auto war.«

Stephen durchquerte mit drei Schritten den Raum und packte Cliff am Hemd. »Wo hat Nancy Brian hingebracht, verdammt? Wo sind sie?«

Diesmal zögerte er nicht mehr. »Sie sind in meine Skihütte nach Stowe gefahren.«

»Du hast sie am Mittwoch gesehen. Heute ist Sonntag. Warum bis du danach nicht mehr hingefahren?« Stephen schüttelte ihn. »Du warst der Einzige, der wusste, wo sie waren, der Einzige, der sie hätte beschützen können. Wenn du Nancy tatsächlich so liebst, warum hast du dann nicht noch einmal nach ihnen geschaut, verdammt?«

»Weil Nancy mich ausdrücklich darum gebeten hat.« Cliff machte keine Anstalten, sich zu befreien oder zu wehren. Er sah grauenvoll aus. »Sie wollte nicht, dass ich mir irgendwelche Hoffnung auf eine gemeinsame Zukunft mit ihr mache. Sie liebt dich. Und sie hat gemerkt, welche Auswirkungen mein Besuch auf Brian hatte. Er war ohnehin schon völlig verstört, weil er von dir getrennt war. Mein Auftauchen hat alles nur noch schlimmer gemacht.«

»Aber du hast sie angerufen, oder?«, fragte Stephen mit

flehender Miene. »Du hast doch sicher noch einmal mit Nancy gesprochen?«

Schweiß stand auf Cliffs Stirn. »Das letzte Mal war am Donnerstagabend. Nancy bat mich, nicht wieder anzurufen. Also habe ich es nicht mehr getan. Gestern, nachdem Greg mir Walkers Drohbrief gegeben hat, habe ich versucht, sie zu erreichen. Ich wollte mich vergewissern, dass mit Brian alles okay ist.«

»Und?«

»Es ist niemand rangegangen. Aber das hat mich nicht überrascht. Nancy hat mir deutlich zu verstehen gegeben, dass sie nicht mehr gestört werden möchte. Und da sie wusste, dass sonst niemand ahnte, wo sie war, war ihr klar, dass nur ich am Telefon sein konnte, und sie ist nicht rangegangen.«

»Dann hast du also seit Donnerstagabend nicht mehr mit ihr gesprochen.« Stephen war bereits auf dem Weg zum Telefon. »Das heißt, dass Walker meine Frau und meinen Sohn bereits seit zweieinhalb Tagen in seiner Gewalt haben könnte. Wie lautet die Telefonnummer deiner Skihütte?«

Cliff nannte sie ihm.

Drei Klingelzeichen. Vier. Fünf.

»Es geht niemand ran.« Er knallte den Hörer auf. »Ich werde sofort hinfahren.«

»Ich komme mit«, entschied Cliff.

»Den Teufel wirst du tun.« Stephen fuhr herum, seine Augen blitzten. »Es geht um *meine* Frau und *meinen* Sohn. Wenn du das je wieder vergessen solltest, breche ich dir jeden Knochen einzeln.«

Das Telefon klingelte.

»Stephen.« Connor zeigte auf das blinkende Licht. »Es ist dein Privatanschluss.«

»Vielleicht ist es Nancy.« Stephen riss den Hörer hoch und hielt ihn sich ans Ohr. »Ja?«

Er stand lange stumm da, sämtliche Farbe wich aus seinem Gesicht, und seine Miene war angstverzerrt. »Ich habe verstanden«, antwortete er schließlich, und seine Stimme klang so angespannt, als würde er jeden Moment die Nerven verlieren. »Woher soll ich wissen, dass es ihm gut geht?« Eine weitere qualvolle Pause. »Was ist mit meiner Frau? Sie Schwein, wenn Sie ihr auch nur ein Haar gekrümmt haben ...« Er zwang sich zur Ruhe, griff nach einem Stück Papier und einem Stift. »Wo und wann?« Er kritzelte etwas. »Sie werden es bekommen. Nein, keine Polizei. Jetzt lassen Sie mich mit Bri...«

Er hielt den Hörer von sich weg und starrte ihn fassungslos an. »Er hat aufgelegt.«

Connor griff nach seinem Arm. »Walker hat Brian?«

Ein Nicken. »Er will fünf Millionen in bar. Ich soll es in Brians Sporttasche stecken und in einem von ihm beschriebenen Schuppen in der Nähe des Westchester County Airport deponieren. Morgen Mittag um halb zwölf.«

»Bist du sicher, dass es Walker war?« Harrison Stratford sprach zum ersten Mal, seit Cliff aufgetaucht war. Er wirkte überrascht und wütend zugleich.

»Was?« Stephen stand ganz offensichtlich unter Schock. »Äh ja. Er hat einen dieser Stimmenzerhacker benutzt, für den Fall, dass ich das Gespräch aufzeichnen würde. Aber ich bin mir ganz sicher, dass er es war.«

»Der Zeitrahmen würde passen«, stellte Connor ruhig fest. »Ich habe erfahren, dass Walker morgen um zwölf in die Schweiz fliegt. Jetzt wissen wir warum.«

»Jesus Christus.« Stephen fuhr sich mit beiden Händen durchs Haar und versuchte, klar zu denken. Abrupt schaute er auf. »Nancy. Er hat gesagt, dass er Nancy nicht hat. Das heißt, er hat sie in Stowe zurückgelassen. Und dort geht niemand ans Telefon. Sie könnte ...« Er lief mit fünf Schritten durchs Zimmer. »Ich muss sofort zu ihr.« Er drehte sich um. »Connor ...«

»Ich besorge das Geld«, versicherte Connor ihm. »Fahr du zu Nancy.«

»Und keine Polizei. Walker sagte, wenn er einen Bullen sähe ...« Ein erstickter Laut. »Er würde Brian umbringen.«

28

Sobald sie allein waren, wandte Cliff sich an Connor. »Wie kann ich euch helfen?«

Er sah so niedergeschmettert aus, dass Connor Mitleid mit ihm hatte. »Ich weiß es nicht, Cliff. Ich habe im Moment eine große Aufgabe. Fünf Millionen sind eine Menge Geld. Vor allem, wenn man bedenkt, dass heute Sonntag ist und die Banken geschlossen haben. Ich werde viele Telefonate führen müssen, um die Sache ins Rollen zu bringen. Ich werde sofort damit beginnen, wir dürfen keine Sekunde verlieren.«

»Ich habe nicht so gute Kontakte wie du, deshalb komme ich erst morgen an meine Konten. Aber du kannst alles haben, was ich besitze.« Cliff lief unruhig auf und ab. »Was ist mit Greg? Glaubst du, er ist verschwunden? Denn wenn Brian in seinem Auto war ...«

»Gute Idee. Versuch ihn zu finden, auch wenn ich annehme, dass er sich längst aus dem Staub gemacht hat. Er kennt Walkers Pläne. Und er weiß, dass du niemals tatenlos daneben stehen würdest, wenn Nancy und Brian in ernster Gefahr wären. Also muss er damit rechnen, dass du uns seinen Namen nennst. Und dass wir uns sofort an seine Fersen heften.«

»Kidnapping ist ein schweres Verbrechen. Wenn er tatsächlich beteiligt ist, muss er mit einer größeren Haftstrafe rechnen.«

»Vielleicht war er nicht beteiligt. Vielleicht hat Walker einen seiner Schläger engagiert, der nur Gregs Auto benutzt hat. Ganz sicher haben sie meins gestohlen. Aber im Moment möchte ich nichts anderes, als Nancy und Brian zurückhaben.«

Cliff nickte. »Ich rufe dich sofort an, wenn ich etwas herausfinde.«

»Tu das. Ach, und Cliff?«

»Ja?« Er drehte sich um.

»Solltest du Greg wie durch ein Wunder finden, erwähne nicht, dass die Kaninchenpfote in seinem Auto gesehen wurde. Er weiß nicht, dass ich das weiß. Und ich möchte auch nicht, dass er es erfährt. Wenn die Zeit reif ist, werden wir diese Information nutzen.«

Nachdem Cliff sich verabschiedet hatte, verbrachte Connor die nächsten drei Stunden am Telefon. Er rief die Geschäftsführer mehrerer großer Finanzinstitute an und gab Anweisung, sein Vermögen auszuzahlen. Er erklärte ihnen, dass es sich um einen Notfall handelte und gab als Verwendungszweck für das Geld Julias unverändert kritischen Gesundheitszustand an. Er machte allen unmissverständlich klar, dass er Julia Talbot zu heiraten beabsichtigte, was er erst offiziell verkünden würde, sobald sie über den Berg sei. Im Moment sei jedoch ihr Leben noch in Gefahr, deshalb müsse er drastische Schritte unternehmen. Weitere Einzelheiten würde er vorerst nicht bekannt geben – zum Schutze aller Beteiligten.

Der erste Teil entsprach der Wahrheit. Der zweite war ein wenig manipuliert.

Aber die Kombination wirkte, und das war alles, was zählte.

Connor arbeitete völlig mechanisch, und er hoffte inständig, jetzt einigermaßen bei Verstand zu bleiben. In dieser Situation war er mehr denn je auf seinen scharfen Verstand und seine lösungsorientierten Fähigkeiten angewiesen. Aber sobald er innehielt und überlegte, was Brian wohl gerade durchmachte ... Nein, das durfte er jetzt nicht zulassen.

Verbissen arbeitete er weiter, bis sein Handy klingelte.

Es war Julia.

»Ich weiß, dass ich dich nicht anrufen sollte«, flüsterte sie. »Tu, als sei ich jemand anderes. Ich musste einfach hören, ob alles okay ist.«

Die Schutzwand um Connor zerbrach, als er ihre Stimme hörte, und der Schmerz überkam ihn mit aller Macht. Er atmete tief durch. »Nein, ist es nicht.« Er hörte das Zittern in seiner eigenen Stimme. »Walker hat Brian. Er hat angerufen und ein Lösegeld verlangt. Ich versuche gerade, genug Bargeld zu beschaffen. Stephen ist unterwegs zu Nancy. Sie ist in einer Skihütte in Vermont. Wir wissen nicht, was Walker mit ihr gemacht hat. Ich habe schreckliche Angst um sie beide, Julia. Was ist, wenn ...?«

»Connor, nein.« Julias Stimme klang entsetzt, aber ihre Worte waren klar. »Ich will alles genau wissen. Aber hör mir erst zu. Brian und Nancy geht es gut. Es muss so sein. Stephen wird Nancy finden. Und in Brians Fall solltest du die Polizei verständigen. Sie werden ihn finden und nach Hause zurückbringen.«

»Nein. Wir dürfen die Polizei nicht hinzuziehen. Walker hat angedroht, Brian zu töten, wenn wir das tun.«

»Oh Gott.« Angst schnürte Julia die Kehle zu. Zugleich begann sie fieberhaft nachzudenken. Connor war nicht rational genug. Es ging um etwas, wovon sie mehr verstand als er. Er war auf dem falschen Weg.

Sie musste die Sache jetzt in die Hand nehmen.

»Connor, ich möchte, dass du jetzt zurück ins Krankenhaus kommst und mir alles genau erzählst. Ich möchte alle Einzelheiten erfahren. Wenn du mir vertraust, weiß ich, dass ich dir helfen kann.«

»Aber wie?«

Connors Vertrauen in sie wurde nun zum ersten Mal auf die Probe gestellt, und Julia presste die Finger zusammen, bis sie schmerzten. »Vertrau mir«, flehte sie leise. »Bitte.«

»Ich bin schon unterwegs.«

Gott sei Dank, dachte sie im Stillen. *Zu Brians Wohl.*

Sie legte auf und drehte sich voller Entsetzen zu ihrer Mutter um.

Meredith brauchte keine Fragen zu stellen. Julia hatte ihr die Situation in wenigen Sätzen geschildert. Als sie nun das Telefongespräch mithörte und das Gesicht ihrer Tochter sah, wusste sie sofort, was geschehen war. »Brian ist entführt worden«, sagte sie nur.

Ein kurzes Nicken. »Mom, ich brauche eine Telefonnummer. Die von unserer Gastrednerin, die letzten Freitag abgesagt hat. Sie ist Expertin, wenn es um Verbrechen an Kindern geht.«

»Du meinst FBI-Spezialagentin Patricia Avalon.« Ihre Mutter kramte bereits in ihrer Handtasche. »Das ist eine gute Idee. Mrs. Avalon ist ein echter Profi.«

»Ich weiß. Ich habe sie ein paar Mal erlebt.« Julia warf ihrer Mutter einen fragenden Blick zu. »Aber du hast sie näher kennen gelernt, nicht wahr? Ich erinnere mich daran, dass du mit ihr zusammengearbeitet hast.«

»Ja, dabei ging es auch um einen Entführungsfall«, bestätigte Meredith. »Ein Vater, der seine Tochter missbrauchte, hatte das Kind verschleppt. Ich war vertraut mit dem Missbrauchsfall, der dazu geführt hatte, dass der Vater sein Besuchsrecht verlor, deshalb hatte man mich zu den Ermittlungen hinzugezogen. Patricia und ihr Team haben erstaunliche Arbeit geleistet. Sie haben das Kind innerhalb eines Tages wohlbehalten zu seiner Mutter zurückgebracht.« Sie zog ihr Adressbuch hervor. »Ich habe ihre Nummer hier.«

»Ich muss erst mit Connor sprechen, bevor ich Kontakt mit ihr aufnehme.« Julia dachte laut nach. »Ich brauche seine und Stephens Zustimmung.« Ein kalter Schauer lief ihr über den Rücken. »Philip Walker hat angedroht, Brian umzubringen, wenn die Stratfords die Polizei einschalten.«

»Beamtinnen wie Patricia sind darauf trainiert, ihren Job unauffällig zu machen. Dieser Walker wird nicht mitbekommen, dass das FBI eingeschaltet ist.« Meredith kritzelte die Telefonnummer auf ein Stück Papier. »Hier.«

Dankbar nahm Julia den Zettel. »Jetzt bete, dass ihre Notrufnummer funktioniert und ich sie erreiche. Und dann bete, dass ich die Stratfords davon überzeugen kann, mir zu folgen.« Julias Stimme bebte. »Aber vor allem bete, dass ich das Richtige tue und dass es Brian wieder heil und sicher nach Hause bringt.«

15.45 Uhr
Leaf Brook Memorial Hospital

Connor betrat Julias Krankenzimmer und lehnte sich an die Tür. Er sah angespannt aus.

»Hallo.« Sein besorgter Blick glitt über sie. »Louis sagt, es ginge dir viel besser. Stimmt das, oder versucht er nur mich zu beruhigen?«

»Er sagt die Wahrheit. Ich fühle mich viel kräftiger, und mein Kopf tut kaum noch weh.« Julia hievte sich in eine sitzende Position.

Meredith stand von ihrem Sessel neben dem Bett auf. »Ich glaube, ich hole mir noch einen Kaffee. Wenn ihr zwei mich entschuldigen würdet ...« Sie steuerte auf die Tür zu.

»Danke«, sagte Connor leise, als sie an ihm vorbeiging. »Sie sind ein Engel.«

Julias Mutter legte die Hand auf seinen Arm. »Das, was

Sie im Moment durchmachen müssen, tut mir so Leid. Aber es wird alles gut werden, da bin ich ganz sicher.« Sie verließ das Zimmer.

Connor ging zum Bett, beugte sich vor und nahm Julia in die Arme. Sie hielt ihn fest und schmiegte sich eng an ihn.

»Es tut so gut, dich zu spüren«, murmelte er und presste die Lippen an ihr Haar. »Ich fühle mich so verdammt hilflos.«

»Wir werden das zusammen durchstehen«, versprach sie. »Und Brian auch. Mein Junge ist ein Siegertyp.«

»Welcher?« In Connors trockene Frage mischte sich Schmerz.

»Beide.« Julia sank vorsichtig nach hinten, bis sie wieder richtig im Bett lag. »Aber jetzt setz dich, und erzähl mir alles.«

Mit einem müden Nicken ließ Connor sich in den Sessel fallen. Er berichtete über das, was an diesem Tag passiert war, von der Auseinandersetzung zwischen ihm, Stephen und seinem Vater, von Cliffs Besuch und seinem späteren Geständnis und von dem Anruf mit der Lösegeldforderung.

»Weißt du, von wo Walker angerufen hat?«, fragte Julia.

»Nein. Aber sicher weder von zu Hause noch von seinem Büro aus. Er hat einen Stimmenzerhacker benutzt. Offenbar wollte er nicht zurückverfolgt werden.«

»Was bedeutet, dass er und Greg sich vermutlich versteckt halten.« Julia runzelte die Stirn. »Heute ist Sonntag. Ist es dir gelungen, das Geld zu beschaffen?«

»Ich habe gute Kontakte zu verschiedenen Banken«, antwortete Connor und rieb sich die Augen. »Sie versuchen wirklich alles, um mir zu helfen. Ich müsste die fünf Millionen eigentlich morgen früh bis elf Uhr zusammenhaben.«

Julia nickte. Sie streckte den Arm aus und ergriff Connors

Hand. »Ich liebe dich. Aber ich liebe auch Brian. Das weißt du, nicht wahr?«

»Natürlich.«

»Dann denk daran, und hör mir bis zum Ende zu.« Julia holte tief Luft, dann begann sie. »Mir ist bewusst, dass ich Lehrerin bin und keine Polizistin. Aber du weißt ja, wie sehr ich mich auch außerhalb der Schule für Kinder engagiere. Durch die Arbeit, die meine Mom und ich leisten, haben wir eine Menge Leute aus den verschiedensten Bereichen kennen gelernt. Sie besuchen unsere Workshops und halten dort Vorträge. Eine davon ist eine Spezialagentin des FBI, die im Nationalen Zentrum zur Analyse von Gewalttaten ausgebildet wurde. Ihr Name ist Patricia Avalon, sie arbeitet in New York. Meine Mutter hat ihr einmal als Beraterin zur Seite gestanden und weiß daher, wie sie arbeitet. Sie ist ganz begeistert von ihren Fähigkeiten. Ich möchte gern, dass du mir hilfst, Stephen davon zu überzeugen, sie hinzuzuziehen.«

Connor presste die Lippen zusammen. »Wie soll ich das machen? Stephen hat gesagt ...«

»Ich weiß, was er gesagt hat. Aber denk darüber nach, Connor. Ihr gebt ihm Geld; er steigt in ein Flugzeug. Woher wollt ihr wissen, ob er euch Brian tatsächlich zurückgibt? Woher wollt ihr wissen, dass Walker sich nicht aus dem Staub macht, ehe ihr erfahrt, wo Brian ist?«

Sie zuckte innerlich zusammen, als sie Connors entgeistertes Gesicht sah.

»Außerdem, woher nehmt ihr die Sicherheit, dass Walker Brian nicht einfach als Geisel mitnimmt, wenn er aus dem Land flieht?« Julia spürte, dass ihr selbst bei diesem Gedanken schlecht wurde, aber sie riss sich zusammen und zwang sich, das schlimmstmögliche Szenario laut auszusprechen. »Und als Letztes: Hat Walker euch irgendeinen Beweis dafür geliefert, dass Brian noch am Leben ist? Hat er Stephen mit ihm sprechen lassen?«

Stumm schüttelte Connor den Kopf. »Ich vermute, das lag daran, dass Brian einfach nicht in seiner Nähe war. Du glaubst doch nicht etwa ...«

»Nein, tue ich nicht.« Julias Finger umklammerten Connors. »Tief in meinem Herzen weiß ich, dass Brian noch am Leben ist. Ganz bestimmt. Abgesehen davon glaube ich nicht, dass Walker ein Killer ist. Aber ich musste all diese Möglichkeiten aufzählen, damit du merkst, wie sehr eure Ängste euren Verstand beeinträchtigen. Du und Stephen, ihr seid keine Profis. Ihr habt keine Ahnung, wie ihr an die Sache herangehen sollt. Ihr glaubt, ihr könnt Walker einfach sein Geld geben, und dafür kriegt ihr Brian. Vielleicht wird genau das geschehen. Aber willst du dich wirklich darauf verlassen? Will Stephen das? Patricia Avalon ist eine Staatsbeamtin. Sie ist für solche Fälle ausgebildet. Ebenso wie die Spezialeinheit, mit der sie zusammenarbeitet. Lasst sie euch behilflich sein. Für Brian.«

Connor dachte lange und angestrengt nach. Dann nickte er. »Lass uns Stephen anrufen. Er müsste inzwischen in Stowe angekommen sein.«

16.35 Uhr

Stephen war bereits an Burlington vorbei und fuhr auf der Nationalstraße in westlicher Richtung nach Stowe, als sein Handy klingelte.

Seine Hände zitterten so heftig, dass er kaum auf die grüne Taste drücken konnte. »Hallo?«

»Ich bin es. Keine neuen Nachrichten«, fügte Connor rasch hinzu.

»Ich bin fast da. Gott, Connor, es darf ihr einfach nichts passiert sein.«

»Das ist es auch nicht.« In Connors Gesicht zuckte ein

Muskel. »Die Sache mit dem Geld ist geregelt. Es müsste alles rechtzeitig zur Verfügung stehen.«

»Danke.«

»Stephen, ich bin gerade bei Julia im Krankenhaus. Ich werde ihr gleich den Hörer geben. Ich weiß, dass du im Augenblick ein Nervenbündel bist, aber versuch trotzdem zu verstehen, was sie sagt. Es klingt sehr vernünftig.«

Stirnrunzelnd reichte Connor Julia das Telefon. Stephen klang wie ein gehetztes Tier. Es war eine denkbar ungünstige Zeit, um ihm diesen Vorschlag zu machen. Aber Zeit war das Einzige, was sie nicht hatten.

»Hallo, Stephen«, sagte Julia leise. Eine Pause. »Ja, es geht mir wieder besser. Jetzt gilt meine Sorge nur noch Brian. Wir haben noch genau neunzehn Stunden Zeit, um ihn zu finden. Und ich glaube nicht, dass wir die Verantwortung dafür allein übernehmen und darauf hoffen sollten, dass uns das gelingt.«

Sie fuhr fort und erläuterte Stephen in aller Ruhe das, was sie zuvor Connor erklärt hatte.

»Spezialagentin Avalon wird als Mittlerin zwischen dem FBI in New York und der Polizei von Leaf Brook agieren«, schloss sie. »Und das bringt mich zu Martin Hart. Er ahnt bereits, dass etwas Ernstes geschehen ist. Er wartet seit gestern darauf, meine Aussage zu Protokoll nehmen zu können, und Connor hat mir erzählt, dass er auch schon bei Ihnen war, um Ihnen einige Fragen zu stellen. Connor sagt, Sie würden ihm vertrauen. Stimmt das?«

Sie hörte zu und nickte. »Gut. Dann wäre mein Vorschlag, ihn von Anfang an mit einzubeziehen. So gewinnen wir wertvolle Zeit.« Eine weitere Pause. »Ich weiß, dass Sie schreckliche Angst haben. Sie haben das Recht dazu. Brian ist Ihr Sohn. Aber das ist genau der Grund, weshalb Sie alles nur Mögliche unternehmen müssen, um ihn wieder heil nach Hause zu bringen. Ich bin mir sicher, dass er unversehrt ist, aber er wird auch Angst haben. Und vor allem wird er Sie und seine Mom vermissen. Ich habe einmal einen Vortrag von Spezialagentin Avalon gehört, in dem sie von ihrer Ausbildung und ihren Einsätzen erzählt hat. Sie haben es mit ausgekochten Serientätern zu tun. Und Walker ist letztlich nur ein kleiner Amateur. Glauben Sie mir, diese FBI-Leute sind Profis. Sie werden nicht zulassen, dass Walker Brian auch nur ein einziges Haar krümmt.«

Eine weitere Pause. »Nein. Walker hinter Gitter zu bringen ist zweitrangig. Das gilt ebenso für die Lösegeldzahlung. Die Beamten sind darauf trainiert, sich zunächst um das Entführungsopfer zu kümmern. Walker zu kriegen wäre ein zusätzliches Plus, aber nicht oberste Priorität.« Nach diesen Worten wartete Julia auf Stephens Entscheidung.

Er traf sie.

Ihr Kopf sank nach vorn, sie presste die Augen zusammen, und Tränen der Erleichterung rannen ihr über die Wangen. »Danke. Ja, ich verstehe. Ich werde sie sofort anrufen. Hier ist Connor noch einmal.«

Erschöpft hielt sie Connor den Hörer hin.

»Stephen?«

»Ja, ich bin noch dran.« Er klang erschüttert, aber nicht mehr so verzweifelt wie noch vor wenigen Minuten. »Julia hat Recht.«

»Ich weiß.« Connor strich Julia beruhigend über den Nacken, während er mit seinem Bruder sprach. Er fragte sich, wie er je hatte annehmen können, sie wäre naiv. Sie war stark und mutig, und er hatte großes Glück, sie zu haben. »Wir werden uns von hier aus darum kümmern.«

»Ich brauche noch knapp zwanzig Minuten bis zur Skihütte«, antwortete Stephen. »Ich verliere vor lauter Angst noch den Verstand. Also werde ich die Zeit nutzen und Marty anrufen und ihn über alles informieren. Wenn er das nächste Mal im Krankenhaus auftaucht, um mit Julia über den Unfallhergang zu sprechen, lasst ihn zu ihr. Es darf nur nichts nach außen dringen, damit wir weiter vortäuschen können, Julia läge noch im Koma. In der Zwischenzeit können wir nur hoffen, dass sie diese Spezialagentin Avalon erreicht.«

Connor warf einen zärtlichen Blick auf Julia. »Das wird sie bestimmt. Wenn Julia sich etwas in den Kopf setzt, führt sie es auch aus. Ruf mich an, sobald du in der Hütte bist.«

»Ich verspreche es. Sobald ich Nancy gefunden und mich vergewissert habe, dass es ihr gut geht ...« Stephen brach ab und kämpfte um seine Beherrschung. »Ich rufe jetzt erst einmal Marty an. Bis dahin hilft uns nur Beten.«

29

16.45 Uhr
Lake George, New York

Philip Walker war in sein Ferienhaus in den Adirondacks gefahren. Es war der perfekte Ort, um sich in Wartestellung zu begeben, weil niemand ihn hier vermutete. Umso erstaunter war er, als er ein Auto in die Einfahrt rollen und mit quietschenden Bremsen vor dem Haus halten hörte.

Einem Klopfen an der Tür folgte ein energisches »Walker, machen Sie diese verdammte Tür auf. Ich weiß, dass Sie da sind. Ich werde sie aus den Angeln reißen, wenn es sein muss«.

Walker war überrascht. Wie zum Teufel hatte Stratford diesen Ort bloß so schnell gefunden? Erstaunlich. Seine

Drohung schien besser zu wirken, als er erhofft hatte. Er hatte den sonst so gefassten Harrison Stratford noch nie so außer sich erlebt.

Er setzte sich in Bewegung und öffnete die Tür. »Was für eine nette Überraschung. Sie müssen große Anstrengungen unternommen haben, um mein gut getarntes Haus so schnell ausfindig zu machen. Ich habe es nämlich weder auf meinen Namen noch auf den meines Unternehmens gekauft.«

»Ich weiß mehr über Sie, als Sie glauben, Walker.« Harrison marschierte herein und warf die Tür hinter sich ins Schloss. »Allerdings wusste ich nicht, dass Sie dumm genug sind, uns so etwas anzutun. Haben Sie sich ernsthaft eingebildet, Sie könnten uns damit in die Enge treiben?«

»Es scheint ja zu funktionieren, sonst hätten Sie mich nicht mit aller Gewalt ausfindig gemacht.« Ungerührt zeigte Walker in Richtung Wohnzimmer. »Möchten Sie hereinkommen, oder sollen wir im Flur stehen bleiben?«

Harrison sah ihn aus zusammengekniffenen Augen an, dann stürmte er an ihm vorbei ins Wohnzimmer.

»Einen Drink?«, fragte Philip und folgte ihm.

»Wie viel wollen Sie?«, fragte Harrison. »Und sagen Sie mir nicht fünf Millionen. Das ist absurd. Vor allem jetzt, wo ich weiß, wer Sie sind. Ein Telefonanruf, und die Bullen werden Sie so lange ins Gefängnis stecken, bis Sie zu alt sind, um noch auf eigenen Beinen herauszukommen.«

Philip Walker lachte höhnisch. »Tatsächlich? Warum haben Sie sie dann nicht sofort angerufen? Oder erübrigt sich diese Frage? Sie sind ein harter Bursche, Stratford, aber Sie haben eine Schwäche: Ihre Familie. Sie würden alles tun, um sie zu schützen – oder zumindest ihren Ruf. Das hat übrigens diesen Ball erst ins Rollen gebracht. Und genau darauf zähle ich auch jetzt. Glauben Sie etwa, ich hätte nicht damit gerechnet, dass Sie mich hier aufspüren? Ich wusste, dass Ihnen das früher oder später gelingen würde. Also habe ich die nötigen Vorkehrungen getroffen. In der Sekunde, in der Sie zum Telefon greifen, sind Sie erledigt.« Er ging auf den Apparat zu, hob den Hörer ab und hielt ihn Harrison hin. »Sie sind erledigt. Oder besser gesagt, die Familie Stratford.«

Erstaunen machte sich auf Harrisons sonst so gefasstem Gesicht breit. »Du meine Güte«, murmelte er und machte keine Anstalten, das Telefon anzurühren. »Was sind Sie bloß für eine Bestie? Wir reden hier nicht über schmutzige Geschäftspraktiken, auch nicht über illegale. Wir reden über Menschenleben.«

»Finden Sie nicht, dass das ein bisschen sehr melodramatisch klingt?« Philip legte den Hörer wieder zurück und sah Harrison herausfordernd an. Er hatte damit gerechnet, dass er außer sich sein würde über die Erpressung, aber diese Reaktion war merkwürdig. Okay, er war also in seinem eigenen Spiel geschlagen worden, aber so ein Katz-und-Maus-Spiel war schließlich nichts Neues für Stratford. Es war sicherlich nichts, was er nicht bewältigen und – mit dem richtigen Anreiz – aus der Welt schaffen konnte.

Apropos Anreiz, warum zum Teufel hatte Stratford eine so obszöne Summe genannt? Fünf Millionen Dollar? Der Mann war ein brillanter Verhandlungskünstler. Er würde zuerst ein niedriges Angebot machen, das er dann notfalls aufstocken würde, vorwiegend mit Zukunftsversprechungen. Er würde vor so einem Arrangement niemals zurückzucken. Der eine oder andere politische Gefallen als Schweigegeld? Das war keineswegs unter seiner Würde.

Irgendwie ergab das alles keinen Sinn.

»Hören Sie, Walker.« Harrison rieb sich den Nacken und überlegte seinen nächsten Zug. »Ich habe Ihnen eine viertel Million Dollar versprochen plus die Hunderttausend, die Sie in Stephens Wahlkampf investiert haben, um die Zeitungen dazu zu bringen, die Sache mit Ihrem Parkplatzvertrag auf den Titelseiten zu verbreiten. Inzwischen habe ich erfahren, welch schmutzige Taktiken Sie dazu benutzt haben. Meine erste Reaktion war es, Sie fertig zu machen und Ihr Unternehmen in den Bankrott zu treiben. Stattdessen werde ich Ihnen die ganze Summe zahlen plus eine weitere Million, damit Sie ein neues Leben beginnen können. Aber ich will einen Beweis, dass es ihm gut geht. Ansonsten gilt der Handel nicht.«

Aha. Stratford wusste also Bescheid über das, was in letzter Zeit geschehen war. Und es schien ihm nicht zu gefallen. Dabei hatte er immer verlangt, bei der Durchsetzung des Plans nicht zimperlich zu sein, auch wenn sein Sohn dabei Schaden nähme. Vielleicht hatte er seine Meinung geändert. Vielleicht wurde er ja auf seine alten Tage noch weichherzig.

»Mit wem haben Sie gesprochen, Harrison?«, fragte Walker. »Oder hat einer Ihrer Söhne Geld rausgerückt?« Er lachte höhnisch.

»Eine Million mehr, Walker. Ja oder nein?«

»Hören Sie auf«, antwortete Walker seelenruhig und lehnte sich lässig gegen die Sofalehne. »Hier geht es um mehr als nur ums Geld. Ihr Sohn ist ein ausgekochter Bursche. Und dazu noch ein unehrlicher. Mal sehen – er hat Gelder veruntreut, der Polizei Informationen vorenthalten, und von seiner illegalen Spielerei möchte ich gar nicht reden. Damit ist er für den Senat des Staates New York nicht geeignet, noch viel weniger für das Weiße Haus. Und ich befinde mich in einer Position, in der ich leicht dafür sorgen kann, dass er dort niemals hingelangt.«

Walker zuckte mit den Schultern. »Andererseits könnte ich natürlich über dies alles hinwegsehen. Wenn ich das tue, wird Sie das eine Menge mehr kosten als ein einmaliges Trinkgeld. Die Million ist fürs Erste okay. Aber in Zukunft möchte ich Unterstützung, und damit meine ich nicht nur diesen verdammten Parkplatzvertrag. Wenn der Bürgermeister von Leaf Brook plötzlich Macht über den Staat New York bekommt, will ich ein Stück des Kuchens abhaben. Ich will einen Senator, der alles tut, um meine Projekte zu unterstützen, der dafür sorgt, dass ich die Stimmen kriege, die ich brauche. Im Gegenzug werde ich sämtliche Tonbänder vernichten – bis auf zwei. Eines gebe ich Ihnen, das andere werde ich an einem sicheren Ort verschließen. Sollte Stephen jemals vergessen, wem seine Loyalität gilt, werde ich dieses andere Band sofort Cheryl Lager zuspielen, zusammen mit einem druckfertigen Manuskript.«

»Was zum Teufel reden Sie da?«, polterte Harrison. »Was für Tonbänder? Welches Manuskript? Haben Sie jetzt völlig den Verstand verloren?«

Walker sah ihn grimmig an. »Lassen Sie diese Spielchen. Das läuft bei mir nicht. Ich spreche von den Tonbändern, auf denen ich meine Unterhaltungen mit Stephen aufgenommen habe. Auf denen ich meine Karten auf den Tisch lege und er einwilligt, das Gesetz zu brechen, um seine Spielsucht vor der Öffentlichkeit zu verbergen. Die Bänder werden Ihren Sohn ins Gefängnis bringen und Ihre Familie ruinieren. Sie hätten sich meine telefonische Nachricht genauer anhören sollen. Sie war vielleicht verzerrt, aber durchaus verständlich.«

»Welche telefonische Nachricht?«

»Die, die ich Ihnen heute Morgen hinterlassen habe.«

»Sie haben mir keine Nachricht hinterlassen. Sie haben direkt mit Stephen gesprochen. Und er hat kein Wort über irgendwelche Tonbänder erwähnt. Aber vermutlich hat ihn das nicht interessiert. Nicht wenn das Leben seines Sohnes auf dem Spiel steht.«

Philip zog die Stirn zusammen. »Sein *Leben?* Ich habe einen meiner Männer losgeschickt, um seine Baseballkappe zu stehlen und seiner Mutter einen gehörigen Schreck einzujagen, indem er sie ihr vor die Haustür legt.«

»Denselben Mann, der gestern Julia Talbot angefahren hat? Warum war das nötig? Weil Sie wissen, dass Connor mit ihr zusammen ist? Ich weiß, dass das der Grund war, weshalb Sie Connors Wagen stehlen ließen, aber inzwischen frage ich mich, ob es um mehr ging als nur das Auto. Nach dem, was Sie Brian angetan haben, sind Sie offenbar zu allem fähig. Ich bezweifle, dass die ganze Sache ein Unfall war.«

»Moment mal.« Philip unterbrach Harrisons Redeschwall und schüttelte völlig verständnislos den Kopf. »Wofür halten Sie mich eigentlich? Glauben Sie ernsthaft, ich würde hinter diesem Parkhausunfall stecken? Vergessen Sie es, Harrison. Wenn ich Autodiebstähle organisieren würde – und ich sage nicht, dass ich das tue –, würde ich dafür keine Typen nehmen, die andere über den Haufen fahren. Nicht aus Versehen und ganz sicher nicht mit Absicht. Und ich würde auch keine Autos an Orten stehlen, wo es mir schaden könnte. Falls Sie es vergessen haben, ich habe einen Haufen Geld in diese Mall investiert. Die miese Publicity, die entsteht, wenn eine Frau am Eröffnungstag überfahren wird, ist das Letzte, was ich brauche.«

»Das muss Sie doch alles nicht mehr interessieren. Sie verlassen doch ohnehin das Land.«

Philip starrte ihn an. »Woher kriegen Sie Ihre Informationen? Ich verlasse weder das Land, noch habe ich je eine Hand an Ihren Enkel gelegt, ich stecke nicht hinter Julia Talbots Unfall, und ich habe auch keine Ahnung, wer Connors Wagen gestohlen hat. Oh, und ich habe auch heute Morgen nicht mit Stephen gesprochen. Ich habe eine Nachricht auf Ihrem Handy hinterlassen, das ist alles.«

Jetzt war Harrison derjenige, der sein Gegenüber ungläubig anstarrte. Langsam zog er sein Handy hervor, das er ausgeschaltet hatte, seit er Stephens Haus betreten hatte. Er schaltete es ein.

Eine Nachricht. Aufgezeichnet um elf Uhr siebenundzwanzig.

Fast zur selben Zeit hatte Stephen den Anruf mit der Lösegeldforderung erhalten.

Harrison hörte Walkers Stimme. Er forderte ihn auf, einen Termin zu vereinbaren, um über die politische Zukunft des Bürgermeisters zu sprechen und darüber, was Walker Development dazu beisteuern konnte. Dann folgte etwas über einige interessante Tonbandaufnahmen, die er Harrison gern vorspielen würde und von denen er sicher eine Kopie haben wollte, da ginge er jede Wette ein.

Völlig irritiert schaltete Harrison das Handy wieder aus. »Aber was ist mit dem Anruf bei Stephen?«

»Welcher Anruf bei Stephen?«

»Walker, ich stehe kurz davor, Sie in Stücke zu reißen.« Harrison ballte die Hände zu Fäusten und sah so wütend aus, dass ihm alles zuzutrauen war. »Der einzige Grund, weshalb ich mich zurückhalte, ist Brian. Wo ist er? Wo zum Teufel haben Sie ihn versteckt? Denn wenn Sie mir das nicht bald sagen ...«

»Sekunde.« Philip sah ihn fassungslos an. »Wollen Sie damit sagen, jemand hat Ihren Enkel entführt?«

»Wollen Sie damit sagen, dass Sie es nicht waren?«

»Sie haben verdammt Recht.«

Harrison ging auf Walker zu, packte ihn an der Gurgel, und schob ihn gegen die Wand. Er war größer und kräftiger als Walker, ein Vorteil, der durch seine rasende Wut noch verstärkt wurde. »Sie haben nicht fünf Millionen Lösegeld verlangt, um sich anschließend aus dem Staub zu machen? Sie haben Stephen nicht gesagt, wo und wann er morgen das Geld deponieren soll? Sie haben das alles nicht getan?«

»Nein«, krächzte Walker.

»Wer dann?«

»Keine Ahnung.« Ein mühsames Keuchen. »Aber ich habe Ihren Enkel nicht mehr gesehen, seit er mit seiner Mutter nach Stowe gefahren ist.«

Harrison drückte noch fester zu. »Woher wissen Sie, dass Nancy ihn da hingebracht hat?«

»G-Greg Matthews.«

»Das stimmt, das ist der andere Kollege meines Sohnes. Er arbeitet für Sie.«

Ein Nicken.

»Dann haben Sie ihn also engagiert, um sich Brian zu schnappen?«

»Nein.« Philip wurde langsam schwindelig. »Stratford, um Himmels willen ...« Er zerrte an Harrisons Händen. »Lassen Sie mich endlich los. Ich werde ein paar Anrufe tätigen und herausfinden, was passiert ist. Wenn nicht, können Sie mich immer noch erwürgen.«

»Ich werde noch etwas viel Schlimmeres tun.« Harrison ließ locker und stieß Walker von sich. »Sie hatten Recht, als Sie sagten, dass ich alles tun würde, um meine Familie zu schützen. Alles. Lassen Sie es nicht darauf ankommen. Ich werde Sie vernichten. Und jetzt nehmen Sie Ihr Telefon, und finden Sie meinen Enkel.«

16.57 Uhr
Stowe, Vermont

Nancys Seite schmerzte. Ebenso ihre Schulter. Sie versuchte sich irgendwie zu drehen und verzog das Gesicht. Der Boden war hart. Sie lag nun schon seit einer Ewigkeit hier unten, seit es ihr gelungen war, den Stuhl umzuwerfen. Der Aufprall hatte wehgetan, aber nun konnte sie sich wenigstens ein kleines bisschen bewegen. Selbst mit ihren zusammengeschnürten Händen und Füßen konnte sie sich vorwärts in Richtung Telefon schlängeln.

Sie hatte geschafft, den Knebel loszuwerden. Gott sei Dank. Ihr war von den Drogen schrecklich übel gewesen, und sie hatte Angst gehabt, sich zu verschlucken und zu ersticken, wenn sie sich übergab.

Manchmal war sie klar. Zu anderen Zeiten war sie sehr benommen und hatte das Gefühl, jenseits von Zeit und Raum zu sein. Sie lag an einer Stelle, wurde ohnmächtig, erlangte das Bewusstsein wieder und musste feststellen, dass sie eine kurze Strecke zurückgelegt hatte, ohne zu wissen wie.

Aber immer war es die Angst um Brian, die sie vorantrieb.

Sie musste ihn finden. Sie musste dieses Telefon erreichen.

Sie machte gerade eine Pause, um nach Luft zu schnappen, als sie Schritte hörte.

Sie erstarrte.

Sollte sie riskieren, um Hilfe zu schreien? Ihre Stimme war inzwischen kaum mehr als ein Krächzen. Aber was, wenn er es wieder war? Er würde wütend werden, und wer weiß, was er ihr dann antat.

Sie musste die Chance nutzen, für Brian.

Sie sammelte alle Kraft zusammen, die sie noch hatte, und gab ein heiseres Stöhnen von sich.

Das Geräusch wurde von der polternd auffliegenden Tür erstickt.

Hastige Schritte, dann ein gebrochener Schrei. »Nancy!«

Es war das vertrauteste, das wunderbarste Geräusch der Welt.

Tränen, von denen sie geglaubt hatte, sie wären längst versiegt, traten ihr in die Augen und liefen ihre Wangen hinab. »Stephen«, flüsterte sie.

Er konnte sie unmöglich gehört haben. Aber es spielte keine Rolle. Er war bei ihr, das war alles, was zählte.

»Oh Gott, Baby, bist du verletzt?« Er wartete die Antwort gar nicht ab, sondern begann sofort, die Schnüre zu lösen und ihre Glieder von den grässlichen Fesseln der letzten zwei Tage zu befreien.

Er massierte sie, bis das Blut in ihren Händen und Füßen wieder zirkulierte, und hielt sie dabei fest an sich gedrückt. Sie war völlig geschwächt und nicht in der Lage, etwas anderes zu tun, als gegen ihn zu sinken und zu weinen.

»Bist du verletzt?«, fragte Stephen noch einmal und schob vorsichtig ihr Kinn nach oben, um ihr ins Gesicht sehen zu können. »Soll ich dich ins Krankenhaus bringen?«

Ein schwaches Kopfschütteln. »Brian«, flüsterte sie.

»Ich weiß. Du darfst jetzt nicht reden.« Stephen richtete sich auf und hielt sie fest umschlungen. »Ich schaffe dich jetzt erst einmal hier raus. Wir haben eine wunderbare Krankenschwester, die nur einen Telefonanruf entfernt ist. Sie wird uns sagen, was wir tun sollen. Und dann bringe ich uns nach Hause.«

»Stephen.« Nancy klammerte sich an sein Hemd und sah ihn flehend an. »Sag es mir.«

Er holte tief Luft. »Walker hat Brian. Er will bis morgen Mittag fünf Millionen. Connor beschafft das Geld. Er und Julia haben Kontakt zum FBI aufgenommen. Ihre Agenten arbeiten mit Martin Hart zusammen. Wir werden ihn finden, Nancy.«

Sie schmeckte das Salz ihrer Tränen. »Er muss völlig verstört sein. Mich bewusstlos zu sehen und dann von einem Mann mit einer Skimaske fortgeschleppt zu werden.«

»Das Schwein hat dich betäubt?«

»Mit Chloroform, vermute ich. Und dann hat er Tabletten aufgelöst, die ich trinken musste. Ich war völlig außer

Gefecht gesetzt.« Sie runzelte die Stirn, als sie die spätnachmittägliche Sonne durch das Küchenfenster scheinen sah. »Was ist heute für ein Tag?«

»Sonntag. Wann haben sie Brian mitgenommen?«

»Am Freitag. Um die Mittagszeit.«

»Das macht Sinn. Greg muss Cliff am Donnerstag hierher gefolgt sein, dann hat er seine Informationen weitergegeben. Und Walker hat gleich Freitagmorgen einen seiner Männer hergeschickt.«

Nancy schüttelte den Kopf. »Es war nicht irgendein Mann von Walker. Es war Greg.«

Stephen sah sie mit zusammengekniffenen Augen an. »Bist du sicher?«

»Ja. Die Maske ging ihm nicht ganz über die Augen. Ich habe sie gesehen. Es war Greg.«

»Dann gnade ihm Gott, wenn wir ihn finden.«

Irgendetwas an Stephens Stimme kam ihr verändert vor, sie hatte plötzlich so viel Kraft. Und auch sein Verhalten – es erschien ihr so selbstbewusst. Aufmerksam musterte Nancy sein Gesicht. »Du bist so ... verändert.«

»Ich bin wieder ich selbst. Oder vielleicht bin ich es auch zum ersten Mal. Ich weiß es nicht.« Mit den Fingern strich er sanft über ihr Gesicht. »Das Einzige, was ich sicher weiß, ist, dass ich dich liebe. Und wenn es wahr ist, was Cliff gesagt hat, wenn ich das große Glück habe, dich behalten zu können, werde ich deine Liebe nie wieder so missachten. Das schwöre ich dir.«

»Du meinst das ernst, nicht wahr?«

Er schluckte, mühsam. »Ernster, als ich je etwas in meinem Leben gemeint habe. Wir werden ganz neu anfangen, Nancy. Du, ich und Brian. Ich werde mir helfen lassen und mein Leben wieder in den Griff bekommen.« Er drückte seine Stirn an ihre, und sie konnte geradezu spüren, wie aufgewühlt er war. »Ich werde die Politik aufgeben«, meinte er fest entschlossen. »Soll mein Vater sich doch um ein Amt bewerben, wenn er will. Mich interessiert es nicht mehr. Ich will mir wieder eine Stelle als Anwalt suchen. Und ich will Ehemann und Vater sein. Wenn du mich noch haben willst.« Er stockte, und seine Augen waren feucht, als er auf ihre Antwort wartete.

Sie kam prompt, und ihre Tränen durchweichten sein Hemd. »Wenn ich dich noch haben will?«, brachte sie erstickt hervor. »Ja, ich will dich noch haben. Das ist alles, was ich je wollte – mit dir und Brian zusammen glücklich zu leben.«

»Dann lass uns das jetzt sofort tun.« Er ging zur Tür. »Dazu müssen wir als Erstes unseren Sohn finden.«

30

17.15 Uhr
Leaf Brook Memorial Hospital

Die Sache war in Gang gesetzt.

Patricia Avalon hatte den Anruf unverzüglich beantwortet und Julias, oder besser gesagt Meredith Talbots, Anruf erwidert. Sicherheitshalber hatte Julia das Handy ihrer Mutter benutzt, schließlich befand sie sich ja offiziell noch im Koma. Außerdem kannte Spezialagentin Avalon Meredith besser und würde deshalb vermutlich schneller reagieren.

Sie hörte sich an, was Julia ihr zu sagen hatte, stellte einige kurze Fragen und bat sie dann, auf einen weiteren Anruf von ihr zu warten.

In der Zeit kümmerte sie sich um den Rest.

Das FBI-Hauptquartier in New York stellte eine Ermittlungskommission zusammen, die das taktische Vorgehen festlegte. Einige Beamte wurden ausgewählt, um die Zusammenarbeit mit der örtlichen Polizei von Leaf Brook zu koordinieren, darunter Patricia Avalon, die auch die Hauptkontaktperson zu den Stratfords sein würde. Julias Krankenzimmer sollte ihr Treffpunkt werden.

Der Plan sah vor, Patricia als Julias ältere Schwester auszugeben. Es würde völlig normal aussehen, dass sie ihre im Koma liegende Schwester besuchte und ihre Mutter am Krankenbett unterstützte. Es wäre ein Kinderspiel, zumal Walker sich im Moment nicht mehr auf Julia konzentrierte.

Stephen wurde beauftragt, Martin Hart vorab über alles Wesentliche zu informieren. Als das FBI-Team Kontakt zu ihm aufnahm, war er bereits im Bilde und sagte sofort zu, die Ermittlungen des FBI voll und ganz zu unterstützen.

Das Netz war also gesponnen, Patricia Avalon befand sich auf dem Weg ins Krankenhaus, und FBI-Beamte waren bereits auf der Suche nach Brian.

Es war zwanzig nach fünf, als das Telefon in Julias Krankenzimmer klingelte.

Connor und Julia tauschten einen ängstlichen Blick.

Dann griff Connor nach dem Hörer. »Ja?«

»Ich bin es«, antwortete Stephen. »Ich habe Nancy bei mir, es ist alles in Ordnung.«

»Gott sei Dank.« Connor atmete erleichtert auf und machte Julia ein Zeichen, woraufhin sie ebenfalls dankbar seufzte.

»Hör zu, Connor. Nancy sagt, sie wäre okay. Aber ich würde das lieber aus dem Mund eines medizinischen Fachmannes oder einer Fachfrau hören. Fragst du bitte Meredith Talbot, ob ich sie besser ins Krankenhaus bringen soll? Sie war zwei Tage lang gefesselt und stand unter Drogen.«

Connor konnte Nancy im Hintergrund sagen hören: »Es

geht mir gut, Stephen.« Aber er ging trotzdem zur Tür und holte Meredith Talbot herein.

Sie betrat das Zimmer und hörte sich seine Erklärung konzentriert an. Dann nahm sie den Hörer.

Nachdem sie einige Fragen gestellt und sich die Antworten angehört hatte, versicherte sie Stephen, dass Nancy vermutlich nur ein wenig ausgetrocknet sei und benommen von den Drogen, die man ihr verabreicht hatte. Sie riet ihm, ihr viel zu trinken zu geben und ihr unterwegs möglichst viel Ruhe zu gönnen.

»Bringen Sie sie direkt hierher«, schloss Meredith. »Es wird Nacht sein, ehe Sie hier sind, also wird es auf den Fluren relativ ruhig sein. Dr. Tillerman kann Nancy kurz untersuchen. Das wird Sie beruhigen. Außerdem sind Sie beide dann nah am Geschehen. Dieser Raum wird zentraler Treffpunkt für die Ermittler. Patricia Avalon ist bereits unterwegs. Das heißt, genau genommen ...« Sie schaute auf und winkte der schlanken Frau mit den kurzen, dunklen Haaren zu, die sich gerade mit Dr. Tillerman unterhielt. »Sie ist gerade angekommen.«

»Hat sie irgendwelche Neuigkeiten?«, wollte Stephen sofort wissen.

»Die FBI-Agentin ist da?«, mischte sich Nancy ein. »Ich möchte sie gern sprechen.«

Meredith nickte. »Mr. und Mrs. Stratford würden gern mit Ihnen sprechen.« Sie hielt Patricia den Hörer hin, die mit schnellen Schritten durch den Raum kam. »Es sind die Eltern des Jungen«, informierte sie die Agentin kurz. »Stephen hat seine Frau gerade aus der Skihütte in Stowe befreit. Sie ist unverletzt.«

Patricia Avalon nickte und nahm den Hörer ans Ohr. »Bürgermeister Stratford? Habe ich richtig verstanden, dass Ihre Frau bei Ihnen ist? Ich würde gern mit Ihnen beiden sprechen.«

»Ich stecke das Handy kurz in die Freisprechanlage«, antwortete Stephen. »Können Sie uns jetzt noch hören?«

»Sehr gut. Sie sind unverletzt, Mrs. Stratford?«

»Ja, ich bin so weit okay. Aber ich mache mir große Sorgen um Brian. Haben Sie schon etwas herausgefunden?«

Patricia knöpfte ihren Mantel auf und warf ihn über einen Stuhl. »Noch nicht, aber wir haben gerade erst mit unserer Arbeit begonnen. Wir werden ihn bald finden, das verspreche ich Ihnen.«

Nancys emotionale Reserven waren allmählich erschöpft. Sie schluchzte leise auf. »Er ist im zweiten Schuljahr. Er ist doch noch ein kleiner Junger – *unser* kleiner Junge. Bitte, Sie müssen ihn finden.«

»Unsere Beamten sind bereits unterwegs, Mrs. Stratford.« Avalons präzise, professionelle Stimme war voller Mitgefühl. »Und Polizeichef Hart unterstützt uns mit allen Kräften. Vertrauen Sie uns. Wir werden Brian nach Hause bringen.«

»Welchen Plan verfolgen Sie?«, fragte Stephen. »Wie können wir behilflich sein?«

»Sie können uns helfen, indem Sie uns einige Fragen beantworten. Mrs. Stratford, können Sie die Person beschreiben, die Ihren Sohn entführt hat?«

»Viel mehr als das. Ich kann Ihnen seinen Namen nennen. Es war der Stadtdirektor von Leaf Brook, Greg Matthews.«

Patricia schüttelte erstaunt den Kopf. »Hat er denn nicht versucht, unerkannt zu bleiben?«

»Er trug eine Skimaske. Aber sie hatte einen Schlitz für die Augen. Ich habe seine Augen erkannt. Er und Stephen haben lange zusammengearbeitet, eigentlich seit Stephen Bürgermeister ist. Es war Greg, da gibt es keinen Zweifel.«

»Ich verstehe. Zwei Zivilbeamte überprüfen bereits Greg Matthews Wohnung und seinen Arbeitsplatz. Dasselbe tun sie bei Philip Walker. Wie erwartet, ist keiner der beiden Männer aufzufinden. Aber immerhin wissen wir, wo Walker morgen Mittag sein wird.«

Ein unterdrückter Aufschrei entfuhr Nancy. »Bitte sagen Sie mir, dass es nicht bis dahin dauern wird, ehe wir Brian wiederhaben. Bitte sagen Sie mir, dass Sie nicht erst den Flughafen stürmen, Walker festnehmen und darauf hoffen, dass er Ihnen erzählt ...«

»Ganz bestimmt nicht«, unterbrach Patricia sie. »Brian zu finden hat für uns oberste Priorität. Die Suchaktion ist bereits in vollem Gang.«

»Was genau heißt das?«, drängte Stephen. »Sie haben meine Frage nach Ihrer Strategie noch nicht beantwortet.«

»Es gab einen Grund, weshalb ich noch nicht auf die Details eingegangen bin. Zwei Gründe genau genommen. Beide dienen nur Brians Sicherheit. Erstens ist die Telefonleitung, auf der wir sprechen, nicht überprüft. Es wäre dumm, jetzt vertrauliche Einzelheiten zu besprechen. Zweitens, und da bin ich ganz offen, ist es besser, wenn Sie möglichst wenige taktische Informationen haben. Es ist möglich, dass Walker erneut Kontakt zu Ihnen aufnimmt. Sie stehen ohnehin schon unter einem sehr hohen Druck, da ist es leicht möglich, dass Sie einen Fehler machen. Seien Sie versichert, dass wir jede nur erdenkliche Vorsichtsmaßnahme treffen. Wir wissen, was wir tun, Sie haben die richtige Entscheidung getroffen, uns die Ermittlungen anzuvertrauen – trotz Walkers Drohungen. Sie haben mein Wort, dass wir weder eine schwerwiegende Entscheidung treffen, ohne uns vorher mit Ihnen zu besprechen, noch irgendwelche Ermittlungsergebnisse verschweigen.«

Nancy schluckte. »So, wie Sie das sagen, klingt es, als ob ... Glauben Sie, Walker könnte Brian etwas angetan haben?«

»Das passt nicht zu Walkers Profil. Er ist kein Killer, er

ist ein Erpresser. Außerdem hat er kein Motiv. Alles was er will, ist, das Geld kassieren und aus der Stadt verschwinden. Aber wenn er Sie morgen anruft – und ich glaube, dass er das tun wird, um die Geldübergabe noch einmal genau zu besprechen –, versuchen Sie ihn festzunageln. Verlangen Sie einen Beweis dafür, dass Brian noch am Leben ist. Und arbeiten Sie einen Plan aus, wie Sie sich von Brians Aufenthaltsort überzeugen können, ehe Walkers Flugzeug abhebt. Das ist eine legitime Forderung. Sie müssen sich vergewissern, dass Brian unverletzt ist und Sie ihn auch wirklich finden können. Ich bin mir sicher, dass er auf Ihre Bitte eingeht, schließlich besteht sein einziges Interesse darin, reich zu werden.«

»Können wir darum bitten, mit Brian sprechen zu dürfen?«

»Natürlich, aber das wird Walker vermutlich ablehnen. Er wird das Telefongespräch möglichst kurz halten wollen, für den Fall, dass Sie versuchen, es zurückzuverfolgen. Und er wird das Risiko nicht eingehen, dass Brian in irgendeiner Form einen Hinweis auf sein Versteck geben könnte. Außerdem ist es möglich, dass Brian und Walker sich gar nicht am selben Ort befinden. Walker hält sich wahrscheinlich in irgendeinem Hotel auf, und wenn er ein Kind bei sich hätte, wäre es für ihn viel schwerer, sich unauffällig zu bewegen. Seien Sie also nicht allzu besorgt, wenn er sich weigert, Brian ans Telefon zu holen. Denken Sie immer an das, was ich Ihnen über Walkers Ziele gesagt habe: ein Minimum an Aufwand, ein Maximum an Cash und eine möglichst reibungslose und schnelle Flucht. Brian zu schaden ist nicht Teil seines Plans.«

»Okay.« Nancy fühlte sich alt und müde, empfand aber auch Wut. »Dann können wir jetzt wohl nichts mehr tun. Nichts außer beten.«

»Mrs. Stratford, ich weiß, wie schwer das für Sie ist«, sagte Patricia leise. »Aber es wird bald vorbei sein.«

Nancy kniff die Augen zusammen. »Mir gehen die grässlichsten Fragen durch den Kopf. Was ist, wenn Walker sich entschließt, Brian umzubringen, damit er ihn nicht identifizieren kann? Was, wenn es ihm gelingt, sein Flugzeug zu besteigen, ohne uns unseren Sohn zu übergeben oder uns zu sagen, wo er ist? Was, wenn er Brian als Geisel mit sich nimmt?«

Patricia schwieg, bis Nancy zu Ende gesprochen hatte. Dann sagte sie: »Ich kann Ihre Ängste verstehen. Aber ich glaube wirklich nicht, dass irgendeine dieser Möglichkeiten realistisch ist. Fahren Sie jetzt vorsichtig, und versuchen Sie Ruhe zu bewahren. Wir werden Sie ständig auf dem Laufenden halten.«

Patricia beendete das Gespräch und blickte eine Weile nachdenklich auf das Telefon, ehe sie sich zu den anderen im Krankenzimmer umdrehte.

»Julia«, begann Sie. »Wie fühlen Sie sich?«

»Körperlich? Besser. Emotional ...« Julia hob verzweifelt die Schultern. »Es ist grauenvoll.«

Patricia nickte. Dann wandte sie sich um und schüttelte Connor die Hand. »Mr. Connor, schön, Sie kennen zu lernen. Es tut mir Leid, dass es unter solchen Umständen geschieht.«

Er erwiderte ihren Händedruck. »Ganz meinerseits. Julia und Meredith schwören auf Ihre Fähigkeiten.« Er schluckte mühsam. »Brian ist ein ganz besonderer kleiner Junge. Er bedeutet uns allen unglaublich viel. Bringen Sie ihn nach Hause.«

»Das werden wir.« Patricia Avalon zog einen Stuhl heran und setzte sich. »Ehe ich Sie nach weiteren Einzelheiten frage, gibt es noch jemanden, der in die Sache verwickelt sein könnte? Irgendjemanden, der uns wertvolle Informationen liefern könnte?«

Julia hob den Kopf. »Cliff Henderson.«

»Unbedingt.« Connor erläuterte Patricia, welche Rolle Cliff spielte. »Ich glaube nicht, dass er tiefer in die Sache verstrickt ist, als er sagt. Dennoch sollten Sie wegen seines engen Kontaktes zu Matthews mit ihm sprechen. Er könnte etwas wissen, ohne sich darüber im Klaren zu sein, etwas, das nur ein Profi erkennt. Ich würde Sie allerdings bitten, das Gespräch nicht hier zu führen. Ich möchte nicht, dass irgendwer sonst erfährt, dass Julia bei Bewusstsein ist – eine reine Vorsichtsmaßnahme.«

»Sie haben Recht.« Patricia nickte. »Wir sollten die Zahl derjenigen, die wissen, dass Julia wach ist und aussagen kann, auf ein Minimum beschränken. Andererseits möchte ich Cliff Henderson unbedingt ein paar Fragen stellen. Der beste Ort dafür wäre wohl das Polizeipräsidium. Dort könnte Martin Hart sich um ihn kümmern.« Ein fragender Blick. »Glauben Sie, Mr. Henderson wird freiwillig dort erscheinen?«

»Wenn es um Nancys Wohl geht? Und ob.« Connor zog sein Handy aus der Tasche. »Ich werde ihn sofort anrufen. Ich wollte ihm ohnehin mitteilen, dass Nancy in Sicherheit ist.«

Das Gespräch dauerte zwei Minuten.

»Er ist bereits unterwegs ins Präsidium«, verkündete Connor schließlich und steckte das Handy wieder in die Tasche. Er runzelte die Stirn, als er Patricias nachdenkliches Gesicht sah. »Was ist los?«

»Hm? Ach nichts. Ich habe gerade darüber nachgedacht, dass Matthews für Brians Kidnapping verantwortlich ist. Mir stellen sich da einige Fragen.«

»Es würde erklären, wie Brians Kaninchenpfote in Gregs Auto gelangt ist«, gab Connor zu bedenken. »Und wieso Greg so schnell bei Walker war, nachdem Julia mit angehört hatte, wie er den Flug für Walker arrangiert hatte. Er wollte sie für immer zum Schweigen bringen.«

Patricias Miene blieb nachdenklich. »Für einen Helfer ist mir da einfach zu viel persönlicher Einsatz im Spiel. Und dann das Risiko. Mit welchen Garantien? Matthews scheint ein intelligenter Mann zu sein. Er muss doch damit gerechnet haben, dass man ihn sofort mit dem Kidnapping in Verbindung bringt. Henderson und Nancy sind befreundet. Henderson wusste, dass Matthews auf Walkers Gehaltsliste steht. Ebenso klar ist, dass Nancy direkten Kontakt zu Brians Kidnapper hatte. Sie hat seine Größe gesehen, seine Statur, seine Augen. Da war die Gefahr doch groß, dass sie Henderson erkennen würde. Kidnapping ist ein schwerwiegendes Verbrechen, das hart bestraft wird. Walker hat für sich selbst einen perfekten Fluchtplan entwickelt. Er wird sich in die Schweiz absetzen und völlig unbehelligt bleiben. Aber was wird aus Matthews? Was hat er vor? Will er sich eine neue Identität zulegen? Mit wessen Hilfe? Er ist Stadtdirektor, kein Profi mit großen Beziehungen in der Unterwelt. Also, was soll er tun? Es muss ihm doch klar sein, dass er relativ schnell gefasst und zur Rechenschaft gezogen wird.«

Julia setzte sich auf. »Was vermuten Sie denn? Glauben Sie, dass Greg mit Walker zusammen verschwindet? Das macht keinen Sinn. Die Flugpläne, die ich mitbekommen habe, betrafen ganz sicher nur eine Person.«

»Sagen Sie mir bitte ganz genau, was Sie gehört haben.«

Julia wiederholte noch einmal alle Einzelheiten. Sie war gerade damit fertig, als Connors Handy erneut klingelte.

»Wer ist das?« Er zog das Telefon hervor. »Ja bitte?«

»Hier spricht dein Vater.« Harrison Stratford klang so nervös, wie Connor ihn noch nie erlebt hatte. »Hast du etwas von Stephen gehört?«

»Ja, Dad«, antwortete Connor vorsichtig. »Er hat Nancy. Sie ist so weit okay. Ein wenig geschwächt und mitgenommen, aber ansonsten unversehrt. Er kommt mit ihr ins Krankenhaus, um sie sicherheitshalber untersuchen zu lassen.«

»Gut.« Er schluckte schwer. »Hör zu, Connor, ich bin in Lake George.«

Connor runzelte die Stirn. »Was machst du denn da?«

»Ich bin bei Philip Walker.«

Connor fiel fast das Telefon aus der Hand. »Wie bitte?« Er sah Patricia an und machte ihr ein Zeichen, näher zu kommen. Dann hielt er das Telefon so, dass sie mithören konnte. »Habe ich dich richtig verstanden? Du bist bei Philip Walker?«

»Ja. Er hat hier oben in den Adirondacks ein Wochenendhaus. Aber das ist jetzt nicht wichtig. Wichtig ist, dass er nicht derjenige ist, der hinter Brians Entführung steckt. Er behauptet hartnäckig, dass er nichts davon weiß. Ich fange an ihm zu glauben. Eines ist jedenfalls ganz sicher – er hat weder etwas mit dem Diebstahl deines Autos zu tun noch mit dem Unfall deiner Freundin. Dafür kannst du dich bei Greg Matthews bedanken.«

Connor brauchte eine Weile, ehe er die Informationen verarbeitet hatte. »Willst du damit sagen, dass Walker nichts mit der ganzen Sache zu tun hat?«

»Oh doch, er hat etwas damit zu tun. Allerdings steckt er nicht hinter den schwerwiegenden Verbrechen, der Entführung und dem Mordversuch. Ihm ist lediglich ein Erpressungsversuch anzulasten.« Harrison berichtete Connor von den Tonbändern und seinem Anruf, mit dem er versucht hatte, Kapital daraus zu schlagen.

»Dann stammte der Anruf mit der Lösegeldforderung also gar nicht von Walker?«

»Ich glaube nicht, nein. Hör zu, ich bin hierher gefahren, um mit Walker zu verhandeln – entweder mit Geld oder mit meinen Fäusten, das war mir gleichgültig. Als er mitbekam, wie ernst ich es meinte und wie tief er in der Patsche sitzt, hat er sich bereit erklärt, mit mir zu kooperieren. Er steht im Augenblick neben mir und schwitzt bei dem Gedanken, den Rest seines Lebens im Gefängnis verbringen zu müssen. Er hat einige Telefongespräche geführt, über Lautsprecher, sodass ich mithören konnte. Er hat einen seiner freundlichen Autodiebe erreicht. Offenbar hat Greg Matthews ihn Samstagmorgen angerufen, ihn beauftragt, zur Mall zu fahren und dein Auto zu stehlen, angeblich auf Anweisung Walkers. Der Typ tat, wie ihm befohlen wurde. Aber nachdem er das Auto geknackt hatte, tauchte Matthews selbst auf und erklärte, er würde den Wagen nun übernehmen. Ich vermute, die Alarmanlage des Mercedes war Matthews zu kompliziert, um die Sache ganz allein durchzuziehen. Er scheint technisch ziemlich unbegabt zu sein. Eine ahnungslose Frau über den Haufen zu fahren, das ist wohl eher sein Metier.«

»Scheiße«, murmelte Connor. »Dann war Julias Unfall tatsächlich ein kaltblütiger Mordversuch?«

»Sie muss etwas herausgefunden haben, was sie nicht wissen darf.«

Connor kommentierte den Verdacht seines Vaters nicht, aber er warf Patricia einen grimmigen Blick zu.

»Was die Entführung Brians angeht, so schwört Walker, dass er nichts damit zu tun hat«, fuhr Harrison fort. »Seine Männer wüssten auch nichts davon, behauptet er. Und dann gibt es noch eine interessante Information. Es gibt keinen Hinweis darauf, dass Walker tatsächlich vorhat, das Land zu verlassen. Aber sein Pilot. Er glaubt, dass er Walker in die Schweiz fliegen soll – rate mal, in wessen Auftrag.«

»Gregs.«

»Volltreffer. Matthews hat alles organisiert und dem Piloten für seinen Job eine saftige Prämie versprochen, auch das angeblich in Walkers Namen.«

Die Teile fügten sich perfekt zusammen.

»Dad, du hast den Piloten doch hoffentlich in seinem Glauben gelassen, oder?«, fragte Connor. »Er muss unbedingt sämtlichen Instruktionen Folge leisten, damit Greg nicht merkt, dass wir ihm auf die Schliche gekommen sind.«

»Ich bin schließlich nicht blöd. Ich habe Walker befohlen, die Klappe zu halten. Er hat dem Piloten gesagt, er würde die letzten Einzelheiten noch bestätigen. Er ist inzwischen genauso erpicht wie wir, Matthews zu schnappen, ehe er in dieses Flugzeug steigt.«

»*Wir* werden allerdings nicht diejenigen sein, die ihn schnappen.«

»Was soll das heißen?«

»Warte eine Sekunde.« Connor deckte die Sprechmuschel zu und wandte sich Patricia zu. »Wie viel darf ich verraten?«

»Sagen Sie Ihrem Vater ruhig, dass das FBI die Ermittlungen übernommen hat«, antwortete sie. »Das wird Walker nervös machen und ihn noch einmal anspornen, wirklich mit uns zu kooperieren. Aber besorgen Sie mir zuerst Walkers Adresse in Lake George. Ich werde ein Zivilfahrzeug zu ihm schicken. Und dann sagen Sie ihm noch einmal, dass er unbedingt schweigen soll. Er darf auf keinen Fall durchsickern lassen, dass wir Matthews dicht auf den Fersen sind. Wir werden ihn in seinem eigenen Spiel schlagen.«

Connor nickte.

»Dad?«, fragte er in den Hörer. »Wie lautet Walkers Adresse in Lake George?« Er notierte sie und schob Patricia den Zettel zu. Sie zog sofort ihr Handy hervor und ging in eine andere Zimmerecke, um den nötigen Anruf zu tätigen. »Okay, ich habe alles«, bestätigte Connor. »Jetzt halt Walker dort fest. Sag ihm, wenn er versucht zu flüchten, würde er eine längere Strafe aufgebrummt bekommen, als wenn er kooperiert. Das FBI hat bereits die Polizei von Lake George benachrichtigt. Ein Zivilfahrzeug ist unterwegs.«

»Du hast das FBI eingeschaltet?« Harrison war nicht erfreut – wie erwartet. »Weißt du eigentlich, was das für ein Aufsehen erregen wird?«

»Ja. Aber es ist mir verdammt gleichgültig. Stephen auch. Im Moment interessiert uns nur Brian, ihn schnell zu finden und sicher nach Hause zu bringen.« Eine bedeutungsvolle Pause. »Dad, du wirst dieses Mal nicht gewinnen. Und ich bezweifle, dass du das wirklich willst. Hier geht es nicht um einen politischen oder gesellschaftlichen Skandal. Es geht um deinen Enkel. Würdest du tatsächlich sein Leben aufs Spiel setzen, nur um dein Gesicht zu retten? Die Antwort lautet: nein. Denn wenn Brian irgendetwas zustieße, könntest selbst du nicht mehr in den Spiegel sehen.«

Ein langes Schweigen, dann räusperte Harrison sich umständlich. »Ich bleibe hier, bis die Polizei kommt. Dann fahre ich zurück. Ruft mich an, wenn es irgendetwas Neues gibt.«

»Das werden wir tun.« Connor beendete das Gespräch und drehte sich zu Patricia um, die ebenfalls gerade zwei Telefonate geführt hatte. »Ihre Fragen bezüglich der Lücken in Gregs Plan waren in der Tat lohnend.«

»Diese Lücken wurden gerade geschlossen.« Sie lächelte. »Matthews ist offenbar wesentlich kaltblütiger, als wir bisher angenommen haben. Er hat nicht nur Brian entführt und Julia brutal überfahren, er hat auch noch alles so arrangiert, dass sämtlicher Verdacht auf Walker fallen würde. Eine clevere Strategie. Er hätte sich aus dem Staub gemacht, und Walker hätte die Strafe wegen Kidnappings und versuchten Mordes aussitzen müssen. Nun, es wird leider nicht so laufen, wie er es geplant hat. Ich habe die FBI-Zentrale und Polizeipräsident Hart bereits verständigt. Wir werden unsere Ermittlungen entsprechend abändern. Greg Matthews wird ein paar unliebsame Überraschungen erleben.«

19.15 Uhr

Greg betrat das schäbige Motelzimmer, verschloss die Tür, griff in seine Tasche und zog den winzigen Kassettenrekorder hervor.

Angst war eine großartige Motivation. Brian Stratford hatte genau das getan, was man von ihm verlangt hatte.

Alles lief wie am Schnürchen. Sein improvisierter Plan, in der letzten Minute von ihm selber erdacht, würde perfekt aufgehen und ihm einen gigantischen Gewinn einbringen.

Die Tatsache, dass der Junge in einem Bauwagen auf einem Grundstück von Walker Development versteckt war, und sämtliche Vorkehrungen, die er in Walkers Namen getroffen hatte, würden Philip Walker so richtig reinreißen. Er würde für die Entführung und sämtliche Verbrechen, die damit zusammenhingen, ins Gefängnis wandern.

Und die einzige Person, die so viel von der Wahrheit kannte, um ihn ernstlich in Schwierigkeiten zu bringen, lag im Koma und war unfähig, ihren Verdacht irgendwem mitzuteilen.

Greg runzelte die Stirn und dachte an die schiere Panik in Julias Gesicht, als er Stratfords Wagen direkt auf sie zu gelenkt hatte. Diese Geschichte störte ihn ein bisschen. Er war kein Killer. Und er hatte Julia ganz bestimmt nicht umbringen wollen. Aber was hätte er tun sollen? Er musste sie zum Schweigen bringen, schnell, ehe sie einem der Stratfords erzählen konnte, was sie gehört hatte.

Nun, das Schicksal war gnädig gewesen, seinem Gewissen und Julia gegenüber. Sie lag im Koma, und damit gab es Hoffnung auf eine Genesung. Aber laut Krankenbericht würde das noch eine Weile dauern. Und das passte perfekt. Er braucht noch genau siebzehn Stunden. Dann war er über alle Berge, und sie konnte die Augen aufschlagen und singen und Stratfords und der ganzen verdammten Polizei von Leaf Brook erzählen, was sie wollte. Er würde in der Schweiz sein. Er würde seine amerikanische Staatsbürgerschaft aufgeben, denn eine Rückkehr stand außer Frage.

Es würde alles perfekt sein.

Der Jet von Walker Development würde morgen Mittag pünktlich zum Abflug voll getankt bereitstehen. In Luzern war alles für seine Ankunft vorbereitet. Eine einzige Nacht trennte ihn noch von einem Leben in Luxus und Freiheit.

Sein zweiter Anruf bei Stephen Stratford war für morgen, Punkt neun Uhr, geplant. Dann würde er seine Forderungen noch einmal wiederholen: fünf Millionen Dollar in Brians Sporttasche, pünktlich um elf Uhr dreißig am Flughafen deponiert. Es gab eine leichte Veränderung, was den Übergabeort betraf, nur für den Fall, dass der Bürgermeister auf die Idee gekommen war, den Helden zu spielen und ihn an der ursprünglich ausgehandelten Stelle aus dem Hinterhalt zu überfallen. Dazu würde er keine Gelegenheit haben, nicht nach den neuen Anweisungen, die er morgen bekommen würde. Die fünf Millionen würden auf dem Parkplatz bereitstehen, sicher verstaut im Geländewagen des Bürgermeisters, eine kurze Sprintstrecke entfernt von Walkers Privatjet. Er würde ausreichend Zeit haben, in der Abflughalle kurz anzuhalten und irgendeinem Gepäckträger, der sich zwanzig Dollar extra verdienen wollte, den vorbereiteten Briefumschlag in die Hand zu drücken, ehe er mit seinem Geld in die Freiheit abhob.

Aber immer der Reihe nach. Zuerst kam der Telefonanruf morgen. Er musste sich vergewissern, dass die Stratfords bereit waren. Und er würde das Sahnehäubchen aufsetzen, indem er ihnen das Tonband vorspielte.

Er ließ sich auf das quietschende Motelbett fallen, und sein Blick fiel auf den Stimmenzerhacker. Er erinnerte sich gut an das Entsetzen in Stephens Stimme bei seinem ersten Anruf. Der zweite würde noch schlimmer werden.

Dieses Machtgefühl war einfach großartig. Ebenso wie die Gedanken an das Leben, das vor ihm lag.

Ein selbstzufriedenes Lächeln umspielte Gregs Lippen. Im Geldverdienen war er immer gut gewesen. Aber nun würde er das ganz große Geschäft machen.

31

16. April
8.25 Uhr

Es war Morgen.

Brians Magen bäumte sich auf. Heute war der Tag, an dem etwas passieren würde. Der Mann mit der Skimaske hatte das gesagt, als er ihm gestern Abend den Kassettenrekorder vor die Nase hielt. Er hatte gesagt, sein Dad würde heute eine Menge Geld zahlen, um ihn zurückzubekommen. Er hatte Brian gezwungen, in den Kassettenrekorder zu sprechen und zu sagen, wie viel Angst er hätte.

Er musste das nicht vorspielen. Er *hatte* Angst. Der Mann mit der Maske war gestern Abend unfreundlicher als sonst gewesen. Und gemeiner. Er hatte etwas davon gemurmelt, dass der Bürgermeister bloß auf seine Wünsche eingehen sollte, sonst ... Dann hatte er sich zu ihm herumgedreht, an seinen Armen gezogen und nachgesehen, ob die Fesseln auch wirklich schön fest saßen, und war danach weggegangen.

Brian wagte nicht, darüber nachzudenken, was ›sonst‹ bedeuten könnte.

Draußen war es endlos lange dunkel gewesen. Irgendwann war er eingeschlafen, aber nur für kurze Zeit. Und selbst da hatten ihn schreckliche Träume gequält. Er war schwitzend und zitternd aufgewacht, und eine Weile hatte er geglaubt, er müsste sich übergeben. Glücklicherweise musste er es dann doch nicht. Aber er wollte zu seiner Mommy, alles tat ihm weh, und er musste sich sehr zusammenreißen, um sich nicht die Lunge aus dem Hals zu schreien.

Was, wenn nie mehr jemand kam, um ihn hier rauszuholen?

Irgendwo da draußen knackte ein Ast. Dann wieder einer.

Brian riss den Kopf empor. Da war jemand. Nein, es waren mehrere Jemands. Eine Männerstimme, dann noch eine. War einer von ihnen der Mann mit der Maske? Es klang nicht so, aber Brian war sich nicht sicher. Sie sprachen sehr leise und immer nur ganz wenige Worte auf einmal. Es hörte sich nicht an, als redeten sie miteinander. Sie sprachen beide gleichzeitig, und ihre Stimmen kamen von verschiedenen Stellen – eine war anscheinend hinter dem Wagen, die andere davor.

Die Stimmen kamen näher. Jetzt konnte Brian die Worte verstehen. Er hörte seinen Namen. Dann hörte er ein Knistern. Und plötzlich begriff er, dass sie wegen ihm gekommen waren.

Er begann wie ein Wahnsinniger zu schreien.

8.45 Uhr

In Julias Krankenzimmer hätte man eine Stecknadel zu Boden fallen hören können.

Und das nicht etwa, weil keiner im Zimmer war. Im Gegenteil, es wimmelte nur so von Menschen.

Julia war aufgestanden und voll bekleidet; sie hatte es keine Sekunde länger in ihrem Bett ausgehalten. Meredith wachte vor der Tür, Connor lief nervös auf dem Korridor auf und ab, und Stephen und Nancy kauerten vor dem Fenster.

Die beiden hatten die Nacht im Krankenhaus verbracht, im Zimmer nebenan. Louis hatte Nancy gründlich untersucht und sich vergewissert, dass das, was sie durchgemacht hatte, keine gesundheitlichen Folgen für sie haben würde. Ihre körperliche Verfassung war so stabil, dass sie auch nach Hause hätten gehen können, aber weder sie noch Stephen waren dazu im Stande. Nicht so lange Patricia Avalon Julias Zimmer als zentrale Informationsstelle in den Ermittlungen des FBI benutzte. Und nicht, wenn jederzeit die Nachricht kommen konnte, auf die sie so inständig hofften und für die sie ununterbrochen beteten.

Stephen war kurz nach Hause gefahren, um Kleidung für Nancy zu holen und sein Telefon umzustellen, sodass sämtliche Anrufe automatisch auf sein Handy geleitet wurden. Davor hatte Patricia eine ganze Stunde mit ihm und Nancy zusammengesessen, hatte ihnen Fragen gestellt, um irgendwelche zusätzlichen Hinweise zu bekommen, und versucht, sie zu beruhigen. Letzteres erwies sich als unmöglich. Es gab zu viele Einzelheiten, die sie nicht preisgeben konnte, und zu wenig Garantien, die sie geben konnte. Gut, es war unwahrscheinlich, dass Greg zum Äußersten griff. Schließlich hatte er keine Ahnung, dass Julia bei Bewusstsein war und dass Nancy befreit war und ihn identifiziert hatte. Und was Brian anging, warum sollte er ihn zum Schweigen bringen wollen, selbst wenn es zum Schlimmsten kam und der Junge ihn erkannte? Er würde ja außer Landes fliehen und somit jeglicher Strafverfolgung entgehen. Dennoch argumentierte Nancy, dass Greg völlig unberechenbar sei und dass jemand, der in der Lage sei, Julia kaltblütig zu überfahren, auch ansonsten kaum einzuschätzen wäre.

Am Ende hatte sich das Gespräch lange im Kreis bewegt, und die Nacht war zu einer endlosen Qual geworden.

Niemand hatte ein Auge zugetan. Alle hatten ununterbrochen auf das Telefon und die Tür gestarrt, auf eine Nachricht gehofft, die nicht gekommen war.

Um neun Uhr war es dann so weit.

Die Tür öffnete sich, und Patricia trat ein. Alle Köpfe fuhren herum.

»Noch nicht«, sagte sie nur. »Aber bald.«

»Wie bald?« Stephen war erregt aufgesprungen. Er stand kurz davor, völlig die Nerven zu verlieren. »Mein Sohn wird jetzt seit Freitag irgendwo versteckt gehalten. Das Schwein, das ihn dort hingeschleppt hat, wird in drei Stunden ein Flugzeug besteigen und für immer verschwinden. Und wir sitzen hier herum und tun nichts. Nur der liebe Gott weiß, ob er gesund ist, ob er von wilden Tieren gefressen ist, ob er vielleicht sogar ...« Er hörte Nancys unterdrücktes Schluchzen und hielt erschrocken inne. Beruhigend zog er sie an sich und drückte ihren Kopf an seine Brust. »Es tut mir Leid«, flüsterte er und strich ihr übers Haar. »Es tut mir Leid«, wiederholte er und schaute in Patricias Richtung. »Ich weiß ja, dass Sie alles tun. Aber ich verliere einfach die Geduld.«

»Dazu haben Sie auch allen Grund. Es geht schließlich um Ihren Sohn.« Patricia kam auf ihn zu und sah ihn ernst an. »Wenn ich sage bald, meine ich bald.«

Nancy drehte sich um. »Haben Sie eine Spur?«

»Sagen wir einmal so, wir hatten ein großes Gebiet einzugrenzen. Aber es sieht so aus, als näherten wir uns einer Antwort. Ich rechne jede Minute mit einer Nachricht. Also gedulden Sie sich noch ein klein bisschen.«

»Können Sie uns nicht wenigstens sagen ...?«

Nancys Frage wurde unterbrochen, als Stephens Handy klingelte. Er und Nancy zuckten zusammen.

»Gehen Sie ran.« Patricia nickte Stephen zu. »Denken Sie daran, dass Sie glauben, mit Walker zu sprechen. Und Nancy, kein Ton von Ihnen. Matthews soll in dem Glauben bleiben, Sie seien noch immer in der Skihütte. Überlassen Sie alles Ihrem Mann.«

Sie nickte. Ihr Gesicht war schneeweiß.

Stephen drückte auf die Taste, um das Gespräch anzunehmen. »Ja?«

»Alles bereit für die Übergabe?«, fragte die verzerrte Stimme.

»Das Geld wird gegen elf zur Verfügung stehen«, antwortete Stephen. »Dann werde ich es sofort zum Flughafen bringen.«

»Hervorragend. Aber denken Sie daran, es in Brians Sporttasche zu verstauen.«

»Richtig. Und die hinterlege ich in dem Schuppen in der Nähe ...?«

»Nein.« Die Stimme schnitt ihm das Wort ab. »Sie fahren mit dem Wagen in das Parkhaus am Hangar E. Sie stellen Ihren Wagen in der Nähe des Hangars ab – unverschlossen und mit der Sporttasche darin. Um Punkt halb zwölf machen Sie einen Spaziergang zum Hauptterminal. Trinken Sie in der Abfluglounge einen Kaffee, und achten Sie auf die Lautsprecherdurchsagen. Gegen zwölf Uhr fünfzehn werden Sie Ihren Namen hören. Zu diesem Zeitpunkt haben wir beide, was wir wollen.«

»Was soll das heißen?« Stephen umklammerte das Telefon so fest, dass seine Knöchel weiß hervortraten. »Wo ist Brian dann?«

»Genau darum geht es in der Lautsprecherdurchsage. Folgen Sie den Anweisungen. Dann wird Ihnen jemand einen

Umschlag übergeben, in dem Sie weitere Instruktionen finden. Sie führen Sie zu Ihrem Sohn.«

»Zwölf Uhr fünfzehn? Dann sind Sie ja längst in der Luft.«

»Genau das ist mein Ziel.«

»Und ich soll Ihnen trauen?«

»Sie haben keine andere Wahl.«

Stephen holte tief Luft. »Woher weiß ich, dass Brian noch am Leben ist? Lassen Sie mich mit ihm sprechen.«

»Ah, gut, dass Sie dieses Thema anschneiden. Ich habe hier eine Nachricht von Ihrem Sohn.« Ein Knistern am anderen Ende der Leitung.

Dann Brians Stimme.

»Dad? Bitte tu, was der Mann sagt. Ich habe solche Angst. Ich will nach Hause.« Ein zitternder Atemzug, als er die Tränen zu unterdrücken versuchte. »Ich habe schreckliche Angst, Dad. Bitte bring mich nach Hause.«

Erneutes Knistern und Rauschen, dann erstarb Brians Stimme.

Stephen presste die Augen zusammen, aber die Tränen drängten trotzdem hervor.

»Zufrieden?«, fragte die verzerrte Stimme.

Stephen konnte sich nicht länger beherrschen. »Sie krankes, widerliches Schwein«, brüllte er, und sein ganzer Körper zitterte vor Wut und Angst. »Wenn Sie meinem Sohn auch nur ein Haar gekrümmt haben, sind Sie ein toter Mann. Es kümmert mich nicht, wo Sie hinfahren und wie weit Sie flüchten. Ich werde Sie kriegen. Und ich werde Sie umbringen. Verlassen Sie sich darauf.«

Die Heftigkeit seines Ausbruchs schien nicht ohne Wirkung zu bleiben, denn am anderen Ende entstand eine kurze Pause.

»Kein Grund, gewalttätig zu werden, Herr Bürgermeister«, versicherte die Stimme dann. »Sie erledigen Ihren Part, ich erfülle meinen. Und jetzt machen Sie sich an die Arbeit. Sie haben noch genau zwei Stunden und fünfzehn Minuten Zeit.«

Freizeichen.

Wie in Trance drückte Stephen auf die Ende-Taste. »Er hat den Stimmenzerhacker zwischendurch abgeschaltet, und ich konnte Brian genau hören.«

»Stephen?«, unterbrach Nancy ihn und griff nach seinem Arm. »Du hast Brian gehört? Wie klang er? Wie geht es ihm? Was hat er gesagt?«

Die Panik in Nancys Stimme riss Stephen aus seiner Benommenheit. Er sah seine Frau an, nahm ihre Hand und zog sie an seine Lippen. »Brian geht es gut. Natürlich klang er verängstigt, aber nicht verletzt oder verzweifelt. Ich glaube wirklich, dass es ihm den Umständen entsprechend gut geht. Trotzdem würde ich Matthews am liebsten an die Kehle springen für das, was er uns allen angetan hat.«

»Stephen«, drängte Patricia leise. »Sagen Sie uns, was er gesagt hat.«

Er holte tief Luft und wiederholte das gesamte Gespräch. Als er zu der Stelle kam, als Brian gesprochen hatte, gab er sich alle Mühe, es ein wenig erträglicher klingen zu lassen.

Es funktionierte nicht. Nancy war Brians Mutter. Sie konnte zwischen den Zeilen lesen, und die schmerzhafte Vorstellung, dass ihr Sohn sie brauchte und sie nicht bei ihm sein konnte, war zu viel für sie.

Sie bedeckte ihr Gesicht mit den Händen und fing an zu weinen. In der gegenüberliegenden Zimmerecke wandte Julia den Kopf ab und kämpfte mit den Tränen. Sie durfte jetzt nicht die Nerven verlieren. Sie musste stark bleiben für Brians Familie.

»Dann hat er also den Ort für die Geldübergabe geändert«, stellte Patricia fest. Es schien sie nicht zu überraschen. »Eine zusätzliche Sicherheitsmaßnahme für ihn.« Sie wollte noch etwas sagen, doch in diesem Augenblick klingelte ihr eigenes Handy. Sie entschuldigte sich und zog sich in eine ruhige Ecke zurück, um ungestört sprechen zu können.

Connor atmete tief durch und schaute auf die Uhr. »Ich denke, ich werde jetzt aufbrechen, vielleicht liegt das Geld ja etwas eher bereit.« Er ging zu Julia und zog ihr Gesicht vorsichtig zu sich heran. »Hey«, sagte er leise und strich über ihre Wange. »Alles okay?«

Ihre Augen glänzten feucht. »Es tut mir so Leid. Wenn ich geahnt hätte, dass Greg zu so etwas imstande sein würde ...«

»Das konntest du nicht ahnen. Niemand von uns konnte das.« Mit den Fingerspitzen wischte er ihre Tränen behutsam fort. »Es gibt nichts, weshalb du dich entschuldigen müsstest. Du warst immer für Brian da. Du hast dein eigenes Leben aufs Spiel gesetzt, um seines zu retten, und wärst dabei fast umgekommen. Außerdem warst du während der ganzen Zeit, in der wir diesen Albtraum nun erleben, unglaublich stark. Viel stärker als ich. Meine Familie hat großes Glück, dich zu haben. *Ich* habe großes Glück, dich zu haben.« Er senkte den Kopf und küsste sie. »Danke, dass du mir gezeigt hast, was wirklich wichtig ist im Leben.«

Julia blieb keine Gelegenheit zu einer Antwort.

In der anderen Ecke des Zimmers steckte Patricia plötzlich ihr Handy ein und ging mit langen, eiligen Schritten auf die Tür zu.

Nancy sprang auf. »Was ist los?«

»Warten Sie hier, ich bin sofort zurück.« Die Beamtin verließ das Zimmer, die Tür fiel hinter ihr ins Schloss.

Stille. Die vier anderen sahen sich ratlos an.

»Was ist los?«, fragte Stephen schließlich.

»Keine Ahnung.« Connor kniff die Augen zusammen. »Aber es scheint etwas Wichtiges zu sein.«

»Sie muss etwas erfahren haben.« Nancy fuhr sich mit zittrigen Händen durchs Haar. »Aber was? Oh Gott, Stephen, was ist, wenn Brian ... wenn ihm etwas passiert ist?«

»Denk gar nicht an so etwas«, riet ihr Mann und legte ihr den Arm fürsorglich um die Schultern. »Bitte.«

Julia schaute aufmerksam durch das kleine Fensterchen in der Tür des Krankenhauszimmers und sah genau zu, wie ihre Mutter sich verhielt und wie sie reagierte. Meredith sprang auf, klatschte in die Hände, und in ihrem Gesicht lag ein erwartungsvoller Blick.

»Was immer auch geschehen ist, es ist nichts Schlimmes«, erklärte Julia beruhigt. »Ich hoffe, es ist eine gute Nachricht.«

Noch während sie sprach, verzog ihre Mutter den Mund zu einem Lächeln, und sie nickte. Dann sagte sie etwas zu Patricia und bückte sich, sodass Julia sie durch das Fenster nicht mehr erkennen konnte.

Patricia steckte den Kopf ins Zimmer.

»Haben Sie Neuigkeiten für uns?«, fragte Julia.

Patricias Augen leuchteten vor Freude. »Ich habe etwas viel Besseres für Sie. Ich habe einen Besucher.« Sie öffnete die Tür ganz und lehnte sich zurück, sodass Meredith einen Rollstuhl ins Zimmer schieben konnte – einen Rollstuhl, zu dem Meredith sich noch vor einer Minute hinuntergebückt hatte.

Der Besucher war eine kleine, zusammengesunkene Gestalt, die fast völlig in eine Decke gehüllt war.

Aber nur so lange, bis Patricia die Tür geschlossen und Meredith auffordernd zugenickt hatte.

Mit Tränen in den Augen griff Meredith nach der Decke und zog sie fort. »Okay, Champion«, sagte sie. »Dann los.«

Brians strahlendes Gesicht tauchte auf – müde und erschöpft, aber ansonsten unversehrt. Er riss die Decke von sich, sprang auf die Füße und sah alle gleichzeitig an.

»Oh Gott«, hauchte Nancy. »Brian.« Sie streckte beide Arme aus. »Brian!«

Er rannte auf sie zu, ein gedämpftes Schluchzen entfuhr ihm, als seine Mutter ihn fest in die Arme schloss. »Mom«, weinte er und klammerte sich an sie.

»Oh mein Baby, ist alles okay? Bist du verletzt? Bist du ...« Nancys Stimme versagte nun gänzlich.

»Ich bin okay, Mom.« Mit der ungewöhnlichen, erwachsenen Sensibilität, die ihm eigen war, tröstete Brian seine Mutter. »Ehrlich, Mom, mir fehlt nichts.«

Er spürte ein weiteres Paar Arme, das ihn umschlang, und er drehte sich um. Sein Gesicht strahlte, als er seinen Vater sah. »Dad!« Er warf sich ihm entgegen.

Stephen hielt ihn fest, drückte die Lippen in Brians zerzaustes Haar. Er weinte hemmungslos, und seine Schultern bebten, als er seinen Sohn im Arm hielt. »He du«, flüsterte er mühsam. »Ich habe dich wie verrückt vermisst.«

»Ich habe dich auch vermisst.« Brians Stimme klang gedämpft. »Ich hatte richtig Angst.«

»Ich auch«, gestand Stephen. »Aber jetzt ist alles vorbei. Du bist hier bei uns, und du bist in Sicherheit.«

»Mom auch?« Brian warf seiner Mutter einen ängstlichen Blick zu. »Sie musste etwas trinken, wovon sie eingeschlafen ist.«

»Es geht mir gut, Darling«, versicherte Nancy ihm und strich ihm über den Rücken. »Dad ist gekommen und hat mich befreit. Und jetzt, wo du wieder zu Hause bist, geht es mir noch viel besser.« Sie lächelte unter Tränen. »Ich finde, ich habe großes Glück. Ich habe gleich zwei tapfere Helden – dich und Dad.«

Dieses Lob beeindruckte Brian. »Ein Held.« Er dachte

kurz nach, und sein Schluchzen verstummte. »Das klingt ziemlich cool.«

»Ist es auch«, versicherte Stephen. »Ich bin so stolz auf dich. Du hast das alles so mutig ertragen. Ich glaube nicht, dass ich dich je so tapfer erlebt habe.«

»Ich auch nicht«, bestätigte Nancy. Sie strich Brian das Haar aus dem Gesicht und sah ihn mit mütterlich-praktischem Blick an. »Du musst fürchterlichen Hunger haben.«

»Ja.« Er nickte heftig und demonstrierte, wie schnell sich ein Siebeneinhalbjähriger erholen konnte. »Kann ich einen Cheeseburger und Fritten haben?«

In diesem Augenblick hätte Nancy jede Imbissbude leer gekauft, so erleichtert war sie. Aber ihre mütterliche Vernunft siegte. »Darling, ich glaube nicht, dass das Erste, was du nach drei Tagen essen solltest, ein ...«

»Ich habe gestern und vorgestern auch etwas gegessen«, protestierte Brian. »Nur heute noch nicht.«

Nancy und Stephen tauschten einen erstaunten Blick.

»Heute ist Montag, Brian«, sagte Stephen. »Du bist am Freitag entführt worden.«

»Ich weiß. Ich habe die Nächte gezählt. Sie waren dunkel und unheimlich, und ich fand sie grässlich. Und morgens habe ich immer etwas gegessen. Mr. Matthews hat mir Cornflakes und Limo gebracht.«

»Tatsächlich?«, fragte Stephen überrascht.

»Hm. Und danach hat er mich immer losgebunden, damit ich in den Wald gehen konnte, damit ... nun, ihr wisst schon.«

Die Lippen seines Vaters zuckten. »Ja, wir wissen schon.«

»Brian?« Patricia Avalon unterbrach die glückliche Wiedervereinigung. »Hast du da gerade Mr. Matthews gesagt?«

»Ja. So heißt der Typ. Er arbeitet für Dad.«

Erstaunt sah sie Stephen an. »Wir haben den Kidnapper noch nie bei seinem Namen genannt«, erklärte sie. Ein fragender Blick in Brians Richtung. »Woher weißt du denn, dass er es war? Hat sich Mr. Matthews denn nicht maskiert?«

»Doch«, antwortete Brian. »Er hat eine Skimaske angehabt und sie nie ausgezogen.«

»Und wie hast du ...?«

»Seine Stimme«, erklärte Brian geduldig. »Ich bin wirklich gut im Stimmenerkennen. Fragen Sie Dad. Wenn ich ans Telefon gehe, weiß ich immer sofort, wer dran ist, ohne dass der andere seinen Namen sagt. Und ich kenne die Stimme von Mr. Matthews gut. Ich habe ihn oft gesehen, wenn ich Dad im Büro besucht habe.«

»Verstehe.« Zum ersten Mal schien Patricia überrascht zu sein. »Deine Eltern haben Recht. Du bist wirklich ein kluger Junge.«

»Danke.« Brian runzelte die Stirn. »Mr. Matthews war manchmal ziemlich gemein zu mir. Ich glaube, das lag daran, dass er das Geld unbedingt wollte. Aber er hat mir nicht wehgetan, nur dass die Fesseln so eng waren. Sicher hatte er Angst, Dad würde ihn zusammenschlagen, wenn er mir wehtut.« Brian warf seinem Vater einen interessierten Blick zu. »Hast du ihm das Geld gegeben? Es muss eine ganze Menge gewesen sein.«

Stephen grinste. »Das ist es auch. Aber er hat es noch nicht bekommen. Onkel Connor wollte gerade losfahren, um es ihm zu bringen, als du hereingekommen bist. Apropos ...« Stephen ließ Brian los und trat zur Seite, damit sein Sohn sehen konnte, wer sonst noch mit im Zimmer war.

»Onkel Connor! Miss Talbot!« Brian rannte los und warf sich seinem Onkel in die Arme.

Connor bückte sich zu ihm hinab, und seine Augen waren verdächtig feucht. »Willkommen zu Hause, Sportsfreund«, murmelte er und drückte Brian fest an sich. »Ohne dich war das Haus viel zu still.«

»Wohnst du immer noch bei uns?«

»Und ob ich das tue. Und ich finde, wir sollten heute Abend eine große Willkommensparty feiern. Pizza. Mit allem drauf und so viel du möchtest. Was hältst du davon?«

»Kann Miss Talbot auch kommen?« Brian stellte dieselbe Frage wie an jenem denkwürdigen Baseballspiel vor sechzehn endlosen Tagen.

»Klar, Sportsfreund.« Connor nickte kräftig. »Natürlich kann sie auch kommen.«

Brian machte einen Schritt auf Julia zu, dann blieb er stehen und runzelte wieder die Stirn. »Miss Talbot, warum weinen Sie denn immer noch? Und warum haben Sie diesen großen Verband am Kopf? Und die ganzen Verbände am Arm und an der Hand? Sind Sie auch verletzt worden?«

Sie nickte, erhob sich auf dem Bett, zog Brian ungeachtet irgendwelcher Schwindelanfälle oder Übelkeitsgefühle mit dem gesunden Arm zu sich heran und küsste ihn gerührt auf die Wange. »Ich hatte einen Unfall. Aber es geht mir schon viel besser. Und ich weine, weil ich mich so schrecklich, schrecklich freue, dich zu sehen.«

»Ich freue mich auch, Sie zu sehen.« Er hob das Gesicht und sah sie hoffnungsvoll an. »Können Sie zum Pizzaessen kommen? Oder müssen Sie wieder Diktate nachsehen?«

»Nein.« Sie schluckte. »Dieses Mal habe ich keine Diktate. Und wenn Dr. Tillerman es mir erlaubt, würde ich sehr gern zum Pizzaessen kommen.«

»Seien Sie vorsichtig«, warnte Nancy und lächelte unter Tränen. »Sie haben ja keine Ahnung, was Sie da erwartet.

Wenn Brian und Connor sagen ›Pizza mit allem‹, meinen sie ›Pizza mit allem‹. Man braucht fast einen Kran, um ein Stück anzuheben.«

»Oh.« Julia schüttelte sich. »Das klingt ja grauenvoll.«

»Aber Sie ändern jetzt nicht Ihre Meinung und kommen doch nicht, oder?«, fragte Brian ängstlich.

»Auf keinen Fall.« Julia drückte seine Hand. »Ich möchte deine Willkommensparty unter keinen Umständen verpassen.«

»Außerdem wird Miss Talbot ab sofort eine Menge Pizza mit uns zusammen essen«, kündigte Connor an. Seine Mundwinkel zuckten, und er zwinkerte Julia zu. »Aber wir könnten uns auf einen Kompromiss einigen: Wie wäre es, wenn du und Nancy euch einfach eine Pizza bestellt, wie ihr sie mögt?«

Julia lächelte. »Das klingt schon viel besser.«

»Sie kommen uns jetzt häufiger besuchen?«, unterbrach Brian aufgeregt. Die Bemerkung seines Onkels war ihm nicht entgangen. »Ist das wegen mir oder wegen Onkel Connor?«

»Wegen euch beiden.«

»Auch wenn Sie nicht mehr meine Lehrerin sind?«

»Auch dann noch.«

»Cool.« Brian strahlte. »Daran könnte ich mich gewöhnen.«

»In diesem Fall«, meinte Connor, »gibt es noch etwas anderes, woran du dich gewöhnen solltest. Es wird dir sicher gefallen, auch wenn es einiger Übung bedarf.«

»Übung? Du meinst Baseball?«

»Ja, so ähnlich. Aber viel besser.«

»Besser als Baseball?« Brian sah ihn skeptisch an.

»Für mich auf jeden Fall. Und ich glaube auch für dich.« Connor neigte den Kopf zur Seite und sah in Brians erwartungsvolles Gesicht. »Du wirst dich daran gewöhnen müssen, Miss Talbot mit einem anderen Namen anzusprechen. Glaubst du, das schaffst du?«

»Mit welchem anderen Namen?«

Connor biss sich auf die Lippe, als müsse er erst überlegen. »Ich weiß nicht – wie fändest du Tante Julia?«

Es dauerte ungefähr zwanzig Sekunden, bis Brian verstand.

Dann stieß er einen überraschten Pfiff aus. »Ihr heiratet?«

»Genau.«

»Wow!« Brian platzte fast vor Aufregung, als er sich zu seinen Eltern herumdrehte. »Habt ihr das gewusst?«

»Wir haben es geahnt.« Stephen grinste.

»Und wir freuen uns riesig«, fügte Nancy hinzu.

»Ich auch.« Brian strahlte über das ganze Gesicht. »Jetzt haben wir noch etwas zu feiern. Vielleicht sollten wir nach der Pizza noch Eis essen?«

»Gute Idee.« Stephen ließ den Blick über seinen Sohn schweifen – über sein aufgeregtes Gesicht und seine zerrissenen schmutzigen Kleider, und seine Augen wurden schon wieder feucht. »Ich habe das Gefühl, ich habe eine Menge zu feiern«, sagte er leise und nahm Nancy in den Arm. »Ich bin ein sehr glücklicher Mann.«

Dann wandte er sich an Patricia. »Danke«, sagte er bewegt. »Viel mehr kann ich nicht sagen.«

»Sehr gern geschehen.«

»Ja, die Männer vom FBI waren supercool«, verkündete Brian. »Sie haben die Tür des Wohnwagens aufgebrochen, in dem ich war. Gut, dass ich diesen ekligen Lappen ausgespuckt hatte, damit ich schreien konnte, als ich sie gehört habe. Ich wusste, dass es die Polizei war, weil ich gehört habe, wie sie durch ihre Funkgeräte gesprochen haben. Und dann habe ich meinen Namen gehört. Also habe ich gerufen. Und Polizeichef Hart war auch dabei. Er hat mir einen

Schokokeks für später gegeben ... oje.« Brian begann in seiner Hosentasche zu graben und zog eine Hand voll schokoladenverschmierter Krümel hervor. »Den kann ich wohl nicht mehr essen.«

»Das schätze ich auch.« Stephen fuhr ihm liebevoll übers Haar. »Wohnwagen?« Er sah Patricia fragend an und ließ sich die Einzelheiten erklären, nachdem er nun sicher war, dass Brian völlig unverletzt und in der Lage war, sie zu hören. »Greg hat Brian in einem Wohnwagen versteckt gehalten?«

»In einem Bauwagen auf einer verlassen Baustelle von Walker Development«, erläuterte sie. »Matthews hat alles ganz genau geplant. Er hat die Beweise mit Absicht so ausgelegt, dass es aussehen musste, als stecke Walker hinter Brians Entführung.« Patricia zählte an ihren Fingern ab. »Walkers Flugzeug und sein Pilot stehen für die Flucht bereit. Es ist Walkers Bauwagen, in dem Brian gefangen gehalten wird. Einer von Walkers Männern bricht in Connors Auto ein, angeblich um es zu stehlen, in Wahrheit aber, um den Angriff auf Julia wie einen versehentlichen und ganz zufälligen Unfall aussehen zu lassen. Es war ein sehr kluger Plan. Matthews hat ihn so ausgeheckt, dass jeder glauben musste, er wäre nur ein kleiner Komplize gewesen und Walker derjenige, der die Hauptfäden in der Hand gehalten hätte.«

»Dann haben Ihre Beamten also dort gesucht, auf den Baugrundstücken von Walker Development?«

»Nicht nur auf den Grundstücken, auf denen im Moment gebaut wird, sondern auch auf allen, an denen sein Unternehmen in irgendeiner Weise beteiligt ist. Außerdem auf seinen Privatgrundstücken, und von denen besitzt Walker eine Menge. Dann waren da noch die Häuser und Wohnungen seiner Angestellten. Jeder von ihnen hätte ein weiterer Helfershelfer von Matthews sein können. Glauben Sie mir, es war eine komplizierte Angelegenheit.«

»Da bin ich mir sicher.« Stephen war unglaublich dankbar. »Wie kamen Sie darauf, sich schließlich auf dieses eine Grundstück zu konzentrieren?«

»Wir haben uns die Liste möglicher Aufenthaltsorte noch einmal genau angesehen. Als wir auf das in Frage kommende Grundstück stießen, stellten wir fest, dass die meisten Arbeiter von dort abgezogen worden waren. Das wiederum bedeutete, dass es verlassen sein musste. Walkers Geräte waren zwar noch da, aber keiner seiner Leute. Niemand hätte also einen Grund gehabt, dort hinzufahren. Es war der perfekte Ort, um eine Geisel gefangen zu halten. Martin Hart hat ihn persönlich überprüft. Und hat frische Reifenspuren entdeckt. Der Rest war einfach. Unsere Beamten fanden Brian und brachten ihn in ein FBI-Fahrzeug. Dort wurde er in eine warme Decke gehüllt, damit seine Rettung unser kleines Geheimnis bleiben konnte.« Patricia grinste in Brians Richtung. »Brian hat uns prima geholfen. Er hat so laut geschrien, dass unsere Leute ihn leicht finden konnten.«

»So ähnlich, wie ich es bei den Spielen der Yankees mache«, erklärte Brian seinem Vater.

Stephen lachte. »Dann konnten sie dich ja nicht überhören.«

Brian gähnte, das ganze Gerede der Erwachsenen begann ihn zu langweilen. »Dad, können wir jetzt nach Hause fahren? Und können wir unterwegs Cheeseburger und Pommes frites kaufen?«

Stephen schüttelte den Kopf. Er hätte nichts lieber getan, aber es ging nicht. Nicht solange Greg noch frei herumlief. Aus Sicherheitsgründen war es wichtig, dass Brian, Nancy und Julia in ihrem Versteck blieben, bis Gregs Festnahme erfolgt war.

Er begegnete Patricias ernstem Blick und wusste, dass sie seiner Meinung war.

»Weißt du was, Champion?«, meinte er zu Brian. »Du musst dich noch einen kleinen Moment gedulden. Dr. Tillerman muss hier irgendwo herumlaufen. Ich möchte wirklich gern, dass er einen Blick auf dich wirft, so wie er es bei Mom getan hat. Du hast schließlich auch einiges durchgemacht.«

»Das stimmt.« Brian nickte heftig. »Mr. Matthews hat mir zwar nichts zu trinken gegeben wie Mom. Aber er hat mir etwas Stinkendes aufs Gesicht gedrückt, wovon ich eingeschlafen bin. Er muss es ein paar Mal gemacht haben, denn ich kann mich gar nicht an die Autofahrt erinnern.«

Stephen hätte Greg Matthews am liebsten auf der Stelle erwürgt. Aber für Brian zwang er sich zur Ruhe. »Siehst du. Außerdem brauchst du noch etwas von dem Antibiotikum für dein Ohr. Du solltest es doch zehn Tage nehmen, erinnerst du dich? Ich finde also, wir sollten noch eine Weile bleiben.«

»Ich muss auch erst noch mit Dr. Tillerman sprechen«, mischte Julia sich ein. »Ohne seine Erlaubnis darf ich das Krankenhaus nicht verlassen. Wir können uns also gegenseitig Gesellschaft leisten.« Sie lächelte. »Nur können wir leider keinen Effetball trainieren. Mein Arm ist für eine Weile außer Gefecht gesetzt.«

Brian zog mitleidig die Augenbrauen zusammen. »Was für einen Unfall hattest du eigentlich?«

Julia entschied sich für eine vage Antwort. Brian hatte fürs Erste genug erlebt und brauchte nicht noch Angst einflößende Einzelheiten. »Ich bin zur Mall gefahren, um deinem Dad bei seiner Eröffnungsrede zuzuhören. Das Parkhaus war ziemlich voll. Da bin ich von einem Auto erwischt worden, das zu schnell gefahren ist.«

»Wow!« Brian sah sie bewundernd an. »Das ist ja fast so aufregend wie meine Entführung.«

»Fast«, bestätigte Julia.

Als Brian abgelenkt war, wandte sich Patricia an Stephen und Nancy. Sie dämpfte ihre Stimme, damit nur sie es hören konnten. »Ich wünschte, ich könnte Sie nach Hause schicken, aber das ist leider nicht möglich. Wir haben noch eine Angelegenheit zu erledigen.«

»Greg Matthews an die Wand zu nageln«, folgerte Stephen.

»Richtig. Er hat keine Ahnung – weder, dass Walker mit uns zusammenarbeitet, noch, dass Julia bei Bewusstsein und Nancy aus der Hütte befreit ist. Und ganz sicher nicht, dass Brian gerettet ist. Aus nahe liegenden Gründen müssen wir ihn in seiner Ahnungslosigkeit lassen.« Patricia verschränkte die Arme vor der Brust und blickte von Stephen zu Nancy. »Mir ist klar, dass Sie jetzt gern allein wären, nach Hause fahren und die Sache verarbeiten würden. Ich bitte Sie nur noch um ein paar Stunden, bis Matthews in unsere Falle getappt ist.«

»Kein Problem«, versicherte Stephen ihr. »Natürlich helfen wir Ihnen. Ich möchte diesen Typen auch gern hinter Schloss und Riegel sehen.«

»Was sollen wir also tun?«, fragte Nancy.

»Sie bleiben mit Brian und Julia hier«, wies Patricia Nancy an. »Meredith wird wieder vor der Tür Stellung beziehen. Connor holt das Bargeld wie geplant ab, und Stephen bringt es zum Flughafen. Stephen, folgen Sie Matthews Instruktionen, so als wäre Brians Leben immer noch in Gefahr. Lassen Sie die Sporttasche in Ihrem Wagen zurück, und gehen Sie einen Kaffee trinken. Dann warten Sie auf weitere Anweisungen. Inzwischen werden wir uns um Matthews kümmern, und dann wird das ganze Spiel bald vorüber sein.«

»Das FBI wird ihn auf dem Flughafen festnehmen?«

Patricia lächelte. »Viel besser und viel ausgefeilter. Erinnern Sie sich an Ihre Sorge, Matthews könnte versuchen,

Brian als Geisel mitzunehmen? Nun, dieser Gedanke ist uns auch gekommen. Deshalb haben wir vorgesorgt und einen unserer Männer vorsorglich in Stellung gebracht.« Ein rascher Blick auf Brian. »Gott sei Dank ist es ja nicht dazu gekommen. Dennoch, unsere ursprüngliche Strategie wird dafür sorgen, dass die Verhaftung ruhig und unauffällig verläuft und möglichst wenig Aufsehen erregt.« Sie lächelte. »Ich bin sicher, dass das Ihrem Vater so am liebsten ist. Er hat oft genug betont, dass er keinen Skandal möchte.«

»Ja, richtig.« Stephen verstand sofort, was Patricia meinte. In der Sekunde, als Harrison Stratford um Mitternacht in die Stadt zurückgekehrt war, hatte er sich sofort auf die Polizei von Leaf Brook gestürzt und sich davon überzeugt, dass sie bei jedem ihrer Schritte äußerste Diskretion wahrten.

Stephen hatte sich darum nicht gekümmert. Er war von einem einzigen Gedanken besessen gewesen: Brian zu finden.

Aber wenn das alles vorüber war, würden er und der allmächtige Harrison Stratford ein ernstes Gespräch führen müssen. Stephen musste sich einiges von der Seele reden. Danach würde er die Bombe hochgehen lassen, die dieses Kapitel seines Lebens für immer beendete.

»Also«, schloss Patricia. »Wenn es dazu keine Fragen mehr gibt, würde ich vorschlagen, dass wir beginnen. Sie übernehmen Ihren Part, und wir übernehmen unseren.«

»In Ordnung.« Stephen sah quer durch den Raum zu seinem Bruder. »Hey, Connor, wir haben noch eine Verabredung«, rief er.

Connor verstand. »Okay.« Er beugte sich vor und küsste Julia sanft. »Ich werde Stephen helfen, diesen Schweinehund zu kriegen, der dich angefahren hat«, flüsterte er ihr so leise zu, dass Brian es nicht hören konnte.

Julia nickte. »Bitte sei vorsichtig.«

»Bestimmt.« Connors Stimme wurde weicher. »Und sag Louis, dass ich erwarte, dich anschließend mit nach Hause nehmen zu können. Er soll dich ja gesundschreiben. Wenn du noch irgendwelche Medikamente brauchst, kriegst du die von mir – aber in deinem Bett, nicht im Krankenhaus.«

»Ich werde es ihm sagen«, versprach sie, und ein Lächeln umspielte ihre Lippen. »Komm schnell zurück.«

»Ich werde lediglich das Lösegeld abholen und Stephen dabei helfen, es in der Sporttasche zu verstauen. Er wird sich dann um den Rest kümmern.« Er küsste sie noch einmal. »Bis dahin kannst du ja schon mal unsere Hochzeit planen.«

Ihre Augen blitzten. »Und unsere Flitterwochen?«

»Vor allem unsere Flitterwochen. Such dir etwas aus, wo wir einen Monat lang bleiben können. Am besten ein Luxushotel mit ausgezeichnetem Zimmerservice und toller Aussicht aus dem Bett. Denn das wirst du vermutlich nicht verlassen.«

Julia lachte leise. »Jawohl, Sir.«

Connor richtete sich auf und fuhr Brian durchs Haar. »Du und deine zukünftige Tante Julia lasst euch jetzt schnell untersuchen, ja?«, meinte er zu ihm. »Wir möchten euch gern nach dem Mittagessen hier abholen. Ich werde vor deinem Dad wieder hier sein, deshalb bringe ich Cheeseburger und Pommes frites mit. Aber iss nicht zu viel. Ich habe für heute Abend ein Pizza-Wettessen geplant. Und du bist mein größter Gegner.«

»Moment mal«, mischte Stephen sich ein. »Anscheinend habt ihr mich ganz vergessen. Ich kann mehr essen als ihr beide zusammen.«

Brian grinste über das ganze Gesicht. »Im Leben nicht. Habe ich Recht, Mom?«

Nancy verdrehte die Augen. »Warum müssen Männer bloß aus allem einen Wettbewerb machen?«

»Das haben sie im Blut.« Stephen sah seine Frau an. »Aber dieser Wettbewerb ist reiner Spaß. Keine Wetten auf den Gewinner. Überhaupt keine Wetten mehr.« Zwischen ihnen herrschte unausgesprochenes Übereinkommen.

»Pass auf dich auf«, meinte Nancy und strich ihm über die Wange. »Keine Heldentaten. Überlass Greg dem FBI. Brian und ich, wir brauchen dich.«

»Das ist gut so«, antwortete er leise. »Denn ich werde ab sofort ständig in eurer Nähe sein.«

32

11.30 Uhr
Westchester County Airport

Greg stand versteckt in einer Nische und beobachtete, wie Stephen Stratford seinen Geländewagen in eine Parklücke rangierte. Hervorragend. Alles lief nach Plan.

Er selbst war um elf gekommen und hatte sich zunächst einen diensteifrigen jungen Gepäckträger gesucht, der ihm seinen Wunsch erfüllen würde. Er hatte dem Typen deutlich zu verstehen gegeben, wie wichtig es wäre, den Brief an Bürgermeister Stratford persönlich zu übergeben. Somit war sein Gewissen beruhigt. Schließlich wollte er nicht, dass der Junge starb. Alles, was er wollte, waren die fünf Millionen Dollar und ein aufgetanktes Flugzeug, um sich aus dem Staub zu machen.

Er sah zu, wie Stephen aus dem Auto stieg. Er sah müde und abgespannt aus, als wäre er durch die Hölle gegangen. Nun, seine Hölle würde bald beendet sein – zumindest vorerst. Angesichts seiner Spielsucht würde es wohl nicht lange dauern, bis er sich in neue Schwierigkeiten brachte. Schon bald würde er weitere Wahlkampfspenden veruntreuen und darauf hoffen, dass ihn sein Bruder irgendwie freikaufte.

Irgendwann würde Stephen seine Ehe und seine politische Karriere verspielt haben.

Philip Walker würde dazu nichts mehr beitragen können. Das war vorbei. Dieses verdammte Schwein würde im Gefängnis schmoren. Aber nachdem er Greg monatelang wie einen Hilfsschüler herumkommandiert hatte, verdiente er auch nichts Besseres. Das war das besondere Bonbon, das Greg sich selbst gönnte. Überall hatte er großzügig falsche Fährten gelegt. Walker würde für alles büßen, da spielte es keine Rolle, dass Greg nicht persönlich dabei sein konnte, um es mitzuerleben. Allein die Gewissheit, dass er Walker gelinkt hatte – und natürlich die Gewissheit, dass Walker es erfahren würde – reichte ihm.

Er hörte auf zu grübeln, als Stephen sein Auto verließ und sich kurz umsah, ehe er auf den Ausgang zusteuerte, der in das Flughafengebäude führte.

Gut. Nun hatte er es bald geschafft.

Trotzdem würde Greg noch fünf Minuten abwarten, um ganz sicherzugehen.

Die Minuten verstrichen. Es gab keinerlei Anzeichen, dass Stephen noch einmal zu seinem Wagen zurückkehren würde. Und keinerlei Anzeichen, dass irgendwelche Bullen oder jemand aus der Stratford-Sippe im Hintergrund lauerten.

Das musste reichen.

Greg schlenderte auf den Geländewagen zu. Er konnte die Sporttasche auf dem Beifahrersitz liegen sehen. Er öffnete die Tür, nahm die Tasche heraus und schwang sie sich über die Schulter. Mit großen Schritten entfernte er sich in die entgegengesetzte Richtung, in die Stephen gegangen war, und nahm Kurs auf den Privatjet von Walker Development.

Er ging an Bord und wappnete sich für die Fragen, die Walkers Privatpilot Jerry Baines ihm vermutlich gleich stellen würde.

Jerry kam aus dem Cockpit und sah ihn erstaunt an. »Mr. Matthews? Was tun Sie denn hier? Wo ist Mr. Walker?«

»Eine Planänderung in letzter Minute«, informierte Greg ihn. »Mr. Walker muss an einem plötzlich anberaumten Aktionärsmeeting teilnehmen. Er hat mich gebeten, sein Geschäft in der Schweiz vertragsreif vorzubereiten. Er lässt ausrichten, dass Sie mich in die Schweiz fliegen und dann sofort wieder umkehren sollen. Während des Rückflugs wird er Ihnen Anweisung geben, wann er Sie benötigt, um ihn zu einem späteren Zeitpunkt zur Vertragsunterzeichnung ebenfalls in die Schweiz zu fliegen. Machen Sie sich keine Sorgen. Sie werden zwischendurch ein paar Tage Pause haben.« Greg kramte in seiner Hosentasche und zog ein paar Geldscheine heraus. »Hier sind übrigens die Tausend Dollar und ein kleines Trinkgeld.«

Jerry nahm es. »Okay, danke.« Er zeigte auf die Sporttasche. »Hatten Sie nicht von einem Diplomatenkoffer gesprochen?«

Auch daran hatte Greg gedacht. »Den bringt Walker mit«, erklärte er. »Zusammen mit den Papieren, die er benötigt, um das Geschäft zum Abschluss zu bringen. Ich hatte nur noch Zeit, die nötigsten Unterlagen einzustecken, ein paar Kleidungsstücke und mein Rasierzeug. Das muss für den Anfang reichen. Danach wird Walker in der Schweiz übernehmen, und ich werde mit einer Linienmaschine zurückfliegen.« Greg warf einen Blick ins Cockpit und nickte Jerrys Copiloten zu.

Er nickte zurück. Es war ein junger Mann mit scharf geschnittenen Gesichtszügen, der gerade mit seinem Handy beschäftigt war. Greg hatte ihn noch nie gesehen, aber es interessierte ihn auch nicht weiter. Das Einzige, was ihn interessierte, war so schnell wie möglich von hier zu verschwinden.

»Ich habe bereits alles gecheckt«, informierte er Jerry und machte Anstalten, sich auf seinen Platz zu setzen. »Der Himmel ist klar, es werden keine Turbulenzen erwartet. Die Starterlaubnis müsste in wenigen Minuten erfolgen.« Er setzte sich.

»Verzeihung, Mr. Matthews.« Der junge Copilot antwortete ihm. Er kam aus dem Cockpit und stellte sich Greg in den Weg. »Der Start ist auf unbestimmte Zeit verschoben.«

Gregs Magen zog sich zusammen, und eine hässliche Vorahnung beschlich ihn. »Was soll das heißen?«

»Das heißt, dass Sie nirgendwohin fliegen werden.« Der Copilot zog eine Pistole hervor und hielt Greg zugleich einen Ausweis vors Gesicht. »Spezialagent Carver, FBI«, stellte er sich vor. »Ich habe Sie erwartet.« Er streckte die Hand aus und öffnete den Reißverschluss der Sporttasche so weit, dass man hineinsehen konnte. »Sie sind verhaftet wegen der Entführung von Brian Stratford, wegen Mordversuchs an Julia Talbot und einer langen Liste weiterer Straftaten, die Polizeipräsident Hart Ihnen sicher gern vorlesen wird.«

Greg erstarrte. Regungslos sah er seine ganze Zukunft vor seinen Augen zerbröckeln. »Aber es ist doch noch nicht mal zwölf Uhr«, stotterte er vor sich hin. »Wie ...?«

»Weil der Bürgermeister seinen Sohn wiederhat. Wir haben ihn vor drei Stunden gefunden. Lassen Sie uns jetzt gehen.«

Von der anderen Seite des Rollfeldes sah Stephen zu, wie Greg abgeführt wurde. Er sah kalkweiß aus, als könnte er immer noch nicht fassen, dass er in allerletzter Minute überführt worden war. Dieses brutale, geldgierige Schwein.

Stephen beobachte, wie Greg im Fond eines Zivilfahrzeugs des FBI verschwand und wie das Auto davonfuhr. Das ganze Szenario löste bei ihm ein großes Gefühl von Gerechtigkeit, Vergeltung und vor allem Endgütigkeit aus.

Der Albtraum war vorüber. Alles Weitere war seine Sache.

Unendlich leicht und befreit sprang Stephen in sein Auto und fuhr in Richtung Krankenhaus – zu seiner Familie.

Es wurde Zeit, neu anzufangen.

33

23. April

Über die Ankündigung, dass der Bürgermeister von seinen Ämtern zurücktrat und sich aus dem Wahlkampf um einen Senatorensitz zurückzog, wurde in allen lokalen Zeitungen ausführlich berichtet.

Über seine Entscheidung, sich aus der Politik zu verabschieden und wieder seiner juristischen Karriere zu widmen, und über die Familienkrise, die diese Entscheidung herbeigeführt hatte, wurde in den größten Zeitungen des Bundesstaates berichtet, in der Boulevardpresse und in einer ganzen Reihe von Klatschmagazinen. Schließlich war der Bürgermeister vor allem und hauptsächlich ein Stratford.

Überall stürzten sich die Medien auf die pikante Story, dass der Sohn von Bürgermeister Stratford ausgerechnet von Greg Matthews, dem Stadtdirektor von Leaf Brook, gekidnappt worden war. Weiterhin wurde überall berichtet, dass Matthews Nancy Stratford tagelang unter Drogen gesetzt hatte, dass er versucht hatte, Julia Talbot, Connor Stratfords Verlobte und Brians Lehrerin, umzubringen, als diese den Stratfords einen entscheidenden Hinweis auf seine Tatbeteiligung geben wollte. Die außergewöhnliche Rolle der Polizei von Leaf Brook und ihre erfolgreiche Zusammenarbeit mit dem FBI wurde ebenso erwähnt wie die gemeinsame gelungene Befreiung Brians und die perfekt getimte Festnahme Matthews genau zu dem Zeitpunkt, als er mit dem Lösegeld außer Landes fliehen wollte.

In den meisten Artikeln war zudem in einem Nebensatz zu lesen, dass dem Immobilienspekulanten Philip Walker ebenfalls diverse Verstöße gegen das Gesetz, darunter Autodiebstähle und Erpressungsversuche, zur Last gelegt würden. Walker hätte jedoch bei den FBI-Ermittlungen entscheidende Hinweise gegeben und könnte daher auf eine Minderung des Strafmaßes hoffen.

Matthews hingegen würde wegen der Schwere seiner Vergehen wohl für lange, lange Zeit hinter Gittern bleiben müssen.

Um den Wunsch der Bevölkerung nach einer emotional geprägten und persönlichen Schilderung der Ereignisse zu befriedigen, wurde Connor Stratford zum Sprecher der Familie bestimmt. Er gab ein ganzseitiges Exklusivinterview für den *Leaf Brook Herald*, der ganz zufällig der größte Konkurrent von Cheryl Lagers *Leaf Brook News* war. In diesem Interview beschrieb er die Ängste, die seine Familie während Brians Verschwinden ausgestanden hatte, sowie ihre überwältigende Dankbarkeit über die sichere Befreiung des Jungen und die Verhaftung seines Entführers. Connor lobte die Polizei von Leaf Brook ebenso wie das FBI und pries das unvergleichliche Engagement und die hohe Professionalität aller beteiligten Beamten.

Er lobte auch Julia Talbot in den höchsten Tönen und beschrieb voller Stolz die wichtige Rolle, die sie bei Brians Entführung gespielt hatte. Er erwähnte ihr liebevolles Engagement für ihre Schüler, ihr großes Interesse für Kinder im Allgemeinen und ihre Verbindungen zur *American Professional Society on the Abuse of Children*. Dieser Gesellschaft, die ihnen den Kontakt zu Patricia Avalon und somit zum FBI verschafft hatte, bekundete er seinen Respekt und versicherte, die Workshops, die Julia und ihre Mutter im Rahmen dieser Organisation in verschiedenen sozialen Einrichtungen der Stadt abhielten, künftig nach Kräften zu unterstützen.

Das Stichwort soziale Einrichtungen brachte den Interviewer auf Krankenhäuser und damit auf den versuchten Mord an Julia, und Connor gestand offen, wie sehr er in den Stunden, als sie bewusstlos gewesen sei, um sie gebangt hätte, und wie erleichtert er gewesen sei, als sie dann endlich die Augen aufgeschlagen hätte. Er machte keinen Hehl aus seinen Gefühlen für Julia und kündigte ihre bevorstehende Hochzeit an, die für Juni geplant war, damit Julia genug Zeit hatte zu genesen und dann in ihre Schule zurückzukehren und das Schuljahr zu beenden. Die Einzelheiten der Zeremonie und der Feierlichkeiten würden zu einem späteren Zeitpunkt bekannt gegeben, versprach Connor. Das gelte jedoch nicht für das Ziel ihrer Flitterwochen, das streng geheim gehalten würde, um Braut und Bräutigam die verdiente Privatsphäre zu sichern.

Ein ganzer Abschnitt des Interviews war Cheryl Lager gewidmet, die sich, wenn auch unbewusst, als exzellente Verbündete erwiesen hatte.

Connor erklärte ausführlich, dass ihn Ms. Lagers maßlos übertriebenes Interesse am Privatleben der Stratfords, vor allem zum Zeitpunkt der Familienkrise, auf die Idee gebracht hätte, sie für seine Zwecke zu benutzen und mit Informationen für die Kidnapper zu füttern, anstatt sie – wie ursprünglich geplant – wegen Verleumdung und Missachtung der Persönlichkeitsrechte anzuzeigen.

Also hätte er Ms. Lager in der Gewissheit, dass sie sich auch auf diese Gelegenheit stürzen würde, um eine Exklusivstory an Land zu ziehen, die Falschmeldung zugespielt, Julia läge weiterhin im Koma. Und sein Plan sei wunderbar aufgegangen.

Der Ausdruck *Schachfigur* wurde dabei natürlich niemals erwähnt.

Die Entscheidung seines Bruders, sich von seinen politischen Ämtern zurückzuziehen, kommentierte Connor damit, dass die Bedrohung für seine Familie Stephen so tief erschüttert hätte, dass er seine Prioritäten neu überdenken musste. Ein Stratford zu sein sei an sich schon schlimm genug, denn es bedeutete, ständig im Zentrum der öffentlichen Aufmerksamkeit zu leben. Ein Stratford *und* ein Politiker zu sein hieße, seine Familie einer größeren Belastung auszusetzen, als Stephen hinzunehmen gewillt sei. Seine Liebe zu Leaf Brook und dem Staat New York sei zwar ungebrochen, aber er hätte beschlossen, dieser Zuneigung über weniger riskante Kanäle Ausdruck zu verschaffen.

Das Interview führte zu einem weiteren Anstieg des seit Brians Kidnapping ohnehin bereits großen Mitleids und Stolzes in der Bevölkerung – Mitleid mit Bürgermeister Stratford wegen allem, was er durchlitten hatte, und Stolz auf seine Entschlossenheit, seine Familie unter allen Umständen zu schützen. Seine politischen Gefolgsleute waren enttäuscht, zeigten jedoch Verständnis für seine Entscheidung. Denn auch wenn er sich aus dem politischen Leben zurückzog, so tat er es doch mit Ruhm und Ehre. Er hatte Leaf Brook von der Bestie Greg Matthews und dem Gangster Philip Walker befreit und damit wie immer großes Engagement für seine Stadt bewiesen. Und wenn er nun zu dem Schluss kam, dass er sein Amt nicht länger ausführen konnte, war er immerhin ehrlich genug, dies zuzugeben und sich hocherhobenen Hauptes zu verabschieden, anstatt den Job halbherzig weiterzumachen.

Kurz gesagt, in den Augen der Bürger von Leaf Brook war Bürgermeister Stratford nur ein noch größerer Held geworden.

Natürlich gab es ein paar Einzelheiten, die Connor in seinem Interview übergangen hatte.

Eine war der inoffizielle Handel, den er mit Martin Hart geschlossen hatte. Marty willigte ein, über das, was er über Stephens Spielsucht sowie die Veruntreuung der Wahlkampfgelder wusste, nur dann zu schweigen, wenn dieser als Bürgermeister zurücktrat. Die Entscheidung des Polizeichefs gründete nicht nur auf Loyalität und Mitleid, sondern auch auf Vernunft. Stephen hatte viel für Leaf Brook getan, dazu gehörte auch, dass er die Polizei immer voll und ganz unterstützt hatte. Außerdem war er ein guter Mann, ein anständiger Mann, und Marty respektierte ihn – Schwäche hin oder her. In den Augen des Polizeipräsidenten hatte er bereits genug für seine Fehler gebüßt. Er war verprügelt und erpresst worden und hätte fast Frau und Sohn verloren. Er war an seine äußerste Grenze gelangt, und das hatte dazu geführt, dass er sich nun einer Therapie unterzog, die ihn endlich heilen würde. Und er hatte als Bürgermeister abgedankt und seine politische Zukunft an den Nagel gehängt.

Genug war genug. Marty war mehr als froh, dass er Stephen mit einer bewegenden Abschiedsfeier und unbeschädigtem Ruf aus seinem Amt entlassen konnte. Dann war da noch Harrison Stratford, dessen Reaktion mehr als unerträglich gewesen war. Er war fast in Ohnmacht gefallen und hatte Stephen ordentlich die Meinung gesagt, als er erfuhr, was sein ältester Sohn in Zukunft vorhatte.

Stephen hatte ihm daraufhin ebenfalls die Meinung gesagt, und zwar mit einer Heftigkeit, die Connor bei ihm noch nie erlebt hatte und die von einem ganz neuen Selbstvertrauen seines Bruders zeugte. Er hatte alles ausgepackt, die Gängeleien in seiner Kindheit, die ihm so zugesetzt hatten, die Träume, die sein Vater durch ihn auszuleben versuchte, und schließlich die deutliche und unmissverständliche Erklärung, dass er künftig *sein* Leben leben würde und nicht mehr das seines Vaters. Ob Harrison jemals Teil dieses Lebens werden würde, stand noch in den Sternen.

Ihr Vater war entsetzt. Es war das erste Mal gewesen, dass Connor ihn sprachlos erlebte. Das Interessanteste daran war, dass er ungeachtet der bitteren Enttäuschung und der Wut seines Vaters das Gefühl hatte, Stephen hätte sich erstmals den Respekt seines Vaters verdient.

Faszinierend, wie die Dinge sich entwickelten. Stephen hatte einen Schuss dringend nötigen Selbstvertrauens bekommen, und ihr Vater hatte einen Schuss ebenso dringend nötiger Rücksichtnahme bekommen.

Die Situation mit Cliff war ebenfalls prekär. Natürlich hatte seine Beziehung sowohl zu Stephen als auch zu Nancy Risse bekommen. Das war ihm schmerzhaft bewusst. Doch angesichts ihrer über zehnjährigen Freundschaft war er am Tag nach Brians glücklicher Befreiung zu ihnen nach Hause gefahren, um seine Erleichterung und erneut sein Bedauern auszudrücken.

Stephen hätte ihn einfach hinauswerfen können. Doch

das tat er nicht. Mehr als jeder andere hatte er Verständnis für menschliche Schwächen und ihre Auswirkungen auf das Leben. Er wusste auch, wie viel Mut es Cliff gekostet hatte, zu ihnen zu kommen und ihnen ins Gesicht zu schauen, für seine Vergehen einzustehen und zu versuchen sie wieder gutzumachen.

Stephen wäre ein Heuchler gewesen, wenn er die Parallelen zwischen Cliffs Situation und seiner eigenen geleugnet hätte. Und da ihm selbst ein so großer Schritt nach vorn gelungen war, wäre es da nicht fair, Cliff dieselbe Chance zu geben? Schließlich hatte er mit Nancy darüber gesprochen, und sie hatte ihm beigepflichtet. Daraufhin hatten sie versucht, ihre Freundschaft zu Cliff wieder ins Lot zu bringen.

Die drei begannen damit, Stephens Wahlkampagne aufzulösen und jeden einzelnen Dollar zurückzuzahlen, der gespendet worden war. Es war ein symbolischer Akt, der einen Schlussstrich unter eine Vergangenheit setzte, die sie nur zu gern aufgaben.

Danach gab es eine Menge juristischer Fälle, die Stephen und Cliff diskutierten, nachdem Stephen seine Kanzlei eröffnet hatte. Vielleicht würde es eines Tages sogar Fälle geben, die sie gemeinsam bearbeiten konnten. Was Cliffs Privatleben anging, so hatte Nancy eine interessante Information für Stephen, als sie von einer ihrer Anproben für das Kleid, das sie als Trauzeugin bei Julia und Connors Hochzeit tragen würde, zurück nach Hause kam. Julia hatte beschlossen, Robin Haley und Cliff auf der Hochzeitsfeier nebeneinander zu setzen. Getreu dem Sprichwort ›Gegensätze ziehen sich an‹, war sie der festen Überzeugung, dass die beiden gut zusammenpassen würden. Und nachdem Nancy Robin im Brautmodengeschäft kennen gelernt hatte, musste sie ihr zustimmen.

Die Aussicht war vielversprechend. Vor allem nachdem Nancy Stephen lächelnd versichert hatte, dass sie und Robin, abgesehen von der Tatsache, dass sie beide blond waren, nicht die geringste Ähnlichkeit besaßen.

Angesichts einer bevorstehenden Hochzeit und eines großen beruflichen Neuanfangs schien das Leben plötzlich voller Hoffnung zu sein.

Und die nötigen Schritte waren alle in die Wege geleitet.

NACHWORT

26. August

Der silberne Learjet glitt durch die Nacht. Er bewegte sich ruhig, das gleichmäßige Dröhnen der Triebwerke erstickte alle anderen Geräusche. Es hatte sie in den Schlaf gewiegt, und nun weckte es sie.

Julia Stratford begann sich zu regen, und ihr Blick fiel automatisch auf ihren Arm, um zu sehen, wie spät es war. Nach ihrer Uhr, die das Einzige war, was sie am Körper trug, hatte sie fast eine Stunde lang geschlafen.

Sie seufzte und schaute aus dem Fenster von Connors Privatjet.

Draußen schien der Mond, tausend Sterne funkelten, und tief unter ihnen lag der Pazifik. In der Kabine waren nur sie beide.

In 25.000 Fuß Höhe schien die Welt weit weg zu sein.

Glücklich und zufrieden schmiegte Julia sich an ihren Mann. Sie lagen auf dem Samtdiwan der Kabine, ihre Körper ineinander verschlungen, ihre Kleidung eine wirre Masse auf dem Boden. Diese Art zu reisen war zu ihrer bevorzugten geworden, während sie in den letzten Monaten von Europa in den Fernen Osten und weiter nach Hawaii gejettet waren.

»He, du Schlafmütze«, begrüßte Connor sie zärtlich und ließ seine Finger leicht ihre Wirbelsäule hinauf- und hinabgleiten. »Hast du gut geschlafen?«

»Ich schlafe nie im Flugzeug«, antwortete sie. Sie drehte sich um und streifte mit ihren Lippen über seine Brust. »Dazu bin ich einfach nicht entspannt genug.«

»Das ist eine Schande. Dabei haben wir doch gerade erst festgestellt, dass du besonders ruhebedürftig bist. Habe ich Recht?« Er ließ die Hand hinabgleiten und wölbte sie um ihre Brust. Dabei strich sein Daumen leicht über die Spitze, bis sie hart wurde.

»Du hast Recht«, antwortete sie atemlos.

»Aber du hast vorhin ziemlich entspannt gewirkt, wenn ich mich richtig erinnere.« Die Bewegungen seines Daumens wurden fester – einmal, zweimal, und dann wieder und wieder. »Oder war das nur Einbildung?«

»N-nein. Ich war entspannt.« Sie erschauerte. »Aber jetzt nicht mehr.«

»Nein. Jetzt nicht mehr.« Er hob sie zu sich und saugte an ihrer Brustwarze, bis sie aufstöhnte, dann wiederholte er dasselbe mit der anderen. Es gefiel ihm, wie leicht Julia reagierte, jetzt noch mehr als früher.

Ebenso wie ihre häufige Müdigkeit hatte das einen besonderen Grund.

Der bloße Gedanke daran reichte aus, um sie erneut an sich zu ziehen.

Sie liebten sich mit derselben gierigen Leidenschaft, mit der sie sich immer liebten, und mit beinahe unerträglicher Lust.

Als es vorüber war, holte Julia tief Luft, flüsterte Connors Namen und ließ sich wunderbar schwer auf ihn hinabsinken.

Eine plötzliche Sorge überkam ihn, die er vor dem bestätigenden Test am Morgen nicht gekannt hatte. »Julia?« Connor betrachtete sie aufmerksam, als sie völlig regungslos neben ihm lag. Sie sah ein wenig zu erschöpft aus für seinen Geschmack. »War das zu viel für dich?«

»Nein.« Sie wischte seine Sorge mit einem kurzen Kopfschütteln weg. »Kein bisschen. Es war perfekt. Wir sind perfekt.«

»Wer wir?«, fragte er nach. »Du und ich wir? Oder du und ...?«

»Wir alle. Du und ich ...« Ihre Handfläche glitt zwischen ihnen hinab und blieb auf ihrem Bauch liegen. »Und ich und das Baby. Hör auf, dir Sorgen zu machen.«

»Vergiss es. Ich habe gerade erst damit begonnen.« Er spielte mit einer Haarsträhne von ihr. »Hast du auch ganz bestimmt einen Termin bei deinem Arzt vereinbart?«

Julia fing an zu lachen. »Connor, ich bin schwanger, nicht senil. Ich habe von unserem Hotelzimmer aus angerufen und einen Termin für übermorgen ausgemacht. Aber ich habe der Arzthelferin die Symptome beschrieben und meiner Mutter, die ich auf deinen Wunsch hin ebenfalls angerufen habe. Beide haben mir versichert, dass alles absolut normal ist. Meine Eltern sind übrigens vor Freude ganz aus dem Häuschen.«

»Das ist schön. Trotzdem fühle ich mich sicherer, wenn dich ein Arzt gründlich untersucht hat.«

»Ja, vielleicht für ein oder zwei Stunden.« Julia stützte ihr Kinn auf Connors Brust. »Dann fängst du an, dir wegen etwas Neuem Sorgen zu machen. Wirklich, ich habe immer geglaubt, Risikokapitalisten hätten Nerven wie Drahtseile.«

»Haben Sie ja auch. Wenn es um Investitionen geht, nicht wenn es um schwangere Ehefrauen geht.«

Sie streckte die Hand aus und zeichnete die Linie seines Kinns nach. »Du freust dich auf das Baby, nicht wahr?«

»Freuen?« Connor hielt ihre Hand fest und zog sie an seine Lippen. »Ich habe davon geträumt, dich schwanger zu machen, seit wir uns zum ersten Mal geliebt haben.«

»Ich auch«, gab sie leise zu.

»Du wirst bestimmt eine tolle Mutter.« Connor konnte sich nur allzu gut vorstellen, wie sie ihr Kind nährte und liebte und ihm all das gab, was er in seiner Kindheit so vermisst hatte. Dinge, die er nie als notwendig und noch viel weniger als wichtig erachtet hatte. Mit ihrem Idealismus, ihrer Sensibilität und ihrer inneren Stärke würde sie eine Mutter sein, wie sie jedes Kind haben sollte.

»Ich sehe dir gern zu, wenn du mit Brian zusammen bist«, gestand Julia und fuhr mit dem Finger über seinen Mund. »Jedes Mal. Du wirkst dann so lebendig, so unverkrampft. Ich habe mir immer gewünscht, du wärst häufiger so.«

»Und jetzt?«

Sie lächelte so strahlend, dass es Connor ganz warm wurde. »Jetzt bist du immer unverkrampft, wenigstens in meinem Beisein.« Sie wurde ernst, und ein zärtlicher Blick trat in ihre Augen. »Du wirst sicher ein ganz großartiger Vater. Ich kann es kaum erwarten, dich mit unserem Kind zu erleben.«

Der plötzliche Gefühlsausbruch, der ihn immer noch völlig unvorbereitet traf, machte seine Brust eng. Ihr Baby würde zu den glücklichen Kindern gehören. So wie er zu den glücklichen Männern gehörte.

»Ich liebe Sie, Mrs. Stratford«, sagte er mit bebender Stimme.

Ein leiser Schauer erfasste Julia. »Ist es möglich, so glücklich zu sein?«

»Ja. Und zwar für immer. Darauf kannst du dich verlassen.« Er streckte die Arme aus und zog fürsorglich die Decke über sie. »Jetzt ruh dich aus. Du und das Baby, ihr braucht das. Und wenn nicht, tu mir trotzdem den Gefallen.«

»Okay.« Julia seufzte, als Connor die Decke noch enger um sie beide zog. »Hm. Hoffentlich bekommen wir jetzt keine Turbulenzen. Das wäre ein äußerst ungünstiger Zeitpunkt, um die Sicherheitsgurte anzulegen.«

Connor lachte und schmiegte sich eng an seine Frau.

»Keine Sorge. Der Pilot meint, wir hätten zwischen Hawaii und dem Festland einen völlig klaren Himmel. Und das bedeutet, wir haben noch ein paar Stunden, ehe wir an Turbulenzen denken müssen.« Er drückte die Lippen an ihr Haar. »Zumindest was die atmosphärischen angeht.«

Julia dachte kurz nach. »Eigentlich haben wir noch keine erlebt. Und wir haben seit Juni eine Menge Flüge hinter uns. Die meisten von ihnen endeten wie dieser hier.«

»Hm. Zumindest jeder, der länger als zwei Stunden dauerte. Bei den kürzeren Flügen haben wir das in unserem Hotelzimmer nachgeholt.«

»Heißt das, wir bekommen Bonuspunkte für unsere Vielfliegerei? Dann könnten wir das eines Tages noch einmal wiederholen.«

»Eines Tages. Aber vorerst nicht. Ich habe andere Pläne mit dir – und mit unserer Familie. Eine kleine Überraschung, an der ich seit einiger Zeit arbeite.«

Sie sah ihn erstaunt an. »Was für eine Überraschung?«

Connors Gesichtsausdruck zeigte ihr, dass er diesen Augenblick genoss. »Unser Haus.«

Julia hob den Kopf. »Unser *was*?«

»Unser Haus.« Er verzog die Lippen, als er sah, wie aufgeregt sie plötzlich war. »Ich habe mit deinen Eltern gesprochen und mir ein Bild gemacht von dem, was dir gefallen würde. Natürlich war mir klar, dass ich ein gewisses Risiko eingehen und du dich vielleicht übergangen fühlen würdest, weil ich das alles allein gemacht habe. Aber es sollte ein verspätetes Hochzeitsgeschenk an dich sein.«

»Connor.« Sie hatte große Mühe, das, was er ihr da erzählte, zu begreifen. »Du hast uns ein Haus gekauft?«

»Nun, noch ist es kein Haus«, berichtigte er und betrachtete sie aufmerksam, um zu erkennen, ob sie erfreut oder wütend war. »Noch ist es nur ein Grundstück. Aber in einem halben Jahr wird es ein Haus sein.«

»Wo ist dieses Grundstück?«

»Ungefähr zwanzig Minuten nördlich von Stephens und Nancys Haus, an einem der schönsten Flecken dieser Erde, die du je gesehen hast. Es ist weniger als eine halbe Stunde von deiner Schule entfernt, und bis zu deinen Eltern ist es nur unwesentlich weiter. Außerdem ist man von dort aus schnell in Manhattan. Wir sind also nahe bei unseren Familien und an unserem Arbeitsplatz. Ich habe das Land gekauft, kurz nachdem du aus dem Krankenhaus entlassen wurdest. Dann habe ich einen Spitzenarchitekten beauftragt und ihm sämtliche Details genannt, die deinen Eltern und mir eingefallen sind. Er hat die Pläne gezeichnet, verschiedene Varianten, sodass du dir aussuchen kannst, welche dir am besten gefällt. Die gesamte Dekoration überlasse ich natürlich dir, angefangen mit dem Kinderzimmer. Die Baugenehmigung liegt bereits vor, und das Bauunternehmen wartet auf unseren Startschuss. Sobald du den Plänen dein Okay gibst, kann der erste Bagger heranrollen.«

Julia sah ihn immer noch benommen an. »Du sagtest, es würde in ungefähr sechs Monaten fertig sein?«

»Jawohl. In fünf, wenn wir ein bisschen drängen. Das sollten wir vielleicht, wenn ich so darüber nachdenke. Das Baby wird vermutlich Anfang April zur Welt kommen. Wir müssen so früh einziehen, dass du noch genügend Zeit hast, dich vor der Geburt zu entspannen.« Ein entschiedenes Nicken. »Einzugstermin ist am ersten Februar.«

Julia hatte keinen Zweifel daran, dass es so sein würde.

Connor Stratford sorgte dafür, dass seine Ideen umgesetzt wurden. Mehr noch, er versetzte Berge.

»Bis dahin haben wir noch deine Wohnung und meine«, fuhr er fort. »Wir werden abwechselnd in Manhattan und in Leaf Brook wohnen. Aber für unsere Zukunft, für uns und unser Baby, wünsche ich mir ein festes Zuhause.« Er brach ab, sah sie gespannt an. »Ist das okay? Denn wenn du nicht glücklich bist, werde ich das Haus sofort wieder verkaufen, wenn es fertig ist.«

»Wag es bloß nicht.« Julia stand auf und küsste ihn lange und zärtlich. »Ich bin einfach nur sprachlos, das ist alles. Ich kann gar nicht glauben, dass du das alles organisiert hast. Und vergiss das mit dem Verkaufen. Diese Investition wird von Dauer sein.« Ihre Fröhlichkeit verschwand, und sie küsste ihn erneut, diesmal langsam und intensiv. »Danke«, flüsterte sie. »Du hast an alles gedacht. Du bist einfach unglaublich.«

Ein leidenschaftlicher Glanz trat in seine Augen, und seine Umarmung wurde fester, während er ihren Mund zu sich heranzog. »Unglaublich, sagtest du, ja? Nun, wir haben noch einen langen Heimweg vor uns. Bis dahin werde ich dir zeigen, wie unglaublich ich wirklich bin.«

27. August

Brian hüpfte wie ein Gummiball auf der Besucherterrasse des Flughafens herum, während er darauf wartete, dass der Privatjet seines Onkels endlich landete.

»Dad, wo bleiben sie?«

Stephen lehnte sich auf der Bank zurück, auf der er und Nancy saßen, und legte den Arm um die Schulter seiner Frau. »Lass mal sehen.« Er kniff die Augen zusammen und suchte den hell erleuchteten Himmel ab. »Ich schätze, sie sind ungefähr dort.« Er zeigte in Richtung Westen.

»Ich sehe nichts.« Ungeduldig folgte Brian dem Blick seines Vaters. »Woher weißt du, dass sie da sind?«

»Weil Onkel Connor mich vor einer halben Stunde angerufen und gesagt hat, dass sie in einer Stunde landen würden. Das bedeutet, dass sie eigentlich schon in Sichtweite sein müssten.«

»Wenn du das sagst.« Brian klang nicht allzu überzeugt. Er hüpfte weiter von einer Stelle zur anderen und versuchte, bessere Sicht auf die Rollbahn zu erhaschen, auf der sein Onkel landen würde.

Nancy lächelte und legte den Kopf auf Stephens Schulter.

»Müde?«, fragte er und küsste sie zärtlich auf die Stirn. »Wir sind heute Morgen früh aufgestanden, nicht?«

»Nein, nicht müde, dazu bin ich viel zu aufgeregt. Ich freue mich schrecklich darauf, die Neuvermählten wieder zu Hause zu haben. Sie haben uns sicher eine Menge zu erzählen.«

»Und wir haben ihnen auch eine Menge zu erzählen.«

»Stimmt.« Nancy lächelte und hob das Kinn, sodass sie ihren Mann besser ansehen konnte. »Wissen sie schon, dass dein Vater dich gebeten hat, ihm als Berater bei dieser riesigen Unternehmensfusion zur Seite zu stehen?«

»Nein.« Ein Grinsen. »Ich wollte unbedingt Connors Gesicht sehen, wenn ich ihm erzähle, dass unser Vater zu der überraschenden, wenn auch verspäteten Einsicht gekommen ist, dass ich eigentlich doch ein ziemlich guter Anwalt bin.«

»Ein *sehr* guter Anwalt«, korrigierte Nancy. »Du kennst Harrison gut genug, um zu wissen, dass er in geschäftlichen Dingen keine Kompromisse macht. Er verschenkt nichts, nicht einmal innerhalb der Familie. Er arbeitet nur mit den Besten zusammen. Punkt. Und du bist nun mal der Beste.«

»Sagst du als objektive Beobachterin?« Stephen lächelte und unterdrückte die Proteste seiner Frau, indem er seine Finger an ihre Lippen legte. »Ehrlich, Nancy, ich weiß dein Vertrauen sehr zu schätzen. Es bedeutet mir alles. Aber wer weiß bei meinem Vater schon, was ihn umtreibt? Vielleicht hat er endlich begriffen, dass ich meine Meinung nicht mehr ändern und mich tatsächlich nicht um den Senatorenposten bewerben werde, ganz gleich, was er dazu sagt. Vielleicht ist dies seine Art, mir zu zeigen, dass er meine Entscheidung akzeptiert hat. Nach monatelangem, kalten Krieg haben wir jetzt vielleicht eine Art lauwarmen Frieden erreicht, vor allem nach den Neuigkeiten, die wir Dad gerade offenbart haben. Vielleicht hat er auch endlich begriffen, dass Familie mehr bedeutet als nur ein Name und ein paar Leute, denen man sein Finanzimperium vererben kann. Schließlich hätte er die sowieso schon instabile Beziehung zu mir und Connor durch seinen Handel mit Philip Walker fast zerstört. Möglicherweise hat ihn das so sehr erschüttert, dass er nachzudenken begonnen hat. Ich hoffe es für ihn. Wie auch immer, es ist sein Problem, nicht unseres.«

Es war die Wahrheit. Tatsächlich waren die Wut und Bitterkeit, die Stephen gegenüber dem Mann verspürt hatte, der sein Leben immer so beherrschte, im Laufe der letzten Monate verblasst. Dank langer Stunden seelenerforschender Therapie hatte er sich selbst sehr viel besser kennen gelernt. Er war in der Lage, seine eigene Schwäche von der seines Vaters zu trennen, Verantwortung für Erstere zu übernehmen und sich von Letzterer zu distanzieren.

Seltsam, wie das Leben sich entwickelt hatte. Stephen bekam nun endlich die Anerkennung von seinem Vater, die er sich immer gewünscht hatte. Aber aufgrund seiner Therapie und der überwältigenden Unterstützung seiner Familie brauchte er sie gar nicht mehr, um sich seiner selbst sicher zu sein.

Seine Spielsucht, die Selbstzweifel, die Unsicherheit – all dies gehörte nun der Vergangenheit an.

Und die Gegenwart? Stephen seufzte tief. Er war nun verflucht glücklich.

»Tut es dir Leid, dass du Harrisons Angebot angenommen hast?« Nancy unterbrach seine Gedanken. »Durch deine eigenen Kontakte und Connors Empfehlungen wirst du eigentlich schon jetzt mit Arbeit zugeschüttet. Du brauchst den Job ganz sicher nicht.«

Stephen schüttelte den Kopf. »Nein, tatsächlich nicht. Aber ich freue mich auf diese Herausforderung. Die Fusion ist sehr heikel. Es erfordert viel Fingerspitzengefühl, sie zu verwirklichen.« Er lächelte. »Manchmal glaube ich, ich habe mich doch noch nicht ganz aus der Politik zurückgezogen. Und Cliff und ich, wir sind einfach ein verdammt gutes Team.«

Nancy warf ihm einen fragenden Blick zu. »Mir ist aufgefallen, dass du in letzter Zeit viel mit Cliff zusammenarbeitest. Du kommst allmählich über die Enttäuschung hinweg, nicht wahr?«

»Ja. Unsere Freundschaft kehrt wieder in die alten Bahnen zurück.« Stephen küsste Nancy auf die Nase. »Natürlich ist es mir dabei eine große Hilfe, dass zwischen uns beiden wieder alles so fantastisch funktioniert. Und dass Cliff und Robin sich so gut verstehen. Denn ich glaube, wenn er dich noch ein einziges Mal zu lange ansehen würde, würde ich die Nerven verlieren.«

»Das wird er nicht tun. Er hat jetzt endlich eine Frau gefunden, die seine Gefühle erwidert. Ich bin für ihn nicht mehr aktuell. Nicht, dass ich es je gewesen wäre. Mein Herz war immer hier.« Sie drückte die Handfläche an Stephens Brust, direkt oberhalb seines Herzens.

Ein zärtlicher Blick. »Ich Glücklicher.«

»*Wir* Glücklichen.«

Stephen seufzte zufrieden. »Es kann gar nicht mehr besser werden. Ich habe alles, was ich möchte. Einschließlich eines tollen Valentinsgeschenks im nächsten Jahr.« Seine Augen leuchteten. »Das ist wirklich ein Neuanfang. Ich kann mich mehr als glücklich schätzen. Da kann ich wirklich Cliff gegenüber leicht großzügig sein.«

»Sie kommen!« Brians Jubelschrei unterbrach die Unterhaltung seiner Eltern. Drei Tauben, die friedlich auf der Mauer der Besucherterrasse gesessen hatten, flogen erschrocken auf. »Sie landen!«

»Tatsächlich.« Stephen sah zu, wie die Maschine seines Bruders Bodenkontakt bekam, die Landebahn entlangraste, langsamer wurde und schließlich zum Stehen kam. Er stand auf, fasste Nancys Hand und zog sie hoch, während er Brian zuwinkte. »Komm schon, Champion. Wir sind das Empfangskomitee. Es wird Zeit.«

»Yeah!« Brian benötigte keine weitere Aufforderung. Er raste an seinen Eltern vorbei Richtung Flugfeld.

Julia und Connor waren gerade auf halbem Weg zum Flughafengebäude, als Brian herausgerannt kam, auf sie zuflog und sich ungebremst in die Arme seines Onkels warf.

»Endlich!«, rief er und fand sein Gleichgewicht wieder. »Wir haben stundenlang gewartet.«

»Hey, Sportsfreund!« Connor packte seinen Neffen unter den Armen, wirbelte ihn herum und stellte ihn dann mit übertriebenem Stöhnen zurück auf seine Füße. »Meine Güte, bist du schwer. Ich glaube, du bist seit letztem Sommer mindestens einen halben Meter gewachsen.«

»Und ob.« Brian nickte stolz. »Mom meint, dass mir mein Halloween-Kostüm schon jetzt nicht mehr passt, dabei haben wir es erst letzte Woche neu gekauft. Warte, bis du es siehst. Es ist supercool.« Er nahm sich gar keine Zeit zum Luftholen, sondern wandte sich sofort an Julia. »Danke für die Kaninchenpfote, Miss Talb ...« Ein verlegenes Lächeln trat in sein Gesicht. »Ich meine, Tante Julia. Sie bringt mir super viel Glück. In meinen letzten Baseballspielen habe ich so gut gepitcht wie noch nie.«

»Herzlichen Glückwunsch.« Julia beugte sich vor und

umarmte Brian. »Wir haben dich vermisst. Ich kann es kaum erwarten, dich spielen zu sehen. Ist nächsten Samstag ein Spiel?«

»Ja. Das letzte in diesem Sommer. Und ich pitche.«

»Dann kommen wir«, entschied Connor. Er hob den Kopf und lächelte, als er Stephen und Nancy Hand in Hand auf sie zukommen sah.

»Willkommen zu Hause«, begrüßte Stephen sie und küsste Julia auf die Wange. »Ihr seht fantastisch aus.« Ein vielsagender Blick in die Richtung seines Bruders. »Allerdings seid ihr nicht besonders braun geworden.«

»Du kennst ja Europa«, antwortete Connor ungerührt. »Da regnet es ständig.«

»Stimmt. Und in Hawaii sicher auch. Vor allem in diesen Fünf-Sterne-Hotels.«

»Schluss jetzt.« Nancy lachte und umarmte die beiden Frischvermählten. »Hört ihm einfach nicht mehr zu.«

»Das tue ich sowieso nie«, antwortete Connor.

»Ihr seht wirklich toll aus«, erklärte Nancy und bemerkte das Strahlen in Connors Augen und das Glühen in Julias Wangen. »Die Ehe scheint euch gut zu tun.«

»Wir sind nicht die Einzigen, denen sie gut tut«, antwortete Julia augenzwinkernd. »Ihr wirkt auch alle sehr glücklich.« Sie warf Brian einen kurzen Blick zu und verspürte Freude und Erleichterung. Er war wieder ganz der Alte.

»Du hast gesagt, ihr hättet eine große Überraschung für uns«, erinnerte dieser nun seinen Onkel.

»Habe ich das?« Connor dachte angestrengt nach.

»Ja. Als du das letzte Mal mit Dad telefoniert hast, hast du gesagt, er soll mir ausrichten, ihr würdet eine große Überraschung mit nach Hause bringen.«

»Hm. Ich habe damit sicher die ganzen Souvenirs und Geschenke gemeint, die wir dir unterwegs gekauft haben.«

»Nein.« Brian schüttelte den Kopf. »Du hast Dad erzählt,

es wäre nicht diese Art von Geschenk. Du hast gesagt, es wäre etwas, das ihr uns erzählen würdet, sobald ihr aus dem Flugzeug kämt. Was ist es?«

»Ach, *die* Überraschung.« Connor schnippte mit den Fingern. Dann wandte er sich lächelnd an Julia. »Willst du es ihm sagen, oder soll ich es tun?«

Sie lächelte zurück und beugte sich dann zu Brians neugierigem Gesicht hinunter. »Also die Überraschung ist, dass du demnächst eine neue Aufgabe bekommst und uns ganz viel helfen musst.«

»Hä?«

»Dein Onkel Connor und ich wünschen uns, dass du nächsten Sommer bei deinen Baseballspielen Platz machst für einen weiteren Zuschauer. Einen sehr kleinen zwar, aber einen, der richtig laut sein wird, da bin ich mir ganz sicher. Und wir wünschen uns auch, dass du ihm in ein paar Jahren Unterricht im Effetball gibst – wenn er oder sie alt genug ist zum Pitchen.«

Brians Unterkiefer klappte nach unten. »Woher wisst ihr das?«

»Was?«

»Das mit dem Baby?«

Julia sah ihn erstaunt an und blickte dann zu Connor. Sie tauschten einen verständnislosen Blick.

»Die Frage lautet wohl eher, woher weißt *du* das?«, antwortete Connor schließlich.

»Mom und Dad haben es mir vor zwei Wochen gesagt.« Brian machte ein ziemlich enttäuschtes Gesicht. »Aber sie haben mir versprochen, dass ich es euch erzählen darf.« Er sah seinen Vater vorwurfsvoll an. »Dad, warum hast du es ihnen gesagt?«

»Das habe ich nicht«, wehrte Stephen ab und schien dann plötzlich zu begreifen. »Mom auch nicht.«

Alle vier Erwachsenen starrten sich an.

»Wieso habe ich das Gefühl, dass wir über zwei verschiedene Babys sprechen?«, fragte Connor schließlich laut.

»Weil es so ist«, bestätigte Stephen.

»Du bist schwanger?« Aufgeregt drehte Julia sich zu Nancy um.

»Ja.« Ihre Schwägerin lächelte und legte die Hand auf ihren Bauch. »Schon fast im vierten Monat. Es ist für den Valentinstag ausgerechnet.« Sie zog die Augenbrauen fragend hoch. »Und du?«

»Wir haben es gerade erst festgestellt«, antwortete Julia strahlend. »Den genauen Termin werde ich morgen beim Arzt erfahren. Aber ich schätze, es wird Anfang April sein.«

Einen Moment lang standen sie alle nur da, fassungslos über den unerwarteten und wunderbaren Zufall. Dann umarmten und gratulierten sie sich gegenseitig, lachten über das perfekte Timing und freuten sich darüber, dass die Familie Stratford im nächsten Sommer um zwei neue Mitglieder vergrößert werden würde.

»Dad könnte aus Versehen lächeln, wenn ihr ihm die Neuigkeit erzählt«, prophezeite Stephen und klopfte seinem Bruder auf die Schulter. »Das hätte er fast schon getan, als Nancy und ich bei ihm waren. Und nun ein drittes Enkelkind gleich nach dem zweiten. Ich könnte mir vorstellen, dass er so stolz darauf ist, dass er es gern in der Zeitung veröffentlicht sehen möchte.«

»Vielleicht.« Connor machte eine skeptische Handbewegung. »Aber lasst uns nicht zu viel erhoffen.« Er legte den Arm um Stephens Schulter. »Ich freue mich so für euch.«

»Gleichfalls.«

»Hey, Dad.« Brian mischte sich in die ganze Aufregung und zupfte seinen Vater am Ärmel. »Heißt das, ich bekomme einen Bruder oder eine Schwester und einen Cousin oder eine Cousine gleichzeitig?«

»Ja, das heißt es.«

»Dann werde ich also gleichzeitig großer Bruder *und* großer Cousin?«

Nancy und Julia lachten. »Genau so ist es«, bestätigte seine Mutter.

Brian wurde sofort ein Stück größer. Stirnrunzelnd überdachte er seine neue Rolle. »Tante Julia, dein Dad ist doch auch Lehrer, nicht? Hat er dann auch Sommerferien, so wie du?«

Erstaunt über den plötzlichen Themenwechsel antwortete Julia: »Natürlich hat er Sommerferien, so wie ich. Warum?«

Emsig zählte Brian an seinen Fingern ab. »Okay, glaubst du dann, dass er uns in sechs oder sieben Sommern helfen könnte?«

»Helfen?«

»Ja klar«, erklärte Brian geduldig. »Wir haben doch dann zwei Kinder, denen wir den Effetball beibringen müssen. Und vielleicht sind die ja nicht so begabt wie du und ich. Deshalb sollten wir deinen Dad fragen, ob er uns nicht helfen kann. Am besten verpflichten wir ihn jetzt schon. So wie die Yankees das mit ihren Trainern machen. Dann sind wir ganz sicher, dass er auch uns gehört, wenn es so weit ist.«

Julia musste lachen. »Das ist eine gute Idee. Wir werden ihn noch heute anrufen und ihm einen langjährigen Vertrag anbieten. Ich wette, er sagt ja.«

Brian strahlte. »Glaubst du wirklich?«

»Weißt du«, schaltete Connor sich grinsend ein. »Wenn du, Tante Julia und ihr Dad Trainer werdet, braucht ihr auch einen Platz, auf dem ihr trainieren könnt. Ich habe eine tolle Idee, wo wir den bauen können, nämlich auf einem Grundstück, das groß genug ist für einen eigenen Trainingsplatz, ein Spielfeld und eine Tribüne. Das alles wird zwar erst im Herbst fertig sein, aber vorher kann Tante Julia schließlich auch noch nicht pitchen.«

»Wirklich?« Brian platzte nahezu vor Aufregung. »Wo denn?«

»Das ist Teil zwei der Überraschung, die wir für dich mitgebracht haben. Ich baue ein neues Haus für Tante Julia, unser Baby und mich. Es wird nur ein paar Minuten von eurem Haus entfernt liegen. Wir haben ein riesiges Grundstück, da müsste Platz genug sein für deine ganzen Baseballbedürfnisse. Was hältst du davon?«

»Wow!« Brian sprang vor Begeisterung in die Luft. »Das ist ja cool!« Er wirbelte herum und sah seinen Vater an. »Jetzt verstehe ich, was du damals zu Mom gesagt hast. Du hattest Recht.«

Stephen sah ihn verständnislos an. »Das ist schön. Aber was habe ich damals zu Mom gesagt?«

»Du hast gesagt, Tante Julia wäre das Beste, was Onkel Connor je passiert ist. Und Mann, das ist sie.«

Die ganze Gruppe lachte.

»Weißt du was, Brian?« Connor legte den Arm um seine junge Frau und sah sie mit einer Zuneigung an, die er erst kürzlich an sich entdeckt hatte und ohne die er nie wieder leben wollte. »Ich stimme dir voll und ganz zu.«